Sommerromantik

MIRA® TASCHENBUCH
Band 20077

1. Auflage: Juni 2018
Copyright © 2018 der deutschen Ausgabe by MIRA Taschenbuch
in der HarperCollins Germany GmbH, Hamburg

Originaltitel: »Part Of The Bargain«
Copyright © 2012 by Hometown Girl Makes Good, Inc
Erschienen bei: HQN Books, Toronto

Originaltitel: »Master of Destiny«
Copyright © 1994 by Sally Heywood
Erschienen bei: Mills & Boon, London

Originaltitel: »The Italian's Trophy Mistress«
Copyright © 2002 by Diana Hamilton
Erschienen bei: HQE Books, Toronto

Published by arrangement with
Harlequin Enterprises, Toronto

Umschlaggestaltung: büropecher, Köln
Umschlagabbildung: Sunny Forest / shutterstock
Lektorat: Maya Gause
Satz: GGP Media GmbH, Pößneck
Printed in Germany
Dieses Buch wurde auf FSC®-zertifiziertem Papier gedruckt.
ISBN 978-3-95649-826-8

www.mira-taschenbuch.de

Werden Sie Fan von MIRA Taschenbuch auf Facebook!

Linda Lael Miller

Wohin das Glück uns führt

Roman

Aus dem Amerikanischen von
Irene Fried

In liebevoller und dankbarer Erinnerung
an Laura Mast

1. Kapitel

Geräuschvoll klappte das Fahrwerk in den Rumpf des kleinen Privatflugzeugs ein. Libby Kincaid schluckte ihre Bedenken herunter und vermied es, in die steinerne Miene des Piloten zu blicken. Wenn er nichts sagte, musste sie auch nicht sprechen. Dann würden sie den kurzen Flug bis zur *Circle Bar B Ranch* vielleicht überstehen, ohne sich bildlich gesprochen an die Gurgel zu gehen, wofür sie beide berüchtigt waren.

Es ist eine Schande, dachte Libby. Sie und Jess waren jetzt einunddreißig und dreiunddreißig Jahre alt und schafften es immer noch nicht, sich wie zwei Erwachsene zu benehmen.

Grübelnd betrachtete sie die Landschaft, die unter ihr vorbeizog. Sie fühlte sich schwindelig, während sie den kleinen Flughafen in Kalispell, Montana, hinter sich ließen und in Querlage Kurs nach Osten auf den Flathead River nahmen. Bäume, so grün, dass ein leichter Blaustich zu erkennen war, bedeckten die majestätischen Berge, die das Tal umgaben.

Libby konnte nicht anders. Sie musste Jess Barlowe einfach aus dem Augenwinkel betrachten – sie war schließlich auch nur eine Frau. Er erinnerte sie an einen schlanken kraftvollen Berglöwen, der auf den richtigen Moment wartete, um zuzuschlagen, auch wenn er in diesem Moment seine Aufmerksamkeit ausschließlich auf die Kontrollinstrumente und den spärlichen Flugverkehr richtete, der an diesem Frühlingsmorgen am weiten Himmel Montanas herrschte. Eine verspiegelte Sonnenbrille verbarg seine Augen. Doch Libby war sich im Klaren, dass darin die Feindseligkeit lag, die seit Jahren ihre Beziehung zueinander bestimmte.

Sie wandte den Blick ab und versuchte, sich auf den Fluss unter ihnen zu konzentrieren, dessen Lauf wie ein verwaschener jadegrüner Faden in einem riesigen Wandteppich wirkte. Hinter dieser verspiegelten Sonnenbrille, das wusste Libby, verbargen sich Augen mit derselben grünen Schattierung wie dieser ungezähmte Strom im Tal.

»New York war also nicht so, wie zweistündige Fernsehfilme einen glauben machen wollen?«, bemerkte er plötzlich schroff.

Leise seufzte Libby. Um Geduld bemüht schloss sie die Augen. Dann riss sie sie auf. Sie würde sich diesen fantastischen Ausblick seinetwegen nicht entgehen lassen. Nicht, nachdem ihr Herz sich so lange bittersüße Jahre danach gesehnt hatte.

Außerdem kannte Jess New York, immerhin war er schon öfter geschäftlich dort gewesen. Wen wollte er also mit dieser Frage hinters Licht führen?

»New York war ganz in Ordnung«, antwortete sie schneidend. Abgesehen davon, dass Jonathan gestorben ist, schimpfte eine kleine schonungslose Stimme in ihrem Kopf. *Und von dieser scheußlichen Scheidung von Aaron.* »Es gab nur nichts Weltbewegendes zu berichten«, fügte sie hinzu und bemerkte zu spät, dass ihr ein grober Schnitzer unterlaufen war.

»Das hat dein Vater bemerkt«, erwiderte er süffisant. Man hätte meinen können, er klänge wütend, wenn dieser Unterton nicht so beherrscht gewesen wäre. »Jeden Tag, wenn die Post kam, stürzte er sich darauf, als wäre es Manna vom Himmel. Er hat die Hoffnung nie aufgegeben – das muss man ihm lassen.«

»Dad weiß, dass ich es hasse, Briefe zu schreiben«, begehrte sie auf. Doch Jess hatte erreicht, was er wollte: Sich ihren Vater vorzustellen, wie er gespannt die Post durchblätterte und seine Enttäuschung darüber kaum zu verbergen vermochte, dass wieder keine Nachricht von seiner einzigen Tochter darunter war, schmerzte Libby zutiefst.

»Schon seltsam. Stace hat etwas ganz anderes erzählt.«

Entrüstet wollte sie protestieren, doch sie bewahrte Haltung. Jess wollte sie nur zu einer dummen Bemerkung über seinen älteren Bruder verleiten, die er dann verdrehen und gegen sie verwenden würde. Sie reckte das Kinn und schluckte die aufgebrachten Worte hinunter, die in ihrer Kehle brannten.

Die Spiegelgläser glänzten in der Sonne, als Jess sich ihr zuwandte, um ihr ins Gesicht zu schauen. Unter dem blauen Baumwollstoff seines Arbeitshemdes waren seine kräftigen Schultern angespannt. Seine Lippen waren aufeinandergepresst.

»Lass Cathy und Stace in Ruhe, Libby«, warnte er eiskalt. »In letzter Zeit hatten sie eine Menge Probleme. Wenn du etwas tun solltest, das die Situation noch verschlechtert, werde ich dafür sorgen, dass du es bereust. Habe ich mich klar ausgedrückt?«

Außer die Tür der kleinen viersitzigen Cessna zu öffnen und herauszuspringen, hätte Libby in diesem Augenblick alles unternommen, damit sie seinem eisigen, musternden Blick entkam. Aber ihre Möglichkeiten waren begrenzt, daher wandte sie sich leicht zitternd ab und sah erneut auf die Landschaft, die sich unter ihnen erstreckte.

Himmelherrgott, dachte Jess allen Ernstes, sie würde sich in Cathys Ehe einmischen? Oder in irgendeine andere? Cathy war ihre Cousine – sie waren wie Schwestern aufgewachsen!

Seufzend schaute Libby der Tatsache ins Auge, dass Jess und viele andere anscheinend glaubten, sie hätte eine Affäre mit Stacey Barlowe gehabt. Schließlich hatten sie sich geschrieben. Und während ihrer traumatischen Scheidung hatte Stace sie ein paar Mal besucht. Auch wenn er hauptsächlich geschäftlich in der Stadt gewesen war.

»Libby?«, stieß Jess scharf hervor, als ihm ihr Schweigen zu lange andauerte.

»Ich habe nicht vor, deinen Bruder zu verführen!«, erwiderte sie knapp. »Lassen wir es darauf beruhen, okay?«

Erleichtert und überrascht zugleich stellte sie fest, dass Jess sich daraufhin wieder ganz auf die Steuerung des Flugzeugs konzentrierte. In seiner sonnengebräunten Wange zuckte vor unterdrückter Missbilligung ein Muskel. Aber er sagte kein Wort mehr.

Unter ihnen lichtete sich die bewaldete Landschaft allmählich und ging vereinzelt in Grasebenen über – in das Land der Rinderzucht. Nicht mehr lange und sie würden auf dem schmalen Rollfeld der erfolgreichen, knapp sechzigtausend Hektar großen *Circle Bar B Ranch* landen, die Jess' Vater gehörte und von Libbys Vater verwaltet wurde.

Wie Jess war auch Libby auf der Ranch aufgewachsen, und ihre Mutter war, genau wie seine, dort begraben. Obwohl sie die Ranch nicht im juristischen Sinne des Wortes als ihr Elternhaus bezeichnen konnte, so war es doch ihr Zuhause. Und sie hatte jedes Recht, dorthin zu gehen. Vor allem jetzt, da sie die Schönheit, den Frieden und die Routinearbeiten einer Ranch so dringend brauchte.

Als die Maschine den Landeanflug startete, wurde Libby ruckartig aus ihrer grüblerischen Stimmung gerissen. Geschickt lenkte Jess das Flugzeug auf die geebnete Landebahn, die sich vor ihnen erstreckte.

Mit einem lauten dumpfen Geräusch fuhr das Fahrwerk aus, während Libby tief Luft holte und sich wappnete. Beim Aufsetzen auf den Asphalt quietschten die Räder des Fliegers, dann rollte die Cessna ruhig über den Boden.

Kaum war sie vollständig zum Stillstand gekommen, zerrte Libby auch schon an ihrem Gurt. Sie hatte es eilig, so viel Abstand wie nur möglich zwischen sich und Jess Barlowe zu bringen. Doch da umfasste er ihr linkes Handgelenk fest und hielt sie zurück. »Vergiss nicht, Lib: Die Menschen hier gehören nicht zu denen, die etwas aus einer Laune heraus tun, die etwas tun, nur weil es sich gut anfühlt. Also, lass gefälligst deine Spielchen.«

Spielchen. Was für Spielchen? Ihr Puls beschleunigte sich und sie spürte, wie ihr Gesicht vor Wut rot wurde. »Lass mich los, du Bastard«, presste sie fauchend hervor.

Doch Jess dachte gar nicht daran. Eher verstärkte er seinen Griff. »Ich lasse dich nicht aus den Augen«, warnte er sie. Dann schleuderte er ihre Hand von sich, stieß die Tür auf seiner Seite auf und sprang leichtfüßig hinaus.

Libby hingegen rüttelte noch immer kraftlos an der Klinke auf ihrer Seite, als ihr Vater mit großen Schritten auf sie zukam, geschickt die Tragfläche erklomm und die Tür von außen öffnete. Bei seinem Anblick erfasste sie eine Woge der Liebe und Erleichterung. Ein leiser Schrei entfuhr ihr, und sie warf sich so heftig in seine Arme, dass sie beinahe zusammen auf den harten Boden gefallen wären.

Ken Kincaid hatte sich in den Jahren, seit Libby ihn zuletzt gesehen hatte, nicht sonderlich verändert. Er war immer noch der gleiche attraktive, hochgewachsene Cowboy, an den sie sich so gut erinnerte. Nur sein volles Haar war inzwischen stahlgrau. Und das Hinken, unter dem er seit einem Rodeounfall litt, war ausgeprägter.

In sicherer Entfernung zum Flugzeug hielt er seine Tochter auf Armeslänge fest, betrachtete sie, lachte ungläubig auf und zog sie dann wieder an sich. Über seine Schulter hinweg beobachtete sie Jess dabei, wie er ihre Koffer und das tragbare Zeichenbrett aus dem Gepäckraum der Cessna holte und alles ohne viel Federlesens auf die Ladefläche eines mit Schlamm bespritzten Pick-ups warf.

Wie immer überaus aufmerksam, drehte Ken Kincaid sich um, musterte den jüngeren Sohn von Senator Cleave Barlowe und grinste.

Der Schalk blitzte aus seinen strahlenden blauen Augen, während er sich Libby zuwandte. »Unangenehmer Flug?«

Libby spürte, wie es ihr die Kehle zuschnürte. Sie wünschte, sie könnte ihm erklären, *wie* unangenehm. Jess' beleidigende Meinung und seine Bedenken hinsichtlich ihrer Moralvorstellung hatten sie tief getroffen, aber wie sollte sie das ihrem Vater sagen? »Du weißt ja, bei Jess und mir geht es immer ganz schön rau zu«, erwiderte sie stattdessen.

Ihr Vater zog lediglich die Augenbrauen nach oben. Derweil setzte Jess sich hinter das Lenkrad des Wagens und brauste davon, ohne sie weiter zu beachten.

»Ihr zwei solltet aufpassen«, überlegte Ken laut. »Solltet ihr jemals aufhören, euch die Köpfe einzuschlagen, könntet ihr feststellen, dass ihr einander mögt.«

»Also das«, antwortete sie prompt, »ist der schrecklichste Gedanke, den ich je gehört habe. Aber lassen wir das. Wie ist es dir ergangen?«

Er legte einen drahtigen Arm um ihre Schultern und steuerte mit ihr auf einen neueren Pick-up zu. Auf der Fahrertür prangten die Worte »Circle Bar B Ranch«, und die Zeichentrickfigur Yosemite Sam, der kleine rothaarige aufbrausende Cowboy aus Bugs Bunny, starrte zornig von den beiden Schmutzfängern an den hinteren Reifen. »Wie ich mich fühle, ist jetzt egal, Spätzchen. Wie geht es *dir*?«

Allmählich wich die Anspannung von ihr. Ken öffnete die Beifahrertür und half ihr ins Auto. Wie sehr sehnte sie sich danach, das teure maßgefertigte Leinenkostüm gegen ein Paar Jeans und ein T-Shirt auszutauschen. Oh Gott, und die Sneakers würden eine willkommene Abwechslung zu den High Heels sein, die sie jetzt trug. »Das wird schon«, sagte sie und klang aufgesetzt fröhlich.

Ken setzte sich hinters Lenkrad und warf seiner Tochter einen forschenden, besorgten Blick zu. »Cathy wartet im Haus und will dir beim Auspacken helfen. Ich hatte gehofft, wir könnten reden …«

Libby tätschelte die schwielige Hand ihres Vaters, die auf dem Schalthebel ruhte. »Wir sprechen heute Abend. Wir haben schließlich alle Zeit der Welt.«

Obgleich Ken den Motor des Wagens startete, wandte er den Blick nicht von ihrem Gesicht ab. »Dann bleibst du eine Weile hier?«, erkundigte er sich hoffnungsvoll.

Libby nickte, doch wie unter Zwang sah sie zur Seite. »Solange du mich lässt, Dad.«

Ratternd setzte sich der Pick-up in Bewegung und holperte angenehm vertraut über die unebenen Straßen der Ranch. »Ich habe dich schon früher erwartet. Lib…«

Mit einem flehenden Ausdruck im Gesicht drehte sie sich zu ihm um. »Später, Dad, in Ordnung? Könnten wir über die schwierigen Dinge bitte später sprechen?«

Ken streifte seinen alten Cowboyhut ab und strich sich mit dem Arm über die Stirn. »Natürlich, Spätzchen. Später.« Netterweise wechselte er das Thema. »Weißt du, ich lese immer deinen Comicstrip in der Zeitung, und jedes Kind in der Stadt scheint eines der T-Shirts zu tragen, die du entworfen hast.«

Libby lächelte. Mit einem Gespräch über ihre Karriere als erfolgreiche Comiczeichnerin bewegte ihr Dad sich zweifellos auf sicherem Terrain. Und das alles hatte seinen Anfang auf dieser Ranch. Hier hatte sie dank eines Coupons auf einem Streichholzheftchen begonnen, per Fernstudium zeichnen zu lernen. Danach hatte sie ein Stipendium für eine angesehene Hochschule erhalten, das Studium abgeschlossen und sich einen Namen gemacht. Nicht als Porträtmalerin oder im Werbedesign wie einige ihrer Kommilitonen, sondern als Cartoonzeichnerin. Ihre Figur, die »Emanzipierte Emma«, war eine Höhlenfrau mit modernen Ansichten. Sie hatte für großes Aufsehen gesorgt und wurde nun nicht nur in den Sonntagszeitungen abgedruckt, sondern auch auf T-Shirts, Grußkarten, Kaffeebechern und Kalendern. Im Augenblick stand noch ein Abschluss mit einem Plakatunternehmen aus, und Libbys Konto platzte durch die Vorschusszahlung für ein geplantes Buch fast aus allen Nähten.

Um ihre Verpflichtungen zu erfüllen, würde sie hart arbeiten müssen: Es galt, den wöchentlichen Cartoonstreifen fertigzustellen und Panels, die einzelnen Comicfelder, für das Buch zu skizzieren. Sie hoffte, sich mit all diesen Aufgaben und dem unendlichen Reiz, der von der *Circle Bar B Ranch* ausging, von Jonathan und dem Chaos, das sie aus ihrem Privatleben gemacht hatte, abzulenken.

»Karrieretechnisch ist alles in Ordnung«, bestätigte Libby laut, sowohl sich selbst als auch ihrem Vater gegenüber. »Dürfte ich wohl die Veranda als Atelier verwenden?«

Ken lachte. »Cathy arbeitet schon seit Wochen daran, sie fertigzu-bekommen. Ich habe sogar ein paar der Jungs ein Oberlicht anbringen lassen. Du musst nur noch deine Gerätschaften aufbauen.«

Aus einem Impuls heraus beugte Libby sich zu ihrem Vater und küsste ihn auf die stoppelige Wange. »Ich hab dich lieb!«

»Gut«, gab er zurück. »Einen Ehemann kann man verlassen, aber einen Vater wird man nicht los.«

Das Wort »Ehemann« versetzte ihr einen kleinen Stich und be-schwor eine äußerst unerwünschte Erinnerung an Aaron herauf, die Libby verstummen ließ, bis das Haus in Sicht kam.

Das für den ersten Vorarbeiter reservierte Gebäude, ursprünglich das Haupthaus der Ranch, war ein riesiger zugiger Kasten mit jeder Menge viktorianischen Verzierungen, Giebelfenstern und Veranden. Mit Blick über einen ansehnlichen aus Quellwasser gespeisten Teich, konnte es sogar ein eigenes Wäldchen aus Nadelbäumen und Pappeln vorweisen.

Der Pick-up ruckelte ein wenig, als Ken auf der mit Kies bedeckten Auffahrt anhielt. Durch die Windschutzscheibe konnte Libby schim-mernde Stellen des silberblau glitzernden Teiches erkennen. Wie gern wollte sie hinüberrennen, die Schuhe von den Füßen schleudern und ihre Strümpfe ruinieren, indem sie ins kalte, klare Wasser watete!

Ihr Vater war dabei, auszusteigen, da sauste auch schon Cathy Barlowe, Libbys Cousine und geliebte Freundin, freudestrahlend die Auffahrt hinab. Lachend blieb Libby neben dem Pick-up stehen und breitete wartend die Arme aus. Nach einer schwungvollen Umar-mung zog Cathy sich aus Libbys Armen zurück und hob graziös eine Hand, mit der sie die Worte »Ich habe dich so sehr vermisst!« in Ge-bärdensprache ausdrückte.

»Und ich dich auch«, gebärdete Libby, obwohl sie die Worte gleichzeitig laut aussprach.

Cathys grüne Augen blitzten fröhlich. »Du hast nicht vergessen, wie man gebärdet!«, äußerte sie enthusiastisch und benutzte nun beide Hände. Sie war seit ihrer Kindheit taub, kommunizierte jedoch derart gewandt, dass Libby oftmals vergaß, dass sie sich nicht verbal unterhielten. »Hast du geübt?«

Das hatte sie. Die Gebärdensprache war für sie und Jonathan ein Spiel gewesen, das sie in den langen schwierigen Stunden an seinem

Krankenhausbett gespielt hatten. Libby nickte und Tränen der Liebe und des Stolzes schossen ihr in die dunkelblauen Augen, während sie ihre Cousine betrachtete.

Äußerlich ähnelten Cathy und sie sich nicht im Geringsten. Cathy war zierlich, hatte große, verschmitzt dreinblickende smaragdgrüne Augen. Die verschwenderische Fülle ihrer Haare glänzte in einer Mischung aus Kupferrot, Haselnussbraun und Gold und ging ihr beinahe bis zur Taille. Libby hingegen war mittelgroß, und das silberblonde Haar fiel ihr bis knapp über die Schultern.

»Ich komme später wieder«, erklärte Ken ruhig und gebärdete die Worte, damit auch Cathy ihn verstehen konnte. »Wie es scheint, habt ihr zwei euch eine Menge zu erzählen.«

Cathy nickte und lächelte. In ihren grünen Augen regte sich allerdings hinter der Freude noch etwas Trauriges. Etwas, das in Libby das Gefühl aufkommen ließ, in den Wagen steigen und flehen zu wollen, zum Flughafen zurückgebracht zu werden. Von dort aus würde sie nach Kalispell fliegen und einen Anschlussflug nach Denver und dann nach New York erwischen können ... Himmelherrgott noch mal – Jess war doch hoffentlich nicht so herzlos gewesen, Cathy etwas von seinen lächerlichen Verdächtigungen zu sagen?

Im Inneren des Hauses war es kühl und luftig. Libby folgte Cathy, doch ihre Gedanken und Gefühle befanden sich in unglaublichem Aufruhr. Sie war froh, daheim zu sein. Daran bestand kein Zweifel. Seit dem Moment, an dem sie die Ranch verlassen hatte, sehnte sie sich nach der Ruhe hier.

Andererseits zweifelte sie daran, ob es klug gewesen war, zurückzukommen. Jess hatte offensichtlich den Entschluss gefasst, sie zu vergraulen. Und auch wenn sie niemals eine Liebesbeziehung mit Stacey Barlowe, Cathys Ehemann, gehabt hatte: Was genau sie für ihn empfand, konnte sie auch nicht wirklich bestimmen.

Im Gegensatz zu seinem jüngeren Bruder war Stace ein herzlicher, kontaktfreudiger Mensch. In den vergangenen eineinhalb Jahren, in ihrer schwersten Zeit, hatte er sich als liebevoller und zuverlässiger Freund erwiesen. In einem Meer von Verwirrung und großer Trauer treibend, hatte Libby Stacey Dinge anvertraut, die sie keiner Menschenseele gegenüber je ausgesprochen hatte. Und der bittere Vorwurf von Jess stimmte: Sie hatte Stacey geschrieben, während sie es nicht hatte über sich bringen können, ihrem eigenen Vater zu schreiben.

Ich liebe Stace nicht, sagte sie sich entschieden. Sie hatte immer zu ihm aufgesehen, das war alles. Wie zu einem älteren Bruder. Ja, vielleicht hatte sie sich in letzter Zeit zu sehr auf ihn verlassen. Das bedeutete doch aber nicht, dass sie ihn liebte, oder?

Sie seufzte, und Cathy wandte sich mit einem nachdenklichen Blick zu ihr um, fast so, als hätte sie das Geräusch gehört. Was unmöglich war. Aber Cathy war aufmerksamer als jede andere Person, die Libby kannte, und oftmals *erspürte* sie Geräusche.

»Froh, zu Hause zu sein?«, erkundigte sich die gehörlose Frau mit sanften Gesten.

Die leicht zitternden Hände ihrer Cousine waren Libby nicht entgangen, und doch setzte sie ein müdes Lächeln auf und beantwortete die Frage mit einem Nicken.

Plötzlich glänzten Cathys Augen wieder. Rasch ergriff sie Libbys Hand und zog sie durch einen Torbogen hindurch auf die verglaste Veranda mit Blick zum Teich.

Hellauf begeistert schnappte Libby nach Luft. Im Dach war tatsächlich ein Oberlicht eingelassen! Ein riesiges! An der Stelle mit dem besten Licht war ein Zeichentisch aufgestellt worden, ebenso wie eine Lampe, um nachts arbeiten zu können. Blütenpflanzen hingen von den Deckenbalken. Die alten Korbmöbel, die, solange Libby denken konnte, auf dem Dachboden eingelagert gewesen waren, strahlten nun in weißer Farbe aufbereitet und mit bunten geblümten Kissen bestückt wie neu. Kleine Läufer in den komplementären Farbtönen Pink und Grün lagen scheinbar willkürlich verstreut auf dem Boden, und selbst ein Regal war in die Wand hinter dem Zeichentisch eingelassen worden.

»Wow!«, rief Libby überwältigt, die Arme in einem Ausdruck von Verwunderung weit geöffnet. »Cathy, du hast deine Berufung verpasst! Du hättest Innenarchitektin werden sollen.«

Libby hatte zwar für ihre Worte nicht die Zeichensprache benutzt, doch ihre Cousine hatte sie ihr von den Lippen abgelesen. Rasch wandte Cathy den Blick von Libbys Gesicht ab und senkte den Kopf. »Anstatt was?«, bedeutete sie traurig. »Staceys Frau zu werden?«

Libby hatte das Gefühl, geohrfeigt worden zu sein. Schnell wischte sie es beiseite und berührte mit einer Hand Cathys Kinn. Mit leichtem Druck zwang sie ihre Cousine, aufzusehen. »Was genau meinst du denn damit?«, fragte sie. Später war sie sich nicht sicher, ob sie die Worte gebärdet, geschrien oder einfach nur gedacht hatte.

In einem missglückten Versuch, lässig zu wirken, zuckte Cathy mit den Schultern. Eine Träne kullerte ihr über die Wange. »Er hat dich in New York besucht«, meinte sie herausfordernd, die Hände bewegten sich schnell, beinahe wütend. »Du hast ihm geschrieben.«

»Cathy, es war nicht so, wie du denkst …«

»War es nicht?«

Rasend vor Zorn und verletzt, stampfte Libby aus Frust mit einem Fuß auf. »Natürlich nicht! Glaubst du wirklich, ich würde so etwas tun? Glaubst du, *Stacey* würde es? Er *liebt* dich!« Genau wie Jess, fügte sie im Stillen hinzu, wobei ihr nicht ganz klar war, was das für eine Rolle spielte.

Stur, wie sie war, schaute Cathy erneut zur Seite und schob die Hände in die Taschen ihrer leichten Baumwolljacke – ein untrügliches Zeichen, dass die Konversation, soweit es nach ihr ging, beendet war.

Verzweifelt streckte Libby die Hände aus und fasste ihre Cousine an die Schultern, nur um durch ein vielsagendes Zucken zurückgewiesen zu werden. Wie vom Donner gerührt konnte sie nur zusehen, wie Cathy sich umdrehte und aus der ehemaligen Veranda in die Küche eilte. Keine Sekunde später knallte die Hintertür mit einer Endgültigkeit ins Schloss, die Libby beinahe das Herz brach.

Sie zog den Kopf ein und biss sich auf die Unterlippe, um die Tränen zurückzuhalten. Auch das hatte sie während Jonathans letzten Tagen in einem Kinderkrankenhaus gelernt.

Genau in diesem Moment tauchte Jess Barlowe im Eingang des Studios auf. Mit all ihren Sinnen spürte sie seine Anwesenheit. Ihre Koffer und das Reißbrett setzte er mit einem wenig mitfühlenden Krachen ab. »Wie ich sehe, verbreitest du wie immer Freude und gute Laune«, bemerkte er schneidend. »Was, bitteschön, war das denn gerade?«

Außer sich vor Wut starrte sie ihn an, die Hände auf ihre schmalen, wohlgeformten Hüften gestemmt. »Als wüsstest du das nicht, du herzloser Mistkerl! Wie konntest du so gemein sein, so gedankenlos …«

Mit vor Zorn funkelnden Augen musterte er verächtlich Libbys von der Reise zerknitterten Aufzug. »Dachtest du etwa, deine Affäre mit meinem Bruder wäre ein Geheimnis, Prinzessin?«

Libby erstickte geradezu an ihrem Ärger und Schmerz. »Welche Affäre, zum Teufel noch mal?«, rief sie. »Wir *hatten* keine Affäre!«

»Stacey behauptet da etwas anderes«, gab er mit brutaler Härte zurück.

Aus ihren Gesichtszügen wich alles Blut. »*Wie bitte?*«

»Stace hat gesagt, er sei wahnsinnig in dich verliebt. Du würdest ihn brauchen, und er dich. Zur Hölle mit so kleinen Problemen wie seiner Ehefrau!«

Bei diesen Worten gaben ihre Beine nach. Blindlings tastete sie nach dem Hocker an ihrem Zeichentisch und sank kraftlos darauf. »Mein Gott …«

Jess' brodelnder Ärger war ihm deutlich anzusehen. »Erspar mir das Theater, Prinzessin – ich weiß, weshalb du hierher zurückgekommen bist! Verdammt noch mal, *bist du wirklich so gefühllos?*«

Libbys musste wiederholt schlucken, aber ihr Hirn war wie leer gefegt.

Einem Berglöwen gleich durchquerte Jess beängstigend anmutig den Raum. Aufgebracht griff er mit einer Hand nach ihren Handgelenken und umklammerte sie fest. Mit der anderen umfasste er Libbys Kinn.

»Jetzt hör mir mal zu, du räuberische kleine Hexe. Und hör mir ganz genau zu«, stieß er gepresst hervor, die jadegrünen Augen blickten stahlhart. Unter seiner tiefen Bräune war er bleich geworden. »Cathy ist ein guter Mensch, anständig – und sie liebt meinen Bruder, obwohl ich mir beim besten Willen nicht vorstellen kann, weshalb sie sich dazu herablässt. Und ich will verdammt sein, wenn ich tatenlos dabei zuschaue, wie Stacey und du sie verletzt! Hast du mich verstanden?«

Tränen der Hilflosigkeit, aber auch der verletzten Ehre brannten wie Feuer in Libbys Augen, doch sie brachte es nicht fertig, sich zu bewegen. Wortlos starrte sie in das furchteinflößende Gesicht, das nur wenige Zentimeter von ihrem entfernt war. Das Gesicht eines Teufels. Als Jess den Druck auf ihr Kinn verstärkte und ihr damit bedeutete, dass er auf eine Antwort wartete und nicht ohne gehen würde, zwang Libby sich zu einem kurzen, hektischen Nicken.

Allem Anschein nach zufrieden, ließ Jess so plötzlich von ihr ab, dass sie beinahe das Gleichgewicht verloren hätte und von ihrem Hocker gerutscht wäre. Er drehte sich hastig von ihr weg, sein breiter Rücken verkrampft. Frustriert strich er sich mit einer Hand durch das schwarze Haar. »Ich wünschte, du wärst nie zurückgekommen«, sagte er mit leiser, aber nicht weniger grausamer Stimme.

»Kein Problem«, brachte Libby mühsam hervor. »Ich werde verschwinden.«

Jess wandte sich zu ihr um, dieses Mal mit Unheil verkündendem Ausdruck. Seine Blicke schienen auf Libbys Gesicht zu brennen, ihrer Kehle, den straffen Rundungen ihrer Brüste. »Dafür ist es zu spät«, stellte er fest.

Benommen sank Libby gegen die Kante des Zeichentisches, seufzte und bedeckte ihre Augen mit einer Hand. »Okay«, begann sie mit hart errungener Fassung. »Und weshalb?«

Jess war zu den Fenstern gegangen – wieder stellte sein Rücken eine Barriere zwischen ihnen dar, während er zum Teich hinaussah. Wie gerne würde Libby die Krallen ausfahren und ihn in kleine Stücke reißen.

»Stacey ist völlig außer Kontrolle«, antwortete er schließlich leise, nachdenklich. »Wo du auch hingingst, er würde dir folgen.«

Da Libby keine Sekunde lang glaubte, dass Stacey tatsächlich seine Liebe für sie verkündet hatte, glaubte sie auch nicht daran, dass er ihr folgen würde, wenn sie die *Circle Bar B Ranch* verließ. »Du spinnst«, entgegnete sie.

Jess fuhr zu ihr herum. Überdeutlich konnte man von dem Ausdruck in seinen Augen ablesen, dass er zu einem bissigen Kommentar ansetzte. Doch was er hatte sagen wollen, war egal. Er schluckte es herunter, da Ken den Raum betrat. »Was zum Teufel ist hier drin los?«, verlangte er zu wissen. »Ich habe Cathy in Tränen aufgelöst die Straße entlangrennen sehen!«

»Frag deine Tochter!«, gab Jess bissig zurück. »Ihretwegen hat Cathy gerade erst *begonnen*, Tränen zu vergießen!«

Das brachte das Fass zum Überlaufen. Wie eine Wilde warf sie sich – wie schon als Kind – mit fliegenden Fäusten auf Jess Barlowe. Gerne hätte sie ihn getroffen! Aber ihr Vater fasste sie um die Taille und hielt sie davon ab.

Jess warf ihr einen letzten verächtlichen Blick zu und bewegte sich ruhig Richtung Tür. »Du solltest diesen kleinen Hitzkopf bändigen, Ken«, kommentierte er beiläufig. »Sonst wird sie noch eines Tages jemanden verletzen.«

Die Doppeldeutigkeit seiner Worte stachelte sie erneut an. Libby erzitterte in der Umklammerung ihres Vaters, und ihr entfuhr ein schriller, wütender Schrei. Von Jess brachte es ihr nur ein spöttisches Lachen ein, bevor er aus dem Zimmer verschwand. Ken hingegen veranlasste es dazu, sie bestimmt zu sich umzudrehen, sodass sie ihn anschauen musste.

»Du lieber Himmel, Libby, was ist nur los mit dir?«

Sie atmete tief ein und versuchte, sich und die tobende Zehnjährige in ihrem Inneren zu beruhigen, das Kind, das Jess immer hatte auf die Palme bringen können. »Ich hasse Jess Barlowe«, antwortete sie nüchtern. »Ich hasse ihn!«

»Warum?«, wollte Ken wissen und wirkte gar nicht mehr wütend, sondern ehrlich verwundert.

»Wenn du wüsstest, was er über mich gesagt hat …«

»Wenn es das Gleiche ist, was Stacey herumposaunt hat, kann ich es mir so in etwa vorstellen.«

Verblüfft trat Libby einen Schritt zurück. »Wie bitte?«

Ken Kincaid seufzte, und mit einem Mal standen ihm seine zweiundfünfzig Jahre deutlich ins Gesicht geschrieben. »Stacey und Cathy hatten im letzten Jahr so ihre Schwierigkeiten. Und jetzt erzählt er jedem, der es hören will, dass es zwischen ihnen aus sei und er dich wolle.«

»Das kann ich nicht glauben! Ich …«

»Ich wollte dich warnen, Lib. Aber du hast so viel durchgemacht, erst den Verlust des Jungen und dann die Trennung von deinem Mann. Ich fand, du bräuchtest dein Zuhause. Gleichzeitig war mir klar, dass du nie auch nur in die Nähe kommen würdest, wüsstest du, was hier vor sich geht.«

Libbys Kinn zitterte verdächtig, und sie sah forschend in das wettergegerbte Gesicht ihres Vaters. »Ich … ich habe nichts mit Cathys Ehemann angefangen, Dad.«

Er lächelte sanft. »Das weiß ich doch, Lib. Das habe ich immer gewusst. Gib einfach nichts auf Jess und all die anderen. Wenn du nicht davonläufst, ist diese Sache bald ausgestanden.«

Schwer schluckend dachte sie an Cathy und den Schmerz, den sie fühlen musste. Den Verrat. »Ich kann nicht bleiben, wenn es Cathy verletzt.«

Mit einem von der Arbeit rauen Finger berührte Ken behutsam ihre Wange. »Cathy schenkt diesen Gerüchten nicht ernsthaft Glauben, Libby. Denk einmal nach: Würde sie sonst so viel Arbeit in ein Studio stecken, das für dich bestimmt ist? Würde sie hier auf dich warten, um dich wiederzusehen?«

»Aber sie hat geweint, Dad! Und sie hat mir quasi ins Gesicht gesagt, dass sie denkt, ich hätte eine Affäre mit ihrem Mann!«

»Das Gerede hat sie verletzt. Und Stacey verhält sich wie ein kleiner verwöhnter Bengel. Schatz, Cathy lotet nur die Lage aus, versucht herauszufinden, wie du zu der Sache stehst. Du kannst sie jetzt nicht verlassen. Denn außer Stacey braucht sie niemanden mehr als dich.«

Trotz der Tatsache, dass all ihre Instinkte ihr rieten, die *Circle Bar B Ranch* so schnell wie menschenmöglich hinter sich zu lassen, erkannte Libby den Sinn in den Worten ihres Vaters. So unglaublich es schien, Cathy würde sie brauchen. Und wenn auch nur, um diese erbärmlichen Gerüchte ein für alle Mal auszuräumen.

»Diese Dinge, die Stacey rumerzählt … die hat er doch sicherlich nicht zu Cathy gesagt?«

Ken seufzte. »Ich hoffe nicht, dass er so tief gesunken ist, Libby. Aber du kennst doch Cathy. Sie weiß immer, was gespielt wird.«

Abwesend schüttelte sie den Kopf. »Irgendjemand hat es ihr erzählt, Dad. Und ich glaube, ich weiß, wer.«

Ungläubig starrte er sie aus blauen Augen an, und auch seiner Stimme waren seine Zweifel deutlich anzuhören: »*Jess?* Also, das kann doch nicht dein Ernst sein …«

Jess.

Libby konnte sich an keinen Zeitpunkt erinnern, zu dem sie gut mit ihm ausgekommen wäre. Dass Cathy ihm am Herzen lag, dessen war sie sich sicher. Hatte nicht er darauf bestanden, dass Stace und Libby Zeichensprache lernten – so wie er? Damit alle mit dem verängstigten, verwirrten kleinen Mädchen sprechen konnten, das taub war? Hatte er Cathy nicht die geliebten Ochsenfrösche geschenkt, unbeholfen Valentinskarten gebastelt und sie sogar zum Abschlussball ausgeführt?

Wie konnte ausgerechnet Jess derjenige sein, der Cathy verletzte? Wo er doch so gut wie jeder wusste, wie sehr sie ihr Handicap und die Zurückweisung ihrer eigenen Eltern schmerzte?

Auf diese Fragen kannte Libby keine Antwort. Sie wusste lediglich, dass sie mit beiden Barlowe-Brüdern eine Rechnung offen hatte.

Und nichts würde sie davon abhalten, diese zu begleichen.

2. Kapitel

Libby saß am Ende des wackeligen Schwimmstegs, ließ die Füße baumeln und die Schultern hängen. Den Blick hatte sie auf das schimmernde Wasser des Teiches geheftet. Ihre langen, schlanken Beine wurden durch die alte Bluejeans, die sie trug, mehr betont als verhüllt. Ein weißes Trägertop mit Lochstickerei bedeckte wohlgeformte Brüste und einen flachen Bauch und ließ den Rest ihres Oberkörpers entblößt.

Jess Barlowe beobachtete sie stillschweigend und fühlte Dinge, die sehr wenig mit seiner persönlichen Meinung zu dieser Frau übereinstimmten. Er war sich sicher, dass er Libby hasste. Und trotzdem sehnte sich etwas in ihm danach, sie zu berühren, sie zu trösten, den Duft und die Textur ihrer Haut zu erforschen.

Gegen seinen Willen musste er lächeln. *Einmal kurz an ihrem weißen Oberteil zupfen und …*

Jess pfiff seine sich überschlagenden Gedanken zurück und rief sich streng zur Ordnung. So unschuldig und verletzlich Libby Kincaid in diesem Moment auch aussehen mochte, sie war eine Schlange, die es in Kauf nahm, ihre eigene Cousine zu hintergehen, um das zu bekommen, was sie wollte.

Jess stellte sich Libby nackt vor, ihre herrlichen Brüste entblößt und einladend. Doch der Mann in seiner Vorstellung war nicht er, sondern Stacey. Und dieser Gedanke stieß Jess sauer auf.

»Bist du gekommen, um dich zu entschuldigen?«

Die Frage kam so überraschend, dass er zusammenzuckte. Ihm war gar nicht aufgefallen, dass Libby sich umgedreht und ihn erblickt hatte. So sehr war er in seinem Hirngespinst gefangen gewesen, in dem sie sich seinem Bruder hingab.

Er schaute finster drein, sowohl um wieder zu Verstand zu kommen als auch, um Libby Kontra zu geben. So war es schon immer gewesen. Sie waren wie Wasser und Feuer – das ging einfach nicht zusammen. Und trotz all seiner ausgedehnten Reisen und seiner Bildung konnte er sich nicht erklären, warum es so war – und das ärgerte ihn ungemein.

»Wieso sollte ich das denn tun wollen?«, feuerte er zurück, ihre Gegenwart setzte ihm mehr zu, als er zugeben wollte.

»Möglicherweise, weil du dich wie ein Idiot verhalten hast?«, sagte sie so heiter wie der blaue Himmel, der sich über ihnen erstreckte.

Jess stemmte die Hände in die Hüften und wehrte sich standhaft gegen das unbekannte Gefühl, das ihn zu ihr hinzog. Ich will mit dir schlafen, dachte er, und diese Tatsache hallte nicht nur in seinem Geist wider, sondern auch in seinen Lenden.

Schmerz stand in Libbys marineblauen Augen, aber auch ein Hauch von Schalk. »Also?«, forderte sie ihn auf.

Jess stellte erstaunt fest, dass er es zwar schaffte, sich davon abzuhalten, zu ihr zu gehen, aber nicht, sich abzuwenden. Vielleicht reichte ihr gesponnenes Netz weiter als gedacht? Vielleicht war er – wie Stacey und dieser Idiot in New York – schon darin gefangen?

»Ich bin nicht hier, um mich zu entschuldigen«, gab er kalt zurück.

»Weshalb dann?«, fragte sie übertrieben liebenswürdig.

Ob ihr wohl bewusst war, was sie mit dieser schulterfreien Bluse bei ihm anrichtete? Verdammt – so sprachlos war er nicht mehr gewesen, seit Ginny Hillerman ihn an seinem fünfzehnten Geburtstag mit dem Satz »Ich zeig dir meins, wenn du mir deins zeigst.« überrascht hatte.

Libbys Augen war ihre Belustigung anzusehen. »Jess?«

Aus Verzweiflung entgegnete er barsch: »Ist dein Dad da?«

Eine wohlgeformte, hauchdünne Augenbraue wurde nach oben gezogen. »Du weißt genau, dass er nicht da ist. Wäre er da, würde sein Pick-up in der Auffahrt stehen.«

Unvermittelt musste Jess grinsen. Er zuckte leicht mit den Schultern. Die Blätter der Pappel hinter ihm warfen leicht bewegte Schatten auf den alten, hölzernen Steg und formten einen mystischen Pfad – einen Pfad, der direkt zu Libby Kincaid führte.

Sie klopfte auf das sonnengewärmte Holz neben sich. »Komm, setz dich.«

Noch bevor er sich zurückhalten konnte, ging er mit großen Schritten den Steg entlang, nahm neben Libby Platz und ließ die Füße, die in derben Stiefeln steckten, über dem glitzernden Wasser baumeln.

Später konnte er nicht sagen, was ihn geritten hatte, als er die nächste Frage stellte.

»Was ist mit deiner Ehe passiert, Libby?«

In ihren Augen loderte der Schmerz auf, den er zuvor schon kurz erhascht hatte. Geübt unterdrückte sie ihn. »Willst du wieder einen Streit vom Zaun brechen?«

Jess schüttelte den Kopf. »Nein«, antwortete er ruhig. »Ich würde es wirklich gerne wissen.«

Libby wandte den Blick ab und knabberte aufgewühlt an ihrer Unterlippe. Überall um sie herum ertönten Geräusche, die typisch für eine Ranch waren: zwitschernde Vögel in den Bäumen, im Wind raschelnde Blätter, das an die bemoosten Pfeiler des Stegs plätschernde klare Wasser des Teiches. Aber von Libby kam kein Laut.

Aus einem Impuls heraus berührte Jess ihren Mund mit der Kuppe seines rechten Zeigefingers. Feuer und Wasser – an diese Analogie erinnerte er sich schlagartig, als er ihre warme Haut fühlte.

»Hör auf damit«, fuhr er sie an, um seine Reaktion zu verbergen.

Libby hörte sofort auf, ihre Lippe zu traktieren, und sah ihn mit großen Augen an. Wieder beobachtete er, wie dieser unbekannte, latent vorhandene Schmerz aufflammte, den sie in sich trug. »Womit denn?«, wollte sie wissen.

Hör auf, mich dazu zu bringen, dich umarmen zu wollen, dachte er. *Hör auf, mich dazu zu bringen, dir das Haar hinters Ohr streichen und dir zuflüstern zu wollen, dass alles gut wird.* »Hör auf, auf deine Lippe zu beißen!«, herrschte er sie an.

»Verzeihung«, fuhr sie ihn ebenso aufgebracht an, und aus ihren Augen schienen indigofarbene Funken zu sprühen.

Jess seufzte. »Wieso hast du deinen Ehemann verlassen?«, rutschte ihm die nächste Frage wieder unfreiwillig heraus.

Das hatte keiner von beiden erwartet. Libby erblasste ein wenig und versuchte, auf die Füße zu kommen. Jess schaffte es gerade noch, sie am Ellbogen zu fassen und wieder zu sich herunter zu ziehen.

»War es wegen Stacey?«

Sie war außer sich vor Wut. »Nein!«

»Wegen eines anderen?«

Umgehend füllten sich ihre Augen mit Tränen, die sich in ihren dunklen Wimpern verfingen. Sie wand sich aus seinem Griff, machte aber keinerlei Anstalten, wieder aufzustehen und davonzulaufen. »Aber sicher doch!«, keuchte sie zynisch. »»Wenn es sich gut anfühlt, tu es‹ – das ist mein Motto! Bei Gott, ich richte mein Leben geradezu danach aus!«

»Ach, sei still«, forderte Jess sie mit sanfter Stimme auf.

Überraschenderweise sackte sie schluchzend gegen seine Brust. Und es war kein zartes, kalkuliertes Weinen, sondern ein lautstarkes aus Kummer geborenes Heulen.

Jess zog sie an sich und hielt sie fest, erschüttert über die Heftigkeit dessen, was sie fühlte, auch wenn er nicht wusste, was es war, das ihr so zusetzte. »Es tut mir leid«, sagte er heiser.

Libby erzitterte in seinen Armen und heulte wie ein verwundetes Kälbchen, bis das Geräusch irgendwann zu einem Wimmern erstarb.

Jess lachte und aus irgendeinem Grund, den er niemals verstehen würde, küsste er sie auf die Stirn. »Ich liebe es, wenn du mir schmeichelst«, zog er sie auf.

Wie durch ein Wunder konnte auch Libby lachen. Den Kopf leicht in den Nacken gelegt, sah sie ihn an. Die Spuren der Tränen auf ihrem wunderschönen, herausfordernden Gesicht waren deutlich zu erkennen. Ihr Anblick in diesem Moment ließ etwas in seinem Innersten sich schmerzhaft zu einem Ganzen zusammenfügen. Etwas, das seit jeher entzweit gewesen war.

Langsam neigte er den Kopf und senkte seine Lippen auf die ihren. Sanft, zögernd. Erst versteifte sie sich ein wenig. Doch auf die zaghafte Bitte seiner Zunge hin, öffnete sie ihren Mund leicht und ihr Körper entspannte sich.

Jess ließ Libby sich nach hinten lehnen, bis sie auf dem wankenden Steg lag, ohne den Kuss zu unterbrechen. Als sie seinen Kuss erwiderte, schien das funkelnde Licht, das sich auf dem Wasser brach, um sie herumzutanzen wie große glitzernde Splitter, die sie in einem kosmischen Prisma schweben zu lassen schienen.

Jess' Hand wanderte zu der vollen Rundung von Libbys linker Brust. Durch den dünnen Stoff ihres Tops konnte er spüren, wie ihre Brustwarze vor Erregung hart wurde.

Die Hitze der Frühlingssonne wärmte ihn durch sein Hemd, ebenso wie das sanfte Gewicht von Libbys Händen. Er gab ihren Mund frei, um mit sanften Küssen eine Spur von ihrem Kinn bis zu den süßen, duftenden Linien ihres Halses zu zeichnen.

Eigentlich wartete er die ganze Zeit über darauf, dass sie zur Besinnung kam, dass ihr Körper sich versteifte und sie ihn mit den Händen fortstieß. Begleitet von einem entrüsteten – und zweifellos derben – Wutanfall. Stattdessen fühlte sie sich unter seinem Körper anschmiegsam und weich an.

Berauscht wagte er mehr, arbeitete sich weiter nach unten vor, bis zum obersten Rüschenrand ihres Oberteils. Noch immer protestierte sie nicht.

Libby drückte ihren Rücken durch. Ein leises Stöhnen löste sich aus ihrer Kehle, als Jess ihren Oberkörper entblößte und der sanften Frühlingsbrise und dem Feuer in seinen Augen aussetzte.

Ihre Brüste, voll und weiß, schimmerten leicht golden. Unter Jess' Liebkosungen zogen sich die hellrosa Spitzen zusammen und drängten sich ihm entgegen. Als er einen sanften Kuss auf die eine hauchte, stöhnte Libby. Ohne zu zögern wandte er sich auch der anderen Brust zu und umspielte ihre Spitze mit seiner Zunge. Ein erstickter, lustvoller Schrei entfuhr Libby. Bebend vergrub sie ihre Hände in seinem Haar und zog ihn dichter an sich heran. Er wollte mehr. Vorsichtig, um nicht mit seinem ganzen Gewicht auf ihr zu liegen, verlagerte er seinen Körper. Dann, ein paar schwindelerregende Augenblicke lang, saugte er erneut an ihrer süßen Brust.

Um Fassung ringend, zog er ihre Hände aus seinem Haar und hielt sie sanft über ihrem Kopf gefangen.

Ihre wundervollen Brüste hoben und senkten sich im Takt ihrer Atmung.

Jess zwang sich, Libby in die Augen zu sehen. »Ich bin es«, erinnerte er sie barsch. »Jess.«

»Ich weiß«, flüsterte sie, ohne den leisesten Versuch zu unternehmen, ihre Hände zu befreien.

Jess senkte erneut den Kopf, quälte sie, indem er eine Brustwarze zwischen die Lippen nahm und daran sog. »Das hier ist real«, sagte er eindringlich und umkreiste sie mit der Zungenspitze. »Ich will, dass dir das klar ist.«

»Es ist mir klar ... Oh, Gott ... Jess. *Jess!*«

Widerwillig ließ er von ihr ab. Ungläubig sah er ihr forschend ins Gesicht. »Und du willst nicht, dass ich aufhöre?«

Eine zarte Röte färbte ihre hohen Wangenknochen. Die Hände

noch immer über ihrem Kopf ausgestreckt, die Augen geschlossen, schüttelte sie den Kopf.

Jess wandte seine Aufmerksamkeit erneut diesen Brüsten zu, die ihn so verzauberten, knabberte mit den Zähnen vorsichtig daran. »Hast du … eine Ahnung, wie … oft ich das … schon tun wollte?«

Die Antwort war nur ein erstickter Schrei.

Er konzentrierte sich auf eine Brustwarze. Eine süße Leidenschaft entfachend, spielten seine Lippen und seine Zunge mit ihr. »So … oft! Mein Gott, Libby … du bist so wunderschön …«

Ihre Worte kamen genauso zögerlich, wie seine es gewesen waren. »Was geschieht nur mit uns? Wir hassen uns doch!«

Lachend setzte Jess seine Reise über ihren Brustkorb bis zu ihrem weichen, festen Bauch fort, hauchte Küsse an jede entblößte Stelle. Als er den Knopf ihrer Jeans öffnete, nahm er das leise Geräusch zuschlagender Autotüren in der Nähe des Hauses wahr.

Sofort war der Bann gebrochen. Libby wurde knallrot. Blitzartig richtete sie sich auf und hätte beinahe Jess vom Steg gestoßen, während sie versuchte, ihre Kleidung wieder in Ordnung zu bringen.

»Am helllichten Tage …«, murmelte sie gedankenverloren und sprach mehr mit sich selbst als mit Jess.

»Lib!«, rief eine gut gelaunte, männliche Stimme, die rasch näherkam. »Libby?«

Stacey. Das war Staceys Stimme.

Urplötzlich kochte heftiger Zorn in Jess auf und jagte durch seinen brennenden Körper. Er stand auf, und es war ihm dabei gleichgültig, dass seine Erregung gegen seine Jeans drückte, deutlich sichtbar für jeden, der sich die Mühe machte, hinzuschauen. Er starrte auf Libby herab und knurrte: »Es scheint, deine Verstärkung ist gerade angekommen.«

Ein wilder spitzer Schrei entfuhr ihr und sie sprang auf die Füße. In ihren blauen Augen blitzten Wut und Kränkung auf. Bevor Jess sich wappnen konnte, schossen ihre Hände wie kleine Rammböcke an seine Brust und stießen ihn mühelos vom Pier.

Der Kälteschock, den er im Teich erlitt, war zwar willkommener Balsam für Jess' vor Lust glühenden Körper, nicht aber für seinen Stolz. Als er wieder an die Oberfläche kam und das Ende des Stegs mit beiden Händen ergriff, wusste er, nichts an ihm würde mehr darauf hindeuten, dass Libby und er noch etwas anderes getan hatten, als sich zu streiten.

Beinahe körperlich schmerzte die Verlegenheit, die Libby empfand, als Stacey und Senator Barlowe den kleinen Hügel herunterkamen, der Garten und Teich voneinander trennte.

Der ältere Mann warf seinem jüngeren Sohn, der sich empört auf den Steg hievte, einen schadenfrohen Blick zu und scherzte: »Ich sehe, es hat sich nichts verändert.«

Libby brachte ein unsicheres Lächeln zustande. Nicht ganz, dachte sie und erinnerte sich an den herrlichen Tanz, zu dem Jess' muskulöser Körper sie mitgerissen hatte. »Hallo, Senator.« Sie stellte sich auf die Zehenspitzen, um ihn auf die Wange zu küssen.

»Willkommen zu Hause«, erwiderte er mit brummiger Zärtlichkeit. Dann wandte er sich von ihr ab und sein Blick kam erneut auf Jess zu ruhen. »Ist es nicht noch etwas kalt zum Schwimmen?«

Jess' triefendes ebenholzfarbenes Haar umrahmte sein Gesicht. In seinem Blick loderte ein heißes Feuer. Aber er sah nicht seinen Vater an, sondern Libby, deren Lippen, Hals und pulsierende Brüste an diesem Feuer zu verbrennen drohten. »Wir beenden unsere … Diskussion später«, meinte er.

Das Blut schoss ihr glühend ins Gesicht. »Da bin ich mir nicht so sicher!«

»Ich schon«, gab er mit einem Lächeln zurück, das gleichzeitig zärtlich und unheilvoll war. Und dann, ohne auch nur ein Wort an seinen Vater und Bruder zu richten, stapfte er davon.

»Was zum Teufel meinte er damit?«, bellte Stacey mit hochrotem Kopf.

Den Blick, den Libby dem jungenhaft gut aussehenden Mann mit den karamellfarbenen Augen zuwarf, konnte man kaum freundlich nennen. »Du hast mir so einiges zu erklären, Stacey Barlowe!«

Der Senator, ein großer attraktiver Mann, der ebenso wie Ken bereits ergraut war, räusperte sich, wie es nur langjährige Diplomaten konnten. »Ich gehe dann mal ins Haus und sehe nach, ob Ken noch ein Bier erübrigen kann«, bemerkte er. Einen Augenblick später war auch er verschwunden, dem nassen Pfad folgend, den der triefende Jess hinterlassen hatte.

Libby straffte die Schultern und verpasste Stacey eine Ohrfeige. »Wie kannst du es wagen?«, schleuderte sie ihm entgegen. Ihre Stimme klang erstickt, weil sie versuchte, sich zu beherrschen.

Wieder errötete Stacey und fuhr sich mit einer Hand durch das modisch geschnittene weizenfarbene Haar. Er drehte sich um, als wollte er seinem Vater hinterherlaufen. »Ich könnte selbst ein Bier vertragen«, meinte er ausweichend.

»Oh nein! Du bleibst schön hier!«, schrie Libby, ergriff seinen Arm und hielt ihn fest. Seine Lederjacke fühlte sich weich unter ihren Fingern an. »Wage es ja nicht, vor mir wegzulaufen, Stacey! Nicht, bis du mir erklärt hast, warum du Lügen über mich verbreitest!«

»Ich habe nicht gelogen!«, protestierte er, die Hände in die Hüften gestemmt, wodurch sein teuer gekleideter Körper den Zugang zum Steg versperrte.

»Und ob du das hast! Du hast herumerzählt, dass ich ... dass wir ...«

»Dass wir das getan haben, was du und mein Bruder vor wenigen Minuten hier getrieben habt?«

Hätte Stacey sie ins Wasser gestoßen, wäre Libby nicht schockierter gewesen. Eine heftige Erwiderung kam ihr in den Sinn, doch nicht über die Lippen.

Staceys mattgoldene Augen blitzten. »Ihr habt miteinander geschlafen, nicht wahr?«

»Und was wäre, wenn?«, brachte Libby gerade so zustande. »Das würde dich doch überhaupt gar nichts angehen, oder?«

»Doch, das würde es. Ich liebe dich, Libby.«

»Du liebst *Cathy!*«

Stacey schüttelte den Kopf. »Nein. Nicht mehr.«

»Sag das nicht«, bat Libby, mit einem Mal all ihrer Wut beraubt. »Oh, Stacey, tu das nicht ...«

Seine Hände legten sich auf ihre Schultern, unbeirrt und stark. Als sie das Fieber in seinen Augen sah, fragte Libby sich, ob er überhaupt bei klarem Verstand war. »Ich liebe dich, Libby Kincaid«, schwor er sanft, aber wild entschlossen, »und ich werde dich bekommen.«

Erstaunt schüttelte sie den Kopf und machte einen Schritt zurück. Diese Situation war so vollkommen anders als das, was sie sich vorgestellt hatte. Sie hatte angenommen, Stacey würde ihren Anschuldigungen mit einem Lächeln begegnen, ihr das Haar brüderlich zerzausen, wie er es immer getan hatte, und sagen, dass das alles ein Fehler gewesen sei. Dass er Cathy liebe, Cathy wolle. Und ob denn niemand hier einen Witz verstünde.

Aber da stand er nun und erklärte ihr seine Liebe, und er klang beunruhigend ernst.

Libby trat noch einen Schritt zurück. »Stacey, ich brauche jetzt diese vertraute Umgebung; ich muss hier sein, in der Nähe meines Dads. Bitte, zwing mich nicht, zu gehen.«

Stacey lächelte milde. »Das hätte sowieso keinen Sinn, Libby. Wenn du gehst, folge ich dir, egal wohin.«

Sie fröstelte. »Du hast den Verstand verloren!«

Aber Stacey wirkte völlig zurechnungsfähig, als er seinen Kopf schüttelte und die Hände in die Taschen seiner Jacke vergrub. »Nein, nur mein Herz!«, erwiderte er. »Ziemlich sentimental, was?«

»Das ist mehr als sentimental. Stacey, du musst verrückt sein. Du fantasierst. Zwischen uns war nie etwas …«

»Nein?« Er hauchte nur dieses eine Wort.

»Nein! Du brauchst Hilfe.«

Unschuldig wie ein Messdiener schaute er sie an. »Wenn ich verrückt bin, Schatz, dann vor Liebe zu dir. Und das kannst nur du heilen.«

Libby widerstand dem Drang, ihm erneut eine runterzuhauen. Sie wollte ins Haus rennen, aber er stand ihr immer noch im Weg. Sie konnte den Steg nicht verlassen, ohne ihn zu berühren. »Halt dich von mir fern, Stacey«, sagte sie, als er langsam auf sie zukam. »Ich meine es ernst – bleib weg von mir!«

»Ich kann nicht, Libby.«

Die Aufrichtigkeit in seiner Stimme war erschütternd. Zum allerersten Mal, seit sie Stacey Barlowe kannte, fürchtete sich Libby vor ihm. Einzig der Wunsch, keine Aufmerksamkeit auf die Situation und Staceys Gefühlschaos zu ziehen, ließ sie einen Hilfeschrei unterdrücken.

Als hätte er ihre Gedanken gelesen, wurde Stacey blass. »Sieh mich nicht so an, Libby. Ich würde dir doch niemals wehtun. Und ich bin nicht verrückt.«

Kämpferisch hob sie das Kinn. »Lass mich vorbei, Stacey. Ich möchte ins Haus gehen.«

Er legte den Kopf in den Nacken, seufzte und sah ihr anschließend in die Augen. »Ich habe dir Angst gemacht. Das tut mir leid. Das wollte ich nicht.«

Libby konnte darauf nichts erwidern. Trotz der vernünftigen, beruhigenden Worte machte sie der Gedanke krank, dass er ihr nachstellen wollte.

»Du musst doch wissen«, fuhr er behutsam fort, »wie gut es für uns sein könnte. Du hast mich in New York gebraucht, Libby, und jetzt brauche ich dich.«

Die Stimme, die vom Fuße des Hügels zu ihnen herüberklang, erschien Libby wie ein Rettungsring für eine Ertrinkende. »Lass sie vorbei, Stacey.«

Libby blickte rasch auf und erkannte Jess. Dass er zu ihrer Rettung herbeieilen würde, hätte sie am allerwenigsten erwartet. Sein Haar war vom Trockenrubbeln ganz zerzaust, und die Jeans klebte an seinen muskulösen Schenkeln – Schenkel, die sich noch vor wenigen Minuten an sie gepresst hatten in einem Verlangen, das so alt war wie die Zeit selbst. Er wirkte ruhig, während er ein Hemd, das er sich wahrscheinlich von Ken geliehen hatte, über seiner breiten Brust zuknöpfte.

Stacey zuckte unbekümmert die Schultern und zog ohne weitere Diskussion an seinem Bruder vorbei.

Ein Gefühl der Erleichterung überkam Libby, als er endlich ging. Sie zwang sich, Jess in die Augen zu sehen, spürte den Kloß in ihrem Hals. »Du hattest recht«, murmelte sie unglücklich. »Du hattest so *recht!*«

Jess betrachtete sie, wie eine Bergkatze einen in die Ecke getriebenen Hasen mustern würde. Einen flüchtigen Augenblick lang blitzte Zärtlichkeit in seinem Blick auf, doch kurz darauf verhärtete sich sein Ausdruck und ein Muskel zuckte an seinem Kiefer. »Ich nehme an, die Willkommensfeier ist auf später verschoben worden? Wenn Cathy schlafen gegangen ist?«

Ungläubig starrte Libby ihn an. War er nur eingeschritten, um sie selbst quälen zu können?

Jess maß sie geringschätzig von oben bis unten. »Was denn, Lib?

Konntest du dich nicht überwinden, deinem verheirateten Liebhaber zu sagen, dass du schon willkommen geheißen wurdest?«

Heiße Wut jagte wie ein Stromstoß durch Libbys Körper. »Du glaubst doch nicht ernsthaft, dass ich …«

»Du hast es sogar irgendwie geschafft, mit ihm alleine zu sein. Sag schon: Wie bist du meinen Vater losgeworden?«

»Losgeworden?« Libby war sprachlos. Tränen des Schocks brannten in ihren Augen, und die Demütigung schnürte ihr die Kehle zu. Sie atmete tief ein, versuchte, sich zu sammeln, klar zu denken.

Doch die ganze Welt schien sich immer schneller zu bewegen, zu drehen wie eine außer Kontrolle geratene Achterbahn. Als Libby die Augen gegen diese Eindrücke schloss, schwankte sie gefährlich. Wahrscheinlich wäre sie gestürzt, hätte Jess sie nicht mit wenigen Schritten erreicht und an den Schultern festgehalten.

»Libby …« In seiner Stimme klang eindeutig Ärger. Aber da war noch etwas anderes … etwas, das Libby nicht benennen konnte.

Ihre Knie zitterten. Zu viel, das war alles zu viel! Jonathans Tod, die hässliche Scheidung, der Ärger, den Stacey mit seinen unerwünschten Liebesbekundungen verursachte … All diese Dinge lasteten schwer auf ihr. Aber am schlimmsten war die offensichtliche Verachtung dieses Mannes. Ihr war nun klar, dass Jess das, was sie beinahe miteinander geteilt hätten, die Liebe, die für sie so neu, so wunderschön gewesen war, als eine Art grausamen Spaß gesehen hatte.

»Wie konntest du nur?«, spie sie aus. »Oh, Jess, wie konntest du nur?«

Sein Gesichtsausdruck wirkte grimmig. Doch sie nahm ihn nur durch einen seltsamen Schleier wahr.

Anstatt ihr zu antworten, hob er sie auf die Arme und trug sie den kleinen Hügel hinauf zum Haus.

Wie sie die Hintertür erreicht hatten, konnte sie später nicht mehr sagen.

»Was zum Teufel ist auf diesem Steg passiert, Jess?«, verlangte Cleave Barlowe zu wissen und packte die Kanten seines Schreibtisches mit festem Griff.

Sein jüngerer Sohn stand an der Bar aus Mahagoni, die Schulterpartie angespannt, die Aufmerksamkeit sorgsam auf das Glas Straight

Whisky gerichtet, das er zu trinken gedachte. »Wieso fragst du nicht Stacey?«

»Weil ich, verdammt noch mal, *dich* frage!«, bellte Cleave. »Ken ist fuchsteufelswild, und ich kann es ihm nicht verdenken – sein Mädchen war am Boden zerstört!«

Mädchen. An diesem Wort hängte sich Jess auf. Er dachte daran, wie Libby auf ihn reagiert hatte. Sie war seiner Leidenschaft mit der gleichen Intensität begegnet, hatte den Hunger, den er nach ihren Brüsten gehabt hatte, begeistert aufgenommen. Hätten sein Vater und sein Bruder nicht dazwischengefunkt, wäre sie wenige Minuten später die Seine gewesen. »Sie ist kein Mädchen«, gab er zu bedenken und sehnte sich auch jetzt noch danach, sich in ihr zu verlieren.

Der Senator fluchte rundheraus. »Was hast du zu ihr gesagt, Jess?«, presste er hervor, sobald der Schwall an Obszönitäten, die einem Politiker gar nicht zu Gesicht standen, vorüber war.

Jess senkte den Kopf. Er hatte die Dinge, die er ihr gesagt hatte, ernst gemeint. Deshalb konnte er nichts davon zurücknehmen. Da er aber zum Teil wusste, was sie in New York durchgemacht hatte, schämte er sich für seine Sticheleien. Sie war hierhergekommen, damit ihre Wunden heilten – das hatte ihm der Ausdruck in ihren Augen verraten. Anstatt das zu respektieren, hatte er alles nur noch schwieriger für sie gemacht.

Senator Barlowe hatte sich noch nie von Schweigen abhalten lassen, egal, wie vielsagend dieses Schweigen war. Also blieb er hartnäckig. »Mensch, Jess, so etwas würde ich von Stacey erwarten. Dir habe ich mehr Verstand zugetraut! Du hast Libby wegen dieser verdammten Gerüchte, die dein Bruder verbreitet, zugesetzt, oder etwa nicht?«

Jess seufzte, stellte den Drink ab, an dem er noch nicht einmal genippt hatte, und blickte seinem wütenden Vater ins Gesicht. »Ja«, gab er zu.

»Wieso?«

Stur, wie er war, verweigerte er die Antwort. Stattdessen heuchelte er großes Interesse an dem imposanten Eichenschreibtisch, an dem sein Vater für gewöhnlich saß, den schweren Vorhängen, die die Sonne draußen hielten, an den kunstvollen Schnitzereien am Kamin.

»Also gut, du sturer Esel!«, murmelte Cleave außer sich. »Sag halt nichts! Erkläre nichts! Dann lass dich ab jetzt aber auch nicht mehr in der Nähe von Ken Kincaids Tochter blicken, verstanden? Dieser Mann ist der beste Vorarbeiter, den ich jemals hatte. Wenn er sich deinetwegen aufregt und den Job hinschmeißt, dann hat für dich und mich die Stunde Null geschlagen!«

Beinahe hätte Jess gelächelt, aber er wagte es dann doch nicht. Vor nicht allzu langer Zeit hatte der Ausdruck »die Stunde Null« noch eine Verabredung im Holzschuppen angekündigt. Er fragte sich, was Cleave jetzt andeuten wollte? Schließlich war Jess dreiunddreißig Jahre alt, ein Mitglied der Anwaltskammer von Montana und gleichberechtigter Partner im Familienunternehmen. »Cathy liegt mir am Herzen«, erwiderte er gelassen, als würde das alles rechtfertigen. »Was hätte ich denn tun sollen? Tatenlos zusehen, wie Libby und Stace sie aufreiben und aus ihr ein emotionales Wrack machen?«

Cleave seufzte tief und sank auf den üppig gepolsterten Drehstuhl hinter seinem Schreibtisch. »Ich liebe Cathy auch«, meinte er schließlich. »Aber für diesen Schlamassel trägt Stacey die Verantwortung, nicht Libby. Verdammt, nach dem, was Ken erzählt hat, musste sie die Hölle durchmachen. Sie war mit einem Mann verheiratet, der in jedem Bett geschlafen hat, nur nicht in seinem eigenen. Und sie musste zusehen, wie ihr neunjähriger Stiefsohn ganz allmählich starb. Und dann kommt sie nach Hause, sehnt sich nach ein bisschen Frieden – und was kriegt sie? Nichts als Ärger!«

Jess senkte den Kopf und wandte sich ab, gab vor, nach seinem Scotch zu greifen. Er hatte von ihrer miesen Ehe gewusst – Ken hatte den Tag, an dem Aaron Strand das Licht der Welt erblickt hatte, schließlich oft genug verflucht. Aber von dem kleinen Jungen hatte ihm niemand erzählt. Mein Gott, er hatte es nicht gewusst.

»Vielleicht konnte Strand nicht in seinem eigenen Bett schlafen«, meinte er aus einer Gemeinheit, die er seit Libbys Rückkehr in sich spürte, heraus. »Womöglich lag Stacey schon drin.«

»Genug!«, brüllte der Senator mit einer donnernden Stimme, die selbst Präsidenten hätte erzittern lassen. »Ich mag Libby, und ich möchte nichts mehr darüber hören. Weder von dir noch von deinem Bruder! Habe ich mich deutlich ausgedrückt?«

»Mehr als deutlich«, antwortete Jess, der bemerkte, dass er den Scotch nun doch wieder in der Hand hielt und sich moralisch verpflichtet fühlte, wenigstens einen Schluck von diesem Zeug zu nehmen. Der Geschmack erinnerte ihn an verbranntes Gummi, doch da der Alkohol die tobenden Dämonen in seinem Kopf zu beruhigen schien, leerte er das Glas und goss sich einen weiteren Drink ein.

Er war fest entschlossen, sich zu betrinken. Das hatte er seit der Highschool nicht mehr getan, aber plötzlich schien es ihm erstrebenswert. Vielleicht würden einzelne Körperteile von ihm dann aufhören, bei dem kleinsten Gedanken an sie steif zu werden. Vielleicht würde er dann aufhören, sich nach ihr zu sehnen.

Und nach allem, was er nachmittags am Teich zu ihr gesagt hatte, wollte er auf keinen Fall länger als unbedingt nötig nüchtern bleiben.

»Was meintest du damit«, wagte er nach seinem vierten Drink zu fragen, »dass Libby zusehen musste, wie ihr Stiefsohn starb?«

Hinter ihm am großen Schreibtisch raschelte Papier. »Stacey sagte, das Kind habe Leukämie gehabt.«

Jess schenkte sich noch einmal ein und schloss gequält die Augen. Oh Libby, dachte er. *Es tut mir leid. Mein Gott, es tut mir so leid.* »Stacey muss es ja wissen«, sagte er stattdessen voller Bitterkeit.

Einen kurzen Moment lang herrschte ohrenbetäubendes Schweigen. Jess erwartete, dass sein Vater sich in eine seiner berüchtigten Schimpfkanonaden erging, und war umso überraschter, als der Mann seufzte. Dennoch trafen Jess seine Worte wie ein Blitz.

»Der Alkohol wird nichts an der Tatsache ändern, dass du Libby Kincaid liebst, Jess«, eröffnete er ihm in aller Seelenruhe. »Und wenn du ihr und dir das Leben zur Qual machst, wird das auch nichts daran ändern.«

Lieben? Libby Kincaid? Unmöglich. Die seltsamen Bedürfnisse, die ihn jetzt beherrschten, wurzelten in seiner Libido, nicht in seinem Herzen. Sobald er sie gehabt hätte – und das würde er, um nicht durchzudrehen –, wäre ihr Bann über ihn gebrochen. »Ich habe noch nie im Leben eine Frau geliebt.«

»Du Dummkopf! Seit du sieben Jahre alt bist, hast du nur eine einzige Frau geliebt: Libby. Sieben Jahre auf den Tag, wenn du es genau wissen willst.«

Jess drehte sich um und betrachtete seinen Vater fragend. »Wovon zum Teufel redest du da eigentlich?«

»Von deinem siebten Geburtstag«, erinnerte sich Cleave, und Jess sah ihm deutlich an, dass er mit den Gedanken weit weg war. »Deine

Mutter und ich haben dir ein Pony geschenkt. Als du Libby Kincaid das erste Mal sahst, warst du auch schon aus dem Sattel gesprungen und hast ihr hineingeholfen.«

Die Erinnerung kam mit voller Wucht zurück: ein geschecktes Pony. Die Ankunft des neuen Vorarbeiters. Das kleine Mädchen mit den dunkelblauen Augen und dem Haar in der Farbe von Mondlicht im Winter. Den ganzen Nachmittag hatte er damit verbracht, Libby durch den Garten zu begleiten, hatte sich damit zufriedengegeben, zu Fuß zu gehen, während sie ritt.

»Was, glaubst du, würde Ken sagen, wenn ich hinüberginge und seine Tochter sehen wollte?«, erkundigte sich Jess.

»Nach dem heutigen Tag kann ich mir gut vorstellen, dass er dich mit der Schrotflinte erwarten würde.«

»Das könnte durchaus sein. Aber ich glaube, ich werde das Risiko eingehen.«

»Für heute hast du schon genug Schwierigkeiten gemacht«, widersprach ihm sein Vater, dem Jess' berauschter Zustand nicht entgangen war. »Libby braucht Zeit, Jess. Sie muss in der Nähe von Ken sein. Wenn du klug bist, dann lässt du sie in Ruhe, bis sie ihre Gefühlswelt in Ordnung gebracht hat.«

Jess wollte nicht, dass sein Vater recht hatte. Nicht dieses Mal. Doch er wusste, dass es so war. Sosehr es ihn drängte, zu Libby zu gehen und die Dinge geradezurücken: Tatsache war, dass er der letzte Mensch auf Erden war, den sie sehen musste oder wollte.

»Besser?«

Libby lächelte Ken an, als sie die Küche betrat, frisch geduscht und eingehüllt in den kuscheligen, vertrauten Bademantel aus Chenille, den sie in den Tiefen ihres Schranks gefunden hatte. »Viel besser«, bestätigte sie leise.

Ihr Vater stand am Herd und rührte in einer vom Feuer geschwärzten, gusseisernen Pfanne.

Libby schlurfte zum Tisch und setzte sich. Es tat gut, zu Hause zu sein. Wieso war sie nicht schon früher gekommen? »Was auch immer du da kochst, es riecht gut.«

Ken strahlte. In seinen Jeans und in dem Westernhemd wirkte er am Herd völlig fehl am Platz. Eigentlich hätte er irgendwo draußen an einem Lagerfeuer hocken und Bohnen in einem Emailletopf umrühren müssen, überlegte Libby verträumt.

»Das hier ist meine weltberühmte Red-Devil-Soße«, erklärte er grinsend, »für die ich bekannt und geschätzt bin.«

Libby lachte, und vor Freude darüber, dass sie endlich daheim war, wurden ihre Augen ganz feucht. Sie eilte zu ihrem Vater und umarmte ihn, denn sie hatte das Bedürfnis, wenigstens für einen winzigen Moment wieder sein kleines Mädchen zu sein.

3. Kapitel

Beinahe hätte Libby sich an Kens Tacosoße verschluckt. »Hattest du gesagt, dass du für dieses Zeug bekannt bist und geschätzt wirst? Wohl eher bekannt und gefürchtet!«

Ken lachte beim Anblick ihrer tränenden Augen und dem hochroten Gesicht leise in sich hinein. »Der Name ›Red Devil‹ hätte dir eine Warnung sein müssen, Spätzchen.«

Libby murmelte etwas vor sich hin und nahm paradoxerweise noch einen Bissen von ihrer prall gefüllten Taco. »Ab jetzt«, sagte sie kauend, »werde ich mich ums Kochen kümmern.«

Ihr Vater tippte sich zwinkernd mit einem schwieligen Zeigefinger an die Schläfe.

»Du hast mich absichtlich ausgetrickst!«, rief Libby.

Schmunzelnd zuckte er mit den Schultern. »Das Gesetz des Wilden Westens, Süße. Meckere über das Essen und schwupp – schon bist du der Koch!«

»Wenn man es genau nimmt«, ruderte Libby unschuldig zurück, »ist diese Soße gar nicht so schlecht.«

»Zu spät«, erwiderte Ken. »Du hast schon gegen das Gesetz verstoßen.«

Libby legte ihren Taco auf ihren Teller und hob beide Hände, als würde sie sich ergeben. »Schon gut, schon gut – aber hab etwas Erbarmen, ja? Ich habe unter Städtern gelebt!«

»Das ist keine Entschuldigung.«

Libby zuckte mit den Schultern und nahm ihren Taco wieder auf. »Ich habe dich gewarnt. Hast du eigentlich die ganze Zeit über selbst gekocht und sauber gemacht?«

Ken schüttelte den Kopf und lehnte sich in seinem Stuhl zurück, die Daumen hinter seine Gürtelschnalle geklemmt. »Nein. Die Haushälterin der Barlowes schickt gelegentlich ihre Mannschaft hierher.«

»Und was ist mit dem Essen?«

»Meistens esse ich mit den Jungs im Küchenhaus der Ranch.« Er erhob sich und füllte zwei Tassen mit Kaffee. Als er sich wieder umdrehte, schaute er ernst drein. »Libby, was ist heute passiert? Was hat dich so sehr aus der Bahn geworfen?«

Libby wandte die Augen ab. »Ich weiß nicht«, log sie ihn lahm an.

»Verdammt noch mal, das weißt du sehr wohl. Du bist in Ohnmacht gefallen, Libby. Als Jess dich hier hineingetragen hat, habe ich …«

»Ich weiß«, unterbrach sie ihn sanft. »Du hattest Angst. Es tut mir leid.«

Vorsichtig, so als fürchtete er, sie fallen zu lassen, stellte er die dampfenden Tassen auf dem Tisch ab. »Also, was ist passiert?«, beharrte er und ließ sich wieder auf seinem Stuhl nieder.

Libby schluckte hart, doch der Kloß, den sie in ihrem Hals spürte, wollte einfach nicht verschwinden. Da sie wusste, dass sie diese Unterhaltung nicht ewig würde aufschieben können, überwand sie sich und antwortete: »Es ist kompliziert. Letzten Endes läuft es darauf hinaus, dass Stacey diese ganzen Lügen über mich verbreitet hat.«

»Und?«

»Und dass Jess ihm glaubt. Er sagte … Er hat einige Dinge zu mir gesagt und … na ja, das muss mich emotional sehr mitgenommen haben. Da bin ich eben umgekippt.«

Gedankenverloren drehte Ken seine Tasse zwischen Daumen und Zeigefinger hin und her, sodass Kaffee herausschwappte und einen Fleck auf der Tischdecke hinterließ. »Erzähl mir von Jonathan«, sagte er mit sanfter Stimme.

Die Tränen, die sich dieses Mal in Libbys Augen sammelten, hatten nichts mit der Schärfe der Red-Devil-Soße ihres Vaters zu tun. »Er ist gestorben«, brachte sie erstickt hervor.

»Das weiß ich. Du hast mich in der Nacht, als es passiert ist, angerufen, erinnerst du dich? Ich frage mich vielmehr, warum du nicht wolltest, dass ich zu dir fliege und dir helfe, alles zu regeln.«

Libby senkte den Kopf. Jonathan war nicht ihr Sohn gewesen, sondern Aarons aus einer früheren Ehe. Und obwohl schon Monate vergangen waren, hatte der Verlust des Kindes ihr eine tiefe Wunde geschlagen, die noch immer nicht verheilt war.

»Ich wollte nicht, dass du aus nächster Nähe Einblick in meine Ehe bekommst«, gab sie unter großen Schwierigkeiten zu. Und voller Scham, die sie nicht loszuwerden schien.

»Wieso nicht, Libby?«

Libbys Lachen hätte genauso gut ein Schluchzen sein können. »Weil sie furchtbar war«, antwortet sie ihm.

»Von Anfang an?«

Sie zwang sich, dem ruhigen Blick ihres Vaters zu begegnen. Dass er vieles über ihre Ehe aus ihren seltenen Anrufen und noch selteneren Briefen herausgelesen hatte, war ihr wohl bewusst. »So gut wie«, bestätigte sie traurig.

»Erzähl mir davon.«

Libby wollte nicht an Aaron denken, geschweige denn mit ihrem Vater über ihn sprechen. Ken würde einiges einfach nicht verstehen. »Er ... Er hatte ... Affären.«

Ken schien nicht überrascht. Hatte er das etwa auch geahnt? »Sprich weiter.«

»Ich kann nicht!«

»Doch, du kannst. Wenn es dir im Augenblick zu viel ist, ist das in Ordnung. Ich werde dich nicht drängen. Aber je früher du dir das von der Seele sprichst, Libby, desto besser wird es dir gehen.«

Als sie bemerkte, dass ihre Hände verkrampft in ihrem Schoß lagen, versuchte sie, sich zu entspannen. Die Stelle an ihrem Finger, an der Aarons protziger Ehering gewesen war, leuchtete noch immer weiß. »Es war ihm egal«, klagte sie leise flüsternd. »Es war ihm wirklich egal ...«

»Das mit dir?«

»Das mit Jonathan. Dad, sein eigener Sohn war ihm völlig egal!«

»Wie meinst du das, Spätzchen?«

Mit dem Handrücken wischte Libby die Tränen fort. »Die Dinge zwischen Aaron und mir standen schon nicht gut, bevor wir herausgefunden hatten, dass Jonathan krank war. Aber nachdem uns die Ärzte darüber informiert hatten, wurde alles noch viel schlimmer.«

»Ich kann dir nicht folgen, Libby.«

»Dad«, sagte sie verzweifelt. »Ab dem Moment, als Aaron erfuhr, dass Jonathan sterben würde, wollte er nichts mehr mit dem Jungen zu tun haben. Er war bei keinem einzigen Test anwesend, nicht ein einziges Mal kam er ihn im Krankenhaus besuchen. Dieser kleine Junge hat nach seinem Vater geweint, Dad. Aber Aaron kam einfach nicht.«

»Hast du mit Aaron darüber gesprochen?«

Libby erinnerte sich noch gut an den Frust von damals, und die brennende Wut, die sie beim Gedanken daran spürte, ließ ihre Wangen glühen. »Ich habe ihn geradezu *angefleht*, Dad. Doch er sagte immer nur: ›Ich kann damit nicht umgehen.‹«

»Das ist aber auch ein ganz schöner Brocken, den man verarbeiten muss, Lib. Vielleicht bist du zu streng mit dem Mann.«

»Zu streng? *Zu streng?*« Libbys Stimme überschlug sich fast. »Jonathan hatte fürchterliche Angst, Dad, und er hatte Schmerzen – ununterbrochen. Er hätte es lediglich gebraucht, dass sein eigener Vater für ihn stark war!«

»Und was ist mit der Mutter des Jungen? Ist sie ins Krankenhaus gekommen?«

»Ellen starb, als Jonathan noch ein Baby war.«

Ken seufzte und kämpfte mit den Worten, als würde er die Frage nur widerwillig stellen: »Hast du Aaron je geliebt?«

Libby dachte an die frühe Phase der Verliebtheit, die Begeisterung, die sich jedoch nie zu einer wahren, tiefen Liebe entwickelt hatte. Und die Realität des Ehealltags mit einem egozentrischen Mann hatte selbst diese zarten Gefühle zerstört. Obwohl sie es versuchte, konnte sie sich das Gesicht ihres Exmannes nicht in Erinnerung rufen. Stattdessen: jadegrüne Augen, dunkles Haar. Das war alles, was sie vor ihrem inneren Auge sah. Das war nicht Aaron, sondern Jess. »Nein«, gab sie schließlich zu. »Aber als ich ihn geheiratet habe, dachte ich, dass ich es tue.«

Mit einem Mal erhob sich Ken, nahm die Kaffeekanne von der hinteren Kochplatte des Herdes und füllte beide Tassen nach. »Ich möchte dich das eigentlich nicht fragen, aber …«

»Nein, Dad!« Libby unterbrach ihn, noch bevor er dieses unleidige Thema anschneiden konnte. »Ich liebe Stacey nicht!«

»Bist du dir sicher?«

Die Wahrheit war, dass Libbys sich ganz und gar nicht sicher gewesen war. Doch diese dumme Episode mit Jess auf dem Schwimmsteg hatte ihr die Augen geöffnet. Allein bei der Erinnerung daran, wie sie sich ihm bereitwillig hingegeben hatte, pulsierte es in ihrem ganzen Körper vor Verlegenheit. »Ganz sicher«, bestätigte sie nachdrücklich.

Ken fasste über den Tisch hinweg und umschloss mit seiner Hand die ihre. »Du bist zu Hause«, erinnerte er sie. »Ab jetzt wird alles besser werden. Das verspreche ich dir.«

Libby schniefte wenig damenhaft. »Weißt du was, Cowboy? Ich hab dich sehr lieb.«

»Ich wette, das sagst du zu all deinen Vätern«, witzelte Ken. »Hast du vor, morgen an deinem Comic zu arbeiten?«

Der Themenwechsel war ihr durchaus willkommen. »Was das betrifft, bin ich dem Zeitplan etwa sechs bis acht Wochen voraus. Um den nächsten Abgabetermin mache ich mir daher keine Sorgen. Ich glaube, ich gehe stattdessen reiten. Das heißt, wenn ich Cathy davon überzeugen kann, mitzukommen.«

»Ich habe mich schon darauf gefreut, dir beim Arbeiten zuzuschauen. Wie gehst du dabei vor?«

Libby lächelte und fühlte sich durch die Liebe dieses starken und ausgeglichenen Mannes, der ihr gegenübersaß, geborgen. Sie erklärte ihm, wie ihre Cartoons entstanden. Dabei bemerkt sie, wie gut es ihr tat, über die Arbeit zu sprechen. Auch wenn Aaron ihre Karriere geringschätzig betrachtet hatte, war sie das Einzige, das er ihr nicht hatte verderben können.

Ihr Vater zog das Gespräch geschickt in die Länge, und bald redete sie ohne Punkt und Komma über das Zeichnen von Cartoons und erwähnte sogar ihren geheimen Wunsch, eines Tages ihr Können zu erweitern und Porträts zu malen.

Und so unterhielten sich Vater und Tochter bis spät in die Nacht hinein.

»Das hast du verdient«, fuhr Jess Barlowe sein Gegenüber im Badezimmerspiegel an. Ein ausgewachsener Kater trommelte in seinem Kopf und rumorte in seinem Magen, sein Gesicht wirkte abgespannt, so als hätte er seine Muskeln zu lange nicht benutzt.

Mit grimmiger Miene begann er, sich zu rasieren, und fragte sich, ob Libby schon wach war. Sollte er bei Ken haltmachen und mit ihr sprechen, bevor er hinüber zum Haupthaus ging und den Tag mit den Buchhaltern zubrachte?

Jess drängte es, Libby aufzusuchen, ihr zu sagen, wie leid es ihm tat, ihr so zugesetzt zu haben. Es brannte ihm auf den Nägeln, ihre komplizierte Beziehung – wenn man es denn so nennen konnte – auf den richtigen Kurs zu bringen. Und doch sagten ihm seine Instinkte, dass sein Vater am Tag zuvor recht gehabt hatte: Libby brauchte Zeit.

Seine Gedanken wanderten zu Libbys Stiefsohn. Wie musste es für sie gewesen sein, Tag für Tag an seinem Krankenhausbett zu sitzen, um einem Kind dabei zuzusehen, wie es litt, und nicht helfen zu können?

Jess fröstelte. Kaum vorstellbar, etwas derart Schreckliches. Wenigstens hatte Libby ihren Ehemann gehabt, mit dem sie diesen Albtraum durchstehen konnte.

Als er sich mit der Rasierklinge am Kinn verletzte, verzog er das Gesicht und tupfte die kleine Wunde mit einem Stückchen Papiertaschentuch ab. *Aber wenn Libby ihren Ehemann hatte, wozu hat sie dann Stacey gebraucht?*

Stacey. Ihn konnte er doch ausfragen. Zugegeben, er war in letzter Zeit nicht besonders gut auf seinen älteren Bruder zu sprechen gewesen. Dennoch wusste Stacey aus erster Hand, was in Libby Kincaid vorging. Und das war Grund genug, auf ihn zuzugehen.

Nun, da er einen Plan hatte, fühlte er sich gleich besser. Er beendete sein morgendliches Ritual und zog sich an. Für gewöhnlich verbrachte er seine Tage draußen auf der Weide mit Ken und den Farmhelfern. Aber weil er sich heute mit den Buchhaltern treffen wollte, verzichtete er auf Jeans und Baumwollhemd und wählte stattdessen einen maßgeschneiderten Dreiteiler. Noch während er mit seiner Krawatte kämpfte, ging er die breite aus Redwood-Holz gefertigte Treppe vom loftähnlichen Obergeschoss seines Hauses ins Wohnzimmer hinunter.

Hier stand ein massiver Kamin aus weißem Kalkstein, der die gesamte Breite einer Wand einnahm. Die Böden aus poliertem Eichenholz waren mit mehreren farbenfrohen indianischen Teppichen bedeckt. Zwei Sessel und ein tiefes Sofa standen vor der Feuerstelle, und Jess' überladener Schreibtisch war so ausgerichtet, dass er auf Ranchland und die dahinterliegenden schneebedeckten Berge blickte, wenn er dort saß.

Mit großen Schritten steuerte er auf die Tür zu und gab schließlich entnervt seine Bemühungen auf, die Krawatte richtig zu binden. Wie war er froh, Staceys Arbeit nicht machen zu müssen: die langweilige Aufgabe, das familieneigene, landesweite Steakhouse-Ketten-Franchise zu überwachen, wäre überhaupt nichts für ihn.

Er lächelte. Stacey gefiel es, den feinen Herrn zu spielen, Werbespots fürs Fernsehen aufzunehmen und quer durch das ganze Land zu reisen.

Und mit Libby Kincaid ins Bett zu gehen.

Quer über den Rasen vor dem Haus lief er zum Carport und schwang sich hinter das Lenkrad des Pick-ups, den er seit seinen Studientagen fuhr. Eines Tages würde er sich wahrscheinlich ein anderes Auto zulegen müssen – etwas Schickes wie Staceys Ferrari.

Stacey, Stacey, Stacey. Er hatte seinen Bruder heute noch nicht einmal gesehen und jetzt schon die Nase voll von ihm.

Der Motor des Pick-ups gab ein schleifendes Geräusch von sich, dann sprang er an. Liebevoll tätschelte Jess die staubige Armatur und grinste. Ein Auto ist ein Auto, sinnierte er und fuhr das berüchtigte Wrack rückwärts aus seiner Auffahrt heraus. Ein Auto sollte Menschen transportieren, nicht sie beeindrucken.

Fünf Minuten später gluckerte Jess' Pick-up an der Seite des eisblauen Ferraris, der seinem Bruder gehörte, bevor er unter asthmaähnlichen Geräuschen ausging. Er sah hinauf zu dem modernen, zweigeschossigen Haus, das der Senator Stacey und Cathy zur Hochzeit geschenkt hatte, und fragte sich, ob Libby davon beeindruckt sein würde.

Bei dem Gedanken verzog er das Gesicht, während er dem kurvigen, mit weißem Kies aufgefüllten Weg zum Haus folgte. Was zum Teufel ging es ihn an, ob das bei Libby Eindruck machte?

Irritiert drückte er einen Finger auf die speziell angefertigte Klingel, die eine Reihe blinkender Lichter innerhalb des Hauses auslöste. Das System war seine eigene Idee gewesen, dazu gedacht, Cathy das Leben zu erleichtern.

Seine Schwägerin kam an die Tür, lächelte ihn etwas matt an und gebärdete: »Guten Morgen.«

Jess nickte lächelnd. Der gehetzte Ausdruck in den Tiefen ihrer Augen schürte seine Wut von Neuem. »Ist Stacey da?«, bedeutete er ihr und betrat das Haus.

Cathy fasste ihn bei der Hand und führte ihn durch das riesige

Wohnzimmer und das elegante Esszimmer. Stacey saß in der Küche und fühlte sich in seinem dreiteiligen Anzug offensichtlich wohl, ganz im Gegenteil zu Jess.

»Du«, sagte Stacey tonlos und legte den mit Honig bestrichenen English Muffin, ein getoastetes flaches Milchbrötchen, beiseite.

Cathy bot ihm Kaffee an, den Jess höflich ablehnte, woraufhin sie den Raum verließ. Ihr Leben muss todlangweilig sein, überlegte Jess, *wo sich doch alles nur um Stacey dreht.*

»Ich muss mit dir sprechen.« Jess zog einen aus Plastik und Chrom gefertigten Stuhl heran, um sich an den Tisch zu setzen.

Fragend hob Stacey die Augenbraue. »Ich hoffe, es geht schnell – ich muss gleich los zum Flughafen. In Kansas City warten ein paar geschäftliche Dinge auf mich.«

Ohne Umschweife erkundigte sich Jess: »Was für eine Art von Mann ist Libbys Exmann?«

Stacey nahm seine Kaffeetasse in die Hand. »Wozu möchtest du das wissen?«

»Ist doch egal. Muss ich ihn überprüfen lassen, oder wirst du es mir sagen?«

»Er ist ein Bastard«, erwiderte Stacey, sah seinem Bruder aber nicht in die Augen.

»Reich?«

»Oh ja. Seine Familie ist alter Geldadel.«

»Und was tut er?«

»Tun?«

»Ja. Arbeitet er, oder steht er einfach nur da und ist reich?«

»Er leitet das Familienunternehmen, eine Werbeagentur. Und ich glaube, dass er auch Kontrolle über alle anderen Kapitalbeteiligungen der Familie hat.«

Jess spürte, dass Stacey ihm auswich, und fragte sich, warum. »Schlechte Gewohnheiten?«

Jetzt starrte sein Bruder unverwandt den Toaster an, als erwartete er, dass etwas Beängstigendes daraus hervorspringen würde. »Er hat einige Laster.«

Ärgerlich erhob sich Jess, holte sich nun doch eine Tasse Kaffee, die er kurz vorher abgelehnt hatte, und setzte sich wieder. »Die Borsten eines Stachelschweins aus der Nase eines Hundes zu ziehen wäre einfacher, als Antworten aus dir herauszuholen. Wenn du sagst, er habe Laster, meinst du damit Frauen?«

Stacey schluckte und sah fort. »Wenn man es beschönigen will, ja«, bestätigte er.

Jess lehnte sich in seinem Stuhl zurück. »Was zum Teufel soll das denn nun heißen?«

»Das heißt, dass es ihm nicht nur gefallen hat, sich mit anderen Frauen zu vergnügen, sondern auch, damit zu prahlen. Je miserabler Libby sich deswegen fühlte, desto glücklicher war er.«

»Dieser Mistkerl«, sagte Jess fassungslos. »Was noch?«, presste er hervor, weil Staceys Gesichtsausdruck darauf hindeutete, dass da noch mehr war.

»Bei Libby war er impotent.«

»Warum ist sie bei ihm geblieben? Warum in aller Welt ist sie nicht gegangen?«, fragte er grübelnd sich selbst, aber auch seinen Bruder.

Ein vorsichtiger, aber selbstgefälliger Funke leuchtete in Staceys topasfarbenen Augen auf. »Sie hatte ja mich«, bemerkte er gelassen. »Außerdem war Jonathan zu der Zeit schon krank und sie hatte das Gefühl, um seinetwillen an der Ehe festhalten zu müssen.«

Die großzügige, sonnige Küche schien sich um Jess zu drehen »Wieso hat sie nicht wenigstens Ken davon erzählt?«

»Und was genau hätte das bringen sollen? Er hätte den Jungen auch nicht heilen oder aus Aaron Strand einen liebenden Ehemann machen können.«

Alles, was Libby hatte ertragen müssen – die Scham, die Einsamkeit, die Demütigung und das Leid –, überkam Jess in einer bedrückenden, niederschmetternden Welle. Kein Wunder, dass sie sich Stacey zugewandt hatte. »Danke«, sagte er schroff, als er sich erhob, um zu gehen.

»Jess?«

In der Küchentür blieb er stehen, seine Hände umklammerten die Holzzarge, seine Schultern schmerzten vor Anspannung. »Was?«

»Mach dir um Libby keine Sorgen. Ich werde mich um sie kümmern.«

Verzweifelte Wut jagte durch Jess' Körper. »Und was ist mit Cathy?«, erkundigte er sich, ohne sich umzudrehen. »Wer wird sich um sie kümmern?«

»Du hast immer …«

Jess wirbelte jäh um die eigene Achse, starrte seinen Bruder an, hasste ihn beinahe. »Ich habe immer *was*?«

»Dich um sie gekümmert.« Stacey zuckte die Schultern und wirkte dabei kaum verstört. »Sie beschützt …«

»Schlägst du etwa vor, dass ich die Scherben aufsammle, die du hinterlässt?«, hakte Jess nach und zwang seine Stimme dabei zu einem gefährlich ruhigen Tonfall.

Wieder gab Stacey nur ein Schulterzucken als Antwort.

Da er fürchtete, seinem Bruder dauerhaften Schaden zuzufügen, wenn er noch einen Augenblick länger blieb, stürmte Jess aus dem Haus. Cathy, in alten Jeans, Stiefeln und einer Baumwollbluse gekleidet, wartete neben seinem Pick-up. Der Blässe ihres Gesichtes nach zu urteilen, wusste sie viel mehr über den Zustand ihrer Ehe, als er gehofft hatte.

Als sie mit ihren Händen sprach, zitterten diese ein wenig. »Ich habe Angst, Jess.«

Wortlos zog er sie in seine Arme und hielt sie fest. »Ich weiß, Kleines«, flüsterte er, auch wenn er wusste, dass sie ihn weder hören noch seine Lippen sehen konnte. »Ich weiß.«

Gähnend öffnete Libby die Augen und streckte sich. Wohlige Sonnenstrahlen erreichten sie, und frische Luft strömte durch das offene Fenster in ihr Zimmer, bauschte die rosafarbenen Vorhänge auf und erinnerte sie daran, dass sie endlich wieder zu Hause war. Sie schlug die Bettdecke zurück und stand auf. Noch etwas schlaftrunken tappte sie ins Badezimmer und drehte das Wasser der Dusche an.

Als sie ihr kurzes baumwollenes Nachthemd abstreifte, sah sie an sich herab und erinnerte sich an die überwältigenden Empfindungen, die Jess Barlowe tags zuvor in ihr ausgelöst hatte. Wie dumm sie doch gewesen war, das zuzulassen! Doch nach mehreren Jahren der Enthaltsamkeit war es vermutlich nur natürlich, dass sie so leicht zu erregen war – vor allem von einem Mann wie Jess.

Nach der warmen, wohltuenden Dusche fühlte sie sich wie neugeboren. Aarons unverhohlene Seitensprünge waren für sie schmerzhaft gewesen und hatten ihre Selbstachtung empfindlich getroffen. Nun aber waren – auch wenn sie sich lächerlich gemacht hatte, weil sie bei einem Mann, der sie nicht einmal mochte, so hemmungslos reagiert hatte – viele Zweifel bezüglich ihrer Weiblichkeit zerstreut. Sie war nicht nutzlos und reizlos, wie Aaron sie hatte glauben machen wollen. Jess Barlowe hatte sie begehrt, oder etwa nicht?

Na und, diskutierte sie beim Zähneputzen mit ihrem Spiegelbild. *Woher willst du wissen, dass Jess mit dieser Aktion nicht beweisen wollte, dass sein erster Eindruck von dir genau der richtige war?*

Diese durchaus reale Möglichkeit verpasste Libby einen Dämpfer. Sie bürstete ihr Haar, trug wie gewohnt Lipgloss und einen Hauch Mascara auf und ging anschließend zurück in ihr Zimmer, um sich anzuziehen. Aus dem Koffer wählte sie eine kurzärmelige, türkisgrüne Bluse und eine schmal geschnittene Jeans. Da sie immer noch vorhatte, Cathy zu besuchen und sie davon zu überzeugen, mit ihr reiten zu gehen, wühlte sie in ihrem Schrank, bis sie die abgewetzten Stiefel fand, die sie hier zurückgelassen hatte, als sie nach New York gezogen war. Rasch zog sie ein paar dicke Socken über und schlüpfte in die Stiefel.

Sie betrachtete die alten, schäbigen Schuhe und stellte sich die Verachtung vor, die sie bei Aarons Jetsetfreunden ernten würden. Sie musste lachen. Probleme hin oder her, Jess hin oder her – es war gut, endlich zu Hause zu sein.

Dass sie niemanden in der Küche vorfand, war nicht weiter überraschend. Ken hatte das Haus wahrscheinlich noch vor Sonnenaufgang verlassen. Aber auf dem Herd stand Kaffee, und im Kühlschrank fand sie etwas Obst. Libby nahm sich eine Birne und setzte sich.

Gerade als sie ihre zweite Tasse Kaffee ausgetrunken hatte, klingelte das Telefon. Sie eilte an die Wand, an der der Apparat hing, und hob fröhlich ab, in der Annahme, der Anrufer wäre entweder Ken oder die Haushälterin des Haupthauses, die ihr eine Nachricht von Cathy übermitteln wollte. Den Hörer ans Ohr gepresst, war sie schon wieder zum Tisch zurückgelaufen, als Aaron unvermittelt fragte: »Wann kommst du nach Hause?«

»Nach Hause?«, wiederholte Libby verständnislos. Sie war durch die Frage etwas aus dem Gleichgewicht geraten, vor allem, weil sie kaum ihren Ohren traute. »Ich *bin* zu Hause, Aaron.«

»Genug jetzt! Du hast deinen Standpunkt klar und deutlich ausgedrückt, deine selbstgerechte Empörung. Und jetzt wirst du wieder zurückkommen, weil ich dich brauche.«

Eigentlich sollte Libby auflegen. Doch der Weg von ihrem Stuhl bis zur Telefongabel schien ihr unüberwindbar. »Aaron, wir sind geschieden«, erinnerte sie ihn ruhig. »Ich werde nie mehr zurückkommen.«

»Du musst!«, beharrte er prompt. »Es ist lebenswichtig.«

»Wieso? Was ist mit all deinen … Freundinnen?«

Aaron seufzte. »Du erinnerst dich an Betty? Miss November? Na ja, Betty und ich hatten eine kleine Meinungsverschiedenheit. So etwas kommt vor. Aber sie ist zu meiner Familie gerannt. Und ich – wie soll ich das sagen – wurde als ein wenig idealer Ehemann entlarvt.« Er hüstelte. »Jedenfalls ist meine Großmutter der Ansicht, dass ein Mann, der seine Familie nicht im Griff hat, auch kein Unternehmen führen kann. Als wir uns scheiden ließen, war sie in Paris, du erinnerst dich? Und nun wurden mir sechs Monate gewährt, um dich zurück in den Schoß der Familie zu bringen und für einen Erben zu sorgen. Ansonsten geht der ganze Laden an meinen Cousin.«

Libby war viel zu erstaunt, um zu sprechen oder sich zu bewegen; wie erstarrt saß sie in der Küche ihres Vaters und versuchte, zu verstehen, was Aaron faselte.

»Und genau da«, fuhr Aaron unbekümmert fort, »kommst du ins Spiel, Schätzchen. Du kommst zurück, wir lächeln viel, machen ein Baby und das erregte Gemüt meiner Großmutter wird besänftigt. So einfach ist das.«

Libby schaffte es kaum, die Übelkeit zurückzuhalten, die plötzlich in ihr aufstieg. »Ich kann es nicht fassen«, flüsterte sie.

»Was denn, Schätzchen? Dass ich ein Baby machen kann? Darf ich darauf hinweisen, dass ich Jonathan gezeugt habe, für den du eine so große Schwäche hattest?«

Sie schluckte schwer. »Schwängere doch Miss November«, brachte sie hervor. Und dann murmelte sie mehr zu sich selbst als zu Aaron: »Ich glaube, mir wird schlecht.«

»Sag nicht, dass da jemand schneller gewesen ist als ich«, bemerkte er in diesem brutal glatten, bissigen Tonfall, der für ihn typisch war. »Hat der Steakhouse-König die Tat etwa schon vollbracht?«

»Du bist widerlich!«

»Ja, aber auch äußerst praktisch veranlagt. Wenn ich meiner Großmutter keinen Erben präsentiere, kann ich Millionen verlieren. Glaube mir, dabei ist es egal, ob es mein eigener oder der Nachkomme dieses dämlichen Cowboys ist.«

Libby schaffte es, aufzustehen. Ein paar Schritte nur und sie würde auflegen und Aarons Stimme und seine ekelhaften Vorschläge aussperren können. »Glaubst du wirklich, dass ich jemals ein Kind von mir so einem wie dir überlassen würde?«

»Dann gibt es also doch ein Kind!«, gab er aalglatt zurück.

»Nein!« Fünf Schritte bis zur Wand, maximal sechs.

»Sei doch vernünftig, Süße. Hier geht es um ein Imperium. Wenn du nicht zurückkommst und deine ehelichen Pflichten erfüllst, werde ich dieser gottverdammten Ranch einen Besuch abstatten und dich zur Vernunft bringen müssen.«

»Ich bin nicht mehr deine Ehefrau!«, schrie Libby außer sich. Ein Schritt. Und dann die Hand ausstrecken.

»Ach, Herzchen, ich finde die Idee in etwa so reizvoll wie du, aber es gibt keine andere Möglichkeit, nicht? Meine Großmutter mag dich – sieht in dir ein kräftiges Bauernmädchen – und sie möchte, dass das Baby von dir ist.«

Endlich stand sie vor der Wand und konnte den Hörer krachend auflegen. Benommen taumelte sie zu ihrem Stuhl zurück, ließ sich darauf fallen und legte den Kopf auf ihre verschränkten Arme. Sie weinte herzerweichend, um sich selbst und um Jonathan.

»Libby?«, ertönte die Stimme, die sie nach Aarons am wenigsten hören wollte.

»Geh weg, Stacey!«, zischte sie.

Anstatt ihrer Aufforderung nachzukommen, legte Stacey sanft eine Hand auf ihre Schulter. »Was ist passiert, Libby?«, fragte er vorsichtig. »Wer war das am Telefon?«

Eine Welle des Grauens überkam sie, als sie an die Dinge dachte, die Aaron gefordert hatte. Wut und Ekel gesellten sich dazu. Mein Gott, wie egozentrisch und gefühllos dieser Mann doch war! Und wieviel Unverfrorenheit er besaß, von ihr zu verlangen, in dieses Fiasko einer Ehe zurückzukehren, einer blinden Zuchtstute gleich, um auf Bestellung ein Baby zu produzieren.

Ohnmächtig schrie sie auf und bedeutete Stacey verzweifelt, zu verschwinden.

Stattdessen zog er sie aus dem Stuhl hoch und drehte sie so, dass er sie umarmen konnte. Sie brachte nicht die Kraft auf, der Vertrautheit zu widerstehen, und in ihrem beinahe hysterischen Zustand erschien er ihr wie der alte Stacey, der starke große Bruder.

Stacey vergrub seine Hand in ihrem Haar und zog sie an seine Schulter. »Erzähl mir, was passiert ist«, forderte er sie auf, gerade so, wie er es getan hatte, wenn Libby sich als Kind die Knie aufgeschürft oder einen Bienenstich davongetragen hatte.

Aus Gewohnheit erlaubte sie sich, von ihm getröstet zu werden. Lange Zeit hatte es niemand anderen als Stacey gegeben, dem sie sich hatte anvertrauen können. Daher kam es ihr nun ganz richtig vor, sich an ihn zu lehnen. »Aaron … Aaron hat angerufen. Er will … Ich soll ein … ein Baby von ihm bekommen!«

Bevor Stacey darauf antworten konnte, sprang die Tür, die ins Wohnzimmer führte, auf. Instinktiv zog sich Libby von dem Mann zurück, der sie umarmt hielt.

Jess füllte den Türrahmen aus, blass, sein sengender Blick auf Libbys gerötetes, tränenverschmiertes Gesicht gerichtet. »Weißt du«, begann er, und auch wenn er leise sprach, klang er nicht minder furchterregend. »Beinahe hätte ich dir geglaubt. Ich hatte mich fast selbst davon überzeugt, dass du nichts derart Schäbiges tun würdest!«

»Warte … Du verstehst nicht …«

Um Jess' Mund zeigte sich ein unheilvolles Lächeln. Ein Lächeln, das sowohl seinem Bruder als auch Libby galt. »Tu ich nicht? Oh, Prinzessin, ich wünschte, es wäre so.« Scharf und drohend betrachtete er Stacey. »Wie es scheint, werde ich bald Onkel. Sag mal, Brüderchen – was macht das eigentlich aus Cathy?«

Zu Libbys Entsetzen sagte Stacey kein Wort, um dieses offensichtliche, grässliche Missverständnis aus der Welt zu räumen. Stattdessen zog er sie wieder in seine Arme. Dass sie sich wehrte, fiel kaum ins Gewicht. Er war einfach zu stark.

»Lass mich los!«, rief sie verzweifelt.

Stacey folgte ihrer Aufforderung widerwillig. »Ich muss meinen Flug erwischen«, erklärte er.

Ungläubig sah Libby ihn an. »Sag es ihm! Sag Jess, dass er es falsch verstanden hat!«, rief sie und griff nach Staceys Arm, um ihn festzuhalten. Mit einem kleinen Ruck machte er sich frei und verschwand durch die Hintertür.

Lange Zeit herrschte absolute Stille, sowohl Libby als auch Jess wirkten wie erstarrt. Er fasste sich als Erster.

»Ich weiß, dass man dir wehgetan hat«, meinte er. »Aber das gibt dir noch lange nicht das Recht, Cathy so etwas anzutun.«

Dass ihr die Meinung dieses Mannes so wichtig war, brachte Libby zur Raserei. Aber daran war nichts zu ändern. »Jess, ich habe Cathy nichts getan. Bitte lass mich erklären.«

Die starken Arme vor der Brust verschränkt, lehnte er sich mit einer Lässigkeit an den Türrahmen, die nur vorgetäuscht war. »Ich höre«, antwortete er schnippisch.

Libby ignorierte den neuerlichen Anflug von Zorn. »Ich erwarte nicht Staceys Baby, und das war kein romantisches Stelldichein! Ich weiß noch nicht einmal, warum er hergekommen ist. Ich habe mit Aaron telefoniert und er …«

Ein Muskel an Jess' Hals trat hervor und entspannte sich wieder. »Ich hoffe, du willst mir nicht weismachen, dass dein Exmann dich geschwängert hat? Denn das würde ich dir nicht abkaufen.«

Der Frust pochte an Libbys Schläfen und schnürte die schon verkrampften Muskeln ihres Halses weiter zu. »Ich bin nicht schwanger!«, brachte sie mühsam hervor. »Und wenn du schon ein Gespräch belauschen musst, Jess Barlowe, könntest du wenigstens richtig zuhören! Aaron wollte, dass ich zurück nach New York komme und sein Baby bekomme, damit er seiner Großmutter einen Erben präsentieren kann!«

»Und dem hast du nicht zugestimmt?«

»Natürlich nicht! Für was für ein Monster hältst du mich eigentlich?«

Obwohl Jess lässig mit den Schultern zuckte, straften ihn seine feuerspeienden Augen Lügen. »Ich weiß nicht, Prinzessin. Aber sei versichert – ich habe vor, es herauszufinden.«

»Ich habe eine viel bessere Idee!«, brach es aus ihr heraus. »Wieso lässt du mich nicht einfach in Ruhe?«

»Rein theoretisch ist das eine ausgezeichnete Idee«, feuerte er zurück. »Allerdings gibt es da einen kleinen Haken: Ich will dich!«

Unwillkürlich dachte Libby an die Küsse und Zärtlichkeiten, die sie tags zuvor am Teich ausgetauscht hatten, durchlebte sie noch einmal. Heiße Röte stieg ihr ins Gesicht. »Soll ich mich nun geehrt fühlen?«

»Nein«, erwiderte Jess ausdruckslos. »Man sollte dich allerdings beschäftigen, damit dir keine Zeit bleibt, Cathys Leben noch mehr zu zerstören, als du es ohnehin schon getan hast.«

Hätte Libby sich bewegen können, wäre sie quer durch das Zimmer gestürzt, um ihn besinnungslos zu schlagen. Da sie aber ihre Muskeln nicht dazu bewegen konnte, den Befehlen ihres Gehirns Folge zu leisten, war sie gezwungen, ihm sprachlos und tief verletzt dabei zuzusehen, wie er sie mit glühendem Blick von oben bis unten musterte, die Hand zu einem halbherzigen Gruß hob und anschließend das Haus verließ.

4. Kapitel

Als unmittelbar nach Jess' Abgang aus der Küche erneut das Telefon klingelte, zögerte Libby ranzugehen. Es würde Aaron sehr ähnlich sehen, nicht lockerzulassen, Druck auszuüben, um das zu bekommen, was er wollte.

Andererseits konnte es sein, dass jemand anderes anrief und dass der Anruf wichtig war.

Libby überwand sich. »Hallo?«, antwortete sie entschlossen.

»Miss Kincaid?«, fragte eine fröhliche weibliche Stimme. »Hier spricht Marion Bradshaw, ich rufe im Auftrag von Mrs. Barlowe an. Sie würde sich gerne mit Ihnen am Haupthaus treffen, wenn Sie Zeit haben. Sie sagt, Sie sollen Reitkleidung anziehen.«

Libby schaute auf ihre Jeans und die Stiefel hinab und lächelte. Cathy und sie lagen auf derselben Wellenlänge – zumindest was dieses Thema betraf. »Bitte richten Sie ihr aus, dass ich so schnell wie möglich da sein werde.«

Am anderen Ende entstand eine kleine Pause, dann sagte die Frau: »Mrs. Barlowe möchte, dass ich Sie frage, ob Sie ein Auto haben. Ansonsten würde sie Sie in ein paar Minuten abholen.«

Obwohl ihr kein Fahrzeug zur Verfügung stand, lehnte Libby das Angebot ab. Ein Spaziergang zum Haupthaus würde ihr die Möglichkeit geben, nachzudenken und sich darauf vorzubereiten, ihrer Cousine entgegenzutreten.

Sie ging die gewundene, mit Bäumen gesäumte Straße entlang, und der Gedanke, dass es mit Cathy und ihr so weit gekommen war, schmerzte sie tief. Daran war nur Stacey schuld. Sie war so wütend auf ihn, dass sie unwillkürlich schneller lief.

Für einen kurzen Moment erstreckte sich diese Wut auch auf Cathy. Wie konnte sie so einer Sache Glauben schenken? Nach allem, was sie und Libby miteinander durchgestanden hatten?

Mit Nachdruck brachte Libby ihren Zorn unter Kontrolle.

Die Sonne stand hoch und heiß am Himmel. Obwohl noch Frühling war, hatten die Temperaturen angezogen und es war recht warm. Was für eine Wohltat es doch war, hinaufzublicken und Wolken und Bergspitzen zu sehen, anstatt Wolkenkratzer und Smog!

Schließlich kam das Haupthaus in Sicht – ein weitläufiges Gebäude aus rotem Backstein, dessen unzählige Fenster im hellen Sonnenlicht funkelten. Marmorstufen führten zu Veranda und Flügeltür hinauf, die in dem Moment aufging, als Libby die Hand ausstreckte, um zu läuten.

Die Haushälterin trat heraus und umarmte Libby entzückt zur Begrüßung. Marion Bradshaw, eine schlanke Frau mittleren Alters mit weichem braunem Haar, gehörte ebenso sehr zur *Circle Bar B Ranch* wie Senator Barlowe selbst. »Willkommen zu Hause«, sagte sie herzlich.

Libby lächelte und drückte sie ebenfalls. »Danke, Marion«, erwiderte sie. »Ist Cathy bereit, reiten zu gehen?«

»Sie ist vorausgegangen – Sie sollen sie bei den Ställen treffen.«

Libby machte kehrt und wollte gerade die Stufen hinuntergehen, da wurde sie von der Haushälterin aufgehalten. »Libby?«

Auf der Hut sah sie Marion an.

»Ich glaube das nicht von Ihnen«, verkündete Mrs. Bradshaw fest.

Libby war peinlich berührt, aber es hatte keinen Zweck vorzugeben, dass sie nicht wusste, worauf die Frau hinauswollte. Wahrscheinlich spekulierte ohnehin jeder auf der Ranch über ihr angebliches Verhältnis mit Stacey Barlowe. »Danke.«

»Sie bleiben hier auf der Ranch, Libby Kincaid«, fuhr Marion Bradshaw mit hochrotem Gesicht fort. »Lassen Sie nicht zu, dass Stacey oder sonst irgendjemand Sie von hier vertreibt.«

Die bedauerliche Szene am Morgen in Kens Küche war ein Indiz dafür, wie schwierig es sein würde, dem Ratschlag der Haushälterin zu folgen. Das Leben auf der *Circle Bar B Ranch* könnte unerträglich werden, wenn Stacey und Jess ihr Verhalten nicht zurückschraubten.

»Ich werde es versuchen«, versprach sie leise, bevor sie die Veranda verließ und um dieses imposante, vornehme Haus herumging.

Wohlweislich waren die Ställe in einiger Entfernung errichtet worden. Während des Marsches überlegte Libby, ob sie die Ranch nicht doch verlassen sollte. Ja, es stimmte, sie sehnte sich danach, hier zu sein. Aber Jonathans Tod hatte sie gelehrt, dass man gelegentlich die eigenen Wünsche zum Wohle anderer Menschen hinten anstellen musste.

Aber würde ihr Verlassen der Ranch letztendlich überhaupt helfen? Was, wenn Stacey ihr folgen würde, wie er es angedroht hatte? Was würde das mit Cathy anstellen?

Die Ställe waren, wie das Haus, ein Gebäude aus rotem Backstein. Als Libby näherkam, sah sie Cathy zwei Pferde in die Sonne herausführen – einen tänzelnden Palominowallach und die deutlich weniger beeindruckende Pintostute, die Libby immer zum Reiten zur Verfügung gestanden hatte.

Libby zögerte – es war schon sehr lange her, dass sie zuletzt auf einem Pferd gesessen hatte. Und der Ausdruck in Cathys Augen war kühl. Distanziert. Man könnte den Eindruck gewinnen, Libby wäre eine lästige Fremde und nicht ihre Cousine und Vertraute.

Als wollte sie den Bann brechen, hob Cathy einen Fuß in den Steigbügel und schwang sich auf den Rücken des Palomino. Obwohl sie kein Zeichen zum Gruß machte, bedeuteten ihre Augen Libby, es ihr gleichzutun.

Die ältere Stute war gnädig und blieb ruhig, während Libby sich in den Sattel kämpfte und die Zügel mit leicht zittrigen Händen aufnahm. Schon im nächsten Moment jagten die beiden Frauen quer über das weite Weideland hinter den Ställen davon, Cathy selbstsicher vorneweg.

Libby, nicht mehr an den Sattel gewohnt, wurde hin und her geworfen. Schlagartig spürte sie einen Anflug von Ärger, weil Cathy dieses rasante Tempo vorgab.

Immer schneller und schneller wurde Cathy, und sie hielt erst an, als sie die Baumgruppe erreichte, die den Fuß eines bewaldeten Hügels säumte. Da drehte sie sich im Sattel um und warf einen Blick zurück zu einer äußerst verstimmten Libby.

»Du bist außer Übung«, sagte sie deutlich, auch wenn in ihrer Stimme der holprige Rhythmus eines Menschen lag, der schon lange niemanden mehr hatte sprechen hören.

Libby, mit hochrotem Kopf und schweißgebadet, überraschte es überhaupt nicht, Cathy sprechen zu hören. Ihre Cousine hatte sprechen gelernt, bevor sie durch eine Kinderkrankheit taub geworden war, und sprach häufig – wenn sie sicher war, dass niemand sonst zuhörte. Es war ein Geheimnis, das die beiden Frauen gewissenhaft hüteten.

»Vielen Dank auch!«, schnauzte Libby.

Geschickt schwang Cathy ein schlankes Bein über den Hals ihres goldfarbenen Wallachs und glitt zu Boden. Das ausgefallene Zaumzeug klimperte melodisch, als das Tier seinen großen Kopf nach vorne beugte, um zu weiden. »Wir müssen reden, Libby.«

Libbys energischer Sprung vom Rücken des Pintopferdes resultierte unmittelbar in einem stechenden Schmerz in ihren Fußballen. »Allerdings!«, antwortete Libby hitzig, und vergaß dabei ihren Entschluss, Cathys Beeinträchtigung zu respektieren. »Hast du versucht, mich umzubringen?«

Die Augen auf Libbys Lippen geheftet, grinste Cathy. »Dich umzubringen?«, wiederholte sie mit ihrer langsamen, tonlosen Stimme. »Du bist meine Cousine. Das ist wichtig, nicht wahr? Dass wir Cousinen sind, meine ich.«

Libby seufzte. »Natürlich ist es wichtig.«

»Das lässt doch auf eine gewisse Loyalität schließen, findest du nicht?«

Libby wappnete sich. Sie hatte gewusst, dass diese Konfrontation unausweichlich war. Das hieß aber noch lange nicht, dass sie sie wollte oder dafür bereit war. »Ja«, sagte sie daher etwas lahm.

»Hast du eine Affäre mit meinem Mann?«

»Nein!«

»Möchtest du eine haben?«

»Für was für einen Menschen hältst du mich eigentlich, verdammt noch mal?«, rief Libby, die jegliche Zurückhaltung verloren hatte. Von ihren weit ausbreiteten Armen aufgeschreckt wieherten die Pferde aufgeregt, tänzelten und schüttelten ihre Köpfe.

»Genau das möchte ich herausfinden«, erwiderte Cathy mit monotoner Stimme. Ihre Worte waren wohldurchdacht. Seit dem Anfang ihrer Unterhaltung hatte sie ihren Blick nicht ein einziges Mal von Libbys Mund abgewendet.

»Das weißt du schon«, gab Libby scharf zurück.

Zum ersten Mal sah Cathy nun beschämt aus. Aber es lagen auch Unsicherheit und eine große Portion Schmerz in ihrem Ausdruck.

»Es ist kein Geheimnis, dass Stacey dich will, Libby. Seit du entschieden hast, zurückzukommen, halte ich den Atem an und warte darauf, dass er mich verlässt.«

»Egal welche Probleme du und Stacey habt, Cathy, ich bin nicht die Ursache.«

»Und was ist mit all seinen Besuchen in New York?«

Libby sackte in sich zusammen, ließ die Schultern fallen und glitt auf den nach Frühling duftenden Boden, wo sie mit überkreuzten Beinen und gesenktem Kopf dasaß. Mit den Händen antwortete sie: »Du wusstest von meiner Scheidung, von Jonathan. Stacey hat nur versucht, mir da hindurch zu helfen – wir waren kein Liebespaar.«

Das üppige Gras raschelte, als Cathy sich Libby zugewandt ebenfalls setzte. Tränen schimmerten in ihren großen grünen Augen, die Unterlippe zitterte leicht. Nervös drehte sie einen Grashalm zwischen ihren Fingern hin und her.

»Es tut mir leid um deinen kleinen Jungen«, sagte sie laut.

Libby, die sich etwas beruhigt hatte, ergriff Cathys Hände und drückte sie. »Danke.«

Ein einsamer, gehetzter Ausdruck überschattete Cathys Blick. »Stacey wollte, dass wir ein Baby bekommen«, vertraute sie Libby an.

»Und warum habt ihr keins?«

Cathys hübsche Wangen waren mit einem Mal dunkelrot. »Ich bin taub!«, schrie sie abwehrend.

Libby ließ die Hände ihrer Cousine los, um gebärden zu können: »Na und? Viele gehörlose Menschen haben Babys.«

»Ich nicht!«, bedeutete Cathy, tief verzweifelt. »Ich wüsste nicht, wenn es schreit!«

Libby sprach langsam, ihre Hände lagen vorerst vergessen in ihrem Schoß. »Cathy, es gibt Lösungen für derartige Probleme. Es gibt ausgebildete Hunde, elektrische Geräte …«

»Ausgebildete Hunde!«, spie Cathy aus, aber in ihrem Gesicht stand kein Ärger, sondern vielmehr Qual. »Was für eine Frau braucht einen Hund, der ihr hilft, ihr eigenes Baby großzuziehen?«

»Eine taube Frau«, erklärte Libby bestimmt. »Wenn du keinen Hund in der Nähe haben willst, könntest du doch auch eine Kinderfrau engagieren.«

»Nein!«

Libby war erstaunt. »Wieso nicht?«, bedeutete sie ihr nach einiger Zeit.

Aber Cathy hatte offensichtlich nicht die Absicht, ihr zu antworten. Sie sprang auf die Füße und saß auf dem Rücken des Palominos, bevor Libby selbst aufstehen konnte.

Nach diesem Ausbruch ritten sie, ohne ein Wort miteinander zu wechseln. Da sie wusste, dass die Dinge zwischen ihnen noch lange nicht geregelt waren, versuchte Libby sich auf die Landschaft zu konzentrieren. Aber als sich eine Wolke vor die Sonne schob, konnte sie das Gefühl nicht abschütteln, dass ein Desaster bevorstand.

Jess starrte wütend auf den Bildschirm und widerstand dem unbändigen Trieb, auf den Laptop einzuschlagen.

»Hier«, erklang eine weiche, weibliche Stimme. Monica Summers, die kurvenreiche Assistentin des Senators, ergriff die Maus, bewegte sie und drückte ein paar Tasten auf der Tastatur. Augenblicklich erschien die Gewinn-und-Verlust-Rechnung, die Jess vergeblich aufzurufen versucht hatte, auf dem Bildschirm.

»Wie hast du das gemacht?«

Monica schenkte ihm ein heißblütiges Lächeln und zog einen Stuhl heran, um sich neben ihn zu setzen. »Es ist alles eine Frage des Befehls«, antwortete sie, und irgendwie klangen ihre Worte eindeutig zweideutig.

Sein Kragen schien um seinen Hals herum enger zu werden, und doch grinste Jess, denn er schätzte Monicas geschmeidigen, einladenden Körper, die verschwenderische Fülle ihres schimmernden braunen Haares, ihren frechen Mund und ihre grauen Augen. Ihre Besuche auf der Ranch waren für gewöhnlich kurz, doch die Amtszeit des Senators war beinahe vorüber und er plante, ein dickes Buch zu schreiben – bei dem Monica ihm helfen würde. Bis dieses Projekt beendet war, würde sie oft hier sein.

Die Tatsache, dass sich der Senator nicht mehr für eine Wiederwahl aufstellen ließ, schien sie nicht sonderlich aus der Fassung zu bringen. Es war allgemein bekannt, dass sie eine Kampagne der anderen Art anstrebte.

Monica hatte nie damit hinter dem Berg gehalten, dass sie Jess mehr als ein gelegentliches Dinnerdate und das darauffolgende sexuelle Abenteuer bieten wollte. Vor Libbys Ankunft hatte Jess ernsthaft erwogen, die Beziehung zu Monica zu vertiefen, vielleicht sogar sesshaft zu werden. Er liebte sie nicht. Aber sie war zweifelsohne schön, und die Versprechen, die sie mit ihren kunstvoll geschminkten Augen gab, waren durchaus keine leeren. Darüber hinaus interessierten sie sich beide für dieselben Dinge: Sie hatten nahezu identische politische Ansichten, liebten die Natur und hatten einen ähnlichen Musik- und Literaturgeschmack.

Aber selbst jetzt, da Monica so dicht an seiner Seite saß und ihr Parfüm durchaus hitzige Erinnerungen hervorrief, blieb Jess von all dem unbeeindruckt.

Eine Welle der Wut überrollte ihn. Er *wollte* beeindruckt sein, verdammt! Er wollte, dass alles wieder so war wie vor Libbys Rückkehr. Rückkehr? Wohl eher Invasion! Tag und Nacht musste er an diese durchtriebene Frau denken – ob er wollte oder nicht.

»Was ist los, Jess?«, erkundigte sich Monica, wie immer aufmerksam, die Hand auf seine Schulter gelegt. »Es geht nicht nur um den Computer, nicht wahr?«

Er wandte den Blick ab. Das Vernünftigste wäre, Monica irgendwohin zu bringen, wo sie alleine waren, und sie langsam und heftig zu lieben. Vielleicht würde das die Erinnerung an Libby Kincaid aus seinem Kopf vertreiben.

Doch stattdessen hatte er die vor Leidenschaft bebenden Brüste vor Augen, die er auf dem Schwimmsteg hatte erkunden dürfen, schmeckte ihre Spitzen, die in seinem Mund vor Erregung hart wurden. Libbys Brüste.

»Jess?«

Er zwang sich, Monica anzusehen. »Es tut mir leid«, entschuldigte er sich. »Hast du etwas gesagt?«

Der Schalk tanzte in ihren kohlefarbenen Augen. »Ja. Ich habe dir meinen Körper angeboten.«

Er lachte.

Doch Monica bedachte ihn nur mit einem wachsamen Blick. »Mrs. Bradshaw hat mir erzählt, dass Libby Kincaid zurück ist«, erzählte sie. »Könnte es sein, dass ich eine Konkurrentin bekommen habe?«

Jess räusperte sich und fixierte diplomatisch den Bildschirm des Computers. »Zeig mir doch bitte noch einmal, wie du das Monster hier dazu gebracht hast, die Gewinn-und-Verlust-Rechnung auszuspucken«, meinte er ausweichend.

»Jess.« Ihre Stimme war kühl, beharrlich.

Er überwand sich und sah ihr in die Augen. »Ich weiß nicht, was ich für Libby empfinde«, gestand er. »Sie macht mich höllisch wütend, aber ...«

»Aber«, beendete Monica mit trauriger Belustigung den Satz für ihn, »du willst sie dennoch unbedingt haben.«

Das konnte er nicht leugnen, aber offen zugeben, welche seltsamen Bedürfnisse ihn seit dem Moment plagten, an dem er Libby auf dem kleinen Flughafen von Kalispell wiedergesehen hatte, konnte er auch nicht.

Monicas rechter Zeigefinger zeichnete zärtlich die Kontur seines Kiefers nach. »Wir haben nie vereinbart, einander treu zu sein, Jess«, sagte sie mit dieser samtweichen Stimme, die ihn einmal fasziniert hatte. »Es gibt keine Fesseln, die dich an mich ketten. Das heißt aber nicht, dass ich vornehm zurücktreten und Libby Kincaid das Feld überlassen werde. Ich will dich für mich haben.«

Dank des plötzlichen Erscheinens seines Vaters in der Tür des Arbeitszimmers blieb es Jess erspart, zu antworten.

»Ach, Monica – da sind Sie ja!«, rief Cleave Barlowe herzlich. »Bereit, mit mir an dieser Rede zu arbeiten? Wir müssen sie fertig haben, bevor wir zurück nach Washington fliegen.«

Sie ließ den Blick ihrer grauen Augen forschend über Jess' Gesicht gleiten. »Mehr als bereit«, antwortete sie, stand von ihrem Stuhl auf und trat an die Seite ihres Arbeitgebers.

Jess warf dem Computer einen lieblosen Blick zu und schaltete ihn aus. Mit diebischer Freude sah er dabei zu, wie die Bilder vom Bildschirm verschwanden. Dann stand er auf und eilte aus dem Raum. Die Buchhalter würden verärgert sein, wenn sie von ihrer Kaffeepause zurückkämen. Aber es war ihm egal. Wenn er sich jetzt nicht bewegte, würde er verrückt werden.

An den Ställen angekommen, übergab Libby ihr Pferd erleichtert einem Helfer. Schon jetzt spürte sie von dem Ritt einen dumpfen Schmerz in ihren Schenkeln – morgen würde sie einen ausgewachsenen Muskelkater haben.

Cathy, die höchstwahrscheinlich jeden Tag ausritt, wirkte frisch und fröhlich. Aus ihrem Verhalten hätte niemand schließen können, dass sie nicht gut auf Libby zu sprechen war. »Lass uns eine Runde schwimmen gehen«, gebärdete sie. »Und dann können wir zu Mittag essen.«

Libby hätte es vorgezogen, sich im Whirlpool auszuruhen, aber ihr Stolz ließ es nicht zu, das zuzugeben. Sofern kein Humpeln sie verriet, beabsichtigte sie nicht, Cathy merken zu lassen, wie kaputt sie durch einen einfachen Ritt war.

»Ich habe keinen Badeanzug dabei«, meinte sie, Hoffnung schöpfend.

»Das ist schon okay«, beschwichtigte Cathy mit den Händen. »Es ist ein Hallenbad, weißt du nicht mehr?«

»Du schlägst doch hoffentlich nicht vor, dass wir nackt schwimmen?«, entgegnete Libby laut.

Cathys Augen blitzten vergnügt. »Wieso nicht?«, bedeutete sie ihr verschmitzt. »Niemand würde uns sehen.«

»Machst du Witze?«, erwiderte Libby scharf und fuchtelte mit einem Arm in Richtung der langen, breiten Auffahrt. »Schau dir nur die vielen Autos an! Es sind *Menschen* im Haus!«

»Bist du so schüchtern?«, fragte Cathy, die eine Augenbraue verwundert hochgezogen.

»Ja!«, antwortete Libby und ignorierte den subtilen Sarkasmus.

»Dann gehen wir eben zu euch und schwimmen im Teich, wie wir es früher immer gemacht haben.«

Als Libby daran dachte, wie plump sie sich Jess dort an den Hals geworfen hatte, zuckte sie innerlich zusammen. Die friedliche, trostspendende Stimmung, die am Teich herrschte, war wahrscheinlich für immer verändert worden, und es würde sehr lange dauern, bis sie sich dort wieder wohlfühlen würde. »Es ist Frühling, Cathy, nicht Sommer. Wir würden uns eine Lungenentzündung einfangen! Außerdem glaube ich, dass es regnen wird.«

Cathy zuckte die Schultern. »Schon gut, schon gut. Ich leihe mir ein Auto. Dann können wir zu euch fahren, deinen Badeanzug holen und zurückkommen.«

»In Ordnung«, lenkte Libby seufzend ein.

Diese Entscheidung bereute sie kurze Zeit später bereits. Denn als sie und Cathy das Haus erreichten, in dem sie beide aufgewachsen waren, parkte der Lieferwagen des Floristen davor. Auf der Veranda stand ein umgänglicher junger Mann mit einer langen, schmalen Schachtel in den Händen. »Hi, Libby«, grüßte er.

Sie erkannte Phil Reynolds, einen Klassenkameraden aus der Highschool. Geh weg, Phil, dachte sie, auch wenn sie lächelte und ihn ebenfalls begrüßte.

Cathys Aufmerksamkeit hing an der silbernen Box, die er trug, und ein besorgter Ausdruck verdunkelte ihr Gesicht.

Phil kam strahlend auf sie zu. »Ich wusste nicht einmal, dass du zurück bist, bis wir heute Morgen diesen Auftrag bekamen. Kommst du denn gar nicht in die Stadt? Wir haben eine neue Highschool …«

An Simmonsville, eine vertrocknete Kleinstadt an der südlichen Grenze der *Circle Bar B Ranch*, hatte Libby keinen einzigen Gedanken verschwendet, bevor sie Phil gesehen hatte. Daher ignorierte sie seine Frage und starrte ihrerseits auf die Box, die er ihr nun entgegenstreckte, als enthielte sie etwas Abscheuliches.

»Wer … Wer hat die geschickt?«, brachte sie hervor, sich des misstrauischen Blicks sehr wohl bewusst, mit dem Cathy sie betrachtete.

»Sieh selbst«, meinte Phil fröhlich, dann stieg er in seinen Wagen und fuhr davon.

Libby zog die Karte unter dem roten Band hervor, das um die Box gewickelt war, und öffnete sie mit zittrigen Fingern. *Bitte, lieber Gott, lass die Blumen nicht von Stacey sein!*

Der Text auf der Karte war mit der Maschine geschrieben worden. »Sei nicht störrisch, Süße«, war zu lesen. »Gruß – Aaron.«

Einen Moment lang war Libby zu erleichtert, um wütend zu sein. »Aaron«, wiederholte sie. Dann hob sie den Deckel von der Box und sah das Dutzend pinkfarbener Rosen, das darin lag.

Es war verrückt – für einen kurzen Augenblick war sie wieder in Jonathans Krankenzimmer. Auch dort hatten überall Rosen gestanden, ebenso wie Chrysanthemen, Veilchen und Nelken. Aaron und seine Familie hatten kostspielige Blumensträuße und aufwendiges Spielzeug geschickt. Aber kein Einziger von ihnen war auch nur einmal zu Besuch gekommen. Noch immer hörte sie Jonathans aufgesetzt fröhliche Stimme, wie er sagte: »Daddy wird beschäftigt sein.«

Ein wut- und zugleich schmerzerfüllter Schrei entfuhr Libby, und sie schleuderte die Rosen von sich, sodass sich die langstieligen Schönheiten überall auf der Veranda verstreuten. Die silberne Box reflektierte das schwindende Sonnenlicht.

Cathy kniete sich hin und begann, die weggeworfenen Blumen einzusammeln und sie zurück in die Verpackung zu legen. Ein oder zweimal schaute sie verwirrt in Libbys wütendes Gesicht, aber sie stellte keine Fragen und enthielt sich jeden Kommentars.

Libby wandte sich ab und ging ins Haus. Als sie einen Badeanzug gefunden hatte und wieder nach unten gekommen war, stand Cathy an der Spüle und arrangierte die Rosen in eine Vase aus geschliffenem Glas.

Ihre Blicke trafen sich, und Cathy hob eine Hand, um den unausweichlichen Ausbruch zurückzuhalten. »Sie sind wunderschön, Libby«, sagte sie mit kaum hörbarer Stimme. »Du kannst so etwas Schönes nicht wegwerfen.«

»Dann schau gut zu!«, entgegnete Libby scharf.

Ihre Cousine stellte sich zwischen sie und den üppigen Strauß. »Lass sie mich wenigstens Mrs. Bradshaw geben«, flehte sie laut. »Bitte?«

Bedrückt nickte Libby. Wahrscheinlich musste sie dankbar sein, dass nicht Stacey die Rosen in einem Anflug der Leidenschaft geschickt hatte. Außerdem waren sie in der Tat zu schön, um in den Müll zu wandern, auch wenn sie selbst ihren Anblick nicht ertragen konnte.

Libby ging Aarons Nachricht nicht aus dem Sinn, während sie und Cathy zurück zum Haupthaus fuhren. *Sei nicht störrisch.* Ein Gefühl der Angst überkam sie und lief ihr den Rücken hinunter. Aaron hatte es sicherlich nicht ernst gemeint, als er gedroht hatte, auf die Ranch zu kommen und sie davon zu »überzeugen«, mit ihm nach New York zurückzukehren, oder? Sie zitterte.

Sicher besaß nicht einmal Aaron die Frechheit, das zu tun, versuchte sie sich selbst zu beruhigen. Er war schließlich auch nie in das Apartment gekommen, das sie sich nach Jonathans Tod genommen hatte, geschweige denn, dass er angerufen hätte. Selbst als der Scheidung stattgegeben wurde, hatte er es vermieden, mit ihr zusammenzutreffen, indem er seinen Anwalt alleine zum Gericht schickte.

Nein. Aaron würde nicht auf die *Circle Bar B Ranch* kommen. Er würde anrufen, vielleicht noch mehr Blumen schicken, um sie zu verärgern. Aber er würde niemals persönlich hier auftauchen. Auch wenn er Stacey als »dämlichen Cowboy« abtat, so fürchtete er sich doch vor ihm.

Cathy hielt vor dem Haupthaus an, gerade als Libby sich wieder im Griff hatte. Um die Besorgnis ihrer Cousine zu zerstreuen, trug Libby die Vase mit den pinken Rosen in die Küche und überreichte sie Mrs. Bradshaw, die zwar überrascht, aber sichtlich erfreut darüber war.

Im Inneren des gigantischen, mit eleganten Fliesen ausgelegten Raumes, in dem sich das Schwimmbad und der geräumige Whirlpool befanden, beäugte Libby letzteren sehnsuchtsvoll. Dadurch dauerte es einen Moment, bis sie bemerkte, dass bereits jemand im Pool war.

Jess kraulte in wahnsinniger Geschwindigkeit von einem Ende zum anderen, seine gebräunten, muskulösen Arme schnitten durch das klare Wasser mit einer Kraft, die offensichtlich dem Frust eines heftigen inneren Konflikts entstammte. Vom Beckenrand aus beobachtete ihn anerkennend eine hübsche dunkelhaarige Frau mit wunderschönen grauen Augen, deren schlanke Beine im Wasser baumelten.

Die Frau grüßte Cathy mit einer leichten Handbewegung. Dabei ließ sie Libby keine Sekunde aus den Augen und maß sie sorgfältig, wenn auch scheinbar lässig, von oben bis unten.

»Ich bin Monica Summers«, sagte sie, während Jess, der auf seinem rasanten Kurs durchs Wasser seine Umgebung gar nicht wahrzunehmen schien, eine beeindruckende Wende am Beckenrand ausführte und wieder in Richtung des anderen Endes des Pools jagte.

Monica Summers. Der Name sagte Libby etwas, ebenso wie das perfekte, modellhafte Gesicht.

Natürlich! Monica war Senator Barlowes Assistentin. Libby war der Frau nie zuvor persönlich begegnet, hatte sie aber schon in Nachrichtensendungen im Fernsehen gesehen. Und auch Ken hatte sie das ein oder andere Mal beiläufig während eines Telefonats erwähnt.

»Hallo«, sagte Libby. »Ich bin …«

Die grauen Augen leuchteten auf. »Ich weiß«, unterbrach Monica sie ruhig. »Sie sind Libby Kincaid. Mir gefallen Ihre Cartoons wirklich sehr.«

Im Vergleich zu dieser Frau kam sich Libby in etwa so kultiviert vor wie eine Pfadfinderin, die von Tür zu Tür ging und Kekse verkaufte. Und durch Monicas feine Betonung des Wortes »Cartoons« fühlte sie sich beinahe angegriffen. Dennoch dankte sie ihr und zwang sich, Jess' herrlichem Körper nicht dabei zuzusehen, wie er sich durch den Pool bewegte. Es machte ihr nichts aus, dass Jess und Monica in dieser überraschend sinnlichen Umgebung alleine gewesen waren. Wirklich nicht.

Cathy, die unbedingt schwimmen wollte, war schon weitergegangen.

»Es tut mir leid, wenn wir bei etwas stören«, entschuldigte sich Libby und hasste sich augenblicklich selbst dafür, ihr Interesse kundzutun.

Monica lächelte. Da ihr teurer schwarzer Badeanzug ebenso wie ihr langes fülliges Haar trocken war, war sie offenbar nicht selbst schwimmen gewesen. Selbstverständlich saß auch ihr Make-up perfekt. »Es gibt immer irgendwelche Störungen«, erwiderte sie leichthin, dann wandte sie sich ab, um ihre Position als bewundernde Zuschauerin wieder einzunehmen, und ihr Blick folgte dem Spiel der kraftvollen Muskeln in Jess' nacktem Rücken.

Meine Schenkel sind zu dick, jammerte Libby stumm in launischer Verzweiflung. Sie nahm auf einer Liege Platz, die weit von Jess und seiner hübschen Freundin entfernt stand, und gab vor, sich für Cathys anmutiges Rückenschwimmen zu interessieren.

Waren Jess und Monica ein Paar? Es wirkte zumindest so, und Libby konnte beim besten Willen nicht verstehen, warum sie dieses Wissen so überraschte. Schließlich war Jess ein attraktiver, gesunder Mann, der weit über das Alter hinaus war, in dem man Händchen hielt oder aus der Ferne irgendwelchen Fantasien nachhing. Hatte sie denn wirklich angenommen, dass er auf dieser Ranch in einer Art Dämmerzustand existierte?

Cathy schreckte sie aus ihren trüben Überlegungen auf, als sie mit beiden Händen Wasser in ihre Richtung spritzte. Augenblicklich durchnässt, reagierte Libby so verärgert, dass es in keinem Vergleich zu dem Vergehen stand. Selbst von ihrer Reaktion überrascht, stapfte sie ungehalten zum Whirlpool, brachte das Wasser mit dem Umlegen eines Schalters zum Sprudeln und ließ sich, nach einem sengenden

Blick in Richtung ihrer wenig reumütigen Cousine, in die riesige, mit Fliesen ausgekleidete Wanne gleiten.

Das warme aufgewühlte Wasser war nicht nur willkommener Balsam für Libbys Muskeln, sondern auch für ihre Stimmung. Es stand ihr nicht zu, sich Gedanken darüber zu machen, mit wem Jess schlief. Schließlich hatte sie keinen Anspruch auf seine Zuneigung.

Als sie es sich auf einer versunkenen Bank bequem gemacht hatte, ließ Libby den Kopf in den Nacken fallen, schloss die Augen und versuchte sich vorzustellen, dass sie alleine in diesem riesigen Raum mit dem schräg abfallenden Glasdach, den üppigen Pflanzen und den Liegen war.

Dass sie sich sexuell zu Jess Barlowe hingezogen fühlte, konnte sie nicht leugnen. Aber es war lediglich ein körperliches Phänomen. Es würde vorübergehen.

Um diesen Prozess zu beschleunigen, musste sie sich nur daran erinnern, wie erniedrigend der Sex mit Aaron gewesen war. Nicht, dass sie es je würde vergessen können.

Nachdem Libby ihren Ehemann mit seiner ersten Geliebten erwischt hatte, war sie dauerhaft aus seinem Schlafzimmer ausgezogen. Sie blieb allein wegen Jonathan, der zu diesem Zeitpunkt noch zu Hause lebte und sie so dringend brauchte, bei Aaron.

Vor diesem brutalen Erwachen hatte sie aber mit allen Mitteln versucht, ihre rasch scheiternde Ehe zu kitten. Ins Bett zu gehen war jedoch immer furchtbar gewesen.

Libbys Haut kribbelte, als sie daran dachte, wie Aaron sie erst wochenlang ignoriert hatte, um sich dann alarmierend entschlossen auf sie zu stürzen und ihre Kleider zu zerreißen – manchmal so brutal, dass sie blaue Flecken davontrug.

Rückblickend begriff Libby, dass Aaron sich selbst etwas hatte beweisen müssen, etwas bezüglich seiner Identität als Mann. Damals jedoch hatte sie die Erfahrung gemacht, dass Sex – hochgepriesen in Büchern und Filmen – etwas war, vor dem man sich fürchten musste.

Nicht ein einziges Mal hatte Libby bei Aaron irgendeine Form der Befriedigung erfahren – sie hatte es nur über sich ergehen lassen. Und jetzt – sich des im Pool schwimmenden halbnackten Cowboys schmerzhaft bewusst – fragte sie sich, ob das Liebesspiel mit Jess anders wäre.

Die Art, in der ihr Körper unter seinem erblüht war, schien der Beweis zu sein, dass dies tatsächlich der Fall wäre. Trotzdem, wahrscheinlich würde sie am Ende doch wieder enttäuscht werden. Womöglich war sie allein deshalb erregt gewesen, weil Jess sich die Zeit genommen hatte, wenigstens einen Hauch ihrer Lust zu stillen. Aaron hatte das nie getan, hatte nie einen Funken von Feinfühligkeit bewiesen.

Libby hielt die Augen geschlossen und sperrte jedes Geräusch aus. Sie verdammte innerlich ihre fehlende Erfahrung. Wenn sie doch wenigstens mit einem weiteren Mann außer Aaron zusammen gewesen wäre, dann hätte sie einen Vergleich, eine ungefähre Vorstellung, ob diese hochfliegende Erlösung, von der sie gelesen hatte, tatsächlich existierte oder nicht.

Das Wissen darum, dass so viele dachten, sie hätte eine heiße Affäre mit Stacey, ließ sie ironisch lächeln. *Wenn die nur wüssten!*

»Worüber lächelst du?«

Die Stimme katapultierte Libby mit einem Schlag zurück ins Hier und Jetzt. Irgendwann musste Jess ihr in den Whirlpool gefolgt sein, denn er stand nur wenige Zentimeter von ihr entfernt.

Überrascht starrte sie ihn eine kurze Zeit lang an, dann sah sie sich aufgeregt nach Cathy und der eleganten Miss Summers um.

»Sie sind mittagessen gegangen«, informierte Jess sie mit funkelnden Augen. Auf dem dunklen Flaum, der seine muskulöse Brust bedeckte, glitzerten Wasserperlen, sein Haar war mit dem Handtuch trockengerubbelt worden und sah auf anziehende Weise zerzaust aus.

»Ich werde mich ihnen anschließen«, flüsterte Libby fieberhaft, doch scheinbar waren ihr die Bewegungsabläufe entfallen, womit sie hätte aus dem Whirlpool steigen können.

Jess roch leicht nach dem Chlor des Schwimmbadwassers, als er näher kam. »Geh nicht«, sagte er leise. »Das Essen kann warten.«

Heiße Wut auf Cathy erfasste Libby. Wieso war sie einfach gegangen und hatte sie hier zurückgelassen?

Jess schien ihr die Frage vom Gesicht abzulesen, er musste lachen. Es klang weich, sinnlich – ganz und gar männlich. Über ihren Köpfen krachte es – ein Frühlingsgewitter braute sich in den dunklen Wolken zusammen.

Libby erzitterte und drängte ihren Rücken so kraftvoll gegen den Whirlpoolrand, dass ihre Schulterblätter schmerzten. »Lass die Finger von mir«, warnte sie ihn.

»Nie im Leben«, antwortete er, und dann war er ihr so nahe, dass sie seine harten Oberschenkel an ihren eigenen spürte. Das weiche dunkle Haar auf seiner Brust kitzelte ihre nackte Schulter und die plötzlich kribbelnde Haut über dem Oberteil ihres Badeanzugs. »Ich habe vor, das zu beenden, was wir gestern am Teich angefangen haben.«

Libby schnappte nach Luft, als er den Kopf neigte. Mit dem Mund kostete er ihre Lippen, zähmte sie, um sie schließlich zu öffnen, und zärtlich zu erobern. Instinktiv wanderten ihre Hände an seine Hüften.

Er war nackt. Diese Entdeckung brachte Libby ins Wanken. Sie wollte sich abwenden, doch sein Kuss wurde inniger und erstickte all ihre Bemühungen im Keim. Er ergriff ihre Beine und legte sie um seine gestählten Hüften, die sie gerade noch erkundet hatte. Seine imposant aufragende Männlichkeit, nun an ihre intimste Stelle gepresst, zeigte überdeutlich, dass Jess fest entschlossen war, sie in Besitz zu nehmen.

5. Kapitel

Libby hatte das Gefühl, als würde sich ihr Körper auflösen, als würde er Teil des warmen, sprudelnden Wassers werden. Jess löste seine Lippen von ihrem Mund und glitt mit den Händen langsam nach oben. Gemächlich zog er die Träger ihres Badeanzugs von ihren Schultern und weiter nach unten und entblößte ihre vollen Brüste.

Libby dachte überhaupt nicht daran, zu protestieren: sie war wie erstarrt, gefangen von den Reaktionen ihres Körpers, die keinerlei Bezug zu Vernunft oder gar Verstand hatten. Sie ließ den Kopf in den Nacken fallen, sah durch das durchsichtige Dach, die dunklen Sturmwolken, doch sie kamen ihr lächerlich vor, im Vergleich zu dem Sturm, der sich in ihr zusammenbraute.

Jess neigte den Kopf und zupfte vorsichtig mit den Zähnen an einer ihrer Brustspitzen. Libby sog scharf die Luft ein, als glühend heiße Erregung durch sie hindurchjagte, so mächtig, dass sie beinahe erzitterte. Ein leises Stöhnen entwich ihr, und sie bog den Kopf noch weiter zurück, sodass ihre Brüste Jess' Zärtlichkeiten noch schutzloser ausgesetzt waren.

In ihrem schwirrenden Kopf kreisten unentwegt die Gedanken: Sie verhielt sich schamlos, Jess machte sich nichts aus ihr. Er wollte lediglich beweisen, dass er sie, wann immer er wollte, erobern konnte. Dieser Ort war nicht sicher und es war durchaus möglich, dass jemand hereinplatzte und bemerkte, was hier vor sich ging.

Hoch oben ertönte Donnergrollen, ließ Himmel und Erde erzittern. Keines der Argumente, die Libbys Verstand umherwälzte, hatte eine Auswirkung auf das wachsende Verlangen in ihr, sich mit diesem unmöglichen, anmaßenden Mann zu vereinen, der in diesem Moment ihre Brüste liebkoste.

Zielsicher fand Jess den Punkt, an dem sich ihre Lust sammelte, streichelte ihn durch den Stoff ihres Badeanzugs, bis die Begierde ein Ausmaß erreichte, das für Libby fremd war. Da schob er, ohne sich auch nur einen Augenblick von ihren Brüsten zu lösen, geschickt das

Stückchen Stoff beiseite, das Libbys Weiblichkeit noch bedeckte.

Sie keuchte, als er mit einem Finger in sie eindrang und gleichzeitig ihre Klitoris rhythmisch mit seinem Daumen massierte. Als wolle er ihr Linderung verschaffen. Oder sie doch eher quälen? Libby wusste es nicht, es kümmerte sie auch nicht.

Jess ließ von ihrer Brustwarze ab und arbeitete sich mit dem Mund bis zu ihrem Ohrläppchen vor und knabberte daran. Als die zärtlichen Bewegungen seiner Finger einen kehligen Schrei nach mehr in ihr auslösten, lachte er leise.

»Lass es einfach geschehen, Libby«, flüsterte er. »Lass dich höher und höher tragen …«

Libby war schon aufgestiegen, hoch hinauf, sie hörte nichts, sah nichts, dachte nichts – nur das heiße Spiel seiner Finger zählte und die seltsame Kraft in ihrem Innern, die sich zu etwas aufbaute, das sie nur aus ihrer Vorstellung kannte. »Oh.« Sie stöhnte, während er diese neue, leidenschaftliche Magie in ihr befeuerte. »Oh, Jess …«

Gnadenlos intensivierte er ihr Verlangen, flüsterte ihr unerhört erotische Versprechen ins Ohr, spreizte ihre Beine mit dem Knie, so weit es ging, während er ihre Brust mit der anderen Hand liebkoste.

Tief in Libby löste sich ein wildes Beben, ihr Atem beschleunigte sich und wurde zu einem leisen, lustvollen Schrei.

»Geh ihm entgegen, Libby«, drängte Jess. »Überlass dich seiner Führung.«

Plötzlich bäumte sich Libbys ganzes Sein reflexartig auf, der Donner über ihnen übertönte ihren letzten Schrei nach Erlösung, wieder und wieder zog sich alles in ihr krampfartig zusammen, und sie war machtlos dem enthemmten Sieg ihres Körpers ausgeliefert.

Als das Zucken abgeklungen war, setzte allmählich Libbys Verstand wieder ein. Mit großen Augen sah sie Jess ins Gesicht und sah darin überraschenderweise keine Forderung, keinen Spott. Stattdessen grinste er sie an. Er sah so zufrieden aus, als hätte er selbst Befriedigung gefunden.

Eine unbändige Verlegenheit überkam Libby. Sie versuchte, ihr Gesicht abzuwenden, doch Jess fasste sie am Kinn und zwang sie, ihn anzusehen.

»Tu das nicht«, meinte er rau. »Schau nicht so. Es war nicht falsch, Libby.«

Dass ihre Gedanken für ihn ein offenes Buch waren, beunruhigte sie ebenso sehr wie das Wissen, dass sie diesem Mann unfassbare Freiheiten in einem Whirlpool gewährt hatte. »Ich nehme an, du denkst ... Ich nehme an, du willst ...«

Jess zog seine Hand zurück und den Badeanzug an seinen Platz. »Ich denke, du bist wunderschön«, stellte er fest. »Und ich will dich – das ist wahr. Aber für den Moment war es ausreichend, dir und deiner Reaktion zuzusehen.«

Wieder errötete Libby. Die Heftigkeit ihrer Erlösung verwirrte sie. Und sie hatte erwartet, dass Jess seine eigene Befriedigung einfordern würde. Es erstaunte sie, dass er eine derart unbändige Erfüllung zu geben vermochte, ohne etwas für sich zu fordern.

»Außer mit deinem Ehemann bist du noch mit keinem Mann zusammen gewesen, nicht wahr, Libby?«

Seine unverschämte Direktheit bewirkte, dass Libbys butterweiche Muskeln sich anspannten. Wütend griff sie nach einem der Handtücher, die Mrs. Bradshaw in der Nähe auf ein niedriges Regal bereitgelegt hatte. »Ich war mit Tausenden von Männern zusammen!«, gab sie bissig zurück. »Wieso auch nicht? Ein Wort von einem Mann und ich lasse ihn ... ich lasse ihn ...«

Erneut grinste er. »Du hattest noch nie einen Orgasmus«, sagte er ihr auf den Kopf zu.

Woher konnte er etwas Derartiges nur wissen? Das war geradezu unheimlich. Libby wusste, die heiße Röte in ihrem Gesicht strafte die scharfe Antwort Lügen. Dennoch sagte sie: »Natürlich habe ich das! Ich war verheiratet. Hast du angenommen, dass ich enthaltsam war?«

Diese Verteidigungsrede schien Jess nur zu amüsieren. »Wir beide wissen, Libby Kincaid, dass du praktisch noch Jungfrau bist. Du magst vielleicht unter deinem Exmann gelegen und dir gewünscht haben, dass er dich in Ruhe lässt. Aber bis vor wenigen Minuten hattest du keinen Schimmer, was es bedeutet, eine Frau zu sein.«

Libby hätte es nie für möglich gehalten, jemals so wütend werden zu können, wie sie es im Moment war. »Du arroganter, *unerträglicher* ...«

Er ergriff ihr Handgelenk, bevor ihre Hand den beabsichtigten Kontakt mit seinem Gesicht machen konnte. »Dabei war das noch gar nichts, Prinzessin«, versprach er eindringlich. »Wenn ich dich in mein

Bett kriege – und ich versichere dir, das werde ich –, beweise ich dir, dass alles, was ich gesagt habe, wahr ist.«

Trotz Libbys hemmungslosem Ärger sehnte sich ihr verräterischer Körper danach, in seinem Bett zu liegen, sich ihm ganz hinzugeben. Jetzt, da sie endlich erfahren hatte, was wahre Leidenschaft war, wollte sie nur eins: mehr. »Wie kann man nur so von sich überzeugt sein?«, zischte Libby, riss sich von ihm fort und stieg derart schnell aus dem Whirlpool, dass sie mit einem uneleganten, feucht-nassen *Plopp* auf dem Beckenrand landete. »Du tust gerade so, als hättest du Sex erfunden!«

»Soweit es dich betrifft, kleine Jungfrau, habe ich das. Aber keine Angst – ich beabsichtige, dich bei der ersten Gelegenheit zu entjungfern.«

Libby stand auf und wickelte ihre zitternde, kraftlose Gestalt in ein bettlakengroßes Handtuch. »Fahr zur Hölle!«

Jess erhob sich aus dem Wasser und schien sich nicht im Mindesten seiner Nacktheit zu schämen. Das Ausmaß seines Verlangens nach ihr war deutlich sichtbar.

»Die nächsten Stunden werden genau das sein«, bestätigte er und griff ebenfalls nach einem Handtuch. Selbstverständlich wählte er eines, das ihn kaum bedeckte.

Sprachlos stellte sich Libby die Stöße seiner Männlichkeit vor, wie sie den Rücken durchdrückte, um ihn zu empfangen, wie erneut ein Feuer jener Lust entflammte, die sie vor wenigen Minuten verzehrt hatte.

Jess warf ihr einen langen, amüsierten Seitenblick zu, als wüsste er, was in ihrem Kopf vor sich ging, und betonte: »Keine Sorge. Ich werde dir ganz traditionell den Hof machen, wenn es das ist, was du möchtest. Aber ich werde dich haben. Vollkommen.«

Nach dieser Beteuerung schlenderte er seelenruhig aus dem Schwimmbad und überließ Libby dem Aufruhr der seltsamen Gefühle und unerfüllten Bedürfnisse, der in ihrem Inneren tobte.

Kaum war Jess außer Sicht, stolperte sie zu der nächstbesten Liege und ließ sich darauf sinken, die Knie zu weich, um sie zu tragen. Also, Kincaid, dachte sie, jetzt weißt du es. Und? Bist du nun zufrieden?

Das letzte Wort ließ sie zusammenzucken. Auch wenn sie es nicht gerne zugab, wenn man überlegte, welcher Mann der Grund dafür war, war sie genau das: zufrieden.

Mit sorgfältig erkämpfter Würde schritt Jess in den Duschraum, der an das Schwimmbad angrenzte, und stellte ruckartig eine der Duschen an. Als er unter den schneidend kalten Strahl trat, biss er die Zähne zusammen.

Allmählich ließ die schreiende Sehnsucht in seinem Körper nach und der hartnäckige Beweis seiner Lust verschwand. Erleichtert verließ Jess die Duschkabine und griff nach einem frischen Handtuch.

Ein heiseres Lachen entwich ihm, während er sich abtrocknete. Grundgütiger! Wenn er Libby Kincaid nicht bald besaß, würde er noch an einer Lungenentzündung sterben. Ein Mann kann Sprünge in eiskalte Teiche und kalte Duschen nur in begrenzter Zahl ertragen.

Im Schrank wartete Wechselkleidung auf ihn – eine Jeans und ein leichter weißer Pulli. Rasch zog er sich an und betrachtete verächtlich den dreiteiligen Anzug, den er vorhin ausgezogen hatte. Mit wiederhergestelltem Kreislauf – zumindest im Großen und Ganzen – trocknete er sich das Haar mit dem Handtuch, und fuhr anschließend mit einer Hand hindurch, um sich das Kämmen zu ersparen.

Eine süße Qual breitete sich in ihm aus, als er an den magischen Ausdruck dachte, der sich auf Libbys wunderschönes Gesicht gelegt hatte, als sie sich ihm völlig hingegeben hatte.

Mein Vater hatte recht, stellte Jess fest, während er Socken und seine alten, bequemen Stiefel anzog. *Ich liebe dich, Libby Kincaid. Ich liebe dich.*

Es überraschte ihn nicht sonderlich, dass er Libby nicht in der Küche bei Cathy und Monica vorfand – sicher hatte sie eine Ausrede gefunden, um nicht mit den beiden essen zu müssen, und war davongelaufen, um sich zu sammeln. Sie musste genauso verwirrt und aufgelöst sein wie er.

Jess vermied es, Monica in die Augen zu sehen. Er wollte nicht mit der traurigen Vermutung konfrontiert werden, die er darin lesen würde. Stattdessen spähte Jess zu den vom Regen nassen Küchenfenstern. Ein Donnerschlag riss ihn aus der sonderbaren Trägheit, die ihn erfasst hatte. Er blickte zu Cathy und sah ein verschmitztes Leuchten in ihren Augen.

»Du kannst sie noch erwischen, wenn du dich beeilst«, gebärdete sie, legte den Kopf schief und grinste ihn an.

Wusste sie, was im Whirlpool vorgefallen war? Ein Teil der Hitze, die in seinen Lenden nachklang, stieg ihm ins Gesicht, bevor er aus dem Raum und durch das restliche Haus stürzte.

Sein Pick-up, ein Schandfleck unter den anderen vor dem Haus parkenden Autos, weigerte sich standhaft, anzuspringen. Genervt und ohne zu zögern, lieh Jess sich Monicas schnittigen grünen Porsche. Während er die Auffahrt entlangfuhr und in die Hauptstraße einbog, wuchs seine Verärgerung.

Was zum Teufel dachte sich Libby eigentlich dabei, in strömendem Regen durch die Gegend zu spazieren? Und wieso hatte Cathy sie gehen lassen?

In der Nähe der Briefkästen fand er sie schließlich, bedrückt und nass bis auf die Knochen schleppte sie sich dahin.

»Steig ein!«, bellte er, außer sich vor Sorge.

Libby reckte das Kinn in die Höhe und ging weiter. Ihre türkisfarbene Bluse klebte an ihr und enthüllte die Umrisse ihres BHs. Ihr Haar hing patschnass und lockig an ihr herab.

»*Sofort!*«, brüllte Jess durch das Fenster, das er zur Hälfte geöffnet hatte.

Sie blieb stehen, warf ihm einen Blick voll heißer Empörung zu. »Wieso?«, schrie sie über den Lärm des röhrenden Motors und des Sturmes zurück. »Ist die Zeit gekommen, mir beizubringen, was es heißt, eine Frau zu sein?«

»Woher zum Teufel soll ich wissen, was es bedeutet, eine Frau zu sein?«, donnerte er. »Steig in das Auto!«

Libby schleuderte ihm entgegen, er solle zur Hölle fahren, und stapfte dann, den strömenden Regen ignorierend, weiter.

Herzhaft fluchend schaltete Jess den Motor aus und zog die Handbremse an. Er drückte die Tür auf und hetzte durch den Wolkenbruch. Kurz darauf schloss er zu Libby auf, packte sie bei den Schultern und wirbelte sie zu sich herum.

»Wenn du deinen Hintern nicht *sofort* in dieses Auto schwingst«, bellte er sie an, »schwöre ich bei Gott, dass ich dich *hineinwerfe!*«

Abschätzig maß sie den Porsche. »Monicas Auto?«

Jess nickte. Unfassbar! Es regnete in Strömen, seine Kleider waren schon vollständig durchweicht – und sie stand hier und ritt auf unwichtigen Details herum!

Ein böses Lächeln erschien auf Libbys Lippen, und sie stapfte

Richtung Auto. Dabei ließ sie absichtlich keine einzige schlammige Pfütze aus. Er hätte schwören können, dass sie es genoss, sich triefend auf den bisher makellosen Veloursledersitz fallen zu lassen.

»Nach Hause, James«, befahl sie zuckersüß, kreuzte die Arme vor der Brust und bohrte ihre matschigen Stiefel in den flauschigen Teppich im Fußbereich.

Jess hatte nicht die Absicht, sie zu Ken zu bringen, erwähnte es aber nicht. Seine Gedanken spielten verrückt und er stellte sich vor, wie sie in einem Krankenhausbett lag und von einer Lungenentzündung dahingerafft wurde. Ihm wurde ganz anders. Heftig rammte er den Gang ins Getriebe und startete den Motor.

Als sie nicht die von Libby erwartete Straße nahmen, verschwand das selbstgefällige Grinsen allmählich aus ihrem Gesicht. Mit aufgerissenen Augen starrte sie Jess an. »He, Moment mal …«

Frech lächelnd und eine Hand fragend erhoben, sagte er unschuldig: »Ja?«

Sie biss sofort an. »Wo fährst du hin?«

»Zu mir«, antwortete er ruhig, obwohl er noch wütend auf sie war. »Das ist doch der Klassiker, findest du nicht? Ich bestehe darauf, dass du aus diesen nassen Sachen herauskommst, dann werfe ich dir einen meiner Bademäntel über und schenke uns beiden einen Brandy ein. Und danach, Lady, liebe ich dich wild und hemmungslos.«

Libby erblasste, auch wenn ein kleines herausforderndes Fünkchen in ihren Augen aufblitzte. »Zweifelsohne auf einem Fell vor dem Kamin!«

»Natürlich«, gab Jess knurrend zurück. Gleichzeitig fragte er sich, wieso er mit dieser Frau nicht normal und vernünftig umgehen konnte. Alles wäre einfacher, wenn er ihr geradeheraus sagen würde, dass er sie liebte, dass er sie brauchte. Aber dazu konnte er sich nicht durchringen, noch nicht. Außerdem brodelte es in ihm, weil sie so kindisch gewesen und in den strömenden Regen gelaufen war.

»Nehmen wir mal an, ich würde nicht wollen, dass du mich ›wild und hemmungslos liebst‹, wie du es so hübsch formuliert hast? Nehmen wir weiter an, ich würde mich dir erst am Sankt-Nimmerleins-Tag hingeben, und das trotz Brandy und Fell?«

»Etwa so, wie du dich mir im Whirlpool *nicht* hingegeben hast?«, stichelte er.

Libby errötete. »Das war etwas anderes!«

»Warum?«

»Du ... Du hast mich überrumpelt, darum!«

Bevor er es verhindern konnte, schlüpften die nächsten Worte aus seinem Mund: »Ich weiß über deinen Exmann Bescheid, Libby.«

Sie zuckte zusammen und konzentrierte ihre Aufmerksamkeit auf die Scheibenwischer, die Schwerstarbeit leisteten. »Was hat er denn mit all dem zu tun?«

Jess legte einen kleineren Gang ein und bog in die Straße ein, die zu seinem Haus führte. »Stacey hat mir von den Frauen erzählt.«

Alle Farbe wich aus ihrem Gesicht, doch sie blickte ihn nicht an. Eigentlich sah sie aus, als wollte sie jeden Augenblick die Tür aufstoßen und hinausstürzen. »Ich möchte nicht darüber sprechen«, teilte sie ihm nach einer derart langen Pause mit, dass sie schon die Auffahrt zu seinem Haus entlangfuhren.

»Warum nicht?«, fragte er. Seine Stimme war sanft, aber etwas rau.

Eine Träne rollte über ihr vom Regen nasses, trotzig aussehendes Gesicht. Das Kinn hatte sie auf eine ihm vertraute Art nach vorne gestreckt, die ihn anzog und zugleich ärgerte. »Wieso willst du über Aaron sprechen?«, entgegnete sie leise und aufgewühlt. »Damit du dich überlegen fühlen kannst?«

»Du solltest mich besser kennen.«

Sie starrte ihn an, und in ihren Augen konnte er ihr verletztes Herz sehen. Er fühlte sich miserabel. Sie hatte so viel durchmachen müssen. Er wünschte, er könnte diesen sichtbaren Schmerz, der in ihr wütete, auf sich nehmen.

»Ich kenne dich aber nicht besser, Jess«, widersprach sie ruhig. »Wir sind nicht gerade seelenverwandt, du und ich. Soweit ich weiß, möchtest du mich schlicht quälen. Mir alle meine Fehler unter die Nase reiben und zusehen, wie ich mich winde.«

Jess umklammerte das Lenkrad fester. Es kostete ihn viel Mühe, zum Zündschloss zu greifen und den Motor des Porsches abzustellen. »Es ist kalt hier draußen«, meinte er monoton. »Wir beide sind nass bis auf die Knochen. Lass uns reingehen.«

»Du bringst mich nicht nach Hause?«, flüsterte sie.

Er seufzte. »Möchtest du das denn?«

Den Kopf gesenkt, überlegte Libby. »Nein«, sagte sie nach langem Zögern.

Jess' Haus war großzügig geschnitten und ordentlich. In der Decke waren Oberlichter angebracht, und der zweite Stock war eine Art Loft. Die Augen nach oben auf das Geländer geheftet, stellte Libby sich vor, dass sein Bett direkt dahinter stand, und wandte sich verlegen ab.

Jess schien sie zu ignorieren; er war damit beschäftigt, Zeitungspapier zu zerknüllen und in den Kamin zu werfen, um das Feuer zum Brennen zu bekommen. Fasziniert beobachtete sie das Muskelspiel in seinem Rücken und sehnte sich danach, ihn unter ihren Händen zu spüren.

Die Erkenntnis, dass sie Jess Barlowe liebte, trieb schon seit ihrer Ankunft in Montana in ihrem Unterbewusstsein Knospen. In diesem Moment erblühte sie plötzlich mit aller Macht. Aber war dieses Gefühl wirklich neu?

Wenn Libby ehrlich zu sich selbst war – und das versuchte sie immer zu sein –, musste sie sich eingestehen, dass sie Jess aller Wahrscheinlichkeit nach schon sehr lange liebte.

Er drehte sich um und erhob sich aus seiner hockenden Position, hinter ihm loderte und knisterte ein kleines Feuer. »Wie gefällt dir mein Haus?«, fragte er mit einem schiefen Lächeln.

Libby fühlte sich verwundbar. Gerade hatte sie ihre Gefühle für diesen Mann entdeckt und mit seinen jadegrünen Augen konnte er direkt durch ihren Schutzwall auf die darunter liegenden Verletzungen und Verwirrungen blicken. Im Vertrauen auf einen alten Trick, der in der Vergangenheit immer funktioniert hatte, schaute sie sich auf der Suche nach etwas um, auf das sie wütend sein konnte.

Die Oberlichter, das Loft, der Blick auf die Berge durch die Fensterfront vor seinem Schreibtisch – das alles gefiel ihr. Es war maskulin und auf eine unaufdringliche Art romantisch.

»Die perfekte Junggesellenbude für einen reichen, verantwortungslosen Playboy«, hielt sie ihm aus Verzweiflung vor.

Augenblicklich versteifte Jess sich. Doch dann zeigte sich ein leichtes Lächeln auf seinem Gesicht. »Autsch, das hat gesessen. Aber ich werde nicht zurückschießen, Libby. Du kannst dich also entspannen.«

Entspannen? War dieser Mann verrückt? Noch vor einer halben Stunde hatte er sie unbekümmert in einem Whirlpool zum Höhepunkt gebracht. Und jetzt waren sie alleine, während der Zustand ihrer Kleidung sie dazu zwang, weitere Intimitäten zu riskieren, sich auszuziehen und zu duschen. Wenn sie sich nicht stritten, was sollten sie dann tun?

Bevor Libby sich eine passende Antwort überlegen konnte, deutete Jess zur breiten Treppe, die in den ersten Stock führte. »Das Bad ist oben. Geh duschen. Innen an der Tür findest du einen Bademantel.« Damit wandte er sich ab, kniete sich vor den Kamin und legte Feuerholz nach.

Weil sie fror und es scheinbar keine andere Möglichkeit gab, erklomm Libby die Stufen. Erst als sie oben angelangte, begannen ihre Zähne zur Bestätigung zu klappern.

Da sah sie Jess' breites, ungemachtes Bett. Umgeben von bodentiefen Fenstern, die den Eindruck vermittelten, der Raum wäre nach außen hin offen, zerknitterte Laken, die noch immer Jess' unaufdringlichen, klaren Duft trugen …

Libby riss sich zusammen, wandte sich ab und lenkte ihre Aufmerksamkeit auf die Umgebung. In einer Ecke des großen Raumes stand ein verglaster Holzofen, in der anderen ein langes vollgestopftes Bücherregal, auf dem alles Mögliche – von Taschenbuchkrimis bis hin zu Büchern über Veterinärmedizin – stand.

Sie ging hinüber zum angrenzenden Badezimmer, kickte ihre mit Schlamm übersäten Stiefel von den Füßen und schälte sich aus Jeans, T-Shirt, Socken und ihrer durchnässten Unterwäsche. Die Gänsehaut, die sich auf ihrem gesamten Körper abzeichnete, war nicht vollständig der Kälte zuzuschreiben.

Die riesige Badewanne stand, wie das Bett, vor einer Fensterfront ohne Vorhänge. Dieser weite Blick, den man auf Berge und Grasland erhielt, vermittelte den Eindruck, als badete man in der Krone eines Baumes.

Leicht fröstelnd kniete sich Libby nieder, um die polierten Messinghähne aufzudrehen. Auf ihrer ausgekühlten Haut fühlte sich das Wasser wunderbar an. Und bevor sie es sich versah, füllte sie die tiefe Wanne und tauchte bis zum Kinn unter. Dabei hatte sie eigentlich nur schnell duschen und kein lang ausgedehntes, traumhaftes Bad nehmen wollen.

Unvermittelt drängte sich ihr die Erinnerung an den Whirlpool im Haupthaus auf, in dem sie sich so hatte gehen lassen. Gab es wirklich eine tiefere Bedeutung dafür, dass sie nicht die begehbare Dusche auf der anderen Seite des Badezimmers, sondern die Badewanne gewählt hatte?

Jetzt gehen aber die Pferde mit dir durch, Kincaid, schalt sie sich und lehnte sich genüsslich zurück.

Irgendwo im Haus klingelte ein Telefon, das rasch abgenommen wurde, doch es kümmerte Libby nicht. In der großen Wanne entspannte sie sich und versuchte, ihre aufgewühlten Gedanken und Gefühle zu beruhigen. Was später eventuell passierte, wollte sie sich nicht überlegen. Im Augenblick beabsichtigte sie, es sich gemütlich zu machen. Sich zu verwöhnen. Die herrliche Wärme in sich aufzunehmen.

Das Geräusch von Stiefelabsätzen auf der Treppe ließ sie sich kerzengerade aufsetzen. Eine süße Unruhe überkam sie. Jess würde doch nicht etwa hereinkommen, oder?

Natürlich würde er! Wieso sollte eine Badezimmertür einen Mann aufhalten, der die Dreistigkeit besaß, jemandem in einem Whirlpool Avancen zu machen?

Fieberhaft suchte sie mit den Augen nach dem Regal mit den Handtüchern. Nein, es war zu weit weg, wie auch der blau-weiße Frotteebademantel, der an der Tür hing. Sie sank tiefer ins Wasser, bis es ihre Unterlippe kitzelte, schloss die Augen und wartete.

»Lib?«

»J…Ja?«, brachte sie heraus. Er war direkt auf der anderen Seite der schweren Holztür und sie saß hier und hoffte …

Was eigentlich? Dass Jess hereinkam oder dass er draußen blieb? Sie wusste es nicht.

»Ken hat gerade angerufen«, informierte er sie, machte aber keinerlei Anstalten, die Tür zu öffnen. »Ich habe ihm gesagt, dass du hier bist und ich dich nach Hause bringe, sobald der Regen nachlässt.«

Libby errötete bei dem Gedanken, was ihrem Vater wohl durch den Kopf gegangen sein musste. »Was hat er gesagt?«

Jess' leises, tiefes Lachen erklang. »Lass es mich so formulieren: Ich glaube nicht, dass er hereilt, um deine Tugend zu verteidigen.«

Sie war erleichtert und enttäuscht zugleich. War es nicht die Aufgabe eines Vaters, seine Tochter vor aufdringlichen Lustmolchen wie Jess Barlowe zu retten?

»Oh«, war daher alles, was sie entgegnete. »Soll … Soll ich mich beeilen? Ich meine, damit du ebenfalls duschen kannst?«

»Lass dir Zeit«, meinte er leichthin. »Im Erdgeschoss ist noch ein Bad. Ich kann dort duschen.«

Nach dieser sowohl beruhigenden als auch ernüchternden Information hörte sie durch die Tür gedämpft, wie Schubladen geöffnet und geschlossen wurden. Nur wenige Sekunden später erklangen Jess' Schritte erneut auf der Treppe.

Auch wenn sie es vorgezogen hätte, den Rest des Tages in dem wunderbar warmen Bad zu verbringen, schoss Libby geradezu aus der Wanne und hinüber zum Regal mit den Handtüchern. Das war ihre Chance, sich abzutrocknen und etwas anzuziehen, bevor Jess sie zu weiteren skandalösen Handlungen anstiften konnte.

Als Jess schließlich ins Wohnzimmer kam, saß sie dort bereits auf dem Sofa, in seinen blau-weißen Bademantel gehüllt, den Gürtel fest zugebunden, unter eine wärmende, gestrickte Afghandecke gekuschelt. In saubere Jeans und einen grünen Rollkragenpullover gekleidet, sah er unerhört gut aus. Wie ihr eigenes war auch sein Haar noch feucht, und in seinen Augen zeichnete sich ein Lächeln ab, das wahrscheinlich von ihrem Versuch hervorgerufen wurde, sich tiefer in eine Ecke der Couch zu graben.

»Es gibt doch keinen Brandy«, bedauerte er mit einer hilflosen Geste. »Würdest du dich auch mit Hühnersuppe zufriedengeben?«

Libby hätte allem zugestimmt, das ihn, wenn auch nur für wenige Minuten, aus dem Zimmer geschafft hätte. Für die Suppe musste er in die Küche gehen. Unfähig zu sprechen, nickte sie.

Sie versuchte, sich auf die züngelnden Flammen im Kamin zu konzentrieren. Doch das leise Klappern der Schranktüren, das fließende Leitungswasser und das monotone Surren der Mikrowelle waren nicht zu überhören. Das hohe *Bing* des Timers schreckte sie auf.

Allzu schnell kehrte Jess zurück, in den Händen zwei Becher mit dampfender Suppe. Einen reichte er Libby, dann setzte er sich Gott sei Dank in einen der Sessel und nicht neben sie auf die Couch.

Draußen kam der Regen in wahren Sturzbächen herunter und erzeugte auf den Dachfenstern ein melodisches Prasseln, bevor er an den Fensterscheiben herablief. Das Feuer knackte, Funken sprühten, als wollten sie den Sturm verspotten, der sie nicht erreichen konnte.

Jess nippte an der heißen Suppe und grinste. »Das passt nicht hundertprozentig zu dem Szenario, das ich im Auto entworfen habe«, bemerkte er und hob seine Tasse ein wenig.

»Alles andere stimmt«, witzelte Libby und meinte das Bad, das sie genommen hatte, und seinen Bademantel, den sie trug. Noch im selben Moment wurde ihr ihr Fehler bewusst. Doch es war zu spät, um ihre Worte zurückzunehmen. Spöttisch zog Jess eine Braue hoch und lächelte, was ihr deutlich machte, dass er diese Bemerkung nicht unkommentiert hinnehmen würde.

»Alles?«, zog er sie auf. »Es gibt auch keinen Fellvorleger.«

Libbys Wangenknochen brannten. Unfähig, ihm zu antworten, senkte sie den Blick und beobachtete die Nudeln in ihrer Tasse.

»Es tut mir leid«, entschuldigte sich Jess leise.

Sie schluckte den Kloß in ihrem Hals und sah ihm in die Augen. Er wirkte zerknirscht und sein Verhalten hatte nichts Bedrohliches. Aus diesem Grund traute sie sich zu fragen: »Hast du wirklich vor, mit mir zu schlafen?«

»Nur, wenn du es auch möchtest«, antwortete er. »Du musst wissen, dass ich dich niemals zwingen würde, Libby.«

Sie spürte, dass er ehrlich war, und entspannte sich ein wenig. Früher oder später würde sie sich damit abfinden müssen, dass nicht alle Männer sich so gefühllos und verletzend verhielten wie Aaron. »Du glaubst mir doch endlich, nicht wahr? Ich meine, das mit Stacey?«

Wenn diese aus heiterem Himmel kommende Frage Jess überraschte oder missfiel, zeigte er es nicht. Er nickte lediglich.

Aus einer verrückten Laune heraus, die ihr Mut verlieh und sie vorwärtstrieb, schob Libby alle Vorsicht beiseite und platzte heraus: »Hältst du mich für eine Idiotin?«

Überrascht sah Jess sie mit großen Augen an. Die Tasse in seiner Hand war vergessen. »Eine Idiotin?«

Libby schaute zur Seite. »Ich meine … na ja, wegen Aaron.«

»Wieso sollte ich denn so etwas denken?«

Draußen polterte der Donner, der Libby und Jess in ihrem Kokon nichts anhaben konnte. »Er war … er …«

»Er hat mit anderen Frauen geschlafen«, half Jess ihr aus. Ruhig, sanft.

Libby nickte und sah wieder auf.

»Und du bist bei ihm geblieben.« Er stellte den Becher ab und kam näher. Er ging vor ihr in die Hocke, nahm ihr den Becher ab und stellte ihn weg. »Du konntest Jonathan nicht zurücklassen, Libby. Das verstehe ich. Und wieso sollte die Tatsache, dass du an deiner Ehe festgehalten hast, irgendeine Auswirkung auf meine Meinung von dir haben?«

»Ich dachte …«

»Was?«, fragte Jess, als sie ihren Satz nicht beendete. »Was hast du gedacht?«

Aufsteigende Tränen erstickten ihre Stimme. »Ich dachte, ich wäre nicht sonderlich begehrenswert – ich meine, mein eigener Ehemann konnte nicht … wollte nicht …«

Jess stöhnte auf. »Mein Gott, Libby! Du glaubst doch nicht etwa, dass du an Aarons Untreue schuld warst?«

Doch genau das hatte sie, zumindest unterbewusst. Eine andere Frau, eine stärkere, erfahrenere, verführerische Frau, hätte ihren Ehemann womöglich glücklich machen können, ihn dazu bringen können, sie zu begehren.

Jess legte die Hände auf ihre Schultern, sanft, aber nachdrücklich. »Lib, sprich mit mir.«

»Wie toll kann ich schon sein?«, brach es plötzlich aus ihr heraus, mit einer Verzweiflung, die sich nicht länger verbergen ließ. »Wie begehrenswert? Mein Ehemann brauchte andere Frauen, weil er sich nicht überwinden konnte, mit mir zu schlafen!«

Jess zog sie an sich, hielt sie fest, als sie nach so langer Zeit ihren Gefühlen freien Lauf ließ und heftig schluchzte. »Das war nicht dein Fehler«, flüsterte er und streichelte ihr beruhigend übers Haar. »Oh, Liebling, das war nicht dein Fehler.«

»Natürlich war es das!«, jammerte sie in seinen grünen Pulli, in seine starke Schulter, die darunter verborgen war. »Wäre ich besser gewesen … Hätte ich gewusst, wie …«

»Sch … Baby, nicht. Tu dir das nicht an.«

Einmal freigelassen, schien es, als könnte sie ihre Gefühle nicht zähmen. Sie gingen so tief, waren so wild wie ein Fluss, wirbelten in sinnlosen Strömungen und Strudeln und rissen ihren Stolz mit sich in die Tiefe.

Jess umfasste ihre zitternden Hände, drückte sie beruhigend. »Hör mir zu, Prinzessin«, forderte er sie auf. »Unter diesen Umständen sind die Zweifel, die du hast, verständlich. Aber sie sind unbegründet. Du bist begehrenswert.« Er hielt inne, sah sie mit liebevollem Blick an. »Das kann ich beschwören.«

Libby fühlte sich noch immer verletzt. Sie hatte die hässlichen Dinge nicht vergessen, die Aaron ihr während ihrer Ehe an den Kopf geworfen hatte – dass sie gefühlskalt und frigide sei, dass er, bevor er sie geheiratet hatte, nicht impotent gewesen sei. Wieder und wieder hatte er Jonathan als Beweis herangezogen, dass er bei seiner ersten Frau voller Zeugungskraft gewesen war, hatte es ihm Vergnügen bereitet, ihr zu sagen, dass er bei keiner seiner vielen Freundinnen als unzulänglich gelte.

Sie riss sich aus der Vergangenheit zurück in die weniger traumatische Gegenwart und platzte heraus: »Schlaf mit mir, Jess. Ich möchte mir selbst beweisen …«

»Nein«, lehnte er kalt und bestimmt ab. Er ließ ihre Hände los, erhob sich und wandte sich scheinbar voller Abscheu ab.

6. Kapitel

»Ich dachte, du willst mich«, sagte Libby mit leiser, brüchiger Stimme. Die Muskeln in Jess' breitem Rücken spannten sich an, doch er drehte sich nicht zu ihr um. »Oh, das tue ich.«

»Also warum …?«

Er ging zum Kamin, nahm den Schürhaken und stocherte in den lodernden Scheiten, damit sie schneller, heißer brannten. »Wenn ich mit dir schlafe, Libby, dann nicht, weil einer von uns beiden etwas beweisen möchte.«

Libby senkte beschämt den Kopf. Als wollten Wind und Regen sie zurechtweisen, klatschten sie gegen das Fenster, Blitze zuckten, füllten den Raum mit unheimlichem blau-goldenem Licht. Erneut weinte sie, dieses Mal leise, verzweifelt.

Jess kam zu ihr, hob sie mühelos auf seine Arme. Wortlos trug er sie die Treppe nach oben und quer durch das vom Sturm verdunkelte Loft zum Bett. Nachdem er die Bettdecke mit einer Hand zurückgezogen hatte, legte er sie auf das Laken. »Ruh dich aus.« Er wickelte sie fest in die Bettdecke ein.

Libby starrte ihn an, verwundert und betroffen. Sie konnte nicht umhin zu denken, dass er Monica Summers nicht auf diese Weise ins Bett gesteckt hätte, *ihre* Stirn geküsst hätte, als wäre sie ein erschöpftes Kind, das eines Nickerchens bedurfte.

»Ich möchte mich nicht ausruhen«, blaffte Libby beleidigt. Ihre Hände wollten schon die Bettdecke nach unten ziehen.

Jess hielt sie auf, indem er ihre Handgelenke ergriff. Ein Muskel zuckte in seinem Kiefer, die jadegrünen Augen blitzten mit einer Urgewalt auf wie das Gewitter draußen. »Nicht, Libby. Führe mich nicht in Versuchung.«

Sie *hatte* ihn in Versuchung führen wollen – hätte er sie nicht aufgehalten, hätte sie den Bademantel geöffnet, hätte ihre Brüste wollüstig dargeboten. Jetzt war es ihr höchst peinlich. Was zum Henker trieb sie zu so einem Verhalten?

»Es tut mir leid«, flüsterte sie. »Ich weiß nicht, was mit mir los ist.«
Jess setzte sich auf die Bettkante, auf seinem Gesicht lagen Schatten, die es ihr unmöglich machten, seinen Ausdruck abzuschätzen. »Müssen wir das wieder durchgehen, Prinzessin? Mit dir ist alles in Ordnung.«

»Aber …«

Um sie zum Schweigen zu bringen, legte er einen Zeigefinger auf ihre Lippen. »Es wäre falsch, wenn wir jetzt miteinander schlafen würden, Libby. Siehst du das denn nicht? Hinterher würdest du dir sagen, dass ich ein Scheusal bin, weil ich dich ausgenutzt habe, als du am verletzlichsten warst.«

Seine Logik war unanfechtbar. Um die Stimmung etwas aufzuhellen, nahm sie sich zusammen und lächelte etwas unsicher. »Was bist du bloß für ein Playboy: Hühnersuppe und Geduld. Hast du denn gar keine Leidenschaft in dir?«

Er lachte. »Mehr als ich im Augenblick brauchen kann«, erwiderte er, stand auf und entfernte sich vom Bett. An der Treppe hielt er an. »Bin ich verrückt?«

Libby antwortete nicht. Lächelnd kuschelte sie sich in die Decke. Ein klein wenig müde war sie schon. Durch die Fensterfront bot sich ihr ein Naturschauspiel, das sie bedächtig beobachtete. Vielleicht würde es später ein Feuerwerk der anderen Art geben?

Im Erdgeschoss widerstand Jess dem massiven Drang, den Kopf gegen die Wand zu schlagen. Libby Kincaid lag oben in seinem Bett – warm, einladend, voller Sehnsucht nach ihm! Wie gern würde er die Stufen hinaufeilen und das beenden, was er am Mittag im Whirlpool begonnen hatte. Aber er konnte es nicht. Libby war nicht in der seelischen Verfassung für so ein intensives Abenteuer. Wenn er sich falsch verhielt, das Falsche sagte, könnte sie zerbrechen. Ob sie die Einzelteile hinterher wieder zusammenfügen könnte, blieb fraglich.

In einem Anfall von Sauberkeit sammelte Jess die Tassen mit der kalten Suppe ein und trug sie in die Küche. Dort leerte er den Inhalt in den Abguss, spülte sie aus und stellte sie ordentlich in die Spülmaschine.

Zu schnell war diese Aufgabe erledigt. Was konnte er tun? Die Idee, Libby hier alleine zu lassen, gefiel ihm zwar nicht, aber in ihre Nähe wagte er sich auch nicht. Ihr Duft, ihr zerzaustes Haar, die seltsame

Anziehungskraft, die ihre Brüste auf seinen Mund und seine Hände ausübten – all diese Dinge zusammengenommen sorgten dafür, dass es mit seiner Vernunft nicht weit her war.

Jess stöhnte, sah verzweifelt zur Decke und fragte sich, ob er erneut eine kalte Dusche ertragen musste. Das klingelnde Telefon riss ihn aus seinen Gedanken. Rasch ging er ran. Libby schlief womöglich schon, und er wollte sie nicht stören.

»Hallo?«

»Jess?« Vordergründig klang Monica ruhig. Doch der Unterton in ihrer Stimme drückte kalte Wut aus. »Hast du mein Auto genommen?«

Seufzend lehnte er sich gegen den Küchentresen. »Ja. Es tut mir leid. Ich hätte dich früher anrufen sollen, aber …«

»Aber du warst beschäftigt.«

Jess zuckte zusammen. Was sollte er darauf antworten? »Monica …«

»Vergiss es, Jess«, unterbrach sie ihn. »Ich hatte kein Recht, das zu sagen. Und wenn du dir mein Auto ausgeliehen hast, musst du einen guten Grund dafür gehabt haben.«

Wieso zum Teufel war sie so vernünftig? Wieso konnte Monica ihn nicht anschreien, damit er guten Gewissens wütend werden und aufhören konnte, sich wie ein Idiot zu fühlen? »Ich fürchte, die Sitze sind etwas verdreckt«, erwiderte er.

»Verdreckt? Ach ja … der Regen. War mit Libby alles in Ordnung?«

Jess wandte den Blick zur Decke. Libby war nicht in Ordnung, dank ihm und Stacey und ihres charmanten Exmanns. Aber Monica fragte nur aus Höflichkeit, sie wollte keinen tiefgehenden Bericht von Libbys Gemütszustand. »Sie war durchnässt.«

»Also hast du sie zu dir gebracht, sie aus ihren nassen Kleidern geschält, ein Feuer angezündet …«

Die Wut, die Jess herbeigesehnt hatte, war mit einem Mal vorhanden. »Monica.«

Sie zog scharf die Luft ein. »Schon gut, schon gut. Es tut mir leid. Ich nehme an, unser Date heute Abend ist abgesagt?«

»Ja«, antwortete Jess und drehte das Telefonkabel zwischen den Fingern hin und her. »Ich denke schon.«

Monica war durchaus beharrlich. Womöglich war es genau diese Eigenschaft an ihr, die für ihren beeindruckenden Erfolg in politischen Kreisen verantwortlich war. »Morgen Abend?«

Jess atmete tief aus. »Ich weiß es nicht.«

Dann folgte eine kurze, unbehagliche Stille. »Wir sprechen später darüber«, meinte Monica schließlich fröhlich. »Hör mal, ist es okay, wenn ich jemanden schicke, der den Wagen abholt?«

»Ich bringe ihn dir«, entgegnete Jess. Das war das Mindeste, das er tun konnte, nachdem er ihn entwendet hatte. Er würde zuerst nachsehen, ob Libby tatsächlich schlief. Und mit etwas Glück wäre er zurück, bevor sie aufwachte.

»Danke«, sagte Monica noch, bevor sie auflegte.

Jess legte ebenfalls auf und erklomm die Stufen. Oben angekommen, blieb er einen Augenblick am Rand des Schlafzimmers stehen. Er wagte es nicht, näher zu gehen, so sehr begehrte er diesen zerzausten kleinen Teufelsbraten. »Libby?«

Keine Antwort. Also drehte Jess sich um und ging die Treppe wieder nach unten, beinahe dankbar, dass er irgendwohin musste, etwas erledigen durfte.

Monica verbarg ihren Ärger gut, als sie die Schlammspritzer auf den Bezügen ihres Autos begutachtete. Über ihren Köpfen trommelte der Regen unaufhörlich auf das Garagendach.

»Es tut mir leid«, sagte Jess. In letzter Zeit schien er sich immer und immer wieder zu entschuldigen. »Mein Pick-up wollte nicht anspringen und ich hatte es eilig …«

Ein kleines Fünkchen Verärgerung blitzte in Monicas grauen Augen auf. »Ja, richtig. Wenn eine Jungfrau in Nöten zu retten ist, muss der Ritter nach dem erstbesten Ross greifen.«

Da er keine Antwort darauf wusste, zuckte Jess mit den Schultern. »Ich lasse dein Auto reinigen«, bot er an, als das Schweigen zu lang wurde. Anschließend wandte er sich ab, verließ die Garage und ging die Auffahrt entlang zu seinem eigenen Auto, das sich allerdings immer noch weigerte, anzuspringen.

Genervt stieg er aus und schlug die Tür heftig zu. »Verdammt!«, rief er und trat eine neue Delle in den Kotflügel.

»Probleme?«

Bis zu diesem Moment hatte Jess Ken und auch den vertrauten

Pick-up nicht bemerkt, der in der Nähe parkte. »Es würde den ganzen Tag dauern, sie alle aufzuzählen«, antwortete er wehmütig.

Ken grinste sein typisches schiefes Lächeln, seine Augen funkelten vergnügt. Dass der Regen von der Krempe seines uralten Hutes tropfte und seine Jeansjacke und Jeanshose durchnässte, schien ihm nichts auszumachen. »Ich nehme an, meine Tochter steht auf dieser Liste an erster Stelle? Geht es ihr gut?«

»Sie …«, Jess zögerte. Mit einem Mal fühlte er sich wie ein verlegener Teenager. »Sie schläft.«

»Es muss dir wirklich schwergefallen sein, mir das zu sagen«, merkte Ken lachend an. »Schließlich bin ich ihr Vater.«

»Es ist nicht … Ich habe nicht …«

Ken grinste amüsiert. »Vielleicht solltest du«, ermunterte er ihn.

Jess war schockiert. Derart schockiert, dass es ihm die Sprache verschlug.

»Nimm meinen Pick-up, wenn du ihn brauchst«, bot Ken ruhig an und legte die Hand auf Jess' Schulter. »Ich werde hier schon jemanden finden, der mich nach Hause bringt. Und Jess?«

»Ja?«

»Tu Libby nicht weh. Sie hat genug Ärger und Leid erfahren müssen.«

»Das weiß ich«, gab er zurück, während der Regen sein Haar an Stirn und Nacken kleben und Jess' Kleider durchnässt und klamm an ihm herunterhängen ließ. »Ich schwöre, ich werde sie nicht verletzen.«

»Das reicht mir«, erwiderte Libbys Vater, zog die Schlüssel für den Pick-up aus seiner Hosentasche und warf sie Jess zu.

»Ken …«

Der Vorarbeiter blieb stehen, sah zurück, der Ausdruck in seinen Augen weise und geduldig. Wie zum Teufel sollte Jess ihn das fragen? Aber er musste, für Libby.

»Spuck es schon aus, mein Sohn«, drängte Ken. »Ich werde nass.«

»Kleidung … Sie war … Sie ist ins Unwetter geraten und braucht trockene Kleidung.«

Ken gluckste und zuckte mit den Schultern. »Dann fahr halt bei uns vorbei und hol ihr ein paar Sachen«, schlug er ihm nachsichtig vor.

Dieser Mann verwirrte Jess plötzlich genauso wie dessen Tochter. Wieso stand Ken da und nahm das alles so ruhig hin? Störte es ihn denn nicht, zu wissen, was passieren konnte, wenn Jess wieder zu sich nach Hause fuhr?

»Bis dann«, meinte Ken und stapfte davon.

Völlig durcheinander kletterte Jess in Kens Pick-up und fuhr los. Er holte ein paar Kleidungsstücke für Libby und war zu Hause angekommen, bevor er endlich verstand: Ken vertraute ihm.

Er legte die Stirn auf das Lenkrad und stöhnte gequält. Eine weitere kalte Dusche würde er einfach nicht überleben. Unmöglich!

Aber Ken vertraute ihm. Libby lag oben in seinem Bett. Und selbst wenn sie – wie durch ein Wunder – bereit war für das, was vorherbestimmt war: Er konnte einfach nicht mit ihr schlafen. Denn das würde bedeuten, den Mann zu hintergehen, der in vielerlei Hinsicht ebenso sehr ein Vater für ihn gewesen war wie Cleave Barlowe.

Das Problem war nur, dass er Libby einfach nicht als Schwester sehen konnte.

Mürrisch saß Jess am kleinen Küchentisch und zeichnete mit der Gabel Muster in sein Omelett. Er warf Libby einen geräderten Blick zu und nieste.

Eine Welle der Zärtlichkeit überkam sie. »Hast du keinen Hunger?«

Er schüttelte den Kopf. »Libby …«

Sie musste ihre gesamte Beherrschung aufbringen, um nicht aufzustehen, den Tisch zu umrunden und seine Stirn zu fühlen, zu sehen, ob er Fieber hatte. »Ja?«, fragte sie sanft.

»Ich sollte dich besser nach Hause bringen.«

Libby war zwar verletzt, aber sie lächelte fröhlich. »Nun ja, es *hat* schließlich aufgehört, zu regnen«, folgerte sie.

»Und ich habe den Pick-up deines Dads«, fügte Jess hinzu.

»Mhm. Danke übrigens, dass du bei uns angehalten und Kleidung für mich geholt hast.«

Draußen heulte der Wind, die Nacht war hereingebrochen. Abwesend betrachtete Jess die Jeans und den weiten pinkfarbenen Sweater, die er Libby mitgebracht hatte. Wieder musste er niesen. »Gern geschehen.«

»Du, mein Freund, bist krank.«

Jess schüttelte vehement den Kopf, ging hinüber zum Tresen und goss sich einen Kaffee ein. »Möchtest du auch welchen?«, fragte er und hob die gläserne Kaffeekanne.

Libby lehnte ab. »Hast du noch einmal geduscht, als ich aufgestanden bin?«, erkundigte sie sich vorsichtig, denn der süße Frieden zwischen ihnen war noch immer neu und zerbrechlich.

Sie hätte schwören können, dass er zusammenzuckte. Doch seine Miene war undurchdringlich. »Ich bin eben ein reinlicher Mensch«, meinte er und wandte den Blick ab.

Libby musste sich auf die Lippen beißen, denn plötzlich spürte sie den äußerst unpassenden Drang zu lachen. Jess hatte gezittert, als er das Badezimmer verlassen und unerwartet seinen munteren Hausgast vorgefunden hatte.

»Aber klar doch«, meinte sie.

Wieder nieste Jess, diesmal heftig. Das Geräusch entfesselte Libbys Heiterkeit, und das Lachen brach aus ihr heraus.

»Was ist so verdammt witzig?«, fuhr Jess sie an, setzte seine Tasse irritiert ab und funkelte sie missmutig an.

»N…nichts!«, brachte sie gerade so hervor.

Und mit einem Mal musste auch Jess lachen. Er zog Libby aus dem Stuhl und in seine Arme. Bewusst presste sie sich eng an ihn, genoss den Beweis seines Verlangens, seinen Duft, seinen Körper, seine Kraft.

Beinahe wäre ihr entschlüpft, dass sie ihn liebte.

»Du warst scharf auf meinen Körper!«, hielt sie ihm neckend vor.

Jess ächzte und neigte den Kopf nach hinten, blickte zur Decke hinauf. Libby sah, wie sich unter seinem Kinn ein Muskel bewegte. Sie wollte ihn küssen. Doch sie hielt sich zurück.

»Du hast kalt geduscht, oder, Jess?«

»Ja«, gab er gequält seufzend zu. »Wenn ich an einer Lungenentzündung sterbe, wird es deine Schuld sein, meine Liebe.«

»Ganz im Gegenteil. Ich habe alles unternommen, außer mich dir zu Füßen zu werfen, Mister. Und du wolltest kein bisschen meines Körpers haben.«

»Falsch.« Jess grinste frech und berührte mit einer Fingerspitze leicht ihre Brust. »Ich will diesen Teil …« Der Finger wanderte weiter, zeichnete einen erotischen Pfad. »Und diesen Teil …«

Es kostete Libby allen Mut, nach seiner vorherigen forschen

Zurückweisung die Worte zu wiederholen: »Schlaf mit mir, Jess.«

»Mein Gott, Libby …«

Damit er verstummte, legte sie ihm zwei Finger auf den Mund. Sie erinnerte sich an die hitzigen Worte, die sie sich am Tag ihrer Ankunft gegenseitig an den Kopf geworfen hatten, und raunte aufreizend: »Wenn es sich gut anfühlt, tu es.«

Obwohl er vorgab, beleidigt zu sein, schlang er seine Arme um ihren Körper und hielt sie fest an sich gedrückt. »Du warst ein fieses kleines Kind«, murmelte er, »und jetzt bist du eine fiese Erwachsene. Weißt du eigentlich, was du mir antust, Kincaid?«

Libby bewegte ein klein wenig ihre Hüften, genoss den Körperkontakt und den kehligen Laut, den diese Bewegung Jess entlockte. »Ich habe eine vage Idee, doch.«

»Dein Vater vertraut mir.«

»Mein Vater?« Libby starrte ihn an, überrascht. »Ist es das, was dir Sorgen bereitet? Was mein Vater denken wird?«

Jess zuckte die Schultern und wandte den Blick ab. Er war eindeutig verlegen. »Ja.«

Auch wenn sie nicht im Mindesten amüsiert war, lachte sie. »Das kann nicht dein Ernst sein!«

Ihre Blicke trafen sich, und der Ausdruck, der in seinen Augen lag, war durchaus ernst. »Ken ist mein bester Freund«, erklärte er.

»Soll ich ihn anrufen und um Erlaubnis bitten? Nein, warte, ich fahre hin und hole mir eine schriftliche Genehmigung!«

Die Spötteleien veranlassten ihn, etwas zurückzuweichen. Nur ihre Schenkel und Hüften berührten sich noch, sendeten primitive Nachrichten hin und her. »Sehr witzig«, meinte er schnippisch. Ein Muskel an seinem Hals spannte sich an, löste sich aber wieder.

Libby kochte innerlich vor Wut. »Du hast recht – das ist nicht witzig. Dies ist mein Körper, Jess. *Meiner.* Ich bin einunddreißig Jahre alt, ich verdiene meinen eigenen Lebensunterhalt. Ich brauche verdammt noch mal nicht die Erlaubnis meines Vaters, um mit einem Mann ins Bett zu gehen!«

Der Schalk blitzte aus seinen grünen Augen. »Ich finde diese Einstellung äußerst gesund«, kommentierte er. »Aber bevor wir diese Treppen hinaufsteigen, würde ich gerne noch eines wissen: Benutzt du mich, Libby?«

»Dich benutzen?«

»Ja. Bedeute ich dir wirklich etwas oder wäre dir jeder recht?«

Für Libby fühlten sich die Worte an, als hätte sie nach einem Hochspannungsdraht gegriffen; innerhalb weniger Sekunden spürte sie zuerst Schmerz, dann Zorn, dann Erniedrigung.

Jess hielt sie fest. »Ich sehe, dass meine Frage nicht so angekommen ist, wie sie gemeint war.« Sein Blick war todernst, als er ihr Gesicht erforschte. »Was ich dich fragen wollte, war, ob wir uns lieben werden, Libby, oder ob du nur beweisen möchtest, dass du bis zum Schluss durchhalten und den Höhepunkt erreichen kannst?«

Mutig begegnete sie seinem Blick, auch wenn sie noch immer erschüttert und wütend auf ihn war. »Wieso sollte ich mir all die Mühe machen, Jess, wenn ich dich nicht wollte? Ich hätte sonst auch einfach jemanden auf der Straße anhalten und sagen können: ›Verzeihung, Sir, aber würde es Ihnen etwas ausmachen, mit mir zu schlafen? Ich würde gerne herausfinden, ob ich frigide bin oder nicht.‹«

Jess seufzte schwer. Trotzdem ließ er seine Hände unter Libbys Sweater gleiten und massierte sanft ihren Rücken. Dass ihr Sarkasmus ihn wurmte, war lediglich daran zu bemerken, dass sein Puls sich an der Stelle unter seinem rechten Ohr beinahe unmerklich erhöht hatte.

»Vielleicht fällt es mir einfach schwer, deinen plötzlichen Sinneswandel nachzuvollziehen, Libby. Jahrelang hast du mich auf den Tod nicht ausstehen können. Und jetzt, nachdem du mir anvertraut hast, dass dein Ex dich emotional durch die Mangel gedreht hat und du dich seinetwegen in etwa so attraktiv wie ein Abflussrohr fühlst, möchtest du plötzlich, dass ich mit dir schlafe.«

Gequält schloss Libby die Augen. Die Bewegungen seiner Hände auf ihrem Rücken hypnotisierten sie, machten es ihr schwer zu atmen – geschweige denn zu denken. Als sie spürte, wie der Verschluss ihres BHs aufsprang, erschauerte sie.

Sie sollte ihm sagen, dass sie ihn liebte. Dass sie ihn – unabhängig davon, wie es nach außen hin schien – wahrscheinlich schon immer geliebt hatte, sich aber nicht getraut hatte, es sich einzugestehen. Er war der Mann, der immerzu nur das Schlimmste von ihr angenommen hatte, der nie eine Gelegenheit ausgelassen hatte, ihr auf die Nerven zu gehen. Ihm Einlass zu gewähren in das Innere der Festung, in der ihre geheimsten Gefühle verborgen waren, könnte sich als verheerend erweisen.

Ganz langsam streichelten seine Hände ihren Rücken und bewegten sich nach vorne, hinauf zu den Rundungen ihrer ziehenden Brüste. Mit Leichtigkeit schlüpfte er unter den gelösten BH.

»Antworte mir, Libby«, raunte er.

Sie fühlte sich benommen, seine Finger spielten virtuos mit ihren Brustspitzen, neckten sie, zupften an ihnen, dass ihr durch und durch heiß wurde »Ich ... Ich will dich, und ich will nichts damit beweisen.«

»Lass mich dich ansehen, Libby.«

Sie zog den Sweater über ihren Kopf und hielt still, während Jess sie von ihrem BH befreite und ein paar Schritte zurücktrat, um sie zu bewundern.

Mit einer Fingerspitze fuhr er die Konturen einer rosaroten Spitze nach und machte sich daran, dasselbe mit der anderen Brustwarze anzustellen. Seine starken Hände hoben Libby schließlich auf den Tresen, sodass sich ihre Brust auf gleicher Höhe mit seinem Gesicht befand.

Sie keuchte, als er lässig, zögerlich an einer Spitze saugte, mit der Zungenspitze den Weg zur anderen zeichnete und diese mühelos eroberte.

Sie hielt es nicht länger aus. »Schlaf mit mir«, flüsterte sie mit brüchiger Stimme.

»Schlaf mit mir, *Jess*«, betonte er, während er so an ihr knabberte, dass sie vor Verlangen nach ihm fast verrückt wurde.

Libby schluckte schwer, schloss die Augen. Jetzt streifte er mit seinen Zähnen behutsam ihren Nippel, erregte ihn, bis er sich aufrichtete. »Schlaf mit mir, Jess«, wiederholte sie atemlos.

Er zog seinen Mund zurück und nahm ihre Brüste in beide Hände, seine Daumen übernahmen das, was Lippen und Zähne angefangen hatten. »Öffne deine Augen!«, befahl er heiser. »Sieh mich an, Libby.«

Von einem Schwindel erfasst, der bis in die Tiefen ihrer Seele reichte, kam Libby seiner Bitte nach.

»Sag mir«, forderte er heftig atmend, »dass du nicht Stacey oder deinen Exmann vor dir stehen siehst. Sag mir, dass du *mich* siehst, Libby.«

»Das tu ich, Jess.«

Mit einer geschmeidigen Bewegung hob er sie vom Tresen und auf seine Arme. Zuerst vorsichtig, dann beinahe hart und fordernd senkte sich sein Mund auf den ihren. Der Kuss elektrisierte Libby, die glühende Suche seiner Zunge, das heftige Stöhnen vor Verlangen, das tief aus seinem Inneren herausbrach. Er beendete den Kuss und erwiderte ihren Blick lächelnd.

Sie fühlte sich so seltsam ausgelassen, dass Libby lachte. »Ist die Zeit gekommen, wo du mit mir schläfst?«

»Das ist sie«, antwortete er und im nächsten Moment trug er sie durchs Haus auf die Treppe zu. Durch die Dachfenster leuchteten Blitze auf, die von heftigem Donnergrollen begleitet wurden.

»Die Erde bebt schon wieder«, flüsterte Libby in den wollenen Sweater, den Jess trug und der nach ihm roch.

Jess nahm zwei Stufen auf einmal. »Das ist noch gar nichts«, erwiderte er.

Oben im Schlafzimmer angekommen, das allein durch die Blitze erhellt wurde, die den Nachthimmel zerrissen, stellte er Libby vorsichtig auf die Füße. Kurze Zeit standen beide still, sahen einander nur an. Libby hatte das Gefühl, als wäre sie Teil des furchtbaren Sturmes geworden, der gegen die bodentiefen Fenster wütete. Nach einem festen Halt suchend, umfasste sie Jess' Arme, um nicht zu den Berggipfeln weggeweht oder über die Wolken hinaus fortgetragen zu werden.

»Berühr mich, Libby«, sagte Jess rau. Trotz des neu aufwallenden Sturms hörte sie ihn.

Vorsichtig ließ sie ihre Hände unter seinen Sweater gleiten, die Finger gespreizt, damit sie jeden Zentimeter seiner Haut spüren konnte. Seine Brust fühlte sich hart an, breit, sein Brusthaar weich. Als sie seine Brustwarzen fand und sie erforschte, entwich ihm ein tiefes Seufzen.

Langsam glitten ihre Hände an seinem Brustkorb hinab zu seiner Taille, dann wieder über seinen warmen muskulösen Rücken hinauf. Ich liebe dich, dachte sie und biss sich auf die Unterlippe, damit sie die Worte nicht laut aussprach.

Auf Jess' unausgesprochenes Drängen hin fasste sie seinen Pullover und zog ihn über seinen Kopf. Silberblaue Blitze schossen durch den Himmel, ihr Lichtschein tanzte auf seiner breiten Brust, auf seinem herrlichen Gesicht.

Er zog Libby magisch an. Sie liebkoste vorsichtig eine Brustwarze, saugte an der anderen. Stöhnend vergrub er seine Finger in ihrem Haar, drückte sie fest an sich, und sie wusste, dass er dieselben intensiven Freuden erlebte wie sie zuvor.

Kurz darauf nahm er sie an den Schultern und schob sie auf Armeslänge von sich, sein Blick bewundernd auf ihre nackten Brüste gerichtet. »Wunderschön«, bemerkte er heiser. »So wunderschön.«

Lange hatte sich Libby ihres Körpers geschämt, hatte sich unzulänglich gefühlt. Doch jetzt, in diesem Moment des tobenden Sturmes, war sie stolz auf jede Kurve, jede Vertiefung, auf jede Pore und jede Sommersprosse. Mit geschmeidigen Bewegungen streifte sie Jeans und Höschen ab.

Jess reagierte darauf mit einem dunklen Ächzen, gefolgt von einem bewundernden Keuchen. Er rührte sich nicht, stand still wie die Statue eines griechischen Gottes, als sie seine Jeans öffnete, die Hände an seinen schmalen Hüften entlang nach hinten schob, seinen festen Po fühlte. Sekunden später war er ebenso nackt wie Libby.

Sie ergriff seine Hände und zog ihn mit sich zum Bett, legte sich darauf. Doch anstatt sich neben sie fallen zu lassen, kniete er sich davor und positionierte Libby so, dass ihre Hüfte auf der Kante der Matratze zu liegen kam.

Seine Hände streichelten jeden Zentimeter ihres Körpers – ihre Brüste, ihre Schultern, ihren flachen, weichen Bauch, die Innenseiten ihrer zitternden Schenkel.

»Jess …«

»Sch, schon gut.«

»Aber …« Libby drückte ihren Rücken durch und ein lustvolles Zucken erfasste sie, als er das lockige Haar berührte, das ihre intimste Stelle verbarg, erst mit seinen Fingern, dann mit seinen Lippen. »Oh … warte. Oh, Jess, nein …«

»Doch«, bekräftigte er. Sein heißer Atem streichelte sie. Dann teilte er ihre intimste Stelle und nahm sie tief in den Mund, folgte dem instinktiven Auf und Ab ihrer Hüfte und schien sich diebisch zu freuen, als ihr ein leidenschaftlicher Schrei entfuhr.

Ein heftiger Schauer lief durch Libbys pulsierenden Körper, ließ ihre Knie sich noch weiter auseinanderspreizen, zitternd, wie willenlos.

Heftig erregt umfasste sie seinen Kopf, vergrub ihre Hände in seinem Haar. »Hör auf!«, wimmerte sie, während sie ihn weiterhin festhielt.

Er lachte erfreut und fuhr damit fort, sie zu kosten. Die Hände unter ihre Knie geschoben, hob er sie an, drückte ihre Beine weiter auseinander.

Libby wand sich vor Begierde, ihr Atem ging stoßweise, heiß, ihre Sicht war verschwommen. Der tosende Sturm schien das Innere des Raumes zu erfüllen, trug sie höher und höher auf den Wellen der Lust. Voller Ekstase schrie sie auf, als sie den Gipfel erreichte, und von der sengenden Glut ihrer Gefühle verzehrt unter seinen Berührungen erzitterte.

Noch während sie versuchte, wieder zu Atem zu kommen, legte Jess sich neben sie auf das Bett, sanft streichelte er die Tränen fort, die ihre Wangen hinabliefen.

»Ich habe nie ...«, flüsterte sie ergriffen. »Ich wusste nicht ...«

Jess zog sie nach oben, sodass sie vollständig auf dem Bett an seiner Seite lag, nackt und befriedigt. »Schlag es nach«, zog er sie auf und drückte einen kurzen, innigen Kuss auf ihre Lippen. »Ich glaube, das steht unter O.«

Libby lachte, und im Vergleich zu dem Tumult des Sturmes über ihnen hörte es sich warm und weich an. »Was für ein Ego!«

Mit einem Zeigefinger fuhr Jess den Schwung ihrer Lippen nach, an ihrem Kinn entlang, ihren feuchten Hals hinunter. Kleine Explosionen schienen aufzublitzen, loderten in ihr, als ihre pochenden Sinne zu neuer Lust erwachten.

Als sein Mund ihre Brust berührte, bog Libby sich ihm entgegen und wimmerte heiser. »Jess ... Jess ...«

Mit seiner warmen Zunge umkreiste er die ziehende Spitze. »Was denn, Baby?«

Doch Libbys Verstand war zu keiner zusammenhängenden Antwort fähig. »Ich weiß nicht«, brachte sie hervor. »Ich weiß nicht!«

»Aber ich weiß«, entgegnete Jess und saugte an ihr wie im Rausch.

Machtlos gegen den Willen ihres Körpers, überließ Libby sich den übermächtigen Empfindungen. Es fühlte sich an, als bliebe kein Teil von ihr unberührt, würde nicht erobert, nicht angebetet.

Als Jess sich endlich über sie schob, spürte sie seine harte Männlichkeit. Sein Gesicht reflektierte das Funken sprühende Feuer, das sie beide zu verzehren schien.

»Ich bin's – Jess«, warnte er sie erneut heiser – sein Flüstern verriet seine eigene, heftige Erregung.

Mit schnellen, fiebernden Händen zog Libby ihn eng an sich. »Ich weiß«, keuchte sie. Wahnsinnig vor Lust wiederholte sie seinen Namen unentwegt, erst mit einem leisen Wispern, dann, als er mit einem heftigen Stoß in sie eindrang, laut schluchzend.

Zunächst bewegte er sich langsam. Auf den feinen Zügen seines Gesichtes zeichnete sich deutlich ab, welche Kraft es ihn kostete, sich zurückzuhalten, gegen seine heftige Begierde anzukämpfen. »Libby«, flehte er. »Oh Gott … Libby!«

Mit einer instinktiven Bewegung stieß sie ihre Hüfte nach oben, ihm entgegen, und Jess' Zurückhaltung löste sich in Luft auf. Sein großartiger, muskulöser Körper erbebte, und dann war es um ihn geschehen. Er tauchte tief in sie ein, als bräuchte er nichts mehr, könnte ohne sie nicht leben.

Libby passte sich seinem Rhythmus an, war eins mit ihm. Gehörte ihm.

Ihre Körper bewegten sich fieberhaft im gleichen Takt, unaufhaltsam der Glut entgegen, die sie dieses Mal beide versengen würde. Sie ließ sie miteinander verschmelzen. In der alles verschlingenden, berauschenden Erlösung schluchzte Libby laut auf, und hörte Jess mit einem Schrei antworten.

Sie hielten sich fest, rangen nach Luft, bis sie wieder zu Atem kamen.

»Ich habe es geschafft.« Strahlend vor Glück und gedankenlos in ihrem Triumph entschlüpften ihr die Worte. Ihre Hände streichelten über die entspannten Muskeln auf Jess' Rücken. »Ich hab's geschafft! Ich bin gekommen …«

Unmittelbar spürte sie, wie seine Muskeln sich anspannten. Jess hob ruckartig den Kopf aus ihrer Halsbeuge.

»*Was?*«

Libby wurde ganz starr, wusste, welch gravierender Fehler ihr unterlaufen war. Nur war es zu spät. »Ich meinte, *wir* haben es geschafft«, stotterte sie unbeholfen.

Doch Jess hatte sich schon von ihr losgerissen, suchte nach seinen Kleidern, zog sie hastig über. »Herzlichen Glückwunsch!«, rief er.

Libby setzte sich auf, war verwirrt, zutiefst verängstigt. Lieber Gott, würde er jetzt gehen? Sie für ihre gedankenlosen Worte hassen?

»Jess, warte!«, flehte sie, das Laken vor ihrer Brust zusammengekrallt. »Bitte!«

»Wofür, Libby?«, fuhr er sie scharf von der obersten Treppenstufe aus an. »Als Beweisstück B? Wäre da noch etwas, das du beweisen möchtest?«

»Jess!«

Aber er stürmte schon die Treppe hinunter, stumm in seiner rasenden Wut, besessen davon, ihr zu entkommen.

»Jess!«, schrie sie ihm voller Angst hinterher, tränenüberströmt, das Laken derart fest gepackt, dass ihre Hände schmerzten.

Das Zuschlagen der Haustür war die einzige Antwort.

7. Kapitel

Ken Kincaid hob den Blick von den Karten in seiner Hand, als die Lichter flackerten, ausgingen und erneut zu leuchten begannen. Verdammt, was für ein Höllensturm! Wenn der Regen nicht bald nachließ, würden die Bäche über die Ufer treten und viele der Kälber auf den Weiden ertrinken.

Ken gegenüber saß Cleave Barlowe, der sein eigenes Blatt offenlegte. »Das ist mal ein Sturm, was?«, bemerkte er in einem vertrauten Ton. »Hat Jess deinen Pick-up schon zurückgebracht?«

»Ich brauche ihn nicht«, meinte Ken, fühlte sich aber unruhig.

Blitze zerrissen den Himmel vor dem Küchenfenster, der Donner ließ das alte Haus in seinen Grundfesten erzittern. Cleave grinste. »Dann ist er bei Libby?«

»Ja«, bestätigte Ken ebenfalls lächelnd.

»Glaubst du, sie merken überhaupt, dass ein heftiger Sturm tobt?«

Ken entspannte sich etwas und lachte lauthals auf. »Das bezweifle ich«, antwortete er und betrachtete sein Blatt.

Eine Weile lang spielten die zwei Männer Poker, wie sie es schon seit vielen Jahren taten, aber an diesem Abend schienen sie beide kein Glück zu haben. Schließlich gaben sie auf, und Cleave ging nach Hause.

Als sein alter Freund fort war, traten Kens Sorgen wieder in den Vordergrund. Er kontrollierte das Haus, vergewisserte sich, dass alle Fenster gegen den Regen geschlossen waren, und fragte sich, wieso ihn dieser Sturm so sehr aus der Fassung brachte. Schließlich hatte er schon Tausende dieser Art erlebt und sie immer nur als lästiges Ärgernis empfunden.

Gerade wollte er die Lampe im vorderen Zimmer ausschalten, als er die Scheinwerfer seines eigenen Pick-ups in die Auffahrt biegen sah. Nur Augenblicke später erklang ein zögerliches Klopfen an der Tür.

»Jess?«, wunderte sich Ken und starrte den abgespannten, regennassen Mann an, der auf der Veranda stand. »Was zum Teufel …?«

Jess sah so aus, als hätte er gerade einen erstklassigen Treffer in die Magengegend weggesteckt. »Darf ich reinkommen?«

»Was für eine dumme Frage«, gab Ken zurück und trat beiseite, um seinen unerwarteten und offenbar verzweifelten Besucher einzulassen. »Geht es Libby gut?«

In Jess' Augen lag ein gequälter Ausdruck, aber er sah Ken nicht an. »Es geht ihr gut«, antwortete er, die Hände tief in die Taschen seiner Jeans gesteckt, während sein Haar und sein Pulli geradezu trieften.

Ken zog eine Augenbraue hoch. »Was hast du denn getrieben? Bist du auf dem Trittbrett gefahren und hast den Pick-up von außen gelenkt?«

Jess antwortete nicht; er schien auch nicht zu bemerken, dass er nass bis auf die Knochen war. Er wirkte so abwesend, dass es Ken innerlich schmerzte.

Wortlos führte Ken ihn in die Küche, kippte einen Schluck Whiskey in eine Tasse und gab starken Kaffee dazu.

»Du siehst aus wie der Tod«, bemerkte er, nachdem Jess sich an den Tisch gesetzt hatte. »Was ist passiert?«

Jess umschloss die Tasse mit beiden Händen. »Ich liebe deine Tochter«, sagte er nach einer Weile.

Ken nahm ebenfalls Platz und lächelte vorsichtig. »Wenn du bei diesem Regen hier rausgefahren bist, um mir das zu sagen, mein Freund, dann bist du umsonst nass geworden.«

»Du hast es gewusst?« Jess schien ehrlich überrascht.

»Jeder weiß es. Na ja, außer vielleicht du und Libby.«

Jess stürzte den Kaffee mit dem starken Whiskey mit einem Schluck herunter. In seinen Gesichtszügen stand deutlich der Kampf zu lesen, den er ausfocht, als würde er sich unglaublich beherrschen, nicht zusammenzubrechen.

Ken erhob sich und goss ihm sowohl Kaffee als auch einen großzügigen Schluck Whiskey nach. Wenn je ein Mann einen Drink nötig gehabt hatte, dann dieser hier.

»Vielleicht solltest du lieber trockene Kleidung anziehen«, bot der ältere Mann an.

Doch Jess schüttelte nur den Kopf.

Ken lehnte sich auf seinem Stuhl zurück und wartete. Wenn Jess bereit war, zu reden, würde er es auch tun. Ken hatte gelernt, dass es zwecklos war, ihn zu drängen, bevor dieser Punkt erreicht war.

»Libby ist wunderschön, weißt du«, bemerkte Jess bald darauf und hob seinen dritten Drink an den Mund.

Ken lächelte. »Ja. Das ist mir auch schon aufgefallen.«

Obwohl sie einfach und gewöhnlich waren, lösten diese Worte eine emotionale Reaktion bei Jess aus, sie rissen die Mauer ein, die er so sorgsam aufrechterhalten hatte. Seine Gesichtszüge entglitten ihm, er senkte den Kopf auf die Arme und weinte. Sein Schluchzen war hemmungslos, seine Trauer tief.

Es schmerzte Ken, dass Jess litt, aber er wartete.

Nicht lange und seine Geduld wurde belohnt. Jess fing an zu sprechen, erst mit brüchiger Stimme, dann mit eiskalter Vernunft. Ken zeigte keinerlei direkte Reaktion auf das, was Jess sagte; vieles über Libbys Ehe mit Aaron Strand war für ihn nicht sonderlich überraschend. Dennoch war er betroffen – wegen seiner Tochter und wegen des am Boden zerstörten jungen Mannes, der ihm gegenübersaß.

Der Inhalt von Kens Whiskeyflasche wurde weniger, je später die Stunde schlug. Schließlich war Jess so betrunken, dass er über seine Worte stolperte, und Ken trug ihn mehr, als dass er ihn führte nach oben in Libbys Zimmer.

Im Flur hielt er einen Augenblick inne und dachte nach. Das Leben war schon seltsam, entschied er. Hier lag Jess und schlief unruhig in Libbys Bett. Alleine. Und aller Wahrscheinlichkeit nach warf sich oben auf dem Berg Libby in Jess' Bett hin und her, genauso einsam.

Nicht zum ersten Mal spürte Ken Kincaid diesen unbändigen Drang, die beiden an den Haaren zu packen und ihre Köpfe gegeneinander zu schlagen.

Bis spät in die Nacht weinte Libby bittere Tränen, um dann völlig erschöpft einzuschlafen. Als sie erwachte, schockiert darüber, dass sie in Jess Barlowes Bett lag, bemerkte sie, dass die Welt hinter den Fensterscheiben reingewaschen worden war. Die Welt in ihrem Inneren hingegen schien im Vergleich dazu billig und geschmacklos.

Mit schmerzendem und geschwollenem Gesicht krabbelte Libby aus dem Bett und stolperte durch den Raum ins Badezimmer. Jess war nicht im Haus, das hätte sie gespürt. Während sie sich ein heißes Bad einließ, überlegte sie, ob sie erleichtert oder enttäuscht darüber war, dass er nicht in der Nähe war. Ein wenig von beidem, schlussfolgerte sie, ließ sich in die Wanne gleiten und verfiel in jämmerliche Träumereien.

Jess jetzt gegenüberzutreten, hätte ihre Kräfte überstiegen. Was hatte sie nur zu so einer unbedachten Bemerkung veranlasst, wenn sie doch hätte wissen müssen, wie Jess reagieren würde? Andererseits, wieso hatte *er* so eine große Sache aus einem relativ harmlosen Kommentar gemacht?

Verwirrter als zuvor beendete Libby ihr Bad und stieg aus der Wanne, um sich mit einem Handtuch abzutrocknen. Kurz danach war sie angezogen und das Haar gekämmt. Da keine Zahnbürste zur Hand war – Jess hatte vergessen, ihre einzupacken, als er ihre Sachen geholt hatte –, würde sie sich damit begnügen müssen, ihren Mund auszuspülen.

Unten angekommen starrte Libby das Telefon an und versuchte, sich zu überwinden, ihren Vater anzurufen und zu beichten, dass sie abgeholt werden musste. Doch ihr Stolz ließ das nicht zu. Gerade, als sie sich entschloss, zu Fuß zu gehen, hörte sie ein vertrautes Motorengeräusch vor dem Haus, die zuschlagende Tür des Pick-ups.

Jess war zurück, dachte sie aufgeregt. Wo war er die Nacht über gewesen? Bei Monica? Was sollte sie zu ihm sagen?

Die Fragen waren unnütz, denn als Libby es über sich brachte, zur Haustür zu gehen und sie zu öffnen, sah sie ihren Vater, nicht Jess, den Weg heraufschlendern. Peinlich berührt röteten sich ihre Wangen, auch wenn in Kens wettergegerbtem Gesicht kein Zeichen einer Verurteilung, in seinen verständnisvollen Augen kein Zorn stand. »Soll ich dich nach Hause fahren?«, fragte er.

Unfähig zu sprechen, nickte Libby lediglich.

»Schlimme Nacht?«, wagte er sich in seiner ihm eigenen, kurz angebundenen Art vor, als sie beide im Wagen saßen und losfuhren.

»Miserabel«, erwiderte Libby, die Augen auf die rötlichbraunen Hereford-Rinder geheftet, die in einiger Entfernung in der grünen, vom Regen gesäuberten Landschaft grasten.

»Jess ist ebenfalls in keiner guten Verfassung«, kommentierte Ken nach einer Pause.

Sofort wanderte Libbys Blick zu dem Profil ihres Vaters. »Du hast ihn gesehen?«

»Gesehen?« Ken lachte schroff. »Ich habe ihn um drei Uhr morgens ins Bett schleppen müssen.«

»Er war betrunken?« Libby war überrascht.

»Er hatte ein Schlückchen oder zwei.«

»Und wie geht es ihm jetzt?«

Ken warf ihr einen Blick zu, bevor er seine Aufmerksamkeit wieder auf die zerfurchte, kurvenreiche Landstraße lenkte. »Jess ist verletzt«, antwortete er, doch in seinem Tonfall lag eine Entschiedenheit, dass Libby sich nicht traute, weitere Fragen zu stellen.

Jess ist verletzt. Was zum Teufel sollte das bedeuten? Hatte er einen Kater? War die Nacht für ihn ebenso miserabel gewesen wie für sie?

In diesem Moment kam der Pick-up vor dem großen viktorianischen Haus zu stehen, das, so lange Libby denken konnte, ihr Zuhause gewesen war. Ken machte keinerlei Anstalten, den Motor abzustellen, also stieg sie aus, ohne sich zu verabschieden. Trotz ihrer mutigen Worte von letzter Nacht, dass sie nicht die Erlaubnis ihres Vaters benötige, fühlte sie sich Ken gegenüber entfremdet, reserviert.

In der Küche zwang sie sich, ein Glas Orangensaft und eine Scheibe Toast zu sich zu nehmen, ehe sie ins Studio ging, das Cathy und ihr Vater für sie umgebaut hatten, und versuchte zu arbeiten. Selbst in ihren schlimmsten Tagen in New York war es ihr möglich gewesen, beim Zeichnen ihres Cartoons Trost zu finden, ihre eigenen Probleme zu vergessen, um für die »Emanzipierte Emma« komische Abenteuer zu erschaffen.

Heute war nichts wie sonst.

Die Panels – die einzelnen Bilder des Cartoons – wirkten unbeholfen, sie musste vieles wieder ausradieren. Und selbst wenn es ihr gelungen wäre, die Zeichnungen gut hinzubekommen, wäre ihr beim besten Willen kein witziger Gedanke eingefallen.

Am späten Vormittag entschied sie, dass es mit ihrer Karriere vorbei war und schlich von einem Ende des Studios zum anderen, quälte sich mit den Gedanken an die vergangene Nacht.

Jess hatte in seiner Küche deutlich gemacht, dass er nicht mit ihr schlafen wollte, damit Libby beweisen konnte, dass sie »normal« war. Und was hatte sie getan? Sie hatte sich *gebrüstet!*

Die Schamesröte auf ihren Wangen schmerzte schon beinahe.

»Ich hab's geschafft!«, hatte sie triumphierend gesagt, als wäre sie Edison gewesen, der just das erste elektrische Licht entzündet hatte. Gott, wie hatte sie nur so dumm sein können? So unsensibel?

»Du hast das übrigens nicht alleine geschafft«, schalt sie sich laut. Und dann konnte sie nicht mehr – sie vergrub das Gesicht in ihren Händen und weinte. Die Schuld an dieser Misere lag zum Teil auch an Jess – er hatte eindeutig überreagiert. Und darüber hinaus war er unvernünftig gewesen – einfach aus dem Haus zu stürmen, ohne Libby die Möglichkeit zu geben, die Dinge klarzustellen.

Trotzdem. Es war so einfach, sich vorzustellen, wie er sich gefühlt haben musste: benutzt. Und die Wahrheit war, dass Libby ihn tatsächlich – wenn auch unbeabsichtigt – ausgenutzt hatte.

Plötzlich zogen kleine, starke Hände Libbys Hände von ihrem Gesicht fort. Durch den Tränenschleier erkannte sie Cathy, die sie überrascht und traurig betrachtete.

»Was ist los?«, fragte ihre Cousine. »Bitte, Libby, erzähl mir, was los ist.«

»Alles!«, klagte Libby, die über den Punkt hinaus war, ihre Würde bewahren zu wollen.

Vorsichtig zog Cathy sie an sich, umarmte sie. Für einen kurzen Moment waren sie wieder die beiden mutterlosen kleinen Mädchen, die einander festhielten, weil es Schmerzen gab, die noch nicht einmal Ken mit seiner schroffen, unerschütterlichen Hingabe lindern konnte.

Die Umarmung war tröstlich, und nach ein oder zwei Minuten hatte sich Libby so weit beruhigt, dass sie einen Schritt zurückgehen und Cathy ein zaghaftes Lächeln schenken konnte. »Ich habe dich so sehr vermisst, Cathy«, sagte sie zittrig.

»Werde nicht sentimental«, zog Cathy sie auf, die ihren monotonen Worten mit ihrem Gesicht Ausdruck verlieh.

Libby lachte. »Was machst du heute, außer die müßige Reiche zu spielen?«

Neugierig legte Cathy ihren Kopf zur Seite. »Hast du wirklich die Nacht mit Jess verbracht?«, erkundigte sie sich flink mit ihren Händen.

»Was sind wir doch heute wieder direkt!?«, gab Libby laut sprechend und gebärdend zurück. »Vermutlich zerreißt sich schon die ganze Ranch darüber das Maul!«

Cathy nickte.

»Verdammt!«

»Dann stimmt es also!«, rief Cathy laut und ihre Augen funkelten. Die Reue, die Libby noch vor Kurzem verspürt hatte, wurde von Gefühlen der Wut, des Verrats verdrängt. »Hat Jess etwa damit geprahlt?«, wollte sie wissen, die Hände auf die Hüften gestützt. Sie spürte, wie die Entrüstung ihr den Hals zuschnürte.

»Das würde er nie tun«, antwortete Cathy langsam mit sorgfältig formulierten Worten, »und das weißt du auch.«

Libby war sich dessen überhaupt nicht sicher – Jess war so wütend gewesen und sein Stolz verletzt. Außerdem war Ken die einzige Person, die es außer ihnen gewusst hatte, und wenn es um die Angelegenheiten von anderen ging, wahrte er absolutes Schweigen. »Wer hat es dir gesagt?«, fragte sie beharrlich mit zusammengekniffenen Augen.

»Das musste niemand«, antwortet Cathy laut. »Ich habe unten im Stall Banjo gesattelt, und ein paar Arbeiter waren ebenfalls da – zehn oder zwölf Männer vielleicht. Jedenfalls gab es draußen einen Kampf. Jess hat einen der Cowboys verprügelt.«

Fassungslos stand Libby mit geöffnetem Mund da.

Cathy verlieh der Geschichte ein dramatisches Finale. »Jess hätte den Typen umgebracht, wenn Ken ihn nicht von ihm fortgezerrt hätte.«

Mühsam fand Libby ihre Stimme wieder. »Wurde Jess verletzt? Cathy, hast du gesehen, ob er verletzt war?«

Die unverhohlene Sorge ihrer Cousine brachte Cathy zum Lachen. »Nicht eine einzige Schramme. Anschließend stritt er sich mit Ken und stapfte davon.«

Libby verspürte einen unbändigen Drang, ihren Vater zu suchen und ihn zu fragen, was genau vorgefallen war. Doch sie wusste, das wäre vergebliche Liebesmüh. Denn selbst wenn sie Ken finden würde, was in Anbetracht der Größe der Ranch und all den Orten, an denen er sein konnte, unwahrscheinlich war, würde er ihr nichts erklären.

Cathy betrachtete das Stück Papier, das am Zeichenbrett klemmte. »Willst du nicht arbeiten?«, bedeutete sie mit ihren Händen.

»Ich habe aufgegeben«, gestand Libby. »Ich konnte mich einfach nicht konzentrieren.«

»Wer könnte das schon – nach einer Nacht mit Jess Barlowe?«

Plötzlich fühlte sich Libby herausgefordert, in die Defensive gedrängt. Es kam ihr sogar in den Sinn, dass vielleicht mehr an der tiefen Verbundenheit zwischen Jess und Cathy war, als sie vermutet hatte. »Was weißt du davon, wie es ist, eine Nacht mit Jess zu verbringen?«, meinte sie schnippisch, bevor sie sich davon abhalten konnte.

Cathy verdrehte die Augen. »*Nichts*. Ich bin, im Guten wie im Bösen – und zum größten Teil war es im Guten gewesen –, mit Jess' Bruder verheiratet, schon vergessen?«

Libby schluckte schwer und kam sich vor wie eine Närrin. »Wo ist Stacey überhaupt?«, fragte sie, mehr um Konversation zu machen, als weil es sie tatsächlich interessierte.

Ein Schatten huschte über Cathys Gesicht. »Er ist auf einer seiner Geschäftsreisen.«

Libby setzte sich auf ihren kleinen Hocker und faltete die Hände. »Vielleicht hättest du mit ihm gehen sollen, Cathy. Das hast du früher oft getan, nicht wahr? Wenn ihr beide allein sein könntet … miteinander reden könntet …«

Mit einem Mal war Cathy so zornig und verletzt, dass die Luft knisterte. »*Er* redet!«, schrie sie laut. »Ich bewege nur meine Hände!«

Libby sprach sanft, vorsichtig mit ihr. »Du könntest auch mit Stacey reden – wirklich reden, so wie du es mit mir tust.«

»Nein.«

»Warum nicht?«

»Ich weiß, dass ich wie eine alte Schallplatte klinge, die in der falschen Geschwindigkeit abgespielt wird, darum!«

»Und selbst, wenn das so wäre, würde das eine Rolle spielen?«, bedeutete Libby stirnrunzelnd. »Stacey wusste, dass du taub bist, bevor er dich geheiratet hat, Herrgott noch mal!«

Cathy senkte den Kopf. »Wahrscheinlich hatte er Mitleid mit mir.«

Keine Sekunde später war Libby von ihrem Hocker aufgesprungen und umfasste Cathys Schultern mit festem, wütendem Griff. »Er liebt dich!«

Tränen sammelten sich in Cathys Augen, und ihre Unterlippe zitterte. »Zweifellos beabsichtigt er deshalb, sich von mir scheiden zu lassen und dich zu heiraten.«

»Nein«, sagte Libby beharrlich und schüttelte ihre Cousine leicht. »Nein, das ist nicht wahr. Stacey ist verwirrt, Cathy. Traurig. Vielleicht liegt es daran, dass du kein Baby haben möchtest. Oder vielleicht hatte er das Gefühl, dass du ihn nicht brauchst, weil du so unabhängig bist.«

»Unabhängig? Schau dich um, Libby – *du* bist diejenige, die unabhängig ist! Du hast erfolgreich Karriere gemacht … Du kannst hören …«

»Willst du wohl endlich aufhören, dich selbst zu bemitleiden, verdammt!«, rief Libby. »Ich habe es so satt, zu hören, wie sehr du leidest! Himmelherrgott noch mal, hör auf mit dem Gejammer und kämpfe um den Mann, den du liebst!«

Cathy riss sich mit tränenüberströmtem Gesicht aus Libbys Umklammerung. Sie war außer sich vor Wut. »Es ist zu spät!«, schrie sie. »Du bist jetzt hier, und es ist zu spät!«

Libby seufzte, trat einen Schritt zurück, wie vom Donner gerührt von ihrem eigenen und von Cathys Ausbruch. »Du vergisst dabei nur eines«, argumentierte sie leise. »Ich liebe Stacey nicht. Und es braucht schon zwei, um etwas Derartiges zu beginnen, nicht wahr?«

Langsam schlenderte Cathy zur Fensterfront, starrte hinaus auf den Teich, das Kinn nach oben gereckt. Da sie wusste, dass ihre Cousine diesen Moment brauchte, um ihre Würde zurückzugewinnen und ihre Gedanken zu sammeln, ließ Libby sie in Ruhe.

Nach einer Weile schniefte Cathy laut und wandte sich mit zittrigem Lächeln zu ihr um. »Ich bin nicht hergekommen, um mit dir zu streiten«, sagte sie deutlich. »Ich möchte nach Kalispell fahren und wollte wissen, ob du vielleicht mitkommen möchtest.«

Nur zu gerne stimmte Libby dem Vorschlag zu. Nachdem sie sich umgezogen und Ken eine Nachricht hinterlassen hatte, gesellte sie sich zu Cathy in den glänzenden blauen Ferrari.

Die Fahrt nach Kalispell dauerte ziemlich lange. Und als Cathy und Libby in der Kleinstadt ankamen, war ihre alte, ungezwungene Freundschaft wiederhergestellt.

Sie verbrachten den Tag mit Shopping und aßen in einem rustikalen Steakhouse zu Mittag, das das Logo der *Circle Bar B Ranch* trug, bevor sie sich auf den Heimweg machten.

»Möchtest du das wirklich Jess schenken?«, erkundigte sich Cathy, und ihre Augen glitzerten belustigt, als sie einen Blick auf die Einkaufstasche warf, die auf Libbys Schoß lag.

»Schon möglich, dass ich den Mut dazu verliere.« Libby verzog das Gesicht und fragte sich, was in sie gefahren war, dass sie ein T-Shirt mit diesem ausgefallenen Spruch gekauft hatte. Vermutlich hoffte sie, dass diese Geste die Mauer zwischen ihr und Jess durchbrechen würde, damit sie reden konnten.

»Hör auf meinen Rat«, sagte Cathy und verließ mit dem leistungsstarken Auto den Highway und steuerte es auf die Straße, die direkt ins Herz der Ranch führte. »Gib ihm das Shirt.«

»Mal sehen«, sagte Libby, die in den weiten, endlos blauen Himmel sah. Ein kleines Flugzeug befand sich gerade in einem anmutigen Anflug auf die Landebahn der *Circle Bar B Ranch*.

»Was glaubst du, wer das ist?«, erkundigte sich Libby, und weckte Cathys Aufmerksamkeit, indem sie ihren Arm berührte.

Diese Frage war ein Fehler gewesen. Cathy, die den Motor des Flugzeuges natürlich nicht gehört hatte, suchte mit den Augen den Himmel ab und sah es. »Wieso finden wir es nicht heraus?«

Libby kauerte sich tiefer in ihren Sitz und bereute, dass sie Cathy auf die Maschine aufmerksam gemacht hatte. Mal angenommen, Stacey war an Bord, der von seiner Geschäftsreise zurückkam, und es gab eine weitere peinliche Szene am Flughafen? Angenommen, es war Jess, der Libby entweder anschrie oder, schlimmer noch, sie ignorierte?

»Ich würde lieber nach Hause fahren«, murmelte sie.

Doch Cathy hatte schon Kurs auf den Landeplatz genommen, und der Ferrari ruckelte über die unebene Straße, die dorthin führte, als wäre er ein Pick-up.

Das Flugzeug kam elegant zum Stehen, während Cathy am Straßenrand anhielt und ausstieg. Mit einer Hand die Augen abgeschirmt stand sie da und sah zu dem Flieger. Libby blieb im Auto sitzen.

Wie es schien, hatte sie sich nur einen Teil des möglichen Szenarios vorgestellt. Der Pilot war Jess … und sein Passagier ein bleicher, abweisender Stacey.

»Oh Gott«, entfuhr es Libby, die sich immer tiefer in den Autositz drückte. Sie hätte ihr Gesicht wahrscheinlich für immer in ihrer Hand verborgen, wäre da nicht das klare, nachdrückliche Klopfen an ihrem Fenster gewesen.

Da ihr keine andere Wahl blieb, kurbelte sie das Fenster hinunter und warf einen kurzen Blick in Jess' undurchdringliche Miene. »Komm mit«, sagte er ausdruckslos.

Libbys sah durch die Windschutzscheibe des Ferraris, dass Stacey und Cathy in der Nähe zusammenstanden, wenn auch mit einer offensichtlichen Distanz zwischen sich. Während Cathy wütend in Staceys Gesicht starrte, schaute dieser fest entschlossen in Libbys Richtung.

»Sie brauchen jetzt etwas Zeit für sich«, meinte Jess und schaute sie scharf an, warnend, bevor er die Beifahrertür für sie öffnete.

Bestrebt, eine offensichtlich unangenehme Situation nicht noch schlimmer zu machen, sammelte Libby ihre Einkaufstüten und ihre Handtasche ein und stieg aus dem Wagen. Jess eilte mit langen Schritten voraus, sie folgte ihm. Sein Pick-up, den sie vorher nicht bemerkt hatte, parkte in der Nähe. Ohne zu Stacey und Cathy zurückzublicken, glitt Libby dankbar auf den staubigen Vordersitz und schloss die Augen. Erst als sich das Auto in Bewegung setzte, öffnete sie sie wieder. Doch selbst dann konnte sie sich nicht überwinden, den Mann am Steuer anzusehen.

»Wie rührend das doch war«, bemerkte dieser boshaft.

Libby erstarrte in ihrem Sitz und betrachtete fassungslos Jess' unerbittliches Profil. »Was hast du gesagt?«

Er ließ sich zu einem Schulterzucken herab. »Dass du Stacey bei seiner siegreichen Rückkehr unbedingt sehen wolltest.«

Es dauerte einen Moment, bis Libby vollständig begriff, was er damit andeutete. Dann aber hob sie die Papiertüte hoch, die das T-Shirt enthielt, das sie für ihn in Kalispell gekauft hatte, und schlug damit auf ihn ein. »Du Mistkerl!«, zischte sie. »Ich wusste nicht, dass Stacey in diesem Flieger sein würde. Und wenn, wäre ich sicherlich nicht dort aufgetaucht!«

»Selbstverständlich«, meinte er gedehnt. Auch wenn er grinste und geradeaus auf die Straße sah, hörte sie die Verachtung in seiner Stimme, sah den angespannten Muskel an seinem Kiefer.

Libby spürte Tränen der Enttäuschung aufsteigen. »Ich dachte, du glaubst mir.«

»Das dachte ich auch«, gab Jess mit beißendem Vergnügen zurück. »Allerdings war das, bevor du in so einem günstigen Augenblick an der Landebahn aufgetaucht bist.«

»Es war Cathys Idee, das Flugzeug abzufangen!«

»Natürlich.«

Die Papiertüte raschelte, als Libby sie erneut hob, bereit, schwungvoll auszuholen.

»Tu das noch einmal, und ich halte an und du kannst den Rest des Weges zu Fuß gehen!«, warnte Jess, ohne dabei in ihre Richtung zu sehen.

Libby ließ die Tasche zurück auf ihren Schoß sinken, schluckte schwer und wandte ihre Aufmerksamkeit der Straße zu. Sie glaubte nicht, dass er seine Drohung wahr machen würde, außerdem kam ihr eigenes Verhalten ihr plötzlich kindisch vor. »Cathy hat mir gesagt, bei den Ställen gab es heute Morgen eine Schlägerei?«, wagte sie nach einer Weile zu fragen. »Was ist da vorgefallen?«

Noch ein Schulterzucken, genauso anmaßend wie das erste, begleitete seine Antwort. »Einer von Kens Männern hat etwas gesagt, das mir nicht gefallen hat.«

»Und das wäre …?«

»Ob es mich nicht störe, mit der Geliebten meines Bruders zu schlafen.«

Libby zuckte zusammen. Nun tat es ihr leid, nachgehakt zu haben. »Oh Gott«, flüsterte sie. Plötzlich war sie so müde, so frustriert, dass sie die Tränen nicht länger zurückhalten konnte. Sie bedeckte ihr Gesicht mit beiden Händen und drehte ihren Kopf so weit weg, wie es nur ging. Doch es war zwecklos.

Jess hielt am Straßenrand an und drehte sie mit Leichtigkeit zu sich herum. Wie durch einen Schleier sah sie den Ferrari vorbeirasen.

»Lass mich los!«

Aber Jess dachte gar nicht daran. Ganz im Gegenteil, er zog sie näher zu sich heran. »Es tut mir leid«, murmelte er in ihr Haar. »Gott, Libby, ich weiß nicht, was über mich kommt, was mich dazu treibt, Dinge zu sagen, die dir wehtun.«

»Ganz gewöhnlicher Hass!«, schniefte Libby, die ihm bereits verzieh, auch wenn sie es eigentlich besser wusste.

Er lachte leise. »Nein. Ich könnte dich niemals hassen.«

Sie sah zu ihm auf, verwirrt und gleichzeitig hoffnungsvoll. Doch bevor sie etwas erwidern konnte, gab es einen lauten Knall von unter der Motorhaube, gefolgt von einem Zischen und Rauchwolken.

»Verdammt!«, knurrte Jess.

Libby lachte, berauscht von seinem Duft, von seiner Nähe, von seiner verrückten widersprüchlichen Art. »Dieser Schrotthaufen passt nicht so ganz zu deinem Image, weißt du«, zog sie ihn auf. »Wieso besorgst du dir nicht ein ordentliches Auto?«

Er wandte den gerade noch finsteren Blick von der Motorhaube des Pick-ups ab, um sie übermütig anzulächeln. »Wenn ich das tue, Kincaid, darf ich dich dann auf dem Rücksitz verführen?«

Mit beiden Händen stemmte sie sich lachend gegen seine unnachgiebige Brust. »Nein, nein, tausendmal nein!«

Jess knabberte an ihrem Kiefer entlang, an ihrem Ohrläppchen, dass sie sich anspannte. »Wie oft?«, hakte er nach.

»Vielleicht.«

Gerade als sie annahm, dass sie sicher verrückt würde, hielt Jess inne und lächelte träge. »Es ist wohl an der Zeit, dass ich mir ein neues Auto besorge«, räumte er mit einem schelmischen Glitzern in seinen Augen ein. »Kommst du mit mir nach Kalispell und hilfst mir dabei, es auszusuchen?«

Eine Welle der Erregung rollte durch Libbys Körper und ließ ihr das Blut in die Wangen schießen. »Ich war gerade eben erst dort«, protestierte sie, nach Strohhalmen greifend.

»Es sollte nicht«, Jess neigte sich nach vorne, zupfte vorsichtig mit seinen Zähnen an der Seite ihres Halses, »lange dauern. Höchstens ein paar Tage.«

»Ein paar Tage!«

»Und Nächte.« Jess' Lippen brannten einen Weg entlang der zarten Wölbung ihrer Kehle. »Denk darüber nach, Lib. Nur du und ich. Kein Stacey. Keine Cathy. Keine Probleme.«

Libby erzitterte, als eine erfahrene Hand eine ihrer Brüste umfasste, drängend, erregend. »Keine Probleme?«, wiederholte sie.

Jess öffnete den obersten Knopf ihrer Bluse.

Libby konnte kaum atmen. Sie spürte, wie Hitze in ihrem Inneren aufstieg. »Wo ... würden wir ... übernachten?«

Ein weiterer Knopf wurde geöffnet.

Jess lachte, sein Mund liebkoste nun Libbys Schlüsselbein, was nicht gerade dabei half, die in ihr pulsierende Hitze abzukühlen. »Wie wäre es«, der dritte Knopf gab nach, und Libbys BH wurde zur Seite geschoben, »mit einem dieser Motels? Die mit den ... vibrierenden Betten?«

»Geschmacklos«, keuchte Libby. Langsam schloss sie die Augen und ihr Kopf fiel in den Nacken, als Jess ihre eine Brustwarze streichelte, bis sie hart wurde.

»Dann meine Wohnung in der Stadt«, raunte er und seine Lippen glitten von ihrem Schlüsselbein zärtlich hinab über die obere Rundung ihrer nackten Brust.

Libby rang nach Atem und bog sich ihm entgegen, als er die ziehende, aufgerichtete Spitze in den Mund nahm. »Jess … oh Gott … das ist eine öffentliche Straße!«

»Mhm«, antwortete Jess, der seine Zungenspitze nun spielend über ihren Nippel fahren ließ. »Wirst du mit mir gehen, Libby?«

Unbändige Lust raste durch ihren Körper, als er die Innenseiten ihrer Schenkel streichelte, ihre Beine auseinanderdrängte. Dabei ließ er nicht von ihr ab, sodass sie sich bald in einer Art Rausch befand. »Ja!«, sagte sie keuchend.

Jess öffnete den Knopf ihrer Jeans und ließ seine Hand unter das knappe Spitzenhöschen gleiten, das sie trug.

»Verdammt noch mal«, flüsterte Libby heiser, »hör auf! Ich sagte doch, ich komme mit!«

Er raunte ihr zu, was sie ebenfalls gleich tun würde. Und eine wundervolle erfüllende Minute später tat sie genau das.

Mit glühendem Gesicht und heftig atmend, knöpfte Libby ihre Jeans zu, zog ihren BH in Position und schloss ihre Bluse. Herrje, was, wenn jemand vorbeigekommen wäre und gesehen hätte, wie sie Jess erlaubte … so mit ihr zu spielen?

Auf der Fahrt nach Hause übte sie die glühende Abreibung ein, die er sich verdient hatte. Er könne *alleine* nach Kalispell gehen, würde sie ihm sagen. Wenn er auch nur eine Minute angenommen hätte, dass er sie in sein Stadthaus bringen und dort mit ihr schlafen könne, hätte er sich so was von getäuscht, würde sie ihm sagen.

»Sei in einer halben Stunde fertig«, meinte er vor dem Haus ihres Vaters.

»In Ordnung«, war alles, was sie antwortete.

Nachdem die Cessna in Kalispell gelandet war, erledigten sie die Formalitäten für einen Mietwagen, der sich als temperamentvoller Zwilling von Jess' Pick-up entpuppte. Anschließend fuhren sie durch die kleine Stadt zu einem abgelegenen, von Bäumen umgebenen Grundstück. Am Himmel zeigten sich mindestens eine Million Sterne, und während das bescheidene Mietfahrzeug über eine enge Holzbrücke ratterte, die sich über einen Bach spannte, konnte Libby nicht anders, als der romantischen Stimmung zu erliegen – wenigstens ein bisschen.

Jenseits der Brücke gab es noch mehr Bäume: hoch gewachsene Ponderosa-Kiefern sowie Birken mit säuselnden, glänzenden Blättern. Auf dem Zufahrtsweg eines kleinen Hauses, das abseits von einer Gruppe anderer Gebäude stand, hielten sie an. Jess stieg aus und umrundete das Auto, um Libby die Tür zu öffnen.

»Lass uns die Koffer loswerden und etwas essen gehen«, schlug er vor.

Libbys Magen meldete sich lautstark und wenig damenhaft. Jess lachte, fasste sie bei der Hand und zog sie den dunklen Weg entlang zur Haustür. »Das wirft meinen Plan über den Haufen, vor dem Essen etwas Spaß zu haben«, zog er sie auf.

»Es gibt immer noch ein Danach«, antwortete Libby und reckte herausfordernd das Kinn.

8. Kapitel

Es war erstaunlich, wie sehr Jess' Stadthaus dem auf der Ranch glich. Beispielsweise gab es auch hier ein loftartiges Obergeschoss, das sowohl über eine Treppe als auch eine eingebaute Leiter zugänglich war. Im Übrigen ähnelte sich die Anordnung der Zimmer, mit Ausnahme der Böden, die hier mit Teppich und nicht mit Eichendielen versehen waren. Und auch hier war das gesamte Dach aus Glas gefertigt. Wenn wir uns lieben, werde ich nach oben schauen und die Sterne sehen können, überlegte Libby.

»Und? Gefällt es dir?«, fragte Jess fröhlich, stellte die Koffer ab und sah sie erwartungsvoll an.

Libby fühlte sich unwohl. Sie zweifelte daran, dass es klug gewesen war, hierher zu kommen, nun da sie der Realität ins Auge sehen musste. »Bringst du all deine Eroberungen hierher?«

Lächelnd zuckte Jess die Schultern.

»Also?«, bohrte Libby nach, leicht genervt von der Tatsache, dass er nicht einmal den Anstand besaß, es zu leugnen.

Er setzte sich auf den steinernen Sims des Kamins und umfasste ein Knie mit den Händen. »Dieser Ort ist tatsächlich so etwas wie ein Liebesnest.«

Libby zuckte verletzt zusammen. Wie konnte er nur so ein uncharmanter Klotz sein? »Oh«, antwortete sie betont unbekümmert.

»Es gehört meinem Vater«, erklärte Jess und schien sich an ihrer offenkundigen Neugier und dem erleichterten Ausdruck, den sie nicht ganz verbergen konnte, zu erfreuen.

»Deinem Vater?«

Jess grinste. »Hin und wieder unterhält er seine Geliebte hier. In seiner Position muss er diskret sein.«

Ehrlich erstaunt stand Libby da, versuchte, sich den etwas gesetzten, würdevollen Senator Barlowe vorzustellen, der mit einer Frau unter der Dachschräge aus Glas herumtollte oder Leitern zu vom Sternenlicht erhellten Lofts erklomm.

Jess' amüsierter Blick wanderte zu der Leiter. »Wahrscheinlich erinnert es ihn an die guten alten Zeiten, wie er auf den Heuboden geklettert ist und so.«

Libby errötete. Diese Leiter brachte sie definitiv aus der Fassung. »Du hast den Senator aber schon um Erlaubnis gebeten, hierherzukommen, nicht wahr?«

Jess schien zu wissen, dass sie sich gerade vorstellte, wie Cleave Barlowe eine lachende Frau über die Schwelle trug, nur um festzustellen, dass die Unterkunft schon belegt war. »Ja«, versicherte Jess ihr neckend, erhob sich und kam auf sie zu. »Ich habe ihn gefragt: ›Macht es dir etwas aus, Dad, wenn ich Libby in dein Stadthaus bringe und mich mit ihr in deinem Bett vergnüge?‹ Und er hat geantwortet …«

»Jess!«, rief sie protestierend.

Lachend ergriff er ihre Ellbogen und küsste sie spielerisch auf den Mund, seine Lippen eroberten die ihren, knabberten aufreizend an ihnen. »Mein Vater ist in Washington«, informierte er sie. »Hör auf, dir Sorgen zu machen.«

Libby zog sich zurück. Ihr Gesicht war gerötet und in ihrem Kopf drehte sich alles. »Ich habe Hunger!«

»Mhm«, antwortete Jess, »ich auch.«

Wieso kam sie sich vor wie eine Sechzehnjährige, die im Begriff war, etwas Dummes zu tun? »Bitte … lass uns jetzt gehen.«

Jess seufzte.

Sie gingen, waren allerdings in weniger als einer halben Stunde zurück, die Arme voll mit Schachteln mit chinesischem Essen.

Während Jess die Boxen auf dem Couchtisch abstellte, ging Libby in die Küche, um Teller und Besteck zu holen. Auf einer Tafel in der Nähe der Spüle entdeckte sie die überraschenden Worte: »Danke, Ken. Bis nächste Woche. B.«

Ein leises Lachen stieg in Libby hoch, dann brach es als Gekicher aus ihr hervor. Konnte es sein, dass ihr Vater – ihr ernster, hart arbeitender Vater – eine Geliebte hatte, die ihn hier in diesem romantischen Versteck besuchte? Den Kopf zur Seite geneigt, zog sie es in Betracht und musste erneut grinsen. »Nein!«

Aber als sie Teller, Gabeln, Löffel und Papierservietten ins Wohnzimmer trug, wollte Libbys Lächeln einfach nicht verschwinden.

»Was ist denn so lustig?«, erkundigte sich Jess, der versuchte, ein

Stück Hühnchen zu verstecken, das er gerade aus einem der dampfenden Kartons stibitzt hatte.

»Nichts«, wehrte Libby ab, ergriff seine Hand und hob sie an seinen Mund. Verlegen schnappte er sich das Stückchen und aß es.

»Du lügst«, erwiderte Jess, »aber ich bin zu hungrig, um darauf herumzureiten.«

Beim Essen versuchte Libby sich vorzustellen, zu was für einer Frau ihr Vater sich hingezogen fühlen würde – groß, klein? Ruhig, gesprächig?

»Du hast aber nicht nur das *Chow mein* im Kopf«, beschuldigte Jess sie schließlich gutmütig. »Sag, was geht in deinem talentierten Köpfchen so vor?«

Libby zuckte die Schultern. »Eine Romanze.«

Grinsend sagte er: »Das freut mich zu hören.«

Doch Libby dachte ernsthaft nach, folgte ihren Gedanken, die neue Wege einschlugen. In all den Jahren seit dem Tod ihrer Mutter, kurz bevor Cathy auf die Ranch gekommen war, hatte sie nie daran gedacht, dass Ken Kincaid sich für eine andere Frau interessieren mochte. »Ist ja nicht so, als wäre er alt«, murmelte sie abwesend, »oder unattraktiv.«

Jess stellte seinen Teller hörbar ab. »Das reicht. Von wem redest du, Kincaid?« Seine Mundwinkel zuckten, als würde es ihn große Mühe kosten, ein Grinsen zu unterdrücken.

Sie betrachtete ihn mit gespielter Geringschätzung. »Könnte es sein, dass du eifersüchtig bist?«

»Höllisch eifersüchtig«, kam postwendend die nicht so fröhliche Antwort.

Libby lachte und legte ihre Hand auf sein Knie. »Wenn du es unbedingt wissen musst, ich habe über meinen Vater nachgedacht. Ich habe ihn all die Jahre fein säuberlich in eine kleine Schublade in meinem Kopf gesteckt, auf der ›Dad‹ stand. Ob du es glaubst oder nicht, gerade eben ist mir aufgegangen, dass er auch ein Mann ist, der ein eigenes Leben hat und vielleicht sogar eine neue Liebe.«

Ein freudiges Strahlen tanzte in Jess' grünen Augen, aber selbst wenn er etwas über Kens Privatleben wusste, schien er nicht damit rausrücken zu wollen. »Reichst du mir die Frühlingsrollen?«, fragte er diplomatisch.

Nach dem Essen wandten sich Libbys Überlegungen Dingen zu, die sie unmittelbar betrafen.

»Ehrlich gesagt, weiß ich nicht, was ich hier mache«, meinte sie nachdenklich, während Jess und sie den Couchtisch abräumten und mit dem Abfall Richtung Küche gingen. »Ich muss den Verstand verloren haben.«

Jess warf die Kartons und die benutzten Servietten in den Müll. »Na, vielen Dank auch«, sagte er und beobachtete sie aufmerksam, wie sie die Teller und das Besteck abbrauste und in die Spülmaschine einräumte.

In der maßgeschneiderten grauen Hose und dem leichten meerblauen Pulli sah er umwerfend gut aus. Dennoch blieb Libby ernst, als sie ihn fragend anschaute. »Was ist nur los mit uns, Jess? Warum verhalten wir uns so? In der einen Minute brüllen wir uns an oder reden *gar nicht* miteinander und in der nächsten befinden wir uns allein in diesem Haus.«

»Chemie?«, unternahm er den Versuch einer Erklärung.

Libby tat zerknirscht. »Wohl eher Voodoo. Spaß beiseite, was für ein Auto möchtest du kaufen?«

Jess zog sie zu sich heran, seine Fingerspitzen berührten leicht ihren schmalen Rücken. »Auto?«, erkundigte er sich, als wäre das ein Fremdwort für ihn.

Libbys Herz zog sich kaum merklich zusammen. Wieso konnte es zwischen ihnen nicht immer so sein? Wieso hatten sie sich erst heftig streiten müssen, bevor diese vertraute Eintracht entstehen konnte? »Hör auf, mich zu necken«, meinte sie leichthin. »Wir sind hierhergekommen, um ein Auto zu kaufen.«

Jess zog ihre Bluse mit einer Hand nach oben aus ihrer Hose und zeichnete gemächlich sinnliche Kreise auf ihren nackten Rücken. »Ja«, bestätigte er mit rauchiger Stimme. »Ein Auto. Aber es gibt viele verschiedene Arten von Autos, oder nicht? So eine Entscheidung sollte nicht übers Knie gebrochen werden.«

Libby schloss die Augen, war beinahe hypnotisiert von dem trägen Ton seiner Worte, von seiner tiefen Stimme. »Nein«, stimmte sie zu.

»Ganz sicher nicht«, flüsterte er, sein Mund dicht an ihrem. »Es könnte zwei – oder sogar drei – Tage dauern, bis alles unter Dach und Fach ist.«

»Mhm«, bestätigte Libby, die immer tiefer in seinen Bann geriet.

Jess hatte sie gegen einen Tresen gedrängt, sein Körper, hart und wohlriechend an sie gepresst, bildete eine unpassierbare Barriere. Mit glühenden, weichen Lippen folgte Jess der Linie ihres Halses, berührte die Vertiefung unter ihrem Ohr.

Dann endlich küsste er sie. Zunächst zärtlich, dann mit brennender Leidenschaft. Er umspielte mit der Zunge ihre Lippen, bat um Einlass und ihre Zungen begannen einen erregenden Tanz. Diese erste Vereinigung ließ Libbys ganzes Sein pulsieren. Mit geschärften Sinnen wurden ihr die elementaren Unterschiede zwischen seinem und ihrem Körper bewusst. Wo sie weich und nachgiebig war, war er stahlhart. Erwartungsvoll, gierig nach seiner Aufmerksamkeit, stellten sich ihre Brustwarzen auf.

Als hätte er das gespürt, knöpfte Jess ihre Bluse auf. Seine geschickten Finger fühlten sich auf ihrer Haut wunderbar warm an. Nachdem er auch den vorderen Verschluss ihres BHs geöffnet hatte, bewunderte er die Pracht der rosafarbenen Spitzen, die unter seinem Blick dunkler und runder zu werden schienen.

Er beugte sich zu ihr hinab und nahm eine Burstwarze in seinen heißen Mund. Libby stöhnte, den Kopf genussvoll nach hinten gebogen. Hoch über ihren Köpfen erkannte sie die langen Nadeln der an das durchsichtige Dach gepressten Ponderosa-Kiefern, durch die das frühlingshafte Mondlicht wie silbrige Splitter hindurchschien.

Grenzenlose Lust wurde ihr geschenkt, bis Libby sicher war, es nicht länger aushalten zu können. Doch Jess wandte sich der anderen Brust zu, küsste, saugte, biss sanft hinein, während er die zweite Spitze gewandt mit seinen Fingern verwöhnte.

Fast schon wahnsinnig vor Verlangen, spürte Libby, wie Knopf und Reißverschluss ihrer Hose geöffnet wurden, und als Jess sich hinkniete, vergrub sie ihre Hände in seinem dunklen Haar. Rasch streifte er ihr Jeans und Höschen ab.

Mehr als ein kehliges Keuchen brachte sie nicht zustande, als seine Hände die weiche Haut ihrer Schenkel streichelten, ebenso wie das samtige lockige Dreieck dazwischen. Warm, hingebungsvoll spürte sie dort im nächsten Augenblick seinen heißen Atem. Sie zitterte, als er mit einem fragenden Kuss dort um Einlass bat, wo seine ungeduldigen Finger sie bereits berührten.

Als seine Zunge die verborgene Stelle leicht berührte, umfassten seine Hände Libbys Hüften, zogen sie herab zu dieser unausweichlichen, ungezügelten Wollust. Erst als sie ihn anflehte, tauchte er vollständig in sie ein, nahm sie in seinen Mund, nahm sie in Besitz.

Jess genoss Libby in aller Ruhe und zeigte keinerlei Gnade, als sie wie im Rausch aufschrie und in einem letzten, aufpeitschenden Triumpf über ihm erzitterte. Als die Wellen der Erregung nachließen, wurde sie sich seiner wieder bewusst.

Noch immer kniete er vor ihr. Mit jeder Berührung drückte er seine Verehrung aus, in seinem Verhalten lag eine süße, verzehrende Beherrschung. Nach einem Abschiedskuss zog er Jeans und Höschen wieder an ihren Platz zurück und stand auf.

Libby starrte ihn an, verblüfft über die Macht, die er über sie hatte. Er lächelte über ihr Erstaunen, auch wenn ein Funken der gleichen Gefühle tief in seinen Augen leuchtete. Dann hob er sie hoch in seine Arme.

Sag »Ich liebe dich«, flehte Libby stumm.

»Ich brauche dich«, sagte er stattdessen.

Und für den Moment reichte das aus.

Sterne blitzten durch die endlosen, verschiedenen Muster, die die abgefallenen Kiefernadeln auf dem Glasdach bildeten, als wollten sie die Herrlichkeit sehen und einschätzen, die darunter glühte. Stolz reckte sich Libby unter den himmlischen Zuschauern und drängte sich näher an Jess' muskulöse, mit einem Laken umwickelte Figur.

»Warum hast du nie geheiratet, Jess?«, fragte sie und zog mit ihren Fingern sachte eine Spur über seine Brust.

Die Matratze gab nach, als er sich bewegte und einen Arm um sie legte, um sie näher an sich zu ziehen. »Ich weiß es nicht. Ich hatte immer den Eindruck, die Ehe könne noch warten.«

»Warst du je nahe dran?«

Abwesend spielte Jess mit ihrem Haar, seufzte. »Ein paar Mal habe ich es ernsthaft in Betracht gezogen, ja. Vermutlich hat mich gestört, dass ich die Frauen unbewusst wie Viehbestand gesehen habe: Diese hätte hübsche Kinder, jener würde es gefallen, auf der Ranch zu leben ... So etwas in der Art.«

»Ich verstehe.«

Unter ihren Fingern, die Muster auf seiner Brust skizzierten und mit dem weichen, gelockten Haar spielten, spürte sie, wie Jess' Muskeln sich unmerklich anspannten. Sie erwartete die Frage lange, bevor er sie tatsächlich formulierte.

»Was hat dich zu Aaron Strand hingezogen?«

Seit dem Zeitpunkt, als ihre Ehe sich langsam aufzulösen begonnen hatte, zermarterte Libby sich das Hirn nach einer Antwort auf diese Frage. Jetzt wurde es ihr mit einem Mal klar. Auch wenn er schwach war, Aaron Strand war ein großer, dunkelhaariger und breitschultriger Mann. Er hatte den Eindruck von Stärke und Selbstsicherheit vermittelt, Qualitäten, die jede Frau anziehend gefunden hätte.

»Ich dachte wohl, er sei stark. Wie Dad«, sagte sie. Schließlich konnte sie ihm nicht die Wahrheit sagen. Denn dann hätte sie zugeben müssen, dass sie wahrscheinlich von Anfang an ihre Vorstellung von Jess auf Aaron projiziert hatte.

»Hm«, gab Jess unverbindlich zurück.

»Inzwischen weiß ich, dass er einfach nur charakterlos ist.«

Darauf erwiderte Jess nichts.

»Vermutlich war mein Fehler«, fuhr Libby ruhig fort, »dass ich mich selbst durch Aarons Augen gesehen habe. Er hat mir das Gefühl vermittelt, ich sei wertlos …«

»Vielleicht hat er sich dabei besser gefühlt.«

»Vielleicht. Aber ich hasse ihn noch immer, Jess. Ist das nicht furchtbar? Ich hasse ihn vor allem dafür, dass er Jonathan im Stich gelassen hat.«

»Das ist nur allzu menschlich. Jonathan und du habt offenbar mehr gebraucht, als er zu geben hatte. Unterbewusst hast du ihn wahrscheinlich an Ken gemessen. Und es ist schwierig, deinem Dad das Wasser zu reichen, Libby.«

»Ja«, bestätigte Libby. Ich habe Aaron nicht an Dad gemessen, dachte sie aber insgeheim. *Himmel, nein, Jess, ich habe ihn an dir gemessen.*

Jess rollte sich in einer anmutigen Bewegung auf sie, sodass sein Kopf und seine Schultern das Licht der Sterne ausblendeten. »Genug der ernsthaften Gespräche, Süße. Ich kam hierher, um …«

»Ein Auto zu kaufen?«, neckte Libby ihn, ihr Ton unschuldig und liebevoll.

Er vergrub sein Gesicht zwischen ihren warmen, einladenden Brüsten. »Mein Gott«, murmelte er, seine Stimme durch ihre samtweiche Haut gedämpft, »was für ein unschuldiges Lämmchen du doch bist, Libby Kincaid!« Mit einer Hand streichelte er an ihrer Seite entlang, um ihr schelmisch in den Po zu kneifen. »Nette Polsterung.«

Libby keuchte und drückte ihren Rücken durch, während sein Mund über die Rundung ihrer Brust glitt, um ihre Spitze zu umschließen. »Hat nicht zu viele Kilometer«, brachte sie hervor.

Jess, der ihrer Brustwarze gekonnt süße Qualen bereitete, musste lachen. »Eindeutig ein Pluspunkt.« Seine Hand schlüpfte zwischen ihre Beine und begann erneut ein meisterhaftes Spiel. Als Libby sofort darauf reagierte, beschleunigte sich sein Atem. »Springt schnell an«, murmelte er, während er wieder an ihrer Brustspitze saugte, bis sie hart wurde.

Libby hatte das Spiel hinter sich gelassen, hob und senkte sich mit den samtweichen Wellen der Lust, die er in ihr auslöste. »Ich … Oh Gott, Jess … Was tust du … Oh!«

Irgendwie schaffte es Jess, die Nachttischlampe einzuschalten, ohne das heiße Tempo zu unterbrechen, das seine rechte Hand Libbys Körper vorgab. »Du bist eine Göttin!«

Der ungezügelte Tanz ging weiter, auch wenn sie versuchte, ruhig dazuliegen. Denn Jess sah ihr zu, es bereitete ihm Vergnügen, ihre hemmungslose Reaktion zu beobachten, die sie nicht unterdrücken konnte. Ihr Herz raste vor Anstrengung, das Blut kochte in jeder einzelnen Vene und Jess' entspanntes Lächeln verlor sich in einem silbrigen Dunstschleier.

Sie schrie laut seinen Namen heraus, tastete nach seinen Schultern, hielt sie umklammert. Dann, heftig zitternd, taumelte sie in einen Abgrund, in dem außer ihrem eigenen Herzschlag kein Geräusch zu hören war.

Als sie wieder klar sehen, wieder atmen konnte, stellte sie fest: »Du tust das gerne, nicht wahr?«

»Ja«, antwortete Jess, ohne zu zögern.

Libby rappelte sich auf und setzte sich, ihre Augen schossen blaue Pfeile auf ihn. »Mistkerl.«

Gelassen erwiderte er ihren Blick. »Was ist denn mit dir los?«

Libby war sich der Antwort auf diese Frage nicht ganz sicher.

»Es ist nur … Es stört mich einfach, dass du … dass du mir zugesehen hast«, erklärte sie zögerlich und bedeckte ihre pochenden vollen Brüste mit dem Bettlaken.

Vorsätzlich entfernte Jess das Laken wieder, und Libbys verräterische Brustwarzen stellten sich sofort auf. »Warum?«, fragte Jess.

Libby errötete so sehr, dass es schon schmerzte, und senkte die Augen. Unvermittelt fasste Jess sie behutsam am Kinn und drängte sie, ihn anzusehen.

»Liebling, du schämst dich doch nicht?«

Sie war so verwirrt, dass sie nicht antworten konnte.

Aufmunternd streichelte er Libbys Wange. »Du hast dich mir hingegeben, Libby, mir vertraut. Wofür könnte man sich da schämen?«

Sie erkannte, dass er recht hatte. Sie musste sich nicht schämen, weil sie diesen frechen, zärtlichen, eigenwilligen Mann liebte. Wenn sie doch nur wagen könnte, ihm das zu sagen, was ihr Körper ihm schon gezeigt hatte.

Er küsste sie sanft, fühlte, dass sie noch mehr Bestätigung brauchte. »Überwältigend«, bemerkte er. »Selbst im Normalzustand bist du überwältigend. Aber wenn du zulässt, dass ich dich liebe, übertriffst du dich. Du lässt in mir Gefühle entstehen, die ich nicht kenne, berührst mich so tief, wie mich bisher noch nichts berührt hat.«

Sag es jetzt, drängte Libby stumm, *sag, dass du mich liebst.*

Aber sie musste sich mit dem zufriedengeben, was er ihr bereits gesagt hatte, denn es war klar, dass es keine romantischen Liebesbekenntnisse geben würde. Er hatte gesagt, dass sie überwältigend war, dass sie ihn bewegte. Aber er hatte ihr nicht seine Liebe gestanden.

Aus genau diesem Grund umgab das kurz darauf folgende Liebesspiel ein Hauch von Traurigkeit.

Lange, nachdem Jess erschöpft neben ihr eingeschlafen war, lag Libby wach. Sie war verletzt. Sie wollte mehr von Jess, als seine bereitwillig erklärte Lust, brauchte mehr. So viel mehr.

Und doch … selbst wenn er einen Antrag machen würde, würde Libby ihn annehmen? Gab es nicht schon zu viele Konflikte, die ihr Leben erschwerten? Sie gab ihr Bestes, um die Erinnerung zu unterdrücken. Aber Libby konnte einfach nicht vergessen, dass Jess angenommen hatte, sie wäre in der Lage, eine Affäre mit seinem Bruder zu haben und dabei ihre Cousine und engste Freundin zu verletzen.

Ebenso wenig konnte sie den Keil ignorieren, der zwischen sie getrieben worden war, als sie sich zum ersten Mal liebten. Als ihr der Fehler unterlaufen war, Worte zu sagen, die ihm das Gefühl gaben, ausgenutzt worden zu sein, damit sie sich selbst als Frau beweisen konnte.

Natürlich hatten sie trotz dieser Vorfälle zueinandergefunden. Ein Trost war das für Libby jedoch nicht. Wenn sie sich wirklich nahe sein wollten, musste mehr im Einklang sein als nur ihre Körper.

Viele Stunden später fiel Libby in einen unruhigen, traumerfüllten Schlaf. Am nächsten Morgen, als das helle Sonnenlicht durch die Glasfläche auf sie herabschien, lag sie allein in dem zerknitterten Bett.

»Lib!«

Sie tapste an den Rand des Lofts und spähte hinunter. »Was?«, erwiderte sie scharf und missmutig, als sie Jess frisch geduscht und gut gelaunt erblickte.

Schwungvoll wedelte er mit einem Pfannenwender. »Ein Ei oder zwei?«

»Fahr zur Hölle!«, gab sie rundweg zurück und verzog das Gesicht beim Anblick der Leiter.

Jess lachte. »Pass bloß auf. Mit derart zärtlichen Worten machst du mir noch Hoffnungen.«

»Wofür soll diese verdammte Leiter überhaupt gut sein?«

»Bist du morgens immer so ungenießbar?«, konterte er.

»Nur, wenn ich in der Nacht zuvor hemmungslosen Sex hatte!«, knurrte sie gereizt. »Ich glaube, ich habe dir eine Frage zur Leiter gestellt?«

»Damit kann man hoch- und runterklettern.« Jess zuckte mit den Schultern.

Libbys Kopf pochte heftig, und ihre Augen fühlten sich geschwollen und wund an. »Mit der Zeit hätte ich das wahrscheinlich selbst herausfinden können!«

Jess lachte fröhlich und schüttelte den Kopf, als fühlte er mit ihr.

Libby griff nach dem oberen Teil der seltsamen Leiter und rüttelte kräftig an ihr. Sie ließ sich nicht bewegen. Ihre Verwirrung steigerte ihre Reizbarkeit, und ohne dass es einen besonderen Grund dafür gab, streckte sie Jess die Zunge heraus, wandte sich ab und verschwand aus seinem Blickfeld. Sein Gelächter folgte ihr ins Badezimmer.

Fertig geduscht und die Zähne geputzt, fühlte sich Libby halbwegs wie ein Mensch. Und dieses Gefühl brachte auch die Reue darüber mit sich, wie sie Jess wenige Minuten zuvor begrüßt hatte. Er konnte schließlich nichts dafür, dass er morgens so ekelhaft gut gelaunt war.

Sie durchsuchte den überstürzt gepackten Koffer, bis sie das T-Shirt fand, das sie tags zuvor mit Cathy in Kalispell für Jess gekauft hatte. Sie zog es sich über den Kopf und schwang sich über die Schwelle, um die Leiter hinunterzuklettern.

Die Belohnung war ein leiser, anerkennender Pfiff.

»Jetzt weiß ich, warum die Leiter angebracht wurde«, bemerkte Jess. »Die Aussicht von hier unten ist großartig.«

Libby war verlegen – sie hatte angenommen, Jess sei in der Küche und würde ihren gewagten Abstieg nicht sehen. Kaum berührte sie den Fußboden, wirbelte sie herum, um ihn mit purpurrotem Gesicht wütend zu fixieren.

Jess las den Spruch auf der Vorderseite des T-Shirts, das so groß war, dass es ihr beinahe bis an die Knie reichte, und lachte schallend. »›Wenn es sich gut anfühlt, tu es‹?«

Libbys wütender Blick wollte sich einfach nicht aufrechterhalten lassen, egal, wie sehr sie es versuchte. Ihre Mundwinkel zuckten und ein Kichern entfuhr ihr, und dann lachte sie so sehr wie Jess.

Angesichts der Situation versetzten ihr seine Worte einen Schock.

»Libby, willst du mich heiraten?«

Sie starrte ihn an, verblüfft, wagte es nicht, zu hoffen. »Wie bitte?«

Er sah sie liebevoll an, obwohl in seinem Blick noch immer der Rest seines Lachens aufblitzte. »Zwing mich nicht, es zu wiederholen, Prinzessin.«

»Ich glaube, die Eier brennen an«, gab Libby hölzern zurück.

»Mitnichten. Meine habe ich schon gegessen und deine werden auf dem Teller kalt. Wie lautet deine Antwort, Kincaid?«

Libbys Hals schmerzte. Ein Kloß, so groß wie ihr Herz, schien darin gefangen zu sein. »Ich … Was …«

»Ich dachte, du stammelst nur auf dem Gipfel der Lust. Bist du denn wirklich so überrascht?«

»Ja!«, krächzte Libby mühsam.

Seine breiten Schultern, die durch den hellgelben Pulli eher betont denn verdeckt wurden, hoben sich zu einem Zucken. »Ich hielt es für eine gute Lösung.«

»Eine Lösung? Für was?«

»Für all unsere einzelnen und gemeinsamen Probleme«, antwortete Jess unbekümmert. Überzeugend. »Denk darüber nach, Lib. Stacey könnte dich nicht mehr bedrängen, oder? Und du könntest auf der Ranch bleiben.«

Obwohl sie nett gemeint waren, Jess Worte versetzten Libby einen schmerzhaften Stich. »Das wären die Lösungen für mich. Welche Probleme würde eine Heirat für dich lösen?«

»Wir sind gut im Bett«, bot er an, und seine Worte, die scheinbar als Kompliment gemeint waren, brachten Libby beinahe um.

»Es gehört mehr dazu als das!«

»Tut es das?«

Libby war sprachlos, obwohl eine kleine Stimme in ihrem Kopf unaufhörlich dumme, sentimentale Dinge schrie: *Was ist mit Liebe? Wie steht es mit Kindern? Wie läuft das mit übrig gebliebenem Hackbraten und gemeinsamen Steuererklärungen?*

»Dein Vater wäre glücklich«, fügte Jess hinzu. Hätte er seine Hand gehoben, um sie zu schlagen, hätte er sie nicht mehr verletzen können.

»Mein Dad? Mein *Dad*?«

Jess wandte sich ab. Offenbar bemerkte er gar nicht, welche Wirkung sein Antrag auf Libby hatte. Er sah aus wie der gebildete, gewandte Anwalt, der einen wackeligen Fall vertrat. »Du willst Kinder, oder etwa nicht? Außerdem weiß ich, dass dir das Leben auf der Ranch gefällt.«

Libby unterbrach ihn kalt. »Dann erfülle ich vermutlich alle Kriterien. Ich möchte Kinder. Ich lebe gern auf *Circle Bar B Ranch*. Wieso bindest du mich nicht einfach an allen vieren zusammen und verpasst mir das Brandzeichen der Barlowes?«

Jeder einzelne Muskel in Jess' Körper spannte sich an, aber er drehte sich nicht zu ihr um. »Es gibt noch einen weiteren Grund«, ergänzte er.

Trotz ihrer Wut und der Kränkung peitschte eine Welle der Hoffnung durch Libbys Körper, wie der entfesselte Wind über der weiten Prärie. »Der wäre?«

Er atmete tief ein, die Hände auf dem Rücken gefaltet, als wäre er vor Gericht. »Es gäbe keine Möglichkeit, zumindest vorerst, dass Cathy verletzt würde.«

Cathy. Libbys Knie gaben nach. Geschwächt tastete sie nach dem Sofa, das hinter ihr stand, und ließ sich darauf fallen. Oh Gott, war seine Zuneigung zu Cathy so tief, dass er sogar die Frau heiraten würde, die er als Bedrohung ihres Glücks ansah, nur um sie zu schützen?

»Ich habe es so satt! Ständig geht es um Cathy, Cathy, Cathy«, sagte sie mit monotoner Stimme und zog den Saum des T-Shirts über ihre Knie, damit ihre Hände beschäftigt waren.

Jetzt drehte sich Jess doch um und sah sie mit einem undurchdringlichen Ausdruck an.

Auch wenn Libby sich schuldig fühlte – wie immer, wenn sie sich über Cathy aufregte –, blieb sie standhaft. »Man muss nicht behindert sein, um verletzlich zu sein, weißt du«, gestand sie mit leiser und unsicherer Stimme.

Jess kreuzte die Arme vor der Brust, und das Sonnenlicht, das durch das Glasdach hereinfiel, glänzte in seinem dunklen Haar. »Das ist mir bewusst«, sagte er einfühlsam. »Auf die ein oder andere Art sind wir alle irgendwie behindert, nicht wahr?«

Sie konnte nicht sagen, ob er sie abkanzelte oder ihr ein Friedensangebot machte. Auf dem Sofa kauernd, kam sie sich in dem T-Shirt, das sie zum Spaß angezogen hatte, lächerlich vor. Libby faltete die Hände in ihrem Schoß. »Ich nehme an, diese Bemerkung sollte ein kleiner Seitenhieb sein.«

Jess kam zu ihr und setzte sich neben sie auf die Couch, bedacht darauf, sie nicht zu berühren. »Libby, das ist nicht wahr. Ich bin die ständigen Wortgefechte mit dir leid. Das war vielleicht in Ordnung, als ich noch jeden Tag mit dir im Schulbus fahren musste, aber jetzt sind wir erwachsen. Wir sollten versuchen, uns so zu verhalten.«

Libby sah ihm ins Gesicht. Wie vom Donner gerührt erkannte sie, wie viel er ihr bedeutete, wie sehr sie ihn brauchte. Noch vor einer Woche hätte sie gesagt, sie hasste ihn. Und sie hätte es auch so gemeint. Sollte dieser Hass, den sie füreinander verspürt hatten, tatsächlich Leidenschaft gewesen sein?

»Ich verstehe das alles nicht.«

Jess nahm eine ihrer Hände in die seinen. »Willst du mich heiraten oder nicht?«

In Libby kämpften Furcht und Freude miteinander. Um sich ihrer Gefühle klar zu werden, musste sie den Blick von ihm abwenden. Sie liebte Jess, daran bestand keinerlei Zweifel. Sie wollte nichts sehnlicher, als seine Frau werden. Sie wollte Kinder – und mit einunddreißig hatte sie oft das Gefühl, die Zeit renne ihr davon. Verdammt, wieso konnte er nicht einfach sagen, dass er sie liebte?

»Wärst du mir treu, Jess?«

Er berührte sie an der Wange. Mühelos drehte er ihr Gesicht zu sich herum, sodass sie erneut in diese betörenden grünen Augen sah. »Ich würde dich niemals betrügen.«

Aaron hatte diese Worte ebenfalls gesagt. Aaron war sehr wortgewandt gewesen.

Doch das hier war Jess, rief sich Libby in Erinnerung. Jess, nicht Aaron.

»Ich würde meine Karriere nicht aufgeben«, gab sie zu bedenken. »In diesem Geschäft geht es verrückt zu, Jess. Manchmal tue ich wochenlang kaum etwas. Dann gibt es Zeiten, da muss ich zehn, zwölf Stunden am Tag arbeiten, um einen Termin einzuhalten.«

Jess wirkte nicht, als würde er sich dadurch abbringen lassen.

Libby atmete tief ein. »Natürlich hieße ich weiterhin Libby Kincaid. Ich habe Aarons Namen nie angenommen, und ich sehe keinen Grund, warum ich deinen annehmen sollte – das heißt, sollte ich zustimmen, dich zu heiraten.«

Er schien zwar amüsiert zu sein, aber sie hatte definitiv einen wunden Punkt getroffen, wie sie gleich darauf feststellte: »Jetzt mach mal halblang, Lady. Beruflich kannst du jeden Namen tragen, der dir passt. Aber privat wirst du Libby Barlowe sein.«

Insgeheim freute sich Libby über seine Worte. Dennoch spürte sie auch, dass sie wütend und verletzt war, weil er sie nicht liebte. Trotzig hob sie ihr Kinn und zischte ihn an: »Du musst das Brandzeichen der *Circle Bar B Ranch* wirklich auf allem haben, das du als dein Eigentum betrachtest, nicht wahr?«

»Du bist kein Gegenstand, Libby«, erwiderte er vernünftig, »aber so viel Bereitschaft muss schon sein. Nenn es männliches Ego, wenn du möchtest, aber ich will, dass meine Frau Mrs. Barlowe heißt.«

Libby schluckte. »Na gut.«

Jess lehnte sich auf dem Sofa zurück und kreuzte erneut die Arme vor der Brust. »Ich warte«, meinte er, und das neckische Blitzen war zurück in seinen Augen.

»Auf was?«

»Auf eine Antwort auf meine ursprüngliche Frage.«

Du Dummkopf! Lernst du denn überhaupt nicht dazu, Libby Kincaid? Libby beruhigte die Stimme in ihrem Inneren. Das Leben war kurz und unvorhersehbar. Vielleicht würde Jess lernen, sie so zu lieben, wie sie ihn liebte. War dieses Glück kein Risiko wert?

»Ich werde dich heiraten.«

Jess küsste sie mit einer überschwänglichen Freude, die sich bald in Verlangen verwandelte.

Beim Anblick des schnittigen Sportwagens im Ausstellungsraum verzog Jess das Gesicht. Abschätzig drückte er mit der Zunge seine Wange nach außen. »Was hältst du davon?«, fragte er.

Libby betrachtete das Fahrzeug erneut. »Das bist nicht du.«

Er grinste, die stille Enttäuschung des Verkäufers ignorierend. »Du hast recht.«

So wie keines der letzten zehn Autos, die sie sich angesehen hatten, »er« gewesen war. In den Sportwagen verkrampften seine langen Beine, und die großen, luxuriösen Fahrzeuge wurden für zu protzig befunden.

»Wie wäre es mit einem neuen Pick-up?«, schlug Libby vor.

»Weißt du, wie viele es schon auf der Ranch gibt?«, konterte er. »Außerdem würde wahrscheinlich irgendein Trottel das Familienlogo draufpinseln, wenn ich gerade nicht hinsähe.«

Libbys Augen weiteten sich in gespieltem Entsetzen. »Wie furchtbar das doch wäre!«

Er zog eine Grimasse. Aber als er sprach, klangen seine Worte ernst: »Wir könnten einen Van kaufen und die Sitze mit Kindern und Hunden füllen.«

Libby musste bei diesem Bild lächeln. »Was für eine chaotische, aber himmlische Vorstellung«, meinte sie grüblerisch.

Jess grinste verschmitzt. »Und natürlich wäre da viel Platz für heißen Sex.«

Der Verkäufer räusperte sich und entfernte sich diskret.

9. Kapitel

»Ich glaube, du hast den Verkäufer schockiert«, bemerkte Libby, als sie den Gurt einrasten ließ, während Jess sich hinter das Lenkrad des Mietwagens setzte.

Jess zuckte mit den Schultern. »Weil ich einen Van wollte?«, zog er sie auf.

»Weil du *mich* in dem Van wolltest«, stellte Libby klar.

Jess drehte den Schlüssel in der Zündung um und legte den Gang ein. »Er hatte nur Glück, dass ich nicht all die anderen Orte aufgelistet habe, an denen ich dich gern hätte. Die Motorhaube, zum Beispiel. Und dann wäre da noch das Dach …«

Eine tiefe Röte überzog Libbys Gesicht, als sie sich in den langsam rollenden Verkehr einfädelten. »Jess!«

»Und natürlich auf der Leiter im Haus.«

»Die Leiter?«

Frech grinste Jess sie an. »Ja. Etwa auf halber Höhe.«

»Denkst du eigentlich an nichts anderes als Sex?«

»Ich scheine eine Fixierung entwickelt zu haben, Kincaid – natürlich erst, seit du zurückgekommen bist.«

Sie konnte sich ein Lächeln nicht verkneifen. »Natürlich.«

Wortlos fuhren sie durch die ruhigen gepflegten Straßen bis zum Gerichtsgebäude. Jess stellte das Auto ab und wandte sich anzüglich grinsend zu Libby um. »Lust auf einen Bluttest und etwas Kleinstadt-Bürokratie?«

In ihrer Magengrube spürte Libby eine wilde, freudige Erregung. Er wollte eine Heiratserlaubnis besorgen! In drei kurzen Tagen könnte sie auf Lebenszeit an Jess Barlowe gebunden sein. Zumindest *hoffte* sie, dass es auf Lebenszeit wäre.

Anstelle einer Antwort holte sie tief Luft, löste ihren Sicherheitsgurt und stieg aus dem Auto.

Zwanzig Minuten später war die Prozedur beendet. Die Tatsache, dass die Hochzeit selbst kaum so lange dauern würde, fand Libby irgendwie seltsam.

Beim Auto angelangt, half Jess ihr beim Einsteigen. Auch wenn ihm aufgefallen sein musste, dass sie in Gedanken versunken war, erwähnte er es nicht weiter.

»Halt bitte dort beim Supermarkt an!«, platzte Libby nach ein paar Minuten heraus.

Jess sah sie erstaunt an. »Beim Supermarkt?«

»Ja. Dort kann man unter anderem Nahrungsmittel kaufen.«

Jess verzog das Gesicht. »Wieso können wir nicht einfach essen gehen? Es gibt mehrere gute Restaurants …«

»Restaurants?«, rief Libby mit gespielter Verachtung. »Wie soll ich dir beweisen, was für ein guter Fang ich bin, wenn ich dich nicht bekochen darf?«

Mit der rechten Hand streichelte Jess verführerisch über Libbys Oberschenkel. »Entspann dich, Liebling«, meinte er in ausgezeichneter Humphrey-Bogart-Manier. »Ich weiß schon, wie gut du in der Küche bist.«

Die eindeutige Anspielung auf die Episode der vergangenen Nacht brachte Libby aus dem Gleichgewicht. »Dir gefällt es, unerhörte Sachen zu sagen, was?«, sagte sie fauchend.

»Mir gefällt es, unerhörte Sachen zu *machen*.«

»Dem werde ich ganz sicher nicht widersprechen«, gab sie säuerlich zurück.

Jess hielt vor dem Supermarkt an, der im Zentrum einer kleinen Shoppingmall lag. Libby bemerkte, wie sein Blick auf einen Juwelier am Ende der Straße fiel.

»Wir treffen uns drinnen.« Schon war er verschwunden.

Auch wenn sich Libby immer wieder sagte, dass sie dumm und sentimental war, freute es sie, dass Jess womöglich einen Ring für sie aussuchte.

Dieses aufregende, romantische Gefühl verflog allerdings, als sie mit ihrem Einkaufswagen im Supermarkt stand. Sie schwelgte in schwärmerischen Träumen wie ein siebzehnjähriges Mädchen! *Natürlich* würde Jess einen Ring kaufen, aber doch nur, weil es von ihm erwartet wurde.

Bedrückt machte Libby sich daran, die Lebensmittel zu suchen, die sie brauchten: Im Kühlschrank und in den Vorratsschränken im Haus herrschte gähnende Leere.

Sich ins Praktische flüchtend, verzog sie am Gemüsestand das Gesicht und fragte sich, wie viel sie kaufen sollte. Jess hatte nicht erwähnt, wie lange sie in Kalispell bleiben würden, nachdem sie ein Auto für ihn gefunden hatten.

Mit einem leichten Schulterzucken entschied sie, für drei Tage einzukaufen. Da es so lange dauerte, die Heiratslizenz ausgestellt zu bekommen, würden sie wohl mindestens so lange in der Stadt sein.

Nachdenklich schaute sie auf ihre Hose und ihr farbenfrohes Top hinab. Zugegeben, die Hochzeitszeremonie würde zwanglos sein. Dennoch würde sie ein neues Kleid brauchen und sie wollte auch für Jess einen Ehering besorgen.

Den Einkaufswagen durch den Gang mit dem Obst und Gemüse schiebend, griff sie abwesend nach Sojabohnensprossen, frischem Brokkoli und Zwiebeln. Auch beim ersten Mal hatte sie in aller Stille geheiratet, ohne opulentes Brautkleid, Blumen und Musik, und insgeheim trauerte sie all dem nach.

Mit keinem Wort hatten Jess und sie die Flitterwochen besprochen. Und was für eine Hochzeit würde dies überhaupt werden? Ohne Ken, ohne Cathy, ohne Senator Barlowe und Marion Bradshaw, die Haushälterin?

Eine Schachtel schwebte aus dem Wagen heraus, und es dauerte einen Moment, bis Libby erkannte, dass Jess sie in seiner sonnengebräunten Hand hielt.

»Ich hasse knusprige Cornflakes«, meinte er. Seine Augen schienen bis in ihr Innerstes blicken zu können, wo er den dumpfen Schmerz sah, den sie lieber verborgen hätte. »Was ist mit dir, Prinzessin?«

Libby kämpfte gegen die plötzlich aufkommenden Tränen, die ihr den Hals zuschnürten. »Nichts«, log sie.

Doch das konnte sie Jess nicht weismachen. »Du willst Ken bei der Hochzeit dabeihaben«, riet er sanft.

Libby senkte leicht den Kopf. »Er war so verletzt, als Aaron und ich geheiratet haben, ohne es ihm vorher zu sagen«, erklärte sie.

Für kurze Zeit herrschte Schweigen. Dann versetzte eine Hausfrau mit zwei Vorschulkindern im Schlepptau Libbys Wagen mit dem ihren einen leichten Stoß, um sie subtil zum Weitergehen aufzufordern. Eilig schaffte Libby ihre Einkäufe aus dem Weg und sah zu Jess hoch, gespannt auf seine Antwort.

Lächelnd berührte er ihre Wange. »Weißt du was? Wir rufen auf der Ranch an und erzählen allen, dass wir heiraten werden. So können sie selbst entscheiden, ob sie dabei sein möchten. Und wenn du das ganze Drum und Dran brauchst, können wir später eine große Hochzeit feiern.«

Die Idee einer zweiten Hochzeit mit allen Schikanen traf Libby mitten in ihr romantisches Herz. »Das würdest du tun? Du würdest das alles noch mal mitmachen, nur zum Schein?«

»Nicht zum Schein, Prinzessin. Für dich.«

Die Hausfrau gab einen anerkennenden Laut von sich, der Libby aufschrecken ließ. Sie hatte ihre Umgebung völlig vergessen.

Jess lachte, und das Thema wurde fallen gelassen. Gemeinsam gingen sie die Gänge auf und ab, legten den ein oder anderen notwendigen Artikel in den Wagen und diskutierten gutmütig, wer kochen würde, sobald sie verheiratet waren.

Kaum hatte Libby die Vordertür des Hauses aufgeschlossen, hörte sie das Telefon klingeln. Daher überließ sie es Jess, die Tüten mit den Einkäufen hineinzutragen, und rannte zum Apparat. Eigentlich erwartete sie Kens Stimme oder die von Marion Bradshaw, die ihr eine Nachricht von Cathy ausrichten wollte.

Die grausame Welle eines Déjà-vus übermannte sie, als sie Aarons aalglatte, selbstsichere Begrüßung vernahm. »Hallo, Libby.«

»Was willst du?«, fragte Libby, die zu überrascht war, um aufzulegen. Woher zum Teufel hatte er diese Nummer?

»Das habe ich dir doch schon gesagt, Herzchen«, meinte Aaron nachsichtig. »Ich will ein Kind.«

Dass Jess neben ihr stand, die Einkaufstüten in den Armen, war Libby durchaus bewusst. »Du bist verrückt!«, schrie sie in den Hörer.

»Möglich, aber nicht so verrückt, meiner Großmutter zu erlauben, einem anderen ein Imperium zu überlassen. Sie zweifelt, na ja, an meiner Zuverlässigkeit.«

»Wie kommt sie nur darauf?«

»Lass den Sarkasmus, Schätzchen. Mein Wunsch ist nicht so abwegig, bedenkt man, was ich verlieren könnte.«

»Er ist abwegig, Aaron! Eigentlich ist er sogar abartig!« Und an diesem Punkt knallte sie den Hörer mit voller Wucht auf. Sie zitterte so sehr, dass Jess hastig die Tüten auf einem Beistelltisch abstellte und sie in die Arme nahm.

»Was war denn das?«, erkundigte er sich, sobald Libby sich halbwegs beruhigt hatte.

»Er ist furchtbar«, antwortete Libby verängstigt. »Oh Jess, er ist ein Monster ...«

»Was hat er gesagt?«, presste Jess leise hervor.

»Aaron will, dass ich ein Baby von ihm bekomme! Jess, er hatte den Nerv, mich zu bitten, zurückzukommen, damit er einen Erben produzieren und seine Großmutter zufriedenstellen kann!«

Jess strich tröstend mit einer Hand durch ihr Haar. »Es ist schon gut, Libby. Alles wird gut.«

Wieso habe ich dann eine solche Angst? Um Jess' Willen riss sich Libby zusammen und schaffte es sogar, zu lächeln. »Lass uns Dad anrufen.«

Jess nickte und drückte ihr einen Kuss auf die Stirn. Anschließend nahm er die Einkaufstüten und trug sie in die Küche. Derweil wählte Libby die Nummer ihres Vaters.

Es überraschte sie nicht weiter, dass niemand abnahm, schließlich war es noch sehr früh am Tag. Ken arbeitete noch. Und da sein Aufgabengebiet so groß war, konnte er überall auf der hundertfünfzigtausend Morgen großen *Circle Bar B Ranch* sein.

Die Geräusche aus der Küche deuteten darauf hin, dass Jess die Einkäufe wegräumte. Sie brauchte jetzt dringend seine Nähe, deswegen gesellte sie sich zu ihm.

»Niemand da?«, fragte er und legte gerade eine Packung Frühlingsrollen ins Eisfach.

»Nein, niemand da«, bestätigte sie. »Hätte ich mir auch denken können.«

Er drehte sich zu ihr um, ein mitfühlendes Lächeln auf den Lippen. »Das hast du auch. Aber du hattest in dem Moment das Bedürfnis, anzurufen. Es pro forma zu tun, hat dich beruhigt.«

»Seit wann bist du denn so ein cleverer Bursche?«

»Ich glaube, seit letztem Dienstag«, antwortete er nachdenklich. »Weißt du was? Du siehst etwas müde aus. Wieso kletterst du nicht die Leiter hinauf, die dich so stört, und machst ein Nickerchen?«

Libby zog eine Augenbraue hoch. »Während du was tust?«

Seine Antwort enttäuschte sie. »Während ich noch ein paar Stunden in die Stadt fahre«, meinte er. »Ich muss noch ein paar Dinge erledigen.«

»Zum Beispiel?«

Er grinste. »Zum Beispiel Info-Material besorgen, damit wir entscheiden können, wo unsere Hochzeitsreise hingeht.«

Eine überschwängliche Freude überkam sie, trotz der Abgespanntheit, die sie plötzlich an sich selbst bemerkte. Konnte es sein, dass sie nur müde war, weil dieser raffinierte Hypnotiseur es angedeutet hatte? »Ist es denn wichtig, wo wir Flitterwochen machen?«

»Eigentlich nicht«, erwiderte Jess, kam verstörend nahe und küsste Libby auf die Stirn. »Aber ich hätte dich gerne ganz für mich alleine. Und ich denke, je weiter wir im Moment von zu Hause weg sind, desto besser wird es uns gehen.«

Ihr Herz wurde von einem Gefühl der Angst umklammert. Doch das legte sich rasch, als Jess ihr rechtes Ohrläppchen zwischen seine Zähne nahm. Dabei beschrieb er ihr unverblümt mit erotischen Worten, was er gerne auf dem Kassenband des Supermarktes mit ihr gemacht hätte. Er schaffte es jedes Mal, sie so unglaublich zu erregen. Gleichzeitig fand sie sich damit ab, dass sie alleine in das sonnenverwöhnte Bett im Loft krabbeln würde. »Schuft!«

Spielerisch klopfte Jess ihr auf den Hintern. »Später«, versprach er. Dann verließ er in aller Seelenruhe das Haus, um sich seinen Besorgungen zu widmen.

Gehorsam ging Libby – über die Treppe, nicht die Leiter – ins Schlafzimmer hinauf und gähnte, noch während sie sich bis auf das Spitzenhemdchen und Höschen auszog. Eigentlich durfte sie jetzt nicht schlafen, dachte sie, wo sie doch selbst so viel zu erledigen hatte: einen Ring für Jess aussuchen, ein ganz besonderes Kleid kaufen …

Doch kaum war sie unter die Decke geschlüpft, schlief sie auch schon tief und fest.

Libby bewegte sich und streckte sich genüsslich aus. Irgendjemand verteilte warme, weiche Küsse über ihr Schlüsselbein. Oder träumte sie das nur? Falls ja, wollte sie die Augen lieber nicht öffnen.

Ein kühler Luftzug streifte ihre Brüste, als ihr Hemdchen zärtlich zur Seite geschoben wurde. »Mhm«, entfuhr ihr genüsslich.

»Schöner Traum?«, fragte Jess, bevor er eine ihrer Brustwarzen mit seiner Zunge befeuchtete und erregte.

»Oh«, antwortete Libby, drückte ihr Kreuz leicht zurück, die Augen noch immer geschlossen. Hingebungsvoll drückte sie den Kopf gegen das seidige Kissen. »Sehr schön.«

Jess' Fürsorge wanderte zu ihrer zweiten Spitze, Libby stöhnte vor Verzückung. Sie ließ ihre Hüften kreisen, sehnte sich nach ihm.

Jess hörte ihr stummes Flehen, streifte das seidige Höschen an ihren Beinen herunter. »Du bist so warm, Libby«, flüsterte er mit rauchiger Stimme. »So weich und köstlich.« Wie das Geschenkpapier eines herrlichen Präsents öffnete er das Hemdchen und legte es ehrfurchtsvoll beiseite. Tausende Küsse regneten auf ihre vom Schlaf warmen Brüste herab, auf ihren Bauch, ihre Schenkel.

Endlich öffnete sie die Augen, sah Jess' wundervollen nackten Körper durch einen Schleier des süßen Verlangens. Näher und näher kam er ihrem samtenen Zentrum. Instinktiv griff sie nach oben und umklammerte das Messinggeländer am Kopfteil des Bettes, um nicht davongetragen zu werden.

Sachte berührte Jess ihre intimste Stelle, ein heiseres leidenschaftliches Keuchen drückte aus, wie sehr er den Anblick genoss, dann folgte ein heißer Kuss.

Libby stieß ein Flehen aus, verstärkte den Griff um das Kopfende.

Dass Jess sie minutenlang mit seiner Zunge verwöhnte, brachte sie beinahe um den Verstand. »Mehr?«, fragte er, zog sie auf, wusste, dass sie es vor Verlangen nach ihm kaum noch aushielt.

»Mehr«, verlangte sie stöhnend, als seine Finger sich zu den harten Spitzen ihrer Brüste verirrten, mit ihnen spielten, ein himmlisches Netz der Leidenschaft spannten, das sich den Weg durch ihren Körper bahnte.

Wieder ein quälendes Streicheln mit seiner Zunge. »Süß«, kommentierte er. Dann hob er Libbys Beine an, legte sie über seine Schulter. So, dass sie ihm vollständig und wunderbar ausgeliefert war.

Sein brennendes Zungenspiel, seine Küsse waren so intensiv, dass sie wie in besinnungslosem Rausch lustvoll aufschrie, als sie den unbändigen, verzehrenden Höhepunkt erreichte.

Noch etwas betäubt spürte Libby, wie Jess sich auf sie legte, wie er nach der süßesten, intimsten Linderung strebte, die sie ihm bieten konnte. Widerstand flackerte in ihr auf, und sie stieß ihn zärtlich von sich runter, um Gleiches mit Gleichem zu vergelten.

Es dauerte nicht lange, bis Jess derjenige war, der sich an die Messingstreben klammerte, der verzweifelt um Fassung rang und keuchte.

Libby nahm sich alle Zeit der Welt, kostete ihn hemmungslos, nahm sich unfassbare Freiheiten heraus. Endlich eroberte sie ihn, und der Schrei seiner Hingabe erfüllte sie mit einer kaum fassbaren Liebe.

Schwer atmend und voller Staunen, zog er sie zu sich, bis sie neben ihm lag. Mit seinen Händen erkundete er jede einzelne Kurve ihres Körpers, entfachte an jeder Stelle kleine heiße Feuer.

Als er sie dieses Mal mit seinem Körper bedeckte, hieß sie ihn mit einem wilden Stoß ihrer Hüften willkommen. Mal gab sie das Tempo vor, mal übernahm Jess die Führung. Gemeinsam erreichten sie den Gipfel und verloren sich im triumphierenden Schrei des anderen, während ein Schauer glitzernder Regenbogensplitter über sie herabkam.

Libby, die im Schneidersitz auf dem Sofa im Wohnzimmer saß, zwirbelte das Telefonkabel zwischen ihren Fingern hin und her. Atemlos wartete sie auf die Reaktion ihres Vaters auf ihre Ankündigung.

Er lachte leise.

»Du bist nicht im Geringsten überrascht!«, rief Libby verdutzt.

»Ich nahm eben an, dass zwei, die so streiten und keifen wie ihr, am Ende zusammengehören«, erwiderte Ken Kincaid in seiner unnachahmlichen Art. »Habt ihr es Cleave schon gesagt?«

»Jess ruft ihn gleich anschließend an. Könntest du es bitte Cathy sagen?«

Ken versprach es.

Libby schluckte hart und warf Jess einen warnenden Blick zu, als er langsam seine Hand unter ihren Bademantel schob und auf Entdeckungsreise ging. »Willst du denn nicht anmerken, dass wir die Sache überstürzen oder so etwas in der Art? Denkst du nicht, es sei zu früh …«

»Meiner Meinung nach wäre es fast schon zu spät gewesen«, entgegnete Ken. »Um wie viel Uhr findet die Trauung gleich noch statt?«

Libbys Augen schimmerten feucht, obwohl sie nie in ihrem Leben glücklicher gewesen war. »Um vierzehn Uhr am Freitag, im Gerichtsgebäude.«

»Ich werde da sein, Spätzchen. Ich hoffe, du wirst glücklich.«

Mit einem Mal erstrahlte der ganze Raum vor Freude. »Das werde ich, Dad. Ich liebe dich.«

»Ich liebe dich auch, Spätzchen«, entgegnete er mit einer Leichtigkeit, die so typisch für ihn war. »Pass auf dich auf. Wir sehen uns Freitag.«

»Okay.« Libby schniefte, als sie den Hörer auflegte.

Schmunzelnd berührte Jess ihr Kinn. »Tränen? Jetzt bin ich aber beleidigt.«

Libby schnitt eine Grimasse und presste ihm das Telefon in die Hand. »Ruf deinen Vater an.«

Gemütlich lehnte sich Jess, nur mit einer Jeans bekleidet, in die Kissen des Sofas zurück, während er die Nummer des Senators in dessen Haus in Washington wählte und dabei das Telefon auf einem Knie balancierte. Während er mit seinem Vater sprach, versuchte er sich nichts anmerken zu lassen, während Libby ihre Fingerspitzen frech über seine nackte Brust gleiten ließ, ihre Finger in das dunkle Haar wickelte und mit Jess' Brustwarzen spielte, bis diese sich fest aufrichteten.

Er warf ihr einen gespielt entrüsteten Blick zu und bemühte sich, ihre allzu forschen Angriffe mit seinem freien Arm abzuwehren. Daraufhin kniete sie sich einfach rittlings auf seinen Schoß und genoss sichtlich, wie sehr er um Beherrschung rang. Sie ließ ihre Finger weiter ihren Pfad um seinen Mund, entlang seines Halses und über die festen Muskeln seiner Brust wandern.

Verzweifelt ergriff Jess ihre streunende Hand, nur um augenblicklich von ihrer zweiten in Erregung versetzt zu werden. Schalk blitzte in seinen jadegrünen Augen auf, sein Blick schien zu sagen: »Dafür wirst du büßen.«

»Bis dann«, verabschiedete er sich von seinem Vater, wobei seine Stimme rauer klang als sonst. Es entstand eine kleine Pause, dann fügte er hinzu: »Oh, keine Sorge, das werde ich. In ungefähr fünf Sekunden werde ich Libby auf den Couchtisch legen und sie an den heißesten Stellen küssen. Ja, Sir, wenn ich mit ihr fertig bin, wird sie …«

Sie ging ihm in die Falle, riss ihm den Hörer aus der Hand und hielt ihn sich ans Ohr. Sie hörte natürlich nur das Freizeichen.

Jess brach in lautes Gelächter aus, als sie ihn mit einem mörderischen Blick bedachte. »Das hattest du verdient«, verteidigte er sich.

Ihr Herz klopfte wild. Libby wollte von seinem Schoß aufstehen. Doch Jess hielt sie an den Oberarmen zurück.

»Oh nein, das wirst du nicht, Prinzessin. So leicht kommst du nicht aus der Sache raus.«

»Was ...«

Anzüglich lächelnd hielt Jess sie weiter mit einer Hand fest, während er die andere dazu benutzte, seine Jeans aufzuknöpfen. »Du hast dieses Pferd aus dem Stall gelassen, Lady. Und jetzt wirst du es auch reiten.«

Überrascht stöhnte Libby auf, als er ihr mit seinen Hüften einen Stoß versetzte, hart, nachdrücklich. Heißes Verlangen strömte durch sie hindurch. Sie hatte nicht die Kraft, weder emotional noch körperlich, sich von ihm fortzureißen.

Noch nicht vollständig in sie eingedrungen, löste Jess ruhig den Gürtel ihres Bademantels, entblößte ihre Brüste, ihren flachen Bauch, ihre Hüften. Seine grünen Augen funkelten, als er eine samtweiche Kurve nach der anderen nachfuhr. Langsam, immer tiefer drang er in sie ein, bis er sie vollständig ausfüllte.

Scheinbar ungerührt genoss er ihre Eroberung. Dann begann er, ihre schlanken, weichen Hüften rhythmisch auf und ab zu bewegen. Gleichzeitig führte er sie mit erotischen Worten durch den Aufruhr ihrer Erregung bis zu ihrer stürmischen Erlösung.

Als sie wieder klar sehen konnte, erkannte Libby, dass Jess in seiner eigenen Falle gefangen war. Sie beobachtete, voller Liebe und Bewunderung, wie er sich seinen verzehrenden Gefühlen hingab – sein Kopf fiel in den Nacken, sein Kehlkopf arbeitete unermüdlich, seine Augen blicklos.

Rau bat er Libby um mehr. Willig erhöhte sie das Tempo ihrer Hüftbewegungen, bis er heftig unter ihr erzitterte. Sein Körper wurde steif, und er rief ihren Namen.

»Das hast du davon, wenn du dich mit mir anlegst«, zog sie ihn auf und grinste ihn an.

Atemlos musste Jess lachen. Als seine Heiterkeit verklungen war und er wieder ruhig atmen konnte, sah er sie zärtlich an. Tatsächlich war es beinahe so, als hätte er gesagt, dass er sie liebte.

Noch immer fühlte sich Libby unglaublich bewegt durch das, was sich auf seinem Gesicht abgezeichnet hatte, als er sich ihr völlig hingab. Nun verstand sie, warum er es liebte, ihre Reaktionen zu beobachten, wenn er ihr Lust bereitete.

Jess hob die Hand und strich zärtlich eine Träne fort, die auf ihrer Wange glänzte. Der Zeitpunkt wäre für die drei kleinen Worte, die sie so ersehnte, perfekt gewesen. Doch er sagte sie nicht.

Verletzt und enttäuscht zerrte Libby an ihrem Bademantel, um ihn zuzubinden, und wollte aufstehen. Doch Jess hielt sie zurück. Gemächlich öffneten seine Hände ihren Mantel, mit hungrigen Augen erforschte er ihren Körper. Als er ihr ins Gesicht blickte, forderte er stumm, weder einen Teil ihres Körpers noch ihrer Seele vor ihm zu verbergen.

Mit einem Finger strich er über die rosafarbenen Spitzen ihrer vollen Brüste, lächelte, als sie auf seine Berührung reagierten. Offensichtlich zufrieden mit der kecken Loyalität, setzte Jess seinen Weg fort und zeichnete Muster auf Libbys Bauch, der Rundung ihrer Hüfte, der sensiblen Mulde unter ihrer Kehle, die ein unbändiges Feuer in ihr entfachten.

Jess schien entschlossen, zu beweisen, dass er Libby jederzeit zähmen konnte. Als sie bemerkte, dass sein sexueller Hunger heftig und in voller Pracht zurückgekehrt war, keuchte sie überrascht auf – er lächelte nur milde.

Dann streifte er ihr den Bademantel von den Schultern und legte ihn ganz beiseite. Sie waren nach wie vor eins miteinander, und Libby erschauerte, als er mit ihren Brüsten spielte, sie in seinen Händen wog, aneinanderdrückte, die ziehenden Spitzen mit seinen Daumen liebkoste, bis sie sich ihm entgegenreckten.

Dann widmete er sich anderen Gegenden ihres Körpers, um sie noch heißer zu machen, bis Libby kleine Schreie der Lust ausstieß.

»Was willst du, Prinzessin?«, fragte er, und seine Stimme klang wie flüssiges Gold.

Wild wand Libby sich auf ihm. Ihre Hände umklammerten verzweifelt seine Schultern, ihre Knie waren weit gespreizt. »Ich will dich auf … auf mir spüren.«

In einer einzigen raschen und anmutigen Drehung lag sie unter ihm. Die Bewegung entfesselte die Leidenschaft, die Jess bisher erfolgreich unterdrücken konnte. Er bewegte sich über ihr, in ihr, seine Stöße kamen tief und kraftvoll, seine Worte abgehackt und zusammenhanglos.

Als ihre Seelen aufeinanderprallten und miteinander verschmolzen, dem Beispiel ihrer Körper folgend, konnte sie unmöglich sagen, wer von beiden die Führung übernommen hatte.

Libby erwachte als Erste, noch immer in Jess' Umarmung. Wie hatten sie nur die ganze Nacht auf dieser schmalen Couch schlafen können?

Ein kleines Lächeln stahl sich auf ihr Gesicht. Liebevoll hauchte sie einen Kuss auf Jess' Schläfe und löste sich vorsichtig von ihm, um ihn nicht zu wecken. Er musste, weiß Gott, müde sein.

Zwanzig Minuten später kam Libby geduscht und in Sandalen, einer weißen Hose und einem leichten gelben Pulli gekleidet zurück, Jess schlief immer noch. Sie fühlte es ihm nach, denn auch sie hatte tief und fest geschlafen.

»Ich liebe dich«, sagte sie und lief in die Küche, wo sie ihm auf der Tafel eine kurze Nachricht hinterließ, die erklärte, dass sie einkaufen war und in wenigen Stunden zurück sein würde.

Kaum war sie in das Mietauto gestiegen, das vor der Haustür in der Schottereinfahrt stand, entdeckte sie einen Stapel farbenfroher Prospekte auf dem Beifahrersitz ausgebreitet. Jeder einzelne warb für ein anderes Traumziel: Acapulco, die Bahamas, Maui.

Grinsend steckte Libby den Schlüssel in die Zündung und startete das Auto. Aus zuverlässiger Quelle wusste sie, dass das Paradies nur wenige Meter entfernt lag, auf der Couch, wo Jess schlummerte.

Der Tag strahlte in blauen und grünen Tönen, angefangen von den tiefgrünen Kiefern und dem blühenden Meer von Krokussen und Osterglocken in den ruhigen Vorgärten. In der Stadt fand Libby gleich einen Parkplatz, schloss das Auto ab und wandte sich ihren Besorgungen zu.

Als Erstes besuchte sie einen Juwelier. Eigentlich hatte sie erwartet, dass ihr die Auswahl schwerfiel. Doch die Entscheidung, welchen Ehering sie für Jess auswählen sollte, fiel ihr erstaunlich leicht. Ein ganz besonderer Ring zog ihren Blick auf sich, aus Silber geschmiedet, mit darin eingelassenen polierten Türkissplittern.

Nachdem ihr der Juwelier versicherte, dass die Größe des Rings, sollte er Jess nicht passen, geändert werden könne, kaufte Libby ihn.

Weiter ging es in ein Geschäft für Künstlerbedarf, wo sie einen Zeichenblock, einen Radiergummi und einige Kohlestifte erwarb. So süß dieses Intermezzo hier in der Stadt mit Jess auch sein mochte, Libby vermisste ihre Arbeit. Es juckte sie in den Fingern, zu zeichnen. Außerdem geisterten viele neue Ideen für den Comic in ihrem Kopf herum.

Anschließend schaute Libby in einem recht großen Kaufhaus vorbei. Da aber keines der Kleider ihren Geschmack traf, klapperte sie eine Boutique nach der anderen ab. Endlich, in einem kleinen, unverschämt teuren Laden, fand sie das besondere Kleid, das Kleid der Kleider, das sie tragen würde, wenn sie Jess Barlowe das Jawort gab.

Es war eine schmeichelnde Kreation aus burgunderfarbener Seide, die ihre Figur betonte und ihren Wangen ein strahlendes Leuchten verlieh. Kein Spitzenbesatz, keine ausgefallenen Knöpfe lenkten ab – das einzige Accessoire war ein schmaler Gürtel aus demselben Stoff wie das Kleid selbst. Es war der letzte Schrei der eleganten, schlichten Damenmode, und Libby liebte es.

Mit der Kleiderschachtel und der schweren Tasche mit den Zeichensachen beladen, eilte sie zurück zum Auto und schloss ihre Einkäufe ein. Da es erst kurz nach zehn war, beschloss sie, zum Kleid passende Schuhe zu suchen. Das erwies sich als gar nicht so einfach, aber nach einer knappen Stunde fand sie schließlich ein Paar. Vom Einkaufen erschöpft und ungeduldig, Jess wiederzusehen, machte sich Libby auf den Heimweg.

Aus unerfindlichen Gründen beschlich sie ein ungutes Gefühl, als sie auf die elegante Wohnanlage inmitten der hohen Bäume zufuhr. Kaum hatte sie die hölzerne Brücke überquert und die letzte Kurve genommen, wusste sie, warum: Staceys eisblauer Ferrari parkte in der Einfahrt.

Mach dich nicht lächerlich, ermahnte sich Libby, dennoch war sie beunruhigt. Was, wenn Stacey gekommen war, um ihr die Hochzeit mit Jess auszureden? Was, wenn Cathy bei ihm war, und es zu einer weiteren unschönen Szene kam?

Entschlossen, ihre Fantasie nicht die Oberhand gewinnen zu lassen, sammelte Libby ihre Errungenschaften ein und stieg aus dem Auto. Auf dem Weg zum Haus entdeckte sie ein bekanntes Gesicht am Fenster und war von Neuem überrascht. Monica! Was um alles in der Welt suchte sie denn hier? War sie nicht mit dem Senator nach Washington, D. C. gereist?

Nun zögerte Libby doch. Sie erinnerte sich an die besitzergreifenden Blicke, die diese Frau Jess an jenem Tag im Pool des Haupthauses zugeworfen hatte. Blicke, aus denen Intimität sprach.

Libby seufzte. Und was, wenn Jess und Monica miteinander geschlafen hatten? Sie hatte doch wohl kaum angenommen, dass ein Mann wie er das Leben eines Mönchs geführt hatte? Außerdem hatte auch Libby vor ihm eine Beziehung gehabt, unerheblich, wie unbefriedigend diese gewesen sein mochte.

Auch wenn ihre Überlegungen kühl, gelassen und bedacht waren, tat es weh, sich Jess und Monica zusammen vorzustellen – oder Jess und jede andere Frau.

Mit ihren Einkäufen kämpfend, streckte sie an der Vordertür die Hand nach dem Knauf aus. Bevor sie ihn fassen konnte, wurde die Tür aufgerissen.

Vor ihr stand Jess, ohne Hemd, nur mit einer Jeans bekleidet, das Haar und seine sonnengebräunte Brust noch feucht von der Dusche, die er kurz zuvor genommen haben musste. Anstatt Libby mit einem Lächeln, geschweige denn einem Kuss, zu begrüßen, sah er sie böse an. Beinahe unwillig trat er einen Schritt zurück, als hätte er kurz darüber nachgedacht, ihr den Zutritt zu verweigern.

Verwirrt und verletzt unterdrückte Libby den Instinkt, zu fliehen, und trat ein.

Monica hatte ihren Platz vor dem Fenster verlassen und es sich auf der Couch bequem gemacht. Die wohlgeformten Beine überschlagen, hielt sie einen Cocktail in der Hand.

Libby nahm den schicken Designeranzug der Frau wahr und fühlte sich, verglichen mit ihr, in ihrer legeren Kleidung schäbig. »Hallo, Monica.«

»Libby«, erwiderte diese mit einem höflichen Nicken.

Libby sah zögerlich zu Jess. Wieso starrte er sie derart wütend an? Weshalb wirkte sein Gesicht so verspannt und warum hielt er das Handtuch, das er um seinen Hals gelegt hatte, so fest, dass die Knöchel seiner Hand weiß hervortraten?

Ehe sie auch nur eine ihrer Fragen stellen konnte, kam Stacey aus der Küche, musterte sie mit einem unschuldigen Blick und lächelte.

»Hallo«, begrüßte er sie, als wäre unter diesen Umständen nicht schon allein seine Anwesenheit ein Skandal.

Libby konnte ihn nur anstarren. Sie war sich Jess' Gegenwart bewusst, der irgendwo am Rand ihres Sichtfeldes vor Wut schäumte, und auch Monicas, die die ganze Szene mit distanziertem Vergnügen betrachtete.

Plötzlich bewegte sich Stacey auf Libby zu, sprach Worte, die sie nicht zu verstehen schien. Und dann besaß er auch noch die absolute Frechheit, sie zu küssen. Damit war es um Libbys Teilnahmslosigkeit geschehen.

Sie holte aus und ohrfeigte ihn, wobei die Kleiderschachtel, ihre Handtasche und die Tüte mit den Malutensilien auf den Boden fielen.

Stacey streckte die Arme nach ihr aus und umfasste ihre Taille mit beiden Händen. Sie wand sich heftig und warf Jess einen flehenden Blick zu.

Obwohl er nicht gerade zu ihrer Rettung eilte, griff er dennoch ein: »Lass Libby in Ruhe, Stacey.«

Stacey wurde bleich. »Ich habe Cathy verlassen«, warf er ein, als würde das alles erklären. »Libby, jetzt können wir zusammen sein!«

Fassungslos stolperte Libby nach hinten. Erst als sie gegen Jess' nach Seife duftenden Körper stieß, kam sie zum Stehen. Eine verzweifelte Erleichterung erfüllte sie, als er schützend und zugleich stählern seine Arme um sie legte.

»Raus hier!«, sagte er ruhig zu seinem Bruder.

Erst zögerte Stacey, doch dann wurde er rot und verließ beleidigt das Haus, Monica Summers hinter sich herziehend.

10. Kapitel

Fuchsteufelswild und erschüttert drehte sich Libby zu Jess um und funkelte ihn zornig an. Sie wusste genau, was passiert war: Stacey hatte haarsträubende Lügengeschichten erzählt, und Jess hatte ihm geglaubt.

Kurze Zeit erwiderte er stur ihren wütenden Blick, doch schließlich breitete er seine Hände in einer Geste der Reue aus. »Es tut mir leid.«

Libby zitterte am ganzen Körper, dennoch bückte sie sich, um die Schachtel und die Tüte aufzuheben. Sie konnte Jess nicht ansehen, sonst würde er die Tränen bemerken, die in ihren Augen brannten. »Nach allem, was wir getan und geplant haben, wie konntest du nur, Jess? Wie konntest du Stacey glauben?«

Er war in der Nähe, ganz in der Nähe – Libby war sich seiner mit jedem ihrer Sinne bewusst. Gerade wollte er sie berühren, da hielt er sich zurück. »Ich sagte, es tut mir leid.«

Libby vergaß, dass sie ihre Tränen verbergen wollte, und sah ihm direkt ins Gesicht. Vor Verärgerung zitterte ihre Stimme, als sie endlich sprach. »Manchmal ist das nicht genug, Jess!« Dann trug sie ihre Einkäufe quer durch den Raum und warf sie auf das Sofa. »Soll so etwa unsere Ehe aussehen? Wird alles wunderbar laufen, solange Stacey nicht in unserer Nähe ist?«

Jess stand hinter ihr, sanft legte er die Hände auf ihre Schultern. »Was soll ich sagen, Libby? Ich war eifersüchtig. Das mag nicht richtig sein, aber es ist menschlich.«

Gerade weil sie so verzweifelt glauben wollte, dass alles in Ordnung käme, dass eine Ehe mit diesem wundervollen, widersprüchlichen Mann erfolgreich sein könnte, schob Libby ihre Zweifel beiseite und wandte sich Jess zu. Die tiefe Liebe, die sie für diesen Mann empfand, von dem sie noch vor Kurzem gedacht hatte, sie würde ihn hassen, brachte sie immer noch aus dem Gleichgewicht. »Was hat Stacey dir erzählt?«

Jess atmete hörbar ein, und für einen kurzen Moment verzog er das Gesicht. Dann seufzte er. »Er posaunte die wunderbaren Einzelheiten eurer angeblichen Affäre aus. Dabei weiß er erstaunlich gut darüber Bescheid, was dir im Bett gefällt, Libby.«

Seine Worte verletzten sie, doch Libby blieb stark. »Ist es dir je in den Sinn gekommen, dass womöglich alle Frauen in etwa das Gleiche mögen?«

Jess antwortet nicht, doch Libby erkannte, dass ihre Worte angekommen waren. »Und welche Rolle hatte Monica in diesem ganzen Spiel?«, wollte sie hitzig wissen. »War sie hier, um eure sexgeladene Diskussion zu moderieren? Wieso, zum Teufel, ist sie nicht in Washington, wo sie hingehört?«

Jess zuckte die Schultern, offensichtlich erstaunt. »Ich bin nicht sicher, warum sie hier war.«

»Ich schon! Sobald du von deinem verheerenden Weg, mich zu heiraten, abgebracht worden wärst, wollte sie dich bei der Hand nehmen und nach Hause bringen!«

Jess' Mundwinkel zuckten. »Sieht so aus, als wäre ich nicht der Einzige, der zur Eifersucht neigt.«

»Du hattest etwas mit ihr, nicht wahr?«

»Ja.«

Seine Offenheit überraschte Libby nur kurz. Hätte er Nein gesagt, wäre ihr schließlich klar gewesen, dass er log. Und das wäre niederschmetternd gewesen. »Hast du sie geliebt?«

»Nein. Sonst hätte ich sie geheiratet.«

Die mögliche Bedeutung dieser Worte beflügelte ihre müden Geister. »Leidenschaft wäre nicht genug?«, wagte sie zu fragen.

»Als Basis für eine Ehe? Niemals. Und jetzt lass mal sehen, was du heute gekauft hast.«

Lass mal sehen, was du heute gekauft hast. Libbys Frust war grenzenlos, aber sie würde nicht versuchen, ihm die drei sehnlichst erwünschten Worte aus der Nase zu ziehen – sie hatte ihm schon viel zu deutlich einen Wink mit dem Zaunpfahl gegeben. »Zu deiner Information, ich habe ein Hochzeitskleid gekauft. Und du wirst es nicht vor morgen sehen, also hör auf, mich deswegen zu triezen.«

Er lachte. »Mir gefallen Frauen, die an ihrem Aberglauben festhalten. Was hast du noch gekauft?«

Libbys Sinn für finanzielle Unabhängigkeit, die sie während der unsicheren Zeit mit Aaron entwickelt hatte, regte sich bei dieser Frage. »Ich habe nicht dein Geld ausgegeben, was geht es dich also an?«, fragte sie gereizt.

Jess hob eine Augenbraue. »Da habe ich wohl noch ein empfindliches Thema getroffen. Ich war einfach nur neugierig, mein Schatz. Ich habe nicht um ein Treffen mit deinem Steuerberater gebeten.«

Ihre Reaktion war tatsächlich lächerlich, daher öffnete sie die Tüte aus dem Kunstgeschäft und breitete den Inhalt auf der Couch aus.

Jess begutachtete die vielen Stifte und das große Skizzenbuch grinsend. »Langweile ich dich etwa, Prinzessin?«

Libby zog eine Grimasse. »Auf dich trifft vieles zu, Jess Barlowe, aber langweilig bist du sicherlich nicht.«

»Ich danke dir – glaube ich. Wollen wir die Autoverkäufer von Kalispell erneut herausfordern oder wirst du beschäftigt sein?« Die Frage war harmlos und deutete nur an, dass er es verstanden hätte, wenn sie bleiben und einige Ideen, die sie hatte, festhalten wollen würde.

Nach Aaron, der das Cartoonzeichnen als kindisches Hobby angesehen hatte, war Jess' Einstellung eine Wohltat. »Ich glaube, ich komme lieber mit«, erwiderte sie mit einem neckischen Lächeln. »Wer weiß, mit was für einem motorisierten Albtraum mit Hörnern auf der Motorhaube du nach Hause kämst, wenn ich das nicht täte.«

»Dein Vertrauen in meinen guten Geschmack ist nicht gerade überwältigend«, gab er zurück, ging hinüber zur Leiter und erklomm die Sprossen zum Loft, auf der Suche nach einem Shirt.

»Du hattest recht!«, rief Libby ihm hinterher. »Die Aussicht von hier unten ist fantastisch!«

Während ihres Ausflugs in den Dschungel der Autohändler und benzinfressenden Biester verbrachte Libby die meiste Zeit auf dem Beifahrersitz von Jess' Mietwagen und zeichnete. Aber statt ihrer Comicfigur, die »Emanzipierte Emma«, brachte sie Jess' Gesicht zu Papier.

Sie stellte sich vor, wie er den Blick über die atemberaubende Aussicht auf die Prärie und die Berge zu Hause schweifen ließ, und illustrierte ihn im Profil, das Haar vom Wind zerzaust, ein nachdenklicher Ausdruck in seinen Augen. Eine weitere Skizze zeigte ihn lachend und noch eine – in der Mitte des Zeichenblocks vor unerwünschten Blicken versteckt –, wie er aussah, wenn er sie wollte.

Um die Reaktion abzuwehren, die die Zeichnung in ihr hervorrief, skizzierte Libby rasch Cathys Porträt und anschließend Kens. Im Anschluss daran malte sie aus dem Gedächtnis ein Bild von Jonathan, das Gesicht dem Betrachter zugewandt, so wie er vor seiner Krankheit ausgesehen hatte. Dann, auf demselben Blatt Papier, zeichnete sie sein Profil, das die tiefen Spuren seiner Krankheit enthüllte. Vermutlich war es morbide, diesen Aspekt hinzuzufügen, aber seinen Schmerz auszuklammern, hätte bedeutet, seinen Mut zu verbergen. Und Jonathan hatte Besseres verdient.

Als sie die Kohlezeichnung zärtlich mit den Fingern berührte, wurden Erinnerungen wach, hallte der Klang seiner Stimme in Libbys Kopf wider. »Natürlich bin ich mutig«, hatte er ihr eines Abends nach einem besonders schwierigen Tag gesagt. »Ich bin ein Jedi-Ritter wie Luke Skywalker.«

Trotz der Tränen in ihren Augen, fügte sie der Skizze lächelnd noch ein Detail hinzu – eine winzige Figur von Jonathan, gesund und stark, wie er ein Laserschwert schwang im tapferen Kampf für die Rebellenallianz.

»Das ist großartig«, bemerkte eine Stimme leise.

Rasch sah Libby auf, überrascht, dass sie nicht gehört hatte, wie Jess ins Auto gestiegen war, dass sie seine Anwesenheit überhaupt nicht gespürt hatte. Da ihre Stimme noch nicht gehorchte, biss sie sich auf die Unterlippe und nickte als Antwort auf sein Kompliment.

»Darf ich es mir näher ansehen? Bitte?«

Libby reichte ihm den Block aus einer Geste des Vertrauens heraus. Denn diese Skizzen unterschieden sich von den Panels ihres Comicstrips. Sie waren große Stücke ihrer eigenen Seele.

Nachdenklich betrachtete Jess die Porträts von sich, Cathy, Ken. Jonathans Studie war eindeutig sein Favorit, er blätterte immer wieder zurück und nahm jeden Strich, jede Schattierung, jeden unausgesprochenen Schrei der Trauer in sich auf.

Dann gab er ihr das Skizzenbuch mit einer Zärtlichkeit zurück, die Libby ihn noch mehr lieben ließ als zuvor. »Du bist außergewöhnlich talentiert«, kommentierte er und besaß den Anstand, wegzusehen, bis Libbys sich gefangen hatte.

»Hast du ein Auto gefunden, das dir gefällt?«, erkundigte sie sich schließlich.

Jess lächelte sie an. »In der Tat, ja. Deshalb bin ich zurückgekommen – um dich zu holen.«

»Mich? Wieso?«

»Na ja, ich möchte das Ding nicht kaufen, ohne dass du es vorher gesehen hast. Was, wenn du es hasst?«

Es erstaunte Libby, dass ihm so etwas wichtig war. Sie legte das Skizzenbuch vorsichtig auf den Rücksitz und öffnete die Autotür, um auszusteigen. »Na dann mal los.« Die saubere Frühlingsluft in ihrem Gesicht gab ihr Halt.

Das infrage kommende Fahrzeug war weder Auto noch Pick-up, sondern ein Land Rover. Es passte ausgezeichnet zu dem Leben, das Jess führte. Libby war absolut einverstanden damit, und damit kam der Deal zustande – sehr zur Erleichterung des Verkäufers, den sie seit dem gestrigen Tag beansprucht hatten.

Nach einer kurzen Diskussion entschieden sie, dass sie den Mietwagen bis nach der Hochzeit behalten würden, falls Libby ihn brauchte. Zum Mittag kehrten sie in einem einfachen Restaurant ein und gönnten sich Steak und Salat. Es trug erheblich dazu bei, Libbys schwache Nerven zu beruhigen. Schließlich schlug Jess vor, noch einmal loszuziehen und ein zweites Auto zu suchen.

So praktisch das auch sein mochte, der Gedanke allein ermüdete Libby.

»Du wirst es brauchen«, argumentierte Jess.

»Ich glaube nicht, dass ich noch einmal all diese karierten Sakkos und Testfahrten ertrage«, erwiderte Libby seufzend.

»Aber du möchtest doch ein Auto haben, oder nicht?«

Libby zuckte die Schultern. In New York hatte sie sich auf Taxis als Transportmittel verlassen, doch auf der Ranch lag die Sache anders. »Vermutlich.«

»Bist du denn gar nicht wählerisch, was Marke, Modell und so weiter angeht?«

»Solange es Räder hat und fährt …«, antwortete sie und zuckte erneut mit den Schultern.

»Hm«, bemerkte Jess grüblerisch, ließ das Thema aber fallen. »Was ist mit unseren Flitterwochen? Möchtest du an einen bestimmten Ort?«

»Deine Couch?«, meinte sie, schockiert über ihre Direktheit.

Jess musste lachen. »Das ist wirklich fantasielos.«

»Wohl kaum, wenn man bedenkt, was wir darauf schon alles erlebt haben«, erinnerte ihn Libby, die sich sofort die Hand vor den Mund schlug. Was war nur mit ihr los? Wieso sagte sie plötzlich all diese anzüglichen Sachen?

Jess beugte sich nach vorne und grinste lasziv. »Ich wünschte, wir wären auf der Ranch«, sagte er mit leiser Stimme. »Ich würde dich an einen ungestörten Ort bringen und dich leidenschaftlich lieben.«

Libby spürte die vertraute Hitze in ihr aufsteigen, die glühend durch ihr Becken schoss. »Jess.«

Er zog einige Scheine aus seinem Geldbeutel und warf sie auf den Tisch. »Lass uns von hier verschwinden, solange ich noch laufen kann«, murmelte er.

Libby lachte hell auf. »Es ist ganz gut, dass wir heute in zwei Autos fahren«, zog sie ihn auf, obwohl sie sich insgeheim ebenso sehr auf etwas Privatsphäre freute wie Jess.

Er stöhnte. »Noch ein Wort, Lady, und ich nehme dich gleich hier auf dem Tisch.«

Diese kühne Drohung ließ Libbys Herz wild klopfen, und sie spürte, wie ihr die Röte in die Wangen schoss. Sie versuchte, gleichgültig auszusehen, doch tatsächlich hatte sie dieser Kommentar erregt, und Jess wusste es – sein Grinsen war der Beweis dafür.

Während sie das Restaurant verließen, beugte er sich dicht an ihr Ohr und beschrieb lebhaft diese Fantasie, ohne auch nur das kleinste Detail auszulassen, nur um alles einige Zeit später, auf dem Küchentisch in ihrem Haus, mit jeder Einzelheit meisterhaft umzusetzen.

An diesem Nachmittag gönnte sich Libby noch ein Nickerchen. Und dank der gerade vergangenen Episode waren ihre Träume herrlich erotisch.

Wie schon einmal zuvor weckte Jess sie mit strategisch platzierten Küssen. »Hi«, sagte er, als sie die Augen öffnete.

Sie berührte sein Haar, bemerkte, dass er seine braune Lederjacke trug. »Du warst fort.« Sie gähnte.

Jess hauchte einen Kuss auf ihre Nasenspitze. »Das war ich tatsächlich. Ich habe dir sogar ein Geschenk oder zwei gekauft.«

Die in seinen Augen erkennbare Freude ließ Libbys Herz vor Zärtlichkeit hüpfen. Was auch immer er gekauft hatte, er war sehr zufrieden damit. Träge legte sie ihm die Arme um den Hals. »Ich mag Geschenke«, bemerkte sie.

Jess wich zurück, zog ihr Hemdchen nach unten, sodass ihre Brüste nackt vor ihm lagen. Gedankenverloren küsste er jede zartrosa Spitze, dann bedeckte er sie wieder. »Entschuldige«, murmelte er, sein Mund wenige Millimeter über dem ihren. »Ich konnte nicht widerstehen.«

Eine magische Hitze breitete sich von ihrer erregten Brust über ihre Mitte, die Schenkel entlang bis hin zu ihren Knien hin aus. Es kam Libby so vor, als wäre jeder Muskel, jeder Knochen in ihrem Körper geschmolzen. »Du … Du hast Geschenke erwähnt?«

Er lachte, küsste sie zart und stöhnte leise. »Ich war einen Moment lang abgelenkt. Raus aus den Federn, Prinzessin. Die Geschenke warten auf dich.«

»Kannst du sie nicht … einfach hierher bringen?«

»Nein.« Jess erhob sich, stellte sich vor das Bett und riss die Bettdecke zurück. Er betrachtete ihre vom Schlaf leicht geröteten Kurven, und mit glühendem Blick beugte er sich zu ihr und gab ihr einen kleinen Klaps auf den satinbedeckten Po. »Steh auf«, wiederholte er.

Libby gehorchte, neugierig auf die Geschenke, aber auch enttäuscht, weil Jess nicht zu ihr ins Bett gekommen war. Sie griff sich einen luftigen Kaftan aus Baumwolle und schlüpfte hinein.

Jess sah sie an, ein leiser Laut entwich seiner Kehle, und er fasste sie bei der Hand. »Komm, bevor ich meinen niederen Instinkten nachgebe«, meinte er und zog sie mit sich die Treppe hinunter.

Neugierig sah Libby sich um, während er mit ihr das Wohnzimmer durchquerte, aber ihr fiel nichts Außergewöhnliches auf.

Jess öffnete die Haustür, zog Libby mit sich hinaus. Dort, neben seinem braunen Land Rover, stand eine rassige gelbe Corvette, auf deren Windschutzscheibe eine Rosette aus silberfarbenem Geschenkband angebracht war.

Mit offenem Mund starrte Libby das Auto an.

»Gefällt es dir?«, erkundigte Jess sich leise, sein Mund nah an ihrem Ohr.

»Ob es mir gefällt?« Ohne Rücksicht auf ihre nackten Füße sprang Libby aufgeregt zum Auto. »Ich liebe es!«

Jess folgte ihr und öffnete die Tür auf der Fahrerseite, damit Libby hinter das Lenkrad schlüpfen konnte. Dort erwartete sie eine zweite Überraschung. Auf dem Knauf des Schalthebels klebte ein Ring aus Weißgold, und die eingesetzten Diamanten formten das Brandzeichen der *Circle Bar B Ranch*.

»Ich binde dich dann später an allen vieren zusammen«, meinte Jess.

Libbys Hand zitterte, als sie nach dem Ring griff, und er verschwamm vor ihren Augen. »Oh, Jess.«

»Wenn du ihn nicht magst …«

Libby riss den Klebestreifen fort und schob sich den Ring auf den Finger. »Ihn nicht mögen? Unmöglich! Er ist das Schönste, was ich je gesehen habe.«

»Passt er?«

Auch wenn er etwas locker saß, war Libby nicht bereit, ihn wieder herzugeben. Noch nicht einmal, damit der Juwelier ihn anpassen konnte. »Nein«, antwortete sie überwältigt, »aber das ist mir egal.«

Sanft hob Jess ihr Kinn an und beugte sich vor, um sie zu küssen. Unter dem hastig übergeworfenen Kaftan und ihrem Hemdchen reagierten Libbys Brustspitzen sofort und reckten sich ihm entgegen.

»Dieses Auto hat nur einen Nachteil«, flüsterte Jess, dessen Lippen mit Libbys spielten. »Es ist unmöglich, sich darin zu lieben.«

Libby tat, als würde sie ihm einen Knuff geben. »Du Schuft!«

»Das war noch gar nichts«, gab er heiser zurück, zog Libby aus dem wundervollen Auto heraus und zurück ins Haus.

Dort zog es sie erst an die Fensterfront, wo sie abwechselnd ihr neues Auto bewundern und zusehen konnte, wie sich die Nachmittagssonne in dem außergewöhnlichen Ring an ihrem Finger verfing. Hinter ihr stehend, legte Jess seine Arme um ihre Taille und hielt sie fest. Sanft knabberte er an ihrem Ohrläppchen.

»Vielen Dank, Jess.«

Er lachte, und sein Atem streifte ihr Haar, was einen warmen Schauer durch ihren Körper jagte. »Du musst mir nicht danken. Ich knabbere jederzeit gern an deinen Ohren.«

»Du weißt, was ich meine!«

Langsam hob er die Hände und umschloss ihre Brüste. »Was meinst du denn genau?«, zog er sie auf.

Libby fiel das Atmen schwer. »Das Auto … der Ring …«

Jess, dessen Hände von ihrer Brust zu den Ellbogen glitten, drehte Libby um und führte sie hinüber zum Spiegel über dem Kamin, damit sie sich betrachten konnte. Ungläubig sah sie auf die Reflexion, während er die wenigen Knöpfe des Kaftans öffnete und ihn langsam über ihre Schultern nach unten streifte. Dann zog er ihr das Hemdchen über den Kopf und warf es fort.

Libby beobachtete eine schimmernde Röte, die sich über ihre Brüste ausbreitete und ihr Gesicht erstrahlen ließ, sah, wie die Leidenschaft in ihren dunkelblauen Augen aufflammte, wie Jess' Hände bedächtig über ihren Brustkorb zu ihrem Busen glitten. Es war neu für sie, ihre eigene Reaktion auf die Empfindungen zu verfolgen, die er in ihr auslöste. Und es war erotisch.

Sie stöhnte, als sie sah – und spürte – wie seine Finger zu ihren wartenden Brustwarzen fuhren und sacht an ihnen zupften, bis sie sich aufrichteten.

»Siehst du?«, flüsterte Jess ihr heiser zu. »Siehst du, wie schön du bist, Libby? Vor allem, wenn ich dich liebe.«

Als schön hatte sich Libby nie empfunden. Aber jetzt, da sie ihr Spiegelbild betrachtete und feststellte, wie die Lust ihre Augenfarbe zu einem satten Indigoblau verdunkelte und ihre Wangen in einem besonderen apricotfarbenen Ton leuchteten, fand sie sich atemberaubend.

Sie lehnte den Kopf nach hinten gegen Jess' muskulöse Schulter und atmete heftig, als er nicht von ihren Brustwarzen abließ.

Seine Worte klangen rau, erstickt: »Schließ nicht die Augen, Libby. Sieh zu. Du bist wunderschön – so wunderschön! Und ich will, dass du das weißt.«

Für Libby war es schwer, die Augen offen zu halten und sich gleichzeitig den übermächtigen Emotionen hinzugeben, die in ihr tobten. Irgendwie schaffte sie es dennoch, selbst als Jess sich von hinten über sie beugte und an einer Brust saugte.

Ihm dabei zuzusehen, ließ sie noch mehr erröten, verstärkte das glühend heiße Verlangen, das wie ein Sturm in Libby wütete. In ihren Augen loderte das Feuer, das Kinn hatte sie stolz gehoben, während sie beobachtete, wie der Mann, den sie liebte, sie befriedigte.

Lange widmete Jess sich ihrer einen Brust, bevor er sich der anderen zuwandte. Es war eine elementare Verbundenheit zwischen einem Mann und einer Frau, beide gaben und nahmen.

Jess' Mund glitt hinunter über Libbys leicht feuchten Bauch. Dann kniete er, war nicht mehr in dem magischen Spiegel zu sehen. »Schließ nicht die Augen«, wiederholte er, und Libby spürte, wie er ihre seidene Unterwäsche erst über ihre Hüften, dann über ihre Knie und schließlich ihre Knöchel streifte.

Ihr Abbild im Spiegel mit den großen Augen schnappte nach Luft. Libby musste sich selbst mit beiden Händen am Kaminsims festhalten, um nicht zu fallen. Dass Jess seine erfahrenen Hände über ihren nackten Po, ihre Schenkel, ihre Kniekehlen gleiten ließ, beschleunigte ihre Atmung zu einem Keuchen. Dass er sie dabei präzise darüber informierte, was er als Nächstes zu tun gedachte, steigerte ihre Lust ins Unermessliche.

Und dann tat er es.

Libbys Höhepunkt war wie ein Strudel leiser Schluchzer, die miteinander zu einem lustvollen Schrei der Befriedigung verschmolzen. Jess hatte recht, dachte sie, während sie kam und die Leidenschaft langsam verebbte: Sie *war* wunderschön.

Jess, der nun wieder vor ihr stand, hob sie auf seine Arme. Sie fühlte sich unersättlich und ließ den Kopf nach hinten fallen, drückte den Rücken durch und genoss die Zärtlichkeiten, die sein Mund über ihre Brüste verteilte.

Libby fühlte sich entrückt, als sie und Jess zusammen auf den Boden glitten.

Die auf dem Glasdach über dem Bett tanzenden Regentropfen waren ein trüber Vorbote für das, was der glücklichste Tag in Libby Kincaids Leben zu werden versprach.

Jess schlief nackt neben ihr, sein Atem ging tief und ruhig. Selbst wenn er seine Liebe nicht mit Worten ausdrückte, gezeigt hatte er sie ihr auf ein Dutzend verschiedene Weisen. Wieso spürte Libby in ihrer Magengegend dann ein Kribbeln, als würde bald etwas Furchtbares passieren?

Das beharrliche Klingeln an der Tür bewirkte, dass Jess sich grummelnd aufsetzte. Sein dunkles Haar hoffnungslos zerzaust und mit glasigem Blick stolperte er durch das Schlafzimmer, bis er etwas Passendes fand, das er sich überziehen konnte.

Libby lachte fröhlich, als er die Treppe hinunterging. »So viel zum Thema gut gelaunt am Morgen, Barlowe«, spöttelte sie.

Er antwortet mit einem einzigen knappen Wort, das Libby allerdings nicht ganz verstand. Sie hörte, wie unten die Tür geöffnet wurde, vernahm Senator Barlowes sonores Lachen und seine überschwängliche Begrüßung. Das zerstreute das mulmige Gefühl, das Libby zuvor geplagt hatte. Rasch huschte sie aus dem Bett und ins Badezimmer, um zu duschen.

Beim Haarewaschen musste Libby hin und wieder lachen. Dass sein Vater unerwarteterweise aus Washington angereist war und Ken und Cathy wahrscheinlich bald folgen würden, vereitelte alle Pläne, die der Bräutigam bezüglich weiterer vorehelicher Vergnügungen gehabt haben mochte.

Als Libby mit geföhnten Haaren und geschminkt nach unten kam, freute sie sich darüber, dass der Senator Cathy mitgebracht hatte. Die beiden saßen auf der Couch und tranken Kaffee.

»Wo ist Dad?«, erkundigte sich Libby, als Umarmungen und Küsse ausgetauscht worden waren.

Cleave Barlowe zeigte seine perfekten, wenn auch altmodischen Manieren und wartete, bis Libby Platz genommen hatte, bevor er zu seinem eigenen Platz neben Cathy zurückkehrte. »Er wird rechtzeitig zur Zeremonie da sein«, sagte er. »Als wir die Ranch verließen, machte er sich gerade mit seiner Bärenpatrouille auf den Weg.«

Libby runzelte die Stirn und zupfte an ihrem knappen pinkfarbenen Sommerkleid herum. Wieder überkam sie dieses seltsame Gefühl. Jess war nach oben gegangen, und sie hörte das Wasser der Dusche laufen. »Bärenpatrouille?«

»Wir haben ein paar Kälber an einen streunenden Grizzlybären verloren, der alleine unterwegs ist«, meinte Cleave leichthin, als würde so etwas jeden Tag vorkommen. »Ken und ein halbes Dutzend seiner besten Männer verfolgen ihn seit einer Weile, hatten aber bisher kein Glück.«

Cathy, die an der Seite ihres Schwiegervaters saß, schien die Besorgnis ihrer Cousine zu spüren und gebärdete, dass sie Libbys Ring in Augenschein nehmen wolle.

Die Strategie zahlte sich aus. Doch als Libby ihre Hand ausstreckte, schaute sie Cathy endlich ins Gesicht und sah die verheerenden Auswirkungen ihrer Eheprobleme. Dunkle Schatten lagen unter ihren grünen Augen, in denen ein dumpfer Schmerz zu erkennen war.

Libby schalt sich, dass sie völlig mit ihrer eigenen, turbulenten Liebesgeschichte mit Jess beschäftigt gewesen war. Dabei hatte sie glatt vergessen, dass Stacey während seines Besuchs tags zuvor erwähnt hatte, dass er Cathy verlassen habe. Libby schämte sich, dass sie nicht mehr an ihre Cousine gedacht hatte, und machte es sich zur Aufgabe, herauszufinden, wie es ihr ging.

»Geht es dir gut?«, bedeutete sie ihr mit den Händen, da sie wusste, dass Cathy diese Art der Kommunikation dem Lippenlesen vorzog.

Cathy antwortete mit einem echten, wenn auch müden Lächeln. Sie nickte und betrachtete mit spitzbübischem Interesse den Ring, den Jess speziell für sie hatte entwerfen lassen.

Auch Cleave verlangte jetzt das Schmuckstück zu sehen, das so ein furchtbares Aufsehen erregte, und lachte anerkennend, als er sein eigenes Brandzeichen in der Fassung entdeckte.

Cathy hob die Hände. »Ich möchte dein Kleid sehen.«

Nachdem Jess heruntergekommen war – er trug Jeans und das T-Shirt, dass Libby ihm geschenkt hatte –, verschwanden die beiden Frauen nach oben, um das weinrote Kleid zu bewundern.

Der gequälte Ausdruck kehrte in Cathys Augen zurück, während sie das Kleidungsstück ansah. »Ich kann kaum glauben, dass du Jess heiratest«, sagte sie mit dieser stolpernden, zögerlichen Stimme, die zu hören sie nur Libby gestattete.

Libby setzte sich neben ihrer Cousine auf das ungemachte Bett. »Das sollte jeden Zweifel aus dem Weg räumen, den du bezüglich meiner Beziehung zu Stacey gehabt haben magst«, sagte sie sanft.

Cathy Schmerz war auf ihren Gesichtszügen deutlich abzulesen. »Er wohnt jetzt im Haupthaus«, gestand sie. »Libby, Stacey möchte die Scheidung.«

Libbys Wut auf Stacey war von der Intensität in etwa gleichzusetzen mit dem Mitgefühl, das sie für seine Frau empfand. »Ich bin mir sicher, er meint nichts von alledem, was er gesagt hat, Cathy. Wenn du doch nur mit ihm reden würdest ...«

Die smaragdgrünen Augen sprühten Funken. »Damit Stacey mich auslachen kann? Nein, danke!«

Libby atmete tief ein. »Ich kann nicht anders, als zu denken, euer Problem wird durch mangelnde Kommunikation und fehlendes Vertrauen verursacht«, fuhr sie unbeirrt fort, wobei sie darauf achtete, ihrer Cousine zugewandt zu sein. »Stacey liebt dich. Ich weiß, dass er das tut.«

»Wie kannst du dir dessen so sicher sein?«, flüsterte Cathy. »Wie? Ehen gehen jeden Tag zu Bruch.«

»Und das weiß niemand besser als ich. Aber manche Dinge sind eine Sache des Instinkts. Und meiner sagt mir, dass Stacey das alles unternimmt, damit du ihn beachtest, Cathy. Und vielleicht, weil du nicht das Risiko eingehen möchtest, ein Baby zu bekommen.«

»Ein Baby zu bekommen, wäre ganz schön dumm, nicht wahr? Selbst wenn ich ›das Risiko eingehen‹ wollte, wie du es nennst. Schließlich ist mein Ehemann aus unserem Haus ausgezogen!«

»Ich meinte ja auch nicht, dass du zurück zur Ranch eilen und dich schwängern lassen sollst, Cathy. Aber könntest du nicht mit Stacey reden? So wie du mit mir redest?«

»Ich hab es dir schon gesagt: Es wäre mir peinlich!«

»Peinlich? Du bist mit dem Mann verheiratet, Cathy. Du teilst sein Bett! Wie kann es dir peinlich sein, ihn deine Stimme hören zu lassen?«

Cathy faltete trotzig ihre Hände, legte sie in ihren Schoß und senkte den Kopf. Von unten drangen die Stimmen von Jess und dem Senator zu Libby, die leise darüber sprachen, wie Cleaves Stimmabgabe ausgefallen war. Deswegen war er in Washington gewesen, bevor er nach Montana zurückgekehrt war, um an der Hochzeit teilzunehmen.

Nach einer Weile sah Cathy auf. »Ich könnte nie mit jemand anderem sprechen als mit dir, Libby. Ich spreche nicht einmal mit Jess oder Ken.«

»Daran bist du selbst schuld«, antwortete Libby, noch immer verärgert. »Hast du etwa die ganze Zeit über geschwiegen, all diese Jahre, die ich weg gewesen war?«

Cathy schüttelte den Kopf. »Gelegentlich reite ich ins Gebirge und rede als Übung mit dem Wind und den Bäumen. Findest du das dumm?«

»Nein! Aber vergiss endlich diese Angst, dass jemand denken könnte, du seist dumm, verdammt noch mal! Und was, wenn sie das tun? Was glaubst du, haben die Leute von mir gehalten, als ich bei einem Mann blieb, der reihenweise Geliebte hatte?«

Cathy blieb vor Überraschung der Mund offen stehen. »Geliebte?«

»Ja«, sagte Libby im scharfen Ton, da ihr die Erinnerung einen Stich versetzte. »Und erzähl es ja nicht Dad. Er würde in Ohnmacht fallen.«

»Das bezweifle ich«, erwiderte Cathy. »Aber es muss dich schrecklich verletzt haben. Es tut mir so leid, Libby.«

»Mit tut es ebenfalls leid, wenn ich hart zu dir gewesen sein sollte«, gab Libby zurück. »Ich möchte nur, dass du glücklich bist, Cathy. Das ist alles. Versprichst du mir, dass du mit Stacey redest? Bitte?«

»Ich ... Ich werde es versuchen.«

Libby umarmte ihre Cousine. »Das reicht mir.«

Ein freudiges Leuchten flackerte in Cathys Augen, als sie jetzt das Thema wechselte. »Gehört das Auto da draußen dir?«

Libby nickte als Antwort. »Ist es nicht hübsch?«

»Machst du mit mir mal eine Spritztour damit? Wenn ihr geheiratet habt und du wieder auf der Ranch bist?«

»Da kannst du Gift drauf nehmen. Wir werden der Schrecken der Nebenstraßen sein – Legenden unserer Zeit!«

»Legenden? Wohl eher verschwommene Erinnerungen, wenn wir nicht vorsichtig sind.«

Libby erhob sich vom Bett, nahm das wunderschöne Kleid, hängte es vorsichtig auf einen Bügel und anschließend zurück in den Schrank.

Danach gingen die Frauen gemeinsam nach unten. Jess und sein Vater hatten sich inzwischen in einem ihrer gefürchteten politischen Streitgespräche verfangen.

Als sie erneut ein ungutes Gefühl beschlich, ging Libby so unauffällig wie möglich zum Telefon und wählte Kens Nummer. Natürlich antwortete niemand. Eigentlich hatte sie das gewusst. Doch schon der Versuch tröstete sie ein wenig.

»Versuch es mal im Haupthaus«, schlug Jess leise vor. Er musste ihr gefolgt sein und stand jetzt direkt hinter ihr.

Libby warf ihm einen Blick über die Schulter zu, gerührt von seiner Aufmerksamkeit. Sie fühlte sich so getröstet. »Wie kommt es eigentlich«, zog sie ihn flüsternd auf, »dass du in Jeans und einem T-Shirt mit der Aufschrift ›Wenn es sich gut anfühlt, tu es‹ elegant aussiehst?«

Jess lachte und schlenderte wortlos zurück zu seinem Vater und Cathy.

Libby rief im Haupthaus an und erreichte eine etwas verwirrte Marion Bradshaw. »Hallo!«, meldete die Frau sich mit bellender Stimme.

»Mrs. Bradshaw, hier spricht Libby. Haben Sie heute Morgen meinen Vater gesehen?«

Es war ein langes Seufzen zu hören, als wäre die Frau erleichtert, dass es kein anderer Anrufer war. »Nein, Liebes. Das habe ich nicht. Er und das Team sind noch unterwegs und suchen diesen verdammten Bären. Aber machen Sie sich keine Sorgen – Ken sagte, er sei rechtzeitig zu Ihrer Hochzeit in der Stadt.«

Libby wusste, dass man sich auf das Wort ihres Vaters verlassen konnte. Wenn er sagte, er würde da sein, dann würde er es auf Teufel komm raus umsetzen. Dennoch, Mrs. Bradshaws Verhalten war seltsam. »Stimmt etwas nicht, Marion?«, erkundigte sie sich daher.

Marion klang richtig wütend, als sie sagte: »Libby, eines der Hausmädchen sagte mir, dass ein gewisser Aaron Strand angerufen habe und wissen wollte, wo man Sie erreichen könne. Ohne auch nur um Erlaubnis zu fragen, hat sie ihm gesagt, dass Sie in Kalispell seien, und ihm Ihre Nummer gegeben. Es tut mir so leid.«

Daher hatte also Aaron gewusst, wo er anrufen musste. Libby seufzte. »Ist schon gut, Marion. Es war nicht Ihr Fehler.«

»Dennoch fühle ich mich verantwortlich«, sagte die Frau mit fester Stimme. »Ich dachte nur, Sie sollten wissen, was passiert ist. Sind Miss Cathy und der Senator gut angekommen?«

Libby lächelte. »Ja, sie sind hier. Soll ich etwas ausrichten?«

»Nein, aber ich würde gerne mit Jess sprechen, wenn das keine Umstände macht.«

Libby wandte sich um und gab Jess ein Zeichen. Er kam ans Telefon, nahm den Hörer und grüßte Marion Bradshaw herzlich. Die Unterhaltung war nur kurz, und als Jess auflegte, lachte er.

»Was ist denn so lustig?«, wollte der Senator wissen.

Jess legte einen Arm um Libby und drückte sie kurz an sich. »Ob ich es wagen kann, das vor der Schöpferin der ›Emanzipierten Emma‹ zu sagen? Marion hat mir gerade ihren Segen erteilt – sie sagte, ich hätte die richtige Kuh gebrandmarkt.«

11. Kapitel

Libby stand an einem Fenster, von dem aus man den Parkplatz des Standesamtes überblicken konnte, und spähte durch den grauen Nieselregen. Ängstlich nahm sie jedes einzelne Auto unter die Lupe, das vorfuhr.

»Er wird kommen«, versicherte ihr Cathy und stellte sich neben Libby an das regennasse Fenster.

Libby seufzte. Sie wusste, dass Ken alles Menschenmögliche unternehmen würde, um es zu schaffen. Allerdings verwandelte der Wolkenbruch die Straßen in gefährliche Pisten und es gab da noch diesen streunenden Grizzlybären. »Das hoffe ich«, erwiderte sie.

Cathy trat ein wenig zurück, um den fließenden seidenen Schnitt von Libbys Kleid zu bewundern. »Du siehst atemberaubend aus. Hier. Mal sehen, ob die Blumen dazu passen.«

»Blumen?« Libby hatte nicht an Blumen gedacht. Eigentlich hatte sie kaum an etwas anderes gedacht als an dieses wundersame Ereignis, das stattfinden sollte. Ihre Vernunft sagte ihr, dass es verrückt war, nochmal zu heiraten. Vor allem Jess Barlowe. Aber ihr Herz schlug einen ganz anderen Ton an.

Cathy strahlte übers ganze Gesicht und deutete auf eine Schachtel, die auf einem Tisch in der Nähe stand.

Da endlich verließ Libby ratlos ihren Aussichtsposten. »Aber ich habe nicht …«

Cathy holte schon eine mit Zellophanpapier umwickelte Ansteckblume hervor, mehrere Knopflochblumen und einen enormen Strauß aus burgunderfarbenen Rosenknospen, Schleierkraut und weißen Nelken. »Der gehört natürlich dir.«

Libby streckte die Hand nach ihrem Brautstrauß aus, zufrieden und doch äußerst überrascht. »Hast du die bestellt, Cathy?«

»Nein«, erwiderte Cathy. »Aber ich habe Jess den Wink gegeben, zum Blumenhändler zu gehen, nachdem ich die Farbe deines Kleides gesehen hatte.«

Gerührt, dass so eine Einzelheit berücksichtigt worden war, umarmte Libby ihre Cousine. »Danke.«

»Danke Jess dafür. Er hat den Floristen unter Druck gesetzt, damit er den Auftrag in letzter Minute noch annimmt.« Cathy fand eine Ansteckblume mit ihrem Namen. »Kannst du mir die hier anstecken?«

Gerne kam Libby dieser Aufforderung nach. Es gab auch Knopflochblumen für Jess, den Senator und auch Ken. Wehmütig drehte sie letztere in ihren Händen. Die Trauung sollte bald beginnen – wo blieb nur ihr Vater?

Ein vorsichtiges Klopfen ließ Libbys Herz nervös flattern. »Ja?«

»Ich bin es«, sagte Jess leise durch die Tür. »Sind die Blumen bei euch?«

Cathy sammelte die Knopflochblumen, in knisterndes Papier eingewickelte weiße Nelken, ein und machte sich auf den Weg zur Tür. Sie öffnete sie gerade so weit, um hindurchgreifen und Jess die geforderten Blumen reichen zu können.

Jess' amüsiertes Lachen erklang, aber er machte keinerlei Anstalten, einzutreten und seine Braut vor dem dafür bestimmten Augenblick zu sehen. »Fünf Minuten, Libby«, erinnerte er sie. Dann hörte sie ihn davongehen, seine Absätze klapperten auf dem Marmorboden.

Libby ging zurück ans Fenster und erspähte einen bekannten Pickup, der auf den Parkplatz raste und mit quietschenden Reifen anhielt. Zwei Männer in Regenjacken stiegen aus und eilten zum Gebäude.

Ken war angekommen. Jetzt war Libby bereit, Jess in Judge Hendersons Büro am Ende des Ganges gegenüberzutreten. Sie sah diese heiligen Hallen durch einen Schleier des Glückes, bemerkte einen Tisch, eine Flagge, ein Porträt von George Washington. Vor den verregneten Fenstern mit schweren, ausgebleichten Samtvorhängen standen Jess und sein Vater.

Alle schienen sich wie in Zeitlupe zu bewegen. Der Richter nahm seinen Platz ein, und Jess, der in einem dunkelblauen maßgeschneiderten dreiteiligen Anzug ausgezeichnet aussah, ging zu seinem. Sein Blick lag liebevoll auf Libby, das konnte sie selbst aus der Distanz erkennen. Es war, als würde sie von ihm angezogen. An seiner Seite stand der Senator, dem die Müdigkeit von seiner unerwarteten Reise quer durch das Land deutlich anzusehen war, der aber zugleich stolz und erfreut wirkte.

Wie in einem süßen Traum strebte Libby auf Jess zu. Cathy stand neben ihr, aufrecht, mit Freudentränen in den Augen.

Libby spürte die Anwesenheit ihres Vaters so stark, dass sie sich nicht umsehen und es mit ihren eigenen Augen bestätigen musste. Sie hakte sich bei Jess ein, und die Trauzeremonie begann.

Als die altbekannten Worte ausgetauscht waren, beugte sich Jess zu Libby und küsste sie zärtlich. Der Schleier lüftete sich, und Braut und Bräutigam drehten sich Arm in Arm zu ihren wenigen, aber geliebten Gästen um.

Anstelle der Gratulanten entdeckte Libby allerdings zwei Cowboys neben der Tür. Ihre Jeans waren schlammverschmiert, die Shirts durchweicht und von ihren Regenmänteln rann das Wasser. Ihre Augen waren schmerzerfüllt.

Mit einem Mal am Rande der Verzweiflung, suchte Libby in dem kleinen Amtszimmer nach dem Gesicht ihres Vaters. Sie war so sicher gewesen, dass er hier war. Er war zum Greifen nahe erschienen.

»Wo ...«, setzte sie an, doch ihre Frage wurde unterbrochen, weil Jess sich von ihr löste und zu den Männern der Ranch eilte, der Senator dicht auf seinen Fersen.

»Der Bär ...«, antwortete einer der beiden auf Jess' kurze Frage. »Wir hatten ihn umzingelt und ...« Der Adamsapfel des Mannes hüpfte auf und ab. »Er ist bösartig, Mr. Barlowe. Übler als der Teufel selbst.«

Libby wusste, was jetzt kommen würde. Der abgewetzte Teppich schien sich unter ihren weinroten Highheel-Sandalen zu bewegen. Wäre Cathy nicht gewesen, die sie am Ellbogen fasste und zu einem Stuhl in der Nähe manövrierte, wäre sie gestürzt.

»Sagt einfach, was passiert ist!«, verlangte Jess mit kratziger Stimme.

»Der Bär hat Ken böse zugerichtet«, gestand der zweite Cowboy.

Ein erstickter Schrei entwich Libbys Kehle, und sie spürte, wie Cathy den Arm um ihre Schulter legte.

»Ist Ken tot?«, wollte Cleave Barlowe wissen. Soweit es Libby betraf, hing das ganze Universum von der Antwort auf diese Frage ab.

»Nein, Sir. Wir haben Mr. Kincaid so schnell wir konnten ins Krankenhaus gebracht. Aber ...«

»Aber was?«, fragte Jess ungeduldig.

»Der Bär ist entkommen.«

Langsam kam Jess auf Libby zu, zumindest kam ihr das so vor. Er kniete sich vor ihrem Stuhl hin, nahm ihre eiskalten Hände in seine und sprach mit sanfter Stimme. »Geht es dir gut?«

Auch wenn Libby sich zu verängstigt und krank vor Sorge fühlte, um zu antworten, brachte sie ein Nicken zustande. Jess half ihr auf die Füße, und sie konnte sich auf ihn stützen, als sie den Raum verließen.

Trotz allem nahm sie die beiden Cowboys wahr, die hinter ihr Senator Barlowe über den Vorfall mit dem Bären Bericht erstatteten, ebenso wie Cathys stille Schluchzer und Jess' stahlharten Griff um ihre Taille.

Die Fahrt ins Krankenhaus in der Limousine des Senators schien fürchterlich lange zu dauern. Am Empfang teilte ihnen eine gestresste Schwester mit sanfter Stimme mit, dass es noch keine Neuigkeiten gebe, und führte sie zum nächstgelegenen Wartezimmer.

Dort wartete Stacey, Cathy rannte zu ihm. Ohne Zögern umarmte er sie, tröstete sie leise und strich ihr mit einer Hand übers Haar.

»Ken?«, raunte der Senator, die Augen besorgt auf das Gesicht seines ältesten Sohns gerichtet.

»Er ist im OP«, antwortete Stacey. Und obwohl er Cathy noch immer festhielt, wanderte sein Blick, voller Schmerz, voller Ungläubigkeit, zu Libby. »Es steht schlimm um ihn«, fügte er hinzu.

Libby zitterte, sie hatte mehr Angst als jemals zuvor in ihrem Leben, ihre Arme und Beine waren nutzlos. Jess hielt sie aufrecht – Jess und ein Instinkt, der seit Jonathans Tod in ihr geschlummert hatte. »Warst du dabei, als es passiert ist, Stacey?«, fragte sie schwach.

Zärtlich wiegte Stacey Cathy in seinen Armen, das Kinn in ihrem Haar vergraben. »Ja«, erwiderte er.

Plötzlich fegte eine unbändige Wut durch Libby – eine besinnungslose, kreischende Tobsucht. »Ihr hattet Gewehre!«, schrie sie. »Ich weiß, dass ihr Gewehre hattet! Wieso habt ihr den Bären nicht aufgehalten? Wieso habt ihr ihn nicht getötet?«

Jess verstärkt seinen Griff um sie. »Libby …«

Ruhig unterbrach ihn Stacey, in seiner Stimme klang, trotz Libbys Ausbruch, nur Mitgefühl. »Die Gefahr, Ken dabei zu treffen, war zu groß«, entgegnete er. »Wir brüllten und feuerten in die Luft, und das hat den Grizzlybären letztendlich verscheucht.« Mit leerem Blick sah

165

Stacey in das Gesicht seines Vaters und dann in das seines Bruders, suchte nach dem gleichen Verständnis, das er gerade für Libby aufgebracht hatte.

»Was ist mit dem Bären?«, wollte der Senator wissen.

Einen Moment lang wandte Stacey seinen Blick ab. »Er ist davongekommen«, flüsterte er und bestätigte damit, was einer der Cowboys schon zuvor gesagt hatte. »Jenkins hat ihn in der Flanke erwischt, aber er ist entkommen. Dieser Mistkerl ist wie ein Rennpferd davongelaufen. Wir waren aber auch in dem Moment mehr um Ken besorgt.«

Der Senator nickte, aber Jess verspannte sich neben Libby und sah grimmig drein. »Du hast aber Männer auf die Suche nach dem Grizzly geschickt, nicht wahr?«

Stacey sah schmerzerfüllt aus und er umarmte Cathy fester, während ihr Schluchzen allmählich in entsetztes Schniefen überging. »Ich ... Ich habe nicht gedacht ...«

»*Du hast nicht gedacht?*«, rief Jess außer sich vor Wut. »Gottverdammt, Stacey! Jetzt läuft ein verwundeter Bär frei herum!«

Ihr Vater ging dazwischen. »Ich werde auf der Ranch anrufen und Order erteilen, dass der Grizzly verfolgt wird«, sagte er vernünftig. »Stacey hat Ken ins Krankenhaus gebracht, Jess. Und das war das Wichtigste.«

Nach diesem Vorfall legte sich ein unbehagliches Schweigen über den Warteraum. Cleave ging hinüber zum Fenster, stand dort, die Hände auf dem Rücken verschränkt, und sah hinaus. Die beiden Cowboys fuhren zurück zur Ranch, und Stacey und Jess begleiteten ihre betroffenen Frauen zu den Stühlen, die an den Wänden entlang aufgereiht waren.

Die für ein Krankenhaus typischen Geräusche und Gerüche quälten Libby. Die schlimmsten Minuten, Stunden, Tage und Wochen ihres Lebens hatte sie an so einem Ort verbracht. Jonathan hatte sie in so einer Einrichtung verloren – würde sie auch Ken verlieren?

»Ich kann es einfach nicht ertragen«, flüsterte sie und brach damit die furchtbare Stille. Jess hob ihr Kinn mit einer Hand an. Er sah ihr tief in die Augen, teilte seine Kraft mit ihr, die sie dringend benötigte. »Was immer auch passiert, Libby, wir schaffen das gemeinsam.«

Heftig zitternd sah Libby an Jess' maßgeschneidertem Anzug herab, an ihrem eigenen Kleid, der feierlichen Kleidung von Cathy und dem Senator. Nur Stacey, der schmutzige Jeans, Stiefel, Shirt und eine durchnässte Jeansjacke trug, schien für dieses furchtbare Ereignis angemessen gekleidet. Der Rest der Gesellschaft wirkte in dieser Situation geradezu grotesk.

Mein Vater stirbt womöglich, dachte sie hysterisch, *und wir tragen Blumen.* Mit einem Mal verursachte ihr der Geruch ihres Brautstraußes Übelkeit – er rief Erinnerungen an Jonathans Beerdigung wach –, und sie schleuderte ihn von sich. Er schlitterte unter ein mit grünem Plastik bezogenes Sofa und blieb an der Wand liegen.

Jess fasste ihre Hand ein wenig fester, doch sonst kommentierte keiner ihr Handeln.

Cleave verließ das Zimmer und kehrte wenige Minuten später mit einem Tablett zurück, auf dem er Becher mit Automatenkaffee balancierte. »Ken ist mein bester Freund«, gab er an niemand Speziellen gerichtet bekannt.

Seine Worte riefen einen überraschenden Schmerzensschrei bei Cathy hervor, die bis dahin, hinter einem Vorhang von verheddertem, regennassem Haar in ihrem Sitz gekauert hatte. »Ich werde nicht zulassen, dass er stirbt!«, schrie sie schrill. Vor Staunen sperrten alle außer Libby den Mund auf.

Stacey, der sich auf Cathys Stuhllehne gelehnt hatte, starrte sie an, schluckte schwer. »Cathy?«, presste er hervor.

Da Cathy ihn nicht ansah, konnte sie ihren Namen nicht auf seinen Lippen lesen. Daher antwortete sie nicht. Sie schlug ihre zierlichen Hände vors Gesicht und weinte bitterlich um den Mann, der sie wie ein eigenes Kind geliebt und aufgezogen hatte, der Fels in der Brandung für sie und auch für Libby gewesen war.

»Sie kann dich nicht hören«, sagte Libby hölzern.

»Aber sie hat gesprochen!«, japste Jess.

Libby hob eine Schulter. »Cathy redet schon seit Jahren. Zumindest mit mir.«

»Grundgütiger«, hauchte der Senator, der seine am Boden zerstörte Schwiegertochter ungläubig betrachtete. »Wieso hat sie mit keinem von uns gesprochen?«

Stacey tat Libby leid. Sie konnte den Schmerz in seinem Gesicht sehen. Selbstverständlich war es ein Schock für ihn, dass seine eigene Frau so lange ein solches Geheimnis für sich behalten hatte.

»Cathy hatte Angst«, erklärte Libby ruhig. »Sie ist sehr gehemmt wegen der Art, wie ihre Stimme für Hörende klingt.«

»Das ist doch lächerlich!«, fuhr Stacey auf und sah jetzt sehr wütend aus, aber auch blasser. Er sprang auf und stellte sich ans Fenster, mit dem Rücken zum Zimmer. »Verdammt noch mal, ich bin ihr Ehemann!«

»Ein paar von uns hatten da so ihre Zweifel«, bemerkte Jess mit beißendem Unterton.

Stacey wirbelte wütend herum. Doch der Senator trat zwischen seine beiden Söhne, bevor die Situation außer Kontrolle geraten konnte. »Das ist nicht der richtige Zeitpunkt für einen Streit«, rief er die beiden ruhig, aber bestimmt zur Ordnung. »Libby und Cathy können das nicht brauchen, und ich ehrlich gesagt auch nicht.«

Beide Brüder zogen sich zurück. Stacey senkte den Kopf ein wenig, Jess wandte den Blick ab, aus dem noch immer Ärger sprach. Libby beobachtete, wie ein Muskel am Kinn ihres Ehemanns zuckte, und unterdrückte den Drang, ihn mit ihrem Finger zu berühren, ihn zu beruhigen.

»War Dad bei Bewusstsein, als du ihn hierhergebracht hast?«, erkundigte sie sich bei Stacey, und ihre Stimme war so ruhig, so rational, dass es nicht ihre sein konnte.

Stacey nickte. »Er sagte, dieser Bär sei beinahe so zäh wie ein Mexikaner, gegen den er früher einmal in Juarez gekämpft habe.«

Die Tränen, die Libby bis zu diesem Zeitpunkt nicht hatte weinen können, drängten nun an die Oberfläche. Jess hielt sie fest, bis sie versiegten. »Ken ist stark«, erinnerte er sie. »Du musst an ihn glauben.«

Libby versuchte, vom Besten auszugehen. Tatsache blieb jedoch, dass Ken Kincaid ein sterblicher Mensch war – Stärke hin oder her. Und er war von einem Grizzlybären übel zugerichtet worden. Selbst wenn er überlebte, könnte er bleibende Schäden davontragen.

Wie so oft, schien Jess ihre Gedanken zu lesen. Mit seiner Hand strich er die letzten Tränen fort und das Haar aus ihrem Gesicht. »Mach dich nicht verrückt, indem du alle möglichen Szenarien durchgehst«, forderte er sie sanft auf. »Harren wir dem, was kommt. Und dann werden wir auch damit fertig.«

Seinem Rat folgend, ließ Libby absichtlich schöne Erinnerungen aufleben: Ken, der herzhaft wegen einer verknoteten Weihnachtslichterkette fluchte; Ken, der stolz im Publikum saß, als Cathy und Libby ihre Highschooldiplome überreicht bekamen; Ken, der versuchte – und es irgendwie schaffte –, ihnen beiden Vater und Mutter zugleich zu sein.

Es dauerte noch über zwei Stunden, bevor ein Arzt zu ihnen ins Wartezimmer kam. Er trug noch die Operationshaube, die Maske hatte er heruntergezogen. »Sind Sie die Angehörigen von Ken Kincaid?«, fragte er, und seine einfachen Worte hatten auf jeden der Anwesenden die Wirkung eines Elektroschockers. Libby und Cathy erstarrten in ihren Stühlen, unfähig zu sprechen. Es war Jess, der die Frage des Arztes beantwortete.

»Mr. Kincaid ist sehr schwer verletzt worden«, erklärte der Chirurg, »aber wir denken, er wird es schaffen, wenn er sich ausruht.«

Ein Gefühl der Erleichterung durchflutete Libby. »Ich bin seine Tochter«, brachte sie schließlich hervor. »Denken Sie, ich könnte ihn sehen? Nur für ein paar Minuten?«

Der Arzt lächelte bedauernd. »Er wird noch einige Zeit im Aufwachraum sein«, beschied er. »Vielleicht wäre es besser, wenn Sie Ihren Vater morgen besuchen würden.«

Doch Libby blieb standhaft. Es spielte keine Rolle, dass Ken unter Narkose stand; wenn sie nur seine Hand halten oder mit ihm sprechen könnte, würde er wissen, dass sie in der Nähe war. Zu einem anderen Zeitpunkt, bei einem anderen Patienten hatte sie gelernt, wie wichtig das war. »Ich muss ihn sehen«, beharrte sie.

»Sie wird erst Ruhe geben, wenn Sie Ja sagen«, warf Jess ein, den Arm fest um Libbys Schultern gelegt.

Bevor der Doktor antworten konnte, packte Cathy Libbys Hände mit festem Griff, betrachtete forschend das Gesicht ihrer Cousine. »Libby?«, flehte sie verzweifelt. »Libby?«

Es war klar, dass Cathy die Diagnose über Kens Zustand nicht mitbekommen hatte. Libbys Herz schmerzte vor Mitgefühl für ihre Cousine, daher befreite sie ihre Hände und gebärdete rasch die beruhigenden Neuigkeiten.

Danach wandte sie sich wieder an den Arzt. »Meine Cousine wird meinen Vater auch sehen möchten.«

»Na, Moment mal …«

Stur hob Libby ihr Kinn.

Drei Stunden später wurde Ken Kincaid vom Aufwachraum auf die Intensivstation verlegt. Sobald er sein Zimmer bezogen hatte, wurde es Libby und Cathy gestattet, zu ihm zu gehen.

Ken war bewusstlos, Sauerstoffschläuche waren an seiner Nase angebracht, eine Infusionsnadel hing in einer Hand. Seine Brust und die rechte Schulter steckten in dicken Verbänden, von seiner rechten Schläfe bis zu seinem Hals verliefen die Stiche der Naht in einer krummen, grausamen Linie.

»Oh Gott«, wimmerte Cathy.

Libby fasste ihre Cousine fest am Arm und sah sie eindringlich an. »Wage es ja nicht, hier drin zusammenzubrechen, Cathy Barlowe«, befahl sie. »Er würde deine Bestürzung spüren, und das wäre schlecht für ihn.«

Cathy zitterte, doch sie straffte die Schultern, atmete tief ein und nickte. »Wir sind stark.«

Libby stellte sich an die Seite des Bettes, neben die Geräte, die die Funktionen ihres Vaters überwachten und ihn am Leben hielten. »Ich habe gehört, du hast einen Bären zusammengeschlagen«, flüsterte sie.

Nichts deutete darauf hin, dass Ken sie gehört hatte. Doch Libby wusste, wenn diesen Mann überhaupt etwas erreichen konnte, dann Humor. Also sprach sie weiter, beschuldigte ihn der Tierquälerei und schlug vor, wenn er das nächste Mal tanzen wolle, solle er sich einen weniger behaarten Partner aussuchen.

Bevor eine resolute Schwester eintrat, um Kens Besucher hinauszuscheuchen, küssten Libby und Cathy ihn zärtlich auf die Stirn.

Stacey, Jess und Cleave warteten ungeduldig, als sie kurze Zeit darauf das Wartezimmer erreichten.

»Er wird es überleben«, sagte Libby. Dann tanzte das Zimmer vor ihren Augen, ihre Knie gaben nach und alles wurde schwarz.

Als sie erwachte, befand sie sich in einem Bett in einem der Untersuchungszimmer, und Jess hielt ihre Hand.

»Danke, dass du mich zu Tode erschreckt hast«, begrüßte er sie zärtlich, wobei ein erleichtertes Grinsen seine Mundwinkel umspielte. »Das habe ich gerade gebraucht.«

»Tut mir leid«, brachte Libby hervor und berührte die welkende Ansteckblume, die den Kragen seiner Anzugsjacke zierte. »Das ist vielleicht ein Hochzeitstag, hm?«

»So ist das bei uns im Wilden Westen. Wir mögen es aufregend. Wie fühlst du dich, Prinzessin?«

Libby wollte sich aufsetzen, doch der Raum begann sich zu drehen, also ließ sie sich wieder nach hinten fallen. »Es geht mir gut«, beharrte sie. »In ein paar Minuten ganz bestimmt. Wie geht es Cathy?«

Jess lächelte und hauchte einen Kuss auf ihre Stirn. »Cathy hat auf die guten Neuigkeiten etwas anders reagiert als du.«

Stirnrunzelnd und noch immer besorgt, sah Libby ihn an. »Wie meinst du das?«

»Nachdem man ihr versichert hatte, dass du in Ohnmacht gefallen und nicht an einem Herzinfarkt gestorben bist, hat sie Stacey ordentlich eingeschenkt. Sieht so aus, als hätte meine scheue kleine Schwägerin die Nase voll davon, stumm zu sein – ein für alle Mal.«

Mit weit geöffneten Augen starrte sie ihn an. »Willst du damit sagen, sie hat ihn angeschrien?«

»Du hast ja keine Ahnung, wie. Als sie gingen, hat er auch geschrien.«

Trotz allem musste Libby lächeln. »In diesem Fall möchte man meinen, ein handfester, lauter Streit sei genau die richtige Medizin.«

»Das ist wohl wahr. Aber das Haus wird wahrscheinlich zur Kriegszone erklärt worden sein, bis wir dort sind.«

Libby fiel ein, dass es ihre Hochzeitsnacht war. Da Jess ihr half, schaffte sie es, sich aufzusetzen. »Das Haus? Übernachten sie etwa dort?«

»Ja. Die Couch lässt sich zu einem Bett ausziehen, und Cathy möchte in der Nähe des Krankenhauses bleiben.«

Libby berührte Jess' Gesicht. »Es tut mir leid.«

»Was denn?«

»Alles. Vor allem wegen heute Nacht.«

Verständnis blitzte in Jess' Augen auf, er lächelte sie an. »Mach dir deswegen keine Sorgen, Prinzessin. Es wird noch viele Nächte geben.«

»Aber …«

Ein Zeigefinger auf ihren Lippen ließ ihren Protest verstummen. »Sie sind nicht in der Verfassung, eine Ehe zu vollziehen, Mrs. Barlowe. Du musst schlafen. Also lass uns nach Hause gehen und dich ins Bett stecken. Mit etwas Glück halten uns Stacey und Cathy nicht die ganze Nacht wach, weil sie sich gegenseitig mit Tellern und Pfannen bewerfen.«

Jess' Bemerkung erwies sich als erstaunlich zutreffend, denn als sie das Gebäude betraten, brüllten Stacey und seine Frau sich gegenseitig an, und Sofakissen und allerlei Schnickschnack lagen verstreut auf dem Boden.

»Beachtet uns nicht«, meinte Jess leichthin und bugsierte seine erschöpfte Braut quer durch das verwüstete Wohnzimmer. »Wir sind nur ein paar freundlich gestimmte Flitterwöchner auf der Durchreise.«

Jess und Libby hätten auch unsichtbar sein können, so sehr achteten die beiden anderen auf sie.

»Vielleicht hätten wir in einem Hotel übernachten sollen«, gab Libby Minuten später zu bedenken und gähnte, während sie sich im Bett an Jess' starke Schulter kuschelte.

Unten ging etwas zu Bruch, und Jess lachte. »Und das hier verpassen? Nie im Leben.«

Jetzt hörte man Cathy und Stacy wieder schreien, Libby zuckte zusammen. »Sie werden sich doch nichts antun, oder?«

»Alles wird gut, Prinzessin. Ruh dich aus.«

Zu müde, um dieses Thema weiter auszuführen, seufzte Libby und schlief wenige Augenblicke später ein, beruhigt durch Jess' Nähe und das leise Prasseln des Regens auf dem Glasdach über ihnen. Einmal erwachte sie kurz, mitten in der Nacht. Aus dem dunklen Wohnzimmer drangen die Geräusche einer anderen Art von Leidenschaft zu ihr herauf. Ein Lächeln umspielte ihre Lippen, dann schloss sie wieder die Augen.

Verlegen versuchte Cathy, das schlimm zugerichtete Wohnzimmer aufzuräumen und gleichzeitig Libbys Blick auszuweichen. Stacey, der tief und fest schlief, lag ausgestreckt auf dem Sofabett, ein glückseliges Lächeln auf den Lippen.

In aller Stille bahnte sich Libby ihren Weg zum Telefon und rief im Krankenhaus an, um nach ihrem Vater zu fragen. Die diensthabende Schwester sagte, er sei zwar noch immer bewusstlos, aber seine Vitalfunktionen seien stark und stabil.

Cathy wartete gespannt, als Libby sich vom Telefon abwandte, daher wiederholte Libby, was die Schwester ihr mitgeteilt hatte. Anschließend gingen die beiden Frauen in die Küche und begannen, ein schnelles Frühstück vorzubereiten.

»Es tut mir leid wegen letzter Nacht«, sagte Cathy.

Am Herd stehend, einen Pfannenwender in der Hand, geduldete sich Libby, bis ihre Cousine sie ansah, und fragte: »Habt ihr euch denn einigen können?«

Cathys Wangen überzog ein strahlendes Rot. »Du hast es gehört!« Sie stöhnte entsetzt auf.

Eigentlich hatte Libby ihren Streit gemeint und nicht das Liebesspiel, das ganz offensichtlich gefolgt war, aber das konnte sie nicht mehr klarstellen, ohne ihre Cousine noch weiter bloßzustellen. Daher biss sie sich auf die Unterlippe und konzentrierte sich auf das Rührei in ihrer Pfanne.

»Es war verrückt«, brach es aus Cathy hervor. »Ich habe Stacey *angeschrien*! Ich wollte ihm wehtun, Libby; ich wollte ihm wirklich wehtun!«

Libby steckte Brotscheiben in den Toaster und sagte nichts dazu, denn sie wusste, dass Cathy etwas loswerden musste.

»Ich habe sogar Gegenstände nach ihm geworfen«, gestand Cathy und holte nebenbei den Orangensaft aus dem Kühlschrank, den sie in die Mitte des Tisches stellte. »Ich kann nicht fassen, dass ich mich so verhalten habe. Vor allem, da Ken kurz zuvor so schlimm verletzt worden ist.«

Libby schaute ihrer Cousine in die Augen und lächelte. »Ich verstehe nicht ganz, was das eine mit dem anderen zu tun hat, Cathy. Du warst wütend auf deinen Ehemann. Und wenn du mich fragst, zu Recht. Das konntest du eben nicht länger zurückhalten.«

»Ich hatte nicht einmal Angst, wie ich klinge«, erinnerte sich Cathy kopfschüttelnd. »Das, was Ken zugestoßen ist, muss etwas in mir ausgelöst haben … Ach, ich weiß auch nicht.«

»Das Wichtigste ist, dass du für deine Meinung eingetreten bist«, entgegnete Libby, die gerade das Rührei aus der Pfanne auf einen großen Teller schob. »Ich war stolz auf dich, Cathy.«

»Stolz? Ich habe mich wie eine Verrückte aufgeführt!«

»Du hast dich wie eine wütende Frau verhalten. Wie wäre es, wenn du unsere faulen Ehemänner zum Frühstück rufst, während ich den Toast buttere?«

Cathy zögerte, erneut mit ihrer alten Angst, sich lächerlich zu machen, kämpfend. Doch dann straffte sie die Schultern und verließ die Küche, um Libbys Auftrag auszuführen.

Tränen der Freude stiegen Libby in die Augen, als sie die Stimme ihrer Cousine hörte. So gewöhnlich diese Aufgabe auch sein mochte, für Cathy war es ein riesiger Schritt nach vorne.

Kurze Zeit später kamen die Männer an den Tisch. Stacey trug lediglich Jeans und wirkte verlegen, Jess hingegen, in Anzughose und einem ordentlich gebügelten Hemd gekleidet, blitzte sie vergnügt an.

»Neuigkeiten von Ken?«, erkundigte er sich.

Libby informierte ihn über Kens Zustand, und der Anblick der Erleichterung auf seinem Gesicht ließ sie ihn noch mehr lieben. Jess nickte und gähnte dann theatralisch.

Augenblicklich wurde Cathy rot und sah auf ihren Teller. Stacey hingegen starrte seinen Bruder verärgert an. »Hast du nicht gut geschlafen, Jess?«, meinte er langsam.

Jess verdrehte die Augen.

Stacey sah aus wie ein kleiner wütender Junge. Libby hatte ganz vergessen, wie sehr er es hasste, aufgezogen zu werden. »Ich streite mich mit meiner Frau, wann immer ich will!«, sagte er bissig.

Libby und Jess lachten.

»Streiten?«, stichelte Jess gut gelaunt. »Das habt ihr beiden also gemacht? Gestritten?«

»*Irgendjemand* musste ja eure Hochzeit gebührend feiern!«, erwiderte Stacey scharf. Doch dann gab er auf und fiel in ihr Gelächter ein.

Nach dem Essen überließen Cathy und Libby den Männern das Aufräumen und machten sich fertig für den Tag.

Ihnen wurde nur ein kurzer Besuch bei Ken gestattet, und auch wenn sein Arzt ihnen versicherte, dass sein Zustand sich stetig besserte, fühlten sich beide niedergeschlagen, als sie zurück ins Wartezimmer gingen.

Senator Barlowe saß dort zusammen mit Jess und Stacey und sah genauso bleich und besorgt aus wie seine beiden Schwiegertöchter. Sich ihrer Ankunft nicht bewusst, sagte er: »Wir haben jeden verfügbaren Mann auf die Suche nach diesem Bären geschickt und wir werden von den Männern der *Three Star Ranch* und der *Rocking C Ranch* unterstützt. Doch bisher haben wir nur Pfotenabdrücke und tote Kälber gefunden.«

Libby blieb abrupt stehen, nicht, weil der Bär erwähnt worden war, sondern wegen des Ausdrucks auf Jess' Gesicht. Er murmelte etwas, das sie nicht hören konnte.

Stacey warf einen ironischen Blick in die Richtung seines Bruders. »Du meinst wohl, du könntest diese Ausgeburt der Hölle finden? Obwohl Männer der drei größten Ranches im Bundesstaat keine Spur ausfindig machen konnten?«

»Ich weiß, dass ich es kann«, antwortete Jess kalt.

»Verdammt noch mal, wir haben die Ausläufer der Berge durchsucht, das ganze Weideland ...«

Jess sprach leise, voller Verachtung: »Und als du die Chance hattest, diesen Bastard umzubringen, hast du ihn einfach davonspazieren lassen – verwundet.«

»Was hätte ich denn tun sollen, hm? Ken hätte verbluten können!«

»Irgendjemand hätte dem Bären folgen müssen«, beharrte Jess unnachgiebig. »Es waren mehr als genug Leute anwesend, die Ken ins Krankenhaus hätten bringen können.«

Stacey fluchte.

»Hattest du Angst?«, fragte Jess höhnisch. »Hat der große böse Bär unseren Steakhouse-Cowboy verscheucht?«

Bei diesem Satz stürzte sich Stacey auf Jess, der von seinem Stuhl aufsprang, definitiv auf Konfrontation aus war.

Wie schon einmal verhinderte der Senator wieder Schlimmeres. »Hört auf!«, schimpfte er. »Wenn ihr euch prügeln wollt, dann habt die Güte, es woanders zu tun!«

»Darauf kannst du dich verlassen«, entgegnete Jess bitter, maß Stacey verächtlich von oben bis unten und ließ es dann auf sich beruhen.

»Was ist nur in euch beide gefahren?«, fragte Senator Barlowe enttäuscht. »Das ist ein Krankenhaus! Und habt ihr beiden vergessen, dass ihr Brüder seid?«

Taktvoll räusperte sich Libby, um die Männer wissen zu lassen, dass Cathy und sie zurückgekehrt waren. Die unverhohlene Feindschaft zwischen Jess und seinem Bruder beunruhigte sie zutiefst. Sie hatte jedoch nicht die Absicht, die Angelegenheit weiter zu verfolgen, denn Kens Situation lenkte sie zu sehr ab.

Erst später im Land Rover, als Jess und sie alleine waren, sprach

Libby ein Thema an, das ihr keine Ruhe ließ. »Du hast vor, nach diesem Bären zu suchen, nicht wahr?«

Jess gab vor, sich auf den Verkehr zu konzentrieren, doch in seiner Wange zuckte ein Muskel. »Ja.«

»Du fährst zurück auf die Ranch und willst ihn aufspüren«, fuhr Libby hölzern fort.

»Das stimmt.«

Sie ließ sich tiefer in den Sitz fallen und schloss die Augen. »Überlass das den anderen.«

Sein kurzes Schweigen verhieß nichts Gutes. »Niemals.«

Libby versuchte die Übelkeit und Angst, die sich in ihrer Kehle ausbreiteten, herunterzuschlucken. Lieber Gott im Himmel, war es denn nicht genug, dass sie beinahe ihren Vater an dieses bösartige Biest verloren hatte? Musste sie auch das Leben ihres Mannes riskieren? »Wieso?«, flüsterte sie am Boden zerstört. »Wieso musst du das tun?«

»Es ist mein Job«, antwortete er ausdruckslos, und sie wusste, dass es keinen Sinn hatte, es ihm ausreden zu wollen.

Sie versuchte, ihre Augen fester zu schließen, doch die Tränen flossen trotzdem. Am Haus angekommen, Staceys und Cleaves Autos dicht hinter ihnen, drehte Jess sich zu ihr um. Zärtlich wischte er ihr mit seinen Daumen den Beweis ihrer Furcht von den Wangen und küsste sie.

»Ich verspreche, mich nicht töten zu lassen«, beteuerte er.

Libby erstarrte in seinen Armen, war wütend und voller Schrecken. »Das beruhigt mich ungemein!«

Er küsste ihre Nasenspitze. »Du schaffst das alleine, nicht wahr? Ich meine die Krankenhausbesuche?«

Libby biss sich auf die Unterlippe. Das war ihre Chance. Sie könnte sagen, sie brauche Jess jetzt. Sie könnte ihn davon abhalten, diesen Bären zu jagen. Sie brauchte ihn ja wirklich, vor allem in dieser Situation. Aber sie würde niemals ihre Schwäche einsetzen, um ihn an ihrer Seite zu halten. »Ich schaffe das.«

Eine Stunde später brachen Stacey und der Senator zur Ranch auf, und Jess begleitete sie. Nun hielt Libby nicht nur eine Nachtwache, sondern zwei.

Da sie Libbys Gefühle nachempfinden, aber ihr nicht helfen konnte, sorgte Cathy für Feuer im Kamin, bereitete eine heiße Schokolade zu und versuchte, Libby für einen Film mit Untertiteln für Gehörlose zu interessieren.

Erst sah Libby eine Weile zu, doch dann holte sie ihr Skizzenbuch hervor und begann mit heftigen wütenden Strichen zu zeichnen: Jess zu Pferde, ein Gewehr im Futteral seines Sattels; einen ausgewachsenen Grizzlybären, auf seinen Hinterbeinen zu voller Größe aufgerichtet, mit bedrohlichen Muskeln unter dem Fell, die Zähne gefletscht. Sosehr sie sich bemühte, schaffte sie es einfach nicht, Jess und diesen Bären in einem einzigen Bild zusammenzubringen – weder im Geiste noch auf Papier.

Als Libby und Cathy an jenem Abend ins Krankenhaus fuhren, war Ken aufgewacht. Er lächelte schwach, als sie an sein Bett traten, um ihn tränenüberströmt zu küssen.

»Tut mir leid, dass ich die Hochzeit verpasst habe«, krächzte er und trotz seiner offensichtlichen Schmerzen leuchtete die Heiterkeit aus seinen blauen Augen.

Libby wischte ihre Tränen fort, lächelte unsicher und zuckte mit den Schultern. »Kennst du eine, kennst du alle, Cowboy.«

Der Klang von Kens Gelächter war Balsam für ihre Seele.

12. Kapitel

Nachdem sie sich vergewissert hatte, dass Ken sich tatsächlich auf dem Wege der Besserung befand, schlüpfte Cathy aus dem Zimmer, um Libby ein paar Minuten mit ihrem Vater zu gönnen.

»Du hast mich zu Tode erschreckt«, sagte Libby.

Ken wollte mit den Schultern zucken. Stattdessen zuckte er schmerzvoll zusammen. »Du hättest wissen können: Unkraut vergeht nicht«, antwortete er. »Haben sie den Bären erwischt?«

Libby erstarrte. Der Bär, der Bär – sie hatte es so satt, dass es allen immer nur um den Bären ging! »Nein«, gestand sie nach einer Pause und wich seinem Blick aus.

Ken seufzte. Er war bleich und ganz offensichtlich müde. »Jess verfolgt ihn, nicht wahr?«

Libby kämpfte mit Tränen der Angst. Stand Jess dieser Kreatur vielleicht jetzt schon von Angesicht zu Angesicht gegenüber? Erlitt er die gleichen Verletzungen wie Ken ... oder schlimmere? »Ja«, bestätigte sie.

»Jess macht das schon, Libby.«

»So wie du, ja?«, blaffte sie ihn scharf an, ohne darüber nachzudenken.

Einen Moment lang betrachtete Ken sie ruhig und dann grinste er schief. »Er ist jünger als ich. Härter. Kein Grizzlybär, der bei Verstand ist, würde sich mit ihm anlegen.«

»Aber dieser Grizzly ist nicht bei Verstand«, flüsterte Libby benommen. »Er ist verwundet, Dad.«

»Noch ein Grund mehr, ihn zu finden«, antwortete Ken bestimmt. »Dieser Bär war vorher schon gefährlich, Libby. Jetzt ist er tödlich.«

Libby schauderte. »Man würde meinen, dieses Biest würde sich irgendwo verkriechen und sterben.«

»Das wäre wirklich praktisch, aber das wird nicht passieren, Lib. Grizzlybären haben von Natur aus eine eher scheußliche Laune – sie sehen kaum etwas und ihre Zähne schmerzen die ganze Zeit. Wenn sie verwundet sind, können sie tagelang randalieren, bevor sie dann endlich verenden.«

»Die Barlowes können es sich leisten, ein paar Kühe zu verlieren!«

»Ja, aber sie können es sich nicht leisten, Menschen zu verlieren, Lib, und genau das wird eintreten, wenn dieses Tier nicht gefunden wird.«

Daran gab es nichts zu diskutieren; Ken war der Beweis dafür, wie gefährlich ein Bär sein konnte. »Die Männer der *Three Star Ranch* und der *Rocking C Ranch* unterstützen die Jagd«, sagte Libby, der diese Tatsache etwas Trost spendete.

»Das ist gut«, meinte Ken und schloss die Augen.

Libby beugte sich zu ihm hinunter, küsste ihn auf die Stirn und verließ das Zimmer.

Auf dem Gang vor dem Zimmer tigerte Cathy auf und ab, die Unterlippe zwischen die Zähne geklemmt, die Augen weit aufgerissen. Libby schalt sich. Sie hatte überhaupt nicht daran gedacht, dass Stacey wahrscheinlich auch den Bären jagte und dass ihre Cousine genauso verängstigt war wie sie selbst. Als Libby vorschlug, zur *Circle Bar B Ranch* zurückzukehren, stimmte Cathy unverzüglich zu.

Auf der langen Fahrt suchte Libby nach Rechtfertigungen für ihr Kommen. Sie wollte Jess nicht kontrollieren, überhaupt nicht. Sie brauchte ihr Zeichenbrett, ihre Stifte und Tinte, Jeanshosen und Blusen.

Dass sie diese Dinge auch in Kalispell kaufen konnte, ignorierte sie geflissentlich.

Als die Corvette endlich auf der breiten Auffahrt des Haupthauses der Ranch anhielt, begann die Sonne bereits unterzugehen. Es mussten mindestens fünfzig Reiter sein, die auf die Ställe zuströmten, als Libby und Cathy aus dem Auto stiegen, und alle sahen müde und entmutigt aus.

Libbys Herz klopfte wie wild, als sie Jess entdeckte. Er stieg gerade vom Pferd und zog ein leistungsstarkes Gewehr aus dem Futteral seines Sattels.

Sie flog ihm regelrecht entgegen, blieb dann jedoch abrupt stehen, ihre Schuhe in dem dicken breiigen Schlamm, der bei den Menschen Montanas »Gumbo« genannt wurde, ihre Stimmbänder genauso unbrauchbar wie ihre Füße.

»Ken?«, fragte er heiser.

Rasch versicherte sie ihm: »Dad geht es sehr gut.«

»Was tust du dann hier?«

Libby lächelte, riss gewaltsam einen Fuß aus dem Matsch, der beim Auftreten wieder einsank. »Ich musste kommen und sehen, ob es dir gut geht«, gestand sie ihm. »Und darf ich sagen, dass du furchtbar aussiehst?«

Jess lachte leise in sich hinein, rieb sich über die Bartstoppeln am Kinn und sah prüfend auf die dreckige Kleidung hinunter, die er trug. »Du hättest in der Stadt bleiben sollen.«

Libby hob das Kinn. »Ich fahre morgen früh zurück«, bestimmte sie herausfordernd.

Jess übergab sein Pferd einem Rancharbeiter. Doch das Gewehr schwang an seiner Seite, als er auf das große, hell erleuchtete Haus zuging. Mühselig stapfte Libby neben ihm her.

»Ist das Gewehr geladen?«, fragte sie.

»Nein«, antwortete er. »Noch weitere Fragen?«

»Ja. Hast du den Bären gesehen?«

Da hatten sie schon die großzügige, mit Fliegengittern geschützte Veranda erreicht. Mrs. Bradshaw hatte vorgesorgt und sorgfältig Zeitungen für die Dutzenden schlammgetränkten Stiefel ausgelegt.

»Nein«, brummte Jess und sah blicklos in die Ferne. »Dieses dumme Tier könnte genauso gut unsichtbar sein.«

Libby beobachtete Jess, wie er seine Stiefel von sich schleuderte, die durchgeweichte Jeansjacke und seinen Hut beiseite warf. »Vielleicht ist er tot, Jess«, platzte sie hoffnungsvoll heraus und griff zu dem Optimismus, vor dem ihr Vater sie eingehend gewarnt hatte. »Vielleicht ist er irgendwo zusammengebrochen ...«

»Falsch«, spie Jess aus. »Wir haben noch mehr Rinder gefunden.«

»Kälber?«

»Einen Bullen und zwei Kühe«, antwortete Jess. »Und das Schlimme ist, dass er sie nicht getötet hat, um zu fressen. Er hat sie einfach zerrissen.«

Libby erschauerte. »Er muss riesig sein!«

»Die Männer, die bei Stacey und Ken gewesen waren, sagten, er sei stehend zweieinhalb Meter groß«, erwiderte er und betrachtete müde ihre Gesichtszüge. »Ich glaube nicht, dass ich es erwähnen muss, aber ich tue es dennoch: Ich möchte dich nicht hier haben, nicht jetzt. Und geh um Himmels willen nicht alleine hinaus – nicht einmal kurz zu den Briefkästen. Das Gleiche gilt für Cathy.«

Es schien ihr lächerlich, dass ein Tier die normalen Tätigkeiten von Menschen derart einschränken könnte. Denn für Libby gab es den Bären eigentlich nicht wirklich, selbst nach dem, was Ken erlebt hatte. Stattdessen kam es ihr so vor, als erzählte Jess eine der haarsträubenden Geschichten, mit denen er sie gerne erschreckt hatte, als sie noch Kinder waren.

»Das bedeutet, Kleine«, fuhr er ernst fort, »dass du nicht zur Scheune spazierst oder zu Kens Haus, um dich an den Teich zu setzen und zu träumen. Habe ich mich klar ausgedrückt?«

»Nur allzu deutlich«, meinte sie widerwillig und folgte ihm durch die Küche, den Gang entlang und in das riesige Billardzimmer, wo die Waffenschränke untergebracht waren.

Jess sperrte das Gewehr weg und drehte sich zu seiner Frau um. »Trotzdem bin ich ein bisschen froh, dass du hier bist«, beichtete er mit einem leichten Grinsen.

»Selbst harte Cowboys müssen hier und da mal verwöhnt werden«, erwiderte sie. »So hebet Euch hinweg in eines der Badezimmer im oberen Stock, mein geliebter Gatte, und duscht Euch. Ich bringe die Mahlzeit in Eure Kammer.«

»Und woher weißt du, wo mein Zimmer ist, Mrs. Barlowe?«

»Ich habe früher Mrs. Bradshaw beim Saubermachen geholfen, weißt du noch?«

»Und wie ich das weiß. Ich habe dir damals zugeschaut, wie du dich gebückt hast, um die Bettlaken an den Seiten festzustecken und die Kissen glattzustreichen. Dabei hab ich gedacht, was für einen wundervollen Hintern du doch hattest.«

Libby hob eine Augenbraue. »Hatte?«

Ihren Po mit seinen Händen umfassend, presste Jess sie eng an sich. »Hast«, korrigierte er.

»Geh duschen!«, sagte Libby bestimmt, die plötzlich an all die Cowboys dachte, die sich heute zum Abendessen im Haus versammeln würden.

»Kommst du mit?«, fragte er, bis zum Schluss hartnäckig.

»Mit Sicherheit nicht. Du bist erschöpft.« Libby riss sich von ihm los und ging in Richtung Küche.

»*So* erschöpft nun auch wieder nicht«, rief Jess ihr hinterher.

Libby reagierte nicht darauf. Doch als sie sich daranmachte, ein Tablett mit dem Abendessen für ihren Mann zusammenzustellen, lächelte sie.

Einige Minuten später betrat sie Jess' Jugendzimmer und stellte das Abendessen auf einen langen Tisch unter einer Fensterfront. Die Tür zum angrenzenden Badezimmer stand offen und wie in einem Gruselfilm drangen dichte Dampfschwaden heraus.

Gerade hörte Libby, wie die Dusche abgestellt wurde. Dann das Rascheln eines Handtuchs, das von einem Halter gezogen wurde. Sie setzte sich auf die Kante von Jess' Bett, dann schnellte sie wieder empor.

»Libby?«

Vorsichtig pirschte sie sich an die Tür, spähte hinein. Jess sah angestrengt in den beschlagenen Spiegel, um sich zu rasieren. »Dein Abendessen wird kalt.«

Nachdem er seiner Frau einen kurzen teuflischen Blick zugeworfen hatte, griff sich Jess das Handtuch, das um seine Hüfte gewickelt war, und wischte damit bedächtig den Spiegel sauber. »Ich beeile mich«, erwiderte er.

Libby fiel das Schlucken schwer. Sie war noch immer genauso sprachlos angesichts der Pracht seiner nackten, muskulösen Gestalt wie in ihrer ersten gemeinsamen Nacht, als sie sich im Schlafzimmer in Jess' Haus geliebt hatten und die fiebernden Bewegungen ihrer Körper die wütenden Naturelemente widerzuspiegeln schienen.

Jess rasierte sich fertig, wusch sich das Gesicht und drehte sich nackt und stolz zu ihr um. Sie konnte nicht wegsehen, obwohl sie es wollte. Ihre Augen verharrten wie gebannt auf seinem anschwellenden Glied.

Jess lachte. »Davon habe ich früher geträumt!«

»Wovon?«, krächzte Libby, deren Hals wie zugeschnürt war.

»Die hübsche Tochter des Vorarbeiters mit auf mein Zimmer zu nehmen und mit ihr zu machen, was ich will.«

Endlich konnte sie sich von seinem Anblick losreißen und ihm ins Gesicht schauen. »Ach ja?«

»Ja.«

»Und ich dachte, du mochtest damals Cathy.«

Er nickte. »Stimmt. Aber bereits bevor sie Stacey geheiratet hat, habe ich sie eher als Schwester angesehen.«

»Und was, bitteschön, hast du von mir gehalten?«

»Dich hielt ich für einen Teufelsbraten. Trotzdem wollte ich mit dir schlafen. Da ich mich das aber nicht getraut habe, verlegte ich mich darauf, dir das Leben zur Hölle zu machen.«

»Wie überaus charmant von dir.«

Jess kam auf sie zu, hielt sie mit diesem sengenden Blick fest, noch bevor seine Hände sie berührten. »Jungs im Teenie-Alter sind nicht charmant, Libby.«

Als er sie an sich zog, schloss Libby die Augen. »Erwachsene Männer auch nicht«, brachte sie zustande.

Ihre Bluse wurde aus ihrer Jeans gezogen, immer weiter, bis sie den feuchten Dampf auf ihrem Bauch, ihrem Rücken spürte. Mit einem Finger fuhr Jess die Konturen ihres knappen Spitzen-BHs unter der hochgeschobenen Bluse nach. Sofort reagierten ihre Brustwarzen auf seine Berührung und richteten sich auf.

»Dein Abendessen«, erinnerte sie Jess, die Empfindungen genießend, die er in ihr wachrief, zu verzaubert, als dass sie ihre Augen hätte öffnen können.

Er schob ihren BH nach unten, nur auf einer Seite, und entblößte ihre Brust, die vor Verlangen zu vibrieren schien. »Ja«, hauchte Jess scheinheilig, »mein Abendessen.«

»Nicht das, ich meinte …«

Sein Mund schloss sich über ihrer Brustspitze, saugte sanft an ihr. Mit einem zufriedenen und irgendwie triumphierenden Lachen zog Jess sich zurück, beendete diese liebevolle Tortur. Libby riss die Augen auf, als er begann, erst ihre Bluse, dann ihren BH abzustreifen. Ihre Jeans rührte er nicht an. Langsam führte er sie zum Bett, doch anstatt sie hinzulegen, streckte er sich auf dem Rücken liegend aus und zog sie so über sich, dass sie rittlings auf seinen Hüften zu sitzen kam. Er umfasste ihre Taille und holte sie noch näher an sich heran, sodass ihre vollen Brüste dicht über seinem Mund schwebten.

»Das uralte Dilemma«, flüsterte er.

Libby war benommen. »Was für ein Dilemma?«

»Welche der beiden«, überlegte er. »Wie sieht es der Natur ähnlich, zwei anzubieten, wo der Mann doch nur einen Mund hat.«

Jess ließ nicht von der Spitze ab, die sich danach zu sehnen schien, seinen Mund zu spüren. »Oh Gott, Jess«, flüsterte Libby. »Nimm sie ... Nimm sie!«

Er lachte leise, schnalzte mit einer vorlauten Zunge gegen die Brustspitze. »Ich liebe es, wenn du bettelst.«

Wut und Leidenschaft regten sich in Libby. »Ich ... bettle ... nicht!«, keuchte sie aufgebracht. Doch noch während sie sprach, fasste sie sich selbst an die Brust und strich damit, um Einlass bittend, über Jess' Mund.

»Das wirst du«, prophezeite er, schnappte die pochende Knospe vorsichtig mit den Zähnen und knabberte daran, bis sie sich in einem Zustand beinahe unerträglichen Verlangens befand.

»Nie im Leben!«

»Wir werden sehen«, antwortete er gutmütig.

Jetzt widmete er sich ausgiebig der anderen Brust. Libby musste sich auf die Unterlippe beißen, um nicht klein beizugeben und völlig besinnungslos darum zu flehen, dass er an ihr saugte, wie er es versprochen hatte. Er spielte mit ihr, setzte Zunge und Lippen ein, genoss die schaukelnde Bewegung ihres Körpers und das kaum hörbare Wimmern, das tief aus ihrer Kehle kam.

Die süße Qual wurde intensiver, und Libby hasste und liebte Jess zugleich dafür, dass er sie so weit bringen konnte. »Liebe mich ... oh, Jess ... liebe ... mich!«

Die Bitte entlockte Jess ein heiseres Stöhnen. Mit einer einzigen fließenden Bewegung wirbelte Jess Libby herum, sodass sie auf dem Bett lag. Eilig zog er ihre Kleider aus und spreizte sanft ihre Beine.

Libby schnappte nach Luft und drängte sich ihm entgegen, als Jess mit einem einzigen kräftigen Stoß in sie eindrang. Er hielt kurz inne, als er endlich diese verborgene Wärme erobert hatte, sein stählerner Körper zitterte vor Beherrschung.

Auch wenn sie wie entrückt war, sah Libby ihre Chance gekommen, das Tempo vorzugeben, die Initiative zu ergreifen. Und das tat sie auch. Sie folgte dem uralten Instinkt, schlang fordernd ihre Beine um seine Hüften und flüsterte: »Ich will dich ganz, Jess ... ganz.«

Lustvoll stöhnte er auf, ergab sich und drang tief in sie ein, um Erleichterung in der samtenen Glut ihrer Weiblichkeit zu finden. Fest umschlungen verharrten sie mehrere glanzvolle Minuten. Sie beide fürchteten, sich zu bewegen. Doch ihre Körper verlangten nach mehr und sie verfielen in einen verzweifelten schnellen Rhythmus.

Immer schneller, immer höher bewegten sie sich, stöhnten in leidenschaftlicher Ekstase, bis Libby und Jess gleichzeitig den siedenden Höhepunkt erreichten, gleichzeig laut aufschrien, als ihre beiden Seelen in einer einzigen goldenen Feuereruption aufgingen.

Nach weiteren zwei Malen lag Jess still auf ihr, sein Rücken feucht unter ihren Händen. Libbys Körper zuckte hingegen noch immer und sie wimmerte leise.

»Manche Menschen sind wirklich unersättlich«, neckte er, als die Kontraktionen ihres Körpers allmählich verebbten.

Befriedigt und völlig erfüllt streckte sie sich aus. »Mehr«, verlangte sie.

»Was habe ich dir gesagt?«, meinte Jess seufzend. »Die Lady ist unersättlich.«

»Und wie!«

Noch immer mit ihr vereint, rollte er sich auf den Rücken, sodass sie auf ihm saß. In gedämpftem Ton sprachen sie über Alltägliches. Gedankenverloren begann Libby nach einigen Minuten, mit ihren Fingerspitzen federleicht über seine Brust zu streicheln. »Ich wollte immer schon mit dem Sohn des Bosses machen, was ich will«, säuselte sie sanft und neckte ihn, wie er sie zuvor geneckt hatte.

Sie beugte sich nach vorne, kostete seine hart werdenden Brustwarzen, eine nach der anderen. Berührte sie kaum mit ihrer Zungenspitze. Jess stöhnte auf und sie spürte, wie er in ihr anschwoll, während sie ihn weiter quälte.

»Wie sieht es der Natur ähnlich«, spottete sie zärtlich, »zwei anzubieten, wo die Frau doch nur einen Mund hat.«

Jess' unerbittliche Hände umfassten ihre Hüften. In einer wilden Bewegung stieß er seine Hüften nach oben.

Libby kam sehr schnell; eher weich und warm als heftig. Danach konnte sie sich ganz darauf konzentrieren, Jess in unerschwingliche Höhen zu treiben. Sie gab ihm einen langsamen Rhythmus vor, genoss den Ausdruck in seinen Augen, das Vor und Zurück seines Kopfes auf dem Kissen, die offensichtliche Anstrengung, die es ihn kostete, regungslos unter ihr liegen zu bleiben.

Er flehte um Erlösung, doch Libby war unerbittlich, führte ihn behutsam, erfreute sich unbändig an der süßen Macht, die sie über diesen Mann hatte, für den sie so viel empfand. »Ich werde dich so lieben, wie ich es will«, sagte sie ihm. »Und so schnell, wie ich es für richtig halte.«

Er drückte den Kopf zurück in die Kissen und überließ sich ihr, schloss die Augen und stöhnte. Seine Zurückhaltung war erstaunlich, doch bald darauf löste sie sich auf und er begann, sich unter Libby zu bewegen. Erst langsam, dann immer schneller, bis er, die Hände in ihrem Haar vergraben, aufschrie. Sein Körper zuckte unkontrolliert, während sie sein Vergnügen nachdrücklich verstärkte. Sein Höhepunkt schien nicht enden zu wollen.

Als Jess nach einer Weile still dalag, die Augen geschlossen, sein Körper vor Schweiß glänzend, strich Libby ihm zärtlich eine Haarsträhne aus der Stirn und flüsterte: »Manche Menschen sind wirklich unersättlich.«

Jess lachte kurz auf und schlief ein, noch bevor Libby sich von ihm lösen konnte, um ihrerseits ins Bad zu gehen, und zu duschen.

Der Traum war unglaublich sexy. Libby erkannte die blaugraue Dämmerung vor den Schlafzimmerfenstern und Jess, der ihre Brüste vollständig umfangen hielt, ihre Brustspitzen streichelte, bis sie vor Verlangen schmerzten.

Sie stöhnte, als sie seinen harten Körper auf sich fühlte, als sie spürte, wie er in sie eindrang. Langsame, zärtliche Bewegungen füllten sie aus, verursachten unmittelbar eine Reihe bebender samtweicher Reaktionen.

»Gut«, flüsterte sie, gab sich dem Traum hin. »So gut!«

Die Stöße wurden immer heftiger, immer verlangender. »Ja«, rief der Jess ihres Traumes kehlig. »Gut!«

»Oh!« Libby stöhnte laut auf, als ein plötzlicher und durchdringender Höhepunkt sie erfasste und aus dem Schlaf riss.

Und da war Jess, über ihr, sein Gesicht nur wenige Zentimeter von ihrem entfernt. Voller Staunen und Liebe sah sie zu, wie seine Züge sich anspannten, sein herrlicher Körper immer schneller gegen sie drängte. Wild hob sie sich ihm entgegen, um ihn vollständig in sich aufzunehmen.

Libbys Hände krallten sich in Jess' strammen Hintern, als er erschauerte und tief eintauchte, und sein Glied sich kraftvoll in ihr bewegte. Sein entrücktes Stöhnen füllte Libbys Herz aus.

Kurz darauf überkam Libby eine benommene Müdigkeit, sie drehte sich auf den Bauch und überließ sich wieder ihren Träumen. Nur leicht rührte sie sich, als Jess ihr den Hintern tätschelte und das Bett verließ.

Libby war sich hinterher nicht mehr ganz sicher, ob sie diesen erfüllenden Vorfall nicht nur geträumt hatte. Als sie jedoch aus dem Bett stieg, um ein Bad zu nehmen und sich anzuziehen, wusste Libby, dass Jess sie geliebt hatte – das Gefühl dieser wohligen Sattheit, das sie genoss, war Beweis genug.

Diese Zufriedenheit hielt nicht lange an. Libby ging nach unten, um sich ein leichtes Frühstück zu gönnen. Sie fand Monica Summers in der Küche sitzend vor, die an ihrem Kaffee nippte und eine Wochenzeitung las.

Auch wenn Monica lächelte, reichte diese Fröhlichkeit nicht bis zu ihren dunkelgrauen Augen. »Hallo … Mrs. Barlowe.«

Beklommen nickte Libby, öffnete den Kühlschrank und nahm einen Apfel und einen Joghurt heraus. »Guten Morgen.«

»Die Sache mit Ihrem Vater tut mir sehr leid«, fügte Monica hinzu, aber ihr Tonfall strafte ihre Worte Lügen. »Wird er wieder gesund werden?«

Libby besorgte sich einen Löffel für ihren Joghurt und setzte sich an den Tisch. »Ja, danke, es geht ihm schon besser.«

»Bleiben Sie bei uns oder gehen Sie zurück nach Kalispell?«

Die Art, in der Monica das Wort »uns« aussprach, hatte etwas Besitzergreifendes. Fast so, als würde Libby in ein Terrain eindringen, in dem sie nichts zu suchen hatte. Sie hob das Kinn und schaute der Frau mit dem wolkenverhangenen Blick direkt in die Augen. »Ich gehe zurück nach Kalispell«, bestätigte sie.

»Wie sehr müssen Sie es hassen, Jess zu verlassen.«

Ein beunruhigender Stich fuhr in Libbys Magengrube. Kraftvoll biss sie in ihren Apfel und ersparte sich eine Antwort.

»Ich bin gerne bereit, mich um ihn zu kümmern«, sagte Monica und heizte weiter das Feuer an, das sie entfacht hatte. »Das ist eine alte Gewohnheit, wissen Sie.«

Libby unterdrückte den wenig damenhaften Drang, sie sich mit gefletschten Zähnen und fliegenden Fäusten vorzuknöpfen. »Manchmal muss man alte Gewohnheiten über Bord werfen«, meinte sie, saß still und rief sich in Erinnerung, dass sie nun eine erwachsene Frau und nicht mehr das kleine Gör des Vorarbeiters war. Außerdem war sie Jess' Frau, und sie musste sich diese subtile Art der Beschimpfung in gar keinem Fall gefallen lassen.

Monica hob eine perfekte Augenbraue. »Muss man das?«

Libby lehnte sich nach vorne. »Oh ja, das muss man«, sagte sie süßlich. »Denn wissen Sie, Miss Summers, wenn Sie sich mit meinem Ehemann einlassen sollten, werde ich nicht nur diese Gewohnheiten für Sie über Bord werfen, sondern Ihnen sicherheitshalber noch jeden einzelnen Knochen in Ihrem Körper brechen.«

Monica wurde bleich und murmelte etwas über Mädchen vom Lande.

»Ich bin kein Mädchen«, sagte Libby bestimmt. »Ich bin eine Frau, und das sollten Sie nicht vergessen.«

»Oh, das werde ich nicht«, tobte Monica, die sich schnell erholt hatte. »Aber wird Jess sich wohl daran erinnern? Das ist doch eher die Frage, nicht wahr?«

Wenn es eine Sache auf der Welt gab, worüber sich Libby absolut sicher war – zumindest im Moment –, dann war es ihr Vermögen, ihren Ehemann auf die Art zu befriedigen, auf die Monica anspielte. »Mir ist schleierhaft, wie er das je vergessen sollte«, erwiderte sie. Dann aß sie ihren Apfel und den Joghurt auf, warf die Überbleibsel in den Mülleimer und verließ den Raum.

Marion Bradshaw kehrte den restlichen eingetrockneten Schlamm von der Veranda, als Libby in der Hoffnung zu ihr trat, einen letzten Blick auf Jess erhaschen zu können, bevor sie nach Kalispell aufbrach.

Aber er war nirgends zu sehen – und eigentlich hatte Libby es auch nicht erwartet.

»Wie geht es Ken?«, erkundigte sich Marion.

Libby lächelte. »Es geht ihm recht gut.«

Auf ihren Besen gestützt, seufzte die Haushälterin. »Gott sei gepriesen. Ken Kincaid und ich kümmern uns hier um alles, und alleine wäre ich aufgeschmissen!«

Libby lachte und fragte, ob Cathy in der Nähe sei.

Aus Mrs. Bradshaws Augen sprach die pure Freude. »Sie ist dort, wo sie hingehört: oben im Bett ihres Ehemanns.«

Libby wurde rot. Sie hatte vergessen, wie viel diese scharfsinnige Frau über die Geschehnisse auf der Ranch wusste. Wusste sie etwa auch, warum Jess am Abend zuvor nicht dazu gekommen war, zu Abend zu essen?

»Es ist keine Schande, seinen Mann zu lieben«, sagte Mrs. Bradshaw zwinkernd.

Libby schluckte schwer. »Wissen Sie, ob Stacey heute Morgen mit den anderen mitgegangen ist?«

»Das ist er. Sie können also gerne Miss Cathy wecken gehen, wenn Sie möchten.«

Libby war dankbar für die Ausrede zu entkommen.

Sie brauchte nicht lang, um Staceys Zimmer zu finden, wie am gestrigen Abend schon an das von Jess, erinnerte sie sich auch daran und klopfte forsch an die Tür. Dann ging ihr auf, wie dumm das war, und sie drehte den Knauf.

Wie ein Kätzchen lag Cathy zusammengerollt in der Mitte des Bettes, das genauso zerwühlt und mitgenommen aussah wie das von Jess und Libby.

Libby berührte Cathys nackte Schulter und schüttelte sie sanft. Ihre Cousine setzte sich murmelnd auf, das Gesicht unter einer zerzausten glänzenden Haarpracht verborgen. »Libby? Was …?«

Libby lachte und gebärdete: »Ich fahre zurück in die Stadt, muss aber zuerst ein paar Sachen aus Kens Haus holen. Hast du Lust, mir Gesellschaft zu leisten?«

Cathys volle Lippen verzogen sich zu einem neckischen Lächeln, und sie schüttelte den Kopf.

»Dann läuft es gut zwischen dir und Stacey?«

Cathys Hände antworteten ihr mit skandalös offenen Worten.

»Ich bin schockiert!«, bedeutete Libby und strahlte. Dann hauchte sie ihrer Cousine einen schnellen Kuss auf die Stirn, versprach, Mrs. Bradshaw anzurufen, falls Kens Zustand sich veränderte, und verließ den Raum.

In Jess' Zimmer fand sie Papier und Bleistift. Vermutlich war es die stürmische Nacht, die sie in seinem Bett verbracht hatten, wegen der sie es wagte, zu schreiben: »Jess, ich liebe Dich. Tut mir leid, dass ich mich nicht richtig von Dir verabschieden konnte, aber ich muss zurück zu Dad. Pass auf Dich auf und komm zu mir, falls irgend möglich. Alles Liebe und viele Küsse – Libby.«

Auf dem Weg nach unten verließ Libby beinahe der Mut und sie wäre fast zurückgerannt, um die Notiz zu zerreißen. Jess direkt zu sagen, dass sie ihn liebte! Was, wenn er lachte? Was, wenn er sie verhöhnte oder – schlimmer gar – sie bemitleidete?

Libby verbot sich die Feigheit, ihre Gefühle noch länger zu verbergen. Es wurde Zeit, dass sie die Verantwortung für ihre Empfindungen übernahm!

An diesem Tag strahlte die Sonne vom Himmel und die Luft war frisch. Libby summte fröhlich auf der relativ kurzen Fahrt zum Haus ihres Vaters, parkte das Auto hinter dessen Pick-up und ging hinein, um ein paar ihrer Sachen zusammenzupacken.

Wechselkleidung und Stifte und Tinte auf dem Rücksitz der Corvette zu verstauen, erwies sich als relativ einfach. Das Zeichenbrett allerdings war eine andere Sache. Sie drehte es hin und her, aber es wollte einfach nicht passen. Schließlich trug sie es wieder ins Haus zurück. Sie würde eben vorerst mit dem Küchentisch im Haus vorliebnehmen müssen.

Gerade passierte Libby die Tür auf der Beifahrerseite von Kens Pick-up, da vernahm sie das Geräusch: ein Rascheln, das aus der Richtung der Fliederhecke am Rande des Hofs kam. Dann folgte ein tiefes bedrohliches Grollen.

Instinktiv erstarrte Libby, ihre Nackenhaare stellten sich auf. Lieber Gott, es konnte doch nicht … Nicht hier! Nicht, wenn mit Gewehren bewaffnete Männer jeden Zentimeter der Ranch absuchten.

Langsam drehte sie sich um, sie spürte ihr Herz rasen und bis in die Magengegend hinein klopfen. In etwa drei Metern Entfernung stand der Bär aufgerichtet auf seinen Hinterbeinen.

Das Tier brüllte und neigte den massiven Kopf zur Seite. Sein schäbiges stumpfes Fell schien lose auf seiner Muskulatur aufzuliegen, an seiner Seite prangte eine teilweise verkrustete Wunde, aus der noch immer Blut sickerte.

In genau diesem Moment schien sich Libby in zwei Personen aufzuspalten, in eine hysterische verängstigte Frau und in eine ruhige, selbstbeherrschte. Zum Glück übernahm die zweite das Ruder. Wie in Zeitlupe streckte sie ihre Hand nach hinten aus, fand den Türgriff und zog daran. In der Sekunde, als sich der Bär auf Libby stürzte und dabei ein markerschütterndes Brüllen ausstieß, schlüpfte sie in den Pick-up und schlug die Tür hinter sich zu.

Das wütende Biest schüttelte das ganze Fahrzeug, als es seine massige Gestalt gegen die Seite warf. Libby erlaubte sich den Luxus eines einzigen schrillen Schreis, bevor sie nach Kens CB-Funk unter dem Armaturenbrett griff.

Wieder und wieder schlug der wildgewordene Bär auf die Seite des Pick-ups ein, während Libby verzweifelt versuchte, das Funkgerät zum Laufen zu bringen. Sie wusste, dass die Cowboys mit Empfängern ausgestattet waren, um miteinander zu kommunizieren. Und die waren ihre einzige Hoffnung.

Mit zitternden Fingern schaffte es Libby schließlich, das Mikro an den Mund zu heben und den Knopf zu drücken. Im Kopf ging sie ein paar Filme durch, die sie gesehen, Bücher, die sie gelesen hatte. Mayday, dachte sie triumphierend in ihrer Angst. *Mayday!* Doch das magische Wort wollte ihr einfach nicht über die Lippen kommen.

Plötzlich donnerte eine gigantische Klaue auf die Windschutzscheibe und zerschmetterte sie in ein glitzerndes Spinnennetz aus feinen Rissen. Noch ein Hieb, nur ein einziger, und der Bär könnte sie leicht erreichen, auch wenn sie jetzt auf dem Fußboden kauerte.

Schließlich fand sie ihre Stimme wieder. »Cujo!«, schrie sie in das Funkgerät. »Cujo!« Keuchend schloss sie die Augen, versuchte verzweifelt, sich zusammenzureißen. Das ist kein Stephen-King-Film, ermahnte sie sich selbst. *Das hier ist die Wirklichkeit. Und dieser Bär dort draußen wird dich in Stücke reißen, wenn du nicht etwas unternimmst!*

»Libby!«, quäkte es plötzlich aus dem Funkgerät. »Libby, bitte kommen!«

Die Stimme gehörte Jess. »D…Der Bär!«, krächzte sie. Dabei vergaß sie nicht, beim Sprechen den Knopf des Empfängers gedrückt zu halten. »Jess, der Bär!«

»Wo bist du?«

Libby schloss die Augen, als das riesige Tier sich erneut gegen den Pick-up warf. »Vor Dads Haus – in seinem Wagen!«

»Halte durch! Bitte, Baby, halte durch! Wir sind nicht weit weg.«

»Beeil dich!«, schrie Libby. Der Bär traf erneut die Windschutzscheibe, und diesmal regnete es winzige Glasscherben auf ihren Kopf. Da ertönte eine andere Stimme über das Funkgerät. »Libby«, sprach Stacey ruhig, »kommst du an die Hupe? Kriegst du das hin?«

Libby brachte es nicht fertig, zu sprechen. Tränen rannen ihr übers Gesicht. Jeder Muskel in ihrem Körper schien ihr den Dienst zu versagen. Irgendwie schaffte sie es, ihre Hand nach oben in die Mitte des Lenkrads auszustrecken und die Hupe zu betätigen.

Wütend brüllte das Tier auf, als hätte der Klang ihm Schmerzen bereitet. Doch er hörte auf, den Pick-up zu bearbeiten und zog sich sogar ein Stückchen zurück. Libby wusste, er war nicht fort, denn sie konnte ihn in der Nähe hören, sein Tapsen, das frustrierte Brummen.

Jess' und Staceys Männer trafen am Ende der zerfurchten Landstraße aufeinander, die zu Kens Haus führte. Als der Pick-up in Sichtweite war, zügelten sie ihre Pferde.

»Er gehört mir«, flüsterte Jess. Dabei griff er nach seinem Gewehr und spannte den Hahn. Die anderen Männer und ihre nervös wiehernden Pferde nahm er zwar wahr, aber nur vage. Libby steckte in diesem Wagen fest – sein ganzes Wesen schien sich auf diese eine Tatsache zu konzentrieren.

Plötzlich erhob sich der Bär vor aller Augen, sein enormer Kopf war über das Dach des Fahrerhauses des Pick-ups hinweg sichtbar. Selbst das wiederholte Hupen wurde von dem grässlichen, widerhallenden Gebrüll des Tieres übertönt.

»Allmächtiger«, flüsterte Stacey.

»Ruhig«, sagte Jess, mehr zu sich selbst als zu den Männern um ihn herum. Er hob das Gewehr, setzte es an und zog den Abzug.

Der krachende Schuss traf den Bären mitten auf der Nase, und mit einem schrillen Schrei ging er zu Boden. Der Aufschlag seines Körpers war so stark, dass der Boden zu beben schien.

Augenblicklich sprang Jess aus dem Sattel. »Seht nach, ob er auch wirklich tot ist!«, rief er über eine Schulter nach hinten, da rannte er schon zum Pick-up. Stacey und mehrere seiner Männer erreichten den Bären, gerade als Jess die Tür auf der Fahrerseite aufriss.

Libby kletterte unter dem Lenkrad hervor, ihre Haare ein wildes, mit Glassplittern durchzogenes Gewirr, und warf sich schluchzend in seine Arme. Jess drückte sie an sich, trug sie fort von dem demolierten Auto und ins Haus hinein. Weil seine Beine plötzlich selbst nachgaben, ließ er sich auf den ersten verfügbaren Stuhl fallen und vergrub das Gesicht an Libbys Hals.

»Es ist vorbei, Liebling«, krächzte er. »Es ist vorbei.«

Libby erschauerte und weinte vor Angst.

Sobald sie sich etwas beruhigt hatte, ergriff Jess ihr Kinn und hob es leicht an. »Was zum Teufel sollte dieses ›Cujo! Cujo!‹ bedeuten, das du geschrien hast?«

Schniefend sagte Libby, in deren Augen deutlich der Kampf zurückgekehrt war: »Es gab mal ein Buch über einen verrückten Hund … Und dann gab es den Film dazu …«

Fragend hob Jess die Augenbrauen und grinste.

»Ach, ist doch egal!«, meinte Libby.

13. Kapitel

Wie angewurzelt stand Libby in der Tür von Kens Zimmer auf der Intensivstation. Mit offenem Mund starrte sie hinein. Ihr Herz raste so schnell wie vorhin, als sie dem Bären in die Falle gegangen war.

»Wo ist er?«, brachte sie dann flüsternd zustande. »Jess, wo ist mein Vater?«

Hinter ihr stehend, legte Jess seine Hände auf ihre Schultern und führte sie mit sanftem Druck zurück in den Gang und weg von dem leeren Bett. »Keine Panik«, ermahnte er sie ruhig.

Libby zitterte, schaute verzweifelt zur Schwesternstation. »Jess, was wenn …«

Seinem Gesicht war deutlich anzusehen, dass er zu einer längeren Antwort ansetzte, doch bevor es dazu kam, erschien eine attraktive rothaarige Schwester. »Mrs. Barlowe?«

Die Luft anhaltend, nickte Libby.

»Ihrem Vater geht es gut. Wir haben Mr. Kincaid auf eine andere Etage verlegt, da er nicht mehr rund um die Uhr überwacht werden muss. Wenn Sie mich zur Information begleiten, kann ich für Sie herausfinden, in welchem Zimmer er liegt.«

Libbys Atem entwich als langer Seufzer der Erleichterung. Mehrere Minuten lang in einem Pick-up zu kauern, während ein Bär versuchte, einzubrechen und sie in Stücke zu reißen, um dann ins Krankenhaus zu eilen und das Bett ihres Vaters leer vorzufinden, war mehr als genug Stress für einen Tag. »Danke«, sagte sie und sah Jess erleichtert an.

Auf der Fahrt nach unten in den zweiten Stock konnte er im Aufzug nicht von ihr ablassen, und trat erst zurück, als sich die Türen öffneten.

»Du bist unverbesserlich«, flüsterte Libby, die ihm kaum böse sein konnte.

»Meine Frau aus den Klauen des Todes zu befreien, hat eben diese Wirkung auf mich«, gab er, ebenfalls flüsternd, zurück. »Ich muss immerzu daran denken, dass ich dich womöglich nie mehr so hätte berühren können.«

Lilly unterbrach die Suche nach Zimmer zweihundertdreiundzwanzig und sah ihm forschend ins Gesicht. »Hattest du Angst?«

»Angst? Süße, ich war *in Panik*!«

»Du hast so ruhig gewirkt!«

Er hob eine Augenbraue. »Irgendjemand musste es ja sein.«

Libby dachte darüber nach, dann seufzte sie. »Ich finde, wir sollten Dad nicht erzählen, was wirklich passiert ist. Zumindest nicht jetzt.«

Jess lachte leise. »Dann sagen wir ihm die halbe Wahrheit – dass der Bär tot ist. Der Rest kann durchaus warten, bis er kräftiger ist.«

»In Ordnung«, stimmte Libby zu.

Als sie Kens neues Zimmer betraten, wartete die nächste Überraschung auf sie. Eine gutaussehende, dunkelhaarige Frau stand dort, schüttelte die Kissen des Patienten auf und machte sich an der Bettdecke zu schaffen. Sie trug eine gut geschnittene Jeans und ein Westernhemd mit wehenden schneeweißen Fransen. Ihr Lachen, kehlig und tief, sagte mehr über ihre Beziehung zu Ken Kincaid aus, als alle anderen Bemühungen zusammengenommen.

»Hallo Becky«, begrüßte Jess sie lächelnd.

Becky schien einer jener Menschen zu sein, die nicht nur mit dem Mund lachten, sondern über das ganze Gesicht strahlten. »Jess Barlowe«, rief sie, »du alter Draufgänger! Wo hast du denn gesteckt?«

Libby atmete tief ein, und auch sie musste lächeln. War das etwa die Frau, die diese interessanten Abschiedsworte auf die Tafel in der Küche geschrieben hatte? Demonstrativ wandte sie ihre Aufmerksamkeit ihrem Vater zu, der geradezu verwegen aussah, als er seine überraschte Tochter langsam angrinste und ihr zuzwinkerte.

»Wer ist denn dieses hübsche Ding?«, erkundigte sich Becky und sah Libby wohlwollend von oben bis unten an.

Nun sprach Ken auch endlich. »Das ist meine Tochter Libby. Libby, Becky Stafford.«

»Da sieh mal einer an!«, rief Becky, eindeutig erfreut. »Schön, Sie kennenzulernen!«

Die ausgelassene gutmütige Art dieser Frau gefiel Libby ausnehmend gut, und auch wenn die Überraschung durchaus noch zwickte, reagierte sie herzlich.

»Habt ihr den Bären erwischt?«, wollte Ken von Jess wissen, nachdem die allgemeine Begrüßung vorüber war.

»Ja«, erwiderte Jess nach einem kurzen Blick zu Libby.

Ken jubelte vor Freude triumphierend laut auf. »Nagel diesen elenden ... Nagel das Fell dieses Teufels an die Scheunentür für mich, in Ordnung?«

»Wird erledigt«, antwortete Jess schmunzelnd.

Wenige Minuten später verließen Jess und die energische Becky das Zimmer, um in der Cafeteria des Krankenhauses einen Kaffee zu trinken. Libby stemmte die Hände in die Hüften, fixierte ihren Vater mit einem liebevollen Blick und fragte: »Gibt es etwas, das du mir verschwiegen hast?«

Ken schmunzelte. »Vielleicht. Aber ich wette, es gibt ein paar Dinge, die du mir auch nicht gesagt hast, Spätzchen.«

»Wer genau ist Becky?«

Ken dachte kurz nach, bevor er sprach. »Sie ist eine alte Freundin von mir, Libby. Eine sehr gute alte Freundin.«

Aus irgendeinem Grund war Libby entschlossen, etwas zu finden, das sie an Becky Stafford nicht mochte – was durchaus schwierig war. »Wieso kleidet sie sich so? Ist sie eine Rodeoreiterin oder so?«

»Sie ist Kellnerin«, erwiderte Ken geduldig.

»Oh«, meinte Libby. Dann konnte sie die kleine Eifersüchtelei nicht mehr aufrechterhalten, denn Becky Stafford war nett, und Ken hatte das Recht, sie zu mögen. Er war schließlich mehr als nur ihr Vater, mehr als nur Senator Barlowes Vorarbeiter. Er war ein Mann.

Es entstand eine kurze Pause, die Ken mit einer sehr direkten Frage unterbrach. »Magst du Becky, Lib?«

Sie mögen? Die Wärme und der Humor dieser Frau hing noch immer in diesem sonst tristen Raum, wie auch der erdige schlichte Duft ihres Parfüms. »Natürlich!«, sagte Libby. »Jeder, der die Auffassungsgabe hat, Jess Barlowe einen ›alten Draufgänger‹ zu nennen, ist meiner Meinung nach in Ordnung!«

Ken schmunzelte, die Erleichterung stand ihm deutlich ins Gesicht geschrieben. Und er schien auch zu wissen, wie sehr Libby ihren Ehemann liebte. »Wie geht es Cathy?«, erkundigte er sich.

Sie dachte an die kurze morgendliche Unterhaltung mit ihrer Cousine und musste grinsen. »Soweit ich das beurteilen kann, geht es ihr gut. So schlimm das auch war – aber dein Zusammenstoß mit dem Bären scheint Cathy und Stacey endlich dazu bewogen zu haben, sich einander zu öffnen. Cathy hat sogar mit ihm gesprochen.«

Ken schien die letzte Neuigkeit nicht zu überraschen. Vielleicht hatte er die ganze Zeit gewusst, dass Cathy ihre Stimme benutzte. »Ich kann mir vorstellen, dass es nicht besonders friedlich zuging«, stellte er trocken fest.

»Nicht im Geringsten«, bestätigte Libby. »Aber sie kommunizieren und … na ja, sagen wir mal, sie sind sich wieder nähergekommen.«

»Das ist gut«, antwortete Ken, der bei den Worten seiner Tochter lächelte. »Das ist wirklich gut.«

Libby merkte, wie ihr Vater immer müder wurde. Also küsste sie ihn rasch und machte sich auf den Weg. In der Cafeteria angekommen, fand sie Becky alleine an einem Tisch sitzend vor, wie sie traurig in ihre Kaffeetasse blickte. Libby suchte das Lokal nach Jess ab, sah ihn aber nicht. Wahrscheinlich war er zu Ken zurückgekehrt und hatte Libby auf dem Weg dorthin verpasst. Beckys nachdenklichen Gesichtsausdruck bemerkend war Libby froh um ein paar Minuten alleine mit der Frau, die ihr Vater offenbar mochte und vielleicht sogar liebte.

»Darf ich mich setzen?«, fragte sie und stellte sich hinter den Stuhl, auf dem Jess vermutlich gesessen hatte.

Becky sah lächelnd auf. »Natürlich«, sagte sie, und Libby las die Überraschung auf ihrem Gesicht.

Libby setzte sich seufzend hin. »Ich hasse Krankenhäuser.« Die Erinnerung an Jonathans Krankheit schmerzte sie beinahe unerträglich.

»Ich auch«, meinte Becky, doch sie sah sie wachsam an. Und auf eine rührend offene Art auch hoffnungsvoll.

Libby schluckte hart. »Mein … Mein Vater war sehr einsam, und ich bin froh, dass Sie seine Freundin sind.«

Beckys Lächeln hätte die ganze Welt erstrahlen lassen können. »Das freut mich zu hören«, gab sie zurück. »Herrgott, dieser Mann hat mich zu Tode erschreckt, als er mit dem Bären zusammengeprallt ist.«

Libby dachte daran, dass sie selbst ganz gute Karten auf eine nähere Bekanntschaft gehabt hatte, und erschauerte. Sie hoffte, dass sie niemals wieder diese Art der betäubenden Furcht erfahren musste.

Beckys Hand tätschelte die ihre. »Aber jetzt ist alles in Ordnung, nicht wahr? Dieser haarige kleine Popel ist dank Jess tot.«

Libby lachte. In der Tat, dieser »haarige Popel« war tot und sie hatte Jess ihr Leben zu verdanken. Als sie vorhin ihre Dankbarkeit hatte ausdrücken wollen, hatte er ihre Worte beiseite gewischt und gesagt, sie sei seine Frau – Rettungsaktionen vor wilden Bären, feuerspeienden Drachen und dergleichen würden zur Abmachung gehören.

Als hätte sie ihn mit ihren Gedanken herbeigezaubert, erschien Jess, um Libby nach Hause zu bringen.

Die kommenden Tage waren glücklich, aber auch hektisch. Morgens und abends besuchte Libby ihren Vater, in der Zeit dazwischen arbeitete sie an ihrem Comic und den Panels, den einzelnen Bildern, für ihr Buch. Jess hatte ihr das Zeichenbrett von der Ranch gebracht und mitten im Wohnzimmer aufgestellt.

Er pendelte zwischen Kalispell und der Ranch; viele Aufgaben, die Ken bisher erledigt hatte, waren ihm zugefallen. Doch anstatt durch dieses verrückte Tempo erschöpft zu sein, schien es ihn anzuspornen. Außerdem berichtete er über die stürmische Versöhnung von Cathy und Stacey, was durchaus ermutigend klang. Es sah so aus, als könnten ihre Probleme mithilfe der Eheberatung, die sie besuchten, aus dem Weg geräumt werden.

Die unerschütterliche Becky Stafford entwickelte sich rasch zu Libbys Freundin. Obwohl sie so gegensätzlich waren, genossen die beiden Frauen die Gesellschaft der jeweils anderen. Libby hatte festgestellt, dass Becky sie gut herauslocken konnte, wenn sie zu sehr in ihre Arbeit vertieft war, sie aber auch rasch zurechtwies, sollte sie sie vernachlässigen.

»Du hast *was* getan?«, erkundigte sich Jess amüsiert an einem Abend im Frühsommer. Sie saßen auf dem Boden des Wohnzimmers und aßen chinesisches Essen, was sie beide liebten.

Libby lachte fröhlich und auch stolz. »Ich bin in der Bar, in der Becky arbeitet, auf dem mechanischen Bullen geritten«, wiederholte sie.

Jess warf ihr einen gespielt bösen Blick zu. »Dann hängst du dieser Tage viel in Bars herum, hm?«, fragte er und wedelte nachdrücklich mit einem Glückskeks.

Sittsam klimperte Libby mit den Wimpern. »Du brauchst dich kein bisschen zu sorgen«, antwortete sie ihm. »Becky wacht über meine Tugend.«

Jess' Blick glitt zum V-Ausschnitt von Libbys weißem Oberteil, das einen verlockenden Blick auf einen großzügigen Teil ihres Dekolletés gestattete. »Tut sie das, ja? Und wo ist sie in diesem Moment, wo besagte Tugend in unmittelbarer Gefahr ist?«

Die Vorfreude kribbelte in Libbys Magengegend und wärmte ihre Brüste, die unter dem leichten Sweater nackt waren. Jess hatte sie oft und gründlich geliebt, und dennoch konnte er dieses süße Verlangen mit bemerkenswerter Leichtigkeit entfachen. »Und in welcher Gefahr befinde ich mich genau?«

Jess schmunzelte und hakte einen Finger in dem V ihres Pullovers ein und fuhr damit hinunter an die warme Stelle zwischen ihren Brüsten. »Oh, in der skandalösesten Gefahr, Mrs. Barlowe.«

Libbys Atem ging schneller, obwohl sie sich wirklich sehr bemühte, ruhig zu bleiben. »Ihre Aufmerksamkeiten sind sehr unziemlich, Mr. Barlowe«, erwiderte sie.

Auf und ab bewegte er seinen frechen Finger zwischen den Wölbungen ihres Busens und erzeugte damit heftige Reaktionen in anderen Teilen ihres Körpers. »Absolut«, bestätigte er. »Und ich beabsichtige, mehrere unsittliche Dinge mit Ihnen anzustellen.«

Libby straffte sich, als sie dieses wundervolle Gefühl überkam, während Jess seine Finger unter den Pulli schob, sie liebkoste.

»Ich will deine Brüste sehen, Libby. Diese Brüste. Zeig sie mir.«

Diese direkte Aufforderung ließ Libby leicht erröten, doch sie wusste, sie würde sich fügen. Sie war eine starke, unabhängige Persönlichkeit. Doch jetzt, in diesem süßen, sehnsuchtsvollen Moment, war sie einfach nur Jess' Frau. Mit einer einzigen Handbewegung zog sie den Saum des V-Ausschnittes nach unten und zur Seite, sodass ihre Brust freilag.

Ohne diesen runden, mit einer rosa Spitze versehenen Schatz zu berühren, bewunderte Jess sie, belohnte sie mit einem anerkennenden Lächeln, als sich die Brustwarze, die einer süßen Zuckerkreation glich, zu einem verlockenden harten Punkt zusammenzog. Libby saß auf ihren Fersen hockend, die auf dem Couchtisch verstreuten Pappkartons vergessen. Zum einen war sie zu stolz, um um Jess' Mund zu bitten, zum anderen brauchte sie ihn gleichzeitig so sehr, dass sie sich nicht wieder bedeckte.

Jess, der das wusste, lachte heiser und beugte sich zu ihr, um ihre entblößte Brust mit seiner Zungenspitze anzutippen. Libby stöhnte und ließ den Kopf in den Nacken fallen, wodurch sich ihre Brust noch mehr anhob, ihm entgegen.

»Unsittlich«, flüsterte Jess, knabberte, zupfte mit seinen Lippen an dem ziehenden Punkt. Das Universum schien sich um sie herum aufzulösen bei seinen zärtlichen Liebkosungen. Doch sie unterdrückte die unartikulierten Bitten, die sie in Gefahr war, zu äußern. Gleichwohl entwich ihr durch die leicht geöffneten Lippen ein Keuchen. Ihr Puls beschleunigte sich, pochte laut, bis Jess endlich an ihrer Spitze saugte. Das Pochen dämpfte die Geräusche seiner Gier und der Pappkartons, die er mit einer geschmeidigen Bewegung seines Armes vom Couchtisch fegte. Die kühle Luft kämpfte mit der Hitze, die Libbys Körper ausstrahlte, als er ihr den Pulli, die weiße Hose, ihren Slip abstreifte. Sacht legte er sie auf den Tisch. Wie in Trance gestattete Libby Jess, ihre Beine weit auseinanderzuspreizen, das eine auf der einen, das andere auf der anderen Seite des niedrigen Möbelstücks. Durch das Glasdach sah sie den dunklen Himmel und eine Million silberne Sterne auf sie zukommen, die anschließend in die Unendlichkeit gesogen und zu winzigen Lichtpunkten wurden.

Jess eroberte zärtlich, schenkte liebevoll Aufmerksamkeit, streichelte Libby, küsste sie, fand sie, verlor sie. Wild bewegten sich Libbys Hüften, wanden sich, kreisten, als sie sich vollständig hingab.

Als die Lust in ihr übermächtig wurde und sie sich nach dieser Erlösung oder dem Tod sehnte, verstand Jess ihr Verlangen und machte sich daran, sie vollständig zu genießen. Seine Hände hielten ihren Po fest umschlossen, hoben sie nach oben, seine breiten Schultern machten es ihr unmöglich, ihm das zu verweigern, was er sich nehmen würde.

Dann, als der Tumult mit Libbys wollüstigem Schrei des Triumphes losbrach, sah sie die Sterne auf sich herabfallen – oder war sie aufgestiegen, um sie zu treffen?

»Aber natürlich gehst du zum Powwow!«, rief Becky, verschränkte die Arme und lehnte sich über den Teller mit Pommes, der vor ihr stand. »Du bist keine Barlowe, wenn du das verpasst!«

Libby machte sich auf dem bankähnlichen Sitz des Steakhauses kleiner. Da dieses Restaurant zur Barlowe-Kette gehörte, zog der Name die Aufmerksamkeit aller Kellner und einer Vielzahl von Gästen auf sich. »Becky«, setzte sie geduldig an. »Auch wenn Dad heute Nachmittag aus dem Krankenhaus entlassen wird, wäre er sicher nicht an so etwas interessiert. Ihn zurückzulassen, fände ich aber auch nicht richtig.«

»Ken zurücklassen?«, meinte Becky spöttisch, allerdings deutlich verhaltener. »Versuch du nur, ihn davon abzuhalten. Seit fünfzehn Jahren hat er kein Powwow verpasst.«

Libbys Erinnerungen an das letzte Powwow, an dem sie teilgenommen hatte, waren kaum ein Grund zur Nostalgie: Es war ein großes Fest mit vielen Indianerstämmen und einem ganztägigen Rodeo. Sie erinnerte sich an Staub, die heiße Sommersonne, die unendlich scheinenden Rodeoveranstaltungen, die Feiernden, die quer über den Motorhauben parkender Autos und verstreut auf den Gehwegen lagen. Sie seufzte.

»Jess wird gehen«, stichelte Becky.

Daran hegte Libby keinerlei Zweifel. In letzter Zeit war sie häufig von Jess getrennt gewesen, denn er musste die Ranch leiten, während sie in Kalispell blieb. Daher überlegte sie, ob sie nicht doch am Powwow teilnehmen sollte.

Becky erkannte, dass Libby klein beigegeben hatte, und strahlte. »Warte nur, bis du die Kriegstänze der Sioux siehst«, rief sie enthusiastisch. »Blackfoot werden auch da sein und Flathead.«

Libby tröstete sich mit dem Gedanken an die Tänze und die aufwendige Aufmachung mit Federn, Wildleder und Perlen. Wenigstens könnte sie ihren Zeichenblock mitnehmen.

»Hast du Jess erzählt, wie du den mechanischen Bullen im Golden Buckle geritten bist?«, fragte Becky.

Angesichts ihrer Erinnerungen an mehrere heiße Momente, die nun untrennbar mit dieser Erfahrung verbunden waren, versuchte Libby, würdevoll auszusehen. »Ich hab es ihm gesagt«, sagte sie schüchtern.

Ihre Freundin lachte. »Wenn das mal kein Anblick war! Ich wünschte, ich hätte ein Foto gemacht. Vielleicht solltest du an ein paar Veranstaltungen des Powwow teilnehmen.« Ihr Gesicht nahm einen erschreckend ernsten Ausdruck an. »Vielleicht beim Barrel Race? Da musst du in einer bestimmten Route um ein paar Tonnen herumreiten. Oder dem Calf Roping für Frauen …?«

»Halt, halt«, unterbrach Libby sie grinsend. »Es ist eine Sache, einen mechanischen Bullen zu reiten, und etwas ganz anderes, ein Kalb mit einem Lasso einzufangen und zusammenzubinden. Die einzige sportliche Betätigung für mich wird sein, über Betrunkene zu steigen.«

»Über wen zu steigen?«, erkundigte sich eine dritte Stimme, männlich und amüsiert.

Libby sah auf und entdeckte Stacey neben ihrem Tisch. »Was machst du denn hier?«

Lachend drehte er den teuren, mit einem silbernen Hutband versehenen Stetson in seinen Händen hin und her. »Mir gehört der Laden, schon vergessen?«

»Wo ist Cathy?«, wollte Becky wissen. Da sie Libbys Freundin war, zählte sie nun auch Cathy zu ihren Freundinnen – sie lernte sogar Gebärdensprache.

Stacey glitt auf den Sitz neben Libby. »Sie ist beim Arzt«, meinte er und wirkte trotz seines wohlerzogenen Lächelns nervös.

Libby knuffte ihren Schwager leicht mit dem Ellbogen. »Wieso bist du nicht dort und wartest auf sie?«

»Sie wollte es nicht.«

Becky stand ausgerechnet in diesem Moment auf und sagte, sie müsse zurück an die Arbeit. Einen Moment später war sie fort, aber in ihren Augen funkelte das Wissen um ein Geheimnis.

In Staceys Nähe fühlte Libby sich unbehaglich, obwohl er keine Annäherungsversuche mehr gestartet oder störende Kommentare abgelassen hatte. Sie wünschte, Becky wäre noch ein wenig geblieben. »Was ist denn los? Ist Cathy krank?«

»Sie ist nur zur Kontrolle da. Libby …«

Libby wappnete sich innerlich und rutschte etwas näher zur Wand, damit Staceys Bein nicht ihres berührte. »Ja?«, ermutigte sie ihn, als er zögerte, fortzufahren.

»Ich muss mich bei dir entschuldigen«, meinte er und sah ihr in die Augen. »Ich habe mich wie ein absoluter Trottel verhalten, und es tut mir leid.«

Da sie wusste, dass er auf die Gerüchte anspielte, die er über ihre

Freundschaft in New York verbreitet hatte, wurde Libby sauer. »Ich nehme deine Entschuldigung an, Stacey. Aber ich verstehe wirklich nicht, weshalb du so etwas überhaupt erzählt hast.«

Er seufzte schwer. »Ich liebe Cathy sehr«, begann er. »Aber wir haben unsere Probleme. Zu der Zeit stand es sehr viel schlimmer. Da fing ich an, darüber nachzudenken, wie du dich auf mich verlassen hast, auf mich gestützt hast, als du all diese Probleme in New York bewältigen musstest. Mir gefiel es, dass jemand mich auf diese Art brauchte. Vermutlich habe ich die ganze Sache zu mehr aufgebauscht, als es war.«

Vorsichtig berührte Libby seine Hand. »Cathy braucht dich, Stacey.«

»Nein«, antwortete er brummend, verlor sich im Flackern der Kerze, die auf dem Tisch stand. »Sie gestattet es sich selbst nicht, mich zu brauchen. Und nach allem, was ich ihr zugemutet habe, kann ich es ihr nicht verdenken.«

»Sie wird dir wieder vertrauen, wenn du dich als würdig erweist«, ermutigte sie ihn. »Sei einfach da für Cathy, Stace. So wie du für mich dagewesen bist, als mein ganzes Leben in Scherben lag. Ich glaube nicht, dass ich diese Zeit ohne dich durchgestanden hätte.«

Genau in diesem Moment tauchte Jess wie aus dem Nichts auf und glitt auf den Sitz, auf dem noch vor wenigen Minuten Becky gesessen hatte. »Oh, das ist aber wirklich rührend«, giftete er.

Libby starrte ihn an, erstaunt über seine Anwesenheit und den wütenden Gesichtsausdruck. Dann erst bemerkte sie, dass sie und Stacey auf derselben Seite des Tisches saßen, und erkannte, welchen intimen Eindruck das erwecken musste. »Jess …«

Er warf einen Blick auf seine Uhr, ein Muskel bewegte sich unkontrolliert in seinem Kiefer. »Wirst du deinen Vater im Krankenhaus abholen oder hast du interessantere Dinge zu tun?«

Stacey, der genauso erstaunt wie Libby über die Ankunft seines Bruders war, reagierte plötzlich mit lautstarkem Ärger. Die Kerze hüpfte etwas, als er mit der Faust auf den Tisch schlug. »Verdammt noch mal, Jess, du verstehst das absichtlich falsch!«

»Tu ich das?«

»Ja!«, bestätigte Libby, den Tränen nahe. »Becky und ich haben zu Mittag gegessen, als Stacey hereinkam und …«

»Hör auf damit, Libby«, unterbrach Stacey sie. »Du hast nichts Falsches getan. Jess ist derjenige, der sich danebenbenimmt.«

Der lange Muskel in Jess' Hals stand plötzlich hervor, als er die Lippen so fest zusammenpresste, dass sie weiß wurden. Doch seine Stimme klang noch immer leise, kontrolliert. »Ich kam her, Libby, weil ich bei dir sein wollte, wenn du Ken nach Hause bringst.« Seine grünen Augen, die gestern Nacht noch vor Leidenschaft dunkel gewesen waren, sahen sie heute mit eiskalter Gleichgültigkeit an. »Werden wir ihn jetzt abholen oder möchtest du lieber hierbleiben und weitermachen?«

Libby zitterte. »Weitermachen? *Weitermachen?*«

Stacey stöhnte auf, wahrscheinlich erwog er den Skandal, den eine Szene ausgerechnet in diesem Restaurant verursachen würde. »Könnten wir das woanders regeln?«

»Aber gerne doch!«, erwiderte Jess.

Mit versteinerter Miene stand Stacey auf und ließ die erschütterte Libby aus der Nische. »Ich werde auf der Ranch sein.«

»Ich auch«, gab Jess zurück, erhob sich und fasste Libby am Arm. »Wir sehen uns dort.«

»Darauf kannst du wetten.«

Jess nickte und führte Libby ruhig aus dem Restaurant hinaus ins helle Sonnenlicht. Draußen stand ihre glänzende Corvette. Wahrscheinlich hatte er ihr Auto vom Highway aus gesehen und gewusst, dass sie im Steakhaus war.

Nun zerrte er sie, ihre Proteste völlig ignorierend, an ihrem Auto vorbei und half ihr beim Einsteigen in den Land Rover, der danebenstand.

»Verdammt noch mal, Jess, wirst du wohl endlich *zuhören*?«

Jess ließ den Motor an und legte mit einer flotten Handbewegung den Rückwärtsgang ein. »Ich fürchte, die Märchenstunde wird warten müssen«, informierte er sie. »Wir müssen Ken abholen, und ich möchte ihn nicht beunruhigen.«

»Und ich will das, oder was?«

Jess blickte bedrohlich in ihre Richtung, sagte aber nichts.

Libby spürte den Drang, ihn zu berühren. Auch wenn er sicherlich keine Beteuerungen verdiente, so wie er sich verhielt. »Jess, wie kannst du … nach letzter Nacht …«

»Letzte Nacht!«, schäumte er. »Richtig! Sag mal, Libby, zeigst du diesen Trick jedem oder nur einigen wenigen Auserwählten?«

Es kostete sie alle Mühe, ihn nicht körperlich anzugreifen. »Bring mich zurück zu meinem Auto, Jess«, sagte sie ruhig. »Sofort. Ich hole Dad alleine ab und wir gehen zu ihm nach Hause …«

»Ich korrigiere, Mrs. Barlowe. *Er* geht nach Hause. Du, meine Liebe, wirst mit zu mir gehen.«

»Das werde ich nicht!«

»Oh, aber sicher doch. Auch wenn du dich offensichtlich zu meinem Bruder hingezogen fühlst, bist du immer noch meine Frau.«

»Ich fühle mich nicht zu deinem Bruder hingezogen!«

Inzwischen hatten sie den Parkplatz des Krankenhauses erreicht, und Jess hielt den Land Rover ruckartig an. Jess lächelte unverschämt und tätschelte Libbys Wange auf eine so herablassende Art, dass sie hätte schreien können. »Das ist die richtige Einstellung, Mrs. Barlowe. Und jetzt gehen wir da rein und du spielst deinem Vater die sittsame, treue Frau vor.«

Ins Krankenhaus zu gehen und vorzugeben, es sei nichts gewesen, gehörte zu den schwierigsten Dingen, die Libby je tun musste.

Die Vorbereitungen für Kens Rückkehr liefen offenbar schon seit geraumer Zeit. Als Libby ihre Corvette hinter Jess' Land Rover parkte, sah sie, dass der Rasen vor dem Haus gemäht und der Pick-up repariert worden war.

Ken, der noch immer nichts von dem Zusammenstoß seiner Tochter mit seinem Pick-up und dem Bären ahnte, hielt inne, nachdem er aus dem Land Rover gestiegen war. Die Schlinge um seinen Arm war alles, was an seinen Unfall erinnerte. Zweifelnd sah er sein Fahrzeug an. »Sieht anders aus«, überlegte er.

Jess beherrschte die Lage und meinte ruhig: »Die Jungs haben ihn gewaschen und gewachst.«

Um es milde auszudrücken, dachte Libby. Sosehr sie sich auch bemühte, nie würde sie vergessen können, wie der Pick-up ausgesehen hatte, bevor die Werkstatt in Kalispell ihn repariert und neu lackiert hatte. Gerade wollte sie ihrem Vater sagen, was vorgefallen war, als Jess sie mit einem Blick und einem unmerklichen Kopfschütteln davon abhielt.

Das Innere des Hauses war von Mrs. Bradshaw und ihren fleißigen Helferlein sauber gemacht worden; jede einzelne Diele und jedes Möbelstück war entweder abgestaubt oder poliert worden. Oder sogar beides. Der Kühlschrank war befüllt worden und ein Stapel Taschenbücher – alles Western, die Ken so gerne las, – lag bereit.

Als ob all das nicht genug wäre, um Libbys Dienste überflüssig zu machen, stellte sich heraus, dass auch Becky anwesend war. Sie hatte Banner und Dutzende farbenfroher Luftballone an Kens Schlafzimmerdecke gehängt, was ihrem Vater offenbar sehr gefiel. Libbys letzte Hoffnung, eine Entschuldigung vorbringen zu können, um – erstmal – über Nacht hierbleiben zu können, löste sich in Luft auf. Becky hingegen erfreute sich an der gelungenen Überraschung.

»Ich dachte, du musst arbeiten?«, warf Libby ihr vor.

»Ich habe gelogen«, erwiderte sie unbeeindruckt. »Nachdem ich dich und Stacey im Steakhaus zurückgelassen habe, ließ ich mich von einem Bekannten herfahren.«

Libby warf einen Blick in Jess' Richtung und sah mit süßem Triumph, dass Beckys Worte gesessen hatten. Nach einem Moment des Bedauerns verhärtete sich sein Ausdruck wieder und er schaute weg.

Becky half Ken, sich in seinem Zimmer einzurichten, und verwöhnte ihn nach Strich und Faden. Unterdessen beugte sich Libby ein wenig zu ihrem Ehemann. »Du hast sie gehört«, flüsterte sie kurz angebunden. »Wo bleibt meine Entschuldigung?«

»Entschuldigung?«, wisperte Jess zurück. Nichts in seinen Gesichtszügen deutete darauf hin, dass er überhaupt Reue empfand. »Warum sollte ich mich entschuldigen?«

»Weil ich die Wahrheit gesagt habe! Becky hat gesagt …«

»Dass sie dich und Stacey im Steakhaus zurückgelassen hat. Es muss eine große Erleichterung für euch gewesen sein, als sie endlich ging.«

Die brutale Bedeutung seiner unfairen Worte ließ sie unbesonnen reagieren. Sie hob die Hand und verpasste ihm eine Ohrfeige.

Stur, wie er war, zeigte er keinerlei Reaktion, bis auf einen herrischen Blick, den sie gerne erwiderte.

»Hey, möchtet ihr …?« Beckys Frage driftete ins Nichts, als sie die hitzige Atmosphäre im Wohnzimmer bemerkte. Sie schluckte und begann erneut. »Ich wollte euch eigentlich fragen, ob ihr zum Abendessen bleibt. Aber vielleicht ist das keine so gute Idee.«

»Das kannst du laut sagen«, gab Jess mit rauer Stimme zurück und fasste Libby am Arm. Aus diesem Griff konnte sie sich nicht befreien, ohne eine noch peinlichere Szene zu provozieren. »Bitte entschuldige uns bei Ken, ja?«

Kurz zögerte Becky und warf Libby einen besorgten Blick zu, doch dann nickte sie.

»Du überheblicher Bastard!«, schimpfte Libby, als ihr Ehemann sie unbeirrt aus dem Haus zu seinem Land Rover bugsierte.

Jess öffnete ihr die Tür, half ihr beim Einsteigen und begegnete ruhig ihrem feurigen Blick. Keiner von beiden sagte ein Wort, doch die Nachrichten, die zwischen ihnen hin und her funkten, sprachen eine deutliche Sprache.

Jess schien noch immer zu glauben, dass Libby entweder eine Liaison mit Stacey plante oder fortsetzte, und Libby war zu stolz und zu wütend, um ihn vom Gegenteil zu überzeugen. Allerdings war sie auch nicht so dumm, um aus seinem Auto zu steigen und zu ihrem zu rennen. Jess würde sie nie verletzen, das wusste sie. Er würde ihr aber auch keinen dramatischen Abgang gewähren. Außerdem konnte sie keinen lautstarken Streit in der Auffahrt vor dem Haus ihres Vaters riskieren.

Sie hasste diese Hilflosigkeit so sehr, dass sie in Tränen ausbrach.

Jess ignorierte es vollkommen. Aber auch er schien an Ken zu denken. Deshalb ließ er den Motor des Wagens nicht aufheulen und setzte auch nicht so schnell zurück, dass der Kies in alle Richtungen davonspritzte, was er zu einem anderen Zeitpunkt vermutlich getan hätte.

Auch als sie an dem Haus mit der Fensterfront vorbei- und auf einen steilen Weg fuhren, der in die dahinterliegenden Gebirgsausläufer führte, hatte Libby keine Angst. Denn trotz seines Ärgers war dieser Mann so ein zärtlicher Liebhaber, dass er sie nie im Zorn angreifen würde.

»Wo fahren wir hin?«, wollte sie wissen.

Er legte einen niedrigen Gang ein und verließ die Straße, die eigentlich kaum mehr als ein schmaler Pfad war, und bog querfeldein in die zerklüftete Landschaft. »In die Flitterwochen, Mrs. Barlowe.«

Libby schluckte, aus der Fassung gebracht von seiner stummen Verärgerung und dem ruckelnden Aufstieg des Land Rovers. »Wenn

du mich im Zorn nimmst, Jess Barlowe, werde ich dir das nie verge-
ben. Niemals! Das käme einer Vergewaltigung gleich!«

Das Wort »Vergewaltigung« drang durch Jess' Panzer und traf ihn
sichtlich. Er wurde bleich, hielt das Auto ruckartig schlitternd an und
zog die Handbremse. »Verdammt noch mal, du *weißt*, dass ich so etwas nie tun würde!«

»Tu ich das?« Es schien Libby, als stünden sie beinahe senkrecht am
Berg. Merkte er das denn nicht? »Du verhältst dich schon den ganzen
Nachmittag wie ein Irrer!«

Mit verzerrten Gesichtszügen hob Jess die Fäuste und ließ sie hart
auf das Lenkrad niederfahren. »Zur Hölle damit!«, brüllte er. »Du
treibst mich in den Wahnsinn! Wieso zum Teufel liebe ich dich so sehr,
wenn du mich derart *in den Wahnsinn treibst*?«

Libby starrte ihn an, konnte kaum glauben, was sie eben gehört
hatte. Nicht in den leidenschaftlichsten Momenten der Lust hatte er
gesagt, dass er sie liebte. Und wenn er die Notiz gefunden hatte, die
sie ihm an dem Tag hinterlassen hatte, als der Bär getötet wurde, die
Notiz, die ihre Gefühle preisgab, so hatte er es nie erwähnt.

»Was hast du gesagt?«

Seufzend legte Jess den Kopf in den Nacken und schloss die Augen.
»Dass du mich in den Wahnsinn treibst.«

»Davor.«

»Ich sagte, dass ich dich liebe«, wiederholte er, als wäre überhaupt
nichts Außergewöhnliches daran.

»Tust du das denn?«

»Zur Hölle, ja!« Die Muskeln seines sonnengebräunten Halses
spannten sich an, als er schluckte, den Kopf hatte er noch nach hinten
gebeugt, die Augen noch immer geschlossen. »Ist das nicht ein Witz?«

Die Worte rissen Libby beinahe das Herz raus. »Ein Witz?«

»Ja.« Rau und tief empfunden, klang dieses Wort wie ein Schluchzen.

»Du Idiot!«, schrie Libby, öffnete mühsam die Tür des Land Rovers und stapfte den steilen Berghang hinauf. Sie zitterte und ihr liefen Tränen über das Gesicht – doch zum ersten Mal war ihr egal, ob
das jemand sah.

An der Bergkuppe angekommen, setzte sie sich auf einen riesigen
umgestürzten Baumstamm. Ihre Sicht war zu verschwommen, um die

atemberaubende Aussicht auf Berge, die Prärie und einen endlos weiten Himmel in sich aufzunehmen.

Sie spürte, dass Jess auf sie zukam. Versuchte, ihn zu ignorieren.

»Wieso bin ich ein Idiot, Libby?«

Obwohl der Tag warm war, erschauerte sie. »Weil du zu dumm bist, um zu erkennen, wenn eine Frau dich liebt. Darum!«, platzte sie schluchzend heraus. »Verdammt noch mal, du hast mich auf jede erdenkliche Weise geliebt – und du hast immer noch keine Ahnung!«

Jess setzte sich rittlings auf den Stamm, zog Libby in die Arme und hielt sie fest. Dann lachte er plötzlich. Und es kam einem Freudenschrei gleich.

14. Kapitel

Das Powwow der Sioux, Flathead und Blackfoot war ein denkwürdiges Spektakel. Jedes Jahr in derselben kleinen, aber ansonsten wenig bemerkenswerten Stadt abgehalten, war das Treffen dieser drei Stämme eine Tradition, die zurückreichte in die Zeit der Nebel und Schatten, in die Zeit, die in keinem Kalender stand.

Nun, an einem heißen Julimorgen, herrschte auf der ehemaligen Viehweide und den baufälligen Tribünen reges Treiben. Es juckte Libby in den Fingern, endlich ihr Skizzenbuch und die Stifte einzusetzen, die sie bei sich trug.

Den Hals reckend, um einen Blick auf die authentischen Tipis und ihre farbenfroh gekleideten Bewohner zu erhaschen, schaffte sie es kaum, lange genug stillzustehen, damit die rundliche Frau am Einlass ihr einen Stempel auf das Handgelenk drücken konnte.

Es herrschte reges Treiben und die verschiedensten Geräusche wehten zu ihr herüber – Lachen, das Klimpern des Kleingeldes in der Kasse, Gesprächsfetzen an Handys, das Wiehern der Pferde, die an dem Rodeo teilnehmen würden. Untermalt wurde das Ganze von dem steten Schlag der Tomtomtrommeln und kehligen Gesängen.

»Viel Spaß, Schätzchen.« Die Stimme der Frau an der Kasse holte Libby ins Hier und Jetzt zurück, und da erst bemerkte sie, dass sie die Schlange aufhielt. Kritisch beäugte sie den Hut der Frau – er bestand aus Blechen, die sie aus verschiedenen Bierdosen ausgeschnitten und miteinander verwoben hatte –, dann eilte sie durch das Tor.

Belustigt betrachtete Jess den völlig entrückten Ausdruck auf ihrem Gesicht. Es gab so viel zu sehen, dass man nicht wusste, wohin man zuerst schauen sollte.

»Ich glaube, da kriegt bald jemand einen Kreativitätsanfall«, sagte er.

Doch Libby zog es bereits zu den Tipis, im Kopf ging sie Lichteinfallswinkel und Schattierungstechniken durch. In ihrem Herzen keimte ein Traum, der mit jedem Schlag der Tomtoms wuchs. »Ich möchte sehen, Jess«, antwortete sie abgelenkt. »Ich muss *sehen*.«

Aus Jess' Lachen klang Liebe durch, keine Verachtung. »Schon gut, schon gut. Aber lass mich dir wenigstens einen Hut besorgen. Die Sonne brennt zu sehr, als dass du ohne Kopfbedeckung rumlaufen solltest.«

»Ja, ja. Besorg mir einen Hut«, plapperte Libby, die eine Gruppe kleiner Kinder entdeckt hatte, die beisammensaßen und ihre Väter, Onkel und älteren Brüder dabei beobachteten, wie sie uralte Riten durchführten, mit denen sie um Regen, Erfolg bei Kampfhandlungen oder der Jagd baten.

Fasziniert von ihrer kupferfarbenen Haut, den mitternachtsblauen Haaren, dem ernsten unerschütterlichen Ausdruck in ihren Augen, klappte Libby ihren Malblock auf und begann damit, das Bild eines bestimmten kleinen Jungen grob einzuzeichnen.

Ihr Bleistift flog nur so dahin. Ebenso wie ihre Gedanken. Sie dachte an Ölfarben – lebhafte Farbtöne, die dem Teint des Jungen und dem Kopfschmuck aus Pfauenfedern gerecht wurden.

»Hallo«, sagte sie, als er mit dunklen Augen mürrisch fragend zu ihr herübersah. »Ich heiße Libby, wie heißt du?«

»Jimmy«, erwiderte der kleine Junge. Doch dann musste ihm die Erhabenheit seiner Abstammung wieder eingefallen sein, denn er straffte die Schultern und korrigierte: »Jim Little Eagle.«

Hastig notierte Libby den Namen in der Ecke seiner Skizze. »Ich wünschte, ich hätte so einen klangvollen Namen.«

»Du musst wohl mit ›Barlowe‹ vorlieb nehmen«, wandte eine wohlbekannte Stimme hinter ihr ein und ein leichter Hut landete auf ihrem Kopf.

Libby sah in Jess' Gesicht auf und lächelte. »Damit komme ich klar«, gab sie zurück.

Jess ging in die Hocke, begutachtete den gerade beendeten Entwurf voller Bewunderung. »Wow«, meinte er.

Libby lachte. »Ich liebe es, wenn du so tiefgründig bist«, neckte sie ihn. Dann nahm sie den Hut vom Kopf und inspizierte ihn eingehend. Es war ein klassischer Westernhut aus Stroh, an dem ein Gewirr türkisfarbener Federn und Kristallperlen hing.

Jess nahm ihr den Hut ab und setzte ihn ihr nachdrücklich auf, die Federn arrangierte er so, dass sie ihre rechte Schulter berührten und die nackte, sonnengebräunte Haut angenehm kitzelten. »Hast du diese Bluse angezogen, um mich wahnsinnig zu machen, oder versuchst du, einen Weltrekord für blasenschlagende Sonnenbrände aufzustellen?«, erkundigte er sich unromantisch.

Libby sah an ihrem kurzen weißen Top mit Lochstickerei herab und fragte sich, ob ein Westernhemd, wie Cathy und Becky eins angezogen hatten, nicht besser gewesen wäre. Ihr Oberteil war schulterfrei und ärmellos; eine ganze Reihe Rüschen fielen wie ein Wasserfall von einem Gummiband herab, das über ihrer Brust und unter ihrem Schlüsselbein saß. Da sie nicht einmal an die Qualen eines Sonnenbrandes hatte denken wollen, hatte sie großzügig Sonnencreme auf ihren Schultern verteilt. Allerdings wollte sie Jess nicht den Triumph überlassen, also kräuselte sie die Nase und meinte: »Natürlich wollte ich dich damit wahnsinnig machen.«

Jess würde es nicht darauf beruhen lassen, das las sie aus seinem Gesicht. »Auf der Wiese dort hinten gibt es T-Shirts – kauf dir eins.«

»Jetzt?«, beklagte sich Libby, die das prächtige nachgebaute Indianerdorf nicht einmal für wenige Minuten verlassen wollte.

Ein kurzer Blick auf seine Uhr, dann sagte Jess kategorisch: »Innerhalb der nächsten halben Stunde. Ich will Ken und die anderen auf den Tribünen suchen, Rembrandt. Bis später also.«

Libby musste blinzeln, als er sich erhob und die Sonne sie blendete. Groß und außergewöhnlich sah er aus, selbst in gewöhnlichen Jeans und einem abgewetzten Cowboy-Shirt. »Kein Kuss?«

Jess ging noch einmal in die Hocke, küsste sie. »Vergiss nicht, eine halbe Stunde.«

»Eine halbe Stunde«, versprach Libby, klappte eine neue Seite auf und betrachtete nachdenklich ein kleines Mädchen mit kohlrabenschwarzen Zöpfen und einem mit Fransen besetzten Hemdkleid aus Wildleder. Sie nahm einen neuen Bleistift aus dem Etui in ihrer Handtasche und begann erneut zu zeichnen. Ihre Hand flog nur so über das Papier, um mit dem Tempo mitzuhalten, das ihr pochendes Herz vorgab.

Als die Skizze fertig war, dachte Libby über ihre Pläne nach und daran, wie das Konsortium, das ihren Cartoon vermarktete, reagieren würde. Ohne Zweifel würden sie sehr aufgebracht sein.

»Porträts!«, würde ihr Agent schreien. »Libby, Libby, mit Porträts kann man kein Geld machen!«

Seufzend biss sich Libby auf die Unterlippe. Das Geld spielte eigentlich keine Rolle. Sie hatte jetzt schon mehr als genug. Nicht nur, weil sie einen wohlhabenden Mann geheiratet hatte, sondern auch, weil ihre Karriere sehr erfolgreich verlaufen war.

Sie war es leid, Cartoons zu zeichnen, sehnte sich danach, andere Medien zu erkunden – vor allem Öl. Sie wollte Farben, Tiefe, Nuancen! Sie wollte und musste wachsen.

»Wo zum Henker ist das T-Shirt, das du kaufen solltest?«

Libby kam wieder zu sich, doch ihr Traum leuchtete noch immer in ihrem Gesicht, als sie Jess in die Augen sah. »Wahrscheinlich auf der Wiese, könnte ich mir vorstellen«, antwortete sie.

Die Züge um seinen Mund wirkten sehr streng, doch seine Augen verrieten seine Fröhlichkeit, das konnte auch die Krempe seines mitgenommenen Westernhutes nicht verbergen. »Ich weiß wirklich nicht, wieso ich dich überhaupt aus den Augen lasse«, zog er sie auf. Und dann streckte er ihr seine Hand hin. »Komm schon, Prinzessin. Gehen wir dich mal ordentlich anziehen.«

Libby ließ zu, durch die Menge zu einem der Verkaufsstände gezogen zu werden. Hier gab es überall so aufregende Angebote wie Aschenbecher mit den Umrissen des Staates Montana und knallbunte Halstücher, die dem Powwow selbst gedachten.

»Dein Geheimnis ist gelüftet!«, raunte sie Jess aus dem Mundwinkel zu und deutete mit dem Kopf auf die Auslage mit Hüten, die ihrem glichen. Die Farben der Federn- und Perlenaccessoires reichten von hellgelb bis zu einem dunklen Lila. »Dieser Hut ist kein Designer-Einzelstück!«

Jess machte ein überaus entsetztes Gesicht, musste dann aber lachen. Schließlich durchsuchte er einen Stapel bunter T-Shirts. »Welche Größe trägst du?«

Libby stellte sich auf die Zehenspitzen und blies ihm sanft gegen das Ohr, erfreut, dass dieser Körperteil daraufhin sichtbar rot wurde. »Etwa die Größe deines Handtellers, Cowboy.«

»Himmel«, entfuhr es ihm, und die Röte breitete sich aus und stach deutlich unter seiner Bräune hervor. »Wenn du nicht willst, dass ich dich augenblicklich irgendwohin zerre und über dich herfalle, dann solltest du keine Kommentare mehr in dieser Richtung abgeben.«

Plötzlich war Libby genauso pink wie das T-Shirt, das er ihr hinhielt. Wenn er so etwas sagte, war es meist keine leere Drohung. Seit sie vor einigen Wochen auf der Bergkuppe hinter seinem Haus zu einer Einigung gekommen waren, hatten sie sich an vielen unkonventionellen Orten geliebt. Es würde ihm ähnlich sehen, sie in einen der kleinen Wohnwagen zu zerren, die einige der Cowboys der *Circle Bar B Ranch* dabeihatten, und Ernst zu machen.

Scheinbar war das pinkfarbene Shirt als passend erachtet worden, denn Jess kaufte es. Dann griff er nach Libbys Hand und zog sie quer über den mit Sägespänen ausgelegten Festplatz. Von den Tribünen dröhnten die ohrenbetäubenden Schreie und das Stiefelstampfen von über eintausend aufgeregten Rodeofans herüber.

Bei den Toiletten angekommen, die in einem eigenen Gebäude untergebracht waren, stöhnte Jess verzweifelt auf. Es mussten an die hundert Frauen sein, die darauf warteten, an die Reihe zu kommen. Und er hatte offensichtlich nicht vor, in der Sonne herumstehen, nur damit Libby das knappe Top durch ein T-Shirt austauschen konnte.

Bevor sie vorschlagen konnte, sich alleine anzustellen, damit Jess zurück zum Rodeo gehen konnte, zog er sie so eilig zu der Gruppe der *Circle-Bar-B-Ranch*-Wohnwagen, dass sie Mühe hatte, hinterherzukommen.

Rasch drängte er sie in den kleinsten Wohnwagen, in dem ein heilloses Durcheinander aus Stiefeln, Bierdosen und dreckigen Kleidern herrschte, und sagte bestimmt: »Zieh das T-Shirt an.«

Libbys Gesicht war so rot, dass sie sicher war, er konnte es trotz der Dunkelheit erkennen. »Das ist doch Jake Petersons Wohnwagen, oder? Was, wenn er zurückkommt?«

»Das wird er nicht – er nimmt am Bullenreiten teil. Zieh dich um, okay?«

Sie wusste nur zu genau, was passieren würde, wenn sie dieses Oberteil herunterzog. »Jess …«

Er schloss die Tür hinter sich und legte einen wenig vertrauenserweckenden Riegel um. Dann streckte er die Hand aus, nahm ihr den Hut, den Zeichenblock und ihre Handtasche ab, legte alles auf den unordentlichen Tisch und wartete.

In der Ferne tönte der Rodeoansager über die Lautsprecher: »Dieser Cowboy hier reitet Bullen schon länger, als er sich die Schuhe zubinden kann.«

Ein donnernder Ruf der Zuschauer war zu hören, als der Cowboy und sein Bulle aus der Box gelassen wurden. Doch in diesem winzigen Trailer, in dem sich Libby und Jess gegenüberstanden und anstarrten, klang all das seltsam gedämpft.

Endlich, mit einer geschmeidigen Bewegung ihrer Hände, zog sich Libby das Top über den Kopf. Still stand sie vor ihrem Ehemann, die Brüste straff und stolz nach vorne gereckt und herrlich nackt. »Bist du zufrieden?«, fragte sie schnippisch.

»Nicht ganz«, gab er zurück.

Er stellte sich ganz dicht vor sie, legte zart die Hände auf ihren Oberkörper. »Du hattest recht«, flüsterte er in ihr Haar. »Du passt genau in meine Hände.«

»Oh«, hauchte Libby in süßer Verzweiflung.

Jess' Hände setzten ihr Werk fort, betäubten sie. In diesem Trailer war es so kühl, so intim, so dunkel.

Erst spürte Libby den Druckknopf ihrer Jeans nachgeben, dann den Reißverschluss. Ein fiebriges Zittern erfasste sie, als der Stoff nach unten glitt. Zu protestieren überstieg ihre Kräfte, sie war verzaubert.

Jess legte sie auf das enge Bett und war Sekunden später bei ihr. Auf ihr liegend, nahm er sie mit einem einzigen fließenden Stoß.

Gemeinsam erreichten sie den Höhepunkt, erklommen nach einer Reise durch ein funkelndes Minenfeld voller körperlicher und seelischer Lustgefühle derart schwindelerregende Höhen, dass das Jubeln der Menge auf den Tribünen ihnen nur natürlich erschien.

Hektisch schloss Libby ihre Jeans und zog das T-Shirt über, das diese Situation erst hervorgerufen hatte. Sie sammelte ihre Sachen ein, setzte den Hut auf und funkelte Jess an, der ihr amüsiert zusah. Er kleidete sich seelenruhig an, als wäre das kein Hausfriedensbruch, den sie da begangen hatten.

»Wenn Jake Peterson das jemals herausfindet, dann sterbe ich«, prophezeite Libby, besorgte, ungeduldige Blicke in Richtung Tür werfend.

Jess zog erst einen, dann den anderen Stiefel an und fuhr sich mit der Hand durch das zerzauste Haar. Seine Augen strahlten förmlich vor Schalk und der nachklingenden Ekstase. Er stand auf, zog Libby in seine Arme und küsste sie. »Ich liebe dich«, sagt er. »Und bei mir ist Ihr schändliches Geheimnis gut aufgehoben, Mrs. Barlowe.«

Libbys angeborene Gutmütigkeit überwand ihre Wut. »Sicher doch«, gab sie scharf zurück. »Aber das hat noch jeder Mann gesagt, mit dem ich ein kurzes Stelldichein in einem Wohnwagen gehabt habe.«

Jess lachte, küsste sie erneut und ließ sie dann los. »Geh wieder zeichnen, du kleiner Teufelsbraten. Ich komm später zu dir.«

»Genau davor hab ich ja Angst«, warf sie ihm über eine Schulter zu, während sie aus dem Wohnwagen in die strahlende Julisonne trat. Kaum hatten sich ihre Augen an die Lichtverhältnisse gewöhnt, zeichnete sie auch schon wieder.

Wie die Zeit verrann, bemerkte Libby fast nicht, so sehr konzentrierte sie sich darauf, die für sie so faszinierenden Szenen einzufangen: mit farbenfrohen Federn geschmückte Männer, die Kriegs- und Regentänze aufführten; Frauen in abgetragenen Hemdkleidern aus Wildleder, die zeigten, wie man Mais mahlte oder Perlengürtel und Mokassins herstellte; Kinder, die Spiele spielten, die beinahe so alt wie die fernen Berge und der weite Himmel waren.

Von den Nachwirkungen ihres Liebesspiels und dem Fest der Farben und der Klänge, die sie nun umgaben, schwirrten Libby die Sinne. Fast schon erleichtert sah sie Cathy auf sich zukommen, die ihr in Gebärdensprache bedeutete, dass es Zeit sei, zu gehen.

Als sie zurückgingen, um die anderen in der dichten Menge zu treffen, beobachtete Libby ihre Cousine aus dem Augenwinkel. Cathy und Stacey lebten wieder zusammen, doch an Cathy war eine Schwermut, die Libby beunruhigte.

Jetzt mit ihr zu sprechen, war unmöglich – es gab zu viele Ablenkungen. Aber Libby nahm sich vor, Cathy später abzupassen und herauszufinden, was los war. Vielleicht auf der Geburtstagsparty, die am Abend auf der Ranch für Senator Barlowe gegeben wurde.

Als die Gruppe Pläne schmiedete, in einem beliebten Café früh zu Abend zu essen, wuchs Libbys ungutes Gefühl wegen Cathy. Was an ihr hatte sich verändert? Außer ihrer offensichtlich niedergeschlagenen Stimmung?

Noch bevor Libby diese komplexe Frage näher beleuchten konnte, brachen Ken und Becky zu ihrem Pick-up und Stacey und Cathy zu ihrem Auto auf. Nur Libby starrte Löcher in die Luft, bis Jess sie sanft an der Hand zog. Nachdenklich stieg sie in den Land Rover und legte ihr Skizzenbuch und die Handtasche auf den Sitz.

»Noch ein Anfall von Kreativität?«, erkundigte Jess sich ruhig, der vorsichtig durch den Wirrwarr anderer Fahrzeuge, torkelnder Cowboys und belagerter Hilfssheriffs fuhr.

»Ich habe über Cathy nachgedacht«, erwiderte Libby. »Ist dir eine Veränderung an ihr aufgefallen?«

Er überlegte kurz, schüttelte dann aber den Kopf. »Nein, eigentlich nicht.«

»Sie redet nicht mehr mit mir, Jess.«

»Habt ihr euch gestritten?«

Libby seufzte. »Nein. Ich war in letzter Zeit so beschäftigt damit, das Buch fertigzustellen, dass ich kaum Zeit mit ihr verbracht habe. Ich muss leider zugeben, dass ich diese Veränderung erst heute bemerkt habe.«

Jess sah sie zärtlich an. »Mach dir deshalb keine Vorwürfe, Libby. Du bist nicht verantwortlich für Cathys Glück oder Unglück.«

Überrascht starrte sie ihn an. »Und das aus deinem Munde! Das ist schon komisch.«

Gerade bogen sie auf den Highway ein, der schmal und genauso durch die Autos überlastet war wie der Parkplatz. »Ich habe allmählich das Gefühl, es war ein Fehler, Cathy so sehr zu beschützen«, sagte Jess. »Wir haben es alle gut gemeint. Aber manchmal frage ich mich, ob wir sie dadurch nicht eher verletzt haben.«

»Wie verletzt?«

Unschlüssig zuckte Jess mit einer Schulter. »Auf vielerlei Art ist Cathy noch immer ein kleines Mädchen. Sie musste nie erwachsen werden, denn einer von uns war immer anwesend, um ihre Kämpfe für sie auszufechten. Ich glaube, sie setzt ihre Taubheit als Entschuldigung dafür ein, keine Risiken eingehen zu müssen.«

Schweigsam hörte Libby zu, dachte an Cathys Angst, Mutter zu werden.

Als hätte er ihre Gedanken gelesen, fuhr Jess fort: »Cathy und Stacey wünschen sich beide Kinder. Wusstest du das? Aber Cathy will es nicht drauf ankommen lassen.«

»Ich wusste, dass sie Angst davor hat. Das hat sie mir gesagt. Sie fürchtet sich vor so vielen Dingen, Jess – vor allem davor, Stacey zu verlieren.«

»Sie liebt ihn.«

»Ich weiß. Ich wünschte, sie hätte etwas mehr ... etwas Eigenes, damit ihre Selbstsicherheit nicht gänzlich davon abhinge, was Stacey tut.«

»Du meinst, so wie deine nicht an das gekoppelt ist, was ich tue?«, wollte Jess wissen. Eine Herausforderung oder gar Verbitterung konnte sie nicht aus seinem Tonfall heraushören.

Libby drehte sich zu ihm um, nahm ihren Hut ab und legte ihn zu den anderen Dingen. »Ich liebe dich wirklich sehr, Jess, aber ich könnte auch ohne dich leben. Es würde mir unerträglich wehtun. Aber ich könnte es.«

Nur kurz wandte er seine Aufmerksamkeit vom Verkehr ab, doch es reichte, um ihr ein teuflisches Grinsen zu zeigen. »Und wer, wenn nicht ich, würde sich schamlose Freiheiten mit deinem Körper erlauben?«

»Ich müsste wohl ohne diese Freiheiten auskommen«, antwortete sie züchtig.

»Danke, dass du mein empfindliches männliches Ego streichelst«, erwiderte er, »aber eine so hübsche und talentierte Frau wie du bleibt niemals sehr lange alleine.«

»Sag das nicht!«

Überrascht sah er sie an. »Was denn?«

Es war mehr die Bedeutung, als die eigentliche Wortwahl gewesen, die sie erschütterte. »Ich möchte nicht einmal daran denken, dass ein anderer Mann mich so berührt wie du.«

Jess konzentrierte sich ausschließlich auf die Straße. »Wenn du mich in Sicherheit wiegen willst, Prinzessin, dann funktioniert das ganz gut.«

»Ich versuche überhaupt nicht, dir irgendwas zu vermitteln. Jess, bevor wir das erste Mal miteinander geschlafen haben, hast du gesagt, ich sei eigentlich noch Jungfrau. Du hattest recht. Selbst die Bücher, die ich gelesen habe, konnten mich nicht auf das vorbereiten, was ich fühle, wenn du mich liebst.«

»Vielleicht interessiert es dich ja, Mrs. Barlowe, aber meine Gefühle dir gegenüber sind recht ähnlich. Vor deiner Zeit war Sex einfach nur etwas, das mein Körper verlangte, wie Nahrung oder Training. Jetzt ist es Magie.«

Sie streckte sich und küsste ihn geräuschvoll auf die Wange. »So, so, Magie? Du bist aber auch ein Zauberer, Jess Barlowe. Du ziehst mich in deinen Bann und machst, dass mich die Leidenschaft überwältigt!«

Er lachte übertrieben böse. »Ich hoffe, ich erinnere mich noch an den Zauberspruch, der dich dazu gebracht hat, dich mir auf dem Festplatz hinzugeben.«

Libby schob die Dinge, die zwischen ihnen lagen, auf die Rückbank und rutschte näher an ihn heran, um neckisch an seinem Ohrläppchen zu knabbern. »Ich bin mir sicher, dass du dich erinnern wirst«, flüsterte sie.

Unwillkürlich erschauerte Jess und rief: »Verdammt, Libby, ich fahre!«

Mit der Zungenspitze erkundete sie die sensible Stelle genau unter seinem Ohr. »Mhm … Dir gefällt es, mich in Situationen zu bringen, in denen ich dir wehrlos ausgeliefert bin, nicht wahr, Jess?«, flüsterte sie und glitt mit einer Hand unter sein T-Shirt. »Wie heute zum Beispiel.«

»Libby …«

»Rache ist süß, mein Schatz.«

Und das war sie.

Schüchtern überreichte Libby das sorgfältig eingepackte, persönliche Geschenk an Senator Barlowe. Sie hatte es niemandem gezeigt, noch nicht einmal Jess. Jetzt war sie allerdings unsicher. Monica hatte Cleave goldene Manschettenknöpfe geschenkt, und Stacey und Cathy wollten ihm mit einer Flasche seltenem Wein eine Freude machen. Würde ihr Präsent im Vergleich nicht geschmacklos und billig erscheinen?

Mit einem liebenswürdigen Lächeln, das über die Jahre so viele Herzen und Stimmen gewonnen hatte, nahm Cleave das große, flache Paket an. Er drehte es in seinen Händen hin und her. »Darf ich?«, fragte er und in seinen Augen stand die Zuneigung, die er für sie empfand.

»Bitte«, erwiderte Libby.

Cleave kämpfte eine halbe Ewigkeit mit Geschenkband und Geschenkpapier, so schien es ihr zumindest. Er hob den Deckel der darin enthaltenen Box an. Als er die Federzeichnung entdeckte, an der Libby seit Tagen im Geheimen gearbeitet hatte, spiegelten sich in seinem Gesicht wahre Emotionen wider. »Meine Söhne«, bemerkte er.

»Tatsache«, kommentierte Jess flapsig, der an der Seite seines Vaters aufgetaucht war. »Allerdings finde ich, dass ich um einiges besser aussehe als auf dem Bild.«

Cleave betrachtete die Zeichnung eingehend. Sie zeigte Jess frontal, Stacey im Profil. Der Senator schaute nach einer Weile auf, und Libby konnte in seinen Augen die Liebe lesen, die er für seine Söhne empfand. »Danke«, sagte er. »Das ist eines der besten Geschenke, die ich je bekommen habe.« Wieder studierte er das Bild, dann grinste er sie verschmitzt an. »Aber wo sind meine Töchter? Wo sind du und Cathy?«

Lächelnd küsste Libby ihn auf die Wange. »Darauf wirst du wohl bis zu deinem nächsten Geburtstag warten müssen.«

»In dem Fall«, fuhr der Senator fort, »könntest du obendrein doch noch ein paar Enkelkinder malen?«

Sie musste grinsen. »Ich könnte vielleicht für eines sorgen, aber gleich ein paar?«

»Dann muss Cathy eben ihren Teil dazu beitragen«, kam es wie aus der Pistole geschossen. »Aber jetzt entschuldige mich. Ich möchte diese Zeichnung herumreichen und meinen Gästen zeigen, was für eine talentierte Schwiegertochter ich doch habe.«

Sobald sein Vater verschwunden war, hob Jess sein Champagnerglas und eine Augenbraue. »*Talentiert* ist definitiv das richtige Wort«, meinte er.

Libby wusste, dass er sich nicht auf ihre Kunst bezog, und wechselte hastig das Thema. »Du siehst in deinem Smoking so umwerfend aus, dass ich einfach mit dir tanzen muss.«

Jess fuhr mit dem Zeigefinger unter den eng sitzenden Kragen seines Hemdes, fühlte sich ganz offensichtlich unwohl. »Tanzen?«, wiederholte er trocken. »Zeig mir den Leierkasten, und wir sind im Geschäft.«

Lachend schnappte Libby ihn bei der Hand und zog ihn in das großzügige Wohnzimmer, das als Tanzfläche hergerichtet worden war. Ein kleines Streichorchester sorgte für die Musik.

Libby nahm ihm das Champagnerglas aus der Hand und stellte es beiseite, dann legte sie beide Hände auf sein elegantes Satinrevers. Sie hatte nur Augen für ihn, keiner der anderen Gäste schien zu existieren – dabei waren es Dutzende.

»Tanz mit mir«, forderte sie ihn auf.

Jess nahm sie in die Arme, ohne sie aus den Augen zu lassen. »Weißt du«, meinte er liebevoll, »du siehst so wunderschön aus in diesem silbernen Kleid, dass ich versucht bin, dich nach Hause zu bringen und sicherzustellen, dass mein Vater das Enkelkind bekommt, das er sich wünscht.«

»Wenn wir ein Baby bekommen«, antwortete sie ihm ernst, »dann soll es nur für uns sein.«

Jess' Mundwinkel zuckten amüsiert und in seinen Augen strahlte tiefempfundene Liebe. »Ich wollte keine Schleife um den Kopf des kleinen Stinkers binden und es ihm überreichen, Libby.«

Libby kicherte, als sie sich das bildlich vorstellte. »Babys sind schon niedlich«, schwärmte sie.

»Ich weiß«, antwortete Jess. »Ich liebe diesen verwunderten Ausdruck, den sie zeigen, wenn man sie hoch über den Kopf hebt und mit ihnen spricht. Genau dann spucken sie einem für gewöhnlich ins Gesicht.«

Bevor sie reagieren konnte, betraten Ken und Becky die magische Blase, die Libby und Jess bis dahin umgeben hatte.

»Darf ich übernehmen?«, fragte Ken.

»Wie schnell möchtest du ein Enkelkind?«, entgegnete Jess.

»Je schneller, desto besser«, konterte Ken. »Ach, und Jess?«

»Was?«, wollte sein Schwiegersohn wissen, der Libby noch immer tief in die Augen sah.

»Die Musik hat aufgehört.«

Überrascht blieben die beiden wie angewurzelt stehen. Becky freute sich so sehr über ihre Miene, dass ihr helles Lachen durch den Raum perlte.

Das Orchester setzte wieder ein, und Libby fand sich in den Armen ihres Vaters wieder, während Jess und Becky in der Nähe tanzten.

»Du siehst sehr hübsch aus«, meinte Ken und strahlte sie an.

»Du siehst selbst ganz gut aus«, antwortete Libby. »In diesem Smoking machst du sogar eine richtig attraktive Figur.«

»Das sagt sie zu jedem«, warf Jess ein, der gerade zufällig mit Becky an ihnen vorbeiwirbelte.

Ken lachte leise. »Er entfernt sich nicht allzu weit von dir, hm?«

»Nur einen Steinwurf, wenn überhaupt. Aber mir gefällt das.«

»Das dachte ich mir schon. Libby ...«

Die ernste, angespannte Art, wie er ihren Namen aussprach, ließ Libby aufhorchen. »Ja?«

»Becky und ich werden heiraten«, platzte er heraus, ohne Luft zu holen.

Libby fühlte, wie sich ihre Augen mit Tränen füllten. »Hattest du Angst, mir das zu sagen? Etwas derart Schönes?«

Ken blieb stehen, die Arme noch immer um seine Tochter gelegt. Seine blauen Augen strahlten vor Erleichterung und Freude. Dann, einen lauten Freudenschrei ausstoßend, der ihm mehr entsprach als Smokings und feine Partys, hob er sie so weit hoch, dass Libby Angst hatte, ihr würde obenrum etwas aus ihrem Kleid herausfallen.

»Das war aber sehr rustikal«, bemerkte Monica fünf Minuten später am Tisch mit den Erfrischungen.

Libby sah Jess durch die Menschenmenge auf sich zukommen und blickte lächelnd auf das kleine Blätterteigtäschchen mit Krebsfleisch in ihren Fingern. »Machen Sie sich über meinen Vater lustig, Miss Summers?«

Monica stöhnte verzweifelt auf. »Immerhin ist dies ein formeller Anlass! Kein Saufgelage im Golden Buckle. Ich verstehe überhaupt nicht, wieso der Senator darauf besteht, die Angestellten auf so wichtige Events einzuladen.«

Ganz langsam und in voller Absicht, steckte Libby ihr Blätterteigtäschchen in Monicas kunstvoll in Szene gesetztes Dekolleté. »Würden Sie das bitte für mich halten?«, trällerte sie und steuerte dann auf ihren Ehemann zu.

»Das Gör des Vorarbeiters schlägt wieder zu«, kicherte Jess und zog sie zu einem weiteren Walzer auf die Tanzfläche.

In der schwach beleuchteten Küche saß Cathy, ihr Blick verlor sich in der Ferne. Libby achtete darauf, dass ihre Cousine sie sehen konnte, um sie nicht durch eine Berührung zu erschrecken. »Hi.«

Teilnahmslos erwiderte Cathy den Gruß.

Libby setzte sich ihr gegenüber auf den Stuhl und gebärdete: »Ich möchte helfen, wenn ich kann.«

Jäh bröckelte Cathys Zurückhaltung und sie schrie leise auf, sodass es Libby fast das Herz zerriss. Cathys Hände flogen nur so dahin: »Niemand kann mir helfen!«

»Darf ich es nicht einmal versuchen?«

Eine Strähne löste sich aus dem weichen Knoten, zu dem Cathy ihr Haar aufgesteckt hatte, und tanzte über ihre Schulter, die das im griechischen Stil geschnittene Abendkleid freiließ. »Ich bin schwanger«, flüsterte sie. »Oh, Libby, ich bin schwanger!«

Verwirrung und ein kleiner Stich der Eifersucht überkamen Libby. »Ist das so furchtbar? Ich weiß, du hattest Angst, aber …«

»Die hab ich immer noch!«, unterbrach Cathy sie mit ungewöhnlich lauter Stimme.

Libby atmete tief ein. »Wieso, Cathy? Du bist stark und gesund. Deine Gehörlosigkeit wird kein so großes Problem darstellen, wie du annimmst. Stacey und du könnt es euch leisten, Hilfe einzustellen, wenn du es für nötig hältst!«

»Du kannst leicht reden, Libby!«, brauste Cathy mit plötzlicher und überraschender Wut auf. »Du kannst hören! Du bist eine vollständige Person!«

Libby spürte, wie sie langsam die Beherrschung verlor, die sie immer so mühsam aufrechterhielt, wenn sie mit ihrer behinderten Cousine umging. »Weißt du, was?«, antwortete sie außer sich. »Ich habe deine ›Ach, ich armes kleines Ding‹-Nummer so satt! Ein Kind ist so ziemlich das Beste, was einem passieren kann. Doch anstatt dich zu freuen, stehst du hier und beklagst dich!«

»Ich habe allen Grund, mich zu beklagen!«

In einer Geste unbändigen Ärgers warf Libby ihre Arme hoch. »Na gut! Du bist taub, du kannst nicht hören! Oh, arme, arme Cathy! Können wir jetzt mit dieser alten Litanei aufhören? Verdammt, Cathy. Ich weiß, wie schwer es sein muss, in völliger Stille leben zu müssen, aber kannst du nicht wenigstens einmal das Positive betrachten? Du bist mit einem erfolgreichen, liebenswürdigen Mann verheiratet, der dich sehr liebt. Du hast alles!«

»Sagte die Frau, die hören kann!«, schrie Cathy.

Libby seufzte und lehnte sich in ihrem Stuhl zurück. »Auf die eine oder andere Art sind wir alle irgendwie behindert – das hat mir Jess einmal gesagt. Und ich glaube, er hat recht.«

Aber Cathy wollte sich nicht beschwichtigen lassen. »Was ist denn deine Behinderung, Libby?«, höhnte sie. »Deine kurzen Fingernägel? Die Tatsache, dass du in der Sonne Sommersprossen bekommst und nicht braun wirst?«

Der verächtliche Sarkasmus, der in ihren Worten mitschwang, verletzte Libby tief. »Ich fühle mich oft genauso unsicher wie du, Cathy«, setzte sie nachsichtig an. »Aaron ...«

»Aaron!«, spie Cathy förmlich aus. »Oh, erspar mir das bitte, Libby! Er ist fremdgegangen, na und? Ich musste danebenstehen und mit ansehen, wie mein Mann monatelang hinter meiner eigenen Cousine her war! Und ich wette, Jess hat alle Traumata wettgemacht, die du je hattest, wenn es darum ging, mit einem Mann zu schlafen.«

»Cathy, bitte ...«

Aus Frust gab Cathy einen wütenden, gutturalen Schrei von sich. »Ich habe dich so satt, Libby, dich mit deiner tollen Karriere, deinem liebenden Vater und deinem ...«

Genug war genug! Rasend vor Wut sprang Libby auf die Füße. »Und meinem was? Hm?«, schrie sie. »Ich kann nichts dafür, dass du keinen Vater hast – Dad hat versucht, dir ein guter Vater zu sein. Und ich finde, er hat seine Sache verdammt gut gemacht! Und was die Karriere betrifft? Wage es ja nicht, mir das vorzuwerfen. Ich habe wie eine Sklavin geschuftet, um das alles zu erreichen! Wenn du eine Karriere willst, Cathy, heb deinen Hintern und mach was dafür!«

Überrascht starrte Cathy sie an, dann brach sie in Tränen aus. Und natürlich suchte sich Jess genau diesen Moment aus, um hereinzuspazieren. Libby einen brennenden, vorwurfsvollen Blick zuweifend, schloss er Cathy in seine Arme und hielt sie tröstend fest.

15. Kapitel

Nach einem Moment, in dem sie sich absolut am Boden zerstört fühlte, wandte Libby sich ab von Jess' Ärger und Cathys verstecktem Triumph und verließ hocherhobenen Hauptes die Küche.

Und lief einer äußerst verstört aussehenden Marion Bradshaw geradewegs in die Arme. »Libby … Mrs. Barlowe … dieser Mann ist hier!« Libby atmete tief ein. »Was für ein Mann?«, hakte sie lustlos nach.

»Mr. Aaron Strand!«, flüsterte Marion. »Er besitzt die Frechheit, hierher zu kommen und zu klingeln …«

Augenblicklich war Libby auf der Hut, jeder einzelne Nerv in ihrem Körper hellwach, wie ein Tier, das in der Wildnis gejagt wurde. »Wo ist er jetzt?«

»Er ist im Arbeitszimmer des Senators«, antwortete die Haushälterin empört mit hochrotem Kopf. »Er sagte, er würde erst gehen, wenn er mit Ihnen gesprochen hätte, Libby. Ich wollte keinen Streit verursachen – bei all diesen Leuten hier. Also habe ich nicht mit ihm diskutiert.«

Müde tätschelte Libby Marions Schulter. Gerade jetzt Aaron Strand gegenübertreten zu müssen, war das Letzte, das sie wollte. Allerdings wusste sie, er würde eine filmreife Szene hinlegen, falls seine Bitte abgeschlagen würde. Und was konnte er ihr außerdem in einem Haus voller Menschen schon antun? »Ich spreche mit ihm.«

»Ich hole Jess«, meinte Mrs. Bradshaw. »Und Ihren Vater auch.«

Eilig schüttelte Libby den Kopf, sie spürte, wie ihre Wangen heiß wurden. Jess war damit beschäftigt, Cathy zu trösten. Keine zehn Pferde würden sie dazu bringen, ihn jetzt um Hilfe zu bitten. Noch nicht einmal indirekt. Und auch wenn Ken sich beinahe vollständig von seiner Konfrontation mit dem Bären erholt hatte, würde Libby ihn nicht dem Stress aussetzen, den ein Wortgefecht mit seinem Exschwiegersohn durchaus auslösen könnte. »Ich werde das selbst regeln«, entgegnete sie bestimmt. Ohne eine Antwort abzuwarten, machte sie sich auf den Weg zum Büro des Senators.

Da stand Aaron. Groß, attraktiv, in Abendgarderobe.

»Du ziehst dich wenigstens entsprechend an, wenn du uneingeladen in eine Party hineinplatzt«, bemerkte Libby trocken, als sie in der Tür stand.

Aaron stellte den Briefbeschwerer ab, den er eingehend betrachtet hatte, und lächelte. Sein Blick maß sie auf eine Art, die in ihr das Verlangen auslöste, ihm eine kräftige Ohrfeige zu verpassen. »Dieses Kleid ist klasse, Süße«, sagte er in einem beißenden Ton. »Du hast wirklich das Zeug zum sexy Kalendermodel!«

Libby biss sich auf die Unterlippe, zählte innerlich bis zehn, bis der Drang zu schreien vorüber war. »Was willst du, Aaron?«, fragte sie ihn schließlich.

»Was ich will?«, wiederholte er und tat erstaunt.

»Ja!«, rief sie aus. »Du bist zweitausend Meilen geflogen. Dir muss doch irgendetwas auf den Nägeln brennen!«

Er lehnte sich gegen den Schreibtisch des Senators. Die Arme verschränkt, fragte er: »Bist du glücklich?«

»Ja«, antwortete Libby mit erhobenem Kinn.

Wieder begutachtete er das silbern glänzende Kleid, den Ansatz ihres Dekolletés, den es enthüllte. »Ich kann mir vorstellen, der Cowboy ist mit dir auch ganz glücklich«, meinte er. »Welcher Barlowe ist es denn, hm? Der Steakhouse-König oder der Anwalt?«

Allmählich bekam Libby Kopfschmerzen; sie schloss für einen Moment die Augen. »Was willst du?«, fragte sie noch einmal nachdrücklich.

Seine Schultern zuckten gleichgültig. »Ein Baby«, antwortete er in einem Ton, als hätte er gerade um eine Tasse Kaffee gebeten oder nach der Uhrzeit gefragt. »Aber ich weiß, dass du mir das nicht geben wirst. Also entspann dich.«

»Wieso bist du dann hier?«

»Ich wollte mir diese Ranch ansehen. Ganz schön nobel, Libby. Du weißt, wie man auf die Füße fällt, was?«

»Verschwinde, Aaron.«

»Ohne deinen Mann kennenzulernen? Oder deinen mustergültigen Vater? Das würde mir im Traum nicht einfallen, Mrs. Barlowe.«

Irritiert überlegte Libby, aus welchem Grund Aaron den ganzen Weg nach Montana zurückgelegt haben mochte, außer um sie noch mehr zu quälen. Sie kam nicht drauf – anscheinend war er genau deswegen hier. »Du kannst mich nicht verletzen, Aaron. Das lasse ich nicht zu. Und jetzt raus hier.«

»Oh nein! Deinetwegen habe ich alles verloren. Alles! Und ich werde bekommen, was mir zusteht, Libby – dessen kannst du dir sicher sein.«

»Wenn deine Großmutter dich von deinen Pflichten im Unternehmen entbunden hat, Aaron, dann ist das deine Schuld, nicht meine. Man sollte meinen, du wärst froh – jetzt gibt es nichts mehr, das dich von Wein, Weib und Gesang ablenken könnte.«

Aarons Gesichtsausdruck war verkrampft. Verschwunden waren seine sorglosen, vornehmen Manieren. »Mit der Firma ist auch das meiste Geld weg, Libby. Aber hören wir auf, uns etwas vorzumachen. Ich kann dir dein hübsches, strahlendes neues Leben zur Hölle machen. Und das wissen wir beide.«

»Wie?«, fragte Libby, bereit, sich umzudrehen und davonzugehen.

»Indem ich Unruhe stifte, für einen Skandal sorge, natürlich. Dein Schwiegervater ist doch ein prominenter Senator, nicht wahr? Negative Presse könnte ihm wirklich sehr schaden. Und du weißt ja, wie gut ich darin bin, die wachzurufen.«

Libby zitterte vor Wut. »Du kannst Cleave Barlowe nicht schaden, Aaron. Du kannst auch mir nicht schaden. Und jetzt verschwinde, bevor ich dich rauswerfen lasse!«

Bevor sie begreifen konnte, was passierte, durchquerte er mit alarmierender Geschwindigkeit das Zimmer und umschloss fest ihre Oberarme. Er stieß sie gegen die schwere Tür des Arbeitszimmers und presste seinen Mund auf ihren.

Schockiert und angeekelt wand sich Libby in seinem Griff. Sie versuchte, ihn wegzustoßen, doch ihre Hände waren zwischen seiner und ihrer Brust gefangen. Der Kuss wollte nicht aufhören, war hässlich, feucht, obszön, weil er ihr aufgezwungen wurde, weil er von Aaron kam.

Endlich zog er sich zurück, grinste auf sie herab. Als sie sich an ihm vorbeizudrücken versuchte, ergriff er ihre Handgelenke mit seinen Händen. Doch plötzlich veränderte sich etwas. Libby fühlte sich seltsam distanziert, beinahe ruhig. Mrs. Bradshaw hatte recht gehabt, als sie Jess darüber informieren wollte, dass Aaron hier war.

Aus Stolz hatte Libby dem widersprochen. Weil sie wütend auf Jess gewesen war. Sie hatte angenommen, selbst mit Aaron Strand fertig zu werden. Zum Teufel mit dem Stolz, dachte sie, legte den Kopf in den Nacken und stieß einen markerschütternden Schrei aus.

Aaron kicherte. »Glaubst du, ich hätte Angst vor deinem Mann, Libby?«, fragte er höhnisch. Und dann wollte er sie wieder küssen, dieser Bastard.

Plötzlich wurde er zurückgerissen.

Libby wagte einen Blick in Jess' grüne Augen. Er sah aus, als wollte er Aaron ermorden. Sie griff nach seinem Arm, aber er schüttelte ihre Hand ab.

»Strand«, sagte er und ließ den verblüfften, sich aber erstaunlich schnell erholenden Aaron nicht aus den Augen. Dieser verbeugte sich spöttisch. Es schien ihn nicht zu stören, dass Jess kaltblütige Wut ausstrahlte oder dass die Hälfte der Gäste der Party, Ken Kincaid eingeschlossen, in der Tür zum Büro stand.

»Ist das der Teil«, spöttelte Aaron, »wo wir uns um die feine Dame prügeln?«

»Genau der!«, bestätigte Jess eiskalt.

Aaron zuckte die Schultern. »Ich fühle mich verpflichtet, Sie zu warnen«, bemerkte er selbstgefällig. »Ich trage einen schwarzen Gürtel des fünften Dan.«

Jess lächelte ihn böse an, sagte aber nichts.

Libby hatte Angst, wieder griff sie nach Jess' Arm. »Jess, er hat wirklich einen schwarzen Gürtel.«

Doch ihr Mann würdigte sie keines Blickes. Er war unerreichbar, nicht nur körperlich. Angst schnürte ihr die Kehle zu. Flehend sah sie zu Ken, der neben ihr stand und einen Arm um ihre Taille gelegt hatte. Beinahe unmerklich schüttelte er den Kopf, als er die eindringliche Bitte in den Augen seiner Tochter sah.

Libby war vor Sorge außer sich. Jess und Aaron näherten sich immer weiter an, umkreisten einander wie Tiere. Libby versuchte, sich aus dem eisernen Griff ihres Vaters zu befreien und scheiterte kläglich. Trotz seines schwachen Charakters war Aaron Strand flink und stark. Wenn er Jess verletzen könnte, würde er das ohne die geringsten Skrupel tun.

»Jess, nein!«, schrie sie in ihrer Verzweiflung.

Jess drehte sich zu ihr um, sah sie verärgert an. Und genau diesen Moment nutzte Aaron, um zuzuschlagen. Mit seinem Fuß führte er einen anmutigen Bogen aus, traf Jess seitlich am Hals. Libby war so schlecht, dass sie kaum selbstständig stehen, geschweige denn, davonlaufen konnte. Sie vergrub das Gesicht in Kens Jackett.

Diese Geräusche – diese furchtbaren Geräusche! Wieso unternahm niemand etwas, um diesem Kampf ein Ende zu bereiten? Wieso standen alle herum wie Römer, die sich an den Gladiatorenkämpfen in ihren Arenen erfreuten? Warum?

Allmählich ebbten die Geräusche ab, und Libby traute sich, hinzusehen. Jess stand noch. Aaron saß auf dem Fußboden, stöhnte theatralisch, aus einem Mundwinkel floss Blut. Trotz all seines Jammerns konnte man deutlich sehen, dass er nicht ernsthaft verletzt war.

Heiße Wut und Erleichterung mischten sich in Libby und überrollten sie förmlich. »Ihr Idioten!«, schrie sie, dann wirbelte sie herum, entfloh der Hässlichkeit dieses Augenblicks. Und keiner hielt sie auf.

Libby saß auf dem Sofa im Wohnzimmer des Stadthauses. Die Arme um die angewinkelten Beine gelegt, ignorierte sie stur das klingelnde Telefon. Den Anrufbeantworter hatte sie abgeschaltet. Dennoch konnte sie nicht anders, als mitzuzählen, wie oft es läutete. Seit sie vor zwei Tagen die Ranch verlassen und hier Zuflucht gefunden hatte, war das zu einem Spiel geworden. Sechsundzwanzig Mal! Das war ein neuer Rekord.

Kraftlos stand sie auf, machte sich auf in Richtung Küche, wo sie versucht hatte, die Panels für ihren Cartoon zu skizzieren. »Dann gehen wir mal wieder zurück auf Los«, sagte sie in den leeren Raum hinein. Doch der lahme Witz war ein Rohrkrepierer, denn es war niemand da, der darüber hätte lachen können.

Als erneut das Telefon klingelte, hob Libby erschöpft ab und schnauzte: »Hallo!«

»Lib?« Die Stimme ihres Vaters war voller Sorge. »Libby, geht es dir gut?«

»Nein«, antwortete sie ehrlich, und es klang eher wie ein Seufzen. »Eigentlich geht es mir nicht gut. Wie geht es dir?«

»Ist doch jetzt egal – wieso bist du einfach davongelaufen?«

»Das weißt du genau.«

»Kommst du zurück auf die Ranch?«

»Wozu?«, entgegnete Libby genervt. »Verpasse ich irgendein blutiges Spektakel?«

Ken ächzte missgelaunt. »Verdammt, Libby. Liebst du Jess Barlowe oder nicht?«

Tränen brannten in ihren Augen. Ihn lieben? Die beiden Tage, die sie von ihm getrennt war, hatten sich angefühlt wie die Hölle. Doch das würde sie niemals zugeben. »Ist das denn wichtig?«, feuerte sie zurück. »Wahrscheinlich ist er so beschäftigt, Cathys Hand zu halten, dass er noch nicht einmal bemerkt hat, dass ich weg bin.«

»Das ist es also: Cathy. Für sie einzustehen, ist Jess zur Gewohnheit geworden. Das weißt du doch.«

Ja, sie wusste es. Sie hatte genügend Zeit gehabt, um zu dem Schluss zu kommen, dass sie in der Nacht der Party in der Küche überreagiert hatte, als Jess scheinbar gegen sie und für Cathy Partei ergriff. Sie hätte nicht weglaufen dürfen. »Und der Kampf?«

»Du hast geschrien, Libby. Was hättest du denn an Jess' Stelle gemacht?« Er wartete gar nicht erst auf ihre Antwort, sondern fuhr fort: »Du bist wirklich stur – genau wie Jess. Liebst du ihn genug, um den ersten Schritt zu machen, Lib? Hast du diesen Mumm?«

Libby sank auf den Stuhl, den sie herangezogen hatte. »Wo ist er?«

Sie hörte regelrecht, wie ihr Vater lächelte. »Auf dem Bergkamm hinter eurem Haus«, antwortete er. »Er hat sich da oben scheinbar häuslich eingerichtet.«

Leichte Enttäuschung machte sich in ihr breit. Wenn Jess zelten gegangen war, hatte er nicht angerufen. Sie hatte zwei Tage lang das Klingeln des Telefons umsonst ignoriert. »Schön zu wissen, dass er mich so sehr vermisst«, meinte sie bockig.

Da er schon alles gesagt hatte, hielt Ken sich zurück.

»Er vermisst mich doch, oder?«, wollte Libby wissen.

»Er vermisst dich«, bestätigte Ken glucksend. »Sonst würde er nicht dieses Einsiedler-Ding durchziehen.«

Libby seufzte. »Der Bergkamm?«

»Der Bergkamm«, bestätigte Ken amüsiert. Dann legte er auf.

In meinem Zustand sollte ich so etwas nicht machen, beschwerte sich Libby stumm, während sie den steilen Berghang hinaufstapfte. *Aber wenn der Berg nicht zu mir kommt …*

Libby hielt an, sah auf. Der Rauch eines Lagerfeuers stieg kringelnd nach oben in Richtung Himmel. Die Sonne strahlte hell und heiß. Wozu brauchte er ein Feuer? Es war helllichter Tag, verdammt noch mal!

Leise vor sich hin meckernd, hielt sie an ihrem schwindenden Mut fest und kämpfte sich hinauf bis zur Spitze des Bergkamms. Jess stand mit dem Rücken zu ihr, blickte in die entgegengesetzte Richtung. Doch seine angespannten Schultern zeigten ihr überdeutlich, dass er sich ihrer Anwesenheit bewusst war.

Und mit einem Mal war sie fuchsteufelswild. War sie nicht diesen verdammten Berg hinaufgeklettert? Das Herz bis zum Halse klopfend und mit ihrem Stolz wer weiß wo? Trug er an dieser Situation nicht genauso viel Schuld wie sie? Und hatte sie nicht direkt am Tag, nachdem sie ihn verlassen hatte, herausgefunden, dass sie sein Baby erwartete?

»Verdammt, Jess Barlowe«, fuhr sie ihn zischend an, »wage es bloß nicht, mich zu ignorieren!«

Wie in Zeitlupe drehte er sich zu ihr um. »Es tut mir leid«, brachte er verkrampft und mit Mühe hervor.

»Was genau?«, fragte sie. Sie würde es ihm bestimmt nicht leicht machen!

Seufzend kickte Jess mit einem Fuß etwas Erde über das Lagerfeuer. Ein paar Meter weiter stand ein kleines Zelt, auf einem gefällten Baumstamm eine Kaffeekanne, daneben lagen ein Taschenbuch und ein zur Hälfte aufgegessenes Sandwich. »Dass ich angenommen habe, an der Szene mit Cathy seist du schuld gewesen«, meinte er.

Schnaufend ging Libby zum Baumstamm, der in ausreichender Entfernung zu Jess war, und setzte sich mit verschränkten Armen. »Halleluja!«, murmelte sie. »Und was ist mit dem dämlichen Boxkampf im Arbeitszimmer deines Vaters?«

Augenblicklich schoss sein Blick zu ihr herüber. »Du kannst warten, bis du schwarz wirst, Lady. Aber dafür entschuldige ich mich nicht!«

Libby biss sich auf die Unterlippe. Gewalt war keine Lösung, das stimmte wohl. Dennoch erinnerte sie sich, wie sehr sie es genossen hatte, das Blätterteigtäschchen in Monica Summers Ausschnitt zu stopfen. Hätte Monica auch nur den Anschein erweckt, ihr das zu vergelten, hätte sie sich nur zu gerne mit ihr eingelassen. »Na schön«, gab sie nach.

Es entstand ein beklemmendes Schweigen, das Libby letztlich brach. »Wieso hast du eigentlich mitten am Tag ein Feuer gemacht?«

Jess lachte »Ich musste doch sichergehen, dass du mein Lager findest«, erwiderte er.

»Dad hat dir gesagt, dass ich komme!«

Er setzte sich neben sie auf den Baumstamm, und auch wenn er sie nicht berührte, war sie sich seiner Nähe mit jeder Faser ihres Körpers, ihres Geistes bewusst. »Ja«, gab er zu und sah dabei so traurig aus, dass Libby weinen mochte.

Sie rutschte näher an ihn heran. »Jess?«

»Ja?«, fragte er und sah ihr direkt in die Augen.

»Es tut mir leid.«

Er sagte nichts.

Libby holte tief Luft, wappnete sich. »Das ist aber noch nicht alles«, fuhr sie mutig fort. »Ich bin auch schwanger.«

Es kam so lange keine Reaktion, dass Libby fürchtete, es sei falsch gewesen, ihn über ihr Kind zu informieren – zumindest in diesem Augenblick. Was, wenn er eine Trennung oder sogar eine Scheidung haben wollte? Und wenn er jetzt nur des Kindes wegen bei ihr blieb? Ihn auf diese Weise zu halten, würde ihr das Herz brechen.

»Wann hast du es erfahren?«, erkundigte er sich endlich. Keine Emotion war in seinem Gesicht zu lesen, in seiner Stimme zu hören. Libby fühlte sich leer.

»Vorgestern. Nachdem Cathy gesagt hat, sie sei schwanger, wurde ich etwas nachdenklich und stellte fest, dass ich selbst einige Symptome hatte.«

Jess war ruhig, sah über die Bäume, die Gebirgskette, die entfernten Berge hinweg. Nach einer gefühlten Ewigkeit wandte er sich wieder zu ihr um, die grünen Augen voller Schmerz. »Du hättest es mir nicht gesagt?«

»Natürlich hätte ich es dir gesagt. Aber, na ja, es erschien mir nicht wie der richtige Zeitpunkt.«

»Du wirst mich doch nicht verlassen?«

»Wäre ich diesen dämlichen Berg hinaufgestiegen, wenn ich dich hätte verlassen wollen?«

Ganz allmählich entfaltete sich ein Lächeln auf Jess' Gesicht. Dann stieß er einen überraschenden Jubelschrei aus und sprang auf die Füße, ergriff Libbys Hände und zog sie mit sich. Hätte er sie nicht aufgefangen und festgehalten, wäre sie wahrscheinlich vornüber in das saftige sommerliche Gras gekippt.

»Kann ich davon ausgehen, dass du dich über diese Nachricht freust?«, zog Libby ihn auf, sah zu ihm hoch und liebte ihn umso mehr, als sie die Tränen auf seinem Gesicht erblickte.

Er hob sie in seine Arme und küsste sie innig.

»Verzeihung, Sir«, sagte sie, als er sich zurückzog. »Aber ich habe mich gefragt, ob es Ihnen etwas ausmachen würde, mit mir zu schlafen. Ich wüsste nämlich gerne, ob ich willkommen bin.«

Als Antwort trug er sie zum Zelt und stellte sie auf die Füße. »Was mein ist, ist dein.«

Libby bückte sich beim Eintreten in die kleine Zuflucht. Da nicht genug Platz war, um aufrecht zu stehen, setzte sie sich auf den zerknautschten Schlafsack und wartete auf Jess.

Später konnte sie gar nicht sagen, wie das alles genau vonstattengegangen war, aber nur wenige Augenblicke später lagen beide nebeneinander und sahen sich an. Das Gewicht seiner Hand auf ihrer Brust war das pure Glück, wie auch die heiseren Worte, die folgten.

»Ich liebe dich, Libby. Ich brauche dich. Egal, wie wütend ich dich mache, verlass mich bitte nie wieder.«

Zärtlich fuhr Libby die kräftigen Konturen seines Kiefers mit ihrer Fingerspitze nach. »Das werde ich nicht, Jess. Vielleicht schreie und heule ich, aber ich werde nicht gehen. Ich liebe dich zu sehr, um von dir getrennt zu sein. Wenn ich eins in den vergangenen zwei Tagen gelernt habe, dann das.«

Auf seine Ellbogen gestützt, kam er ihr sehr nahe, knöpfte wie selbstverständlich ihre Bluse auf. »Ich will dich.«

Libby tat schockiert. »Ich einem Zelt, Sir?«

»Und an vielen anderen Orten.« Er hielt inne, löste den vorderen Verschluss ihres BHs.

Libby seufzte. Doch als sein warmer Mund ihre ziehende Brustwarze umschloss, keuchte sie. Dieses Gefühl war einfach berauschend, es rollte über sie hinweg, verschlang Erschöpfung, Verwirrung und Schmerz. Die Finger in seinem Haar vergraben, zog sie ihn dicht an sich heran.

Nach geraumer Zeit löste er sich von der Brust, die er so sanft liebkost hatte, um sich seiner Kleidung zu entledigen und anschließend sie auszuziehen – allerdings sehr viel langsamer. Als sie im kühlen Schatten des Zeltes nackt vor ihm lag, nahm er jede Einzelheit ihres wartenden Körpers mit atemlosem Erstaunen in sich auf. »Du kleine Hexe«, flüsterte er, »ich vergöttere dich.«

Für Libby wurde es von Minute zu Minute unerträglicher, von ihm getrennt zu sein. »Komm zu mir, Jess«, bat sie ihn leise, »werde ein Teil von mir.«

Keuchend kam er zu ihr, küsste sie warm und fordernd. Seine Zunge fand die ihre, spielte mir ihr, während seine Männlichkeit das Zentrum ihrer Lust fand, es heiß berührte, leicht anstieß, nur zum Teil Einlass suchte.

Dann unterbrach er den Kuss, hob den Kopf. Wie durch einen Schleier hindurch nahm Libby wahr, dass er ihre Lust auskostete, seine eigene genoss. Sie spürte jeden einzelnen Muskel seines Körpers, registrierte seinen mühsamen Kampf, den Kräften der Natur zu trotzen, die die Auflehnung von Sterblichen nicht dulden.

Letztlich trugen diese Kräfte den Sieg davon und Jess wurde, begleitet von einem heiseren Schrei, in Libbys Wärme getrieben. Sie fanden in einem wilden Rhythmus zueinander, suchten gemeinsam die Grenzen dieser Welt, erreichten sie, sprengten sie – und wurden belohnt mit der Herrlichkeit einer anderen Dimension.

Cathy betrachtete kritisch das große Ölgemälde von Jim Little Eagle, dem Kind, das Libby Monate zuvor auf dem Powwow, dem Indianertreffen, gezeichnet hatte. Ihre Hände ruhten auf ihrem gewölbten Bauch.

Libby, deren Bauch mindestens genauso rund war wie Cathys, wischte sich die Hände an einem Stück Stoff ab, der eigens dafür reserviert war. Dieses Bild war ihr persönlicher Erfolg, und sie war stolz darauf. »Was hältst du davon?«, gebärdete sie, nachdem sie den Lappen beiseitegelegt hatte.

Cathy grinste. »Was ich denke?«, fragte sie laut und setzte sich auf den hohen Hocker hinter Libbys Zeichenbrett. »Das kann ich dir sagen: Ich denke, du solltest es an mich verkaufen, anstatt es der Galerie in Great Falls zu überlassen. Die haben immerhin schon deine Federzeichnungen und die anderen Gemälde.«

Libby versuchte, ernst zu bleiben. »Bittest du etwa um Gefälligkeiten, Cathy Barlowe?«

Ihre Cousine lachte laut auf. »Ja!« Ihre fröhlich funkelnden Augen fielen auf die Skizze, die auf Libbys Zeichenbrett befestigt war und sie rief ehrlich überrascht: »Das ist großartig!«

Libby stellte sich hinter sie, doch sie streifte die Zeichnung nur mit einem kurzen Blick. Stattdessen betrachtete sie die verschneite Landschaft aus dem Fenster ihres Studios in Kens und Beckys Haus.

»Was wirst du damit machen?«, erkundigte sich Cathy und zog Libby am Ärmel.

Lächelnd sah nun auch Libby hin. Die Zeichnung zeigte ihre Cartoon-Figur, die inzwischen einem anderen Künstler anvertraut worden war. Die »Emanzipierte Emma« befand sich im fortgeschrittenen Stadium ihrer Schwangerschaft und in der Sprechblase war zu lesen: »Wenn es sich gut anfühlt, tu es.«

»Ich werde es Jess schenken. Es ist ein Insiderwitz.«

Wieder lachte Cathy, dann sah sie sich glücklich im geräumigen, gut ausgestatteten Studio um. »Ich bin überrascht, dass du hier bei deinem Vater arbeitest. Vor allem, weil Jess doch fast jeden Tag daheim ist und sich um den Papierkram und so kümmert.«

Um Libbys Mundwinkel zuckte ein Grinsen. »Genau aus diesem Grund arbeite ich hier. Würde ich dort zu malen versuchen, würde ich nichts mehr schaffen.«

»Du bist sehr glücklich, nicht wahr?«

»Das bin ich.«

Cathy umarmte sie fest. »Ich auch.« Ihre Augen funkelten amüsiert und neckisch, als sie ihr ins Gesicht sah. »Jess und du, ihr wisst sicherlich, dass ihr dieses Wettrennen niemals gewinnen werdet? Stacey und ich sind euch mindestens eine Nasenlänge voraus.«

Libby stellte sich aufrecht hin und versuchte, gebieterisch zu wirken. »Wir werden uns niemals geschlagen geben«, tönte sie.

Doch bevor Cathy darauf antworten konnte, kam Stacey herein, der vorgab, nur Libby zu sehen. »Verzeihung, Pummelchen«, sprach er sie an. »Ist meine Frau in letzter Zeit hier vorbeigewatschelt?«

»Ist es eine eher kleine Frau, mit langem, wundervollem Haar und großen grünen Augen und mit einem Bauch, der an eine riesige Wassermelone erinnert?«

Stacey schnippte mit den Fingern und sein Gesicht schien zu erstrahlen. »Diese Beschreibung trifft sie ganz gut.«

»Hab sie nicht gesehen«, meinte Libby entschuldigend.

Cathy knuffte sie fröhlich und warf sich ihrem Ehemann jauchzend in die Arme. Einen Moment später waren sie schon auf dem Weg hinaus, und schworen laut, das von Jess und Stacey titulierte »Große Barlowe'sche Babywettrennen« zu gewinnen.

Da sie ihr Tagespensum schon erledigt hatte und es kaum erwarten konnte, nach Hause zu Jess zu kommen, reinigte Libby ihre Pinsel und räumte auf. Dann wusch sie sich erneut die Hände und sah sich suchend nach ihrem Mantel um. Die erste Wehe traf sie, als sie ins Auto stieg.

Zu Hause stand Jess nachdenklich in der Küche, starrte hinaus auf die dicke Schneeschicht, die den Hang hinter dem Haus bedeckte. Libby trat so nah an ihn heran, wie es ihr dicker Bauch erlaubte, und schlang die Arme um seine schmale Mitte.

»Ich habe gerade einen sehr guten Tipp bezüglich des Babywettrennens erhalten.«

Die Muskeln unter dem dicken, wollenen Pullover spannten sich an. Er drehte sich ungläubig zu ihr um. »Was hast du gesagt?«

»Wir sind auf der Zielgeraden, Jess. Ich muss ins Krankenhaus. Bald.«

Er wurde bleich. Ausgerechnet der Mann, der verwundete Bären und feuerspeiende Drachen gejagt hatte. »Mein Gott!«, schrie er, und dann waren sie beide plötzlich wie in einem Strudel gefangen. Libby wusste kaum, wie ihr geschah. Anrufe wurden getätigt, der Koffer aus dem Ankleidezimmer geholt. Und schon zerrte Jess sie vorsichtig hinter sich her zu seinem Land Rover.

»Warte, ich bin sicher, wir haben noch Zeit …«

»Ich gehe doch kein Risiko ein!«, rief Jess und wuchtete ihren birnenförmigen, schwerfälligen Körper auf den Autositz.

»Jess«, versuchte sie es ruhig und griff nach seinem Arm. »Du gerätst in Panik.«

»Allerdings, und wie ich in Panik gerate!«, schrie er und schon raste er, so schnell er sich traute, über die verschneiten, zerfurchten Straßen der Ranch.

Beim Flugplatz angekommen, sahen sie, dass die Cessna schon aus dem kleinen Hangar gebracht worden war und gerade mit Kerosin befüllt wurde. Nachdem er Libby auf den vorderen Sitz geholfen hatte, prüfte Jess eilig den Motor und das Fahrgestell. Diese Aufgaben, das hatte sie gelernt, überließ er niemals einem anderen.

»Jess, das ist doch lächerlich!«, protestierte sie, als er sich auf den Platz des Piloten setzte und dort die notwendigen Kontrollen vor einem Flug durchführte. »Wir haben genügend Zeit, um ins Krankenhaus zu fahren.«

Doch Jess ignorierte sie einfach. Kaum eine Minute später rollte das Flugzeug schon die Startbahn entlang. Aus dem Augenwinkel bemerkte Libby, wie etwas Eisblaues aufblitzte.

»Jess, warte!«, schrie sie. »Der Ferrari!«

Er bremste hart und reckte den Hals, um an Libby vorbeisehen zu können. Tatsächlich, Stacey und Cathy rannten auf sie zu. Wenn man das, was Cathy da tat, »rennen« nennen konnte.

Stacey sprang auf eine der Tragflächen und öffnete die Tür. »Fliegt ihr zufällig in unsere Richtung?«, witzelte er – doch seine Augen waren weit aufgerissen und sein Gesicht blutleer.

»Rein mit euch«, erwiderte Jess ungeduldig, aber er schaute erst Cathy und dann Libby liebevoll an. »Das Wettrennen hat begonnen«, fügte er grinsend hinzu.

Cathy entband als Erste, raste mit einer gesunden kleinen Tochter über die Ziellinie. Libby brachte kurz darauf Zwillingssöhne zur Welt. Nach vielem Diskutieren einigten sie sich bezüglich des Großen Barlowe'schen Babywettrennens auf ein Unentschieden.

– ENDE –

Sally Heywood

Skandal auf Korfu

Roman

Aus dem Amerikanischen von
Charlene Brown

1. Kapitel

Es war Christos. Er ging mit großen Schritten den Pier entlang zur Jacht. Er trug eine Jeans und ein hellblaues Hemd, das gerade weit genug offen war, um die schwarzen Haare in seinem Ausschnitt zu zeigen; die Muskeln seiner Brust spannten in der groben Kleidung. Er war jetzt älter, kein Junge mehr, sein Körper war kräftiger als je zuvor. Er kam ihretwegen.

Shelley befand sich zusammengesunken vor dem Schott der Jacht ihres Vaters, eine plötzliche Furcht kam in ihr auf. Wie sie sich danach sehnte, mit ihm zu gehen! Aber traute sie sich das zu? Sie wollte nicht mehr nachdenken, packte ein paar Sachen in eine Tasche und lief schnell die Treppen hinauf.

Mit hämmerndem Herzen warf sie einen Blick über ihre Schulter. Es würde die Hölle sein, wenn Daddy und Paula entdecken würden, dass sie weg wäre. Aber es war ihr egal. Er war da, und das war alles, was zählte.

»Kommst du?«, rief er sie, als er sie bemerkte.

»Ja!«, flüsterte sie in Panik. Als sie herunter auf den Kai sprang, fühlte sie seine ausgestreckten Arme. Er drückte sie gegen sich, und nach einem langen Moment küsste er sie leidenschaftlich.

Sie wurde plötzlich wach und schaute sich in dem nicht vertrauten Raum um. Wo zum Teufel befand sie sich?

Dann dämmerte es ihr. Natürlich war sie in Korfu.

Seitdem Malcolm ihr gesagt hatte, dass sie hierher kommen würde, träumte sie ständig von Christos Kiriakis. Vielleicht wollte ihr Unterbewusstsein ihr etwas mitteilen. Wenn ja, war es umsonst. Sie wollte nie mehr etwas mit ihm zu tun haben.

Shelley versuchte vergeblich an etwas anderes zu denken. Zeit war vergangen – neun Jahre, um genau zu sein –, und Christos wohnte bestimmt nicht mehr hier. Trotz dieser ganzen Jahre hatte sie ihn aber nicht vergessen können.

Verfolgt von der Erinnerung an seine tolle Figur und den Klang seines rauen gebrochenen Englisch, stand sie vom Bett auf. Unter der Dusche fragte sie sich, ob er wirklich so toll gewesen war, wie sie geglaubt hatte. Mit sechzehn war sie bestimmt leicht zu beeinflussen gewesen.

Sie schaute auf ihre Uhr und stellte fest, dass sie sich beeilen musste, wenn sie die Morgenfähre nach Kassiopi nicht verpassen wollte.

Trotz der schlecht geschlafenen Nacht sah sie immer noch hübsch aus. Sie hatte gewinnende amethystblaue Augen, glänzende, sanfte Haare und eine schlanke Figur, nach der sich die Köpfe der Männer drehten.

Sie ging zum Fenster, öffnete die Läden, sah draußen die strahlende Sonne. Die Bäume unten in der kleinen Grünanlage sahen im Licht sanft wie Gaze aus. Ein wildes Kätzchen schlich die Wand des gegenüberliegenden Gartens entlang, und sie konnte das Geräusch vom sprudelndem Wasser hören, das einer Fontäne entsprang, die tief in dem grünen üppigen Gestrüpp unter den Palmen lag. Die frühe Sonne fühlte sich warm und einladend auf ihrem Gesicht an.

Sie schminkte sich schnell, dann holte sie Sommershorts und ein Seidenhemd aus ihrer Reisetasche heraus. Sie zog sich an, schlüpfte rasch in Ledersandalen, kämmte ihre Haare und nahm dann eine Baumwolljacke über ihre Schulter. Sie nahm ihre Tasche mit dem Rest ihrer Kleidung und eilte die Treppe hinunter zum Foyer.

Ein verschlafenes Gesicht tauchte an der Rezeption auf, als Shelley den Eingang erreichte. »Sie gehen?«, rief eine Stimme. Sie stoppte. Es war der junge Sohn des Besitzers. Als er seinen langbeinigen blonden Gast sah, lächelte er sie würdigend an. »Ich rufe Ihnen ein Taxi.«

Bevor er den Telefonhörer abnehmen konnte, sagte sie: »Es ist okay, danke. Ich möchte laufen. Um die Fähre zu nehmen, ist es doch nicht so weit, oder?«

»Wohin wollen Sie?«, fragte der junge Mann, darauf brennend, ihr zu helfen. Er hatte eine gerade griechische Nase wie Christos und die gleichen schwarzen Haare und die gleiche bronzefarbene Haut, aber er war nicht Christos, und sie fühlte sich zu ihm nicht hingezogen.

»Ich möchte die Küste hoch bis nach Kassiopi gehen«, erklärte sie.

»Ist schneller mit dem Auto. Ich hole es für Sie.«

»Nein, es ist in Ordnung. Ich habe geplant, das Schiff zu nehmen. Jemand wartet auf mich am Hafen.«

»Ein Freund?«

Sie schüttelte den Kopf. »Ich bin ausschließlich geschäftlich hier.«
Er hob ihre Tasche auf. »Hier. Ist schwer. Ich komme mit. Zeige
Ihnen eine Abkürzung.«

Sie folgte ihm dann durch Sträßchen, die zum Meer führten. Sie
konnte sich daran erinnern, dass sie schon mit Christos hier gelaufen
war. Sie zwang sich, ihn aus ihren Gedanken zu verbannen.

Shelleys Führer lief schnell und schaute ständig auf seine Uhr.

Es gab viele nette Läden an den Straßen, und sie hätte gern ein bisschen gebummelt, aber anscheinend hatten sie wirklich nicht die Zeit
dafür, und glücklicherweise waren die meisten der Geschäfte noch
zu, was die Verlockung minderte. Sie beeilte sich, blickte mal flüchtig auf ein Kleid hier, ein Paar Schuhe dort. Aus den offenen Fenstern
von Häusern drangen Stimmen von Familien, die aus großen Räumen
oder von den reich mit Geranien geschmückten Balkonen widerhall-
ten.

Der Duft von brennendem Weihrauch mischte sich mit dem von
frischem Kaffee und Brot. Er drang aus den Eingängen alter byzan-
tinischer Kirchen bis auf die Straßen, und sie konnte den schwachen
Klang der Gebete hören.

Es war Christos' Gebiet, und sie hatte plötzlich das furchtbare Gefühl, dass sie ihn jede Minute treffen würde.

Sie hielt den Kopf nach unten und folgte dem jungen Mann. Mar-
morwege schlängelten sich klein und wendig zwischen den Häusern,
von denen der Putz in Stücken abblätterte, hindurch. Die Pfade glänzten silbrig durch die zahlreichen Füße, die über sie in Jahrhunderten
gelaufen waren.

Christos und sie hatten … Hör auf! schimpfte sie mit sich selbst.
Jetzt liefen sie gefährlich schmale Treppen hinunter, in den kleinen
Lücken zwischen den weißen Wänden der Häuser zeigte sich die tür-
kisblaue Adria.

Dann kamen sie plötzlich auf die breite Fläche von Xenofondus
Stratigu. Der Junge führte sie triumphierend die letzte Strecke bis zur
Anlegestelle.

Die Fähre kam gerade längsseits, und Shelleys Stimmung hob sich
beim Anblick des belebten Hafens, der farbigen Fischkutter und der
hübschen Ansicht der Bucht.

»Danke für Ihre Hilfe«, sagte sie, als sie stoppten.

»Bitte schön.« Er schüttelte die Hand und lächelte sie freundlich an. »Viel Spaß.«

Lächelnd sah Shelley ihn weggehen und reihte sich dann in die Schlange zur Fähre ein.

Als Malcolm – der als leitender Angestellte bei dem Londoner Maklerbüro ihres Vaters arbeitete – sie gebeten hatte, nach Korfu zu kommen, hatte sie zuerst wegen Christos und des letzten Mals, als sie da gewesen war, gezögert.

»Es ist der wunderbarste Platz, den es gibt«, hatte sie ihm gesagt. Sie hatte sich schon dafür entschieden, doch mitzukommen. »Aber ich war ein romantisches sechzehnjähriges Mädchen um die Zeit. Ich bin mir sicher, dass es diesmal ziemlich anders sein wird.« Sie lachte. »Nirgendwo anders konnte den Fantasieanforderungen eines Teenagergirls, das auf Gedichte und griechische Mythen scharf ist, besser entsprochen werden!«

Sie fragte sich, ob Malcolm erfasst hatte, wovon sie außer Korfu sprach, aber er sagte nur: »Ich werde unseren Manager vor Ort dort – Spiros Papandreou – beauftragen, dich in Kassiopi abzuholen. Er kann dich raus zum Grundstück bringen. Sobald du alles wieder unter Kontrolle gebracht hast, kannst du zu einem dezenten Hotel in Korfu-Stadt zurückkehren und ein paar Tage Urlaub nehmen. Du hast es verdient. Ich werde dir etwas wirklich Schönes buchen.«

»Urlaub würde mir bestimmt gut tun«, gab sie zu. »Seitdem Dad sich aus dem Geschäft zurückgezogen hat, war es total chaotisch im Büro.« Dann hatte sie eine Idee gehabt. »Warum bleibe ich nicht ein paar Tage auf dem Grundstück? Ich könnte in einer der Villen bleiben und sehen, ob wir ein paar Sachen ändern könnten. Es könnte für den Kundenforschungsbereich hilfreich sein.«

Er hatte gezögert. »Ich weiß nicht, ob das eine gute Idee ist.«

»Aber die meisten von ihnen sollen bereits in der kommenden Saison komplett fertig sein. Was könnte mich davon abhalten?«

»Es ist der Grund«, sagte er beunruhigt, »warum du dorthin fahren sollst, oder? Shelley, rechne nicht damit, bei dem Arbeitsplatz bleiben zu können. Alles ist weit hinter der Planung zurückgeblieben.«

Sein Gesicht war düster geworden. »Ich weiß wirklich nicht mehr. Du weißt, ich würde selber hingehen …«

»Du kannst London jetzt nicht verlassen, nicht mit Dad in unserem Nacken.«

Beide hatten gelacht, und sie hatte hinzugefügt: »Mach dir keine Sorgen um mich. Ich werde eine Lösung finden. Ich suche nach einer Herausforderung!«

Das war die Wahrheit, und es würde bedeuten, dass sie endlich fähig sein würde, etwas voll und ganz allein zu tun.

Genau in diesem Moment öffnete sich das Hecktor der Fähre und entließ die Passagiere in die Stadt. Die Leute, die mit ihr in der Schlange warteten, begannen ungeduldig zu werden, und bald bahnten sie sich mit viel Geschrei einen Weg an Bord.

Nach Korfu zu reisen war genau die Chance, auf die sie gewartet hatte. Sie sehnte sich danach, ihrem Vater zu zeigen, wozu sie fähig war. Es war endlich Zeit, dass er merkte, dass sie mehr Verantwortung tragen konnte. Sie zitterte – zumindest hoffte sie, sie würde es können! Wenn er vorhatte, sie den europäischen Teil von *Burton's International* leiten zu lassen, sollte er sie mehr machen lassen. Zurzeit schien er zu denken, dass sie noch nicht genug Erfahrung hatte, obwohl sie direkt nach dem Abitur drei lange Jahre im Büro gearbeitet hatte. Stattdessen hatte er Malcolm Fitch ernannt.

Dennoch wusste sie, dass der nette Kerl sehr zuverlässig und schon seit zehn Jahren im Geschäft war. Als ihr Vater vor Kurzem einen Herzanfall gehabt hatte, hatte Malcolm das Geschäft übernommen, dabei alle wichtigen Dinge mit dem bettlägerigen Colin Burton beratend.

Es war Shelley gelungen, einen Sitz im Heck zu finden. Die Fähre begann langsam wegzufahren.

Sie wickelte ein weißes Seidentuch um ihren Kopf und setzte eine dunkle Sonnenbrille auf. Das war es. Sie schlug die Ärmel ihrer blauen Jacke hoch und setzte sich bequem hin, um die Reise zu genießen.

Korfu, das mit seiner alten venezianischen Festung wie ein grauer Koloss am Horizont aussah, verschwand bald hinter ihnen. Wind kam auf und hob kleine weiße Ringe auf die Wellen. Die zerklüftete Küstenlinie fächerte sich auf der Linken auf, und das seidige ionische Meer wogte durch den Kanal zwischen der Insel und dem Festland.

Sie konnte sich des Gedankens nicht erwehren, dass sie jetzt wirklich in Christos Kiriakis' Reich eintraten.

Sie legte eine Zeitschrift über ihr Gesicht und entschloss sich, nicht mehr an ihn zu denken. Aber es war nicht so leicht.

Was würde passieren, wenn sie sich in die Quere kommen würden? Würde er sich nach der langen Zeit an sie erinnern? Wie würde er jetzt aussehen?

Unfähig, sich zu konzentrieren, ließ sie die Zeitschrift herunter. Er wohnte jetzt sicherlich in Athen und war bestimmt erfolgreich geworden. Auch mit zwanzig hatte er das Selbstvertrauen von jemandem gehabt, der dabei war, Spuren zu hinterlassen.

Wütend auf sich selbst, weil sie ihn wieder in ihre Gedanken gelassen hatte, starrte sie die schöne Küstenaussicht an. Es würde noch ein paar Stunden dauern, bis sie dort ankommen würde. Dann würde sie arbeiten müssen. Schlaf übermannte sie.

Vor neun Jahren waren ihre Haare nach drei Wochen Kreuzfahrt eine erschreckend zerzauste silbrige Mähne geworden. Aus irgendeinem Grund hatte ihr Aussehen ihre neue Stiefmutter Paula aufgeregt. Sie hatte nie eine Gelegenheit verpasst, sie zu kritisieren. Sie waren diese Küste entlang gesegelt und hatten Kassiopi spät am Nachmittag erreicht. Es war glühend heiß gewesen. Shelley nahm auf dem oberen Deck in einem winzigen rosa Bikini ein Sonnenbad. Um ehrlich zu sein, hatte sie sich gelangweilt, denn es gab niemanden in ihrem Alter, mit dem sie hätte sprechen können. Paula und ihr Vater hatten nur Augen füreinander.

Als sie im Hafen ankamen, passierte ein Unglück: Ein Seil hatte sich um den Schraubenschaft ihrer Jacht gewickelt. Ihr Vater hatte begonnen zu schreien. Es war, als ob die Hölle sich losgerissen hätte.

Dann war Christos erschienen. Er war neunzehn oder zwanzig Jahre alt und kam mit seinem kleinen Außenborder zu Hilfe.

Er war ganz gebräunt gewesen, und mit seinen schwarzen Haaren und seiner geraden griechischen Nase hatte er für Shelley wie der romantischste Mensch ausgesehen, den sie je erblickt hatte. Er hatte sie gerufen und hatte ein Seil zu ihr hinaufgeworfen. Sie hatte es gefangen, und ihre Blicke hatten sich getroffen. Er hatte sie verwegen angelächelt, und Shelley hatte das Gefühl gehabt, dass ihr Leben plötzlich anders sein würde. Mein Gott, sie war so naiv gewesen.

Nachdem er das Seil befreit hatte, hatte er einen diskret amüsierten Blick gezeigt, so als ob sie schon etwas miteinander gemeinsam hätten – obwohl sie kein Wort gewechselt hatten. Er hatte ihnen geholfen, einen Ankerplatz in dem belebten Jachthafen zu finden und danach, als ihr Vater ihm Geld dafür geben wollte, schüttelte er den Kopf.

»Nein, ist umsonst.« Er schaute noch einmal Shelley an, bevor er sich plötzlich wieder umdrehte, als ob er etwas getan hätte, das er nicht machen sollte. Sie hatte ihn lange angesehen. Er hatte den Motor zum Brummen gebracht, war um ihr Boot gekreist, als ob er nur ungern wegwollte, und war dann in der Menge der Schiffe im Hafen verschwunden.

Sie hatte gedacht, dass sie ihn nie mehr sehen würde, aber er war wiedergekommen. Sie hatten jeden Tag zusammen verbracht, bis zu diesem abschließenden erniedrigenden Ereignis.

Sie schüttelte sich wach. Hier bin ich, noch mal mit offenen Augen träumend, schimpfte sie mit sich selbst. Die Fähre fuhr in einen anderen kleinen, malerischen Hafen entlang der Küste ein. Jedes Mal, wenn sie andockten, wurde sie hellwach, und wenn sie wieder aufs Meer losfuhren, ließ die Spannung nach. Schließlich begann das Schiff in Kassiopi anzulegen.

Seit neun Jahren sah sie den Platz zum ersten Mal wieder.

Der Hafen befand sich zwischen zwei Landspitzen, die mit Villen übersät waren. Ein Schloss aus dem zehnten Jahrhundert lag genau auf dem Hügel, wie sie sich noch erinnern konnte, aber es gab jetzt ein paar neue Hotels entlang des Strandes. Die Wasserfläche vor dem Pier war voll mit Jachten und Kabinenkreuzern. Sie bemerkte das bekannte Auge auf den Bugseiten. Christos hatte ihr erzählt, dass es die bösen Geister abwenden solle.

Als das Dampfschiff einfuhr, hupte es wie immer, um die Ikone der heiligen Jungfrau zu begrüßen. Diese wurde vor langer Zeit von einem Kapitän geschenkt, der auf dem Weg nach Venedig nach einem Schiffbruch gerettet worden war und im Angesicht des Todes geschworen hatte, im Falle seiner Rettung diese Ikone zu stiften. Dann kamen längsseits die gewöhnlichen Schreie der Bootmannschaften und das schrille Pfeifen der Hafenzollbeamten in ihren weißen Uniformen.

Shelley brannte darauf, von Bord zu gehen, und mit ihrer Tasche auf der Schulter folgte sie der Menge, die nur langsam auf der Rampe vorankam. Sie ging neugierig an Land.

Sie schaute sich um und hatte das Gefühl, in die Vergangenheit zurückzukehren. Obwohl sich innerhalb von neun Jahren viel geändert hatte, war der Ort immer noch bezaubernd.

Es gab einen neuen kleinen Supermarkt, aber das Milchgeschäft, bei dem sie jeden Morgen griechischen Joghurt für das Frühstück gekauft hatten, war immer noch da. Auch die Bäckerei existierte noch, und sie konnte sich an das warme Backwerk mit griechischem Honig, *Baklavá* und *Kataïfi* erinnern.

Dann gab es den Haushaltswaren- und Campingladen, der noch Gasflaschen, Wäscheklammern und Hunderte anderer Sachen verkaufte, die andere Geschäfte gar nicht mehr anboten. Jetzt gab es auch einen Friseurladen mit einer imposanten Decke aus Glas und Marmor, und direkt daneben befand sich eine hübsche, weiß gestrichene Boutique, die voll mit Goldringen, Schmuck aus Türkis oder Lapislazuli und bunten Seidenschals war, die dekorativ in der Türöffnung hingen.

Von den Läden richtete sie ihren Blick zu dem Wirtshaus am anderen Ende. Es gab noch dieselben blau gestrichenen Holztische und -stühle und den Garten auf einer Seite. Dann entspannte sie sich. Der Name über dem Eingangsschild war nicht mehr Kiriakis, sondern Georgiou.

Sie war jetzt ein bisschen lockerer geworden, schaute hier und da in der Hoffnung, Spiros zu sehen. Dann hielt ein Wagen bei ihr an, und sie lächelte freundlich. »Spiros!« Sie ging zu ihm. Sie hatte ihn schon einmal in London getroffen, und jetzt stieg er aus und umfasste fest ihre Hände.

»Entzückend, Sie wieder zu treffen, Miss Burton«, begrüßte er sie warm. »Ich habe strikte Anweisungen von meiner Frau Anna, Sie sofort nach Hause zu bringen, um zu frühstücken. Sie können bei uns bleiben, solange Sie es möchten.« Er nahm ihre Tasche und stellte sie ins Auto.

»Ich wollte auf der Arbeitsstelle bleiben«, sagte sie ihm, »aber Malcolm hat gemeint, dass es keine gute Idee wäre.«

Er runzelte die Stirn. »Es ist wahr. Wir sind mit einem großen Problem konfrontiert worden. Lassen Sie uns im Wagen sprechen.« Er sah plötzlich besorgt und unglücklich aus. »Die Dinge liegen – wie sagt man? – problematisch.« Er zuckte reuevoll mit den Schultern. »Ich denke, man braucht das Geschick eines Diplomaten, um sie zu lösen, Miss Burton.«

Ihr Herz zitterte. Und wie würde es sein, wenn sie damit nicht umgehen könnte?

Als sie bequemer im Auto saßen, schaute er sie von der Seite an, aber anscheinend wusste er nicht, wie er anfangen sollte.

»Bitte, sprechen Sie weiter, Spiros. Was ist los?«, sagte sie. »Sind die Lieferanten unzuverlässig?«

Er schüttelte den Kopf. »Das ist es nicht. Alles läuft wunderbar in diesem Bereich. Aber das macht es fast noch schlimmer.« Er runzelte die Stirn wieder. »Es geht um Interessenkollisionen, Miss Burton. Als Ihrem Vater empfohlen wurde, dieses Landstück zu kaufen, wurde er ganz schlecht informiert.«

»Warum, was ist mit dem?«, fragte sie schnell und stellte sich alle möglichen Katastrophen vor: Erdrutsche vielleicht, Überflutungen … Aber als sie ihre Befürchtungen aussprach, lachte er nervös.

»Nicht so schlimm. Das Problem ist, Miss Burton, dass uns der neue Nachbar auf keinen Fall die Erlaubnis geben will, die Hochspannungsleitungen durch sein Land laufen zu lassen. Außerdem hat er unsere einzige Zufahrt gesperrt. Er behauptet, dass wir kein Recht haben, sie geschäftlich zu nutzen.«

Ihr Augen wurden größer. »Kein Recht?«, rief sie aus. »Aber es ist doch unser Land. Man kann damit machen, was man will!«

»Ich wiederhole nur, was die andere Partei sagt«, entschuldigte er sich.

»Ich dachte aber, dass die Zufahrt seit Jahren benutzt würde. Ich kann mich daran erinnern, dass ich selbst auf die Pläne geschaut habe.«

»Es stimmt«, sagte er. »Aber sie führte nur zu den ursprünglichen Bauernhöfen der Halbinsel. Jetzt behauptet er, dass die Straße nicht für geschäftliche Nutzung geeignet ist.«

»Könnten wir nicht Strom von woanders beziehen?«

»Leider nicht.« Er schüttelte den Kopf. »Alles Umland gehört ihm. Wir könnten den Ort mit der Fähre erreichen, aber es ist nicht gut – zu riskant. Das Meer ist dort sehr rau, mit vielen Felsen. Deswegen ist der Strand so lange unbebaut geblieben.«

Shelley runzelte die Stirn. »Aber wie ich Dad kenne, bin ich mir sicher, dass er die ganze Sache von vorn bis hinten gecheckt hat.«

»Wie ich sagte, es kommt von dem neuen Nachbar; er macht Probleme.« Er streckte seine Arme weit aus. »Es ist wie ein Spiel. Monopoly. Oder vielleicht Schach? Wir sind matt gesetzt.«

»Es wäre mir lieber, wenn ich sofort dorthin gehen könnte, um zu sehen, wie es wirklich steht.«

Es war schlimmer, als sie gedacht hatte. Und was, wenn Dad das erfahren würde? Er würde vor Wut explodieren. Da er noch rekonvaleszent war, könnte das fatal sein. Sie verbannte die Angst aus ihrem Kopf und drehte sich zu Spiros um.

Er war noch nervöser geworden. »Was ich versuche zu erklären, Miss Burton … Es ist unmöglich, Zutritt auf das Arbeitsgelände zu bekommen. Seit sieben Tagen wurde es den Arbeitern schon verboten, dort einzutreten.«

»Das kann aber nicht sein! Sie meinen, dass die Produktion zum Erliegen gebracht worden ist?«

Er nickte und trommelte nervös auf das Steuer. »Eine private Sicherheitsfirma bleibt dort rund um die Uhr. Glauben Sie mir, es ist das erste Mal, dass so was passiert. Diese Leute haben die Anweisung, jeden zu stoppen, der durchfahren will. Jeden.«

»Das werden wir bald sehen!«, sagte sie fest. »Ich möchte, dass Sie mich sofort dorthin bringen. Bitte, Spiros.« Als er zu zögern schien, berührte sie seinen Arm. »Ich werde später frühstücken.«

Ungern startete er das Auto.

»Haben Sie versucht, herauszufinden, wer dahinter steckt?«, fragte sie. »Wahrscheinlich sollte ich einen Termin mit der betroffenen Firma abmachen.« Es ist bestimmt eine bedeutende Firma, die das Geld auf bringt, um für den ganzen Tag Sicherheitsleute anstellen zu können, dachte sie sich.

»Es ist eine Firma aus Athen«, sagte Spiros mit Ekel in der Stimme. Als ursprünglicher Mensch aus Korfu war ihm jeder oder alles vom Festland ein Gräuel. »Sie heißt *Monasco Holdings*.«

Shelleys schönes Gesicht wurde noch entschlossener. »Na gut, ich werde nach Athen fahren, wenn es nötig ist.«

Spiros lächelte sie an. »Ich bewundere Ihre Einstellung, Miss Burton. Aber glauben Sie mir, wenn ich gewusst hätte, dass es etwas ausrichten würde, wäre ich selbst nach Athen gefahren. Dennoch brauchen Sie nicht so weit zu fahren, weil sie in Korfu eine Filiale haben. Die Geschäftsstelle befindet sich auf dem Hügel. Sie heißt Villa Monasco.«

»Hier?«, fragte sie. Ihre blauen Augen glänzten mit erneuter Entschlusskraft. »Dann gehen wir jetzt den Chef von *Monasco* besuchen und klären die ganze Sache!«

Ihr Mut sank ein bisschen, als sie in eines der versteckten Täler unter dem Pandokrator-Berg einfuhren. Der Mauer eines privaten Grundstückes folgend, hielt Spiros schließlich an. Mit gut bewachten, imponierenden Eingangstoren, die jetzt geschlossen waren, sah die Villa Monasco aus wie eine Festung. Wipfel von Palmen ragten über die Wand.

Ein Wächter in Uniform trat aus dem Pförtnerhaus heraus. Er hatte ein Funkgerät in seiner Gesäßtasche.

Spiros versuchte ihn zu überzeugen, sie eintreten zu lassen, aber der Wächter war kategorisch dagegen: kein Eintritt. Befehl von oben.

Sie beugte sich vor und lächelte ihn verführerisch an. »Ich bin geschäftlich mit Ihrem Boss in der Villa verabredet«, sagte sie ihm in schlechtem Griechisch, sich dabei bewusst, dass es bestimmt grammatisch inkorrekt und nicht gerade wohlklingend war. Dennoch schien der Mann bereit, nachzugeben. Er nahm sein Funkgerät heraus, wählte eine Nummer, und nach einem kurzen Gespräch streckte er den Arm wie zur Entschuldigung aus.

»Ich hätte Sie tausend Mal reingelassen, aber mein Chef, er sagt Nein.«

Spiros begann, zurück ins Tal hinunterzufahren. »Gestern habe ich den ganzen Tag versucht, jemanden telefonisch zu erreichen, um einen Termin für Sie zu vereinbaren, aber alles, was ich bekommen konnte, war: Er ist unterwegs.« Er hämmerte mit der Faust gegen das Steuer.

Shelley hatte plötzlich eine Idee und befahl Spiros, das Auto bei der Straße anzuhalten.

»Schauen Sie mal. Diese Wand ist nicht so hoch, oder? Ich werde reingehen, Spiros. Ich will das Problem lösen, und dafür muss ich unbedingt den Verantwortlichen treffen. Wollen Sie auf mich warten?«

Sie wartete nicht, bis Spiros sie von ihrem verrückten Plan abbrachte. Sie stieg aus dem Wagen und rannte durch eine Palmenplantage zu einem Wandstück, das niedriger als die anderen war. Sie ignorierte Spiros' Schrei und hörte, dass er den Motor ausmachte. Plötzlich wurde es ganz leise, und sie konnte nur ihr eigenes Herz klopfen hören, als sie hochkletterte.

Sie setzte sich für eine Sekunde rittlings auf die Wand, ließ sich auf die andere Seite fallen und landete mit einem Plumps auf dem gestampften Boden. Dann tauchte sie in das Dunkel des Landsitzes ein.

Es ist ganz einfach, dachte sie, als sie um einen scharlachroten Weihnachtssternbusch ging. Dann hielt sie mit einem anerkennenden Pfeifen an. Dort stand die Villa vor ihr.

Sie war wunderschön. Blühende Kletterpflanzen in Hülle und Fülle schmückten die Brüstung einer weißen Wand, und dahinter lag das Gebäude vor einer spektakulären Landschaft. Geranien und andere, mehr exotische Pflanzen warfen in Abständen farbige Tupfer auf das Grundstück entlang der breiten Terrasse.

Schade, dass der Besitzer so unvernünftig scheint, dachte sie. Als sie zu dem Haus lief, schien es ihr dennoch merkwürdig, dass es so einfach war, reinzukommen. Sie erwartete ständig, den Schrei des wütenden Besitzers zu hören. Aber nichts geschah.

Es schien niemand da zu sein, und sie begann sich zu fragen, ob der Verantwortliche nach allem wohl tatsächlich hier war.

Sie näherte sich dem Haus und befand sich auf einer Seite der Villa, deren Fenster aus schwarz reflektierendem Glas bestanden. Sie schaute in den nächsten Raum, aber sie konnte nichts sehen. Das glänzende Glas zeigte nur ihr eigenes Spiegelbild. War da jemand auf der anderen Seite? Sie betastete den Stahlrahmen und fragte sich, wie man die Fenster öffnete und wo sich die nächste Tür befand. Es war ganz ruhig.

Als sie sich gegen die Scheibe lehnte, spürte sie eine leichte Bewegung hinter sich. Das Fenster schien wegzurutschen, und bevor sie sich versah, fiel sie plötzlich in den Raum hinein.

»Willkommen in der Villa Monasco«, intonierte eine männliche Stimme direkt über ihrem Kopf.

Immer noch auf den Knien, starrte sie durch ihre blonden zerzausten Haare hoch. Er schien zornig zu sein, und der sarkastische Ton zeigte ausdrücklich, dass sie im Gegenteil zu seinen Worten hier gar nichts zu suchen hatte. Sie wusste, dass sie ihren Charme benutzen musste, um da rauszukommen, und stellte sich wieder auf ihre Füße.

Ein dunkler Schatten drohte über ihr, aber wegen des blendenden Sonnenlichts von draußen konnte sie ihn nicht richtig sehen.

Sie blinzelte mit den Augen, und plötzlich erschien ein schlankes, braun gebranntes Gesicht. Sie erkannte sofort etwas erschreckend Vertrautes in der arroganten Linie seiner griechischen Nase.

Bevor sie ein Wort herausbringen konnte, streckte er ihr die Hand entgegen:

»*Kalimera*, Shelley. *Kalós írthes* – herzlich willkommen!«

Es war Christos.

2. Kapitel

Christos' dunkler Blick glitt über ihren Körper, hielt sich an ihren langen gebräunten Beinen auf und verweilte dann auf ihren errötenden Zügen.

Sie schreckte verblüfft zurück. »Ich kann nicht glauben, dass du es bist«, platzte sie heraus.

»Sehen ist glauben, Shelley«, sagte er arrogant.

Sie realisierte, dass sie ihn ganz einfach anstarrte, unfähig, sich zu bewegen. Sie riss sich zusammen und merkte, dass mehrere neugierige Augen auf sie gerichtet waren. Sie befand sich anscheinend in einem Zeichnerraum, ihr Blick erfasste Assistenten, die mit gezücktem Bleistift in der Hand durch ihre plötzliche Erscheinung wie erstarrt schienen.

Sie schaute Christos wieder an. Er hatte sich seit dem letzten Mal verändert. Er war jetzt ein reifer Mann geworden, aber seine schwarzen Augen waren genauso scharf wie immer.

»Das hast du aber schnell geschafft«, sagte er, sie wieder zur Besinnung bringend.

»Was meinst du?«, versuchte sie.

»Ich meine, dass du von einer Videokamera die ganze Zeit gefilmt worden bist.«

Bei der Vorstellung, beobachtet worden zu sein, ohne es zu wissen, überlief es sie eiskalt. Es war wie eine Vergewaltigung.

Sie blickte mit wütenden blauen Augen auf und sagte:

»Ich verstehe nicht, was du hier eigentlich machst!« Sie strich mit der Hand eine Strähne aus ihrem Gesicht.

»Was stellst du dir vor?«, fragte er mit einer harten tiefen Stimme. »Hattest du gedacht, dass ich noch beim Jachthafen arbeiten würde? Dass ich noch Besorgungen für die gecharterten Jachten machen würde?« Er lachte spöttisch auf. »Die Zeiten haben sich geändert.«

Sie schreckte vor seinem Ton zurück. Dieses eiskalte Verhalten passte nicht zu ihm, dennoch war sie nicht überrascht, ihn mit einer solchen Ausstrahlung von Macht zu sehen. Aber er als Leiter in der Villa Monasco? Sie fühlte sich durcheinander.

»Es wäre mir lieber, wenn du mir in mein privates Zimmer folgen würdest.« Seine dunklen Augen glänzten warnend, als ob er Protest erwartet hätte, aber sie fühlte sich schon erleichtert, die aufdringlichen Blicke zu verlassen, und folgte ihm wortlos.

Sie liefen durch endlose Gänge. Als sie die Palastsuite mit einem, den Raum beherrschenden schwarzen Schreibtisch betraten, ging er zu der Raumseite gegenüber und lehnte sich gegen die große Fensterbank. Er sah fürchterlich locker aus und schien die Situation total im Griff zu haben.

Sie selbst fühlte sich ziemlich angespannt. Er verkörperte Macht und Erfolg, aber innerlich fühlte sie sich von den Nuancen seiner Launen alarmiert. Überrascht merkte sie, dass er unter seiner weltmännischen Maske eigentlich innerlich vor Wut kochte. Es erinnerte sie an das letzte Mal, da sie sich gesehen hatten, und sie wäre am liebsten geflüchtet. Sie musste aber widerstehen, wenn sie ihren Standpunkt behaupten wollte.

Sie atmete tief ein und wartete darauf, dass er etwas sagte.

Etwas wie ein Lächeln zeigte sich in seinen harten Mundwinkeln. »So, da bist du.« Sein Blick bewegte sich ganz langsam über ihr errötetes Gesicht. »Was erwartest du von mir?«, fragte er leise.

Sie spannte sich an. »Was ich will?« Sie versuchte, die plötzlichen Schläge ihres Pulses zu beruhigen. »Ich bin hier geschäftlich im Interesse der Firma meines Vaters. Ich wurde hierher gesandt, um unser Strandprojekt weiter verwirklichen zu können. Wie du bestimmt weißt, werden unsere Bauarbeiter von der Arbeitsstelle ferngehalten. Und ich möchte gern den Mann treffen, der dahintersteckt!«

Sie steckte eine Hand in ihr Haar und realisierte, dass sie zitterte. Er brauchte sie nur anzusehen, damit sie sich danach sehnte, zu ihm zu gehen und ihn zu berühren. Es war unglaublich. Sie hasste ihn doch, oder? Aber die Zeit hatte ihre verrückte Lust nach ihm nicht abgeschwächt.

Er streckte die Arme aus. Er lächelte, aber humorlos und mit zurückgehaltener Wut.

»Hier bin ich«, meldete er leise. »Ich bin der Mann, den du möchtest.«

»Du meinst, dass du wirklich der Leiter dieser Firma bist?«

»Genau.«

Sie wich zurück.

Schockiert von der Entdeckung, dass sie mit ihm verhandeln musste, hörte sie sich sagen: »Du hast bestimmt bemerkt, dass deine Aktionen uns ruinieren könnten?«

Er zuckte mit den Schultern als Entschuldigung. »Geschäft ist Geschäft. Ich kann wirklich nicht den Zugang zu der Arbeitsstelle erlauben. Es würde für Unruhe sorgen.«

»Für Unruhe? Für wen? Ich weiß ganz sicher, dass es kilometerweit keine Häuser gibt. Das ist ein lächerlicher Einspruch!«

Sofort brannte Wut in den schwarzen Augen. »Ich habe keine Absicht, jetzt darüber zu reden. Der Wächter hatte dir doch gesagt, dass ich nicht erreichbar wäre. Du bist schon unbefugt eingetreten, und ich wäre im Recht, dich zur Polizei zu bringen. Ich mag keine Gesetzesbrecher.«

Irgendwie fiel ihr Blick an ihm herab. Sie bemerkte seine angespannten Muskeln unter dem teuren Anzug, aber sie versuchte, ihre hilflosen Augen wieder auf sein Gesicht zu richten. Er sah sie musternd an, was sie eiskalt erschauern ließ.

Sie war fest entschlossen, nicht aufzugeben. »Wenn du Verbrecher nicht magst, wir mögen auch keine Cowboy-Firmen, die den Zugang zu unserem Land sperren! Diese Arbeiter kosten Geld, auch wenn sie untätig bleiben.«

»Cowboy?« Er sah aus, als ob er vor einem Rätsel stand. »Hast du den Nerv, die Legalität unserer Firma infrage zu stellen? Ich schlage vor, dass du zwei Mal nachdenkst, bevor du solche Vorwürfe machst. Auch in dieser *rückständigen Zivilisation* – wie deine Stiefmutter so gern sagte – haben wir ein rechtliches System. Und ich sage dir, Verleumdung ist eine Straftat.«

»Das ist ja lächerlich«, protestierte sie. »Deine Firma verbarrikadiert unser eigenes Grundstück, und du hast die Frechheit, uns zu beschuldigen, das Gesetz zu brechen!«

Sie hob ihr kleines, aber entschlossenes Kinn hoch und sprach weiter: »Ich verspreche dir, dass, sobald ich von hier weggehe, ich mich von professionellen Anwälten beraten lassen werde.«

Das war es, dachte sie. Ihre Lippen zitterten, und sie konnte kein Wort mehr reden.

Seine schwarzen Augen glänzten, und er betrachtete spöttisch ihr rotes Gesicht. »Na gut, du hast also vor, einen Streit daraus zu machen, richtig?«

Sie nickte, zu genervt, um zu sprechen, und ballte die Fäuste hinter ihrem Rücken.

»So, jetzt wissen wir, wo wir stehen.«

Entnervt von den schwarzen Augen, brabbelte sie: »*Monasco* wusste seit Ewigkeiten, dass ein Vertreter von *Burton's* über das Thema sprechen wollte. Keine Reaktion – nur um uns zu provozieren! Ich wurde gezwungen, selbst hierher zu kommen, um die Lage zu klären. Dein Widerwillen, darüber zu sprechen, zeigt offensichtlich, dass du nicht im Recht bist und dass du die Affäre so lang wie möglich verzögern möchtest. Es kann keine andere Erklärung geben.«

»Ach nein?« Er runzelte die Stirn und bewegte seinen muskulösen Körper von der Fensterseite weg. »Wir werden sprechen.« Er versuchte es wie eine Drohung klingen zu lassen und schaute auf ein Goldarmband an seinem Handgelenk. »Aber nicht jetzt. Ich bin gerade seit einer Stunde aus Hongkong zurück. Mein Assistent hatte so ziemlich recht, als er dir sagte, dass ich nicht erreichbar war. Ich wollte gerade duschen und andere Sachen anziehen. So, ich denke, es ist keine vorteilhafte Zeit, um weiterzureden.«

»Das ist absichtliche Sabotage, Mr. Kiriakis! Ich schlage vor, dass Sie sich darauf vorbereiten, von unseren Anwälten zu hören!«

Zu wütend, um mehr zu hören, ging sie zur Tür, aber dann spürte sie, dass er durch den Raum zu ihr lief. Von hinten klang seine Stimme wie Seide an ihrem Ohr. »Du hast dich schon beim Einbrechen in Schwierigkeiten gebracht, du wirst doch jetzt bestimmt nicht ausbrechen wollen?«

Zitternd hielt sie den Türknauf fest. Sie spürte seine warme Hand über der ihren. Er drückte die Tür zu und ließ ihr damit keine Chance mehr zur Flucht.

Sie drehte sich um und versuchte, einen klaren Kopf zu behalten, obwohl sie schon von seiner Berührung geschüttelt war. »Ich darf nicht ausbrechen? Ich bin keine Gefangene!«, krächzte sie.

Hilflos hob sie die Augen, und ihre Blicke trafen sich. Nichts schien sie einen Moment lang auseinanderbringen zu können.

Seine Wirkung auf mich ist bestimmt nicht zu übersehen, dachte sie wütend.

»Keine Gefangene. Hab keine Angst.« Er bewegte sich in die Mitte des Raumes. »Ich bin kein Barbar.« Sein dunkler Blick traf ihren und hielt ihn. Sie wusste sofort, dass er sich an die Vorwürfe ihrer Stiefmutter gegen ihn erinnerte.

»Ich hatte vor, einen passenderen Termin zu organisieren, aber jetzt, da du dich vorgedrängt hast, setz dich doch und hör zu.«

»Zuhören? Nein, ich denke, ich habe genug zugehört! Du wirst mir zuhören!«, sagte sie atemlos. »Diskussionen führen zu nichts, Taten schon. Jeder Tag Verzögerung kostet uns Geld. Sobald die Männer wieder zur Arbeit gehen können, werde ich wieder nach London fliegen. Es bringt nichts, deine wichtige Zeit mit Besprechungen zu verschwenden.«

Ein Blick in sein Gesicht genügte, um den Effekt ihrer Worte zu zeigen. Er konnte kaum noch seine Gefühle kontrollieren und begann lautlos zu ihr zu gehen. Als er näher kam, erwartete sie, dass er sie für ihre Frechheit schlagen würde.

Aber er berührte sie nicht und griff mit der Hand nach einem Wandtelefon. Sein Gesicht war blass. »Bringen Sie bitte Kaffee.«

Er sprach zu jemandem in einem anderen Teil der Villa; und nachdem er den Hörer wieder aufgelegt hatte, warf er ihr einen harten Blick zu. Er biss die Zähne zusammen, und ein Muskel an seinem Mund zitterte unter der Kraft seiner unterdrückten Emotionen.

Sie durfte die Chance nicht verpassen. Sie hob den Kopf. »Es war ein Schock, plötzlich wieder Auge in Auge mit dir zu sein«, gab sie offen zu. Ihre Lippen zitterten. »Du siehst gar nicht überrascht aus, mich zu sehen. Hattest du geahnt, dass *Burton's*, mit denen du etwas zu tun hattest, die Firma meines Vaters ist?«

Er antwortete lässig: »Ich weiß immer, mit wem ich arbeite.«

»Was für ein Zufall«, behauptete sie.

Wegen seiner kontrollierten Ruhe fühlte sie sich wie ein schnatternder Idiot. »Zufall?« Er brach in großes Gelächter aus. In diesem Moment kam eine junge Frau, die den Kaffee brachte.

Christos hatte anscheinend einen sehr dichten Zeitplan. Während sie ihren Kaffee trank, erledigte er ein halbes Dutzend dringender Sachen.

Sie ging zum Fenster, von wo aus sie ihn besser beobachten konnte. Es war schon ein Wunder, dass er sich an sie erinnerte. Sie konnte sich auch an diese letzte schreckliche Szene erinnern, wo Paula ihm so viele gemeine Sachen gesagt hatte.

Sie war begeistert, als sie hörte, wie er jetzt mit jemandem am Telefon in fließendem Französisch sprechen konnte. Als sie ihn beim Jachthafen kennen gelernt hatte, konnte er nur gebrochenes Englisch reden, und jetzt konnte er beides flüssig. Sein Erfolg schien ihr plötzlich keine Überraschung mehr zu sein. Seine Energie war immer eine seiner Anziehungskräfte gewesen.

Zufällig hob er den Blick von dem Papierbündel, über dem er hockte. Ihre Augen trafen sich. Er lächelte sie plötzlich an und kam zu ihr und sagte in einem spöttischen Ton: »Zufall? Meine liebe Shelley, glaubst du wirklich daran?«

Einer seiner Assistenten brachte die Papiere in den benachbarten Raum zurück.

»Das Komische daran ist«, sprach er weiter, »der Leichtsinn, mit dem dein Chef dich allein hier gelassen hat. Ich hätte gedacht, dass du eine Eskorte bekommen würdest. Ich bin mir sicher, dass dein Vater nicht erlauben würde, dass du so allein durch Europa reist.«

»Mein Chef?«, fragte sie.

»Fitch«, stieß er aus. »Ist er nicht seit sechs Monaten der neue Leiter?«

Sie nickte.

»Und wie lange denkst du, dass er gegen deinen Vater überleben wird? Er riskiert schon jetzt seinen Job damit, dich allein herkommen zu lassen.«

»Fitch, wie du ihn nennst, weiß, dass ich mich um mich kümmern kann. Und außerdem wollte ich selbst hierher kommen.«

»Du meinst, du kannst ihn um den kleinen Finger wickeln?«, warf er ein.

Sie lachte gereizt und sagte:

»Er behandelt mich wie eine richtige erwachsene Arbeitskollegin, nicht als Porzellanpuppe. Außerdem stehe ich ständig mit der Zentrale in Verbindung. Wenn ich mich nicht regelmäßig melde, wird es Probleme geben. Dad wird dafür schon sorgen.«

»Aber wie viel könnte er von St. Lucia aus mitkriegen?«

Shelley spürte, wie ihre Kinnlade ohne ihr Zutun herunterfiel. Sie nahm sich schnell wieder zusammen und sagte in der Defensive: »Sie haben Ihre Hausaufgaben gemacht, Mr. Kiriakis.«

»Es macht sich bezahlt.«, sagte er trocken. »Dein Wohlergehen war damals solch ein Thema für ihn: Er verlangte von mir, dass ich dich keine Minute zu spät zur Jacht zurückbrachte. Obwohl ich letztens erfahren habe, dass er alles aufgibt.«

Sie runzelte die Stirn. »Gar nicht. Er ist sehr krank gewesen.«

»Sein Geschäft ist aber in Fitchs Hand«, sagte er verächtlich.

»Es scheint, dass du dir aus irgendeinem Grund viele Sorgen um Malcolm machst. Er ist ein sehr anerkannter Geschäftsführer«, verteidigte sie. »Und Dad leitet trotzdem immer noch. Eigentlich wird er sich nie ändern. Er steht immer noch hinter allem.«

»Im Moment nicht. Du versuchst, London selbst zu leiten.«

Shelley wurde durch die Kritik an Malcolm verwirrt, und ihre Selbstsicherheit schwankte.

Das Telefon läutete wieder für Christos. Sie war wütend darüber, dass sie schon wieder in der Defensive war, während jede Minute Geld kostete.

Anscheinend war die ganze Geschichte wie ein Spiel für Christos, und es hätte ihr geholfen zu wissen, um welche Einsätze er spielte. Warum war es für ihn so wichtig? Was würde er damit gewinnen? Es machte keinen Sinn.

»Du machst das extra«, sagte sie wütend. »Wahrscheinlich willst du irgendein Abkommen treffen. Na, sag es mir. Ich möchte deine Bedingungen kennenlernen!«

Sie zögerte. Er sah sie einfach kalt an.

»Was für eine unglaubliche Frau du bist«, begann er. »Anscheinend ist dieser kleine Rückschlag dein einziges Problem zurzeit. Ich habe viele andere Sachen im Kopf, wie du sehen kannst.« Er entspannte seine breiten Schultern. »Du schleichst dich auf mein Grundstück, versuchst, unbefugt in mein Hauptquartier einzutreten, und dann hast du die Stirn, mir zu sagen, was ich machen soll, wie einem Botenjungen, der von deinem Vater beschäftigt wird.«

Er lachte laut. »Sie müssen noch viel lernen, Miss Burton. Erstens solltest du gutes Benehmen lernen. Du bist als Gast in meinem Land und kannst dich nicht so aufspielen, als ob der Platz dir allein gehörte.

Zweitens solltest du eine andere Art, Geschäfte zu machen, akzeptieren. Und drittens musst du wirklich was für dein Aussehen tun. Es ist ziemlich lustig, dich so unordentlich angezogen zu sehen.«

Shelley hielt den Atem an und wurde rot. Sie ging zur Tür und griff den Knauf. »Wenn das alles ist, was du zu sagen hast, dann ist es besser, ich gehe«, murmelte sie heiser.

Sie fand sich draußen im Gang wieder und zwang ihre Beine Richtung Ausgang. Sie verfluchte ihn innerlich, aber nach einem kleinen Moment fühlte sie sich komischerweise durcheinander. Vielleicht hatte er recht gehabt.

Sie hatte sich auf üble und auf beleidigende Weise benommen. Vielleicht ging es ihm um gar kein Abkommen!

Aber genau genommen machte sie sich Sorgen um ihren Vater und wie er reagieren würde, wenn er erfahren würde, dass sein Traumdorf in Gefahr war. Sie musste die Sache wieder in Gang bringen. Sie musste es einfach.

Zieh Leine, Christos Kiriakis, wiederholte sie lautlos, als sie den Flur entlangeilte. Ich hasse ihn, ich hasse ihn. Er wird nicht gewinnen! Er darf nicht gewinnen!

Als sie hinter sich eine Tür sich öffnen hörte, lief sie schneller. Er erreichte sie, bevor sie weit kam, und führte sie zum Ausgang.

Einen Moment später erschien schon ein Jeep vor dem Hauseingang. »Steig ein. Er wird dich bis zur Pförtnerloge fahren.«

Als sie einstieg, fragte er einfach: »Wo kann ich dich erreichen?«

»Ich bleibe bei dem Bauleiter meines Vaters«, murmelte sie, unfähig, sich für das zu entschuldigen, was vorher passiert war.

»Bei Spiros?«

Sie nickte.

»Ich weiß, wo ich ihn finden kann.«

Natürlich weißt du das; du weißt alles, dachte sie wütend.

»Ich melde mich.«

Mit einem schroffen »*Adio!*«, drehte er sich um und lief schnell wieder rein.

Ein paar Sekunden später wurde sie vor den Haustoren abgesetzt und ging zu Spiros zurück.

3. Kapitel

»Na und?«, fragte Spiros beunruhigt. »Was ist passiert?«

»Es ist mir gelungen, in die Villa reinzukommen und den Mann, der dahintersteckt, zu treffen.« Sie machte eine Pause und zuckte reumütig mit den Schultern. »Ich fühle mich, als ob ich von einem Tiger angefallen worden wäre. Er heißt Christos Kiriakis.«

»Wer?«, fragte Spiros außer Fassung.

»Wieso, was ist los?«, rief sie.

Spiros schaute zum Himmel und schloss dann dramatisch die Augen, bevor er resigniert den Kopf schüttelte.

»Ich kenne diesen Mann. Er war in der Schule in meiner Klasse.«

Er wandte sich Shelley zu und sprach weiter. »Er hat ganz früh die Schule verlassen, um sein eigenes Business bei dem Jachthafen anzufangen. Er führte es den Sommer lang und arbeitete auf einer Baustelle im Winter. Er war eisern. Sehr dynamisch. Einer, der immer das Sagen hatte. Wie sein Vater, der ein Restaurant im Hafenviertel hatte. Beide sehr korrekt, sehr hart.«

Er machte eine Pause und schien nachzudenken. »Es ist ungefähr neun, zehn Jahre her. Dann geschah etwas ... Christos verschwand. Ich habe seine Spur verloren.«

Shelley blieb ruhig und hörte zu. Sie wusste, dass der alte Kiriakis der Besitzer der Taverne war und dass Christos bei dem Jachthafen arbeitete; alles, was Spiros ihr sonst erzählt hatte, war neu.

»Na gut«, sagte sie, unsicher, was sie darauf erwidern sollte, »ich weiß nicht, was wir jetzt machen sollen.«

Spiros runzelte die Stirn. »Niemand hat ihn in Kassiopi seitdem gesehen, sonst würde ich Bescheid wissen. Er hat die Villa bestimmt noch nicht lange. Ich habe gehört, dass eine Firma hierher kommen sollte, aber hätte sie nie mit ihm verbunden. Seit Jahren habe ich nicht an Christos Kiriakis gedacht.«

Er sah sie an. »Und was hat er Ihnen gesagt?«

Shelley fühlte sich unbehaglich. »Er hat viel gesagt«, murmelte sie vor sich hin, »aber hauptsächlich, dass er seine Meinung über die Zufahrt zur Halbinsel nicht ändern wird.«

»Verdammt …! Verzeihung, Miss Burton«, korrigierte er sich schnell, sich erinnernd, wer sie war.

»Kein Problem, Spiros. Ich habe noch schlimmere Sachen gedacht, seitdem ich ihn getroffen habe. Und warum mich nicht Shelley nennen, da wir Alliierte sind?«

Spiros berührte ihren Arm. »Hör zu, Shelley, mach dir keine Sorgen. Ich weiß, dass dieses Projekt wichtig für deinen Vater ist. Ich arbeite für ihn seit fünf Jahren und habe ihn gern. Es bricht mein Herz, ihn im Stich zu lassen, besonders wenn er nicht so gesund ist.«

»Mit deiner Hilfe werden wir ihn nicht fallen lassen«, versicherte sie. »Aber wir müssen Dad noch nichts erzählen. Er würde sich nur Sorgen machen. Wir werden eine Lösung finden. Wir sind noch nicht geschlagen!«

Als sie zurück nach Kassiopi fuhren, erzählte Shelley Spiros, dass Christos sie gefragt hatte, wo sie Unterkunft genommen hatte, sodass er ein Treffen organisieren könnte. »Bestimmt, weil er sich weiter dabei amüsieren will, uns den Zugang zu verbieten«, kommentierte sie wütend. »Aber ich werde mein Bestes tun, um ihn zur Vernunft zu bringen.«

Anna, Spiros' Frau, war eine kleine, lebhafte und fröhliche Frau Anfang dreißig. Als sie zur Tür ging, hing ein Schwarm von Kindern an ihrem Kleid. Sich die Hände an ihrer Schürze trocknend, sagte sie: »Ich warte auf euch seit einer Stunde!« Sie lächelte. »Ist alles in Ordnung?«

Spiros verzog das Gesicht. »Zeig Miss Burton ihr Zimmer, Anna, ich parke den Wagen.« Seine Augen glänzten, als er in diejenigen seiner Frau blickte; sie öffnete die blau gestrichene Tür weit und lud Shelley dabei lächelnd ein, ins Haus zu treten. Es roch nach wildem Thymian und Seife, und schwächer kam das Kaffeearoma aus einer Nische des Gebäudes.

Anna führte sie ins obere Stockwerk und stützte sich dabei gegen das Treppengeländer aus Mahagoni. Sie zeigte die Wölbung unter ihrem schwarzen Baumwolloberteil. »Es nimmt mir schon etwas die Luft weg!« Sie lächelte mit der Zufriedenheit einer fröhlichen schwangeren Frau und betrachtete mit einem kurzen Blick Shelleys Ringfinger. »Keine Kinder.«

»Kein Mann.« Shelley lächelte. »Und so gefällt es mir!«

Anna lächelte sie zweifelnd an. »Sind Sie direkt aus London gekommen?«

Shelley schüttelte den Kopf. »Nein, ich bin eine Nacht in Korfu-Stadt geblieben. Gestern bin ich zu spät angekommen, um direkt hierher zu fahren.«

»Ja, Korfu. Ist dort jetzt viel los?«

Shelley schüttelte wieder den Kopf. »Nicht jetzt. Aber ich nehme an, Ostern wird es hektisch werden.«

Anna nickte. »Touristen.« Sie lächelte. »Alle im Urlaub. Das ist gut für *Burton's International* und gut für Spiros und mich, ja?«

»Sehr gut!«, bestätigte Shelley darauf und vermied vorläufig, den Grund ihres Besuches zu erwähnen. Sie hätte jedenfalls mit Anna nicht über das Geschäft sprechen wollen und zweifelte sowieso daran, ob deren Englisch es ihr ermöglicht hätte. Die Frau nahm sie beim Arm. »Ich zeige Ihnen Ihr Zimmer. Mein Lieblingsraum. Kommen Sie.« Sie lief voraus und öffnete die Tür eines Zimmers im hinteren Teil des Hauses, dann lud sie Shelley ein, einzutreten.

»Oh, das ist so schön! Es ist nett von Ihnen!«, freute sich Shelley und vergaß einen Augenblick ihre Sorgen. Es war hell und sonnig mit weiß gestrichenen Möbeln. Auf dem Bett lag eine frische blau-weiße Decke.

Sie ging zu den Fenstern, die sich auf einen kleinen Balkon hin öffneten und starrte die blaue See hinter ein paar Häuserdächern an. Sie war so blau, dass es den Augen nach Londons winterlichem Grau fast wehtat. Ein paar Jachten waren schon draußen.

»Es ist wunderschön!«, wiederholte sie und beugte sich vor, um die Sicht zu genießen. »Genau wie früher«, ließ sie fallen.

Anna wollte sofort wissen, wann sie schon da gewesen war, wo und mit wem.

»Oh, das ist Jahre her, Anna, ich war noch in der Schule. Ich bin mit meinen Eltern auf unserer Jacht zu den Inseln gereist. Mein Vater suchte nach Investitionsmöglichkeiten. Das war, als er die Wohnungen im Zentrum erworben hat.«

»*Mimosa Holiday Apartments*? Ja, sehr schön. Ich bin schon dort gewesen.«

Shelley nickte. »Jedes Mal, wenn wir mit Dad reisten, nutzte er die Gelegenheit, zu expandieren. Ich denke nicht, dass er einmal in seinem Leben einen normalen Urlaub verbracht hat!«

Anna ging wieder herunter, und Shelley konnte die Kinder rufend ins Haus laufen hören. Sobald die Tür zu war, ließ sie sich auf das Bett sinken und entspannte sich. Sie musste frische Kleidung anziehen, obwohl Anna nicht wie Christos wegen Shelleys Aussehen schockiert zu sein schien.

Sie seufzte tief und streckte sich auf dem Bett aus. Es war seltsam aufregend, hier zu sein, trotz des erniedrigenden Treffens mit Christos. Sobald sie das Problem gelöst hatte, würde sie ein paar Tage frei nehmen, wie Malcolm ihr empfohlen hatte.

Draußen hinter dem Haus hatte Anna Kaffee, warme Brötchen und Honig auf einen Tisch gestellt. Als Shelley ein paar Minuten später auftauchte, setzte sie sich unter das mit Clematis behangene Spalier. Das Sonnenlicht sickerte durch die grünen Blätter, die dicker und dunkler werden würden und Schatten im Sommer gaben.

Jetzt war es aber Anfang April, und die Luft war noch frisch.

Shelley hatte sich auf einen Stuhl auf dem Balkon gesetzt und genoss die Sonnenstrahlen. Es war ganz friedlich hier mit den Stimmen von den Kindern zwischen den Bäumen.

Sie erinnerte sich an Malcolm und fragte, ob sie das Telefon für ein Gespräch nach London benutzen könnte.

Spiros kam hinter Anna her, hielt die Arme um ihre Taille und streckte den Kopf hinter Anna hervor. Er arbeitete von zu Hause aus und hatte ein Büro im Erdgeschoss eingerichtet. »Es gibt ein Telefon in meinem Büro unten, Shelley. Mach alles wie zu Hause. Ich habe extra einen Platz für dich frei gelassen.«

Malcolm war gerade im Gespräch, und irgendwie erleichtert teilte sie seinem Sekretär mit, dass sie gut angekommen war und dass sie in Verbindung bleiben würden.

Sie ging wieder hoch, packte ihre Taschen aus und nahm auch eine Kamera heraus, um die gesperrte Zufahrt zu fotografieren, falls sie zum Gericht gehen musste. Sie duschte, zog einen Rock und ein dunkelblaues T-Shirt an und ging runter.

»Ich möchte zum Ort fahren, um das mit eigenen Augen anzusehen«, sagte sie Spiros.

Er befreite sich von zwei seiner Kinder, die um seine Beine hingen, und sagte:

»Okay. Wir fahren.«

Shelley hob ein Kind hoch und legte es in Spiros' Arme zurück. »Du brauchst nicht mitzukommen. Wenn es so ist, wie du mir erklärt hast, werde ich nicht wirklich nah rankommen können. Ich möchte es nur von Weitem sehen. Ich werde ein Auto mieten. Könntest du das vielleicht für mich regeln?«

»Kein Problem.«

Nach einigen Momenten meldete er: »Andreas wird in fünf Minuten eines für dich bereithaben.« Er zeigte ihr den Weg zur Garage in einer Seitenstraße und sagte: »Sei vorsichtig da unten.«

Shelley versprach es ihm und ging los. Sie lächelte innerlich. Dem Leben hier fehlte die Londoner Betriebsamkeit. Dennoch gefiel es ihr hier. Es war etwas charmant, in einem Haus voll mit Kindern zu arbeiten. Es machte es menschlicher. Anna war glücklich. Sie hatte einen Mann, der sie offensichtlich verehrte, und ein schönes Haus voller Leben und Liebe.

Ich werde langsam älter, stellte sie sarkastisch fest, als sie die Garage erreichte.

Sie mietete das Auto und fuhr weg. In der Stadt war Markttag, und sie musste im Schneckentempo fahren, bis es ruhiger wurde. Als sie aus der Stadt heraus war, kurbelte sie die Wagenscheiben herunter und begann die Reise zu genießen.

Die Straße wechselte angenehm zwischen Meer und Bergen ab, manchmal führte sie zwischen Olivenplantagen durch, manchmal durch Zitronengehölze und an zahlreichen leeren Stränden vorbei. Nur als sie anzusteigen begann, wichen die Obstplantagen gestrüppreichen und mit Steinen bedeckten Bergen. Sie nahm an, dass sie sich ihrem Bestimmungsort näherte.

Sie fuhr zu der Spitze, und von dort aus sah sie endlich das Flachland, das sich zur Halbinsel hin erstreckte. Unten lag ein enger Weg, dazu eine alte Schäferhütte und schließlich die Stacheldrahtspule, die diesen Weg versperrte.

Obwohl sie darauf vorbereitet war, machte es sie wütend. Wie konnte er das tun? Bestimmt gehörten die Gelände auf beiden Seiten Christos. Sie sahen aber unbebaubar aus, also warum lehnte er die

Genehmigung, durchzufahren, ab? Es war ein absichtlicher Machtbeweis, vermutete sie.

Sie stieg aus dem Wagen aus, nahm die Kamera aus ihrer Tasche und schaute durch das Objektiv. Dort unten sah sie etwas, das sich bewegte, und sie nahm an, dass sie entdeckt worden war. Schön, dachte sie. Lass ihn Mr. Kiriakis informieren, dass er gut bewacht wird! Sie machte ein paar Fotos und kehrte zum Auto zurück.

Sie fand den Ort ziemlich trostlos. Es lag etwas Grausames in der Absonderung vom Rest der Insel.

Kein Wunder, dass sie hier nie bebaut worden war. Es hatte jemanden mit der Fantasie ihres Vaters gebraucht, um das Potenzial zu sehen und etwas daraus machen zu wollen.

Sie saß einige Minuten mit geschlossenen Augen da. Die letzten vierundzwanzig Stunden holten sie langsam ein. Sie hatte sich entschlossen, zurückzufahren, als sie etwas in der Ferne hörte. Es wurde lauter und deutlicher und war mit Sicherheit ein Auto, das schnell den einspurigen Weg entlangfuhr. Sie konnte ihr eigenes nicht wenden, bevor das andere Fahrzeug vorbeigefahren wäre, so wartete sie.

Sie drehte den Kopf, als sie es kreischend anhalten hörte. Eine gelbe Staubwolke wirbelte auf.

Es war ein weißer Range Rover. Sie sah einen Mann, der auf der anderen Seite ausstieg. Als er zu ihr ging, konnte sie ihn erkennen: Christos.

Automatisch machte sie die Tür zu.

»Ich wusste, dass du herkommen würdest«, sagte er spöttisch. Er beugte sich über die Scheibe, bevor sie sie zumachen konnte. »Hast du alles gesehen, was du wolltest?«

Sie sah ihn kalt an. »Offensichtlich nicht.«

Ihr Sarkasmus machte keinen Eindruck auf ihn. Er lachte freundlich. »Und deine Laune ist auch nicht besser geworden.«

Sie blickte finster. »Du hast mir gesagt, dass du zu beschäftigt bist, um zu sprechen. Dennoch heftest du dich an meine Fersen, als ob du nichts Besseres zu tun hättest.«

»Die Sachen liefen heute Morgen schneller, als ich dachte.« Er ging zu seinem Wagen zurück und rief über seine Schulter: »Folge mir.«

Sie folgte dem Wagen zu den Barrikaden. Für wen zum Teufel hält er sich, dachte sie. Seine herrische Art ging ihr langsam auf die Nerven.

Früher war es das Gleiche gewesen, als er sie auf die Jacht rief. Er stand auf dem Ponton, groß, gebräunt und wunderschön in einer abgeschnittenen Hose und abgewetzten Turnschuhen. Er forderte sie mit seinen dunklen Augen heraus.

Sie war wie ein eifriger junger Hund schnell die Planke heruntergerannt und war ihm gefolgt.

Jetzt war sie hier und machte es wieder.

Inzwischen war er ganz langsam gefahren, da er durchs geöffnete Wagenfenster mit einem alten Schäfer gesprochen hatte. Der alte Mann hielt Schritt mit dem Auto – eine Hand gegen den Flügel gelegt –, und sie sah ihn gutmütig auf das Auto klopfen, als Christos schneller fuhr. Als sie ihn einholte, zeigte er ihr ein zahnloses Lächeln und winkte, während sie vorbeifuhr.

Er frisst Christos offensichtlich aus der Hand, dachte sie ironisch. Sie nickte ihm höflich zu, fast unfähig, ihm sein Lächeln zurückzugeben.

Dann hielt Christos an und kam zu Fuß zu ihr. »Es wäre mir lieber, wenn du dein Auto hier lässt. Die Straße ist nicht so gut. Komm.«

Ja, mein Herr, nein, mein Herr, dachte sie rebellisch. Aber anscheinend machte es Sinn, in dem robusteren Auto weiterzufahren.

Ungern folgte sie ihm und stieg neben ihm ein. Als der Range Rover von einer Seite zur anderen schwankte und sie gegeneinander geworfen wurden, wurde ihr jede Berührung seines Armes gegen den ihren schrecklich bewusst. Sobald sie anhielten, öffnete sie schnell die Tür und sprang heraus.

Sie wurde von der Aussicht deprimiert. Noch halb fertige Villen, in der Mitte eine trockene Fontäne voller Bautrümmer. Die Einzelhandelsläden, die Restaurants sahen mit ihren hoch in die Luft gestreckten Stahlgittern wie gebrochene Knochen aus. Sie hätte am liebsten geschrieen.

Es sollte der Traumplatz ihres Vaters sein. Jetzt sah er aus wie bombardiert, kein Lebenszeichen, nur halb fertige Hüllen, die zum Himmel offen waren. Außerdem hatte sie immer bei den Plänen und dem Design mitgearbeitet; er hatte ihre Vorschläge wohlwollend aufgenommen und ihr gezeigt, dass sie zur Mannschaft gehörte. Es sollte schön eingerichtete Küchen und Badezimmer geben, und jede Wohneinheit hätte ihre eigene Terrasse und eigenen Swimmingpool gehabt. Er hatte sogar extra einen Topdesigner Kacheln nach venezianischen Mustern fertigen lassen.

Oh, Dad ... Sie schloss die Augen. Gott sei Dank kannst du das nicht sehen!

Sie erinnerte sich daran, wer daran schuld war, und drehte sich wütend zu Christos um. »Na, ich hoffe, dass du mit dir zufrieden bist! Das ist purer Vandalismus!«

Er lachte ohne Umschweife. »Kaum, meine Liebe. Ich mach nichts kaputt.«

»Nein?« Sie schaute hilflos herum und sagte mit leiser Stimme: »Du zerstört die Paradiesvision eines Mannes. Das ist Vandalismus, Mr. Kiriakis.« Sie drehte sich weg, als er neben sie trat. »Fass mich nicht an!«, rief sie aus, obwohl er keine Hand gerührt hatte. Warme Wallungen überwältigten ihren Körper bei der Vorstellung, wie seine Finger über ihre nackte Haut strichen. Sie ging zurück.

»Den ganzen Morgen habe ich mir gesagt, dass es nicht so schlimm wäre, wie ich dachte«, versuchte sie zu krächzen. »Aber ich lag falsch. Die ganzen wunderbaren Ideen von Dad sind in den Sand gesetzt worden!«

»Übertreib nicht so! Es ist nicht so schlimm. Zumindest sind die Fundamente nicht untergraben worden.«

»Soll das etwa heißen ...!« Sie sah ihn erstaunt an, aber er begann nur leise zu lachen, als er wegging.

Als sie ihm folgte, bemerkte sie die Böden, die in Erdwällen versunken waren, im Schlamm festsitzende Becken, Hüllen ohne Decke, die luxuriöse Villen sein sollten. Eine große Eröffnung war für in ein paar Monaten geplant worden, die mit dem sechzigsten Geburtstag ihres Vaters zusammentreffen sollte. Jetzt gab es keine Hoffnung mehr, dass alles rechtzeitig fertig sein würde.

»Wie konntest du das tun?« Sie packte seinen Ärmel. »Warum, Christos? Schau hin!«

Sie ließ ihn los und rannte vor, von einer Villa zur anderen. Eine Eidechse huschte um eine Ecke, und sie trat mit einem Schrei zurück.

Tränen brannten in ihren Augen, Tränen vor Wut, vor Hilflosigkeit, vor so etwas wie Kummer, weil der Mann, den sie damals verehrt hatte, der Grund für solch eine Trostlosigkeit sein konnte.

Sie bewegte sich stockend, als er hinter ihr auftauchte.

Sein merkwürdiger Blick fiel auf das perfekte Oval ihres Gesichts und hielt sich dort auf.

Dann spürte sie etwas tief in seinen Augen, das etwas in ihr ergriff, und sie hob ihre Hand, als ob sie es abwenden wollte. »Sag mir, warum du das machst«, flüsterte sie. »Warum willst du alles vernichten? Was ist der Grund dafür?«

Es gab einen Moment der Stille. In der Ferne konnte sie das Lied der Zikaden hören. Die warme Brise trieb den Blumenduft zu ihnen. Sie wusste irgendwo, dass sie von ihm weg sollte, und zog sich in eines der leeren Gebäude zurück. Er folgte ihr und blieb bei dem Eingang mit dem Rücken zur Sonne stehen.

Er hob eine Hand und strich langsam mit seinen Fingern durch ihr Haar. Sie spürte sie mitten in die blonden Strähnen gleiten. Dann wurde seine Berührung ganz sanft. Eine Million Lustatome trieb sie in seine Arme, die er ausgebreitet hatte, und sie ließ sich von seiner Kraft überwältigen. Er drückte sie gegen seine Brust.

Ihre Gedanken rasten in einer Mischung aus Rebellion und Unterwerfung, ein heiseres Stöhnen entrang sich ihr, als seine Lippen die ihren trafen.

Es war eine sanfte und wilde Plünderung ihrer Lippen, sinnlich und geschmackvoll, wie etwas Edles und Seltenes. Dann wurde die Lust langsam intensiver, als seine Lippen gierig nach ihren suchten. Sie spürte seine Hände, die unter ihr T-Shirt fuhren und begannen, ihren glühenden Leib zu bedecken. Er drückte sie gegen seine harte Erregung, als sein Mund zu ihrem Nacken wanderte. Die Lust floss wie eine heiße Flamme unter ihrer Haut.

Und dann wusste sie, dass es das war, was sie immer gewollt hatte. Diesen Mann. Mit dieser dunklen Energie.

In all den Jahren war er der Mann, nach dem sie sich gesehnt hatte. Ihn zu lieben hatte ihr Leben verändert. Jetzt – wieder – hielt er ihr Glück in seinen Händen.

Aber wie früher bedeutete es nichts für ihn.

4. Kapitel

So schnell, wie er sie gepackt hatte, ließ Christos sie wieder los. Mit seinem Rücken gegen das Licht konnte Shelley seine Züge nicht sehen, aber sie spürte seinen unerschütterlichen Willen. Dann ging er zum Platz zurück, ohne ein Wort zu sagen.

Ihre Knöchel schrammten gegen die rohe Backsteinwand, und Wut stieg in ihr hoch, als sie an die lässige Art dachte, wie er sie genommen hatte, um sie danach einfach fallen zu lassen.

Konnte er ahnen, was für ein Chaos sein Kuss verursacht hatte? Sie hoffte nicht. Sie fühlte sich erniedrigt zu wissen, dass er sie trotz der ganzen Sache so fühlen lassen konnte.

Sie rannte hinter ihm her. »Gibt es dir ein perverses Vergnügen, zu sehen, was für einen Schaden du angerichtet hast?«

Er kam ihr entgegen.

»Warum verhältst du dich so?«, tobte sie, unfähig zu stoppen. »Welchen Unterschied macht es für dich, ob es hier ein Urlaubsdorf gibt oder nicht? Es könnte der Gegend Leben geben. Jobs. Geld.«

»Ja!«, knurrte er. »Darauf habe ich gewartet. Im Grunde ist das dein Maßstab an jede verdammte Sache auf dieser Welt, oder?«

Beeindruckt von der Gehässigkeit in seiner Stimme, fasste sie sich schnell wieder. »Wovon sprichst du? Natürlich spielt Geld eine große Rolle! Es kostet Millionen, einen Platz wie diesen zu bauen. Es kostet Geld, einen Traum zu verwirklichen!«

Sie standen wieder ein paar Zentimeter näher beisammen. Er packte ihren Arm, als sie weggehen wollte, unfähig, solche Nähe zu ertragen, und zog sie zu sich. »Es kostet, Shelley! Richtig! Und nicht nur Geld!«, fauchte er in ihr Gesicht. Seine Finger drückten in ihren Arm. »Ich habe erfahren, was es kostet, während eines langen, heißen, unvergesslichen Sommers zu träumen. Na, jetzt habe ich die Millionen, und ich kann alles haben, was ich will.«

»Was willst du?«, fragte sie.

»Du hast bestimmt eine Ahnung?« Seine Mundwinkel zuckten. »Ich will dich.«

Sie sah ihn überrascht an. »Was hast du gesagt?«

»Ich will dich«, wiederholte er. »Du wirst meine Frau sein.«

»Frau?«, fragte sie ungläubig nach. »Bist du verrückt? Nach dem, was du getan hast? Ich hasse dich!« Sie lachte hysterisch. »Du hältst mich wirklich für dumm und naiv.«

Er schaute sie mit vor Wut blitzenden Augen an.

»Ich würde dich nicht heiraten, wärest du der letzte Mann auf diesem Planeten!«

»Du wirst aber«, antwortete er. »Ich habe mich schon entschieden.«

Mit einem Keuchen befreite sie ihren Arm, aber er griff beide Hände mit einer von seinen, mit der anderen hielt er ihr Kinn. Er legte seine Hand um ihre Taille und legte seine Lippen energisch auf ihre.

Ihr Widerstand dauerte vielleicht eine Sekunde, bevor verräterische Lust ihre Lippen öffnete.

Er ließ sie los. »Was zu beweisen war?«

»Was beweist es?«, murmelte sie. Sie hob den Kopf. »Es beweist, dass du immer noch ein Opportunist bist. Wie mein Vater es sagte.«

»Mein Gott. Nichts hat sich geändert«, knirschte er. »Du und deine Familie haben grenzenlos Beleidigungen verteilt. Ich hoffte, dass es sich geändert hätte. Aber ich lag falsch.«

Sein spöttisches Gelächter reizte sie. »Ich will nichts weiter hören. Du wirst mich nicht einschüchtern, Christos Kiriakis! Lass deine Hände von mir, oder …«

»Ja?«

Shelley spürte plötzlich, wie Elektrizität durch ihren Körper lief, eine Mischung von latenter Lust und der Angst, dass sie vielleicht zu weit gegangen war.

Sie war in den Krallen der Zivilisation gefangen, war von Sachen, die man mit Geld kaufen konnte, umgeben – etwa der teure Wagen, die Bulldozer, Traktoren und die Ausrüstung der Firma ihres Vaters –, aber was war das alles gegen den primitiven Willen dieses unbeugsamen und arroganten Mannes?

Er merkte diesen winzigen Umschwung in ihrer Antwort, und seine Stimme sank zu einem heiseren Knurren. »Du hast doch recht, mich so anzusehen, liebe Shelley. Einmal hast du nicht die Oberhand. Es ist jetzt mein Revier, und ich kann tun, was ich will. Die Wahrheit ist, du bist immer noch von Lust geführt, du willst mich genauso wie früher. Und in diesem Zusammenhang hat sich nichts geändert.«

»Dich gewollt? Ich habe dich nie gewollt!« Die glatte Lüge ließ sie rot werden, und obwohl er dies nicht infrage gestellt hatte, fühlte sie sich gezwungen zu sagen: »Ich war zu jung, zu verstehen, was ich empfand. Es war nicht Lust. Vielleicht war ich in die Liebe verliebt.«

Er lachte. »Wilde Worte, Shelley.«

Sie merkte, dass der Griff an ihrem Arm ein wenig lockerer geworden war und wärmer und sinnlicher wurde. Sie spürte ihn näher kommen, fühlte die Wärme seines erregenden Körpers und spürte, dass ihre eigenen Glieder nach noch mehr Intimität verlangten.

Er stand direkt über ihr und drückte ihre Hüfte gegen sein Becken. Er konnte sehen, dass sie seine Erregung atemlos bemerkt hatte. Ihr Körper begann sich nach ihm zu sehnen. Die Lust, worüber er gesprochen hatte, verbreitete sich bei ihr in Wellen, bis sie hilflos den Kopf senkte, was bestimmt wie eine Einladung aussah.

Wortlos und mit Augen voller Verlangen, brachte er seine Lippen auf ihren Mund, und verwirrt gab sie sich der Hitze seiner rücksichtslosen Küsse hin. Seine Stimme, die ihr von ganz weit her zu kommen schien, befahl ihr, die Lippen zu öffnen. »Gib mir deinen Mund; lass mich deine Lippen nehmen. Ja, Shelley. Gib mir deinen Mund, wie du es früher gemacht hast.« Und sie hörte ihn es wieder und wieder sagen, während er mit der Zunge eindrang, sich zurückzog und wieder eindrang, um mehr zu nehmen.

Schließlich hielt er fast ehrfurchtsvoll ihr Gesicht in seinen Händen, um sie zu betrachten; dann ließ er seine Lippen wieder über ihre feuchte Stirn und ihren Hals gleiten.

»Ja. Es sollte so sein«, murmelte er endlich. »Du kannst nicht Nein sagen. Du wirst mir geben, was ich will. Du wirst mich heiraten. Komm. Du hast hier alles gesehen, was du wolltest.«

Im Versuch, etwas Konkretes zu greifen, blickte sie auf die Baustelle. Sie schien die Verwirrung in ihrem Kopf wegen seines überraschenden Antrages widerzuspiegeln.

Sie betrachtete die Bulldozer, die außer Betrieb wie festsitzende prähistorische Dinosaurier dalagen, die Traktoren mit ihren bunten

Farben und die anderen Sachen eines solchen gigantischen Unternehmens. Sie lagen in Unordnung, genau so, wie sie verlassen worden waren, als die Bauarbeiter am Ende des letzten Arbeitstages fortgegangen waren.

Sie warf einen Blick in Christos' Richtung. »Du hast die ganze Zeit gewusst, wie ich mich fühlen würde, wenn ich so was sehen würde. Du dachtest, dass ich deswegen alles akzeptieren würde, oder?« Sie steckte eine zitternde Hand in ihr Haar.

Christos schaute sie an. »Wenn du einen Ausgang möchtest, ich habe es dir gesagt, du hast einen.«

Sie hob ihren Blick zu ihm.

Er drehte sich plötzlich um und ging zu dem Range Rover zurück. Sie folgte ihm, und als sie bei ihm war, sagte er lächelnd: »Du verstehst mich, oder?«

»Es ist eine verrückte Idee.« Ihre Lippen zitterten. »Du meinst, du wirst die Bauarbeiten weitergehen lassen … wenn ich dich heirate? Ich werde das nicht tun!«

Seine Augen wurden schmaler. »Ich muss zur Villa zurück.« Er stieg ins Auto und beugte sich vor, um die Beifahrertür zu öffnen. »Steig ein. Jemand aus Paris soll mich …« Er schaute auf seine Uhr. »… in fünfzehn Minuten besuchen. Ich fahre dich zu deinem Wagen zurück. Du kannst später zu mir kommen, damit wir dieses Gespräch weiterführen können.«

Er sah ihren meuterischen Ausdruck, und sein Mund spannte sich an. »Wenn nicht … ich werde kommen und dich finden.«

Sie stemmte die Hände in ihre Hüften und sah ihn an. »Ich werde laufen. Es ist nicht weit.«

Mit einem bösen Gesicht schlug er die Tür zu, machte den Motor an, und während dieser leicht brummte, fragte er: »Das ist deine letzte Chance. Kommst du mit?«

»Geh zum Teufel!«, schimpfte sie.

Er fuhr weg, und Shelley sah ihm mit einem Gefühl zwischen Ärger und Erleichterung nach.

Er konnte diese Hochzeit als Gegenleistung für Burtons Zugang zum Platz nicht ernst meinen? Betrachtete er das als seine Rache, die Frau, von der alle damals gedacht hatten, sie wäre zu gut für ihn, zu heiraten? Es musste eine verrückte Mischung von Gier und Stolz sein.

Eine Sache war klar: Die Arbeit auf der Baustelle zu stoppen war eine kalkulierte Aktion.

Sie war wütend, den ganzen Weg zurücklaufen zu müssen, und Gedanken und Gefühle vermischten sich zu einem Chaos.

An den Stellen, wo er sie berührt hatte, schien es ihr wie Feuer zu brennen. Nach neun Jahren hatten zwei flüchtige Treffen genügt, um die damalige Sehnsucht in all ihrer primitiven Kraft wieder zu wecken.

Sie erinnerte sich an die idyllischen Wochen, die sie zusammen verbracht hatten. Er war früh am nächsten Morgen nach ihrer katastrophalen Ankunft erschienen. »Ich bin Christos. Ich zeige dir die Stadt. Komm.« Es war der Beginn gewesen.

Danach waren sie untrennbar gewesen. Frisch verheiratet, hingen ihr Vater und Paula immer zusammen, und solange Shelley nicht zu lange von der Jacht wegblieb, hatten sie nichts bemerkt. Abends sollte sie mit ihnen in teuren Restaurants essen gehen, aber den Rest der Zeit folgte sie Christos überallhin. Sie waren mit einem geliehenen Moped über Bergstraßen zu versteckten kleinen Buchten gefahren, zu den Ruinen der Festung, oder sie waren Hand in Hand in Kassiopi oder auf Korfus Spitzenmarkt winzige Straßen entlang spazieren gegangen.

Er hatte sie das erste Mal morgens im Garten der Taverne seines Vaters geküsst. Sie konnte sich daran erinnern, wie er sich entfernt hatte, als ob er Angst gehabt hätte, zu brutal für sie zu sein. Danach war es ihnen schwergefallen, sich nicht zu berühren; ihre Finger waren ständig in Kontakt, ihre Lippen streiften sich, und er legte seinen starken Arm um ihre Taille, als er ihr die Insel zeigte.

Die Tatsache, dass sie selten allein waren, bremste ihre Leidenschaft. Es gab immer Leute auf den Straßen oder jemand, der ihn fröhlich grüßte. Jeder kannte ihn. Sie verstand, dass er stolz auf seine reiche fremde Freundin war.

Dann schlug er ihr vor, die Höhlen in Paleokastritsa, eine der touristischen Attraktionen, zu besuchen. Früh an diesem Tag tauchte Christos mit seinem kleinen schnellen Boot auf, und sie fuhren für eine Schwimm- und Sightseeingtour raus. Es war ein bezaubernder Tag gewesen, bis der Motor bei der Rückfahrt einen Defekt hatte.

Christos hatte versucht, ihn zu reparieren, aber er wollte immer noch nicht anspringen. Um die Uhrzeit waren alle Touristen schon weg, und die einzige Lösung war, einen Unterschlupf auf dem Inselberg zu finden und zu warten, bis es hell wurde. Auch dann war es noch ein tückischer Spaziergang über Hänge voller Felsen im Halblicht des Sommermorgens gewesen.

Es war noch früh am nächsten Tag, als Shelley – zerzaust und erschöpft – an Bord der *Aphrodite* eintraf, wo Paula auf sie wartete.

»Gott sei Dank bist du unversehrt!« Ihre spontane Erleichterung wurde plötzlich zur Wut. »Aber wo warst du denn? Wir haben uns die ganze Nacht Sorgen gemacht. Dein Vater hat die Polizei angerufen, aber alles, was sie gesagt haben, war, wir sollten bis morgen warten. Er ist außer sich. Geh zu ihm.«

Christos hatte versucht, an Bord zu gehen. »Ich erkläre es deinem Vater, Shelley. Es war meine Schuld.«

Paula versperrte ihm den Weg. »Versuch nicht, einen Fuß auf diese Jacht zu setzen, du Barbar! Und bleib von diesem Kind weg. Sie ist nicht für dich!« Dann hatte sie Shelley angebrüllt: »Wie konntest du uns das antun?«

Shelley hatte sich tausend Mal entschuldigt und versucht zu erklären, was wirklich passiert war.

»Motordefekt? Das ist der älteste Trick der Welt!«, hatte Paula gespottet. »Was uns vor allem Sorgen macht, ist, was nach dem Defekt passiert ist.«

»Nichts«, hatte Shelley protestiert. Dann war ihr Vater erschienen, zuerst erleichtert, aber auch er hatte eine Erklärung von ihr gefordert. Sie wiederholte die Geschichte, aber es war ihr klar gewesen, dass er kein Wort davon glauben würde.

»Es war ein Unfall. Christos hat sein Bestes getan, um den Motor zu reparieren. Aber es hat nicht geklappt, und wir haben Schutz auf der Insel gesucht und sind, sobald es hell war, zurückgelaufen.« Er schaute sie eiskalt an. »Wir haben ewig laufen müssen, bis wir endlich einen Bauern getroffen haben, der uns mit seinem Maultiergespann bis zur Stadt gefahren hat.«

Ihr Vater war in Wut geraten. »Ich will die Wahrheit! Ich werde dich nicht strafen, aber ich muss wissen, wie weit es ging!«

Zuerst hatte sie nicht verstanden, wovor ihr Vater Angst hatte. Als sie naiv die Geschichte wiederholte, hatte er sich noch ungläubiger gezeigt. Dann war diese erniedrigende Szene bei der Taverne des alten Kiriakis geschehen.

Colin Burton war wütend in die Küche gerannt und hatte gefragt, wo der Besitzer war. Nachdem er erfahren hatte, was los war, verteidigte Mr. Kiriakis seinen Sohn.

Alarmiert von dem Aufruhr, war Christos erschienen, und anstatt zu Shelley zu kommen, wie sie es gehofft hatte, hatte er ihren Vater beim Arm genommen und sprach zu ihm in einer schnellen und unglücklichen Stimme.

Weitere Schimpfkanonaden folgten darauf zwischen den beiden Männern, obwohl keiner von ihnen wirklich den anderen ganz verstand. Shelley betete darum, dass Christos dementieren würde, dass sie zusammen geschlafen hatten, aber er machte es nicht. Er hatte sie einfach nur ausdruckslos angestarrt, als ob er gewollt hätte, dass sie es selbst dementieren sollte.

Aber sie war zu schockiert gewesen, um irgendwas zu sagen. Sie konnte ihn nicht mehr richtig ansehen. Scham machte ihren Blick verschwommen, und sie hatte auf ihre Lippen beißen müssen, um nicht zu weinen. Warum konnte er ihnen nicht sagen, was passiert war? Sie hatte sich nicht selbst verteidigen können, hatte nur auf den Boden geschaut, bis Paula sie beim Arm packte und wegdrückte.

Die Auseinandersetzung hatte noch auf der Straße angedauert, und das Schlimmste war, als Mr. Kiriakis ihrem Vater sagte, dass griechische Jungs fremde Frauen verachten, weil sie so leicht zu haben wären, im Gegensatz zu den Frauen von Korfu, die nie allein mit einem Jungen ausgehen, bevor sie verheiratet sind.

Sie hatte das Gefühl gehabt, vor Scham sterben zu müssen.

Sie hatte die ganze Nacht geweint und hatte gedacht, dass Christos nichts gesagt hatte, weil er sie heimlich verachtete.

Sie hatte diese Geschichte als einen Betrug betrachtet, und seitdem hatte sie niemandem wirklich vertrauen können.

Als sie das Auto erreichte, stieg sie unglücklich ein. Sie war dann schnell im Zentrum. Es schien ihr unglaublich, den Markt noch voller Leute zu sehen. Sie fühlte sich, als ob sie vom Ende der Welt zurückgekommen wäre, seitdem sie heute Morgen losgefahren war.

Zu Hause fand sie Anna, die gerade das Essen servierte. »Haben Sie eine schöne Fahrt gehabt, Shelley?«, fragte sie. »Sie kommen genau richtig. Wir können essen!«

Den ganzen Tag wartete Shelley darauf, dass Christos sich meldete. Im Geiste machte sie sich auf das Treffen gefasst. Aber es kam nichts.

Sie sagte Spiros: »Wir müssen uns rechtlich beraten lassen. Inzwischen müssen wir geduldig bleiben. Wenn er realisieren wird, dass wir gegen ihn kämpfen werden, wird er zur Vernunft kommen.«

Sie konnte ihm nichts über Christos' Vorschlag erzählen.

Spiros sah über den Tisch seine Frau an. Die Kinder waren schon im Bett, und es war ruhig im Haus. »Du erinnerst dich an Kiriakis, meine Anna?«

»Ah, Christos«, flüsterte sie lächelnd.

Spiros streckte sich, um ihre Knie zu berühren. »Was heißt das, Anna?« Er sah gekränkt aus.

Sie legte eine Hand über seine und drückte sie, um ihm ihre Zuneigung zu versichern. »Wir waren verrückte Frauen.« Sie lächelte. »Wie wir hinter den Gardinen diesen jungen Löwen beobachteten!«

Spiros drückte einen besitzergreifenden Kuss auf ihre Wange.

Später in ihrem Zimmer fragte sich Shelley, wie sie so effizient klingen konnte, wenn in ihrem Kopf das totale Chaos war.

Annas Kommentar hatte tausend Erinnerungen wachgerufen, und sie konnte nichts anderes tun, als den Christos von heute mit dem gebräunten Zwanzigjährigen, nach dem sie verrückt war, zu vergleichen.

Auch in jener Zeit gab es in ihm diese latente Kraft, die Ungeduld, das Gefühl für Macht und komischerweise ein Gefühl für Autorität.

Aber mit den Jahren konnte er seinen damals rücksichtslosen Trieb beherrschen und war deswegen beeindruckender denn je. Es war nun eine überzeugendere Stärke, weil sie bewusst gelenkt war.

Es ist, als ob er irgendeinen Hunger in sich hat, den er auf jeden Preis befriedigen muss, dachte sie.

Sie drehte sich unruhig in dem kleinen Bett. In der warmen Ruhe der Nacht konnte sie ihn nicht aus ihren Gedanken verbannen.

Heute hatte sich die Erinnerung an den ursprünglichen Schock aus ihrem Unterbewusstsein gelöst. Wie würde es denn sein, wenn sie seine Frau werden würde? Es war Wahnsinn, nur daran zu denken.

Auch Anna, die eine ruhige Frau und Mutter war, hatte die Gefahr von einem Mann wie Christos erkannt. Einen *Löwen* hatte sie ihn genannt.

5. Kapitel

Zwei Tage waren vorbei. Noch kein Wort. Shelley sonnte sich ruhelos auf ihrem Balkon.

Sie stand wieder auf, als sie das Telefon hörte, aber es war nicht für sie.

Sie lief zurück und ölte ihre Beine und Arme ein. Sie hatte sich ganz schnell an das griechische Leben gewöhnt, trank Kaffee mit Anna und Spiros und genoss das lange und gemütliche Essen im Garten. Aber es war alles äußerlich. Innerlich war sie nervös wie ein Kätzchen. Sie schaute über den Balkon.

Die Kinder spielten da unten. Als sie sie sahen, riefen sie ihr zu, dass sie mit ihnen spielen sollte. Sie waren jetzt feste Freunde. Sie winkte zurück.

Nun sollte sie aber Malcolm anrufen.

»Noch keine Nachrichten von Kiriakis«, sagte sie ihm, als sie verbunden wurden.

»Bleiben Sie dran«, sagte er dennoch wieder.

»Ich mache mir nur Sorgen um Dad«, gab sie zu.

»Er ist immer noch rekonvaleszent. Ich werde versuchen, die Nachrichten noch zu verheimlichen.«

Sie warnte ihn, dass das griechisch-orthodoxe Osterfest bald kommen würde. »Es wird keine Chance geben, vor vier oder fünf Tagen Geschäfte zu machen. Aber nachher wird es wirklich heftig werden, weil man immer noch die Bauunternehmer in Bereitschaft halten muss.«

»Spiros wird diese Seite unter Kontrolle bringen«, erinnerte er sie. »Machen Sie sich keine Sorgen, Shelley. Sobald Sie diesen Kiriakis wieder treffen können, wird er zur Vernunft kommen. Ich vertraue Ihnen«, fügte er hinzu. »Wir tun es alle.«

Es schien die Sache nur noch schlimmer zu machen. »Ich denke nicht, dass Sie verstehen, wie er ist«, warnte sie.

»Sie wissen ihn zu nehmen, Shelley. Aber was immer Sie tun,

kommen Sie jetzt nicht zurück. Wir haben die Situation mehr unter Kontrolle, wenn jemand von uns vor Ort ist.«

»Ich dachte nicht daran, zurückzukommen, aber ich muss einfach glauben, dass Sie ihn unterschätzen.«

»Versagen Sie nicht. Wir rechnen mit Ihnen.«

Sie unterdrückte die nervösen Bedenken, die diese letzte Bemerkung auslöste, und erzählte, dass Spiros und Anna darauf bestanden hatten, dass sie bei ihnen bliebe.

»Die Leute aus Korfu sind sehr gastliche Menschen«, sagte er. »Ich freue mich zu wissen, wo ich Sie finden kann.«

Diese Worte erinnerten sie an das, was Christos gesagt hatte, und ihre Gedanken wanderten wieder zu ihm.

Spontan rief sie sein Büro an. Ein Assistent sagte ihr, dass Mr. Kiriakis außerhalb des Landes wäre.

Zumindest erklärte das ihr, warum er sich noch nicht gemeldet hatte.

Dann hörte sie die Kinder ins Haus rennen und plötzlich den Klang von zerbrochenem Geschirr auf der Kopfsteinstraße.

Shelley stürzte in das Zimmer, wo die Geräusche herkamen, und wurde überrascht, als sie sie alle beim Werfen von Tellern aus dem Fenster sah. Sie hätte sie sofort gestoppt, wenn Anna und Spiros nicht locker neben ihnen gestanden hätten.

Anna drehte sich um. »Hier, Shelley, du auch!« Sie drückte drei oder vier Teller in Shelleys Hände.

Die schweren Teller rutschten fast aus ihren Fingern. Sie waren bestimmt nicht aus dem besten Porzellan!

Spiros kam zu ihr. »Nein, du musst sie nicht hierhin werfen, sondern aus dem Fenster! Schau mal, so!«

Offensichtlich darauf brennend, die Kinder nachzumachen, pfefferte er einen Teller durch die Öffnung, der klirrend in der Mitte der Straße landete.

Der junge Niko versuchte, seinen Vater zu imitieren, aber der Teller traf das Trottoir. Unverzüglich wurde ihm ein anderer Versuch erlaubt, und Spiros ermunterte ihn stolz mit ein paar väterlichen Tipps, wie er seinen Wurf verbessern konnte.

Auch die kleine Theodora, die von ihrer Mutter zum Fenster hochgehoben wurde, konnte es probieren und ließ den großen Teller zwischen ihren winzigen Fingern nach unten gleiten. Alle applaudierten, als er auf den Boden schlug und in Stückchen zersplitterte. Sie kicherte schüchtern und versteckte das Gesicht in Annas Haaren. Amüsiert von Shelleys verblüfftem Ausdruck, erklärte Anna: »Wir werfen den Teufel hinaus, siehst du? Alte Tradition. Es lässt Wut raus und verhilft nachts zu gutem Schlaf!«

Shelley betastete die von Spiros gegebenen Teller. »Das ist etwas für mich.« Es gab einen Teufel, den sie vertreiben wollte! Sie konnte nicht anders, als das Gesicht zu verzerren, und schleuderte ein paar Teller auf die Straße. Sie sah sie heftig durch die Luft zischen und mit lautem Krach auf der anderen Seite landen. Einen für Christos! dachte sie. Und noch einen!

»Es ist wirklich befriedigend«, sagte sie überzeugt, als sie einen Teller nach dem anderen ergriff.

Sie kicherte mit allen anderen, bis der Stapel leer war. Sie waren extra für das Fest gemacht worden, und die Straßen waren mit zerbrochenen Tellern bedeckt, da die Nachbarn das Gleiche gemacht hatten.

»Ich habe mich seit Langem nicht mehr so amüsiert!«, rief sie. Wenn sie Christos' verderblichen Einfluss auch so hinauswerfen könnte!

Jeder war danach gut gelaunt, auch die Männer, die mit großen Besen die Straßen sauber kehrten. Die Fröhlichkeit dauerte noch den ganzen Tag an, und nach dem Abendessen lud Spiros sie ein, ihn und eine Gruppe von Freunden zu begleiten.

»Heute Nacht folgen wir dem Epitaph mit unseren leuchtenden Kerzen«, erzählte er. »Wie sagt man in deiner Sprache?«

Shelley suchte in ihrem Wörterbuch. »Es ist mit *Sterbetuch* beschrieben. Ist es richtig?« Sie schaute verdutzt.

Spiros nickte. »Sicherlich. Das Sterbetuch von Spiridonas, dem Schutzheiligen von Korfu. Wir nehmen sein Bild aus der Kirche und tragen es um die Stadt, damit er dafür sorgt, dass alles okay ist!« Er lachte.

»Das ist sehr schön, Shelley«, sagte Anna. »Mit Tausenden Kerzen geschmückt. Es ist die Prozession nach der Mitternachtsmesse.«

»Du kommst mit uns«, sagte Spiros. »Du musst das Leben Korfus richtig kennenlernen!«

Anna blieb hinten mit den Kindern, aber eine Menge von Leuten aus derselben Straße ging zur großen Kirche.

Sie waren alle ganz schick angezogen und stiegen die Treppen zu den Sitzen auf einem Balkon herauf, von wo man eine gute Aussicht auf das überfüllte Kirchenschiff unten hatte.

Es schien Shelley, dass sich fast die ganze Gemeinschaft in dem wunderschönen alten Gebäude versammelt hatte. Unbewusst suchte sie ein Gesicht in der Menge, sich fragend, ob er schon von seiner Geschäftsreise zurück war. Es gab viele Männer, die ähnlich aussahen, aber keiner von denen war Christos.

Als der lange Gottesdienst begann, versuchte sie so gut wie möglich dem komplizierten Ritual zu folgen, aber bald fühlte sie sich schläfrig. Ihr Kopf sank, und Traum und Wirklichkeit verschmolzen inmitten des betörenden Weihrauchduftes zu einer undeutlichen schwarzen und goldenen Wolke.

Nach dem dritten Mal, als ihr Kopf sank, versuchte sie wach zu bleiben und starrte die Gesichter an. Dann erkannte sie jemanden im Profil und wurde plötzlich wirklich wach.

Der Mann drehte sich, um in das Kirchenschiff hinunterzusehen, und Shelley traute sich kaum zu atmen, während sie darauf wartete, dass er sein Gesicht zu ihr drehte. Aber bevor er das machte, begannen die Lichter auszugehen, und die Menge sank ins Dunkel.

Dann hallte eine Stimme in der Kirche und sang ein spirituelles und sinnliches Lied. Dann herrschte Ruhe, und nach einer langen Pause erschien ein winziges Licht in der Dunkelheit.

Zuerst erleuchtete es das glimmernde Silber des Heiligenschreines und ließ die strengen, harten Züge des vergoldeten Bildnisses erkennen. Dann wurde eine andere Kerze von der ersten angezündet und glänzte an der wie lebendigen Holzfigur in ihrer Seidenrobe.

Nach und nach begann das ganze Kirchenschiff im Kerzenlicht zu leuchten, und die Leute fingen an, dem Heiligen zu folgen. Von oben sah es aus wie ein glänzender Fluss, eine Lava, die sich ganz langsam zwischen den Steinpfeilern bewegte.

Shelley sah die Leute gegenüber, die ihre eigenen Lichter an denen der Nachbarn anzündeten, und befand sich noch auf der Suche nach diesem Gesicht, das sie vorher flüchtig gesehen hatte.

Aber wenn es Christos gewesen war, war er verschwunden.

Erleichterung und Enttäuschung flossen durch ihren Körper.

Unter ihr wurden die großen Türen geöffnet, um den Lichterfluss auf die Straße ziehen zu lassen, und Spiros und ihren Freunden folgend, trug sie ihre schmale weiße Kerze, die Spiros ihr gegeben hatte, und beschützte dabei mit einer Hand die tropfende Kerze vor der Zugluft. Mit der Menge folgte sie in einer langen Prozession dem silbernen Epitaph.

Es war eine betörende Erfahrung, die eine merkwürdige und unerklärbare Laune aufsteigen ließ. Es war das erste Mal, und obwohl sie den Gesang der Menge nicht verstehen konnte, fühlte sie sich mit ihrer Umgebung verbunden. Und dies besonders, als der Zug zum Strand kam, an dem das Meer ruhig und schimmernd dalag. Oben verteilte der purpurne Sternenhimmel sein eigenes Kerzenlicht, als ob er das von unten widerspiegeln wollte.

Plötzlich wurden ihre träumerischen Gedanken von einer Berührung an ihrem Arm unterbrochen. Starke Finger ergriffen sie und zogen sie aus der Menge.

»Du mischst dich unter die Einheimischen, meine liebe Shelley?«, flüsterte eine bekannte Stimme.

Sie spähte in die Dunkelheit und hob ihre Kerze, als ob sie sich bestätigen wollte, was sie schon vermutete. »Ich wusste, dass ich dich in der Kirche gesehen hatte«, flüsterte sie.

Seine Stimme war rau. »Mit deinen blonden Haaren, die um deine Schultern schweben, siehst du wie ein Engel des heiligen Spiridonas aus. Besonders mit diesem Bühnenrequisit, das sein Licht auf dein Gesicht wirft.«

In Shelleys Kerzenlicht begann er, seinen Finger den weißen Wachsstängel entlanglaufen zu lassen, bis er ihre Hand traf und hier stoppte. Sie fühlte ihn sie umfassen, was ihren ganzen Körper erwärmte.

»Warum bist du hier, Christos?«

Seine Lippen zogen sich zurück. »Ich hätte gedacht, dass das klar war.« Er runzelte die Stirn. »Ich bin hier, um deine Antwort zu bekommen.«

»Was für eine Antwort?« Ihre Lippen wurden schmal, sie fürchtete seine Erwiderung.

Er schloss seine Mandelaugen mit Ungeduld. »Spiel nicht mit mir. Ich möchte deine Antwort zu meinem Heiratsantrag.«

»Antrag? Ich dachte, es wäre ein Ultimatum.«

»Wir können uns dabei zivilisiert benehmen.«

»Wie denn, da du keine Alternative anbietest?«

»Es gibt eine Alternative. Klar.«

»Welche? Dir zu erlauben, den Traum meines Vaters und gleichzeitig bestimmt auch seine Gesundheit und sein Leben zu vernichten?«

»Es ist deine Entscheidung.« Sein Mund war hart.

Frust- und Wuttränen sprangen in ihre Augen. »Du weißt, es würde nicht klappen. Heiraten sollte etwas für die Beteiligten bedeuten.«

Er wurde wieder finster. Das flackernde Licht der Kerze zeigte jede Nuance seines Gesichtes mit seinen undurchdringlichen dunklen Augen. »Lass es mich klar und endgültig ausdrücken.« Sein Ton war harsch. »Du möchtest das Projekt deines Vaters retten. Ich habe dir einen Ausweg angeboten. Es ist einfach. Heirate mich, und es wird keinen Widerstand mehr geben. Lehnst du es ab, dann …« Er zuckte mit den Schultern. »Warum sollte ich Fremden und Geschäftsgegnern Konzessionen machen, denen, die nicht zu meiner Familie gehören? Mein Vorschlag ist ganz einfach.«

»Es ist kein Vorschlag, es ist Erpressung«, sagte sie.

Ihr Blick wanderte zu der singenden Menge, aber niemand konnte ihr helfen, und sie fühlte sich zu ihm hingezogen. Er starrte sie still an; und während noch ein innerer Kampf in ihr stattfand, flüsterte sie endlich: »Du lässt mir keine andere Wahl.«

Er knurrte vor Zufriedenheit. »Sag es«, befahl er. »Ich möchte das Wort von deinen Lippen hören.«

Die weiße Wachskerze zitterte in ihrer Hand und warf wilde Schatten auf die charaktervollen Züge seines Gesichts, als er sie ansah.

Sie wünschte ihn zum Teufel und sagte leise: »Ja.« Dann konnte sie es nicht länger ertragen. »Ja!«, schrie sie über die Menge hinweg. »Du weißt, ich muss. Ja! Ja! Jetzt lass mich in Ruhe!« Mit einem Seufzer drehte sie sich um, um wegzugehen, aber er senkte seinen Kopf, um seine Lippen nah an ihr Ohr zu bringen.

»Sei um zehn Uhr morgen früh bereit. Wir müssen über vieles reden. Ein Auto wird dich von zu Hause abholen.«

Bevor sie protestieren konnte, war er in der Dunkelheit verschwunden.

Kurz danach erschien Spiros bei ihr. »Ich dachte, ich hätte dich verloren, Shelley. Komm, wir gehen jetzt nach Hause.«

Ihre Kerze war noch an, als sie das Haus endlich erreichten. Anna hielt ihre schlafende Tochter in den Armen. Sie betrachtete die Flamme mit Beifall. »Es bedeutet Glück für das kommende Jahr«, erklärte sie.

Shelley konnte ein Gelächter nicht unterdrücken, als sie ihr zukünftiges Glück bedachte.

Am nächsten Tag hätte Shelley am liebsten noch einen Stapel Teller aus dem Fenster geworfen. Was hatte sie denn getan? Es war wie ein Albtraum. Es gab keinen Ausweg. Sie wusste, dass Christos sie nie gehen lassen würde, jetzt, da er ihr Wort bekommen hatte. Sie dachte ans Flüchten, aber es hätte die Lage nur noch verschlimmert, und sie hatte Angst vor einer Racheaktion.

Sie versuchte, sich wie üblich zu benehmen, aber sie zitterte ständig. Zwei Mal wechselte sie ihre Kleidung, bevor sie das Gefühl hatte, dass sie fertig angezogen war. Dann stand sie ewig auf dem Balkon mit einer Haarbürste in der Hand herum und wusste nicht, was sie tun sollte.

Verrückt, sagte sie zu sich selbst, als sie wieder drin war, um etwas Wachs aus ihren Haaren zu streifen. Als sie sie mit der Bürste durchkämmte, merkte sie, dass sie noch nach Weihrauch rochen. Es machte die Erinnerung an Christos' Präsenz noch wirklicher.

Nimm dich endlich zusammen! warnte sie sich. Das Strandprojekt muss gerettet werden. Es konnte den Unterschied zwischen Leben und Tod ihres Vaters bedeuten.

Zu abgelenkt, um ihre Haare zu waschen, ließ sie sie, wie sie waren, und zog sich das dritte Mal um. Sie suchte ein schlichtes schwarzes Kleid. Die Farbe passte genau zu ihrer Laune: Sie fühlte sich, als solle sie irgendeinem boshaften Dämon geopfert werden. Das Kleid hatte einen hohen Kragen und war ärmellos, fiel gerade über die Knie und ließ sie sich stark und beherrscht fühlen, auch wenn es nicht der Fall war.

Trotz der Wut gegen Christos sehnte sie sich nach einem Zeichen der Sorge um sie von ihm. Aber menschliches Gefühl war anscheinend nicht sein Gebiet.

Sie zog Sandalen mit Absätzen an, und um zehn ging sie nach unten; fast in derselben Minute kam Christos' uniformierter Chauffeur an.

»*Kalimera!*« Er nickte.

Shelley rief über ihre Schulter ins Haus hinein: »Ich gehe weg, Anna. Ich weiß nicht genau, wann ich zurückkomme! *Adio!*« Dann folgte sie ihm zum Auto.

Sie kamen im Rolls Royce zur Villa Monasco, von wo aus ein Hubschrauber gerade abgeflogen war. Sofort kam Christos aus dem Haus. Er trug alte Jeans und ein dunkelblaues Shirt mit V-Ausschnitt. Er stieg abrupt ins Auto und gab dem Chauffeur Hinweise, die Shelley gar nicht verstand.

Sein Blick suchte ihr blasses Gesicht, aber sie war viel zu sehr in Aufruhr, um zu fragen, wohin er sie bringen wollte. Sie saßen ruhig da, und glücklicherweise hielt der Wagen an, bevor ihre Nerven zusammenbrachen. Sie verließen den Fahrer, der seine Zeitung auf dem Armaturenbrett zum Lesen auseinanderfaltete, und Christos führte sie zu den Klippen. Shelley tat so, als ob es nichts Wichtigeres in ihrem Kopf als die Umgebung gäbe.

Es ging durch eine schöne Landschaft, und wenn er ihr zeigen wollte, wie wunderschön diese Insel war, war es ihm gelungen. Berge breiteten sich in immer tieferen Kobalt- und Lavendelfarbtönen in der Ferne aus, während unter ihren Füßen ein Teppich von unzähligen Frühlingsblumen lag. Bei jedem anderen Umstand wäre es ein Paradies gewesen.

Es gab eine Ruine am Ende der Strecke, und etwas daran schien ihr nicht unbekannt. Als sie sich näherten, realisierte sie, dass es ein uralter griechischer Tempel war. Die Reinheit von seinen weißen Säulen wurde von dem Amethystblau des Meeres und des Himmels im Hintergrund gesteigert.

»Kannst du dich daran erinnern?«, fragte er.

»Wie könnte ich mich daran erinnern?« Sie schaute die doppelte Säulenreihe an. Dann wurde ihr Gesicht blass. Das letzte Mal, als sie den Tempel gesehen hatte, war an einem Sommermorgen bei Tagesanbruch vor neun Jahren gewesen. Als sie sich etwas gefangen hatte, drehte sie sich in einem Schwung zu ihm um.

»Du erinnerst dich nicht?« Er untersuchte jede Nuance ihres Gesichtes.

»Warum sollte ich?« Sie senkte ihren Blick.

Er wirkte angespannt und starrte die Senke zu der Ruine herab. »Der Tempel ist der Göttin Aphaia gewidmet«, sagte er endlich.

Sie warf ihm einen Blick von der Seite zu. Warum tat er das? Warum die Erinnerungen von der Vergangenheit herbeirufen? Er wusste bestimmt, wie schmerzhaft es war, diese Zeiten wachzurufen. Früher hatte Christos von Aphaia erzählt. Seine tiefe Stimme hatte jedes Wort wie Zaubersprüche klingen lassen. Dann hatte er ein paar Zeilen auf Griechisch gesagt, wie Poesie. Seine Stimme hatte sie mit ihrer Sinnlichkeit zittern lassen. Sie hätte die ganze Nacht zuhören können.

Später, als sie in England zurück war, hatte sie den Namen in einem Buch gesucht und herausgefunden, dass Aphaia mit der Mondgöttin gleichgesetzt wurde. Vor Glück hatte sie den Namen geflüstert, als sie in jener Nacht einschlief. Trotz allem, was geschehen war, hatte sie nichts anderes tun können, als sich nach ihm mit jeder Faser ihres Körpers zu sehnen.

Sie wich seinem Blick aus und lief zwischen den gefallenen Steinen zum Tempeleingang. Ihre Sinne waren verwirrt, aber an erster Stelle stand der Wunsch zu wissen, warum er sie hergebracht hatte.

Als sie sich umdrehte, hatte er sich gegen eine der Säulen gelehnt. Er hätte aus Stein gehauen sein können: Er war ein perfektes Beispiel für die ideale männliche Figur.

Sie stolperte zu ihm über die weißen Steine. Seine schwarzen Augen betrachteten ihr Gesicht, als sie sich näherte.

»Da unten sind die Felsen, wo wir uns die Nacht über aufgehalten haben.«

Sie dachte an diese Nacht zurück, als sie sich in diesem Tempel versteckt hatten, bis es hell genug war. Sie war ihm dann in diesem bezaubernden Halblicht der Sommerdämmerung gefolgt.

Sie starrte auf das Meer. Von hier oben sahen die Strömungen des Wassers wie die Sehnen eines schlafenden fantastischen Tieres aus. Einen Augenblick lang vergaß sie ihren Streit. »Es ist wunderschön«, sagte sie leise.

»Du auch«, flüsterte er hinter ihr.

Sie drehte sich um und sah seine dunklen Haare, die durch die Brise über seine Stirn geweht waren. Sie fragte in einer rauen und ungewollt warmen Stimme: »Wirklich?«

Als Antwort lachte er laut. »Du weißt es, aber du wirst es noch mehr an deinem Hochzeitstag sein.«

Da sie zurückschreckte, sagte er: »Wir müssen das Aufgebot bekannt geben. Ich habe nicht vor, lange zu warten.«

Die unterdrückte Lust in seiner Stimme erregte sie, und sie hatte mit sich zu kämpfen, um nicht zu ihm zu laufen, ihn zu berühren und mit ihren Fingern durch seine starken dunklen Haare zu streichen. Es war so stark, dass es fast ihre Wut vor dem, was er sie zu tun zwang, unterdrückte.

Zitternd vor der Stärke des Konfliktes, wunderte sie sich, dass sie von etwas, das nichts anderes als ein animalischer Ausdruck in seiner Stimme war, so angezogen wurde.

Sie bewegte sich ruckartig, starrte blind das Meer an und tat, als ob sie die Aussicht betrachtete. In Wirklichkeit war ihr nur die Dringlichkeit seines schwarzen Blicks bewusst.

»Shelley!«, sagte er eindringlich. »Dreh dich um und schau mich an!«

»Habe ich getan.« Ihre Stimme war außer Kontrolle.

»Ich habe gesagt, dreh dich zu mir um.« Obwohl sie ihm nicht wirklich gehorchen wollte, sehnte sie sich danach, zu sehen, wie er auf die Sinnlichkeit ihrer heiseren Stimme reagieren würde, und drehte sich um.

»Ja.« Seine Stimme war auch heiser. »Ich wusste, dass du dich erinnern musstest.«

Sein sanfter Ton beschwor die Vergangenheit herauf. Gegen ihren Willen wanderten ihre Gedanken zu dieser Nacht zurück. Sie erinnerte sich an die Sterne, die den Himmel erfüllten. Den Mond. Seine schützenden Arme. Die plötzliche Glut von verwirrender Lust, mit der sie ihre Finger durch seine dicken schwarzen Haare gleiten ließ.

Aber er hatte ihre Erkundungen unterbrochen und hatte in seinem schönen gebrochenen Englisch gesagt: »Shelley, ich will dich lieben. Aber ich darf nicht. Ich bin dein Beschützer. Das ist alles, was ich jetzt bin.«

Sie schenkte ihm einen scharfen Blick. Wollte er, dass sie sich daran erinnerte?

Trotz seiner Warnung hatte sie ihre Arme nach ihm ausgestreckt, Finger fuhren hilflos und unschuldig durch die glänzenden Strähnen, sich danach sehnend, die ungewohnt männliche Gestalt zu entdecken … Es war an dieser Bergseite unter dem Duft des wilden Thymians geschehen, als ihre natürliche Schüchternheit von ihrem Verlangen bedrängt wurde.

Aber seine Ritterlichkeit war unerschütterlich geblieben. Nur deswegen, weil er sich kontrolliert hatte, war nichts geschehen. Sie wurde rot, als sie sich daran erinnerte, dass er derjenige war, der die Sache angehalten hatte.

Wollte er, dass sie sich daran erinnerte?

Ihre Gedanken waren bitter. Es war dieser junge Christos, voller Stolz und Ehre, der ihr Herz gewonnen und es ganz kurz danach zu ihrer Furcht und Beschämung hatte fallen lassen.

Sie hatte Angst, dass er in ihren Gedanken lesen konnte, und lief weg. Sein brennender Blick hatte sie verfolgt. Sie ging zu den Ruinen, als ob sie den Platz aus der Nähe sehen wollte. Dort musste es gewesen sein, wo sie hineingeklettert waren, um sich in Sicherheit zu bringen.

Er folgte ihr, stellte sich hinter sie und fragte: »Siehst du? Wir waren drei Stunden lang gefangen. Ich passte auf dich auf, sah dich beim Schlafen an, sah dich träumen, sah dich langsam wach werden, bis Aphaia ins Meer wich.«

Sie drehte sich halb um, konnte aber seine Gedanken nicht lesen, obwohl er so nah bei ihr stand. Es prickelte, wenn sein harter Körper sie flüchtig berührte.

»Dein Haar riecht nach Weihrauch, Shelley«, hörte sie ihn sagen.

Bevor sie es vermeiden konnte, griff er eine ihrer entfliehenden Strähnen und brachte sie an sein Gesicht, um an ihr mit einem herben sinnlichen Ausdruck zu schnuppern.

Diese Ansicht erregte ihre Sinne wie ein Sturm. Sie begann schon zu zittern. Es fühlt sich an wie Verschmelzen, dachte sie. Es war wie eine machtvolle Unausbleiblichkeit, als er sie in seine Arme nahm. Sie konnte sich nur auf seine Lippen konzentrieren, als sie über ihrem eigenen Mund schwebten. Ihre Brust schien voller zu werden, sie drückte gegen den dünnen Stoff ihres Kleides. Eine Hitzewelle schien sich zwischen ihren Schenkeln zu verbreiten und ihren ganzen Körper in ihrem Feuer zu verschlingen.

»Christos«, flüsterte sie, fieberhaft und doch voller Zweifel. Seine Motive waren immer noch unklar. Dennoch unfähig, sich zu stoppen, schmeckte sie seinen Namen auf ihren Lippen, und ihre Augen konnten sich an seinen dunklen Zügen nicht satt sehen.

Schüchtern fingerte sie an der sanften Seide seines Hemdes herum. Sie kämpfte noch, um ihre tiefen Gefühle nicht zu verraten.

Sie wusste, wie es war, von ihm geküsst zu werden, und langsam fühlte sie sich, als ob sie sich ergeben würde. Diesmal würde es keine Überraschung sein, nur eine Art exquisites Schicksal.

Aber Christos verschob auch diesen Moment; er hob eine Hand und hielt ihre Finger damit. Seine Stimme war heiser. »Solch ein unbezahlbarer Preis. Kein Wunder, dass dein Vater deine Ehre so energisch neun Jahre lang beschützt hat.«

Er brach plötzlich in großes Gelächter aus und zerbrach ihren romantischen Traum. Aber dann sah sie ihre eigene Sehnsucht sich in seinen Augen spiegeln. Als ob er das nicht wollte, setzte er den Mund auf ihre Lippen.

Zuerst küsste er sie fordernd. Dann befreite sich etwas in ihr, und sie wollte sich ihm ganz ergeben.

Aber als ob er seine Lust nicht mehr kontrollieren könnte, ließ er sie los, trat zurück und brach den Kontakt ab. Er hielt die Augen geschlossen, als ob er die Kraft finden wollte, seiner Begierde zu widerstehen.

Sie suchte in seinem Blick nach einem Gefühlszeichen, um die Zweifel zu vermindern, die wie giftige Pfeile in ihren Kopf schossen, aber sein Gesicht war wie eine Maske. Er schien den Effekt seines Kusses eiskalt abzuwägen.

Sie fühlte sich wegen ihrer leidenschaftlichen Art verlegen: Sie hatte ihre tiefsten Gefühle einem Mann gegenüber verraten, der sie anscheinend nur für dubiose Ziele benutzte.

Seine Stimme kam hart und kalt. »Ja, dein Vater wird es bestimmt bereuen, dich diesem Mann Fitch überlassen zu haben. Der arme Idiot hat dich wie ein Geschenk an mich weitergegeben. Wenn ich dein Vater wäre, würde ich mir schwören, dass es ihn seinen Job kosten wird.«

Was erzählte er? Wie konnte er so voller Begierde im einen Moment und so gefühllos im nächsten sein?

Es lief ihr kalt über den Rücken. Aber er lächelte sie ein wenig an, als er sie wieder besitzgierig in seine Arme nahm, obwohl seine Augen so rätselhaft wie nie blieben.

Die Luft zwischen ihnen schien wie elektrisiert.

»Verstehst du nicht, Shelley? Hat irgendetwas von dem, was ich gesagt habe, etwas von mir gezeigt?« Seine Stimme zitterte.

»Du hast gezeigt, wie hartnäckig du bist, und …« Sie duckte den Kopf, da sie nicht wollte, dass sie wieder mit den alten Argumenten anfingen.

Er fiel ein: »Und?«

»Und ich finde dich verwirrend«, versuchte sie. Zitternd war ihr sein heißer werdender Körper und die Begierde, die sie überwältigte, bewusst. Sie schüttelte den Kopf. »Nichts von dem, was du tust, macht Sinn«, rechtfertigte sie in einem Atem.

Er starrte herüber zu der blauen Ionischen See, als ob er Inspiration von ihren funkelnden Wellen suchte.

»Ich bin ein wenig an den Machenschaften schuldig. Ich habe das Urlaubsdorf deines Vaters seit einiger Zeit beobachtet. Ich wusste, dass er vor neun Jahren hier Land gekauft hat. Ich selbst habe ein oder zwei Projekte hier gehabt, und meine Freunde auf der Insel haben mich immer auf dem Laufenden gehalten. Vor sechs Monaten habe ich das Land, das zur Halbinsel führt, gekauft. Ich war davon überzeugt, dass es mir eine wichtige Position geben würde.«

»Für was?«, versuchte sie ratlos.

»Da ich wusste, dass du Friedensstifterin im europäischen Geschäft deines Vaters bist, war es klar, dass du im Falle eines Problems hierher kommen würdest, um es zu lösen.« Er lächelte zufrieden. »Ich wusste, dass Fitch für das Büro in London verantwortlich war und dass dein Vater sich in St. Lucia erholte.«

»Du hinterhältiger Teufel!«, rief sie.

»Ja, du hast recht«, gab er zu. »Aber es war der einzige Weg. Ich hatte mich entschlossen, dich hierher zu holen. Denn ich wollte dich heiraten.«

»Aber warum, mein Gott?« Es war ihr klar, dass Liebe keine Rolle für ihn gespielt hatte. Begierde, ja. Aber ein Mann wie Christos verwickelte sich nicht nur aus Begierde in eine Heirat. »Warum?«, fragte sie leise wieder, da er keine Antwort gab.

Seine Stimme wurde härter. »Es passt zu meinen Zielen. Das ist alles, was du zu wissen brauchst.«

Seine schwarzen Augen erforschten ihre Miene. »Es passt mir, dich zu haben«, sagte er ihr eiskalt.

Sie hob die Augen voller Schmerz zu seinen. Hatte er es wirklich so kalt und kalkuliert bis ins Detail geplant?

Es war wie ein merkwürdiger Traum, in dem das, was sie sich früher gewünscht hatte, nun zum Greifen nahe war. Dennoch war das Geschenk ein vergifteter Kelch, weil es keine Liebe war. Er hatte das Wort nicht ausgesprochen. Für ihn schien es nicht wichtig zu sein. Er ließ sie los und wurde sofort geschäftsmäßig.

»Später werde ich dir dein neues Zuhause zeigen. Aber zuerst haben wir einiges zu tun, dann folgt Mittagessen und ein soziales Engagement.«

Da er ihr nun locker das Programm für den Rest des Tages mitgeteilt hatte, begann er wegzugehen und erwartete, dass sie ihm folgte.

Plötzlich drehte er sich um und schaute sie an. »Glaub es oder nicht, aber ich wollte dir Zeit lassen. Aber nachdem ich dich hierher gebracht habe, warum Zeit mit Vorbesprechungen verlieren? Außerdem bin ich mir sicher, dass du sofort alles durchschaut hättest.« Er drehte sich wieder um und begann, flott zum Auto zu laufen.

6. Kapitel

Als der Wagen losfuhr, versuchte Shelley, ihre Gedanken zu sortieren. Warum musste Christos sie durch diese Intrigen nach Korfu locken, um sie zu heiraten? Paulas frühere Vorwürfe, dass er ein armer Vermögensjäger sei, hätten vielleicht plausibel sein können. Aber nicht mehr jetzt, wo er unglaublich reich war. Sie dachte, dass es wahrscheinlich aus persönlicher Rache war.

Es war wegen dieser öffentlichen Beleidigung bei ihrem Vater vor neun Jahren. Und sie war sein Opfer.

Sie drehte sich zu ihm um, aber bevor sie ein Wort sagen konnte, legte er seinen Zeigefinger auf ihre zarten Lippen. Er starrte absichtlich ihren Mund an und schüttelte langsam den Kopf.

Der Moment schien ewig zu dauern, während ihre Nerven unter dem sanften Druck seiner Berührung in Alarmbereitschaft versetzt wurden. Eine heftige Lust wurde ihr plötzlich bewusst. Mit einem leuchtenden Blick auf ihre roten Wangen glitt schließlich sein Finger weg. Ihre Lippen gingen wie von selber auseinander, und ihre Zunge leckte die Stelle, wo sie den Druck seines Streichelns noch spüren konnte.

»Da gibt es kein Aber, Shelley«, flüsterte er. »Du hast dein Wort gegeben. Es gibt kein Zurück.«

Er berührte wieder ihre Lippen mit seiner Fingerspitze – die Intimität der Geste lag im Widerspruch zu der Kälte seiner Worte. Trotz des Chauffeurs begann er, seine Lippen zu denen, die unter seinen gespreizten Fingern gefangen waren, zu senken.

Sie fühlte seine Lippen, die ihre berührten und reizten, bis er überzeugt schien, ihre Einwände unterdrückt zu haben. Sein Kuss wurde eine finale Versiegelung des Paktes zwischen ihnen.

Sie fühlte den ganzen Druck seines Mundes auf ihrem und reagierte mit einem erregten Keuchen. Seine Finger glitten leidenschaftlich über ihren Hals, als er sich über sie beugte. Er schien entschlossen, die Wichtigkeit seines Versprechens klarzumachen. Sie öffnete ihre Lippen.

Er zog ihren Kopf nach hinten, und sein Kuss vertiefte sich. Sie vergaß alles, bis er den Kopf hob und sagte: »Wenn du mich so küsst, weiß ich, dass du Ja zu allem sagst.«

Seine Lippen schwebten gerade über ihren, als seine Augen ihre mit einem spöttischen Lächeln fixierten. In diesem Moment erreichte das Auto den Gipfel eines Hügels, und er wies durch das Fenster. »Wir fahren an der Villa vorbei. Das ist die beste Ansicht.«

Er zeigte das weiße Gebäude ganz am Ende des engen Tales. Es sah wie ein Palast aus, das mitten in Gärten lag, und zwischen eleganten Bögen konnte man die türkise Farbe eines breiten Pools sehen.

Er zeigte ihr einen Weinberg in der Nähe und manche Olivengehölze. In der Ferne leuchtete der Pandokrator mit einem purpurnen Glimmen.

Er hielt sie immer enger in seinen Armen und sagte ihr: »Siehst du das Land bis zum Berghang? Es gehört alles mir. Ich habe auch beträchtliches Interesse an einer Handelsvertretung mit einer Basis in Piräus. Als meine Frau wirst du alles haben, was dein Herz sich wünscht. Dein Vater wird nichts mehr dagegen haben, wenn du ihm das alles erzählen wirst.«

Sie versuchte, seinem brennenden Blick auszuweichen, und starrte wortlos aus dem Fenster den Beweis seiner materiellen Macht an. Sie empfand aber kein Glück dabei zu wissen, dass sie die Frau eines solchen reichen Mannes werden würde. Was würde ihr denn sein Reichtum bringen, wenn sie für ihn nur bedeutete, ein Symbol seines Erfolgs zu sein?

Sie biss sich auf die Lippe, unterdrückte Angsttränen und zwang sich, ihm in die Augen zu schauen.

Ungern zeigte sie ihm ein Lächeln. »Es ist wirklich beeindruckend, aber du erwartest bestimmt nicht, dass ich vor Freude tanze, da du weißt, dass ich dich gegen meinen Willen heirate, oder?«

Er runzelte die Stirn. »Du wirst dich an die Idee gewöhnen, wenn du dir ein wenig Mühe gibst.« Er hob ihr Kinn an und schaute ihr lange und intensiv in die Augen. »Ich bin glücklich, sehr glücklich.« Seine Stimme war sanft wie ein Streicheln.

Sie senkte die Lider, um seinem Blick auszuweichen. Sie spürte, dass er ihre Gedanken hinter ihren feuchten Augen lesen konnte, und die erniedrigende Tatsache wurde ihr bewusst, dass sie sich jedes Mal, wenn er sie berührte, am Rand der totalen Kapitulation bewegte. Sie hatte die Augen gesenkt, um die Wahrheit vor seinem forschenden Blick zu verstecken. Nie würde sie zugeben, wie arg er ihr zusetzte.

Er berührte flüchtig ihre Lippen, und es war wie ein kleiner Schock für sie.

Als sie die Augen öffnete, hielten sie draußen bei einem schmiedeeisernen Tor an. Durch die Eisengitter schien es überall wucherndes Grün zu geben.

Sie stiegen aus, und Christos führte sie durch das Tor. Sie befanden sich in einem von Mauern umgebenen, üppigen Garten. Mächtige Kakteen reichten bis zu den oberen Fenstern des Hauses hinauf, und dornige und subtropische Pflanzen wuchsen in Hülle und Fülle an beiden Seiten eines schmalen Weges.

Christos ging gebeugt, um den Weg durch einen Tunnel von Kletterrosen zu zeigen, der direkt zu der weißen Vordertür eines hübschen Steinhauses führte.

Das Gebäude war zwar nicht sehr groß, aber unglaublich malerisch. Wie ein Puppenhaus, dachte Shelley, ein Spielzeughaus mit weißen Läden und Blumentöpfen entlang der Wände.

Neugierig fragte sie: »Wem gehört das Haus?«

Christos hatte schon die Vordertür erreicht. Er drehte sich auf der sauber gewischten Stufe um. »Sie spricht kein Wort Englisch.« Er machte eine Pause. »Lass dich davon nicht stören.«

»Aber wem gehört das Haus?«, fragte sie wieder, vermutete jedoch schon die Antwort.

»Du musst meine Mutter treffen. Sie möchte wissen, welchen Tag wir festsetzen.«

Shelley wurde blass. Sie folgte ihm aber blind hinein. Zögernd fand sie sich in einem mit Steinen gefliesten Eingang wieder. Mehrere traditionelle Wollteppiche lagen auf dem Boden, der Raum war von Lavendelduft erfüllt.

Er rief etwas auf Griechisch und ging mit großen Schritten in eines der Zimmer hinein, wo ihn Shelley jemanden grüßen hörte. Sie blieb einen Moment zurück, denn es war ihr unangenehm, seine Mutter zu treffen. Außerdem war sie ängstlich bei dem Gedanken, dass nun wirklich ein Termin genannt werden sollte. Der ganze Albtraum wurde dadurch schrecklich real.

Als ihr klar wurde, dass sie nicht ewig draußen bleiben konnte, trat sie über die Schwelle.

Christos murmelte etwas in seiner Sprache zu einer schlanken, schwarz gekleideten Gestalt, die auf einem mit Spitzenkissen übervollen Sofa lag. Als Shelley erschien, stellte Christos sie ihr vor.

Die hellen Augen einer sechzigjährigen Frau, deren graue Haare zum Knoten gesteckt waren, starrten Shelley an. Offensichtlich war sie krank gewesen, denn ihre Beine waren hoch gelagert. Ihre Schultern waren in einen schwarzen Spitzenschal gewickelt, und ein Samtband mit einer Juwelenbrosche an ihrem Hals betonte ihre verblichene Schönheit.

Als ihr Blick Shelley traf, streckte sie beide Hände aus. Shelley ging zu ihr und nahm die zarten Finger in die ihren. Christos' Mutter murmelte etwas, das Shelley nicht verstand.

Christos übersetzte: »Sie heißt dich im Haus der Kiriakis willkommen.«

Shelley spürte, wie wichtig dieses Treffen für Christos' Mutter war. Sie senkte den Kopf und fragte sich, ob seine Mutter eigentlich seine wahre Natur kannte. Mit einem Mal war Christos überaus liebenswürdig geworden. Diese plötzlichen Veränderungen in seinem Verhalten machten sie verrückt.

Aber sie nahm sich zusammen und fragte stockend auf Griechisch: »*Ti kanete?* – Wie geht es Ihnen?« Angesichts seiner jetzt so guten Sprachkenntnisse war sie doppelt verlegen. Zu ihrer Überraschung lächelte er ihr nun ermutigend zu.

Christos brachte ihr einen Stuhl und setzte sich selbst an den Rand. Er knarrte unter ihrer beider Gewicht. Sein harter und muskulöser Körper wurde ihr erneut bewusst. Dennoch konnte sie sich nicht von ihm fortbewegen, ohne dass es als eigenartig aufgefallen wäre.

Während sie tat, als ob alles in Ordnung wäre, begann Christos' Mutter, an einem der zahlreichen Ringe, die sie trug, zu ziehen. Sie warf ihrem Sohn einen lächelnden Blick zu, als sie tastend nach Shelleys Hand suchte.

Bevor sie realisieren konnte, was passierte, stellte Shelley fest, dass Mrs. Kiriakis einen eindrucksvollen Ring auf ihren Finger streifte.

»Aber ...«, fing sie an.

Er drückte seinen Mund an ihr Ohr, als ob sie ineinander verliebt wären. »Kein Aber«, warnte er freundlich.

Die Drohung in seinen Worten entsprach nicht der Leichtigkeit seines Tons. Sie verstand ihn ganz genau. Es gehörte zum Zeremoniell. »Er ist sehr hübsch.« Sie wurde rot bei dem Gedanken, dass sie seiner Mutter das Liebespaar nur vortäuschten. Denn das war es, was sie offenbar dachte.

Mrs. Kirikias nahm Christos' und Shelleys Hände, drückte beide zusammen zwischen den ihren und lächelte dabei mit Tränen in den Augen.

Als sie sie losließ, sagte Shelley mit einem Lächeln im Gesicht, um sie nicht zu kränken, auf Englisch zu Christos: »Ich hasse dich, Christos. Denkt deine Mutter etwa, dass wir tatsächlich verliebt sind? Nichts könnte weiter von der Wahrheit entfernt sein.«

Er blieb stoisch. »Ich habe ihr erzählt, dass ich den Priester heute besuchen werde, um einen Termin zu vereinbaren. Je früher, desto besser.«

»Und der Ring?«

»Gib ihn nicht zurück. Sie würde es nicht aushalten. Ich werde dir alles draußen erklären. Jetzt müssen wir los.«

Zärtlich bemüht, sorgte er dafür, dass seine Mutter bequem lag, und küsste sie auf die Wangen. »*Adio, Mama!*«

Sie lächelte Shelley an, und müde legte sie sich zurück.

Sobald sie draußen waren, wandte sich Shelley wütend zu ihm. »Ich fühle mich schrecklich. Betrug ist vielleicht deine zweite Natur, aber ich finde es furchtbar.«

Christos ignorierte ihren Kommentar. »Du hast gut mitgemacht. Ich muss sagen, dass du mich überrascht hast.«

Nach einer Pause informierte er sie: »Du trägst den Ring der Kiriakis. Als meine Verlobte musst du ihn haben.«

Er drehte sich ganz schnell um und begann, zum abgestellten Auto zu gehen. Er blieb an der offenen Türe stehen, aber sie zögerte, einzusteigen. Sie hielt den Ring hoch, der im starken Sonnenlicht glänzte. Eine stilisierte, gespreizte goldene Klaue hielt verschiedene farbige Steine. Er fühlte sich schwer auf ihrem Finger an. Sie hatte kein Recht, ihn zu tragen, wenn er ein Symbol der Liebe sein sollte.

Als ob er ihre Zweifel bestätigen wollte, sagte er: »Er wurde von den Bräuten der Kiriakis seit zwei Jahrhunderten getragen. Viele Freuden- und Trauertränen sind seinetwegen vergossen worden.«

Sie starrte ihn eiskalt an. »Ich werde bestimmt keine Tränen deinetwegen vergießen, Christos. Du zwingst mich, dich zu heiraten, obwohl du weißt, dass es das Letzte ist, was ich mir wünsche.«

Sein Gesicht wurde blass. »Steig ein.«

»Versteh, dass ich nur mitmache, um meinen Vater vor deinen teuflischen Machenschaften zu retten.« Hoch erhobenen Kopfes setzte sie sich in den Rolls. Als er neben ihr einstieg, behandelte sie ihn mit eisiger Höflichkeit, und sie fuhren wortlos zur Stadt.

Als sie den Fuß des Berges erreichten, befahl Christos seinem Chauffeur, durch das Zentrum zu einem Hotel am Strand zu fahren. Dann wandte er sich abrupt zu ihr.

»Ich dachte, du würdest dich nach meinem Vater erkundigen«, sagte er wütend.

Wut, die bestimmt wegen der Worte, die sie vorhin gesagt hatte, ausgebrochen war, verzerrte seine normalerweise beherrschten Züge.

Shelley öffnete und schloss den Mund. Wie könnte sie ihm erklären, warum sie Mr. Kiriakis nicht erwähnt hatte? Zögernd gab sie leise zu: »Das letzte Mal, als wir uns gesehen haben, schien es, als ob er keine Lust mehr hätte, mich oder meine Familie jemals wiederzusehen.«

Sie erinnerte sich an die Art, wie er sie von Kopf bis Fuß bei der schrecklichen Konfrontation im Restaurant gemustert hatte. »Er dachte offensichtlich, dass ich seines Sohnes nicht wert war«, fügte sie hinzu. Sie zeigte ihm ein gezwungenes, unglückliches Lächeln. »Wo ist er?«

Christos sagte brutal: »Er ist tot.«

Ihre Wangen wurden blass. »Tot?«

Christos blickte sie wortlos an.

»Es tut mir leid«, antwortete sie mit feuchten Augen. Obwohl sein Vater unfair zu ihr gewesen war, konnte sie ein Gefühl der Trauer nicht unterdrücken. Sein Ärger war von Paulas hysterischem Ton und von der Wut ihres eigenen Vaters provoziert worden.

»Er ist vor neun Jahren gestorben.« Christos' Stimme wurde angespannt und hart. »Und weißt du, wie er gestorben ist?«

Shelley schüttelte den Kopf.

»Ich erzähle es dir.« Er zwang sie, zuzuhören. Es gab etwas Grausames in der Art, wie er seine Worte aussprach. Es überlief Shelley eiskalt, als ihr klar wurde, dass die Beleidigung in der Öffentlichkeit vor neun Jahren vielleicht die Ursache seines Todes gewesen war.

Seine Augen glänzten gefährlich. »Vor den Leuten hat mich mein Vater verteidigt. Sein Stolz verlangte es. Aber nachdem du weg warst, wurde er Richter und Geschworener in einem. Sein Vertrauen in mich war zerschlagen. Er konnte kaum noch vor Wut reden und sagte, dass der Name Kiriakis mit Schmutz beworfen sei. Sein eigener Sohn hätte eine Jungfrau, einen Gast auf unserer Insel, der Unschuld beraubt. Er fragte, aus was ich bestehen würde, so etwas zu tun, und nannte mich ein wildes Tier.«

»Hast du nicht betont, dass das nicht die Wahrheit war?«

»Natürlich. Aber da du nichts gesagt hattest, um mich zu verteidigen, und nur mit diesem Trostlosigkeitsgesicht schluchzend herumstandest, glaubte er mir nicht. Jeder musste den Eindruck haben, dass es stimmte. *Du darfst dieses Haus nicht mehr betreten. Du bist nicht mehr mein Sohn. Ich lehne dich ab!* Bis zu dem Tag, an dem ich meinen Fehler zugeben wollte, sollte ich ihn nicht mehr sehen! Da wurde ich selber wütend und drohte, nicht zurückzukehren, bis er seinen Irrtum einsehen würde. *Kannst du dir vorstellen, dass ich noch einmal hierher kommen werde, wo das Wort des einzigen Sohnes weniger gilt als das von Fremden?* Natürlich weigerte er sich, auf meine Drohung einzugehen. So bin ich weggegangen.«

Sein Mund verzerrte sich voll Bitterkeit und Kummer. »Der Stress in dieser Situation war zu viel für ihn gewesen, und in dieser Nacht starb er durch einen Herzanfall. Ich habe nie seine Verzeihung bekommen oder er meine.«

Tief berührt flüsterte sie: »Es tut mir so leid, Christos. Ich hatte keine Ahnung davon.« Sie nahm ihn beim Arm, aber ihre Worte verklangen unsicher, als sie merkte, dass er sie erbarmungslos betrachtete.

Er sprach weiter. »Er ist tot, mit den schlimmsten Gedanken von mir. Wenn ich dich als meine Frau zurückgebracht hätte, hätte er feststellen können, dass er sich geirrt hatte. Er hätte den Beweis gehabt, dass ich ein ehrenhafter Mann war. Und auch alle anderen hätte es überzeugt, dass Christos Kiriakis ein ehrlicher Mann ist.«

Der Verdacht, dass die Hochzeit nur ein Mittel war, um die Vergangenheit zu rächen, hatte sich also bestätigt.

»Du kannst dir vorstellen, was das für einen Skandal in unserer kleinen Stadt verursacht hat«, erzählte er weiter. »Ich war nicht nur als ein Verführer von jungen Frauen abgestempelt, sondern auch als Vatermörder. Meine Mutter hat viel darunter gelitten.«

»Und jetzt, was soll sie über mich denken?«

»Sie hat Jahre darauf gewartet, dass du diesen Ring annimmst. Nur diese Tat wird die verlorene Ehre der Kiriakis wieder herstellen.«

Er lächelte sie hart an. »Wir haben keine Zeit zu verlieren. Wegen einer langen Krankheit ist sie jetzt sehr schwach, und je früher die Zeremonie geschieht, umso besser.«

Shelley fühlte sich sprachlos.

»Siehst du, Shelley, du machst wieder gut, was diese ganzen Jahre versäumt wurde.«

Etwas hatte sich in Christos' Blick geändert, und sein Gesicht war blass geworden.

Er klopfte an die Scheibe des Wagens, um dem Chauffeur zu bedeuten, zu stoppen. Durch die stark befahrene Stadt waren sie nicht wirklich vorangekommen, aber Shelley erschien es, als ob sie schon tausend Kilometer gefahren wären.

Als Christos bereit war, auszusteigen, streckte sie sich und legte eine Hand auf seinen Arm.

»Christos! Warte! Es ist mir wichtig, dass du meine Seite dieser Geschichte hörst.«

Er starrte sie durchdringend an. »Na, ich höre zu.«

Es fiel ihr schwer, es auszudrücken.

»Seit dem Moment, an dem ich an diesem Morgen an Bord zurückgekommen bin, haben Dad und Paula mich ewig befragt, überzeugt, dass ich log, um dich zu verteidigen. Dad dachte, dass du mich hättest schwängern können. *Ich weiß, wie leicht es ist, in der Hitze des Gefechtes mitgerissen zu werden, aber du musst mir die Wahrheit sagen!* Das hat er gesagt«, gab sie bitter zu und erinnerte sich an diese ängstlichen Stunden.

»Und dazu wurde Paula hysterisch. Sie schien zu denken, dass ich extra weggeblieben wäre, um die Geschichte zwischen ihr und Dad zu verderben. *Das ist nur ein Weg, um Aufmerksamkeit zu erregen.* So waren ihre Vorwürfe. Und Dad ergänzte: *Du hast diesem Gigolo vertraut, der sich bestimmt jedes Mal eine Freundin sucht, wenn eine neue Jacht anlegt. Du bist noch ein Mädchen und wirst lernen müssen, in Zukunft weniger vertrauensselig zu sein.«*

Als er fertig gewesen war, so erinnerte sie sich, waren ihr die Tränen übers Gesicht gelaufen.

Sie versuchte jetzt, ein Lächeln zu zeigen. »Er wollte mir glauben, aber er machte sich solche Sorgen, dass seine Wut ihn überwältigt hat. Sie sahen dich beide als einen Casanova an. Ich nehme an, es war, weil du so gut aussahst.«

Wieder fiel ihr Blick auf den Ring. Anstatt ein Zeichen der Liebe zu sein, war er eines der Rache geworden.

Seine Stimme brach ihre Gedanken ab. »Wir haben uns jetzt genug in der Vergangenheit aufgehalten. Es ist die Gegenwart, die mich nun interessiert. Ich habe Hunger. Gehen wir essen. Komm.«

Er stieg aus dem Wagen.

Ängstlich sah sie ihn gehen. »Christos!«, schrie sie ihm nach. »Ich kann nicht …«

Er blickte auf sie herunter. »Kannst nicht was?«

»Du weißt es«, flüsterte sie verzweifelt. »Wie kann man … ohne Liebe heiraten?«

Er spannte sich an. »Du wirst tun, was ich sage. Mein Entschluss steht fest. Es gibt kein Zurück. Komm.« Er ergriff sie beim Arm und zog sie aus dem Auto. »Ich habe gesagt, du wirst die Vergangenheit abzahlen. Lächle doch. Überall muss man wissen, dass wir heiraten. Es ist an der Zeit, dass wir uns in der Öffentlichkeit blicken lassen.«

7. Kapitel

Als Shelley ausstieg, wurde ihr klar, dass sie sich vor einem der größten Hotels in Korfu befanden. Christos klemmte besitzergreifend ihre Hand in seine Armbeuge.

»Komm, lächle vor den Leuten. Es soll eine Feier sein.«

Sie zuckte zusammen. Er schien Eis statt Blut in den Venen zu haben. Hatte er keine Bedenken, so etwas zu tun? Andererseits machte er genau, was er wollte, oder? Er dachte wohl, er hätte sich ein Recht erkauft, kein Wunder, dass er in Feierstimmung war.

Er führte sie zum Restauranteingang, und sie sah den Innenhof. Er war wunderschön mit seiner Fontäne in der Mitte. Es ist der ideale romantische Platz für eine Hochzeit, dachte sie bitter.

Sie gingen durch die Drehtüren, und der Besitzer kam sofort zu ihnen. Anscheinend war er ein alter Freund von Christos und wartete schon auf sie. Er schaute Shelley begeistert an und sagte mit einem gratulierenden Lächeln: »Es ist eine große Ehre für mich«, sagte er. Er wandte sich an Shelley. »Ich nehme an, dass es eine ganz besondere Gelegenheit ist.« Er lächelte wieder.

Shelley fühlte sich benutzt und komischerweise betrogen, dass er den Grund ihres Besuches bereits vorab angekündigt hatte.

Sie unterdrückte ihre Gefühle und beobachtete die Leute in dem Raum, während die beiden Männer sich unterhielten.

Bei der edlen Dekoration des Innenhofes und dem ganzen Ambiente war es offensichtlich, dass es sich hier um einen Treffpunkt der angesagten Gesellschaft handelte. Viele gut aussehende und gut angezogene Leute saßen unter Balkonen mit überhängenden Pflanzen, ihre eleganten Gestalten wurden von Säulen aus venezianischem Glas widergespiegelt.

Sie drehten sich um, um die neu Ankommenden zu betrachten, und Shelley sah ihre eigenen Spiegelbilder – Christos' schwarzhaarigen Kopf, seine imponierende Figur und ihr eigenes blondes und sehr englisches Aussehen. Es war ein passendes Bild: zwei elegante helle und dunkle Silhouetten, eingeschlossen in einem kalten Spiegel.

Nach einer Weile drehten sich die beiden Männer um, und der Besitzer führte sie persönlich zu dem Tisch, den er für sie in einer exklusiven Ecke reserviert hatte.

Christos legte einen Arm um ihre schlanke Taille und half ihr mit der vorgetäuschten Aufmerksamkeit des Liebhabers zu ihrem Platz. Innerlich schrie sie auf ob dieser grausamen Komödie.

»Du siehst nicht glücklich aus«, fiel ihm auf, als er seine Lippen an ihr Ohr setzte, als ob er es küssen wollte.

»Wie könnte ich glücklich sein?«, antwortete sie leise genug, damit der Kellner es nicht hören konnte. »Es ist wunderschön hier.« Sie biss sich auf die Lippe. »Aber du weißt, wie ich mich fühle. Es ist alles nur Verstellung.«

Er runzelte die Stirn und setzte sich auf den goldfarbenen Stuhl.

Sie griff sich das schwer in Leder gebundene Menübuch und starrte die unverständlichen Worte an. Ihr Blick wurde verschwommen, aber sie behauptete, dass es wegen der in Griechisch geschriebenen Schriftzeichen sei, die sie schlecht lesen konnte.

Nach einer Weile beugte er sich über den Tisch. »Vielleicht könnte ich dir helfen?« Seine schwarzen Augen betrachteten nachdrücklich ihr Gesicht.

Wortlos reichte sie ihm die Menükarte. Als ihre Finger sich berührten, ließ sie es bei der Absicht, alle körperlichen Kontakte zu vermeiden, in der Eile fast fallen. Wieder verweilte sein Blick auf ihr. Er nahm ihre Antwort ohne Kommentar auf.

Über sich selbst verärgert, fingerte sie an dem schweren Besteck aus Silber herum und hätte am liebsten alles auf den Boden geworfen und gesagt, dass es ihr reiche, aber sie wusste, das würde nicht gehen.

Es war ihr bewusst, dass die Bedienung auf ihre Bestellung wartete. Christos verlas die Menüfolge und jeder, der das hörte, hätte glauben müssen, er sei besonders rücksichtsvoll.

Sie mied seinen Blick und schaute stattdessen die Leute im Innenhof an.

Es schien ewig zu dauern, bis endlich die Speisen kamen. Christos sah aus, als ob er sich in sich selbst zurückgezogen hätte.

Er hatte für sie ausgewählt: *dolmades, melidzanes* und *barbouni* – mit Hackfleisch gefüllte Weinblätter und geschmorte Auberginen als Vorspeise und eine ausgezeichnete gedämpfte rote Meerbarbe mit gerösteten Pinienkernen.

Während die Kellner beschäftigt waren, beugte er sich über den Tisch. »Versuch ein wenig mehr die Situation zu akzeptieren. Wir sind im besten Restaurant auf der Insel. Es wäre besser, wenn du das auch genießen könntest.« Er brach in lautes Gelächter aus. »Ich verspreche dir, es werden noch mehr Vergnügungen kommen. Ich bin kein Puritaner. Jetzt spiele ich, und ich habe vor, das maximale Vergnügen daraus zu ziehen.«

»Spielen? Natürlich spielst du! Du spielst mit mir! Ich fühle mich wie ein Vogel in einem goldenen Käfig.« Sie warf einen wütenden Blick durch das Restaurant.

»Vielleicht wirst du entdecken, dass es Spaß macht, in einem goldenen Käfig zu sein.«

»Ich zweifle daran!«

»Shelley, wir können nicht die ganze Zeit hier sitzen und streiten.« So begann er ihr etwas über *Monasco* zu erzählen, über die anfänglichen Schwierigkeiten des Unternehmens und den Durchbruch, der ihn ganz nach oben gebracht hatte.

»Ich wollte immer etwas mit Schiffen machen«, erzählte er ihr. »Darüber habe ich früher schon versucht, dir etwas zu erzählen, aber ich denke, dass du damals nicht verstanden hast.«

Sie schüttelte den Kopf.

Er sprach weiter. »Es ist komisch, sich zu überlegen, wie wenig wir früher voneinander wussten. Vielleicht waren das nicht nur die sprachlichen Missverständnisse.« Seine Augen erforschten die ihren, als ob er auf eine Antwort wartete.

Der Kloß in ihrem Hals war zu groß, um etwas dazu zu sagen. Wenn er versuchen wollte, ihre früheren Gefühle wachzurufen, dann wollte sie nicht zuhören. Aber als ob er ihre Gedanken gelesen hätte, sprach er weiter.

»Ich denke, ich hatte den schwierigeren Teil. Du warst sehr schüchtern, eine rätselvolle Schönheit. Du musst es leichter gehabt haben, mich zu verstehen. Ich war und bin immer noch ein sehr einfacher Mann.«

Sie starrte ihn überrascht an.

»Es ist wahr«, betonte er. »Ich mag schöne Sachen. Ich habe ein großes Verlangen nach Leben. Und ich war immer ehrgeizig. Ich mag Herausforderungen, weil ich gewinnen mag.« Die Drohung in seiner Stimme war unverkennbar, als er hinzufügte: »Ich bekomme immer, was ich will.«

Sie senkte den Blick. Er brauchte sie nicht daran zu erinnern.

»Ich habe mein erstes Boot bekommen, als ich vierzehn war«, sagte er mit leuchtenden Augen. »Ich mochte diesen alten Kahn. Du kannst dich bestimmt an denjenigen erinnern, auf dem wir gereist sind.« Er fixierte ihren Blick, als ob er ihr Gedächtnis stimulieren wollte. »Kannst du dich an den Tag erinnern, als wir uns getroffen haben?«

Sein Ton war wärmer und anheimelnder geworden, aber sie konnte nicht sagen, ob er das tat, um ihre Gefühle zu ändern oder nicht. Er zeigte ihr ein katzenhaftes Lächeln, das tief in seinen Augen seinen Ursprung nahm. Sie spürte eine irrationale Erregung bei diesem Anblick, bis sie realisierte, dass er das extra machte, um sie durcheinander zu bringen.

Er war ja so raffiniert, eine Situation zu seinem Vorteil zu wenden. Jetzt ließ er sie sich fühlen, als ob sie die einzige Person im Raum wäre. Sein Blick war direkt und sehr intim. Alles nur ein billiges Spielchen, erinnerte sie sich. Sie versuchte zu nicken. »Ich erinnere mich ganz genau an diesen Tag. Wir waren gerade von Korfu hierher gesegelt.«

Ihre Stimme klang merkwürdig, und sie hörte auf, um den Blickkontakt zu brechen. Aber als er mit dieser achtsamen und interessierten Art darauf wartete, dass sie weitererzählte, schienen die Worte von alleine herauszukommen. »Alles lief schief, und die Schraube ging kaputt. Dad konnte nicht locker bleiben, inmitten all der anderen Jachten. Ich denke, er machte sich keine Sorgen über die Kosten, sondern über die Erniedrigung, wie ein Hanswurst vor den anderen auszusehen.«

Sie machte eine Pause. Seine Augen waren noch auf sie gerichtet.

»Zum Glück hast du verstanden, was gerade passierte.«

»Ich sah ihn alle anschreien, dabei schwenkte er wie wild einen Bootshaken.«

Beide lachten. »Du hast auf deinem Boot wie ein plündernder Pirat ausgesehen, und du hast auch geschrien, bevor er dir erlaubte, dich neben uns festzubinden.«

»Paula hat die Nase über meinen alten Kahn gerümpft. Sie hat mich sogar angeschrieen, fernzubleiben. Sie dachte bestimmt, dass ich die Farbe hätte abkratzen können.«

»Nicht so gut, wenn man an der Terrasse des Jachtclubs vorbeisegelt.«

Wieder lachten sie, und ihre Blicke trafen sich.

Shelley nahm sich schnell wieder zusammen, um diesen verräterischen Austausch zu unterbrechen. Er versuchte mit Absicht, ihre Meinung ihm gegenüber zu ändern, aber sie würde ihm diesen Gefallen nicht tun.

Sie konnte aber die lebendige Vorstellung seines gebräunten, nass glänzenden Oberkörpers nicht loswerden, als er auf dem Schiff auftauchte. Er sah so schön aus mit seinem leuchtenden Lächeln und seiner perfekten Figur. Sie erinnerte sich daran, wie heftig ihr Herz geschlagen hatte.

Während sein dunklen Blick auf ihr ruhte, fragte sie sich, ob dieses damalige Treffen überhaupt irgendetwas für ihn bedeutet hatte.

Sie wartete auf ein Zeichen von ihm, dass sie einen Platz in seinem Herzen hatte. Um ihre Gefühle nicht zu zeigen, sprach sie weiter. »Es sollte ein Urlaub sein, aber Paula hasste die Jacht. Jedes Mal, wenn es um das Schiff ging, sagte sie: *Ich bin im Jachtclub, Liebling.*«

Christos hörte aufmerksam zu und starrte jetzt sinnend ihre Lippen an.

Sie versuchte das Gefühl, das er verursachte, zu ignorieren. »Meine Stiefmutter machte sich immer neue Freunde auf den anderen Jachten, besonders wenn sie in ihren Augen wichtig genug waren.«

Er hob die Augenbrauen. »Wichtig?«

»Reich, von Rang oder bekannt. Am besten alles drei.«

»Ich war keines davon … zu jener Zeit.« Er wurde nachdenklich.

Offensichtlich war jetzt der Zauber gebrochen, und sie sah ihn an dem *Theotoki* – einem Weißwein aus den lokalen Weinbergen – nippen.

»Es hat mir sehr leid für dich getan. Armes, kleines reiches Mädchen.«

Shelley wurde heftig rot.

Er sprach weiter. »Ich dachte, ich müsste die goldhaarige Prinzessin retten. Ich war ein Romantiker zu jenen Zeiten.«

Er schaute ohne Mitleid auf ihre roten Wangen. »Jedes Mal, wenn ich zu eurem Boot kam, saßest du auf dem Deck mit dem Kopf in einem Buch.«

»Ich lese gern«, protestierte sie.

»Um dich gab es alles, was Geld kaufen konnte, nicht nur schöne Kleidung, sondern auch Wasserski, Surfbretter, Schnorchel, alles, aber niemanden zum Spielen. Es war so traurig.«

Ihre Augen wurden plötzlich voll, als sie feststellte, was seine Worte meinten. Sie beugte den Kopf vor und zerteilte sorgfältig etwas Fisch auf ihrem Teller, ohne den Bissen richtig zu sehen. Wollte er damit sagen, dass er zu der Jacht aus Mitleid gekommen war? Tief in ihr war die Erinnerung an diese romantischen Ausflüge geblieben. Es hatte nicht wie Mitleid ausgesehen. Auch wenn er sie nie geliebt hatte, hatte sie zumindest gedacht, dass er sie jeden Tag gesehen hatte, weil er sie mochte.

Jetzt sagte er ihr, dass es sich um Mitleid gehandelt hatte.

Sie versuchte ein Stück von dem, was auf ihrem Teller lag, zu schlucken, aber ohne Erfolg. Sie hatte einen Kloß im Hals, schwer wie ein Stück Beton.

Sie erzählte weiter, um ihre Enttäuschung nicht zu zeigen. »Habe ich nicht Glück gehabt, dass du damals so viel Zeit übrig hattest? Ich muss zugeben, dass es ziemlich langweilig war, mit niemandem im selben Alter sprechen zu können. Ich wollte eigentlich Schulfreunde einladen, aber in letzter Minute habe ich mich dann anders entschlossen.«

Sie versuchte wieder, aufkommende Emotionen zu unterdrücken. Er sollte nicht wissen, wie sehr sie darunter litt. Seine neueste Version der damaligen Geschichte machte ihr noch mehr zu schaffen als die der Rache.

Durch verschwommene Augen sah sie ihn kalt lächeln. »Ich freue mich, dass ich eine Ablenkung für dich war.«

In seine schwarzen Pupillen schauend, hatte sie plötzlich das Gefühl, dass sie in einen Strudel starrte. Sie hatte eine unangenehme Empfindung beim Gedanken an Ungeheuer, die nur darauf warteten, sie unter die Oberfläche zu ziehen.

Alles zeigte, dass er sich an diesen Sommer so gut wie sie erinnerte, nur sah er ihn anders und nicht als ein romantisches Idyll wie sie.

Ihre letzte Hoffnung, man könne auf gemeinsamen schönen Erinnerungen vielleicht etwas aufbauen, wurden zerstört. Es hätte sonst sein können, dass sein Vorhaben, sie zu heiraten, für ihn doch bedeutet hätte, ein Gefühl wieder herzustellen.

Offensichtlich war das aber nicht der Fall.

Sie zitterte bei der Vorstellung von den zukünftigen Jahren ohne Liebe. Wie schnell sich sein Versuch, ihre Gefühle ihm gegenüber zu wecken, in diese schwarze Wut wegen der Vergangenheit verwandelt hatte. Wie würde sie das überleben können?

Die Teller wurden abgeräumt, ohne dass Shelley es merkte, und ein Kellner brachte eine reiche Nachspeisenauswahl auf einem Servierwagen.

Sie sah flüchtig die appetitlichen Delikatessen, die auf Silbertellern lagen.

»Ich erinnere mich, dass du früher gern *Baklavá* gegessen hast.«

»Ich will wirklich nichts ...«, fing sie an.

»Ich brachte es für dich immer frisch vom Bäcker.«

»Aus Mitleid, nehme ich an?«

»Und dann gab ich es dir in kleinen Häppchen«, sagte er in zweideutigem Ton. »Also, wie kannst du jetzt widerstehen?« Er lachte freundlich.

Der Kellner, der nicht verstand, begann, die Speisen einzeln vorzustellen. »Es gibt *Kataïfi, Trigonakia, Galaktobouriko* ...«

»Hey, Anastasius«, wandte sich Christos an ihn, »was hältst du von *Loukoumades*? Ich bin mir sicher, dass sich die Lady dann ergeben wird.«

Die beiden Männer lachten wie über einen guten Witz, und Shelley wurde wegen der Anzüglichkeit vor einem Fremden rot.

»Was sind *Loukoumades*?«, fragte sie.

»Das sind die luftigsten Hefebällchen der Welt. Sie wurden mit einem speziellen Mehl von der Insel gemacht, in heißem Fett ausgebacken, dann mit Zimt bestäubt und dem feinsten griechischen Honig begossen, der von wilden Blumen stammt, die den Berg der Götter einhüllen, und ...«

Christos unterbrach den Kellner »Sie nimmt einen Teller davon. Und ein paar Stückchen *Baklavá*, den alten Zeiten zuliebe«, sagte er spöttisch. Er nickte zum Kellner. »Und zum Abschluss wie üblich.«

Zu Shelleys Kränkung wurde ihm ein Tässchen Espresso, den sie am liebsten gehabt hätte, und ein feuriger griechischer Brandy gebracht.

Als sie wieder alleine waren, erforschte er erneut ihr Gesicht. »Sag mir etwas. Sahst du mich auch als einen Ganoven, oder hast du dich etwa geschmeichelt gefühlt, den schönsten Jungen der Insel bei dir zu haben?«

Sie wurde rot. »Du weißt, wie ich mich fühlte«, antwortete sie schockiert.

Er streckte sich und nahm ihre Hand. »Sag es mir«, befahl er.

»Ich war froh«, gab sie unglücklich zu.

Sein wachsamer Ausdruck blieb unverändert, dennoch glimmten seine dunklen Augen. »Hast du eine Ahnung, wie ich mich fühlte? Etwas Ahnung?«, wiederholte er.

»Wie fühltest du dich denn?«, fragte sie atemlos.

Es gab eine lange Pause.

Sie starrte ihn in der Hoffnung an, dass er eine Andeutung auf das machen würde, was sie seit Langem gerne hören würde.

Nach einer Weile sagte er mit seiner tiefen Stimme: »Hattest du keine Ahnung?« Er beugte sich vor, um in ihr schönes Gesicht zu starren. »Ich wollte dich. Gott, wie ich dich gewollt habe, und ich will dich immer noch.«

Seine Worte, der Blick auf seinem Gesicht, alles zeigt doch nur die Intensität seiner Lust, dachte sie.

In einer prickelnden Liebkosung ließ er seine Fingerspitzen plötzlich über ihre Hände gleiten, bevor er sie kräftig packte.

Sie konnte die Erregungsenergie bei jeder winzigen Berührung spüren. Seine Finger zitterten über den ihren. Er wollte sie. Ja. Aber dann kam die stille Warnung, die sie daran erinnerte, was sie nicht vergessen sollte. Es war keine Liebe. Es war die Lust, zu besitzen. Sein Motiv war, die Vergangenheit zu rächen.

Er drückte ihre Hand, und ihre Muskeln spannten sich als Antwort an.

»Du hast mich. Hier bin ich, in meinem goldenen Käfig gefangen«, kündigte sie heiser an und zog ihre Hand zurück.

Als sie das Hotel verließen, folgten ihnen die neugierigen Blicke der anderen Gäste. Shelley bemerkte, dass viel über ihre Person spekuliert wurde. Christos legte wieder einen Arm um ihre Taille und führte sie zu einem vollen Café in der Hauptgrünanlage. Es hatte gestreifte grüne Markisen, Kellner im Frack, weiße Tischdecken, und ein Orchester spielte romantische Balladen auf einer mit Blumen geschmückten Bühne. Der schicke und angesagte Treffpunkt war so beliebt, dass Leute auf freie Tische warteten.

Christos hingegen wurde sofort erkannt und wurde zu einem Tisch für zwei geführt. Wieder waren alle Blicke auf sie gerichtet und Shelley konnte hören, dass »Kiriakis …« geflüstert wurde.

Christos nickte mehreren Gruppen von gut gekleideten Geschäftsmännern zu, aber er kam mit niemandem ins Gespräch, da alle sahen, dass er in Begleitung war.

Shelley erkannte ein bekanntes Gesicht aus dem Filmgeschäft und andere, die ihr nicht unbekannt vorkamen. Aber Christos fesselte ihre Aufmerksamkeit. Offensichtlich hatte er sie gezielt hierher gebracht.

»Sind das die Kreise, in denen du jetzt verkehrst?«

Er bemerkte ihren ironischen Ton und sagte: »Amüsiert es dich nicht?«

»Ich bin nur überrascht. Ich dachte nicht, dass dich solche Leute interessieren. Oder sind wir auch hier, um einen gesellschaftlichen Zweck zu erfüllen?«

Er lächelte rätselhaft. »Du liegst gar nicht so falsch. Manche von diesen Leuten kennen mich schon sehr lange.«

Glücklicherweise kam ein Kellner, sodass es Shelley erspart blieb, darauf etwas erwidern zu müssen, hier wie der große Hauptgewinn vor alten Freunden vorgezeigt zu werden.

Er lehnte sich wieder zurück und betrachtete sie abschätzend. »Ich muss dir bald meinen Strandclub zeigen. Er ist fast fertig. Es wird ein sehr exklusiver Urlaubsort. Der Beste für die Besten. Nur für Clubmitglieder natürlich.«

Sie stellte sich eine lange Liste von internationalen Prominenten aus dem Jet-Set vor. Mit Blick auf die angesagte Klientel im Café, hob sie den Kopf bedächtig. »Konkurrenz für den Strandclub, den Dad baut?«

Er schüttelte amüsiert den Kopf. »Du bist auf der falschen Spur, Liebling. Mein Club steht auf der anderen Seite der Insel … und die Mitgliedschaft ist für Minderjährige reserviert! Es ist ein Abenteuer- und Trainingszentrum für unterprivilegierte Kinder von überall aus Europa.«

Die Strenge seiner Züge verschwand, und seine Augen glänzten, als er ihre Überraschung bemerkte. »Ich habe einen Luxusurlaubskomplex auf dem Festland, der mir hilft, das zu finanzieren. Paula würde bestimmt sagen: nicht schlecht für einen Bauern«, schloss er arrogant.

Es lief Shelley eiskalt den Rücken entlang. Je länger sie zusammen waren, desto mehr musste sie feststellen, wie fest dieser Sommer in seinem Kopf verankert war. Er konnte sich an jede gemeine Bemerkung bei der Konfrontation erinnern. Für jemanden, dessen Englisch damals noch rudimentär war, war es eine große Gedächtnisleistung.

Sie blieben nur kurz im Café. Lange genug, damit alle seine Beute bewundern können, dachte sie wütend.

Ein Strom von Leuten kam zu ihnen, um vorgestellt zu werden, bevor sie weggingen, und sie bemerkte, wie lebendig die Gespräche danach waren.

Schließlich stand Christos auf. »Wir haben genug Zeit hier verbracht. Gehen wir.«

»Genug Zeit, um allen zu zeigen, wie weit du es mit einem anderen deiner ehrgeizigen Projekte gebracht hast«, sagte sie barsch. Sie ging steif vor und unterdrückte ihre Wut, als sie zwischen den Tischen hindurch lief.

Sie würde sich selbst von ihrer verrückten Schwärmerei für ihn heilen, schwor sie sich hoffnungslos, als sie auf ihn zurückschaute. Alles, was sie tun musste, war zu überleben, bis die Gefahr vorüber war und sie würde flüchten können.

Auch Christos würde es irgendwann klar werden, dass es unnötig war, dass sie für alle Zeit verheiratet blieben, nachdem seine Ehre wieder hergestellt war.

8. Kapitel

Christos rief Shelley am nächsten Morgen an. »Der Hochzeitstermin ist heute in drei Wochen«, teilte er ihr mit. Es bestätigte, was sie immer gewusst hatte: Es würde keine Begnadigung geben.

Er sprach weiter: »Du kannst Fitch sagen, dass die Zugangsstraße nach den Osterfeiern wieder offen sein wird.«

»Ich werde es ihm sagen.« Ihre Stimme war gedämpft. Sie empfand kein Siegesgefühl bei dem Gedanken, dass alles auf der Baustelle wieder laufen würde.

Bevor er auflegte, fragte er, ob sie schon ihrem Vater Bescheid gesagt hatte.

»Noch nicht«, gab sie nervös zu. »Er ist krank, Christos. Ich will ihn nicht verletzen.«

Sie entschloss sich, zuerst Malcolm anzurufen, bevor sie nach St. Lucia telefonieren würde. Sie wusste nicht, ob er dazu gekommen war, ihrem Vater zu sagen, dass es Probleme an Korfus Baustelle gab. Ihre Hände glitten über das kalte Plastik, sie fasste sich ein Herz und begann, Malcolms Privatnummer in Surrey zu wählen.

Er war gleich dran.

»Shelley! Wie geht es Ihnen?« Er klang verzweifelt. »Geht es voran?«

Voran? dachte sie ironisch. Es kam darauf an, wie man die Sache betrachtete. »Sie werden beruhigt sein zu erfahren, dass ich und Mr. Kiriakis zu einem Kompromiss gekommen sind. Die Männer werden sofort nach dem griechischen Osterfest wieder zur Arbeit gehen können.«

»Wunderbar! Ausgezeichnet!«, sagte er triumphierend. »Gute Arbeit.« Shelley hatte das Projekt gerettet, und sie konnte seine Erleichterung und Freude spüren. »Also kommen Sie sofort zurück, oder möchten Sie noch ein paar Tage bleiben?«

Verärgert darüber, dass er nicht nach der Art des Kompromisses gefragt hatte, sagte sie: »Es gibt noch etwas, das ich Ihnen sagen muss,

Malcolm. Ich werde nicht zurückkommen. Zumindest ... nicht vor meiner Hochzeit.«

Es gab eine lange Pause.

»Ist das Ihr Ernst? Ich wusste nicht, dass das geplant war. Ist es ein Mann, den Sie dort getroffen haben?«

Nachdem sie ihm den Namen genannt hatte, gab es eine Pause.

»Gut, gut ... Ich nehme an, dass die Liebe euch Frauen wie ein Blitz aus heiterem Himmel treffen kann«, trug er vor. »Dennoch hätte ich nie so etwas von Ihnen erwartet, Shelley. Sie schienen immer so vernünftig zu sein.« Er kam schnell wieder zu sich, während sie selbst noch Schwierigkeiten hatte, sich an die Idee zu gewöhnen.

»Na gut, so ist es«, sagte sie.

Sie legte auf. Jetzt musste sie Paula in ihrem Hotel anrufen. Das wird der schwierigste Teil werden, dachte sie. Mit zitternden Fingern wählte sie die Nummer. Als der Empfangschef ihr mitteilte, dass Paula den ganzen Tag auf Sightseeingtour war, legte sie auf und rief das exklusive St.-Lucia-Erholungsheim an, wo ihr Vater sich befand. Sie sprach mit dem Direktor.

»Er braucht noch komplette Ruhe«, sagte er. Als er herausfand, dass Shelley die Tochter seines Patienten war, sprach er in einem beruhigenderen Ton weiter. »Er hat jahrelang mit seiner Gesundheit Raubbau getrieben. Aber beruhigen Sie sich, Miss Burton, er ist außer Gefahr, solange ihn nichts aufregt.«

Shelley seufzte vor Erleichterung, nachdem sie das Telefon zum dritten Mal auflegte. Sie betrachtete die positive Seite der Dinge und nahm an, dass er in guten Händen war und sich erholte. Außerdem wurde das Bauprojekt wieder aufgenommen. Dennoch machte sie der Gedanke, wie Christos sie erpresste, wütend.

Sie stand auf und ging in die Küche.

Als sie ankam, bereitete Anna einen Salat vor. Die kleine Theodora quengelte bei ihrer Mutter, und Anna zeigte ein erleichtertes Lächeln, als sie Shelley sah. »Jetzt wird mein kleines Monster wieder lächeln«, sagte sie. »Immer heißt es: *Mama, ich will Shelley.* Ich habe ihr gesagt, Shelley ist eine beschäftigte Frau, hat keine Zeit für Spiele. Aber sie will nicht hören.«

»Es ist okay!« Shelley nahm das kleine Mädchen in ihre Arme. »Ich gehe nach draußen und spiele mit ihr.« Sie sang ein Kinderlied und trug das Zweijährige auf ihren Schultern zum Garten. Es war eine Erleichterung, ein bisschen von ihren ganzen Problemen abzuschalten. Als sie erschien, kamen die drei älteren Kinder herunter, und sie musste jedes auch tragen, bis sie sich vor Müdigkeit ins Gras fallen ließ.

Niko und Alexi setzten sich sofort auf ihre Beine, und das Mädchen begann mit ihren goldenen Haaren zu spielen und machte ihr Zöpfchen. Shelleys Gedanken beschäftigten sich mit den Ereignissen, die vor ihr lagen, und sie entschloss sich, Spiros und Anna von der Hochzeit zu erzählen.

Die kleine Theodora kitzelte Shelleys Gesicht, setzte sich auf ihre Brust und griff fest mit ihren rundlichen Fingerchen eines der kleinen Zöpfchen, die ihre älteste Schwester gemacht hatte. »*Chrissos! Chrissos!*«, lispelte sie in ihrer Babystimme.

»Was sagt sie?«, fragte Shelley Niko, als sie das Wort vom Vortag erkannte, als sie Christos' Mutter getroffen hatte.

»Sie sagt *Gold* – sehr schön«, antwortete Niko, stolz auf seine Kenntnisse. »Sie möchte auch gern goldene Haare haben.«

»Sie ist einfach perfekt, so wie sie ist«, bemerkte Shelley und hätschelte das Mädchen in ihren Armen.

Sie lachten, als die anderen Kinder auf sie fielen, als plötzlich ein schwarzer Schatten über ihr aufragte. Sie schaute nach oben und spürte ihren Hals enger werden. Sie blieb wie gelähmt in derselben Stellung. Die Geräusche der Kinderstimmen wurden schwächer, als die letzte Person, mit der sie gerechnet hätte, sie von oben betrachtete. Sie blickte ihn finster an.

Er starrte sie an, als ob er nicht glauben könnte, was er sah: Shelley mit einem Baby in ihren Armen. Dann prüfte er mit dem Blick jeden Zug ihres zerzausten Haares. Sie hob eine Hand hoch und spürte die Zöpfchen, die überall um ihr Gesicht klebten. Sie wurde rot. Ohne Zweifel würde er wieder vernichtende Kommentare über ihr Aussehen machen, aber zu ihrem Erstaunen sagte er einfach: »Ich habe dich angerufen, aber es war ständig besetzt. Hast du den Hörer daneben gelegt?«

»Natürlich nicht!« Sie kämpfte, um sich auf ihre Ellenbogen zu stützen. »Ich bin nicht zu Hause, Christos. Ich bin bei Spiros!«

»Bist du beschäftigt?«, fragte er.

Sie richtete sich auf, das Mädchen in ihren Armen. »Deiner Meinung nach?«

»Unklar.« Seine Augen glänzten einen Augenblick. »Ich wollte, dass du Spiros und seine Frau zum Abendessen einlädst. Ich bin mit ihm zur Schule gegangen.«

»Ja«, sagte sie steif, »habe ich gehört.«

Er schaute sie an. »Komm mit auf eine Spazierfahrt.«

»Ich kann nicht. Ich habe Anna versprochen, ihr beim Essen zu helfen. Sie macht einen Lammspießbraten und hat Freunde eingeladen, um zu feiern.«

»Ja, das ist eine Tradition bei uns am Ostersonntag. Das Lamm symbolisiert das Osterlamm.«

»Dann verstehst du also, dass ich nicht mitkommen kann?«

In diesem Moment kam Spiros in den Garten. »Christos!«

Zu Shelleys großer Überraschung umarmten sich die zwei Männer und klatschten sich auf den Rücken. Sie schaute die beiden verwundert an und versuchte zu verstehen, was sie sagten, aber sie sprachen viel zu schnell. Dann wandte sich Spiros zu ihr.

»Anna hat mir gesagt, dass er hier ist. Ich konnte es nicht glauben.« Er drehte sich wieder zu Christos um. »Wir müssen jetzt für Shelley Englisch sprechen. Du wirst natürlich mit uns essen.«

Da bekommt er also noch eine Belohnung für seine Gaunerei, dachte sie missgünstig.

Shelley fragte sich auch, ob Christos klar war, dass er den Mann, von dem er sich so freundlich einladen ließ, fast um den Job gebracht hätte. Denn wenn Colin Burton entdeckt hätte, was hier vor sich gegangen war, wären Köpfe gerollt.

Anna kam kurz danach, und als sie Christos sah, wiederholte sie spontan die Einladung ihres Mannes.

»Es wird sehr einfach sein«, erklärte sie. »Wie früher.«

Christos richtete einen ironischen Blick an Shelley, als ob er Einwände von ihr erwartet hätte, aber Shelley tat, als ob sie sich mehr für die Kinder interessierte.

Als Anna und Spiros wieder hineingingen, fragte er: »Hast du ihnen davon erzählt?«

»Was erzählt?«

»Treib keine Spielchen mit mir, ich spreche von unserer Hochzeit.«

»Nein, noch nicht.«

»Ich dachte, es wäre vielleicht der Grund gewesen, warum sie mich eingeladen haben.«

»Ich habe keine Ahnung, warum sie dich eingeladen haben. Es werden haufenweise Leute erwartet.«

»Ich schlage vor, dass wir also eine Bekanntgabe vor dem Essen machen.«

Sie antwortete ihm nicht direkt, sondern warf ein: »Ich verstehe nicht, warum Spiros dich hier wie einen verlorenen Bruder begrüßt, wenn er doch weiß, dass du der Grund für all den Ärger bist.«

»Er ist mir nicht böse, weil er verstanden hat«, widersprach Christos.

»Verstehen? Was denn verstehen?«

»Dass du das fremde Mädchen bist, der Grund, weshalb ich vor neun Jahren fortgegangen bin.«

Zitternd hob Shelley eines der Kinder, das auf ihrem Arm schwang. »Du wirst es ihm erzählen?«

»Ich muss sagen«, sagte er weiter, bevor sie widersprechen konnte, »dass es schön ist, zu sehen, dass dein Mutterinstinkt nur danach verlangt, hervorzukommen.«

»Begraben unter der harten Schale, meinst du?«

Er senkte den Kopf, und etwas in seinen Augen glänzte, ein Funken wie Gold, warm und einladend. »Nein, ich meinte, weil ich Kinder liebe und vorhabe, eine große Familie zu gründen.«

Empörung mischte sich sofort mit einer merkwürdigen Sehnsucht. Verwirrt von ihrer eigenen Reaktion, fragte sie: »Und ich werde nicht gefragt?« Ihre Stimme klang heiser.

»Ich bete, dass du das Gleiche fühlen wirst.« Seine Augen glitzerten beim Anblick der ihren.

Inzwischen riefen die Kinder, dass Shelley mit ihnen spielen solle, und sie nutzte die Gelegenheit, von ihm wegzugehen.

Das Grillfest begann um Mittag und dauerte bis spät in die Nacht. Wie Christos ihr gesagt hatte, benutzte er die Feier, um ihre Hochzeit anzukündigen.

Er begann mit einer Ansprache. Alle hörten zu.

»Und jetzt«, sagte er weiter, »um zu beweisen, dass Korfus Ruf als eine Liebesinsel noch gilt: Hier haben wir uns kennengelernt.« Christos machte eine Pause und warf ihr einen triumphierenden Blick zu. »Und Shelley hat meine heimlichen Träume erfüllt und akzeptiert, mich zu heiraten. Ich hoffe, dass ihr uns ein langes Leben und gemeinsames Glück wünschen werdet. Ein Toast auf meine schöne zukünftige Braut.«

Er brachte ihre Finger zu seinen Lippen, und während sie seinen Blick mied, setzte er sich unter herzlichem Applaus neben sie. Dann begannen die Glückwünsche. Es schien eine sehr populäre Ankündigung zu sein. Jeder küsste Shelley, und ihr Schweigen wurde bestimmt als ein Zeichen überwältigter Freude genommen.

Es war Christos wieder wunderbar gelungen, jeden mit seinen Geschichten über Korfu, die Prinzessin von Illyrien und die angebliche Liebe auf den ersten Blick einzuwickeln. Er hatte bestimmt ein flottes Mundwerk. Kein Wunder, dass er so erfolgreich geworden war. Der gute Wein aus Kastellani hatte alle in eine gefühlsselige Stimmung gebracht, in der man bereit war, alles zu glauben. Sie schien die Einzige zu sein, die sich stocknüchtern fühlte.

Es war spät geworden. Anna lief gerade ins Haus, mit einem schläfrigen Kind an jeder Hand. Shelley folgte ihr. »Lass mich sie ins Bett bringen, Anna. Du hast heute genug gemacht. Genieß endlich die Früchte von so vieler Arbeit.«

»Würdest du das tun, Shelley? Das ist nett. Du weißt, was du machen musst?«

»Ich bin mir sicher, sie werden es mir schon sagen, wenn ich etwas falsch mache.«

»Danke. Und Shelley, ich bin so froh für dich. Er ist ein sehr guter Mann. Verzeih, was ich gesagt habe. Er ist jetzt ein guter Mann. Ich wusste nicht, dass du die Frau warst, wegen der er wegging von zu Hause. Wahre Liebe gewinnt immer.«

Sicher, dass Shelley ihr verziehen hatte, früher hinter geschlossenen Gardinen nach Christos geschaut zu haben, beugte sie sich herab, um beide Kinder zu küssen, und erlaubte Shelley, sie ins Bett zu bringen.

Danach verweilte Shelley im Korridor und wollte nur ungern zurück zu der fröhlichen Gruppe um den Grill gehen. Sie genoss die Stille im Haus, die es ermöglichte, an Christos' andere Seite zu denken. Das Schrecklichste war, dass sie sich Christos als Vater ihrer Kinder gut vorstellen konnte.

Ihre Gedanken wurden von Christos unterbrochen. »Bist du okay?«, fragte er.

»Ich bin okay«, antwortete sie angespannt.

Sie lachte nervös. Schon bei seiner Ansicht fühlte sie sich schwach vor Sehnsucht.

»Warum bleibst du hier allein im Dunkel?« Seine Stimme drängte durch die Nacht mit der Zärtlichkeit von Samt. Irgendwo spielte ein Klavier. Der bittersüße Refrain gab ihr das Gefühl, gleich weinen zu müssen. Warum konnten die ganzen Sachen, die er der Gesellschaft erzählt hatte, nicht wahr sein? Liebe auf den ersten Blick. Für immer. Warum konnten ihn seine Götter sie nicht lieben lassen?

Darüber verärgert, dass er sie fast zum Weinen gebracht hatte, nahm sie sich zusammen und fragte: »Was war das für eine Geschichte mit der Prinzessin? Sie ist gut angekommen, jeder schien sie zu kennen.«

Sein warmes Lachen kam aus dem Dunkel. »Es ist eine alte Legende der Insel. Lanassa war eine Prinzessin aus Illyrien, die nach Korfu gekommen war, um ihr gebrochenes Herz zu heilen.«

»Oh, wirklich?«, entfuhr ihr.

»Oh ja«, sagte er sanft. »Aber als sie in Korfu ankam, traf sie den hübschen Prinzen Denetius. Kurz darauf machte sie ihm einen Heiratsantrag.«

»Ich wusste nicht, dass sie sich in dieser Epoche so verhielten.«

»Zweifle nicht daran. Starke Frauen haben immer gemacht, was sie wollten.«

»Und hat Denetius den Antrag angenommen?«

»Aber sicher.« Sein warmes Gelächter durchbrach die Dunkelheit. »Natürlich hatte er zuvor ein Friedensabkommen mit ihrem Vater abgeschlossen, damit es keinen Krieg gab.«

Sie lachte bitter auf. »Ich sehe, dass es nirgendwo in der Geschichte um Liebe geht. Ziemlich passend für diese Umstände.«

Unfähig, all das noch länger zu ertragen, ging sie wie blind durch den Korridor zum Türeingang. Er streckte die Hände zu ihr hin, aber sie drückte sie beiseite und verschwand in den Garten, um zu den anderen bei dem Grillspieß zurückzukehren.

Während der drei Wochen vor der Hochzeit wurden die Konventionen genau befolgt. Shelley blieb zu Hause, beaufsichtigt von Spiros und Anna.

Da sie schon Malcolm angekündigt hatte, dass sie Urlaub nehmen würde, gab es keine Probleme damit, alles Geschäftliche unter seiner Kontrolle zu lassen.

Christos war extrem beschäftigt. Er machte keine Pause, und sie wusste jetzt, warum er so erfolgreich war. Er war oft geschäftlich unterwegs, zuerst nach Tokio, dann Los Angeles, dann zurück nach Hongkong. Bei ihren seltenen Treffen zwischen den Flügen gab er ihren Lippen nur einen scheuen Kuss, bevor er wieder ging.

»Ich möchte Schluss mit diesen vielen Reisen machen. Nach unserer Hochzeit wird es anders sein«, sagte er ihr an einem Abend. »Ich gehöre nicht zu diesen Männern, die zufrieden sind, ihre Frauen nur am Wochenende zu sehen. Auch möchte ich meine Kinder kennen. Ich will kein abwesender Vater sein.«

Bei diesen Worten, die sie nicht glaubte, unterdrückte sie ein nervöses Gelächter. Da er nie mehr als ein oder zwei Tage an einem Ort blieb, wie würde er das ändern können?

Schlimmer noch war die Erinnerung, dass er viele Kinder haben wollte.

Es rief in ihr die Realität ihrer Zukunft wieder wach und zerstörte ihre vage Vermutung, dass er nur zum Schein eine Hochzeit einging, um seine Ehre zu befriedigen.

Tag für Tag stieg die Spannung. Sie war nur froh, dass niemand aus ihrem Bekanntenkreis das Desaster miterleben würde. Sonst würde man ihre Gefühle von Angst und Verzweiflung unter der Maske des schüchternen Einverständnisses an ihrem Gesicht ablesen können.

Schließlich gelang es Shelley, mit Paula Kontakt aufzunehmen. »Ich möchte, dass du Dad benachrichtigst, wenn es ihm gut genug geht, Paula. Versuch, es nicht so dramatisch klingen zu lassen«, sagte sie ihr. Obwohl ihre Stiefmutter nicht so begeistert klang, akzeptierte sie, zumindest so lange zu warten, bis sie die Genehmigung der Ärzte haben würde.

Es gab keine Nachricht mehr aus St. Lucia. Es brach ihr das Herz zu denken, dass ihr Vater sie nicht zum Altar führen würde.

Die Tage schleppten sich dahin. Jede Nacht erschien Shelley wie ein Jahr, als sie sich in ihrem Bett hin und her warf.

Anna half ihr, sich ein einfaches, gerade geschnittenes Seidenkleid auszusuchen. Die Schlichtheit wirkte als Hintergrund für den wunderschönen langen Schleier aus Spitze, den Christos' Urgroßmutter eigenhändig aus hauchfeinem Garn gehäkelt hatte.

Als er sie ein paar Tage vor der Hochzeit zum Haus brachte, reichte er ihr einen zerbeulten Lederbehälter mit verblassten goldenen griechischen Buchstaben. Mittlerweile konnte Shelley die Schrift lesen. *Kiriakis* stand darauf geschrieben. Mit einem Male wurde ihr bewusst, dass sie auch bald so heißen würde. Er bestand darauf, dass sie den Deckel öffnete und den Inhalt herausnahm.

Das Aroma von altem Lavendel haftete an der Spitze, als Shelley sie aus ihrer Kiste herausnahm. Sie streckte ihre Arme nach oben, hielt sie hoch, sodass eine Schleppe aus feiner Gaze auf den Boden fiel; jeder Stich war perfekt in einem Muster von Blumen und Vögeln verarbeitet worden. Sie roch noch intensiver nach Lavendel.

»Es ist wunderschön, Christos«, sagte sie beeindruckt. Sie ließ die Gaze durch ihre Finger laufen, berührte sie vorsichtig, um die Muster ausgiebig zu besichtigen. Ironischerweise gab es Herzen unter den Blumen und Engelchen, Symbole für die Liebe.

Die Zeremonie geschah in der Abgeschiedenheit einer winzigen byzantinischen Kapelle in einem entfernten Tal in den Bergen.

Anna wurde von den Kindern begleitet. Ihre zwei Söhne waren in weiße Hosen und traditionelle weite Hemden gekleidet und trugen schwarze glänzende Schuhe. Mit Blütenkränzen aus weißen Rosenknospen auf ihren dunklen Locken sahen ihre kleinen Töchter als Brautjungfern auch süß aus.

Als Shelley aus dem Auto stieg und Christos sie zum Altar führte, trottete die kleine Theodora vorwärts, um einen Strauß von wilden Blumen zu verstreuen, und dann trippelte sie zu den anderen zurück.

Der wichtigste Gast war Christos' Mutter, zierlich und stolz in schwarzer Seide, die von zwei Cousins begleitet wurde. Ihre Gesichter wandten sich der ausländischen Braut zu, als sie bei der Kapellentür zögerte.

Shelley schaute in die Weite des Kirchenschiffes. Den ersten Anblick, den sie von ihrem zukünftigen Mann hatte, war sein schwarzer Hinterkopf. Er stand neben dem Pfarrer bei dem einfachen Altar, der zwischen den von der Sonne ausgeblichenen Bögen des alten Gebäudes eingerahmt war. Es roch nach Bienenwachs und Honig.

Ihren Blumenstrauß fest mit beiden Händen greifend, lief sie zögernd durch die Kapelle. Da drehte sich Christos um, und ihre Blicke trafen sich. Bei seinem Anblick schwankte sie und atmete tief ein.

Er sah unglaublich schön aus in einem traditionellen Dinnerjackett mit weißer Krawatte und einer weißen Rose im Knopfloch. Plötzlich wollte sie ihn berühren und von ihm berührt werden.

Dennoch war die Zeremonie nur eine Farce.

Mit klopfendem Herzen ließ sie sich zu seinen ausgestreckten Händen treiben. Der schöne Schleier umwehte sie, die weißen Schuhe machten leise Geräusche wie kleine Seufzer auf den mit der Zeit bronzefarben gewordenen Steinen, und der Raum zwischen ihnen schien förmlich zu brennen. Wortlos griff er ihre Hände.

Im Wissen, dass sie gefangen war wie eine Fliege im Spinnennetz, schaute ihr Kopf aus den Spitzenfalten des Schals heraus. Das komplizierte Ritual begann. Die ganze Zeit drückte er ihr heimlich unter dem Schleier die Hand mit dem Ring.

Bestimmt, so dachte sie verzweifelt, muss ihm das Gelöbnis vor dem Priester doch irgendetwas bedeuten.

Ihre Finger zitterten, als Christos den einfachen goldenen Reif zu dem Verlobungsring steckte. Er beugte sich vor, um sie zu küssen, und sie wusste, dass sie sich an diesen Moment bis zum Tag ihres Todes erinnern würde.

Unter einem Regen von Rosenblütenblättern und herzlichen Wünschen, die von allen Seiten hallten, gingen sie schließlich zu dem wartenden Cabriolet, das sie nach Korfu für den Empfang fahren sollte.

Kurz bevor sie die Kapelle verließen, packte sie Christos' Mutter am Arm und sagte bebend langsam auf Griechisch: »Der ...« Sie deutete auf den Ring. »... der hätte meinen Mann sehr glücklich gemacht.« Sie drückte bewegt Shelleys Hand.

Es hatte nur ganz kurz gedauert, aber die Worte hallten in Shelleys Kopf lauter als die Glocken, die sie entließen.

Minuten später legte sich ein stoisches Lächeln auf ihr Gesicht, während das schnelle Auto dahinsauste. Natürlich wäre Mr. Kiriakis glücklich gewesen. Er hätte den Tag erlebt, wo die Ehre der Familie wieder hergestellt wurde!

Es war, als ob noch Salz auf ihre Wunden gestreut würde. Sie hatte gerade den einzigen Mann geheiratet, den sie mit Leib und Seele liebte. Sie hätte vor Freude strahlen sollen. Aber wie konnte sie glücklich sein, wenn ihre Liebe nicht gegenseitig war? Der Mann, der neben ihr saß, spielte nur eine Rolle.

Und das Schlimmste sollte noch kommen.

Zuerst gab es eine gesellige Hochzeitsfeier im besten Hotel der Insel für diejenigen, die nicht zur privaten Zeremonie eingeladen worden waren.

Champagner und Blumen, alles, was sein Reichtum bieten konnte. Dennoch schwebte alles vor ihren Augen wie ein unwirklicher Traum.

Sobald die Toasts ausgebracht wurden, beugte Christos seinen Kopf zu ihr. »Wir werden weggehen, sobald wir es können.« Seine Stimme war heiser.

Ziemlich früh brachte Christos sie mit seinem Rolls weg und fuhr zu dem Kai, wo seine Jacht angelegt hatte.

Immer noch in ihrem Brautkleid, nahm sie seinen Arm, als er ihr half, aus dem mit Blumen bedeckten Wagen auszusteigen. Ein paar fröhliche Gäste waren ihnen gefolgt und konnten Christos sehen, als er den schlanken Körper seiner protestierenden Braut in seine Arme nahm und sie in ihrer ganzen Seide und Spitze auf die Jacht trug.

Es gab noch Glückwünsche, und Blumen wurden über das Wasser geworfen. Eine Brise fing ihren langen Schleier, hob ihn zu einem Wirbel aus Spitze, und als Christos sie heraufbrachte, senkte er sich wieder und hüllte sie beide in seine parfümierten Falten.

Versteckt hinter dem Schleier, spürte sie seine heißen und gierigen Lippen, die nach ihren suchten. Die Gästerufe wurden schwächer. Alles andere außer Christos verlor jede Bedeutung für sie.

9. Kapitel

Christos hielt ihren Körper fest an seinen, und Shelley konnte seine harte und erregende männliche Gestalt durch ihr dünnes Hochzeitskleid spüren. Seine Hände glitten hungrig über ihre Hüfte.

Ungern ließ er sie los. »Ich muss die Motoren anwerfen. Da es sonst niemanden an Bord außer dir und mir gibt, wirst du mir helfen müssen. Zieh etwas anderes an, während ich die Leinen losmache.«

Seine Begierde war deutlich spürbar, wie eine innere Kraft, die ihn antrieb.

Sie ging hinunter, öffnete nervös die Kabinentür und ging rein. Sie war mit Blumen – Orchideen in Hülle und Fülle – und Champagnerflaschen in silbernen Eiskübeln geschmückt. Aber ihre Blicke wurden wie ein Magnet von einem Doppelbett angezogen. Sie zitterte, als sie sich ihm näherte. Auf der luxuriösen Satintagesdecke des Bettes lag ein teures hautenges Kleid aus Seide und Spitze. Wieder ein Geschenk von Christos neben den vielen anderen. Aber die Zeit dafür war noch nicht gekommen. Zitternd zog sie Shorts und einen weißen Baumwollsweater an. Mit einem mit roten und blauen Ankern gemusterten Seidentuch auf ihren blonden Haaren ging sie auf das Deck zurück.

Christos' Blick verweilte einen Moment auf ihr und besonders auf ihren langen und gebräunten Beinen. »Geh weiter zum Vorderdeck. Ich möchte, dass du beginnst, den Anker hochzuziehen.« Dann ging auch er nach unten und kam mit einer Arbeitshose und einem T-Shirt angezogen zurück.

Die Motoren begannen machtvoll zu brummen, und sie wartete auf ein Signal von ihm, um die Winde zu aktivieren.

Christos starrte sie die ganze Zeit an, als er die Drosselklappe öffnete. Es überlief Shelley eiskalt. Sie wusste, was das bedeutete.

Die Zeit verging unendlich langsam. Alles schien ewig zu dauern. Sobald Christos ihren Kopf im Steuerhaus sah, gab er Schub, bis die Motoren donnerten. Dann zeigte er ein konzentriertes Gesicht, als er aus dem Hafen fuhr. Shelley blieb am Heck, wo sie ihn das große ver-

chromte Steuerrad kraftvoll, aber mit jeder Bewegung der See emp-
findsam folgenden Manövern drehen sehen konnte. Sie stellte sich
die kommende Nacht vor, wenn er sie mit derselben Selbstsicherheit
berühren würde. Die Muskeln seiner Schenkel bogen und entspannten sich im Kampf mit der See, als diese versuchte, das Schiff außer
Kontrolle zu bringen. Sie wandte ihren Blick ab. Zu wissen, dass er
sie begierig anschaute, ließ sie vor Ungewissheit zittern. Ihre Gedanken für die kommende Nacht verschmolzen zu einer Mischung aus
Furcht und Sehnsucht. Dass er sie nicht liebte, quälte sie fortwährend.

Als das Motorbrummen ein leises Knurren wurde, schwang sich
Christos von der Brücke herunter und war bald neben ihr. Er berührte
eine ihrer Wangen mit dem Rücken seiner Hand.

»Willst du nicht wissen, wo wir unsere erste Nacht verbringen werden?«, fragte er.

Eine Strähne von schwarzem Haar fiel über seine Stirn. Er schob
sie zurück und schaute sie kritisch an. »Vielleicht aber interessiert es
dich nicht?«

Sie zuckte mit den Schultern. »Überall ist es okay für mich.« Was
machte das ohne Liebe für einen Unterschied?

Er sagte ihr: »Heute Nacht entscheide ich. Alle Nächte danach
wird es deine Entscheidung sein.«

Er legte eine Hand auf ihre Schulter. »Wenn du Venedig besuchen
möchtest, gehen wir dorthin. Nach Süden zu den Inseln, ja. Durch Italien. Nach Rimini, Brindisi. Überallhin. Es ist deine Entscheidung.«

»Du klingst wie der Scharfrichter, der die Verurteilte fragt, was sie
als Henkersmahlzeit möchte«, flüsterte sie. Warum konnte er nicht
sehen, dass es ihr egal war?

Seine Augen wurden kalt. Dann unterdrückte er ein Knurren, ließ
eine Hand unter ihr Kopftuch gleiten und befreite ihre Haare, die daraufhin auf ihre Schultern fielen.

Mit der anderen Hand berührte er flüchtig ihr Kinn, hob es an und
streichelte die zarte Haut.

»Warum so unglücklich? Ist die Märtyrerhaltung nicht nach deinem Geschmack?«

Ein plötzliches Beben schüttelte ihn, und sie spürte seine Finger
zittern. Er starrte lang und tief in ihre Augen. Sie versuchte, ihren
Blick zu senken, aber er hob ihr Kinn weiter an, sodass sie gezwungen

war, sich seinem durchdringenden Blick zu fügen. War es Wut, was sie in seinen Tiefen sehen konnte?

Nach einem langen und verwirrenden Moment flüsterte er: »Als ich dein trauriges Gesicht während der Zeremonie gesehen habe, wollte ich sie fast aufheben. Ich habe gesehen, dass du es hasst, an mich gebunden zu sein.«

Ihre Lippen zitterten. »Aber ich konnte es nicht«, sprach er weiter. »Unsere Namen waren früher verbunden, und jetzt sind sie es auch wieder. Diesmal werden sie es für immer bleiben.«

Er ließ seine Hand fallen, als ob es schmerzhaft gewesen wäre, sie zu berühren.

»Komm. Werfen wir den Anker aus und stoppen wir den Motor. Mein Personal hat ein Essen für uns unten dagelassen. Ab morgen Abend werden wir selbst kochen. Die Kombüse ist voll.« Er drehte sich um und ging zur Steuerung zurück. Sie wusste, was sie zu tun hatte, und ging vor, um den Ankermechanismus zu aktivieren.

Bis jetzt hatte sie kaum die Umgebung betrachtet, aber als sie jetzt am Bug stand, hob sie den Kopf. Sie befanden sich in einer engen Bucht, die auf drei Seiten von turmhohen Wänden aus silbernem Granit umgeben war. Es gab keine Häuser. Es war ein Paradies für Hochzeitsreisende.

Als die Motoren ausgingen, hörte sie das Rauschen der Brandung am Riff und das leise Zirpen der Zikaden auf der Landspitze. Eine einschläfernde Ruhe schien die ganze Bucht zu beherrschen. Es war ein Ort, der wie geschaffen für Verliebte war. Dennoch vermehrte der Gedanke an ihre ungeteilte Liebe für Christos und der an seine bezaubernde Schönheit nur den Schmerz ihres schmachtenden Herzens.

Als sie sicher für die Nacht verankert waren, ging er zu ihr auf Deck. Sie zuckte zurück, als er eine Hand auf ihre Schulter legte. Seine Augen bewegten sich langsam über ihre zitternden Glieder.

»Kalt?«, fragte er. Sie schüttelte mit dem Kopf.

Seine Augen glänzten. »Ich sehe.« Er nickte zufrieden. »Hab Geduld. Das ist kein gewöhnlicher Anlass. Viel Planung und Vorbereitung waren nötig. Mein Küchenchef hat sein Bestes für unser Vergnügen gegeben. Wir sollten ihm unsere Dankbarkeit zollen und uns jetzt für das Essen umziehen.«

Zu ihrer Überraschung führte er sie den Weg hinunter.

Als sie ihre Kleidung wechselten, schien die Kabine um einiges kleiner geworden zu sein.

Shelley versuchte, ihren Blick abzulenken, als Christos sich ohne Verlegenheit bis auf seine Boxershorts auszog. Seine Figur war beeindruckend, härter und kräftiger, als sie sich daran erinnerte. Der Stoff seiner Shorts klebte an jedem schön gezeichneten Muskel, und heimlich betrachtete sie den flachen Bauch, die harten Schenkel und jeden Muskel seines Rückens, die hervortraten, als er sein weißes Dinnerhemd anzog.

Das Verlangen, ihre Finger über ihn gleiten zu lassen, stieg in ihr hoch, und sie musste kämpfen, um dieses Gefühl loszuwerden. Ihre Gedanken anscheinend spürend, hob er plötzlich den Kopf und überraschte sie mit dem Ausdruck der Lust auf ihrem Gesicht.

Er kam zu ihr und küsste sie leidenschaftlich.

»Wie soll es möglich sein, dass ich noch länger von dir fern bleibe, wenn du mich so ansiehst?«, sagte er leise nah an ihrem Ohr. »Ich sollte dich jetzt nehmen, hier sofort, wie ein Barbar. Aber wir sind keine Barbaren, nicht wahr?« Er zeigte ein eiskaltes Lächeln. »Und deswegen werden wir zuerst essen«, fügte er hinzu. Sein Blick verweilte einen Moment auf ihrem roten Gesicht. Sie spürte, wie ein zitterndes Atmen aus ihr herauskam. Er nahm seine Fliege vom Tisch und sagte: »Zieh dich fertig an und dann komm hoch an Deck.«

Er verließ den Raum, und sie fühlte sich wegen der Art, wie er sich wieder von ihr gewandt hatte, durcheinander.

Wenn sie nur nicht diese Sehnsucht nach ihm hätte! Ihn zu wollen und ihm nicht wirklich in seinen Gefühlen trauen zu können, ließ in ihr heftige Selbstzweifel aufkommen. Sie kämpfte gegen die überwältigende Strömung von widersprüchlichen Emotionen und zwang sich, an prosaische Sachen zu denken.

Für diese erste Nacht hatte sie sich für ein ärmelloses dunkelrotes Abendkleid aus Seidenjersey entschieden, das ihre schlanke Figur betonte. Mit jeder Bewegung berührte die Seide sinnlich ihre Brust und ihre Schenkel. Die Farbe passte genau zu ihrem sanften blonden Haar. Sie zog hochhackige Schuhe an und ließ zwei Silberarmreifen auf ihr Handgelenk gleiten.

Als sie zu Christos ging, stand er mit einem Glas in der Hand auf dem Deck und zeigte ihr den Rücken. Er schaute über die Meerenge. Die dunklen Wasser schimmerten mit dem letzten Leuchten des Sonnenuntergangs, während die goldene Farbe der fast versunkenen Sonne sie umhüllte.

»Christos?«

Er drehte sich plötzlich um, als ob er sie nicht so früh erwartet hätte. Sein Gesicht zeigte einen unerforschlichen Ausdruck. Es schien, als ob er sie das erste Mal sehen würde.

Wortlos stellte er sein Glas ab und streckte beide Hände nach ihr aus. Sie lief blind zu ihm und wollte nur zu gern glauben, dass seine Liebe für sie endlich erwacht war. Aber der dumpfe Schmerz hämmerte in ihr, der ihr sagte, dass es nicht so war.

Sie tranken ein Glas Champagner und unterhielten sich höflich. Sie bewunderte seine Selbstbeherrschung. Hatte er keine Lust, diese Verstellung zu lassen, jetzt, da sie allein waren? Es war eine Qual, diese Momente bis zu ihrer endgültigen Niederlage noch weiter in die Länge zu ziehen.

Jede seiner zufälligen oder vielleicht doch gar nicht so zufälligen Berührungen war ihr bewusst: Als sie hinuntergegangen waren, fuhren seine Finger etwa leicht über ihren Arm; dann spürte sie den Druck seines Schenkels gegen den ihren auf der engen Treppe, kurz darauf die Wärme seines Handtellers auf ihrer Taille, als er ihr den Stuhl angeboten hatte, und immerzu seine schwarzen Augen, die sie nie losließen, die aber nie seine dunklen Gedanken verrieten.

Da sie sich über seinen ständig wechselnden und zugleich hypnotischen Blick nicht klar werden konnte, konnte sie kaum essen. Es war, als ob eine elektrische Strömung zwischen ihnen floss.

»Du hast nie schöner ausgesehen, Shelley«, sagte er, als sich das Essen dem Ende näherte. »Mit deinen Haaren, die dein Gesicht umrahmen, deinen wunderschönen Augen. Sie lassen mich an die Himmel des Paradieses denken.«

Seine Stimme war heiser. »Dieses Kleid«, flüsterte er. »Ich hätte Lust, diese dünnen Träger zu zerschneiden und es zu Boden gleiten zu sehen.«

Er lehnte sich auf dem Stuhl zurück, schaute sie ruhig einen Moment an und sagte dann: »Hast du geahnt, wie schwierig diese letzten drei Wochen für mich waren? Dich nicht berühren zu können, nicht herauszuschreien, was ich vor allem anderen begehre.« Er beugte sich vor. »Ist es dir auch so schwergefallen?«

Sie blieb wortlos.

Er streckte sich, griff ihr Handgelenk und zog sie nah zu sich. Eine der Champagnerschalen fiel auf den Boden und zerbrach in einem Regen teurer Kristalle.

Christos beachtete es nicht und legte eine Hand um ihren Nacken, um ihr Gesicht nah an seinen Mund zu bringen. Sie spürte, wie er in plötzlicher wilder Lust seine Lippen auf sie presste, sein Mund drängte sie, sich zu öffnen, damit seine forschende Zunge eintreten konnte.

Zerbrechliches Porzellan und Silberbestecke wurden auf den Boden geworfen, als er sie gierig zu sich zog. Sie konnte seine Finger auf ihrer nackten Schulter kreisen spüren, dann rutschten sie beharrlich in die Seide des Kleides hinein.

Seine Finger schlossen sich über ihrer warmen und zarten Brust, neckten und berührten die sofort steife Spitze.

Er stand auf und zog sie auf die Füße. Dann ließ er die Träger ihres Kleides über ihre Schulter herunterrutschen, sodass es leise raschelnd zu Boden sank, was sie fast nackt vor ihm stehen ließ. Sie hatte nur noch einen winzigen weißen Tanga an.

Jetzt, da sie seinen Blicken so ausgesetzt war, betrachtete er ihre fast vollständige Nacktheit mit glühendem Verlangen. Er beugte sich weit vor, um ihren Hals über die ganze Länge zu küssen. Er nahm sie in seine Arme und ließ langsam seine kräftigen empfindsamen Finger über ihre zarte Haut streichen. Sie wurde von der plötzlichen Erregung in ihr überrascht.

»So warm, so gierig«, flüsterte er dicht an ihrem Busen. Er umfasste ihre runden Hüften, ließ die Hände an ihren Seiten hochgleiten. Dann barg er den Kopf zwischen ihren Brüsten, warf einen innigen Blick zu ihrem Gesicht, bevor er wieder ihre zarten Rundungen berührte. Er zog ihren unwiderstehlichen Körper zu sich, wölbte sie, um den Stoß seiner harten Erregung gegen das seidige Gold ihrer einladend geöffneten Schenkel zu führen.

Im Wahnsinn des Bedürfnisses, das sie schnell überwältigte, keuchte sie seinen Namen, dennoch versuchte sie, noch zu widerstehen. Tief in ihrem Geist war die Idee, dass, wenn sie sich nicht aufgäbe, sie seinen Mangel an echter Liebe überleben könnte. Aber ihr Widerstand zerfiel auf einmal. Es war ihre Hochzeitsnacht mit dem Mann, den sie begehrte, und alles, was sie wollte, war, sich dem kraftvollen Verlangen, ihn zu lieben, zu ergeben.

Sie fuhr mit beiden Händen in sein dichtes Haar und zog heftig seinen Kopf gegen ihre sehnsüchtige Brust. Seine Lippen umschlossen ihre festen Knospen und erregten sie. Seine Finger fuhren langsam über ihre nackten Glieder, ihre langen sonnengebräunten Beine einladend, ihn zu umfangen.

Christos stieß einen gedämpften Fluch aus, überrascht von ihrer plötzlichen aktiven Teilnahme an der Verführung, die er angefangen hatte. »Ja, mein Engel«, flüsterte Christos an ihrem Ohr. »Aber nicht hier. Folge mir.«

Er atmete tief ein und trug sie durch die enge Tür des Vorderraumes zur üppigen Luxuskabine. Er legte sie auf das Bett und ließ sich auch darauf fallen.

Er spreizte ihre Beine, ließ seine Hände fiebrig darüber gleiten und flüsterte dabei Liebesworte in ihr Ohr. Die heiße Berührung seines Mundes schloss den ihren, bevor er sie vom Nacken her bis zur harten Spitze der Brust küsste. Sie schrie ob dieser ungewohnten Lust auf.

Langsam begann er, ihren Tanga herunterzuziehen. Sie streckte sich, um die harten Konturen seines Oberkörpers zu berühren, und als er sich nackt auszog, nahm es ihr den Atem. Sie wollte seinen heißen und glühenden Körper an ihrem spüren und ließ ihre Hände gierig über die Muskeln seines ganzen Körpers gleiten. Dann starrte er sie intensiv an und spielte mit seiner Zunge auf ihrem flachen Bauch, streichelte und küsste sie, bis sie so etwas wie Feuerpfeile durch ihren Körper fahren fühlen konnte. Sie drückte sich noch sehnsüchtiger an ihn.

Bei jeder Bewegung seiner Hände über ihre weichen Rundungen eroberte er sie ein Stück mehr mit aller Sinnlichkeit, die in seiner Macht lag. Sie keuchte kurz vor Schmerz, aber der verschwand, als sie begann, sich unter Christos zu bewegen, und sich abwechselnd beugte und streckte, um der Begierde seiner männlichen Kraft zu antworten.

Heimlich hoffte sie, dass er jetzt sagen würde, dass er sie liebte, aber dieser Gedanke verschwand bei der schnellen, finalen Erlösung. Sie schrie auf, und Freudenseufzer durchbebten ihren Körper. Verwirrt von Gefühlen, die sie noch nicht kannte, merkte sie nicht den schockierten Blick auf seinem Gesicht, als er die Haarsträhnen von ihrer feuchten Stirn wegstrich.

Eine lange Nacht von Vergnügen folgte, und Shelley wünschte sich, dass sie nie aufhörte. Aber schließlich schliefen sie bei Tagesanbruch erschöpft und aneinander geschmiegt ein, und es war wie im Paradies, seine starken Arme, seine Oberschenkel an den ihren zu spüren. Sie setzte einen Kuss auf seine Stirn.

»Liebe«, flüsterte sie sanft, um ihn nicht zu wecken, »liebe, liebe mich.«

Am nächsten Morgen wachte Shelley allein im Bett auf. Sonnenlicht leuchtete auf den Laken, und sie erinnerte sich daran, wie vollständig sie sich ihm hingegeben hatte. Seine Rache war wohl nun komplett.

Das Klappern von Geschirr erregte ihre Aufmerksamkeit, und sie öffnete die Augen. Da war Christos, der durch die Kabinentür mit einem Tablett in den Händen erschien. Mit einem Handtuch als einzige Kleidung sagte er: »*Kalimera, Kiria Kiriakis.*«

Die Benutzung ihres Ehenamens erinnerte sie an das, was er gestern gesagt hatte. »Unsere Namen waren früher verbunden, und jetzt sind sie es auch wieder. Diesmal werden sie es für immer bleiben.«

Er setzte sich neben sie auf das Bett. Als das Tuch herunterglitt, schob er es zur Seite und zeigte hemmungslos seinen nackten Körper. Sie konnte nicht anders, als mit einem Blick erneuter Lust an seinen wunderschönen Formen zu verweilen. Er glänzte voll prallen Lebens.

Sie sehnte sich danach, ihn wieder zu greifen und ihn zu spüren. Sie wurde rot und senkte den Kopf.

Er stellte das Tablett auf den Nachttisch und küsste sie.

»Ich lese in deinen Gedanken. Ich denke, du willst mir keine Ruhe geben.« Seine Finger zeichneten die elegante Linie ihres Rückens nach. Er drückte sie wieder gegen seinen heißen Körper, aber sie drehte sich mit dem Gesicht zu den Kissen um. Sie spürte den warmen Atem in ihrem Nacken.

Mit der Zärtlichkeit von jemandem, der ein schüchternes wildes Wesen zähmen wollte, drehte er sie wieder um und fragte: »Bist du glücklich?«

Glücklich? dachte sie. Wenn ich dich doch so liebe? Sie versuchte, ihr Gesicht wieder zu verstecken, voller Angst, dass er ihre Gefühle in ihren Augen lesen könnte, aber er hielt sie fest und erforschte ihren Blick.

»Ich möchte, dass du glücklich bist, auch wenn es ein goldener Käfig ist«, hörte sie ihn flüstern.

Ihre blonden Haare lagen quer über ihrem Gesicht, wie ein Schleier, durch den er nicht so leicht dringen konnte.

Aber Strähne für Strähne lüftete er ihn und küsste jeden Zoll ihrer Haut.

Er drückte seine Lippen gegen ihre Schläfe und flüsterte: »Sag mir etwas über letzte Nacht. Warum hast du so lange gewartet?«

Am liebsten hätte sie gestanden: deinetwegen. Es gab ständig dieses Bild von dir, das mich daran erinnerte, wie Liebe sein sollte, hätte sie zugeben wollen, aber es war ihr zu erniedrigend. Ihre Gedanken blieben ungesagt. Es wäre die endgültige Niederlage gewesen, es zuzugeben.

Sie lachte leise und schaute weg, ignorierte seine Frage und zog sich an.

Der Morgen war idyllisch, und sie ließen sich alle Zeit der Welt. Keiner von ihnen beiden schien die isolierten Strände und kleinen Buchten verlassen zu wollen. Sie brauchten niemanden anderes als sich selbst.

»Warum müssen wir weit weg segeln?«, fragte Shelley, als er wissen wollte, für welches Reiseziel sie sich entschieden hatte. »Wir haben in Korfu alles, was wir brauchen.« Als er nicht begriff, ließ sie ihren Blick in offener Bewunderung auf ihm verweilen. Sie hatte alles hier, was sie brauchte, griffbereit. Wenn er nur das Gleiche empfinden könnte!

Er schien auch glücklich, auf der Insel bleiben zu können. Nach dem Mittagessen fuhren sie hinaus. Er vertäute das Schlauchboot an Land, sodass er ihr die Höhle zeigen konnte, die sie damals besucht hatten.

Trotz der langen schlaflosen Nacht sah er unglaublich schön und fit aus und trug weiße Shorts und ein Poloshirt. Die Farbe gab seiner gebräunten Haut noch mehr Glanz und hob den Schwung seiner Wangenknochen und die mysteriöse Augenpartie hervor.

In der dunklen Höhle war es ganz ruhig. Die Wände erhoben sich in einer Mischung von Dunkelrot, Purpur, Grün und Perlweiß vor ihnen. Diesmal erzählte er ihr ihre Legende. »Hier sollen alle Vorsätze von solchen, deren Liebe noch unerklärt ist, für alle Zeit besiegelt werden. Hör zu.«

Er sagte etwas ganz leise und hob dabei seinen Kopf zum Höhlendach. Leicht und doch deutlich wie ein Flüstern hallte ihr Name wider.

Es ist nur ein Trick, sagte sie sich. Sie ärgerte sich darüber, dass der Klang in der Höhle ihr so ins Herz fuhr, ganz so, als ob es etwas bedeuten würde.

Christos schaute sie an, aber als sie mit den Schultern zuckte und weggehen wollte, spannte er sich ruckartig wieder an. Sie gingen zur Jacht zurück. Diese Nacht liebten sie sich wieder genauso leidenschaftlich, aber er blieb ungewöhnlich einsilbig. Seine Augen musterten ihre Gestalt unter den Satinlaken. Das Sternenlicht schien in die Kabine hinein und warf seinen Schimmer über sein Gesicht.

Später verließen sie den Hafen von Paleokastrista, fuhren die Küste herunter und ankerten beim Kloster von Mirtidion.

Dort sahen sie frühabends in einem Hinterhof des Dorfes junge Frauen und Männer tanzen.

Als Christos und Shelley erschienen, wurden sie sofort eingeladen, teilzunehmen.

Shelley fand sich in einem äußeren Kreis mit den anderen Frauen, die ihre Röcke graziös bewegten und mit den Händen in die Hüften gestemmt die komplizierten Schritte ausführten.

Während er tanzte, ließen Christos' Augen ihr Gesicht nicht los. Sie war von ihm wie hypnotisiert und fühlte sich zu der dunklen Welt, die hinter seinem Gesicht verborgen war, hingezogen. Sie schienen durch ihre Bewegungen miteinander zu kommunizieren, wie vom Rest der Tänzer abgehoben und an einen Ort ohne Zeit oder Raum versetzt, in dem nur ihre unausgesprochene Begierde zählte. Dann fand sich Shelley von einem der griechischen jungen Männer in den Tanz geführt wieder. Christos' Augen brannten, als der Tänzerkreis sich um sie schloss. Der junge Mann ließ Shelley sich drehen, und sie wusste bald nicht mehr, wo sie sich befand. Dennoch sah sie, als sie zu einem atemlosen Halt kam, dass Christos schon die Hand einer der Frauen genommen hatte. Hier ist er zu Hause, stellte Shelley fest. Sie folgte ihm sehnsüchtig mit den Augen, während er seine Partnerin im Rhythmus der Musik drehte.

Als er mit dem Tanz fertig war, hob er den Kopf. Er hielt inne und suchte nach Shelley, als ob er jetzt gehen wollte. Er hielt ihren Blick mit bedeutungsvollen Augen. Sie streckte angespannt eine Hand in ihr Haar.

Ein junger Mann erschien plötzlich, der Shelley in seine Arme nahm, und sie fand sich erneut in dem Kreis wieder. Jedes Mal, wenn sie nach Christos suchte, trennte der Tanz sie, die Musik wurde schneller, die Hitze und der Lärm stiegen zu einem Crescendo. Plötzlich war er ihr wieder nah und griff sie fest beim Handgelenk.

Seine Stimme drang scharf durch die Töne und Geräusche. Er sagte: »Es ist genug«, und zog sie aus der Gruppe.

Ohne noch mehr zu sagen, führte er sie zum Strand, wo sie die Musik noch deutlich hören konnten. Als sie ein bisschen entfernt waren, zog er sie besitzgierig in seine Arme und zog mit den Lippen eine heiße Spur über ihren Hals. »Du gehörst mir. Ich bin ein eifersüchtiger Mann. Vergiss es nie.«

Er zog sie neben sich in einen verlassenen Strandkorb, und sein Mund fand ihren im Dunkeln. Ihre Hände glitten begierig über sein Hemd. Sie fand sich plötzlich in dem Gefühl des gedankenlosen Glücks dieser ersten Nacht wieder, als sie sanft auf die bunten Kissen hinabgesunken war. Sofort überwältigte sie erregte Hitze unter seiner Berührung.

Aber plötzlich schob er sie zurück. Er nahm ihre ungeduldigen Hände in seine und flüsterte: »Nicht hier, gehen wir zur Jacht zurück!«

Zurück an Bord, liebten sie sich im Freien auf dem Deck. Seine Finger zitterten, als er sie auszog.

»Ein Mondopfer für Aphaia«, murmelte er und spreizte ihre Glieder in dem schwachen Halblicht. »Sie antwortet meinen Gebeten, Shelley.« Er liebte sie unter dem ersten Schein des neuen Mondes, der wie eine leuchtende Sichel im tintenschwarzen Himmel hing.

Seine Worte schienen Shelley zu zeigen, dass sein erotisches Verlangen noch nicht abgeklungen war, aber sie quälte sich selbst mit der Überzeugung, dass es um nicht mehr als Lust ging. »Sie antwortet meinen Gebeten, Shelley«, wiederholte er.

Die wunderbare Nacht hüllte sie ein. In der entschlossenen Absicht, das Eis in seinem Herz zu schmelzen, liebte sie ihn rücksichtslos, wild, leidenschaftlich, als ob der Morgen nie kommen würde.

In ihrer letzten Nacht saßen Shelley und Christos auf Deck, um die Sonne zu sehen, als sie über dem Horizont mit einem goldenen Licht versank. Zum Kontrast dazu war das Meer rabenschwarz. Alles wirkte, als ob sie allein auf der Erde wären. Vom Radio in der Kabine her kam die Musik eines aktuellen Hits; der Sänger sang mit melancholischer Stimme von der Freude und dem Schmerz der Liebe.

Sie hatten sich daran gewöhnt, in der luxuriös eingerichteten Kombüse zusammen zu kochen, aber an diesem Abend hatte Christos darauf bestanden, allein das Essen vorzubereiten.

Währenddessen saß Shelley an Deck und betrachtete weiter den Sonnenuntergang. Bald würde es Nacht sein.

Die letzte Nacht ihrer Flitterwochen. Dann zurück zur wirklichen Welt. Es überlief sie eiskalt. Er hatte zwar eine tiefe körperliche Leidenschaft für sie gezeigt, aber der Rest ... Sie zitterte bei dem Gedanken an die so unterschiedlichen Eindrücke, und die Angst vor der gemeinsamen Zukunft wurde wieder lebendig. Sie wusste jetzt ohne Zweifel, dass Christos nie vergessen und nie verziehen hatte, was Paula und ihr Vater in der Vergangenheit zu ihm gesagt hatten. Sie war sich mittlerweile sicher, dass die Geschichte von vor neun Jahren seine ehrgeizige Natur noch angestachelt hatte. Colin Burtons Tochter zu heiraten war nun der Beweis, dass er seine Vergangenheit hinter sich gelassen hatte und keine Schuldgefühle mehr wegen des Todes seines Vaters zu haben brauchte. Er hatte sein Ziel erreicht.

Nach dem Essen saßen sie unter dem Sonnensegel auf dem hinterem Deck, schläfrig und gesättigt und allem Anschein nach froh. Während sie den restlichen Wein tranken, nahm Christos ein Stück Tau und begann, Knoten an beide Enden zu machen.

»Hier, für dich«, sagte er plötzlich und warf es ihr zu.

Sie fing es, berührt und überrascht und fragte sich, was es bedeuten konnte. »Mein Dankeschön für Nächte voller Leidenschaft, Shelley.«

Ein Schmerz durchfuhr sie. Seine Worte bestätigten noch einmal ihre Befürchtungen, dass er sie nicht liebte. Sie konnte nur mit dem Seemannsknoten herumspielen und zeigte ihm ein kleines Lächeln.

Diese Nacht zeigte er ihr mit extremer Leidenschaft Liebe, und sie entdeckte tiefe Gefühle, die ihr bis jetzt nicht bewusst waren.

Als er schließlich schlief, schmiegte sie sich an seinen Körper, ihre gespreizten Finger glitten über seinen Oberkörper, und ihr Gesicht berührte seinen Rücken. Es gab so viel Unausgesprochenes. Sie hielt ihn, als ob es zum letzten Mal wäre.

Christos stand am Steuer, als sie am nächsten Morgen einliefen. Der Hafen wurde gerade von der langsam aufgehenden Sonne erleuchtet. Es war eine sehr schöne Aussicht; die Cafés am Kai mit ihren Schirmen und Vorzelten, Leute, die hin und her liefen, und die Lichter von den Villen, die von den Hügelseiten herüberschauten. Dennoch betrachtete Shelley alles etwas unglücklich.

Als sie im Hafen ankamen, wartete schon das Auto auf sie. Christos lief darauf zu und sprach mit dem Fahrer; Shelley sah sein Gesicht sich verändern, und danach vermied er es, ihrem Blick zu begegnen.

Eine halbe Stunde später kamen sie zur Villa, und als sie plötzlich eine bekannte Gestalt durch die Scheibe des Foyers sah, verstand sie.

Atemlos wandte sie sich an Christos, der nicht überrascht schien. Er ging mit großen Schritten auf sie zu und grüßte die Frau. »Hallo, Paula, willkommen zurück in Korfu«, sagte er in dem flachen Ton, den er annahm, um seine Wut zu verstecken.

»Christos.« Die scharlachroten Lippen gingen in dem Versuch eines Lächeln auseinander, und Shelley sah in die grünen Augen ihrer Stiefmutter, die mit plötzlicher Billigung auf dem schönen Gesicht ihres neuen Schwiegersohnes ruhten. »Heiraten steht dir«, bemerkte sie mit einem überzeugten Lächeln. »Es scheint dir sogar sehr gut zu stehen.«

10. Kapitel

Paula war wie immer geschniegelt und gestriegelt. Ihre schwarzen Haare waren wie üblich makellos frisiert, und ihre grünen Augen waren riesig und flackernd, als ob sie sie nicht von Christos lassen konnte.

»Hallo«, sagte Shelley scharf, in der Absicht, sich bemerkbar zu machen.

»Darling!« Die glänzenden Smaragde starrten sofort auf ihr gebräuntes Gesicht, und Paula ging zu ihr. »Ich habe mir so viele Sorgen um dich gemacht!«, sagte sie heiser. »Du hast uns ja kaum vorgewarnt, aber ich nehme an, dass es an der Burton-Familie liegt.«

Shelley gab ihr den obligatorischen Kuss auf die Wange und schaute Christos über Paulas Schulter an. Er stand auf der Treppe und betrachtete die Wiedervereinigung mit einem ironischen Lächeln. Er sah gebräunt und fit aus nach ihren Flitterwochen. Sie sehnte sich danach, zu ihm zu gehen, aber sie lenkte ihren Blick ab. Sie fragte nervös: »Ist Dad okay?«

Paula lächelte. »Geh rein und sag Hallo.«

Shelley wurde blass. »Was? Er ist hier?«

Paula nickte.

»Das kann aber nicht sein.« Sie starrte ihre Stiefmutter bestürzt an, bevor ihr Blick zurück zu Christos flog.

Er sah aus, als ob er dafür verantwortlich war.

Ohne mehr zu sagen, lief sie an ihm vorbei, drückte die Glastüren auf und hielt inne.

»Dad?« Ihr erschrockener Blick lief über seine zerfurchten Züge. Er kam zu ihr und nahm sie in seine Arme.

»Wie geht es dir?«, erkundigte sie sich und hielt ihn auf Armeslänge entfernt, um sein Gesicht sorgfältiger prüfen zu können.

»Topfit.« Sein blasses Gesicht und etwas dünneres Aussehen entsprachen seinen Worten nicht. Er tätschelte väterlich Shelleys Hände.

In diesem Moment kam Christos, und Shelley wurde unruhig. Sie schritt fürsorglich zwischen ihn und ihren Vater.

Christos sagte nichts, aber er legte einen Arm um ihre Taille und zog sie zu sich, als ob er seine Ansprüche anmelden wollte. Sie fühlte sich wie eine Verräterin, als ihr Körper ihn mit einem plötzlichen Wissensflackern berührte. Sie spürte, was in ihm vorging. Endlich ist er Auge in Auge mit seinem Feind, dachte sie.

Zitternd begann sie: »Du kennst Christos schon.«

Sie spürte Christos' Griff um ihre Taille. Zu ihrer Überraschung erkundigte er sich nach der Reise und bot an: »Sie bleiben natürlich hier.« Es war keine Frage, sondern eine Festlegung.

»Wir haben schon ein Zimmer in Kassiopi gebucht«, antwortete Colin Burton sofort.

»Unsinn, als Familie werdet ihr bei uns bleiben«, antwortete Christos fest.

Shelley zitterte und schaute die beiden Männer an, die sich flüchtig abschätzten. Zu ihrem Erstaunen nickte ihr Vater. Er machte einen Schritt nach vorne und starrte Christos an. »Es hat sich viel geändert seit unserem letzten Treffen.« Seine blauen Augen schätzten den Effekt seiner Worte ab. »Wir müssen über vieles reden.«

Shelleys Finger fassten Christos' Arm, und sie konnte die Spannung in ihm spüren.

Er bewegte sich nicht und sagte dann ruhig: »Aber nichts, das nicht bis morgen warten könnte. Shelley und ich haben einen langen Tag hinter uns.« Er sprach in einem flachen Ton, und sie schaute nach oben in Erleichterung wegen dieser vorübergehenden Begnadigung. Es gab einen etwas spöttischen Glanz in seinen Augen.

Christos starrte Colin Burton mit etwas wie Erstaunen an und sah sowohl die Zeichen der jüngsten Krankheit in seinem Gesicht als auch die schützende Geste, mit der Paula seinen Arm hielt.

Dann schlug er Shelley vor: »Biete deinen Eltern doch etwas zu trinken an. Ich muss mein Personal informieren.«

Sie wusste, es war eine Ausrede, um sie allein zu lassen. Dennoch nickte sie mit gereizten Nerven, sich der Gefahr, die in der Luft lag, wohl bewusst.

Nachdem er weg war, legte sich die Spannung ein wenig, aber als Colin sich näher an seine Tochter wandte, brachte das, was er sah, ihn sofort dazu, sie zu fragen: »Ist er nett zu dir?«

Die rücksichtsvolle Wärme in seinen blauen Augen ließ ihre Verteidigung schwanken, und für eine Sekunde vergaß sie ihre Angst vor all dem, was er vielleicht über ihre Hochzeit denken könnte. Sie sehnte sich danach, sich in seine Arme zu werfen und ihm die ganze unglückliche Wahrheit zu erzählen.

Sie wollte ihn aber nicht alarmieren und bemühte sich, gelassen auszusehen. »Natürlich ist er nett zu mir. Warum nicht?«

Da sie merkte, dass ihre Antwort nicht wirklich überzeugend klang, vertuschte sie ihre Unsicherheit und ging zum Barschrank.

Dennoch war Colin nicht fertig. Er folgte ihr. »Du siehst ein bisschen deprimiert aus.« Seine Augen waren wissend.

»Ich bin müde. Wir haben eine lange Reise gemacht. Was möchtest du trinken?«, wechselte sie rasch das Thema.

»Nur einen kleinen Weinbrand für mich und das Übliche für Paula.«

Er starrte sie immer noch an, und sie spürte seine Sorge. »Ich weiß, dass du bestimmt denkst, dass ich verrückt gewesen bin, Christos geheiratet zu haben«, platzte sie nervös heraus, »aber es ist nicht so, als ob wir uns nicht gekannt hätten. Wir haben uns ja vor neun Jahren hier getroffen.« Es fiel ihr schwer, weiterzusprechen, aber sie zwang sich zu fragen: »Hast du was dagegen, dass ich ihn geheiratet habe?«

»Etwas dagegen?« Er schaute sie ernst an. »Ich hätte dich gern selber zum Altar geführt. Ich hätte mir gewünscht, dass du ein bisschen wartest.«

»Aber es ist Christos. Ich kannte deine Gefühle ihm gegenüber.«

Zu ihrer Überraschung und Erleichterung sagte er: »Solange er auf mein kleines Mädchen aufpasst, habe ich nichts dagegen. Ich hoffe, dass du glücklich wirst. Sobald mir Paula davon berichtet hatte, habe ich mich über ihn erkundigt.«

Sie war schockiert und hatte plötzlich Angst, dass er den wirklichen Grund für die Heirat herausgefunden hatte, aber er lächelte.

»Natürlich habe ich mir als Vater Sorgen gemacht. Ich weiß aber, dass du groß genug bist. Nur vergiss nicht, dass, wenn du dreißig wirst, du die Firma leiten wirst. Ich könnte es mir nicht erlauben, dass du einen Playboy an deiner Seite hättest, der die Firma ruinieren würde, oder?«

Shelley schaute ihn fragend an. Was hatte er herausgefunden? Vermutete er etwas? Aber nein, warum denn? Er konnte nicht wissen, wie Christos sie nach Korfu gelockt hatte.

Er nippte an seinem Glas. »Ich habe aber entdeckt, dass Christos sehr erfolgreich geworden ist, und war sehr beeindruckt.« Er wandte sich an Paula. »Kannst du dich daran erinnern, wie wir sein Logo in Antigua gesehen haben?«

Er zeigte Shelley ein zerfurchtes Lächeln. »Sei nicht so ängstlich, Darling. Ich hätte es nicht besser machen können.«

In diesem Moment erschien Christos in der Türöffnung.

»Die Gastsuite ist bereit, wenn Sie es wollen«, sagte er. Er musterte mit seinem schwarzen Blick und diesem eiskalten Ausdruck, den sie so gut kannte, die drei Gesichter.

Paula stand auf. »Danke, Christos. Diese Reise schien ewig zu dauern.«

Colin Burton stand auch auf, wenn auch mit mehr Schwierigkeiten. Er schaute zu seinem Schwiegersohn und hob beide Augenbrauen. »Wir müssen morgen reden.«

Christos sah nachdenklich aus. »Natürlich möchten Sie Ihre Meinung über unsere Hochzeit sagen …«, begann er.

Shelley hielt ihren Atem an, bis es wehtat. Jetzt würde es so weit sein. Er würde ihm sagen, warum er es getan hatte.

Aber Colin schüttelte den Kopf. »Es war für uns überraschend, aber wie Shelley schon gesagt hat, wir kennen uns doch bereits. Nein, wir müssen uns über etwas viel Wichtigeres unterhalten.« Sein Gesicht war zerfurcht, und Shelleys Herz klopfte schnell. Er vermutete doch etwas. Sie wusste es. Und aus irgendwelchen Gründen versuchte er, locker zu bleiben.

Christos blieb gelassen wie vorher, und sie war erleichtert, als er sagte: »Na gut, morgen.«

Shelley küsste ihre Eltern, als sie sich verabschiedeten, und dann wandte sie sich Christos zu.

Er sah die beiden weggehen und fragte: »Weißt du, worüber er reden möchte?«

»Nein. Vielleicht ahnt er, wie du diese Heirat angestiftet hast.«

Jetzt, da sie allein waren, standen sie steif herum. Dieses flüchtige Gespür von Intimität am Anfang des Treffens, als er sie besitzgierig zu sich gezogen hatte, hatte sie für einen Moment zu so etwas wie Komplizen gemacht. Aber nun war es vorbei. Er sah sie düster an. »Er hätte das Gleiche getan. Er ist älter geworden, aber er ist noch

Furcht einflößend. Kein Wunder, dass ich von ihm beeindruckt war, als ich jünger war.«

»Wirklich?«, sagte sie überrascht.

»Diese ganzen Jahre ist er mein Vorbild gewesen. Ich wusste, dass er wie ich bei null angefangen hat. Ich habe ihn sehr bewundert.«

Er ignorierte ihren verblüfften Ausdruck. »Paula ist eleganter denn je, findest du nicht?«, sprach er weiter. »Ziemlich beeindruckend für ihr Alter.«

»Ich hatte keine Ahnung, dass du von der Familie Burton begeistert warst«, lachte sie und ging weg.

Da sie noch nie in der Villa geblieben waren, führte Christos sie in ihr Schlafzimmer. Sie schaute mit Befürchtungen das breite Doppelbett in seiner luxuriös eingerichteten Wohnung an.

»Christos«, begann sie, »werden wir zusammen hier schlafen?«

Er schaute sie überrascht an. »Du bist doch meine Frau. Wo willst du denn sonst schlafen?«

Er ging mit raschen Schritten zu ihr und blieb dicht vor ihr stehen. Sein dunkler Blick bohrte sich in ihre Augen, aber alles, was er sagte, war: »Morgen werde ich dich zu unseren Quartieren führen. Möchtest du sofort ins Bett gehen?«

Sie nickte. »Aber zuerst möchte ich duschen.« Sich der Tatsache bewusst, dass er sie den ganzen Weg zum Badezimmer gespannt beobachtete, öffnete sie die Tür. Dann zog sie sich verwirrt und unglücklich aus.

Sie schaute herum und merkte, dass er alles für ihre Ankunft vorbereitet hatte. Es gab elegant etikettierte Flaschen voller Badeöle, Lotionen und Shampoos mit ihren Lieblingsdüften. Ein flauschiger Bademantel mit ihren Initialen hing an einem Haken, und sogar ein Paar passender Pantoffeln lag darunter. Es ist typisch Christos, alles bis zum letzten Detail perfekt zu machen, dachte sie.

Sie trat unter die Dusche und schloss die Augen. Wie würde sie diese Ehe mit dem Wissen überleben, dass er sie nicht liebte? Sie machte sich auch Sorgen wegen morgen. Würde Christos die Gründe ihrer Heirat verraten? Sie hoffte und betete, dass er es nicht tun würde. Aber warum wollte ihr Vater sich ernsthaft mit ihm unterhalten? Es konnte nur deswegen sein, weil er etwas vermutete. Sie zitterte. Es würde bestimmt Probleme geben.

Halb angezogen, unterbrach Christos ihre Gedanken, als er den Duschvorhang aufriss und fragte: »Kommst du ins Bett?«

Er zog die Metallringe zurück. Erleichtert, seinem prüfenden Blick zu entkommen, seifte Shelley ihre Brust und Schenkel ein und ließ sich von dem Duft, der sie umhüllte, überwältigen. Dann keuchte sie.

Der Vorhang klirrte wieder, und der harte, kräftige Körper ihres Mannes presste sich gegen ihren. Wasser fiel in Kaskaden über sie, aber er schien es nicht zu merken. Er legte seine Arme um sie und zog sie dicht an sich.

Als sie sich zögernd wand, drehte er sie um und begann, hungrig an ihrem Ohr zu knabbern.

»Weis mich nicht ab«, flüsterte er. »Du bist immer noch meine Frau.«

Ihre Finger packten sein nasses T-Shirt, und sie stöhnte, als er mit seinen Lippen ihre Brüste liebkoste.

Er drückte sie fester an sich, und seine Stimme wurde lustvoller. »Du bist die schönste Frau der Welt. Ich will dich, komm.«

Keuchend versuchte sie, zu widerstehen, aber schon gab sie unter seiner Berührung nach. Die kräftigen Strahlen nässten sie beide, und von seinem Kopf tropfte es auf sie herab. Sie schloss die Augen und öffnete gierig die Lippen, um seine Küsse zu empfangen.

Sie wurde ein Wesen purer Erregung, als sein Griff leidenschaftlicher wurde, und vergaß alle Hemmungen. Sie wollte ihn nur noch lieben.

Sein Vorhaben wurde deutlicher. Er bog sie gegen sich.

»Ja, du willst mich«, sagte er lustvoll triumphierend. »Dein Körper kann mich nicht anlügen.«

Sie schrie seinen Namen als Bestätigung laut heraus, ihre eigenen Bedürfnisse ergänzten seine, als sie sich an seinen starken Körper schmiegte. Die Wasserstrahlen umflossen ihre jetzt miteinander verschmolzenen Formen in einer wilden Kaskade, und nichts anderes als die Tiefe ihrer gegenseitigen Lust existierte. Ein verschwommenes Bild einer Skulptur – ein Liebespaar in einer der Athener Fontänen – kam ihr in den Sinn, und sie hätte sich gewünscht, dass sie ihm gleichen könnten, dass sie mit ihren Körpern wie in diesem Steinbild für alle Ewigkeit gemeinsam lustvoll eingeschlossen hätten sein können.

Dann erregten sich ihre Sinne unter seinen Berührungen noch weiter und überwältigten ihren ganzen Körper. Er schrie ihren Namen in einem heiseren Lustschrei, und es war wie ein Feuer, als sich die Spannung in einer brennenden Eruption löste.

Das Wasser wurde bald wie ein Streicheln auf ihrer empfindsamen Haut, bis es nicht mehr floss. Dampf bildete sich über ihnen und verflüssigte sich in glänzenden Perlen über Christos' Stirn. Sie drückte ihre Lippen gegen seine nasse Schulter, schleckte ihn mit der Zungenspitze ab, um den Moment der Trennung zu verschieben.

In der Stille hielt Christos sie weiter und schmiegte sich fest an ihre zarte Gestalt. Sein schönes Gesicht zeigte einen benommenen Ausdruck, als ob er nicht glauben konnte, dass er unter der Dusche mit Shelley in seinen Armen stand.

Langsam kam er wieder zu sich und sagte heiser: »Was hast du getan?« Er sah einen Moment verstimmt aus. »Du wolltest mich genauso wie ich dich«, sagte er, als ob er sich gegenüber einem unausgesprochenen Vorwurf rechtfertigen wollte.

Als sie nichts antwortete, sagte er barsch: »Komm ins Bett.«

Er zog sein nasses T-Shirt aus. Er wickelte sie in ein breites Handtuch, ließ sie sich auf die Fliesen stellen und begann, sie überall trockenzureiben. Er hob jedes Glied mit zarter Betrachtung, und dann strich er rasch über ihre langen Haare, bis sie fast trocken waren.

Sie blieb still stehen und erlaubte ihm, diesen Vorgang zu beenden, während sie zitternd ihre Gedanken sortierte. Wie konnte sie Liebe für einen Mann empfinden, der sie aus den falschen Gründen geheiratet hatte und dessen Gefühle von reiner Lust angetrieben waren?

Es war Wahnsinn, aber ihre Liebe hielt sie fest bei ihm, als die Vernunft ihr sagte, aufzuhören.

Als sie trocken war, blickte er fürsorglich in ihre Augen, aber plötzlich suchte er nach einem Handtuch und rieb sich auch trocken.

»Geh ins Bett«, sagte er ihr.

Ein paar Sekunden später legte er sich zu ihr. Sie drehte sich auf die Seite weg von ihm und spürte seinen Körper an ihrem. Er ließ eine Hand in ihre Haare gleiten und die andere unterhalb ihre Brüste.

Wenig später wurden seine Finger ruhig. Shelley spürte seinen warmen Atem an ihrer Schulter, und sie wusste, dass er eingeschlafen war.

Sie blieb so eine Weile liegen, an seinem starken Körper geborgen, und hörte ihm mit schwerem Herzen zu, wie er atmete.

Am nächsten Morgen frühstückte Shelley spät am Swimmingpool. Als Christos aufgestanden war, hatte sie noch geschlafen, und er befand sich jetzt in seinem Büro mit ihrem Vater. Sie erwartete jeden Moment, laute Stimmen zu hören.

Sie ließ das geöffnete Fenster, von wo aus man sie sehen konnte, nicht aus den Augen.

Paula kam heraus, setzte sich und folgte Shelley mit dem Blick.

»Colin zeigt Christos seine Pläne für ein anderes Hotel«, sagte sie.

Shelleys Befürchtungen wurden noch größer. »Warum macht er das bloß?«, fragte sie.

»Ich nehme an, er sieht Christos als Burtons Thronerbe.« Bevor Shelley sie fragen konnte, was sie damit meinte, sprach Paula weiter. »Du hast immer noch vor, weiterzumachen, oder?«

Shelley nickte. Was hatte das mit Paula zu tun? Sie war noch nie an der Firma interessiert gewesen. »Worüber sprechen sie denn noch, weißt du es?«

»Keine Ahnung«, antwortete Paula lässig. »Über langweilige Geschäfte, nehme ich an; du kennst doch deinen Vater.«

Paula setzte sich an den weißen Tisch neben Shelley und schenkte sich eine Tasse Kaffee ein. »Colin denkt, dass Christos klug gehandelt hat, dich zu heiraten, Liebling. Er meinte, dass er mit einem Stück Papier einen bedeutenden Bauträger und zusätzlich einen Einstieg für seine maritimen Interessen erworben hat.«

Shelley hielt ihre Tasse auf dem halben Weg zu ihren Lippen an. Sie brauchte es nicht, dass Paula ihr noch einen Tritt versetzte, da sie sich schon innerlich am Boden befand.

Aber ihre Stiefmutter hatte ihre Sonnenbrille hochgekippt und schaute Shelley wissend an. »Ich gebe zu, dass unser erster Gedanke war, dass er dich bestimmt zum Heiraten gezwungen hat, als er gesehen hat, was auf dem Spiel stand …«

»Ich will das nicht hören«, murmelte Shelley.

»Oh, aber du solltest, weil Christos und ich heute Morgen ein langes Gespräch geführt haben. Er war sehr direkt und hat ein oder zwei Sachen klargemacht.«

»Wirklich? Das kann ich mir nicht vorstellen.«

»Also, als Erstes hat er mir erzählt, was in dieser Nacht vor neun Jahren passiert ist.«

Paulas Stimme änderte sich. »Es tut mir leid, Shelley. Ich habe mich nicht gut verhalten. Ich habe euch beide falsch eingeschätzt. Ich wollte dich nur beschützen.«

»Aber natürlich wolltest du.« Sie konnte den bitteren ironischen Ton in ihrer Stimme nicht unterdrücken.

Paula richtete sich auf. »Du hast mir nie wirklich eine Chance gegeben. Ich hoffte, dass wir wenigstens Freunde sein könnten. Du warst immer gegen mich. Aber du musst jetzt zuhören. In diesem Sommer war ich nur seit zwei Jahren mit deinem Vater zusammen. Ich verglich mich immer noch mit deiner Mutter, und es war mir bewusst, dass ich nie so gut wie sie sein würde, und ich hatte extreme Angst, ihn zu verlieren. Und dann warst auch du da.«

Sie runzelte die Stirn. »Du warst ein so hübsches Mädchen geworden, und alle schauten dir plötzlich nach. Es hat mir Angst gemacht, und ich habe begriffen, was für eine Verantwortung ich jetzt hatte. Kannst du das verstehen? Ich bin nie die typische Mutter gewesen. Ich bin zu leichtsinnig. Aber diesmal musste ich dieses schöne Mädchen beschützen.«

Shelley verweilte noch bei dem Bild von Paula und Christos im Gespräch. Es überlief sie eiskalt am ganzen Körper. Was hatte er ihr noch gesagt?

Paula beugte sich über den Tisch vor und griff Shelley bei den Schultern. »Du hörst mir nicht zu, Shelley! Hör zu, was ich zu sagen habe! Bitte! Ich sage, dass ich die Art bereue, wie ich reagiert habe. Ich weiß, dass es alles nur schlimmer gemacht hat.«

Shelleys Unterlippe zitterte, und sie sagte: »Du hast nur getan, was jede Mutter getan hätte. Es hätte sowieso so geendet.«

Paula zog ihre Sonnenbrille ab und spielte mit ihr herum.

»Ich habe all diese schrecklichen Sachen zu Christos gesagt. Ich hatte die Kontrolle total verloren.«

Paula wurde leicht rot. »Ich dachte, dass er dich überredet hätte, mit ihm zu schlafen. Ich war überzeugt, dass kein Mädchen ihm widerstehen könnte. Er war – ist – so schön, charmant und nett. Ich war mir sicher, dass bestimmt Tausende Frauen sich ihm zu Füßen werfen würden.« Sie streckte sich. »Ich habe nicht realisiert, dass seine Gefühle dir gegenüber ernst waren. Ich habe nie alles für dich kaputtmachen wollen.«

Plötzlich waren ihre Arme um Shelley. »Sag mir, dass du mir verzeihst, Liebling.«

Shelley versuchte zu lächeln. »Du hast nichts kaputtgemacht, Paula. Es gab nichts kaputtzumachen.«

»Nichts?« Paula sah verblüfft aus. »Christos war verrückt nach dir. Kannst du dich nicht daran erinnern, wie er ständig da war? Aber wir waren froh, dass jemand fast in deinem Alter bei dir sein konnte, und bis zu dieser Nacht hatten wir das Gefühl, dass wir ihm vertrauen könnten.«

»Du hättest dir keine Sorgen zu machen brauchen«, antwortete Shelley bitter. »Er war nicht so bewundernd, wie du denkst. Er sah sich einfach nur als der Prinz, der das arme reiche Mädchen vor der Langeweile rettete. Und in dieser Nacht hat er sich wie ein Gentleman verhalten.« Sie spürte Tränen in ihren Augen.

Paula berührte ihren Arm. »Liebling, ich will mich nicht einmischen, aber da läuft deutlich etwas falsch. Warum sprichst du nicht mit ihm …? Du musst ihm nicht wehtun, Shelley. Er ist etwas Besonderes.«

»Ich weiß, du meinst es gut, Paula, aber du kennst die Wahrheit nicht. Du warst nicht weit davon entfernt, als du sagtest, er hätte mich zum Heiraten gezwungen.« Ihre Augen waren verschwommen. »Ich weiß nicht, was er dir über die Vergangenheit erzählt hat, aber es stimmt bestimmt nicht.«

Paula fragte sie nicht, was sie damit meinte, da in diesem Moment Christos selbst zu ihnen kam. Paula sagte ihr: »Geh zu ihm und rede mit ihm. Lass es nicht so weitergehen.« Sie stand auf und ging.

Als Shelley sich umdrehte, sah Christos ihren tränenvollen Blick. Dann kam er zum Tisch, setzte sich und schenkte sich eine Tasse Kaffee ein. Sie waren allein.

»Warum sprichst du nicht mit ihm?«, hatte Paula gesagt. Aber über was? Er liebte sie nicht, und keine langen Gespräche würden das ändern können.

Ein schneller Blick über ihre Schulter zeigte ihr ihren Vater, der gut gelaunt aus dem Büro ging. Sie sah, wie er Paula ein zufriedenes Lächeln zeigte.

Also hatte Christos ihm die Wahrheit nicht erzählt. Sie seufzte erleichtert.

Sich an Christos wendend, tastete sie sich heran: »Ich hoffe, dass du Dad nie erzählen wirst, dass du unsere Hochzeit inszeniert hast. Es würde ihn umbringen.«

Er starrte sie an. »Natürlich werde ich es ihm sagen, wenn er fragt, aber ich kann mir vorstellen, dass er das selbst herausfinden kann.«

»Ich hoffe nicht. Er würde verrückt werden.«

»Warum denn? Wir verstehen uns gut. Ich denke, er mag mich.« Er zeigte ein bitteres Lächeln.

»Er sucht jemanden, der *Burton's* übernehmen würde, bis du dreißig bist. Er denkt, es ist Zeit für ihn, sich zurückzuziehen. Diese Krankheit hat ihn durchgeschüttelt.«

»Bist du nicht glücklich?«, fragte sie. »Du hast alles, was du wolltest.«

»Ich wünschte, ich hätte es.«

Seine Stimme klang so unglücklich, dass sie ihren Kopf rasch aufrichtete. »Hast du nicht? Du hast alles, was du dir als Ziel vorgegeben hast. Du hast deinen guten Namen zurück und jetzt ein Unternehmensimperium dazu.«

Er grollte vor Ärger, und sie spürte, wie seine Hand ihren Arm auf dem Tisch drückte. »Ich habe meinen Namen zurück, ja. Ich habe dich, ja. Und ich habe mehrere sehr erfolgreiche Firmen und alles, was Geld kaufen kann. Aber das Wichtigste fehlt.«

Er hob seine Hand und ließ sie wild und sinnlich durch ihre Haare gleiten. Seine Augen brannten geradezu auf ihrem Gesicht mit offener Lust.

»Was fehlt?«, fragte sie zitternd. Sie wollte es von ihm hören.

Ihre schlimmsten Ängste wurden bestätigt, als er sagte: »Die Liebe. Die Liebe fehlt. Sie ist das Einzige, das alles lohnend macht.«

»Aber das wusstest du!« Die Worte brachen tief aus ihr heraus. »Warum hast du darauf bestanden, so weiterzumachen?«

Sein Gesicht wurde grau. »Ich dachte, wenn du nach Korfu kommen würdest, würde sich alles ändern. Aber schon das erste Mal, als ich dich in meinem Büro gesehen habe, habe ich gewusst, dass du mich hasst. Dann, anstatt dir Zeit zu lassen, habe ich dich gezwungen, mich sofort zu heiraten. Ich dachte, dass der Ring der Kiriakis seinen Zauber entfalten würde und du dich daran erinnern würdest, wie es früher zwischen uns war.« Er zuckte mit den Schultern, und seine Lippen verzerrten sich mit Bitterkeit.

»Aber ich hasste dich nicht«, versuchte sie, unsicher über das, was er gerade gesagt hatte. Sie wollte aber alles klarstellen. »Ich hatte nur Angst vor den Gefühlen, die du in mir ausgelöst hast.«

Sie streckte sich zu ihm, sehnsüchtig, ihn zu berühren, seine warme Haut unter ihren Fingern zu spüren. »Es ist mir egal, ob du mich geheiratet hast, um deine Ehre wieder herzustellen oder deine Mutter auf ihre alten Tage glücklich zu machen. Es ist mir jetzt egal, Christos, siehst du das nicht?«

Er packte sie plötzlich bei den Schultern, und sein Gesicht war voller Emotionen. »Was meinst du?«

Sie starrte ihn an, und dann flüsterte sie »Ich liebe dich. Ich liebe dich so sehr und habe dich immer geliebt. Du musst das wissen. Ich hätte nie die Sachen im Bett gemacht, wenn ich dich nicht lieben würde. Ich werde versuchen, mit diesem Gefühl zu leben, aber ich muss dir sagen, dass es mich umbringt zu wissen, dass du mich nur willst, um ein Unrecht zu sühnen.«

Ihre Lippen zitterten. Jetzt war ihr Stolz ruiniert, aber es war ihr dennoch egal. Sie wollte ihn nur noch lieben.

Er drückte sie gegen sich. »Was sagst du? Sag es wieder.« Seine Lippen blieben an ihrer Schläfe. »Shelley. Sag mir noch einmal, was du gerade gesagt hast.«

Sie fühlte ihre Augen voll werden, und durch ihre Wimpern sah sie, dass sein T-Shirt davon nass wurde. »Ich habe gesagt, ich liebe dich, Christos. Ich liebe dich so sehr. Es tut weh, und ich weiß nicht, wie ich damit leben soll.«

Sein Griff wurde fester, und er drückte sie so innig, dass sie kaum noch atmen konnte. »Aber du hast gesagt, dass du keine Hochzeit ohne Liebe wolltest.« Er unterbrach sich und hielt sie, um ihren Ausdruck zu betrachten. »Ich dachte, du meintest, dass du mich nicht liebst.«

»Ganz im Gegenteil«, schluchzte sie mit Tränen in den Augen. »Ich weiß, dass *du* mich nicht liebst. Ich wusste, dass es die Hölle sein würde, wenn ich dich trotzdem heiraten würde. Ich habe solche Angst davor gehabt.«

»Aber warum denkst du wohl, habe ich das alles gemacht, wenn nicht, um dich bei mir zu haben? Ich bin seit jenem Sommer von dem Wunsch, dich zu heiraten, angetrieben worden. Alles, was ich seitdem getan habe, habe ich für dich getan.«

»Aber Christos …« Sie hob eine Hand und berührte ihn, als ob sie ihn noch nie berührt hätte. »Ich dachte, dass du mir die Schuld für das, was zwischen dir und deinem Vater passiert ist, gegeben hast und dass du dich deswegen rächen wolltest.«

»Du dachtest, dass das der einzige Grund war, warum ich dich heiraten wollte?« Er drückte sie ganz fest gegen sich. »Shelley, es stimmt nicht. Mein Vater und ich haben immer eine temperamentvolle Beziehung gehabt, und ich fühle mich daran schuldig, dass wir zuletzt keinen Frieden miteinander hatten.«

Er setzte Küsse auf ihre Stirn und hielt sie fest, als ob er dächte, dass er sie jeden Moment verlieren könnte. »Ich war wütend, in der Öffentlichkeit unfair beschuldigt worden zu sein, aber jetzt verstehe ich, warum du an diesem Tag nichts gesagt hast. Du hattest von mir erwartet, unsere Verteidigung zu übernehmen, aber ich war zu jung und zu stolz. Wenn wir Töchter haben werden, werde ich die Wut deines Vaters vielleicht verstehen.«

Seine Augen glänzten, und seine Stimme bebte vor Emotion. »Shelley, ich liebe dich. Neun Jahre lang bist du mein Leitstern gewesen.«

Shelley drückte Christos fest an sich. Ihre Finger fuhren durch seine Haare. »Ich kann es nicht glauben«, flüsterte sie.

»Ich hatte Sehnsucht, dich vor neun Jahren so zu berühren, aber ich habe mich gezwungen, mich korrekt zu benehmen, weil ich spürte, dass ich kein Recht dazu hatte.«

Er brachte eine der goldenen Strähnen zu seinen Lippen. Dass er ihr nun sagte, dass er sie liebte und immer geliebt hatte, war die Erfüllung all ihrer Träume. Es machte sie glücklicher, als sie je gedacht hatte.

»Ich habe mich in dich vom ersten Blick an verliebt. Ich habe noch nie jemanden wie dich gesehen. Du warst ein griechischer Pirat und hast mein Herz gestohlen.«

Er führte sie zu einem abgelegenen Rasenstück hinter der Villa und legte sie auf das Gras. Sie sank in seinen Armen herab.

Er betrachtete den Ausdruck auf ihrem Gesicht, und seine Mundwinkel gingen nach oben. »Du bist so schön, Shelley, noch mehr als früher. Als ich dich im Garten mit Spiros' Kindern sah, wurde es wie eine Offenbarung. Bis zu diesem Moment hatte ich dich als Aphrodite, Göttin der Liebe, gesehen, aber seitdem habe ich dich auch als die Mutter meiner Kinder gesehen. Es war ein merkwürdiges Gefühl. Es hat mich sehr erschüttert.«

Er legte sich im Gras zurück und zog sie zu sich. »Es ist sehr abgelegen hier«, bemerkte er.

»Also?«, fragte sie leise.

Er hob die Augenbraue und lächelte sie an.

Wortlos begann sie, sein Hemd aufzuknöpfen. »Du warst derjenige, der mir die Geschichte von der Prinzessin aus Illyrien erzählt hat«, warnte sie in einer heiseren Stimme. »Möchtest du, dass ich ihrem Beispiel folge?«

Er legte sich zurück mit einem Lächeln auf den Lippen. »Ja, meine liebe Frau, tu, was du willst. Ich bin ganz in deinen Händen.« Er schloss die Augen.

Sie knöpfte sein Hemd fertig auf und setzte Küsse überall auf seinen nackten Oberkörper. Dann erreichte sie die Schnalle seines Gürtels, und bald zeigte sie ihm genau, was sie wollte, bis es schwierig zu sagen war, wer die Entscheidungen traf, da ihre Bewegungen zu einer wurden und in einen einzigen Fluss von Lust und Liebe mündeten.

– ENDE –

Diana Hamilton

Lockender Ruf der Liebe

Roman

Aus dem Amerikanischen von
Veramaria Schwalbach

1. Kapitel

»Habt ihr schon gehört? Peter Croft lässt sich von seiner dritten Frau scheiden und ist auf dem Weg zu Nummer vier!«

Claudia Neill blickte über die festlich geschmückte Tafel. Ihre schwarzen Augen funkelten voller Schadenfreude. Ein kalter Schauer lief Bianca Jay den Rücken hinunter, als Cesares jüngere Schwester genüsslich fortfuhr: »Amanda ist natürlich am Boden zerstört. Das arme Ding war ja am Rande eines Nervenzusammenbruchs, seit Peter bei der Oscarverleihung mit diesem vollbusigen Filmsternchen fotografiert wurde – wie heißt sie doch gleich –, na, ihr wisst schon, wen ich meine. Spielt meistens kleine Nebenrollen und hat früher in einer Popgruppe gesungen. Allerdings wird die arme Amanda außerordentlich großzügige Unterhaltszahlungen bekommen …«

Claudia zuckte gelangweilt die Schultern. »Aber egal wie hoch die Abfindung ausfällt, es wird ihr nicht darüber hinweghelfen, für ein jüngeres Modell sitzen gelassen zu werden. Aber was hat die arme Amanda denn erwartet? Sie hat schließlich einen Mann geheiratet, der einen Ruf als Playboy zu verlieren hat und der außerdem mehr Geld besitzt, als er jemals ausgeben kann: da sollte sie sich glücklich schätzen, dass sie ihn länger als ein, zwei Jahre halten konnte.«

Wurde darauf etwa eine Antwort von ihr erwartet? Bianca wünschte sich zum hundertsten Mal, dass sie nicht eingewilligt hätte, herzukommen. Cesare hatte sie darum gebeten. »Es tut mir wirklich leid, besonders weil es mein erster Abend wieder in London ist. Aber meine kleine Schwester hat Geburtstag, und ich habe ihr ein Abendessen in meiner Wohnung versprochen. Nur wir vier, du und ich, Claudia und Alan. Sie bleiben sicher nicht lange, denn soweit ich weiß, kann ihr Babysitter nicht länger als bis elf – es ist ihr zu anstrengend, darüber zu wachen, dass diese beiden kleinen Monster im Bett bleiben! Und dann haben wir den Rest der Nacht ganz für uns.«

Und wie immer war es ihr unmöglich gewesen, ihm zu widerstehen. Das war gefährlich.

Während des ganzen Abends hatte Bianca, wie auch in den vergangenen Wochen, über ihre Beziehung nachgedacht. Sie schluckte. Cesare mitzuteilen, dass ihre Affäre, die jetzt schon seit sechs Monaten bestand, zu Ende war, würde ihr das Herz brechen. Aber sie musste es tun, bevor sie gänzlich verloren war. Oder sie würde weitermachen wie bisher und wissen, dass er eines Tages mit *ihr* Schluss machen würde. Sie musste eine Entscheidung treffen.

»Zum Glück«, gurrte Claudia mit einem Seitenblick auf ihren Ehemann, »ist Alan nicht reich genug, um mich auszutauschen, also bin ich wohl ziemlich sicher.« Sie ließ ein perlendes, gekünsteltes Lachen hören, dann fiel ihr Blick auf Bianca. »Du und Cesare, ihr wisst wenigstens genau, wo ihr steht, nicht wahr? Ihr habt all den Spaß einer unverbindlichen Affäre ohne die ehelichen Pflichten.«

»Pflichten?«, fragte Alan mit gespielter Entrüstung.

»Na, du weißt schon, Darling – mit dir über meine Kleiderrechnungen streiten, mit den Wutanfällen der Zwillinge fertigwerden, Babysitter organisieren …«

Bianca hörte gar nicht mehr zu. Das war ein unmissverständlicher Seitenhieb auf ihren Status als Geliebte gewesen. Ein Status, auf den sie nicht stolz war. Die Trophäe eines reichen Mannes, die er überall zur Schau stellen konnte und die fallen gelassen wurde, sowie sein Interesse von einer anderen aufregenden Frau gefesselt wurde.

Sie hatte Cesare Andriotti durch ihre Arbeit in einer PR-Agentur kennengelernt, als sie die Eröffnungsveranstaltung für ein weiteres Haus der Andriotti-Hotelkette organisierte. Schon auf den ersten Blick war eine unglaubliche Anziehungskraft zwischen ihnen spürbar gewesen. Bianca hatte gewusst, dass er ihr gefährlich werden konnte. Dennoch hatte sie nicht Nein sagen können.

Es hatte auch nicht geholfen, sich immer wieder zu versichern, dass Cesare Andriotti die Art von Mann war, die sie am meisten verabscheute.

Steinreich, von umwerfend gutem Aussehen, mit massenhaft italienischem Charisma und jener Spur von Arroganz, die auf alle Frauen in seiner Umgebung wirkte. Er gehörte zu den Männern, die sich Geliebte nahmen, diese mit Geschenken überhäuften, und die sich dann berechtigt fühlten, diese Geliebten wieder fallen zu lassen, wenn ihnen danach war – auf sehr höfliche, sehr charmante Weise selbstverständlich.

Bianca hatte versucht, auf Distanz zu bleiben, aber innerhalb eines Monats nach diesem ersten Treffen war sie seine Geliebte geworden. Sie hatte einfach nichts dagegen tun können. Er hatte sie bestürmt und hatte sich über all ihre Einwände hinweggesetzt.

Seine Augen ruhten jetzt auf ihr, das konnte sie spüren. Er hatte sie beobachtet, seit seine Schwester diese spitze Bemerkung von sich gegeben hatte.

Bianca widerstand dem Impuls, den Kopf zu drehen und ihn anzusehen, den Blick dieser unglaublichen schiefergrauen Augen zu treffen, ihren Blick auf seinen vollen Lippen verweilen zu lassen oder die Umrisse dieses durchtrainierten Körpers mit den Augen zu verschlingen. Wenn sie das tun würde, wäre sie verloren, und ihre wachsende Entschlossenheit, diese Affäre zu beenden, würde hinweggefegt von dem glühenden Verlangen ihres Körpers.

»Darf ich um einen Gefallen bitten, Sir?«, fragte Alan und wurde rot, als er hinzufügte, »Cesare.«

Alan Neill war Leiter der Buchhaltung der englischen Niederlassung des riesigen Andriotti-Finanzimperiums und hatte sich in Claudia Andriotti verliebt, als sie Cesare in London besucht hatte. Er hatte sich noch immer nicht daran gewöhnt, dass sein Boss nun auch sein Schwager war.

Bianca hatte Mitleid mit ihm.

Mit vierunddreißig Jahren stand Cesare an der Spitze dieses Imperiums, seit sein Vater sich vor vier Jahren aus dem Geschäft zurückgezogen hatte, und flößte allen, die ihn kennenlernten, Respekt ein. Da konnte Alan nicht mithalten. Er war durch und durch sympathisch, zu loyal und phlegmatisch, um auch nur daran zu denken, seine hübsche, temperamentvolle Frau zu betrügen; Claudia würde nie befürchten müssen, gegen ein jüngeres Modell ausgetauscht zu werden.

Alan sprach jetzt stockend weiter: »Könnten wir vielleicht Anfang August den Firmenjet haben? Ich weiß, es ist eine etwas unverschämte Bitte, aber es wäre ein Albtraum, mit den Zwillingen einen regulären Flug zu nehmen. Sie würden nicht still sitzen, überall herumflitzen, und ihr wisst ja, wie durchdringend die Stimmen dreijähriger Steppkes sein können, wenn sie überdreht sind.« Er fuhr sich mit den

Fingern durch sein dickes lockiges Haar und versuchte vergeblich, entspannt zu lachen. »Das kann man den anderen Passagieren einfach nicht zumuten.«

»Liebling«, Claudia legte eine Hand auf den Arm ihres Mannes, »hör auf zu faseln. Natürlich hat Cesare nichts dagegen.« Sie lächelte ihrem Bruder zu. »*Mamma e papà* bestehen darauf, dass wir im August mit den Kindern zur Feier ihres Hochzeitstages nach Kalabrien kommen. Du hast doch sicher auch schon deinen Marschbefehl erhalten? Nimmst du uns mit?«

Bianca bemühte sich, höflich interessiert zu lächeln. Aber dieses Gespräch ging sie nichts an, sie würde ohnehin an diesem Familientreffen nicht teilnehmen. Das Zusammentreffen mit Cesares Schwester hatte sich bei einigen gesellschaftlichen Anlässen nicht vermeiden lassen. Deshalb war sie auch heute bei dieser privaten Geburtstagsfeier dabei. Ansonsten kam es ihm nur darauf an, die Nächte mit ihr zu verbringen, jedenfalls im Moment. Aber sie war ihm nicht wichtig genug, um sie zu einem Besuch bei seinen Eltern mitzunehmen.

Gleich zu Beginn ihrer Bekanntschaft hatte er auf Biancas etwas ungeschickte Bemerkung, dass sie grundsätzlich nicht an einer festen Beziehung interessiert sei, erwidert: »Ich auch nicht. Warum sollte ich heiraten? Meine Schwester hat ja schon ihre Pflicht erfüllt und der Familie Zwillinge präsentiert.« Ein kleines Lächeln umspielte seine Mundwinkel. »Unser Arrangement ist genau das Richtige für mich.«

Wenigstens ist er ehrlich, dachte sie, als der Kellner vom Partyservice den Kaffee servierte. Wie sie aus schmerzlicher Erfahrung wusste, heirateten und trennten sich die meisten Männer, die so vermögend wie er waren, mit monotoner Regelmäßigkeit. Allerdings hatte dieses Gespräch in ihrer Anfangszeit stattgefunden, und die Beziehung änderte sich allmählich. Cesare begann, Dinge von ihr zu verlangen, die sie nicht bereit war zu geben.

Deshalb war es jetzt an der Zeit, einen sauberen und entschlossenen Schnitt zu machen, bevor sie mit gebrochenem Herzen zurückblieb. Sie legte ihre Serviette auf den Tisch und murmelte: »Das war ein ganz reizender Abend, aber ich muss jetzt gehen. Noch einen schönen Geburtstag, Claudia.«

Mit höflichem Lächeln stand Bianca auf. Innerlich zitterte sie. Es würde nicht leicht werden, ihren Plan in die Tat umzusetzen.

Claudia meinte mit falschem Bedauern: »Liebling, musst du wirklich schon weg? Ich hoffe, Alan und ich haben dir nicht den Abend vermasselt!«

»Keineswegs«, erwiderte Bianca leichthin und wandte sich Alan zu, der sich erhoben hatte. »Bitte, lasst euch durch mich nicht stören.« Dann zwang sie sich dazu, das elegante Esszimmer anmutig und ohne Hast zu verlassen.

Wie sie erwartet hatte, stand Cesare auf, um ihr zu folgen. Im benachbarten Wohnzimmer nahm Bianca ihr Handy aus der Abendtasche und tippte mit zittrigen Fingern die Nummer ihres üblichen Taxiunternehmens. Als sie den Anruf beendet hatte, stand Cesare neben ihr und fragte: »Was hast du denn, *cara mia*, ist etwas nicht in Ordnung? Du wolltest doch heute Nacht hierbleiben. Geh nicht. Seit drei Wochen habe ich mich nach dir gesehnt.«

Er legte ihr die Hände auf die Schultern, und sie fühlte, wie ihr Körper sich versteifte. Seine tiefe Stimme war so sinnlich, dass sie von Verlangen überflutet wurde, und der besitzergreifende Druck seiner Finger brannte durch die Seide ihres Kleides. Sie verspürte das Bedürfnis, sich in seine Arme zu werfen, die Hände um seinen schön geformten Kopf zu legen, ihre Finger in seinem seidigen pechschwarzen Haar zu vergraben und in der Leidenschaft seines Kusses zu versinken.

Bianca kämpfte gegen diese übergroße Gefahr an, indem sie zur Seite trat, um die nötige Distanz aufrechtzuerhalten, und versuchte, die beginnende Tränenflut wegzublinzeln. Er hatte sie gefragt, was nicht in Ordnung war. Nichts war in Ordnung. Ihre unbeschwerte Beziehung wurde ernster, zumindest von ihrer Seite aus.

Sie wurde zu abhängig von ihm, neigte dazu, übermäßig verärgert und verletzt zu sein, wenn er ein Treffen absagen musste; sie vermisste ihn so, dass es wehtat, und konnte nur an ihn denken, wenn er nicht in London war, immer mit einem Ohr beim Telefon in Erwartung seines Anrufes.

Sie hatte sich in ihn verliebt, das war die Antwort auf seine Frage! Aber das konnte sie ihm keinesfalls sagen. Unmöglich!

Liebe gehörte nicht zu ihrem »Arrangement«.

Mit einem Schritt stand er ihr wieder gegenüber. Sein männlicher Duft überwältigte sie so, dass ihr die Worte, die sie unbedingt sagen wollte, im Halse stecken blieben.

»Bleib«, sagte er sanft. »Ich brauche dich. Wenn es ein Problem gibt, was immer es auch ist, kümmere ich mich darum.« Der leichte, aber unerbittliche Druck seiner Fingerspitzen an ihrem Kinn zwang sie dazu, ihm in die Augen zu sehen. Diese schiefergrauen rätselhaften Augen mit den dichten Wimpern über den hervorstehenden Wangenknochen, die schmale, gerade Nase, die irgendwie im Widerspruch stand zur wilden Leidenschaft seines wunderschönen Mundes. Er sah so umwerfend gut aus, dass es wehtat.

Er ging offenbar davon aus, dass er mit Leichtigkeit alle Probleme lösen könnte, an denen normale Sterbliche scheitern würden. Nicht etwa, weil er reich und einflussreich war, sondern aufgrund seiner ungezügelten Männlichkeit und seiner dynamischen Persönlichkeit.

»Ich kann nicht«, gelang es Bianca hervorzupressen.

»Warum nicht? Ich dachte, das wäre geklärt.« Mit seinen langen, schlanken Fingern streichelte er ihre Wange und beugte den Kopf zu ihr hinunter. Um sie zu küssen?

Das Risiko wollte Bianca nicht eingehen, deshalb zog sie abrupt den Kopf weg. Natürlich hatte sie bleiben wollen, denn sie wurde von ihm angezogen, wie die sprichwörtliche Motte vom Licht. Nur die plötzliche Erkenntnis der Gefahr hatte sie gerettet, bevor es zu spät war. Während sie die Finger in das weiche Leder ihrer Handtasche krallte, formulierte sie im Geist die Worte, die sie, wenn sie sie einmal ausgesprochen hatte, nicht mehr rückgängig machen konnte.

Cesare würde das, was sie zu sagen hatte, mit ein, zwei Sätzen des Bedauerns akzeptieren. Er war viel zu stolz, um sie zu bitten, es sich noch einmal zu überlegen. In dem Moment, in dem sie die Worte ausgesprochen hatte, wäre es endgültig vorbei.

Bianca atmete tief durch und straffte die Schultern. »Es ist aus, Cesare. Wir werden uns nicht mehr sehen.«

Sie hatte es geschafft. Um diese Worte zu sagen, hatte sie ihre ganze Entschlusskraft gebraucht.

Cesare biss die Zähne zusammen und musste seine gesamte Selbstbeherrschung aufbieten, um dem Impuls zu widerstehen, sie in die Arme zu nehmen und so lange zu küssen, bis sie ihre Worte zurücknahm.

Sie konnte ihn nicht verlassen. Er würde das nicht zulassen.

Er sog lautlos die Luft ein und schloss für einen Moment die Augen, bevor er seinen Blick wieder auf ihrem Gesicht ruhen ließ. Bildschön. Sie wirkte ein wenig exotisch mit ihrer zarten Haut, dem glatten schwarzen Haar, dem üppigen Mund und den großen bernsteinfarbenen Augen. Ihr schlanker Körper war perfekt geformt und wurde von dem goldbraunen Seidenkleid optimal zur Geltung gebracht.

Sie konnte das Zittern ihrer Lippen nicht verbergen, aber die kalte Entschlossenheit in ihren Augen verriet ihm, dass nichts ihren Entschluss würde ändern können – obwohl die Berührung seiner Lippen und die langsame Bewegung seiner Hand von ihren Schultern zu ihren Brüsten, die sich so verführerisch unter der dünnen Seide abzeichneten, in ihnen beiden eine unbezähmbare Leidenschaft entzündeten.

Schon seit mehreren Wochen hatte er ein vages Unbehagen über die Entwicklung ihrer Beziehung verspürt. Sie hatte sich geweigert, zu ihm zu ziehen, hatte mit gequältem Blick die Geschenke zurückgewiesen, mit denen er ihr doch eine Freude bereiten wollte, und hatte ihn nie zu sich nach Hause eingeladen. Seinen Fragen nach ihrer Familie, ihrer Erziehung und ihren Wünschen und Hoffnungen für die Zukunft war sie immer ausgewichen.

Er wusste jetzt genauso wenig über sie wie damals, als er sie kennengelernt hatte und ihm sofort klar war, dass er sie in seinem Bett haben wollte.

Entgegen allen Gerüchten hatte er bei Weitem nicht so viele Geliebte gehabt, wie ihm angedichtet wurden. Wenn es unweigerlich irgendwann Zeit für eine Trennung geworden war, war es in beiderseitigem Einverständnis geschehen, ohne Bitterkeit oder Liebeskummer.

Lag es an dem Geheimnis, das sie umgab, dass er bei ihr anders reagierte? Er wusste es nicht, er wusste nur, dass er so noch nie gefühlt hatte. Sein übliches Selbstbewusstsein hatte ihn verlassen, stattdessen erfüllte ihn eine schmerzhafte Sehnsucht.

Er widerstand der Versuchung, sie an sich zu ziehen, und steckte die Hände in die Hosentaschen. Mit einer Impulsivität, die ihn selbst erschütterte, sagte er: »Heirate mich, Bianca.«

2. Kapitel

Ihn heiraten!

Bianca erstarrte vor Schreck. Nur ihr Herz schlug heftig. Erst das Erscheinen von Denton, Cesares Kammerdiener, riss sie aus dem Traumland heraus, in dem sie und Cesare auf immer und ewig in Liebe vereint waren, und brachte sie schlagartig wieder in die Realität zurück.

»Ihr Taxi wartet, Miss Jay.«

Diese fünf Worte bewirkten, dass ihr Kopf wieder klar wurde und ihre Entschlossenheit zurückkehrte. Sie lächelte Denton zu und dankte ihm, dann wandte sie sich Cesare wieder zu und presste ein »Ciao« hervor.

Als sie den Raum verließ, legte sich der Schmerz wie ein festes Band um ihr Herz, denn sie kehrte dem Mann den Rücken, den sie gerade leidenschaftlich zu lieben begann. Sie hatte seinen Heiratsantrag demonstrativ ignoriert, so als ob er unter ihrer Würde sei – mit dieser letzten Beleidigung hatte sie wohl ihrer Beziehung den Todesstoß versetzt.

Während das Taxi sich langsam durch den abendlichen Verkehr quälte, presste Bianca die Fingerspitzen auf ihre Augenlider. Sie würde nicht weinen. Diesen Luxus durfte sie sich nicht erlauben. Es tat ihr auch nicht gut, über diesen überraschenden Heiratsantrag nachzudenken. Das machte alles noch viel schlimmer.

Hatte Cesare ihr nicht versichert, dass eine feste Beziehung das Letzte war, was er wollte?

Woher kam dann dieser Sinneswandel?

Ihr Magen verkrampfte sich, sodass ihr ganz übel war, aber sie zwang sich dazu, die Fakten zu überdenken. Ganz offensichtlich schienen ihn ihre Nächte voll glühender Leidenschaft nicht zu langweilen. Cesare begehrte sie noch immer körperlich, vielleicht, weil die Zeit, die sie zusammen verbracht hatten, durch seine häufigen Dienstreisen begrenzt war. Auch weil sie sich geweigert hatte, mit ihm zusammenzuziehen und, wann immer sie bei ihm gewesen war, darauf bestanden hatte, im Morgengrauen mit dem Taxi nach Hause zu fahren. In das Haus, in dem sie mit ihrer Mutter wohnte.

Die gemeinsame Zeit mit ihr war also kostbar für ihn. Ihre Beziehung war nie zur Routine erstarrt und war ihm deshalb noch nicht langweilig geworden. So war es dann wohl zu diesem erstaunlichen Antrag gekommen. Er wollte sie legal an sich binden, bis er ihrer überdrüssig war. Genauso wurde das in seinen Kreisen gehandhabt. Mit verheerenden Folgen, wie sie nur zu gut wusste.

Es war aus, sagte sie sich, als das Taxi in ihre Straße einbog. Sie war vernünftig gewesen und hatte genau das Richtige getan. Jetzt musste sie Cesare Andriotti und diese kurze, hoffnungslose Affäre vergessen, die ihr schon viel zu viel bedeutete. Sie musste sich jetzt auf das, was ihr an Problemen unmittelbar bevorstand, konzentrieren.

Sie zahlte und stieg aus. Dankbar dafür, dass ihre Tante Jeanne bereit gewesen war, ihr zu Hilfe zu kommen, blieb Bianca eine Weile in der Wärme des Maiabends vor dem Haus stehen und sammelte Kraft.

Sie musste jetzt ihren eigenen Schmerz beiseiteschieben und mit der Liebe und den Verpflichtungen ihrer Mutter gegenüber zurechtkommen. Wenn Tante Jeanne nicht da wäre, hätte sie heute Abend nicht an Claudias Geburtstagsfeier teilnehmen können. Und dieser Anlass hatte ihr schließlich geholfen, sich endlich zur Trennung von Cesare durchzuringen.

Ohne das Hilfsangebot ihrer Tante, der Schwester ihrer Mutter, hätte Bianca ihre Chefin Stazia um eine längere Beurlaubung bitten müssen, mindestens so lange, bis die Probleme ihrer Mutter gelöst wären.

Mit einem Seufzer wandte sie sich dem Haus mit der eleganten Fassade und den überdachten Eingangsstufen zu, das nicht mehr sehr lange das ihre sein würde. In diesem Moment flog die Tür auf und ein Jüngling mit golden schimmernder Haut, nur mit Unterhemd und Boxershorts bekleidet, fiel mehr oder weniger die Treppe hinunter, gefolgt von diversen Kleidungsstücken. Dazu erklang höhnisch die glasklare Stimme ihrer Mutter: »Verdammter Bengel! Was denkst du denn von mir? Dass ich so verzweifelt bin?«

In der Tür erschien die zierliche Gestalt von Helene Jay, gehüllt in einen hauchdünnen Morgenrock, zitternd vor Entrüstung. Ihre sorgfältig kupferrot gefärbten Haare umspielten ihr ehemals schönes, viel zu stark geschminktes Gesicht.

Bianca ignorierte den jungen Mann, der seine Habseligkeiten aufsammelte. Sie stieg die Stufen hinauf und unterdrückte die aufwallenden Tränen. Jetzt war nicht die Zeit, sich gehen zu lassen. Für den größten Teil ihres fünfundzwanzigjährigen Lebens hatte sie die Stärkere in der Mutter-Tochter-Beziehung sein müssen. Und jetzt war ihre Mutter besonders auf Biancas Unterstützung angewiesen.

Vor zwei Wochen war ihre Mutter nur knapp dem Tod entronnen. Eine Überdosis Schlaftabletten und Unmengen Alkohol. »Ein kleiner Drink zu viel, und ich habe vergessen, dass ich meine Pillen schon genommen hatte – wie dumm von mir«, war Helenes schwache Entschuldigung gewesen.

Bianca war sich da nicht so sicher. Angesichts ihres nahenden fünfzigsten Geburtstages, des schnellen Verblühens ihrer Schönheit und ohne einen festen Mann in ihrem Leben, war Helene Jay bemitleidenswert verletzlich. Ihr ohnehin schon immer unbeständiges Temperament wurde von Tag zu Tag unberechenbarer. Alles konnte passieren.

Bianca ergriff ihren dünnen Arm und schob sie sanft in das Haus zurück. Dabei schloss sie die Tür hinter sich.

»Helene ... bitte nicht ...«, ermahnte sie ihre Mutter, deren ganzer Körper jetzt vor Schluchzen geschüttelt wurde. Sie konnte es nicht ertragen, sie so zu sehen.

»Dieser kleine Widerling war ein Gigolo! Woher hätte ich das ahnen sollen?«, jammerte Helene. »Er schien anzunehmen, dass ich für männliche Gesellschaft zahlen muss!«

»Dann ist er offensichtlich sehr dumm oder blind«, versuchte Bianca ihre Mutter zu trösten und wischte ihr die Tränen aus dem Gesicht. Sie hoffte, dass sie den richtigen Ton zwischen Humor und Sorge getroffen hatte. »Ich hatte gedacht, dass du heute Abend mit Jeanne fernsehen wolltest.«

»Das Programm, das du so empfohlen hast, war todlangweilig, und mit Jeanne kann man sich nur über Strickmuster und Kochrezepte unterhalten. Hör bitte auf, mich wie ein Kind zu behandeln, Liebes. Ich weiß, du meinst es gut, aber es ist peinlich. Ich brauchte einen Drink, und da es in diesem Haus mittlerweile wie in einem Abstinenzlerverein zugeht, bin ich ausgegangen.«

Und hast versehentlich einen Gigolo aufgegabelt, dachte Bianca voller Verzweiflung. Früher hatte es ihrer Mutter nie an aufmerksamer männlicher Gesellschaft gemangelt, aber mit dem unerbittlichen Fortschreiten der Zeit waren aus den sie vergötternden Liebhabern erniedrigende One-Night-Stands geworden.

Wo zum Teufel steckte eigentlich Jeanne?

Wie als Antwort auf Biancas unausgesprochene Frage kam eine kräftige ältere Frau die Treppe herunter, die den Gürtel ihres zweckmäßigen beigefarbenen Morgenmantels zuband.

»Ich habe Geschrei gehört – so ein Spektakel! Ich bin so schnell gekommen, wie ich konnte. Ich hörte eine Männerstimme, die dich beschimpft hat – und dein Gekreische.« Der Blick ihrer sanften blauen Augen verhärtete sich, als sie das von Tränen feuchte Gesicht ihrer jüngeren Schwester sah. »Helene, du hattest mir doch gesagt, dass du müde seiest und früh zu Bett gehen wolltest. Deshalb bin ich auch früh schlafen gegangen.« Sie seufzte. »Du hast mich reingelegt. Ich bin nicht den weiten Weg hierhergekommen, um mich von dir zum Narren halten zu lassen.«

Cesare wünschte seiner Schwester und seinem Schwager eine gute Nacht, ungeduldig, diesen Abend, der sich nach Biancas Weggang für ihn nur noch langsam dahingequält hatte, hinter sich zu bringen.

Nachdem er Denton weggeschickt hatte, löschte er die Lichter und begab sich in sein Studierzimmer. Normalerweise war der mit prall gefüllten Bücherregalen ausgestattete Raum eine Oase des Friedens für ihn. Aber heute Nacht würde er an keinem Ort der Welt entspannen können, solange er nicht begriffen hatte, was eigentlich geschehen war.

Er goss sich einen Whisky ein und lief zornig im Zimmer auf und ab.

Sie hatte gesagt, es war aus. Einfach so.

Das war bisher bei ihm nie so gewesen. Seine gelegentlichen Affären hatte bisher immer er beendet, und das Ende kam nie ganz überraschend, sondern hatte sich schon Wochen vorher angekündigt. Die Trennung verlief immer freundschaftlich, mit Worten des Bedauerns und einem üppigen Geschenk – ein Auto, Schmuck, ein exotischer Urlaub – ganz nach dem Geschmack der jeweiligen Dame.

Aber doch nicht so, niemals! Und niemals bevor er bereit war, die Beziehung zu beenden!

Er knallte sein leeres Glas auf den Tisch.

Und woher, bei allen Heiligen, war denn dieser Heiratsantrag gekommen? *Porca miseria* – sein Unterbewusstsein hatte ihm einen Streich gespielt. Die Worte waren ihm entschlüpft, ohne dass sein Gehirn sie gesteuert hatte, und hatten ihn selbst überrascht.

Cesare ballte seine Hände zu Fäusten und biss die Zähne zusammen, bis sie schmerzten. Sie hatte einfach ignoriert, was er gesagt hatte. Nicht mit einem Wimpernzucken hatte sie erkennen lassen, ob dieser total verrückte Antrag auch nur den geringsten Eindruck auf sie gemacht hatte. Bianca hatte durch ihn hindurchgesehen und war gegangen.

Niemand, absolut niemand kam damit durch, Cesare Andriotti so zu demütigen.

Er stieß einen Fluch auf Italienisch aus, dann atmete er tief durch, um sich wieder zu beruhigen. Das gelang ihm nicht ganz.

Er hatte Bianca Jay vom ersten Moment an haben wollen. Sie hatte es ihm nicht leicht gemacht, jedoch hatte er am Ende bekommen, was er von ihr wollte. Aber es war irgendwie anders als sonst, es ging nicht nur um die Befriedigung der körperlichen Begierde.

Die schöne, schwer fassbare Bianca hatte ihn zu faszinieren begonnen. Im Bett verband sie eine wahnsinnige Ekstase, aber ansonsten hielt sie ihn auf Distanz, gab ihm keine Chance, sie besser kennenzulernen.

Sie hatte es kategorisch abgelehnt, bei ihm einzuziehen, und hatte ihm klargemacht, dass sie nicht gewillt war, auch nur eins der großzügigen Geschenke anzunehmen, mit denen er sie überschütten wollte. Sie weigerte sich, etwas über ihre Herkunft zu erzählen, und verstand es, geschickt das Thema zu wechseln, wenn er darauf zu sprechen kam. Und trotz seiner ständig wachsenden Neugier hatte er ihr Bedürfnis respektiert, ihre Privatsphäre zu wahren.

Ungeduldig goss er sich noch einen Whisky ein und holte ein Notizbuch aus der Schreibtischschublade, blätterte es hastig durch und fand die gesuchte Nummer.

Das, was heute Abend geschehen war, hatte die Spielregeln verändert. Rücksichtnahme auf ihre Privatsphäre hatte jetzt keine Priorität mehr.

Als er in seinem bequemen Drehstuhl saß und nach dem Telefonhörer griff, entspannte er sich. Er würde sich nicht aufregen, sondern zurückschlagen!

»Es wird nicht funktionieren, meinst du nicht auch?«, sagte Jeanne bestimmt, als sie den dritten Löffel Zucker in ihrer Tasse umrührte.

Seufzend musste Bianca der unverblümten Feststellung ihrer Tante zustimmen. In der Vergangenheit war sie mit den Exzessen ihrer Mutter immer allein fertiggeworden, aber nach dem Vorfall mit der Überdosis hatte sie Angst bekommen. Dies war das erste Mal, dass sie jemanden um Hilfe gebeten hatte. Und ihre verwitwete Tante Jeanne hatte sich sofort bereit erklärt, einzuspringen. »Sie kann bei mir in Bristol wohnen, während du alles regelst und nach einer neuen Wohnung suchst. Und nach dem Umzug komme ich erst mal zu euch, bis Helene sich wieder etwas erholt hat, und kümmere mich um sie, wenn du auf der Arbeit bist. Man sollte sie wohl lieber nicht zu häufig allein lassen.«

Bianca hatte das Angebot dankbar angenommen, denn sie hatte nicht gewusst, wie sie das alles ohne ihre Tante hätte schaffen sollen. Der Mietvertrag für ihr Haus würde in ein paar Monaten auslaufen. Und eine bezahlbare Wohnung zu finden, arbeiten zu gehen, zu entscheiden, was mit dem Mobiliar geschehen sollte – und sich zusätzlich noch um die Probleme ihrer Mutter zu kümmern –, das wäre ein Albtraum gewesen.

Nach ihrer Entlassung aus dem Krankenhaus hatte Helene allem zugestimmt. Aber seit dem gestrigen Abend war klar, dass es sie keine fünf Minuten in Jeannes ordentlicher kleiner Doppelhaushälfte am Stadtrand von Bristol halten würde.

»Ich liebe meine Schwester, aber ich kann die Verantwortung für sie nicht übernehmen. Sie braucht professionelle Hilfe«, erklärte Jeanne nun vehement, »so eine dieser schicken Kliniken, über die man immer liest, wo Filmstars und Fußballer sich auskurieren.«

Bianca reichte ihrer Tante einen frischen Toast und schenkte sich eine Tasse starken heißen Kaffee ein. »Sie geht ja nicht einmal zu ihrem Hausarzt, weil sie nicht zugeben will, dass sie überhaupt Probleme hat. Aber eine Promiklinik würde ihr gefallen. Das würde zu ihrem Image passen. Leider können wir uns eine solche Behandlung unmöglich leisten.«

»Von der Abfindung ist nichts mehr übrig?«

»Die ist schon lange aufgebraucht.« Bianca zuckte die Schultern. Die Abfindung, die ihre Mutter bei der Scheidung bekommen hatte, war für Designerkleidung, üppige Partys und die ständige Versorgung mit alkoholischen Getränken draufgegangen.

»Dann bitte deinen Vater, die Behandlung zu bezahlen. Er ist sehr vermögend. Und er hat schließlich wesentlich dazu beigetragen, dass sie so ist, wie sie ist.« Jeanne strich reichlich Butter auf ihren Toast. »Weißt du, ich habe meine kleine Schwester immer beneidet. Als sie Conrad Jay geheiratet hat, dachte ich, sie habe alles – Reichtum, Zugang zu den exklusivsten Kreisen, ihre Schönheit. Ich sah nie besonders aus. Aber jetzt bin ich sogar froh darüber. Wenn man nie gut ausgesehen hat, hat man auch nichts zu verlieren und braucht sich über den Verlust der Schönheit nicht zu grämen. Langer Rede kurzer Sinn: Du solltest deinen Vater um Hilfe bitten.«

»Nein.« Biancas Weigerung kam prompt. Als sie den verständnislosen Gesichtsausdruck ihrer Tante sah, wusste sie, dass sie ihre scheinbare Sturheit erklären musste.

Die beiden Schwestern hatten zwar den Kontakt nie ganz abreißen lassen, führten aber ein Leben, wie es unterschiedlicher nicht hätte sein können. Es gab so vieles, was ihre Tante nicht wusste. Da Helene noch die Nachwirkungen des gestrigen Alkoholkonsums ausschlief, konnten Jeanne und Bianca sich in Ruhe unterhalten.

»Ich habe meinen Vater nur einmal getroffen. Ich war zwölf«, erklärte Bianca. »Es war am Silvesterabend. Er war zu Besuch in London; er lebte damals in den Staaten. Er wollte mich sehen – davor hatte er noch nie das geringste Interesse an mir gezeigt. Voller Hass ging ich in sein Hotel, nicht weil er mich bis dahin nicht zur Kenntnis genommen hatte, sondern weil er meiner Mutter so übel mitgespielt hatte.«

In der Erinnerung an diesen schrecklichen Tag lehnte sie sich in ihrem Stuhl zurück. »In der Woche davor war für Helene irgendetwas schiefgelaufen – ich weiß nicht mehr, was –, jedenfalls hatte sie angefangen zu trinken, war rührselig geworden und hatte mir mitgeteilt, dass ich alt genug sei, um zu erfahren, was für ein Schuft mein Vater war.«

Bianca trank einen Schluck Kaffee. »Sie war einundzwanzig, als sie ihn kennengelernt und geheiratet hat. Zwei Jahre lang war sie wunschlos glücklich, dann hatte sie den Verdacht, dass er sich mit einer anderen traf. Also legte sie es darauf an, mit mir schwanger zu werden, in der Hoffnung, dass er dann nicht mehr fremdgehen würde. Aber das hat nicht funktioniert, er hat sie doch verlassen. Als einen Teil ihrer Abfindung hat er die Miete für dieses Haus für fünfundzwanzig Jahre im Voraus bezahlt. Und das war's dann – sie hat ihn nie wiedergesehen. Ich glaube, sie hat ihn sehr geliebt und ist nie völlig darüber hinweggekommen.«

Bianca wusste, dass sie ihre biedere Tante jetzt schockieren würde. »Ich bin in der ständig wechselnden Gesellschaft diverser sogenannter ›Onkel‹ aufgewachsen. Sie hätte jeden von ihnen heiraten können, alle schienen immer ganz vernarrt in sie zu sein. Aber sie hatte immer etwas auszusetzen – kurz gesagt, keiner war eben Conrad Jay. Sie hörte nie auf, ihn zu lieben, brauchte aber diese Männer, um sich zu beweisen, dass sie noch immer begehrenswert war.«

Bianca verzog das Gesicht. »Da war ich also, zwölf Jahre alt und voller Hass auf meinen Vater, als der überraschende Anruf kam. Helene setzte mich in ein Taxi, und er schickte mich später mit einem anderen zurück. In der Zeit dazwischen habe ich ihm gesagt, was ich von der Art hielt, wie er Mutter verletzt hat, und dass ich ihn auf keinen Fall wiedersehen wollte. Und das alles vor seiner neuesten Ehefrau, die höchstens sieben oder acht Jahre älter als ich war. Vielleicht verstehst du jetzt, warum er wirklich der Letzte ist, den ich um Hilfe bitten würde.«

Bianca dachte daran, was ihre Mutter immer gesagt hatte: »Heirate keinen reichen Mann. Sie kennen von allem den Preis, aber von nichts den Wert.« Ein guter Rat, der ihr auch bei Cesares Überraschungsantrag sehr zustattengekommen war.

Bianca vertrieb den Gedanken an ihn aus ihrem Kopf und zwang sich, darüber nachzudenken, wie sie Helene helfen und außerdem ihren Job behalten konnte. Denn den brauchte sie dringend, um sie beide zu ernähren.

Im Moment schien ihr das eine unlösbare Aufgabe.

3. Kapitel

Jetzt hatte er sie!

Er hatte sie genau da, wo er sie haben wollte!

Cesare lenkte den eleganten schwarzen Ferrari in eine Parklücke direkt vor Biancas Haus in Hampstead und zog den Zündschlüssel ab. Er kniff die Lippen in grimmiger Entschlossenheit zusammen. Was immer Bianca Jay auch denken mochte, er war noch lange nicht fertig mit ihr. Mit den Informationen, die ihm jetzt zur Verfügung standen, konnte er sicher sein, dass die Beziehung so lange weitergehen würde, bis er sie beenden würde. Und zu seinen Bedingungen, nicht zu ihren. Das verlangte sein italienischer Stolz.

Er würde sie lehren, dass keine Frau einen Cesare Andriotti so einfach verlassen konnte. Ihr diese heilsame Lektion zu erteilen, würde ihm ein Vergnügen sein.

Mit ganzer Willenskraft unterdrückte er das erneute Aufwallen seines Zorns. Er wollte sich doch nicht aufregen, er wollte es ihr heimzahlen. Schließlich kannte er jetzt ihre sorgsam gehüteten Geheimnisse, und er würde dieses Wissen gnadenlos zu seinem Vorteil einsetzen.

Cesare stieg aus und klingelte an der Tür.

Gestern hatte er ihre Chefin Stazia Lynley angerufen, der er die Information entlockt hatte, dass Bianca gerade angerufen und für unbestimmte Zeit unbezahlten Urlaub genommen hatte. Wenn sie also nicht die Gewohnheit hatte, morgens um acht einkaufen zu gehen, dann musste sie jetzt zu Hause sein.

Beim bloßen Gedanken daran, sie wiederzusehen, verspürte er ein Ziehen in seinen Lenden. Er erinnerte sich an den Zauber ihrer bernsteinfarbenen Augen und wie er darin versank, wenn sie zusammen zwischen zerwühlten Laken lagen und sie ihn mit diesem schwülen Schlafzimmerblick ansah.

Das Begehren abzuschalten, war erheblich schwieriger, als die Wut zu zügeln. Er klingelte wieder, klingelte Sturm, und als er schließlich hörte, wie der Riegel zurückgeschoben wurde, hatte er seine Gesichtszüge völlig unter Kontrolle.

»Cesare ...« Es klang wie ein Seufzen, als ob ihn wiederzusehen mehr war, als sie ertragen konnte. Ihre Haut war aschfahl, und sie hatte dunkle Augenringe, als habe sie vergangene Nacht kein Auge zugetan.

Das aufkommende Mitgefühl bezwang er sogleich wieder, denn das konnte er für seine Verhandlungen mit dieser Frau, die auf seinem Ego herumgetrampelt war, nicht brauchen. Warum sollte sie gut schlafen, wenn er doch die ganze Nacht wach gelegen hatte, gequält von Zorn und gekränkter Eitelkeit?

Warum also sollte er Schuldgefühle haben, weil er sie aus dem Bett geholt hatte? Das konnte man sehen – ihre schwarzen Haare waren noch vom Schlaf zerzaust, und sie hatte sich hastig einen Morgenrock übergeworfen. Darunter war sie nackt. »Wir müssen reden«, begrüßte er sie kühl.

»Es gibt nichts zu besprechen.« Ihre Stimme klang wachsam. Ihr Herz schlug bis zum Hals, sie hatte das Gefühl zu ersticken.

Bianca hatte nicht damit gerechnet, ihn wiederzusehen. Sie hatte angenommen, dass er ihr keine Träne nachweinen würde und schon auf der Suche nach einer neuen Gespielin wäre.

Die ganze Zeit hatte sie zu Boden geblickt, jetzt sah sie ihm direkt ins Gesicht und wünschte, sie hätte den Blick gesenkt gehalten, denn sofort spürte sie wieder dieses vertraute Prickeln.

Mit seinem perfekt geschnittenen grauen Seidenanzug, dem schneeweißen Hemd, das den Olivton seiner Haut zur Geltung brachte, der anthrazitfarbenen Krawatte, die zur Farbe seiner schwermütigen Augen passte, verkörperte er den kultivierten Italiener schlechthin.

Cesare trat ein und fragte knapp: »Wohin?«

Wortlos geleitete Bianca ihn ins Wohnzimmer. Sie fröstelte, und ihre Gedanken flatterten wild umher; sie suchte nach einer Erklärung für seine Anwesenheit.

War er gekommen, um sie zu beschimpfen, weil sie die Affäre beendet hatte, bevor sie ihn langweilte? Das passte nicht zu ihm. Für ihn und viele andere Männer in seiner Position war eine Affäre wie die ihre doch etwas Kurzlebiges, das man schnell vergaß.

Wollte er sie bitten, zu ihm zurückzukommen, oder wollte er seinen verrückten Heiratsantrag wiederholen? Beides schien ihr sehr unwahrscheinlich, sein italienischer Stolz würde das nicht zulassen.

Wenn aber doch? dachte sie voller Panik. Würde sie ihm widerstehen können, wenn es doch schon ausreichte, dass sie ihn nur ansah, um von diesem unglaublichen Verlangen überflutet zu werden?

Sie konnte das wirklich nicht brauchen. Cesare wiederzusehen, zusätzlich zu ihren sonstigen Problemen, das war einfach zu viel. Ihre Chefin war auch nicht begeistert darüber gewesen, dass sie noch nicht abschätzen konnte, wie lange sie Urlaub nehmen musste.

Bianca schloss die Zimmertür, und beide setzten sich. Cesare wirkte völlig entspannt, nur am kalten Glitzern seiner Augen konnte sie erkennen, dass er es ernst meinte, was immer er auch vorhatte.

Sie biss sich auf die Lippen und brachte mühsam heraus: »Was willst du, Cesare?«

»Der Mietvertrag hier läuft in Kürze aus, und mit deinem Gehalt bist du schwerlich in der Lage, ihn zu verlängern. Deshalb musst du unbedingt eine andere Wohnung finden. Keine leichte Aufgabe in Anbetracht der Immobilienpreise in London und Helene Sinclairs Vorliebe für ein Leben in Luxus. Habe ich recht?«

Sprachlos sah Bianca ihn an und spürte, wie sie noch blasser wurde. Woher kannte er den Mädchennamen ihrer Mutter? Und wer konnte ihm gesagt haben, dass der Mietvertrag demnächst auslief?

Sie hatte so sorgsam darauf geachtet, ihr Privatleben und ihre Sorgen aus der Beziehung herauszuhalten. Nicht, weil sie sich für ihre Mutter schämte. Helenes Fehler war es nur gewesen, sich in einen reichen Mann zu verlieben, der es für sein Recht hielt, die Ehefrauen so häufig zu wechseln wie seine Autos; deshalb war ihr Leben so aus den Fugen geraten. Nein, Bianca hatte sich Cesare nicht anvertraut, weil sie ihm gegenüber sonst noch verletzlicher gewesen wäre.

Außerdem hätte er sich auch nicht für ihre Probleme interessiert. In ihrer Beziehung gab es einige grundsätzliche Regeln. Keine Bindung, keine Verpflichtung und ganz bestimmt keine unschönen Seelenbekenntnisse, die ihn nur zu Tode gelangweilt hätten.

Ungerührt von ihrem Schweigen, fuhr er unbarmherzig fort: »Schon als Teenager war deine Mutter ein gefragtes Model und hatte sich daran gewöhnt, viel zu verdienen und bewundert zu werden. Nachdem sie deinen Vater geheiratet hatte, konnte sie ein untätiges

Luxusleben genießen. Nach der Scheidung kam dann Arbeiten für sie nicht mehr infrage, aber das machte nichts, denn sie hat eine beträchtliche Abfindung bekommen.«

Cesare durchbohrte sie förmlich mit seinen Blicken. Bianca war seiner verbalen Folter hilflos ausgeliefert. »Allerdings ist ihr das Geld sehr schnell durch die Finger geronnen. In den letzten Monaten haben die Exzesse überhandgenommen – es gibt Lokale, zu denen ihr der Zutritt verwehrt wurde, und andere, aus denen sie zu auffällig hinausgeworfen wurde. Helene hat eine Menge Probleme. Muss ich noch mehr sagen?« Er zog vielsagend eine Braue in die Höhe.

Bianca war zutiefst schockiert und verspürte Übelkeit. Die Schadenfreude, mit der er ihre Probleme betrachtete, machte sie krank – in diesem Moment hasste sie ihn aus tiefstem Herzen.

War dieses hämische Vergnügen seine Art, ihr heimzuzahlen, dass sie die Affäre beendet hatte, dass sie es gewagt hatte, seinen gefährlich verlockenden Heiratsantrag zu ignorieren?

»Wie hast du das alles herausgefunden?«

»Das war leicht.« Er besaß auch noch die Frechheit zu lächeln. Sein leidenschaftlicher Mund, dessen Anblick sie einmal betört hatte, erfüllte sie jetzt mit Abscheu. »Durch einen Privatdetektiv. Blakely ist ein Spitzenmann. Ein Anruf, ein Name, eine Adresse, und er konnte mir Unmengen interessanter Informationen liefern.«

Ärgerlich richtete sie sich auf. Ihre Brüste drängten sich gegen den seidigen Stoff, und errötend bemerkte sie, dass sein Blick darauf verweilte – dass er sie mit seinen Blicken liebkoste.

Bianca gab sich Mühe, das Kribbeln ihrer Haut zu ignorieren. So eisig, wie sie nur konnte, sagte sie: »Wie schön für dich. Obwohl ich mir nicht vorstellen kann, welche Befriedigung es dir bringt, meine schmutzigen Familiengeheimnisse auszugraben.«

»Nein?« Sein Lächeln war eine einzige Drohung.

Sie hatte die Leute sagen hören, dass Cesare Andriotti der rücksichtsloseste Geschäftemacher auf diesem Planeten sei. Diese Seite von ihm hatte sie bisher nie kennengelernt.

Bianca spürte ihr Blut gefrieren, als er fortfuhr: »Ich verschaffe mir Genugtuung. Weißt du, *cara mia*, ich bin noch nicht gelangweilt von unserer Affäre, und bis mein Verlangen gestillt ist – meins, nicht deins –, werden wir zusammenbleiben.«

»Nein!« Die instinktive und heftige Ablehnung platzte förmlich aus ihr heraus. Dazu würde es nicht kommen! Mit jedem Tag hatte sie sich mehr in ihn verliebt. Die Beziehung zu beenden, war das Schwerste gewesen, was sie in ihrem bisherigen Leben hatte tun müssen. Sie konnte jetzt nicht einfach mit ihm zusammenbleiben, bis er beschloss, dass es Zeit für eine Trennung war. Das würde ihr angeschlagenes Herz noch mehr verletzen.

»Als Gegenleistung werde ich all deine Probleme lösen. Ich habe schon mit Professor Vaccari gesprochen. Marco ist ein Experte im Bereich der Suchtproblematik und hat schon zugesagt, Helene zu therapieren. Außerdem werde ich den Mietvertrag für dieses Haus verlängern, sodass Helene, wenn sie nach einigen Monaten auf der Insel wieder fit und ausgeglichen ist, ein Heim hat, in das sie zurückkehren kann.«

»Das geht nicht!« Alles um sie herum schien sich zu drehen. Sogar ein Mietvertrag für einen kürzeren Zeitraum würde Tausende kosten. Das war undenkbar.

»Im Gegenteil, ich kann tun, was ich will. Bis jetzt hast du zwar willig mein Bett mit mir geteilt, hast dich aber gegen alles gesperrt, was ich wollte. Du wolltest nicht zu mir ziehen und hast meine Geschenke nicht angenommen.«

Auch wenn er es nur mit Mühe zugeben konnte: diese Zurückweisung hatte ihn verletzt.

»Du kannst natürlich wieder ablehnen. Das liegt ganz bei dir. Aber du solltest einen Moment darüber nachdenken, denn deine Probleme bleiben bestehen. Du glaubst doch nicht wirklich, dass Helene ihren Hausarzt aufsuchen und um Hilfe bitten wird? Oder steht ihr Wohlergehen nicht an erster Stelle für dich?«

Selbstverständlich stand es an erster Stelle, was unterstellte er ihr denn da? Sie liebte ihre Mutter und hatte Mitleid mit ihr, weil ihr klar war, was sie zu der Frau gemacht hatte, die sie heute war. Plötzlich traten Bianca Tränen in die Augen, und sie versuchte verzweifelt, sie wegzublinzeln. Sie biss die Zähne zusammen, damit ihre Lippen nicht zitterten.

Als er sie so sah, spürte Cesare, wie sich ein eisernes Band um sein Herz legte. War sie tatsächlich so stur, so entschlossen, ihn aus ihrem Leben herauszuhalten, dass sie sein Angebot nicht in Erwägung ziehen würde?

Sollte ihm das erste Mal in seinem Leben etwas verweigert werden, das er sich in den Kopf gesetzt hatte? Der Gedanke, das zu verlieren, was er im Moment am meisten begehrte – Bianca Jay in seinem Leben und seinem Bett, und zwar so lange, wie er es wollte – löste in ihm ein bislang ungekanntes Gefühl von Panik aus.

Mit einschmeichelnder Stimme fuhr er fort: »Denk an eine Insel in der Sonne, eine schöne Villa, fachkundige Hilfe für Helene. Du und ich zusammen, wir wohnen in der Nähe. Wir passen sehr gut zusammen, das weißt du. Deinen Teil des Vertrags zu erfüllen, sollte nicht allzu schwierig sein.«

Und ob es das wäre! Er hatte ja keine Ahnung!

Es war fast zu verlockend. Da zu sein, wo sie am liebsten sein wollte – eine Sehnsucht, die weit über das wunderbare Gefühl hinausging, seinen Körper zu spüren, Haut an Haut, Mund an Mund, eine Sehnsucht, die das Bedürfnis, geliebt zu werden, einschloss, ein Bedürfnis nach der totalen Verpflichtung, die er offensichtlich nicht eingehen konnte oder wollte.

Unbewusst schüttelte sie den Kopf. Diese tiefe Sehnsucht gehörte der Vergangenheit an. Sie wollte doch nicht von einem Mann geliebt werden, der sich durch Erpressung das verschaffte, was er wollte. So verrückt war sie doch nicht, oder? Sie rief ihre schweifenden Gedanken zur Ordnung und zwang sich dazu, zu dem, was er gesagt hatte, zurückzukehren.

»Du sprichst von einer Insel, von Behandlung. Wo? Für wie lange?«

Sie sprach bewusst mit ruhiger Stimme, denn es fiel ihr sehr schwer, diesen Mann nicht zu beschimpfen, der ihr Geliebter gewesen war und jetzt als ihr Feind auftrat. »Und woher weiß ich, dass dieser Professor meiner Mutter helfen kann?«

Es klang alles viel zu weit hergeholt, um glaubwürdig zu sein. Er spielte ein grausames Spiel mit ihr. Wie hatte sie nur glauben können, einen Mann zu lieben, der sich zu so etwas hergab? Bianca erhob sich abrupt und riss die Tür auf: »Geh bitte.«

Cesare rührte sich nicht, nur sein Blick folgte ihr.

Sie war zutiefst verärgert, warf ihren Kopf stolz in den Nacken, ihre Augen versprühten bernsteinfarbene Warnungen, ihr wunderbarer Körper war angespannt, der glänzende Stoff ihres dünnen

Morgenmantels brachte jede Rundung vorteilhaft zur Geltung. Sein Herz machte Sprünge, und sein Körper verhärtete sich. Noch nie hatte er sie so begehrt wie in diesem Moment.

Schmerzhaft sehnte er sich danach, sie in die Arme zu nehmen, jeden Zentimeter ihres Körpers neu zu entdecken, sie bis zur Besinnungslosigkeit zu küssen, sie ganz in seinen Besitz zu bringen, bis sie die eiskalten Worte vom Vorabend wieder zurücknahm.

Cesare brauchte sehr viel Willenskraft, um die eigensinnigen Instinkte seines Körpers wieder unter Kontrolle zu bringen. Er stand langsam auf, lehnte sich an die Wand und steckte die Hände in die Hosentaschen.

»Um deine Fragen zu beantworten: Professor Vaccari ist der Beste auf seinem Gebiet. Meine Insel liegt vor der Küste Siziliens – sie ist klein, aber wunderschön. Die Villa bietet jeden Luxus, den Helene sich wünschen kann, und außerdem den Bonus, dass sie von den Versuchungen des städtischen Nachtlebens abgeschnitten ist. Helene wird fachkundig und verständnisvoll behandelt werden. Du und ich werden in der Nähe sein. Du wirst sie jeden Tag sehen, kannst ihre Fortschritte verfolgen, und sie fühlt sich dadurch nicht ganz allein unter Fremden. Und wann immer ich nach dir rufe, wirst du in mein Bett kommen«, höhnte er sanft.

Bianca bekam nun eine Seite von Cesare Andriotti zu sehen, die ihr gar nicht zusagte. Arroganz war ein zu schwacher Ausdruck für das, was er ihr antat.

Der Duft von Kaffee und Toast verriet ihr, dass Jeanne aufgestanden war, und sie schloss die Tür. Ihre erfolglose Aufforderung zum Gehen hätte sie sich sparen sollen – jetzt stand sie als Verlierer da.

Nein, sie war kein Verlierer. Sie warf ihm einen eisigen Blick zu. »Um Helenes Behandlung zu bezahlen, verbringe ich meine Nächte in deinem Bett. Das scheint mir nur eine kleine Entschädigung für das viele Geld, das du ausgeben musst. Glaubst du, du kannst in die unerschöpflichen Andriotti-Schatullen greifen und dir alles kaufen, was du willst?«

Mein Gott, dachte Cesare, ich habe noch nie im Leben für eine Frau bezahlt, aber ich würde mich sogar in den Bankrott stürzen, um mich an dieser Frau zu rächen.

Er erwiderte in bewusst gelangweiltem Ton: »So macht man das, glaube ich. Man sieht eine Ware, die man haben will, und dann kauft man sie.«

Jetzt bin ich also eine »Ware«, dachte sie wütend. Doch dann verwandelte sich die Wut in Verzweiflung, denn wenn sie genau darüber nachdachte, war das alles, was sie je für ihn gewesen war und auch je für ihn sein konnte. Nur die Tatsache, dass sie sich geweigert hatte, seine Geschenke – die »Bezahlung« – anzunehmen, mit denen er sie zu überschütten versucht hatte, passte nicht ins Bild.

Bianca lehnte sich an die Tür und schloss die Augen, während sie versuchte, einen Ausweg aus diesem demütigenden Albtraum zu finden. Soweit es Helene betraf, klang sein Vorschlag geradezu ideal. Das einzig Negative an der Sache war, mit Cesare das Bett teilen zu müssen. In der Vergangenheit war das alles andere als ein Problem gewesen, aber jetzt war sie dazu gezwungen, ihm zu Willen zu sein. Jetzt wusste sie, dass sie gekauft und bezahlt worden war, ein Opfer seines grausamen Spiels, und jeden Morgen würde sie sich fragen, ob das heute der Tag war, an dem er genug von ihr hatte.

Wäre es ein Problem für sie, ihrer Mutter zuliebe mit ihm zu schlafen? Ihre früheren Versuche, Helene zum Arzt zu schicken, waren immer erfolglos gewesen. Aber eine italienische Insel, die der reichen Andriotti-Familie gehörte, Luxus pur, einige Sitzungen mit einem Spitzentherapeuten, das würde ihr gefallen. Sie würde sich als etwas Besonderes fühlen.

Cesare wartete auf ihre Antwort, sie spürte seinen Blick auf sich ruhen. Zögernd befeuchtete sie die Lippen mit ihrer Zungenspitze, sah ihn an und begann zu verhandeln: »Du lässt mir keine große Wahl, aber ich möchte die Bedingungen ändern. Tante Jeanne begleitet Helene, und ich ziehe hier in London zu dir. Dann musst du deine Arbeit nicht unterbrechen und ich meine auch nicht. Ich kann mich nach einer neuen Wohnung umsehen, und du musst nicht wer weiß wie viel Geld für die Verlängerung dieses Mietvertrages ausgeben.«

Außerdem würde sie sich dann nicht ganz so besudelt fühlen, ihr Job wäre sicher, und sie könnte sich auf Wohnungssuche begeben, ohne Angst haben zu müssen, was Helene jetzt wohl schon wieder angestellt hatte. Und wenn sie dann anfing, ihn zu langweilen – was erfahrungsgemäß nicht mehr allzu lange dauern dürfte –, wäre sie endlich von ihm befreit.

Das Schweigen schien sich endlos hinzuziehen. Dann lächelte er und sagte nur ein einziges Wort: »Nein.«

Beim Frühstück wurde alles geregelt. Jeanne, die ihre Nichte im Wohnzimmer aufgespürt hatte, hatte darauf bestanden, dass der Besucher mit ihnen frühstückte. Und Cesare schaffte es mühelos, ihre Tante zu bezaubern.

»Das ist genau das, was meine Schwester braucht. Ich hatte gedacht, dass Bianca und ich allein damit fertigwerden, aber es funktioniert nicht. Und Sie haben recht. Auch ich könnte einen Urlaub gebrauchen, das ist wirklich sehr großzügig von Ihnen, Mr. Andriotti.«

»Überhaupt nicht, Jeanne.« Cesare ließ sich die zweite Tasse Kaffee einschenken und schenkte Jeanne ein Lächeln, das jede Frau weichgemacht hätte. »Bianca und ich sind schon eine ganze Weile enge Freunde. Und wenn einer meiner Freunde Hilfe braucht, tue ich nur zu gern alles, was ich kann.«

Natürlich fiel kein Wort darüber, was seine »enge Freundin« tun musste, um diese wunderbare Lösung für Helenes kleines Problem sicherzustellen! Wütend stieß Bianca ihren Teller mit dem unberührten Toast von sich und sah ihn an.

Sexy Augen hatte er, die sie ganz verrückt machten. Auch wenn sie ihm momentan liebend gern eine Ohrfeige gegeben hätte, damit dieses süffisante Lächeln aus seinem Gesicht verschwand. Helenes Auftritt bewahrte sie davor, mit der Wahrheit herauszuplatzen.

Normalerweise kam Helene nie vor zwölf Uhr aus dem Bett. Sie hatte wohl die Männerstimme gehört und war deshalb so früh aufgestanden.

Bianca erhob sich, um ihrer Mutter Kaffee einzuschenken, das Einzige, was sie zum Frühstück zu sich nahm, und überließ es Jeanne, die Vorstellung zu übernehmen.

Helenes Atem roch unverkennbar nach Whisky, wie Bianca verzweifelt feststellte. Sie und Jeanne hatten das Haus gründlich durchsucht und alle alkoholischen Getränke beseitigt, aber es musste noch ein geheimer Vorrat existieren.

Sie fühlte sich entmutigt und überließ es Cesare, seinen Charme spielen zu lassen und Helene zu überzeugen, dass ein »Urlaub« auf einer Insel in Italien und die ungeteilte Aufmerksamkeit eines brillanten Professors genau das waren, was eine Frau von so sensibler Veranlagung brauchte.

Es fielen zahlreiche berühmte Namen – Schauspielerinnen, Adel und Sportstars. »So viele der Reichen und Berühmten sind ausgebrannt gewesen und verdanken Professor Vaccari ihre völlige Wiederherstellung.« Damit hatte er gewonnen.

Wenn Cesare Andriotti sie noch als zu den Reichen und Berühmten gehörig einstufte, dann sollte das Helene Jay nur recht sein.

Schweigend begann Bianca, das Frühstücksgeschirr wegzuräumen, während Cesare sich mit dem Versprechen verabschiedete, innerhalb der nächsten vierundzwanzig Stunden die Einzelheiten der Reiseplanung zu faxen.

»Ich muss zum Bahnhof und den nächsten Zug nach Bristol erwischen«, verkündete Jeanne mit vor Aufregung geröteten Wangen. »Es wird in Italien ja viel wärmer sein als hier, deshalb muss ich mir leichtere Kleidung holen. Ich bin auf jeden Fall heute Abend wieder hier. Du kommst doch allein zurecht, Bianca? Helene muss eine Flasche eingeschmuggelt haben – ich habe es gerochen. Wir können sie gar nicht früh genug zu diesem Professor bringen.«

Dieser Sichtweise konnte Bianca sich nur anschließen. Der Preis, den sie dafür bezahlte, war allerdings sehr hoch. Zu ihrem Ärger standen ihr die Tränen in den Augen, als sie sich hinunterbeugte, um den Geschirrspüler einzuräumen.

Als ihre Mutter sich näherte, wischte sie die Tränen unauffällig weg. »Na, du stilles Wasser«, bemerkte Helene amüsiert, »ich wusste doch, dass du dich mit jemandem triffst – ein Mädchen schleicht sich nicht im Morgengrauen nach Hause, weil sie nachts einkaufen war! Aber ausgerechnet Cesare Andriotti! Liebes«, fügte sie mit ruhiger, vollkommen nüchtern klingender Stimme hinzu, »… sei bitte vorsichtig. Er sieht fantastisch aus, er ist charmant, steinreich und offensichtlich ein großzügiger Liebhaber, also genieße deine Affäre mit ihm, aber verlieb dich um Gottes willen nicht in ihn. Ich habe das durchgemacht, und es lohnt sich nicht, sich dafür das Herz brechen zu lassen.«

Wem sagst du das? dachte Bianca, als Helene den Raum verließ, vermutlich, um den Rest der geheimen Flasche niederzumachen.

Die nächsten Wochen würden wohl die schwersten ihres Lebens werden. Und trotzdem brannte ein Fieber in ihr, wenn sie an die kommenden Nächte dachte, an ihren Teil des Vertrages und daran, wie Cesare sie mit nur einer Berührung, einem anzüglichen Blick in ein willenloses, wollüstiges Wesen verwandeln konnte.

Auf dieser Ebene hatte er sie immer erreichen können. Schon als sie ihn das erste Mal gesehen hatte, hatte sie gewusst, dass sie ihn wollte. Und daran hatte auch alles, was er heute Morgen gesagt oder getan hatte, nichts geändert, wie sie sich schmerzlich eingestehen musste.

4. Kapitel

Auf dem letzten Teil ihrer Reise, von Palermo aus, flog Cesare den Helikopter selbst. Gibt es irgendetwas, das dieser Mann nicht kann? dachte Bianca säuerlich.

Helene saß ununterbrochen plappernd vorne und war durch die VIP-Behandlung, die ihnen seit Antritt ihrer Reise im Privatjet der Andriottis zuteilgeworden war, zu aufgeregt, um ans Trinken zu denken. Noch.

Im Gegensatz dazu war Jeanne ganz still, abgesehen von einem unterdrückten Stöhnen hin und wieder. Sie klammerte sich an ihren Sitz, ihre Haut war grünlich-bleich, und sie hielt die Augen fest geschlossen.

Bianca hatte sich für die Reise betont unattraktiv zurechtgemacht: die Haare mit vielen Klemmen hochgesteckt, kein Make-up, graue Baumwollhose und Schlabber-T-Shirt.

Helene hatte sich allerdings in Schale geworfen. Nun war Biancas Kreditkarte auch noch mit der Rechnung für einen gelben Designerhosenanzug belastet. Im Moment verdiente sie nichts, und wenn Cesare ihre Bestrafung über Monate statt nur Wochen ausdehnen würde, dann wäre sie ihren Job ganz los. Stazia war nicht für ihre Geduld bekannt. Sie durfte gar nicht daran denken.

»Meine Insel«, unterbrach Cesares Stimme schließlich Helenes Geplapper, und Jeanne stieß einen Seufzer der Erleichterung aus, als der Helikopter immer weiter an Höhe verlor. Sie befanden sich über einem von Kieselstränden gesäumten grünen Hügel. »Die Villa.«

Langsam schwebten sie über einem großen weißen Gebäude, das anscheinend durch einen staubigen Pfad mit einem kleinen natürlichen Hafen verbunden war.

Bianca hörte Jeannes Schreckensschrei, als sie plötzlich zur Landung ansetzten. Sie ergriff die Hand ihrer Tante und ließ sie erst wieder los, als sie sanft gelandet waren und Cesare den Motor abschaltete.

Während sie darauf warteten, dass die Rotorblätter stillstanden, erklärte Cesare ausführlich, welchen Luxus sie in der Villa vorfinden würden: einen Brunnen mit sauberem Quellwasser, einen Generator, einen Swimmingpool und die gesamte Mannschaft an Personal, die am Tag zuvor mit dem Boot herübergekommen war. Auch Professor Vaccari war schon da und erwartete sie.

Bianca wurde ungeduldig und warf Cesare einen wütenden Blick zu. Ihre Verwandten hingen jedoch an seinen Lippen, wie sie verärgert und frustriert feststellte. Sie würden ihre Meinung sehr schnell ändern, wenn sie wüssten, dass sie nur als gern gesehene Gäste behandelt wurden, weil dieser wunderbare Cesare Bianca in seinem Bett haben wollte.

Wenn ihre Mutter von ihrer Alkoholabhängigkeit, ihren manischen Einkaufstouren und dem ständigen Bedürfnis nach Anerkennung geheilt werden könnte, wäre das doch den Verlust von Job und Selbstachtung wert, versuchte sie sich selbst zu überzeugen.

Als sie schließlich ausstiegen, erstreckte sich ein unglaublich blauer Himmel über ihnen, und das Meer plätscherte sanft an den etwas entfernt liegenden felsigen Strand. Trotz der wärmenden Nachmittagssonne bekam Bianca eine Gänsehaut.

Bewusst sah sie Cesare nicht an, der heute nicht einen seiner üblichen gut geschnittenen Anzüge trug, sondern in Kakihose und olivgrünem T-Shirt auch umwerfend aussah. Stattdessen betrachtete sie mit gespieltem Interesse den Eselskarren, mit dem das Gepäck zur Villa transportiert werden sollte.

Der Maulesel trug einen breitkrempigen Strohhut mit Löchern für seine Ohren. Giovanni, der Kutscher, trug auch einen zerbeulten Strohhut, und als er grinsend »*Buonasera*« sagte, konnte man sehen, dass die Zähne in seinem wettergegerbten Gesicht nur noch schwarze Stümpfe waren. Bianca überlegte, ob dieser alte Mann zum Inventar der Insel gehörte und ständig die Villa bewachte oder ob er und sein Maulesel auch per Boot gekommen waren.

»Komm.« Cesares Stimme unterbrach ihre Gedanken. Er fasste sie am Ellbogen, und bei der Berührung seiner Finger wurde ihr Mund ganz trocken. Wenn sie die Augen schloss, sah sie Bilder von ihm, von seiner goldenen Haut, von diesen schlanken Händen, die ihre Haut berührten, vom glühenden Verlangen in seinen Augen, wenn er sich herabbeugte, um sie zu küssen.

Sie sah nicht nur diese Bilder, die sich ihr unauslöschlich eingebrannt hatten, sie fühlte sie auch. Spürte die Hitze seiner Haut auf ihrer, den Zauber seiner Küsse, die Ekstase ihrer gemeinsamen Höhepunkte. Sie fühlte, wie ihr Herz aufging durch die stetig wachsende, aber so gefährliche Liebe zu ihm.

Unbewusst entschlüpfte ihr ein gequältes Stöhnen. Sie schüttelte den Kopf, um die ungewollten Bilder zu vertreiben. Ruckartig versuchte sie, sich ihm zu entziehen, aber der Griff seiner Finger wurde fester, als ob er genau wusste, welchen Effekt diese körperliche Nähe auf sie hatte. In leicht amüsiertem Tonfall meinte er: »Der Weg ist nicht besonders steil. Die anderen haben offensichtlich keine Schwierigkeiten, sie werden lange vor uns in der Villa sein. Also hör auf, dich wie ein trotziges Kind zu benehmen, oder muss ich dich etwa tragen?«

Er sagte das so leichthin, aber eigentlich wollte er sie in die Arme nehmen und diesen Schmollmund küssen, bis sie sich ihm ergab. Ein Blick aus ihren Bernsteinaugen würde genügen, und er würde nicht mehr Herr der Lage sein, nur ein Blick …

Aber Bianca hielt die Augen fest auf den Weg gerichtet. Sie wusste jetzt, was sie zu tun hatte, um ihn wünschen zu lassen, dass er sie nie erpresst hätte. Frostig antwortete sie: »Mach dich nicht lächerlich, Cesare. Ich will nicht getragen werden, und ich bin weder ein Kind noch trotzig. Ich bin einfach nur gelangweilt von dieser ganzen Situation.«

Sie konnte seine ohnmächtige Wut spüren. Natürlich war sie alles andere als gelangweilt. Sie war total nervös, ihr Herz schlug, als hätte sie gerade an einem Marathonlauf teilgenommen. Wenn die neue Taktik funktionierte, dann würde er sie bald loswerden wollen. Eine Frau, die unentwegt gähnte oder sich die Fingernägel beim Liebesakt feilte, würde ihn nicht reizen.

Sie hatte ihre Affäre beendet, weil sie gegen die oberste Spielregel verstoßen hatte: Sie hatte sich in ihn verliebt. Danach hatte sie sich zwar schlecht gefühlt, verloren und einsam, aber wenigstens hatte sie ihre Würde nicht eingebüßt. Aber jetzt sollte sie die Sexsklavin eines Mannes sein, den sie nicht liebte – sie war verrückt gewesen zu glauben, dass sie ihn je geliebt hatte. Ein gekauftes Spielzeug zu sein, das irgendwann weggeworfen würde, war jedenfalls ein erheblich schlimmeres Gefühl.

Es war absolut würdelos. Um ihr letztes Restchen Stolz zu verteidigen, konnte sie jetzt nur versuchen, die Situation für ihn genauso unangenehm und erniedrigend zu machen, wie sie für sie selbst war.

Mit einem Ruck befreite sie sich aus seinem Griff und lief in Richtung der Villa. Cesare sah ihr schweigend hinterher. Er schäumte vor Wut. Abrupt drehte er sich um und half Giovanni, das Gepäck zu verladen.

Der Gedanke, seine Geliebte zu sein, langweilte sie also? Sie hatte die Affäre beendet, weil er sie *langweilte*?

Mein Gott! Er würde sie etwas anderes lehren! Wenn er so weit war, die Beziehung zu beenden, würde sie ihn anflehen, bei ihm bleiben zu dürfen, so wahr er Cesare Gianluca Andriotti hieß!

»Es ist so schön hier«, schwärmte Helene mit schriller Stimme. »Findest du nicht auch, Liebes?«

»Ja.« Bianca musste sich zwingen zu antworten. Die Haushälterin Maria hatte sie durch die ganze Villa geführt. Sie waren durch helle, luftige Räume mit unauffällig eleganten Möbeln und kühlen Marmorböden gegangen und befanden sich jetzt auf einer Terrasse, die einen prachtvollen Blick hinunter auf eine kleine Bucht mit weißem Strand bot.

Maria hatte eine Karaffe mit eisgekühltem Fruchtsaft auf den Tisch gestellt. Helene betrachtete argwöhnisch ihr Glas, und das Glitzern ihrer Augen verkündete ihr Bedürfnis nach Alkohol.

Wenigstens scheint Professor Vaccari in der Lage zu sein, mit ihr umzugehen, dachte Bianca. Das war der einzig positive Aspekt dieser misslichen Situation. Schätzungsweise Mitte fünfzig, mit kurz geschnittenen grauen Haaren und dem Profil eines römischen Senators, hatte er freundliche, kluge Augen und strahlte eine ruhige Kompetenz aus.

Jetzt stand er auf und drückte auf einen Klingelknopf an der Wand hinter sich. »Meine Damen, darf ich bitten – Maria führt Sie jetzt auf Ihre Zimmer. Giovanni hat das Gepäck schon hinaufgebracht, und Rosa hat es sicher schon für Sie ausgepackt. Wir treffen uns in einer Stunde wieder hier zum Abendessen.«

Der Professor hatte einen leichten Akzent und sprach mit freundlicher Autorität. Helene schoss von ihrem Stuhl hoch. Falls sie Flaschen in ihren Koffern versteckt hatte, dann hätte Rosa sie wohl inzwischen auf Anweisung des Professors beseitigt, vermutete Bianca.

»Wollen wir hinaufgehen, Liebes?«

Helene streckte die Hand nach ihrer Tochter aus und warf ihr einen flehenden Blick zu, aber Cesare warf ein: »Bianca und ich wohnen nicht hier. Aber wir sind nur zehn Minuten Fußweg entfernt.« Er löste sich von der Wand, an der er schweigend gelehnt hatte, offensichtlich in der Absicht, dem Professor Gelegenheit zu geben, das Gespräch in die von ihm gewünschten Bahnen zu lenken.

Helene durfte auf keinen Fall etwas von ihrer geheimen Abmachung erfahren, sonst würde ihr die Zeit hier nichts nützen. Es kostete Bianca große Mühe, ein Lächeln auf ihr Gesicht zu zaubern und das plötzliche Aufflackern von mütterlicher Sorge in Helenes Augen nicht zu beachten. »Wir werden uns jeden Tag sehen, vielleicht zum Mittagessen.«

Die sorgfältig zur Schau gestellte Leichtigkeit ihres Tons sollte die Befürchtungen ihrer Mutter zerstreuen. Die Angst, dass ihre Tochter sich in den gleichen Typ Mann verlieben würde, wie ihr Gatte einer gewesen war.

Einer plötzlichen Gefühlsaufwallung folgend stand Bianca auf und nahm ihre Mutter in den Arm. Ihr Herz verkrampfte sich, als sie die Zerbrechlichkeit ihres knochigen Körpers unter dem neuen Designeranzug spürte. Die Sitzungen mit dem Professor mussten einfach erfolgreich sein!

Mit leiser, nur für Helenes Ohren bestimmter Stimme, versicherte sie ihr: »Alles wird gut werden, das verspreche ich dir. Konzentrier dich darauf, gesund und glücklich zu werden. Und ich werde mich garantiert nicht emotional auf Cesare einlassen, das kannst du mir glauben. Also mach dir keine Sorgen um mich – versprichst du mir das?«

Helene nickte stumm.

Bianca sah Cesare voller Verachtung in die Augen und sagte: »Dann wollen wir uns mal auf den Weg machen, oder?« Sie will mir wohl zeigen, dass das Lamm nicht freiwillig zur Schlachtbank geht, dachte Cesare. Und zum ersten Mal in seinem Leben schämte er sich für sein Verhalten.

Schweigend legten sie den zehnminütigen Weg zu ihrer Unterkunft zurück. Unter anderen Umständen hätte Bianca den Spaziergang sehr genossen – den Duft von wilden Kräutern in der warmen Luft, den Blick auf einige entfernte vulkanische Inseln, die auf dem azurblauen Meer zu schweben schienen. Aber jetzt konnte sie sich daran nicht erfreuen.

Obwohl ihr Plan zu funktionieren schien – ihm zu demonstrieren, dass die Fortsetzung ihrer Affäre eine lästige Pflicht für sie war –, konnte sie die Anspannung kaum ertragen. Cesare hatte keinen Versuch unternommen, sie zu berühren, hatte keinen Ton gesagt. Sein offensichtlicher Zorn zeigte ihr, dass sie mit ihrer Taktik Erfolg hatte.

Als sie ihr Ziel erreichten, fing ihr Herz zu rasen an. Das kleine Steinhaus stand in einem Meer von Farnen an einem kristallklaren Bach und sah idyllisch aus – das perfekte Liebesnest.

Nur dass die Situation absolut nicht perfekt war! Bianca schluckte ihren Stolz hinunter und fragte: »Was ist das für ein Haus?« Einer von ihnen musste jetzt endlich das Schweigen brechen.

Während er die Brettertür aufstieß, erklärte Cesare: »Der frühere Besitzer der Insel lebte hier bis zu seinem Tode. Er war so eine Art Einsiedler, der für seinen Lebensunterhalt ein kleines Stück Land bewirtschaftet hat, auf dem er Kapern und Wein anpflanzte, Fischfang betrieb und wilden Rosmarin erntete. Jetzt verwenden wir es als Unterkunft für das zusätzliche Personal, wenn die Familie und ihre Freunde die Herbstferien in der Villa verbringen. Beantwortet das deine Frage?«

Bianca konnte nicht antworten, denn ihr saß ein riesiger Kloß im Hals. Als sie über die Schwelle trat, senkte sie den Kopf, um zu verbergen, dass ihr die Tränen in die Augen getreten waren.

Warum war sie nur so dumm, dem nachzutrauern, was sie früher gehabt hatten: der Freude, die sie aneinander hatten, seinem Charme, seiner Art, mit ihr zu flirten, den tausend Dingen, über die sie gesprochen hatten, den tausend Arten, auf die sie sich Lust bereitet hatten, der Berührung seiner Hände, seinem Blick, der ihr verraten hatte, dass er sie begehrte, dass er sie schön fand.

Es war dumm, etwas zu betrauern, was in Wirklichkeit nie vorhanden war. Jetzt war es jedenfalls vorbei. Die zärtlichen Gefühle, die sie für ihn gehegt hatte, waren gestorben, als er sie erpresst hatte. Warum fühlte sie sich so, als ob auch ein Teil von ihr gestorben war?

Dummheit!

Cesare beobachtete sie genau, während sie den lang gestreckten Raum mit der niedrigen Decke in Augenschein nahm, der mit einem Gasherd, einem Spülstein, einem Tisch, Stühlen und ein paar klobigen Holzregalen schlicht ausgestattet war.

Ihre unauffällige Reisekleidung konnte weder die verlockenden Rundungen ihres schlanken Körpers verbergen noch ihren Bewegungen die Anmut nehmen. Das hochgesteckte Haar bewirkte, dass die Schönheit und Verletzlichkeit der Linien ihres Nackens und ihrer Kehle noch mehr zur Geltung kamen.

Er ballte seine Hände zu Fäusten und unterdrückte einen verzweifelten Fluch. Diese kalte Distanziertheit war das Letzte, was er gewollt hatte! Er wollte, dass es wieder genauso wäre wie früher – sie lächeln sehen; ihre Augen sollten ihn über eine mit Kerzen geschmückte Tafel hinweg anstrahlen.

Schmerzlich verlangte es ihn danach, sie in seinen Armen zu halten, zu spüren, wie ihre weichen Rundungen mit der Härte seines Körpers verschmolzen.

Cesare biss die Zähne zusammen und ignorierte die Gewissheit, dass er sie so weit bringen konnte, dass sie zugeben musste, dass das Liebesspiel mit ihm sie nicht langweilte. Er kannte ihren Körper so gut, wusste genau, wie er sie berühren musste, wo er streicheln oder küssen musste, um die Leidenschaft in ihr zu wecken …

Aber das wollte er nicht. Es ging nicht nur um Sex. Plötzlich wollte er – unerklärlicherweise – mehr.

»Es ist natürlich nicht so luxuriös wie die Villa. Sieh dich um und mach dich mit allem vertraut, während ich den Generator überprüfe.« Mit diesen Worten ging er hinaus.

Draußen sank er auf eine Holzbank. Der Generator war natürlich vollkommen in Ordnung, das Personal wurde schließlich gut bezahlt, um zu gewährleisten, dass alles auf der Insel wie am Schnürchen funktionierte. Er hatte nur eine Ausrede gebraucht, um sich von ihr zu entfernen und zu versuchen, das Durcheinander in seinem Kopf zu ordnen.

Dieses plötzliche verstörende Bedürfnis, etwas Stärkeres und Dauerhafteres mit einer Frau aufzubauen, erfüllte ihn mit Skepsis. Das war ihm noch nie widerfahren und passierte auch jetzt nur, weil sie ein großes Loch in seinen Stolz gerissen hatte. Ein Loch, das nur durch ihre völlige und endgültige Unterwerfung geflickt werden konnte. Es ging um Liebe, um das Eingehen von Verpflichtungen, um ewiges Zusammensein.

Wenn er das hätte, wäre sein Stolz zufriedengestellt.

Dieser Gedanke war abscheulich, war seiner unwürdig. Sein Stolz würde lernen müssen, mit einem großen Loch zu leben.

Cesare sprang auf und fuhr sich mit den Fingern durchs Haar. Sein ursprünglicher Plan war gestrichen. Er würde nicht funktionieren. Sie dazu zu zwingen, das Bett mit ihm zu teilen, bis er genug von ihr hatte, war die grausamste und verrückteste Idee, die er je gehabt hatte. Er konnte nicht mehr nachvollziehen, wie er überhaupt darauf gekommen war.

Was, wenn der gefährliche Plan nach hinten losginge, wenn er derjenige wäre, der die Beziehung nicht beenden wollte?

Allein dieser Gedanke stellte seine ganze Vorstellung von sich selbst auf den Kopf.

Er wusste jetzt genau, was er zu tun hatte.

Helenes Behandlung bei Professor Vaccari wurde davon nicht betroffen. Nicht weil sie ein Teil ihrer ungeheuerlichen Abmachung war, sondern weil er wirklich helfen wollte. Wenn Bianca Probleme hatte, dann musste er tun, was er konnte, um sie ihr abzunehmen. Aber in etwa einer Woche, oder wie lange es dauerte, bis ihre Mutter sich eingelebt hatte, würde er Bianca freistellen, nach London und zu ihrer Arbeit zurückzukehren. Dann könnte sie sich einen anderen Mann suchen, der ihr Vergnügen bereitete, bis auch er ihr langweilig wurde.

Dieser Gedanke traf ihn wie ein scharfes, brennendes Schwert. Er atmete tief durch, um den Schmerz der ungewohnten Eifersucht zu besiegen. Mit erhobenem Kopf trat er zurück ins Haus.

Und rief ihren Namen.

Das teuflische Spiel war aus.

5. Kapitel

Bianca hörte Cesare ihren Namen rufen und erstarrte. In der anschließenden Stille hörte sie nur noch ihren eigenen Herzschlag. Dann verspürte sie ein intensives sexuelles Gefühl in der Mitte ihres Körpers; das Blut strömte heiß durch ihre Adern, und ihr Atem ging in flachen, quälenden Stößen.

Was jetzt? War die Zeit für sie gekommen, ihren Teil des grausamen Vertrages zu erfüllen? Sollte sie darauf warten, dass er die Treppe zu ihr heraufkam, sie auszog und ihren ohnehin schon beschämend empfänglichen Körper berührte, liebkoste und sich unterwarf?

Wusste er eigentlich, dass sie nur an die Berührung seiner geschickten Hände denken musste, um mehr als bereit zu sein, sich allem hinzugeben, was er von ihr wollte?

Wie versteinert hatte sie im zweiten der beiden Schlafzimmer gestanden. Beide waren identisch eingerichtet. Zwei Betten, getrennt durch einen Nachttisch in der Mitte, eine Kommode und ein Kleiderschrank.

Ihren Koffer hatte sie in diesem Zimmer vorgefunden. Im Schrank hingen einige Kleidungsstücke, von denen sie vermutete, dass sie Cesare gehörten. Legere Hosen, ein Paar abgetragene Jeans, weiche Baumwollhemden. Bianca hatte der lächerlichen Versuchung nicht nachgegeben, seine Sachen zu berühren und an ihr Gesicht zu pressen, und hatte die Schranktür schnell wieder geschlossen.

Sie fragte sich, was er mit dem Nachttisch machen würde. Würde er ihn wegnehmen und die Betten zusammenschieben, oder würde er ins andere Zimmer gehen, um allein zu schlafen, nachdem er von ihr bekommen hatte, was er wollte?

In der Vergangenheit hatten sie eng umschlungen zusammengelegen in der kurzen Zeit, die ihnen blieb, nachdem sie sich mehrfach geliebt hatten und bevor sie ihn in der Morgendämmerung verließ.

Als Cesare erneut rief, riss Bianca sich zusammen. Es wäre verhängnisvoll, ihn heraufkommen und sie hier finden zu lassen. Er könnte das als Aufforderung auffassen …

Mit trockenem Mund und klopfendem Herzen stürzte sie aus dem Zimmer, die kurze Treppe hinunter und sah, wie er gerade einen Topf mit Wasser auf den Herd stellte. Der gefährliche Moment war also noch nicht gekommen.

Ihre einzige Verteidigung gegen seine Anziehungskraft bestand darin, so zu tun, als ob sie die Zwangsgemeinschaft mit gelangweilter Resignation ertragen würde. Aber wie sollte sie das schaffen, wenn er mit einem Blick aus diesen glutvollen Augen ihr Blut zum Pulsieren brachte?

»Ach, da bist du ja.« Er sah sie nicht an, sondern regulierte die Flamme unter dem Topf und fügte etwas Salz hinzu. »Ich mache uns ein frühes Abendessen.« Er drehte sich um. Die Worte, mit denen er ihr die Freiheit zurückgeben wollte, erstarben auf seinen Lippen, als er sie sah.

Mein Gott, sie sah mitgenommen aus. Ihre Haut war aschgrau, die schönen Augen sahen angespannt aus, die vollen Lippen hatte sie zusammengepresst, und ihre starre Haltung wirkte abweisend.

Sein Herz zog sich voller Mitgefühl zusammen. Das hatte er ihr angetan, und er hasste sich dafür. Mit belegter Stimme sagte er sanft: »Hast du Lust zu duschen, während ich koche? Eine Badewanne gibt es leider nicht – ich weiß, dass du lieber badest.«

Noch immer stand sie wie angewurzelt da. Es kostete ihn seine ganze Willenskraft, nicht zu ihr zu gehen und sie in den Arm zu nehmen, zu trösten und sich dafür zu entschuldigen, dass er ihr diese Situation aufgezwungen hatte.

Aber das ging nicht. Denn er würde mit Sicherheit dem primitiven Drang nachgeben, sie bis zur Besinnungslosigkeit zu küssen. Und das konnte er nicht zulassen, weil es hier um ein tieferes Gefühl ging. In ihrer gemeinsamen Zeit hatte er noch nie das Bedürfnis verspürt, ihr Trost zu spenden. Ihre Beziehung war bisher ganz unkompliziert gewesen, oberflächlich zwar, aber genau das, was sie beide wollten, oder?

Was jetzt in ihm vorging, war alles andere als oberflächlich, und er verstand es nicht.

»Nun geh schon, wir essen in fünfzehn Minuten.« Mit Mühe gelang es ihm zu lächeln, seinen Ton leicht zu halten, um seinen inneren Aufruhr nicht zu verraten. Sie erwachte aus ihrem tranceähnlichen Zustand und ging zur Treppe zurück.

Das kleine Badezimmer war einfach, aber blitzsauber. Das heiße Wasser trug einiges zu ihrer Entspannung bei.

In ein flauschiges weißes Badetuch gewickelt ging Bianca zurück ins Schlafzimmer und nahm eine bequeme alte Jeans und ein grünes Hemd aus ihrem Koffer.

Tarnkleidung, dachte sie ironisch. Und die brauchte sie auch! Sein Lächeln eben hatte sie in einen Taumel der Verwirrung gestürzt. Er war wieder ganz der alte Cesare gewesen, der rücksichtsvolle Liebhaber, nach dessen Umarmung sie sich verzweifelt gesehnt hatte. Sie hatte sich zusammenreißen müssen, um nicht in Tränen auszubrechen und ihn zu fragen, ob nicht wieder alles wie früher sein könnte.

Eine dumme, erniedrigende und gefährliche Vorgehensweise! Sie wollte nicht enden wie ihre Mutter, als Trophäe eines reichen Mannes, leicht erobert und genauso leicht wieder ausrangiert, mit gebrochenem Herzen und gebrochenem Geist.

Angemessen gewappnet, mit nassen Haaren, die ihr unattraktiv auf die Schultern hingen, ging Bianca hinunter.

Auf dem Tisch standen eine Schüssel mit Salat, eine Flasche Wein und zwei Gläser, und Cesare schöpfte gerade den Inhalt des Topfes auf zwei Teller. Es gab Nudeln mit Olivenöl und Knoblauch, mit Käse bestreut.

Biancas Magen gluckerte hungrig, und Cesares Lippen zuckten.

»Tu dir keinen Zwang an. Wenn du genauso hungrig bist wie ich, wollen wir keine Zeit mit Förmlichkeiten verschwenden.« Er lächelte sie an, zog einen Stuhl für sie zurück und schenkte den gehaltvollen sizilianischen Wein in die beiden Gläser.

Bianca ging dankbar auf seine Stimmung ein und lächelte zurück. Für eine Weile konnte sie sich jetzt entspannen, bis es Zeit wurde, wieder auf der Hut zu sein, ihn wie einen Feind zu behandeln. Keinesfalls würde sie ihm in die Falle gehen, in dieses Netz der Verführung, falls das der Grund für seine neue, weichere Stimmung sein sollte.

Wenn er darauf bestand, dass sie mit ihm ins Bett ging – was ja seine erklärte Absicht war –, würde sie so wenig reagieren wie ein Brett. Und vielleicht, sozusagen als i-Tüpfelchen, konnte sie im strategisch wirkungsvollsten Moment noch einen Hustenanfall vortäuschen.

Aber würde ihr das im entscheidenden Moment wirklich gelingen?

Sie schob diese Gedanken weg und bediente sich aus der Salatschüssel, die er ihr reichte. So leichthin wie möglich bemerkte sie: »Also können wir der endlosen Liste deiner Fähigkeiten auch noch Kochen hinzufügen?«

»Spaghetti sind einfach und so ziemlich alles, was ich mit Hoffnung auf Erfolg hinkriege. Zum Glück weiß ich, dass du sie magst.«

Er trank einen Schluck Wein und lehnte sich in seinem Stuhl zurück, während er ihr nachdenklich beim Essen zusah. Bevor er ihr ihre Freiheit zurückgab und ihr erlaubte, aus seinem Leben zu verschwinden, würde er versuchen herauszufinden, was das Wesen von Bianca Jay ausmachte. Denn dass sie lieber badete als duschte und gern Spaghetti aß, war so ziemlich alles, was er von ihr wusste.

Sein Verstand sagte ihm, dass er das lieber lassen sollte. Die Frau, die bald in seinem Leben keine Rolle mehr spielen würde, richtig kennenzulernen, wäre absolut sinnlos. Sein Herz jedoch sagte ihm etwas ganz anderes.

Ein Schauer durchfuhr ihn, als er beobachtete, wie sie ihr Glas an den Mund setzte. Er wollte diese Lippen auf seinen spüren, wollte spüren, wie sie sich für ihn öffneten und ihn zu den atemberaubenden Zärtlichkeiten einluden, die sie früher miteinander geteilt hatten. Er wollte sie. Er wollte sie jetzt!

Das durfte nicht sein! Sie hatte ihm mitgeteilt, dass ihre Affäre aus war, und er war jetzt endlich zur Vernunft gekommen und würde sie gehen lassen. Aber zuerst, ganz vorsichtig …

»Hat es dich damals eigentlich sehr mitgenommen, dass dein Vater euch verlassen hat, Bee?«

Bianca schnappte überrascht nach Luft und setzte ihr Glas ab. So eine persönliche Frage hatte sie nun wirklich nicht erwartet. Vielleicht hätte sie damit rechnen sollen. Er hatte vermutlich eine ganze Menge Geld investiert, um Hintergrundinformationen über sie zu bekommen. Jetzt wollte er die restlichen Lücken füllen.

Was hatte sie schon zu verlieren? Die wichtigsten Dinge hatte er ihr bereits genommen: ihre Arbeit und ihre Selbstachtung. Außerdem würde diese Unterhaltung das Unvermeidliche – das Bett – hinauszögern.

»Überhaupt nicht«, erwiderte sie. »Was man nie hatte, vermisst man auch nicht. Mein Vater hat sich nie für mich interessiert, er hat nie geschrieben und um ein Foto gebeten, nicht einmal, als ich noch ein Baby war. Einmal wollte er mich sehen, als ich zwölf Jahre alt war. Das Treffen war ein Desaster. Seitdem habe ich nichts mehr von ihm gehört.«

»Aber Helene hat es schwer getroffen. Was sie durchgemacht hat – nach all den Jahren immer noch durchmacht –, muss doch auf dich abgefärbt haben.«

»Vielleicht«, gab sie zu. »Aber ist das wichtig?«

»Ich denke schon.« Sie war bereits wieder hinter ihrem Schutzwall, aber den wollte er niederreißen. Er wollte die Wahrheit erfahren über diese Frau, die seine Geliebte gewesen war. Im Nachhinein waren das wohl die sechs besten Monate seines Lebens gewesen.

Er schenkte ihnen beiden Wein nach und fasste seine Schlussfolgerungen zusammen: »Wegen der Erfahrung deiner Mutter hast du Angst, dich auf einen Mann einzulassen, oder? Besonders wenn es ein Mann wie dein Vater ist – jemand, der nur mit den Fingern zu schnippen und mit seiner Goldkarte zu winken braucht, um genau das zu bekommen, was er will.«

Na klasse, kochte sie innerlich. Sie hasste das Gefühl, unter einem Mikroskop betrachtet zu werden. Er hatte kein Recht, so in ihre Psyche einzudringen. Von seiner Seite aus war die Affäre immer oberflächlich gewesen. Guter Sex war alles, was er je gewollt hatte.

Die Befriedigung, ihm zu sagen, dass er mit seiner Analyse absolut richtiglag, würde sie ihm nicht geben. Sie sah ihn herausfordernd an: »Soweit ich mich erinnern kann, hast du auch nie gewollt, dass ich mich ernsthaft auf dich einlasse. Wenn ich etwas Derartiges gewollt hätte, wärst du schreiend weggelaufen. Deshalb verstehe ich nicht, worüber du dich jetzt beklagst.«

»Eins zu null für dich!« Er wirkte völlig entspannt, ganz freundlich, sodass seine nächste Bemerkung sie ganz unvorbereitet traf.

»Du benutzt also die Männer. Du bleibst so lange bei einem, bis er dich langweilt. Dann suchst du dir den nächsten Liebhaber.«

»Machst du das nicht genauso?«, schleuderte sie ihm entgegen, als sie ihre erste Sprachlosigkeit überwunden hatte.

»Es gab nicht so viele Frauen in meinem Leben, wie du vielleicht vermutest.«

»Ach, und das rechtfertigt also die Vorgehensweise?«

Bildete sie sich das nur ein, oder entdeckte sie tatsächlich Anzeichen unterdrückter Wut über ihre kleine Stichelei in seinem Gesicht? Recht hatte er. Sie war diejenige gewesen, die die Affäre beendet hatte, und vorhin hatte sie ihm zu verstehen gegeben, dass er sie langweilte.

Das entsprach zwar überhaupt nicht den Tatsachen, war aber die einzige Methode, mit der sie erreichen konnte, dass er sie in Ruhe ließ. Kein heißblütiger Mann würde eine Frau begehren, die ihm den Eindruck vermittelte, dass sie eine kalte Tasse Tee ungefähr genauso aufregend fand, wie mit ihm zu schlafen.

Als ob er ihren Gedankengang weiterführen würde, bemerkte er kühl: »Offensichtlich liebst du Helene, machst dir Sorgen um sie, sodass du sogar einverstanden bist, Sex mit einem Mann zu haben, der dich langweilt.«

Das machte ihm wohl doch zu schaffen. Gut, das war auch ihre Absicht gewesen, ihre einzige Verteidigungsstrategie. Und jetzt galt es, ihm diese Botschaft einzuhämmern, seinen italienischen Stolz zu verletzen, so sehr, dass er sie nie wieder anrühren wollte.

»Ja, wenn ich mit dem Rücken an die Wand gedrängt werde und mir keine Wahl gelassen wird«, pflichtete sie ihm bei. »Wie gerade du wissen solltest. Und ich würde dich sogar heiraten«, stichelte sie. »Du hast mir einen Antrag gemacht, erinnerst du dich? Das von einem Mann, der mir erzählt hat, dass er seine Freiheit als Single viel zu sehr genießt, um jemals in diese Falle zu gehen. Was sollte das? Mich legal so lange an dich zu binden, bis dein Interesse erlahmt, weil du mich auf andere Weise nicht ins Bett kriegst?«

Jetzt hatte sie Cesares volle Aufmerksamkeit. Seine Wangen verfärbten sich, und er ballte die Fäuste, bis ihm die Nägel in die Handflächen schnitten. Das war ein Schlag unter die Gürtellinie. Er hatte gehofft, dass die kleine Hexe dieses peinliche Thema vermeiden würde. Zum Teufel, er wusste nicht, was seine Absicht gewesen war!

Diesen Heiratsantrag hatte er ganz spontan ausgesprochen, ohne reifliche Überlegung. Genauso wenig wie er sich von Vernunft hatte leiten lassen, als er geplant hatte, durch Erpressung seine Rache zu erzwingen – das widersprach seinen sämtlichen Prinzipien. Veranlasst durch das starke und wahrscheinlich verrückte Bedürfnis, sie um jeden Preis zu halten.

Er schob seinen Stuhl zurück und war im selben Moment auf den

Füßen, als sie sich auch erhob. Er stieß einen Fluch auf Italienisch aus und fragte sich, wieso diese Frau ihm so zusetzte.

Als sie auf die Tür zuging, fragte er grimmig: »Wo willst du hin?« »Raus. Egal, wohin. Weg von dir!« Sie musste hier raus, bevor sie völlig zusammenbrach und zugab, dass sie es nicht ertragen konnte, weiter so mit ihm zusammenzuleben. Dass sie sich selbst verachtete, weil sie ihn hatte verletzen wollen, dass sie ihn liebte und so lange bei ihm bleiben würde, wie er sie haben wollte.

Draußen begann es dunkel zu werden. Bianca stolperte den Hügel hinter dem Haus hinauf, denselben Weg, auf dem sie vorhin gekommen waren.

Oben angekommen, konnte sie unter sich die Lichter der Villa sehen. Dorthin zu gehen war kein Ausweg. Das Problem bestand zwischen ihr und Cesare, und sie musste es in Ruhe durchdenken.

Sie kehrte den einladenden Lichtern den Rücken und schritt langsam voran, bis sie zu einer tiefen, grasbewachsenen Mulde kam. Dort ließ sie sich auf dem Rasen nieder.

Sie zog die Beine an, schlang die Arme darum und legte den Kopf auf die Knie. Als sie tief Luft holte, schmeckte sie das Salz von Tränen auf ihren Lippen.

So konnte es auf keinen Fall weitergehen. Sie konnte ihre Seite des teuflischen Handels nicht einhalten. Sie liebte Cesare noch immer, und mit ihm zu schlafen und dabei zu wissen, dass er es nur aus Wollust und dem Wunsch, es ihr heimzuzahlen, tat, wäre wie ein endloser Albtraum.

Ein Schluchzen erschütterte ihren ganzen Körper. Sich jetzt diesem alles überwältigenden Elend zu überlassen, würde sie nicht weiterbringen. Sie wusste, was sie zu tun hatte.

Es war ihrer nicht würdig, diesen unaufrichtigen Trick anzuwenden. Ihm vorzugaukeln, dass sie die Affäre beendet hatte, weil er sie langweilte. Sie musste mit der Wahrheit herausrücken und ihm mitteilen, dass sie sich weigerte, ihre Seite der Abmachung einzuhalten. Er hatte sich zwar zu einer Erpressung herabgelassen, aber Vergewaltigung – so tief würde er nicht sinken!

Soweit es um Helene ging, musste sie auf ihr Glück vertrauen. Cesare würde sie doch sicher nicht ihre Sachen packen lassen und sie von der Insel werfen? So herzlos konnte er nicht sein.

In all der Zeit, die sie ihn kannte, hatte er nie ein grausames Wort zu einem anderen Lebewesen gesagt. Nur zu ihr, und das auch erst, nachdem sie seinen arroganten Stolz verletzt hatte.

Bianca wünschte, sie wäre ihm nie begegnet!

Cesare rannte schlitternd den steilen Abhang hinunter. Seine Brust hob und senkte sich vor Anstrengung, das Hemd klebte ihm am Rücken.

Er war in Panik geraten, als er die Insel nach ihr durchkämmt hatte. Zuerst das nördliche Ende, weil es dort gefährliche Klippen gab. Allein in der hereinbrechenden Dunkelheit und ohne das Terrain zu kennen, hätte Bianca alles Mögliche zustoßen können.

Er wollte gerade zur Villa gehen und Marco und Giovanni bitten, sich an der Suche zu beteiligen, als er ersticktes Schluchzen hörte.

Im Strahl seiner starken Taschenlampe entdeckte er ihr Versteck, und eine Mischung aus Erleichterung und Reue machte ihn ganz benommen.

Ein zusammengekauertes Häufchen Elend – Bianca sah zutiefst verletzt aus, als er bei ihr war und sie hochzog. Alles, was er wollte, war, sie zu trösten.

Cesare zog ihren gebeugten Kopf an seine Schulter und fühlte, wie sich sein Herz vor Schmerz zusammenzog. Er spürte, wie sie am ganzen Körper bebte, und verfluchte sich innerlich für das, was er ihr angetan hatte.

Jetzt nicht mehr. Keine Forderungen mehr. Er würde nichts mehr von ihr verlangen, außer dass sie glücklich würde. »Hör auf zu weinen, Bee, das halte ich nicht aus«, murmelte er. Ihr Haar war seidenweich unter seinen Lippen. Er atmete ihr Parfüm ein und zwang sich dazu, nicht darauf zu reagieren.

»Es tut mir so leid«, flüsterte er mit belegter Stimme. Die Wärme ihrer Haut unter der leichten Kleidung traf auf seine Wärme, und diese Berührung löste wie üblich eine Feuersbrunst in ihm aus, die sich schnell ausbreiten würde, wenn er nichts dagegen unternähme.

Wie zum Beispiel, ihr zu sagen, dass sie frei von ihm und seinen unfairen Forderungen war.

Er ließ seinen Zeigefinger unter ihr Kinn gleiten, damit sie den Kopf hob und die Aufrichtigkeit in seinen Augen sah. Als er jedoch im Licht der Sterne ihre wunderschönen Augen sah, ihre üppigen, zitternden Lippen, die zum Küssen wie geschaffen waren, blieben ihm die Worte in der Kehle stecken.

»Ich …«

Bianca hatte etwas sagen wollen, aber dann völlig vergessen, was es war.

Sie war wie hypnotisiert von den markanten Linien seines Gesichts. Die dunkle Intensität seiner Augen, die von diesen unglaublichen dichten Wimpern umrandet wurden, brachte sie zum Schmelzen. Sie war sich des heißen Drucks seiner starken Hände bewusst, die ihre Taille umfassten, der Art, wie ihre Körper sich berührten, des Prickelns tief in ihr, das sich schnell zu einem beständigen Pochen auswuchs.

Unfähig, sich von der Stelle zu rühren, ließ Bianca ihre Hände auf seine Schultern gleiten. Damit war es um Cesares Selbstbeherrschung geschehen. Mit einem hilflosen Stöhnen beugte er sich herab und fiel mit seinem Mund hungrig über ihre Lippen her.

6. Kapitel

Bianca empfing ihn bereitwillig, öffnete ihre Lippen, schmeckte ihn. All ihre Sinne explodierten, als das Wunder geschah, das er immer wieder in ihr auslöste.

Sie schlang die Arme um seinen Nacken, und als er sie noch enger an sich zog, mit einer Dringlichkeit, die seinen verzweifelten Hunger verriet, wurde sie das, was sie immer für ihn gewesen war: die fügsame Geliebte dieses gebieterischen, fordernden Mannes.

Als ihre Lippen sich endlich lösten, streifte er mit seinen Händen fieberhaft über ihren Körper, und Bianca stöhnte vor Lust. Ungestüm zog sie seinen Kopf zu sich heran und küsste ihn mit einer Leidenschaft, die sie beide um den Verstand brachte.

In stummem Einverständnis sanken sie auf das weiche Gras und klammerten sich aneinander. Schließlich unterbrach er den Kuss und überschüttete sie mit italienischen Koseworten. Heiser fügte er hinzu: »Bianca, ich brauche dich. Ich kann nicht genug von dir bekommen!«

Die Verletzlichkeit in seiner Stimme brach ihr fast das Herz. Das hatte sie ihm angetan mit ihrer feigen Selbstverteidigungsstrategie. Cesare glaubte wirklich, dass er sie langweilte.

Plötzlich konnte Bianca das erste Mal seit ihrer Vereinbarung wieder rational denken und wusste mit absoluter Gewissheit, dass sie ihn zu sehr liebte, um seinen Stolz verletzt zu sehen. Das konnte sie nicht ertragen.

Das Bedürfnis, ihm Bestätigung zu geben, und die Liebe, die sie nicht mehr leugnen konnte, brachten Bianca dazu, mit zittrigen Fingern den Saum seines T-Shirts zu heben, um seinen harten Körper zu berühren.

Zärtlich strich sie über seine muskulöse Brust, dann immer weiter nach unten …

Als ihre Finger sich auf seinen Hosenknopf legten, wurde sein ganzer Körper starr, und er murmelte durch die Zähne: »Du musst das nicht tun.«

Mit eisernem Griff umfasste er ihre Handgelenke, um sie am Weitermachen zu hindern.

Aber Bianca erwiderte: »Ich will aber. Du erregst mich. Warum sonst sollte ich versuchen, dich zu verführen?«

Kichernd hauchte sie einen Kuss direkt über dem fraglichen Knopf auf seine Haut und hörte sein ersticktes Stöhnen. Sein Griff um ihre Handgelenke lockerte sich, als er sich den Wogen der Lust hingab, die seine starke Willenskraft ausschalteten.

Keine andere Frau war je in der Lage gewesen, seinen Willen so zu untergraben, keine andere Frau hatte je so viel Macht über ihn gehabt, war sein letzter klarer Gedanke, bevor sich seine Welt auf einen kleinen Teil seines Körpers zusammenzog. Dorthin, wo ihre Finger seine Haut streiften, während sie den Knopf öffnete – und dann, sehr, sehr langsam, den Reißverschluss. Jetzt war er der warmen Nachtluft ausgesetzt und ihren Augen, ihren Händen, ihren Lippen.

Die zarte Sinnlichkeit ihrer Erkundung ließ ihn erzittern, sein Atem ging stoßweise und flach. Die Lust, die sie ihm bereitete, stellte seine Selbstbeherrschung auf eine harte Probe. Schließlich stieß er ein wildes Stöhnen aus, umklammerte mit seinen Händen ihren Kopf und hob ihn an. Dann drehte er ihren schmiegsamen Körper, sodass sie unter ihm lag.

Jetzt war er wieder Herr der Lage. Das kleine Biest hatte gelogen. Ihr Liebesspiel langweilte sie nicht, es erregte sie genauso wie ihn. Er stieß einen leisen triumphierenden Schrei aus, dann küsste er sie voller Leidenschaft. Er genoss es, wie ihr Körper sich in einem berauschenden erotischen Rhythmus unter dem seinen bewegte.

Die wenigen Augenblicke, die er sich von ihr lösen musste, um ihr Hemd und danach sein eigenes T-Shirt abzustreifen, empfand er als quälend. Ihre festen Brüste glänzten im fahlen Mondlicht – ein verführerischer Anblick, dem kein heißblütiger Mann widerstehen konnte.

Er spannte sie absichtlich auf die Folter, indem er sich zurückhielt, streichelte ihre zarten Brustspitzen und beobachtete, wie sich ihre Augen schlossen und ihre Lippen sich zu einem wollüstigen Seufzer öffneten. In anzüglichem Ton fragte er: »Langweilst du dich, *cara mia*?«

Bianca war es kaum möglich zu sprechen. Ihr »Nein« war nicht mehr als ein leises Stöhnen.

Sie hatte ihre Schutzmauern fallen lassen und erkannte jetzt, dass sie diesen Mann, den sie liebte, nicht hätte belügen und verletzen dürfen. Das war gemein und unwürdig gewesen.

Dass am Ende er sie verletzen würde, stand von vornherein fest. Damit musste sie leben. Ihn zu lieben würde sie zerstören. Aber auf Nummer sicher zu gehen, Gleichgültigkeit zu heucheln, war noch schlimmer.

Voller Begehren fuhr sie mit den Händen von seinen Schultern hinunter zu dem straffen Bauch und spürte, wie er vor Verlangen erschauerte. Das war es, wonach sie sich gesehnt hatte. Sie seufzte: »Liebe mich, Cesare!«

Die Morgendämmerung brach schon an, als sie sich schließlich erschöpft nebeneinander ausstreckten. Bianca strich sich die wirren Haare aus dem Gesicht. Ihr Herz floss über vor einer geradezu schmerzhaften Zärtlichkeit.

Sie liebte ihn so sehr! Sie würde bei ihm bleiben, solange er sie wollte, und würde nichts von ihm verlangen. Keinen Ring an ihrem Finger, nicht seinen Namen oder die Privilegien, die sein unermesslicher Reichtum kaufen konnte. Sie wollte nur ein Teil seines Lebens sein, für so kurze oder so lange Zeit, wie er es wollte.

Als er sich aufsetzte, flüsterte Bianca: »Eine Nacht unter Sternen hat doch wirklich etwas für sich! Aber jetzt sollten wir wohl zurückgehen, oder?«

Sie streckte die Hand nach ihm aus, um ihn zu berühren, um die Nähe zu betonen, die immer zwischen ihnen bestand, nachdem sie sich geliebt hatten. Aber Cesare zuckte zurück und zog sich schweigend an.

Bianca zitterte in der kühlen Morgenluft. Sie konnte nicht fassen, wie er sich abschottete. Hastig stieg auch sie in ihre Kleider, während Cesare wartete und dabei offensichtlich mit großem Interesse das Verblassen der letzten Sterne am Himmel verfolgte. Dann warf er ihr einen kühlen Blick zu: »Fertig? Für den Rückweg gibt es eine Abkürzung. Lauf hinter mir und gib acht, wo du hintrittst.«

Das war alles. Mehr hatte er nicht zu sagen?

Bianca folgte ihm schweren Herzens. War er immer noch wütend? Weil sie die Kühnheit besessen hatte, ihre Affäre zu beenden, bevor er dazu bereit war? Wegen ihres schnippischen Verhaltens in den letzten Tagen?

»Cesare – warte!«

Sie gingen jetzt bergab, sie wie eine ehrerbietige Dienerin drei Schritte hinter ihm. Er blieb stehen. Wartete. Mit steinerner Miene fragte er: »Ja?«

Sie rang nach Luft, nicht aufgrund ihrer schnellen Gangart, sondern eher wegen der Mischung aus Furcht und Ärger darüber, wie er sie behandelte. »Was ist los? Ich kann mir vorstellen, dass du sogar eine gewöhnliche Prostituierte mit mehr Respekt behandeln würdest – du hättest sicherlich das eine oder andere freundliche Wort für sie übrig, während du dir deine Hose wieder anziehst!«

Diese zugegebenermaßen geschmacklose Bemerkung, die sie zwischen zusammengebissenen Zähnen hervorzischte, prallte wirkungslos an ihm ab. Kurz angebunden erwiderte er: »Keine Ahnung, da ich deren Dienste noch nie in Anspruch nehmen musste.« Dann ging er weiter.

Bianca unterdrückte den Impuls, ihn zu beschimpfen, und folgte ihm. Liebe tat weh, aber sie würde nicht wieder davor weglaufen. Sie würde ihn dazu zwingen, sein Verhalten zu erklären. Und wenn er vorhatte, in dieser Art weiterzumachen, dann würde sie ihn zum Teufel schicken! So ließ sie sich nicht behandeln.

Sie näherten sich ihrem Häuschen diesmal aus der entgegengesetzten Richtung wie gestern. Das bedeutete, dass sie den Bach überqueren musste. Er wartete bei dem Brett, das als provisorische Brücke diente, auf sie.

»Es gibt kein Geländer, und das Holz ist glitschig«, erklärte er knapp. »Gib mir deine Hand – oder nein – warte …« Er beugte sich herab, hob sie hoch und trug sie hinüber.

Als er sie schließlich an der Türschwelle absetzte, verlangte sie mit fester Stimme: »Sprich mit mir, Cesare. Wenigstens das bist du mir jetzt schuldig.«

Es musste eine Erklärung für sein Verhalten geben. Bianca fürchtete, dass sie auch schon wusste, welche das war. »Ja, natürlich. Später.«

Das war zwar ein Zugeständnis, aber es wirkte nicht sehr vielversprechend. Diese Nacht hätte nicht geschehen dürfen, gestand sie sich traurig ein. Dadurch war alles nur noch schlimmer geworden. Ihr törichtes Herz war nun noch enger an ihn gebunden, sie hatte sich noch tiefer auf ihn eingelassen, als ihr guttat.

Unglücklich beobachtete sie ihn, als er ins Haus trat. »Ich brauche zuerst eine Dusche. Machst du uns Kaffee, ja?«

Früher hätte er darauf bestanden, dass sie zusammen duschten, und hätte sie nicht zum Dienstmädchen degradiert.

Bianca wurde von einem krampfhaften Zittern geschüttelt. Ihre Affäre hatte sich zu einer Beziehung entwickelt, die sie mit großer Freude erfüllt und sie dann schließlich im Käfig der Liebe gefangen gehalten hatte. Als sie die Gefahr erkannt hatte, hatte sie versucht sich zu befreien. Nun war die Stimmung umgeschlagen. Sein Verhalten heute Morgen bestätigte alle Befürchtungen, die sie gehabt hatte.

Cesare Andriotti hatte in seinem Leben keine Zeit für eine ernsthafte Beziehung. Und er hatte in seinem Herzen keinen Platz für Liebe.

Niedergeschlagen begann sie, Kaffee zu machen.

Als Cesare aus dem Badezimmer kam, stieg ihm der Duft von frisch gebrühtem Kaffee in die Nase, und sein Herz zog sich zusammen.

Diese Nacht war ein Riesenfehler gewesen. Dadurch war es unendlich viel schwieriger geworden, das Richtige zu tun. Als sie angefangen hatte, ihn zu verführen, hatte er sich wie der letzte Schuft gefühlt, weil er annahm, dass sie ihn nur berührte, weil sie ihren Teil der erzwungenen Vereinbarung erfüllen wollte.

Aber er hatte sie so sehr begehrt, dass sein ganzer Körper schmerzte.

Jedenfalls hat sie mir bewiesen, dass sie gelogen hat, dachte er grimmig.

Er langweilte Bianca ebenso wenig, wie sie ihn langweilte. Das war also definitiv nicht der Grund für die Trennung gewesen. Das Hochgefühl, das ihn in Erinnerung an die lange leidenschaftliche Nacht überkam, unterdrückte er sofort wieder. Das war vorbei. *Finito.*

Noch in Gedanken versunken, stieg er die Treppe hinab. Was auch immer ihre wirklichen Gründe waren, sie hielt sie zweifellos für schwerwiegend. Er hatte kein Recht, die Fortsetzung ihrer Affäre einzufordern.

Er würde darüber hinwegkommen. Er würde eine andere Frau finden. Wenn er sich die Mühe machen würde. Im Moment konnte er sich keine andere an ihrer Stelle vorstellen. Auch das würde sich geben.

Bianca goss gerade Kaffee in zwei Keramikbecher. »Der Kaffee riecht gut.« Er deutete ein Lächeln an. Die arme Bee! Kein Wunder, dass sie versucht hatte, ihn mit der Bemerkung über Prostituierte zu treffen. Er wusste, dass sie ihn nur beleidigt hatte, um etwas Abstand zu gewinnen. Und Abstand war auch das, was er dringend brauchte.

Schließlich konnte es nicht ewig so weitergehen. Cesare schluckte. Er brauchte jetzt seine ganze Willenskraft, um seinen Plan in die Tat umzusetzen und das, was er getan hatte, wiedergutzumachen.

Bianca sah erschöpft aus. Sie, die sonst immer sehr gepflegt und elegant wirkte, hatte Grashalme in ihren verwuschelten Haaren, ihre Kleidung war schmuddelig und zerknittert, die Mundwinkel hingen mutlos herab, und ihre normalerweise funkelnden Augen sahen verletzt und verstört aus.

Der Drang, sie in die Arme zu nehmen, ihre weichen Lippen zu küssen, bis sie wieder lächelte, sich um sie zu kümmern, war fast unwiderstehlich.

Er ließ dieses Gefühl nicht zu, sondern nahm einen Becher und trank einen großen Schluck Kaffee, den er bitter nötig hatte. Dann sagte er leise: »Ich muss jetzt weg, wenn ich heute noch in London sein will. Ich schlage vor, dass du für die nächsten Tage in die Villa umziehst, bis du sicher bist, dass Helene sich gut eingelebt hat. Du kannst natürlich bleiben, solange du willst, aber ich weiß ja, dass dir sehr daran gelegen ist, zu deiner Arbeit zurückzukehren.«

Cesare schaute auf seine Uhr, um den Anblick ihrer qualvollen Verwirrung nicht ansehen zu müssen. »Ich nehme den Hubschrauber, aber wenn du abreisen willst, wird Marco veranlassen, dass Giovanni dich mit dem Motorboot nach Palermo bringt. Von dort gibt es täglich Direktflüge nach London.«

»Was sagst du da?« Bianca brachte nur mit Anstrengung diese Worte heraus. Sie hatte das Gefühl zu ersticken. Sie setzte sich auf einen Stuhl, weil sie überzeugt war, dass ihre Beine sonst nachgeben würden.

»Dass du frei bist, wann immer du willst, abzureisen. Ich habe dich gezwungen hierherzukommen. Das war verabscheuungswürdig und unehrenhaft. Du wolltest unsere Affäre beenden, und ich wollte das zu der Zeit nicht. Das ist aber keine Entschuldigung für das, was ich getan habe. Ich bitte dich um Verzeihung und akzeptiere deinen Wunsch. Es ist aus.«

Er sah ihr nicht in die Augen, als er ihr kurz zunickte und dann mit großen Schritten durch die Tür ging.

7. Kapitel

»Warum willst du denn nicht hier zu uns ziehen?«

Helene schmollte. »Wir führen hier ein Luxusleben, und ich könnte dich häufiger sehen, nicht nur bei deinen zehnminütigen Kurzbesuchen jeden Morgen. Außerdem könntest du Jeanne Gesellschaft leisten. Fühlst du dich denn nicht einsam ohne Cesare?« Ihre Stimme klang jetzt ängstlich. »Du hoffst doch nicht etwa, dass er zurückkommt? Er hat ausdrücklich gesagt, dass er erst zum Familientreffen am Ende des Sommers wieder herkommt.«

»Ich möchte dir so wenig wie möglich von der Zeit mit dem Professor wegnehmen«, versuchte Bianca zu erklären.

Das war natürlich nicht der wahre Grund, warum sie nicht in die Villa ziehen wollte. Seit Cesare vor drei Tagen abgereist war, hatte sie sich zu elend gefühlt, um länger als zehn Minuten eine heitere und entspannte Fassade aufrechtzuerhalten. Sie war im Moment keine gute Gesellschaft.

Sie saßen auf der Terrasse und tranken Kaffee. Bianca schaffte es irgendwie, ein Lächeln auf ihr Gesicht zu zaubern. Sie fügte hinzu: »Außerdem genieße ich es, allein zu sein, einfach zu entspannen. Giovanni bringt mir jeden Tag frische Lebensmittel. Heute waren es Wachteln – es wird mir Spaß machen herauszufinden, wie man sie zubereitet!«

»Ach ja?« Helene nahm ihr die vorgetäuschte Munterkeit offensichtlich nicht ab. Bianca wechselte schnell das Thema. »Wie läuft es denn mit dem Professor?«

Es war deutlich, dass er sein Metier beherrschte. Helene wirkte entspannter, als Bianca sie je zuvor gesehen hatte. Statt ständig mit ihren Haaren, ihrem Schmuck oder dem Teelöffel herumzuspielen, lagen ihre Hände ganz ruhig in ihrem Schoß.

»Marco. Sein Name ist Marco. Die Leute greifen tief in die Tasche, um in seine Privatklinik aufgenommen zu werden, wusstest du das? Jedenfalls verstehen wir uns hervorragend. In seiner Gegenwart fühle ich mich ganz entspannt. Wir gehen spazieren, wir reden und manchmal sitzen wir nur da und hören Musik.«

»Das klingt gut.«

Professor Vaccari wollte seine Patientin wohl erst dann mit ihren Traumata konfrontieren, wenn sie entspannt und körperlich wieder auf der Höhe war.

Da Bianca nichts über diese Art der Therapie wusste, wollte sie lieber nicht zu sehr nachhaken. Sie suchte nach einem anderen Thema, damit ihre Mutter nicht wieder von Cesares Verschwinden anfing. »Wo ist denn Jeanne heute Morgen?«

»Spazieren«, erwiderte Helene mit einem ungeduldigen Seufzen. »Sie ist nicht daran gewöhnt, nichts zu tun zu haben. Marco hat ihr vorgeschlagen, eine Sammlung von Wildblumen anzulegen. Nach dem Frühstück ist sie mit einem unglaublich lächerlichen Sonnenhut auf dem Kopf losgezogen. Ich denke daran, sie zu fragen, ob sie nicht mitfahren will, wenn du abreist. Das sind keine Ferien für sie. Sie mag nicht in der Sonne liegen oder schwimmen – dafür ist sie zu alt und zu korpulent, meint sie. Außerdem bereitet es ihr Unbehagen, ihr Haus so lange unbeaufsichtigt zu lassen. Ich verstehe gar nicht, warum sie überhaupt eingeladen wurde.«

»Cesare dachte, sie kann dir Gesellschaft leisten, während du dich hier einlebst.«

Jetzt hatte sie versehentlich genau das Thema angeschnitten, das sie vermeiden wollte. Das wurde ihr erst bewusst, als Helene trocken bemerkte: »Und du, Liebes? Du solltest ja offenbar ihm Gesellschaft leisten, sonst hätte er dich nicht in dieses Häuschen verfrachtet. Warum ist er dann schon nach vierundzwanzig Stunden wieder verschwunden? Hat er dir den Laufpass gegeben?«

Jetzt war wohl der richtige Zeitpunkt, ihrer Mutter reinen Wein einzuschenken. »Du hattest recht«, sagte sie so unbeteiligt wie möglich. »Cesare und ich waren zusammen.« Die Hand, mit der sie die Kaffeetasse absetzte, zitterte. Bianca hoffte, dass Helene das nicht bemerkt hatte. »Aber jetzt nicht mehr, das ist vorbei.«

Als sie das aussprach, verkrampfte ihr Magen sich zu einem festen kalten Knoten. Sie durfte jetzt nicht weinen und damit Helenes Befürchtungen bestärken, dass die Geschichte sich wiederholen würde.

»Bist du glücklich darüber?«, forschte Helene nach.

Sie würde es nicht schaffen, ihrer Mutter lächelnd in die Augen zu sehen. Stattdessen reagierte sie mit einem Achselzucken, angelte die Sonnenbrille aus der hinteren Tasche ihrer Shorts und setzte sie auf. »Es war nie wirklich ernst.«

Das erleichterte Lächeln auf Helenes Gesicht ließ ihre frühere Schönheit erahnen. »Dann ist es ja gut.« Sie streckte ihre Hand aus, und Bianca ergriff sie.

»Liebes, versteh mich nicht falsch. Ich bin deinem Freund sehr dankbar, er war wirklich außerordentlich großzügig. Aber ich hätte dich schon vor langer Zeit vor ihm gewarnt, wenn ich gewusst hätte, dass du mit ihm zusammen warst. Wie alt ist er, vierunddreißig? Unverheiratet, reich und gut aussehend. Definitiv Kategorie B.«

Der Gedanke, dass jemand den stolzen und selbstbewussten Italiener in irgendeine Kategorie stecken wollte, war so komisch, dass Bianca das erste Mal, seit Cesare sie verlassen hatte, wieder lächeln konnte. »Kategorie B?«, fragte sie fast kichernd.

»Männer, die eher sterben würden, als zu heiraten. Sie sehen gut aus und haben genug Geld, um für jede Frau, die ihnen gerade gefällt, attraktiv zu sein. Wenn der Reiz des Neuen nachgelassen hat, werden die jeweiligen Eroberungen wieder ausrangiert. Wenn solche Männer überhaupt heiraten, dann erst mit Ende sechzig, wenn sie nicht mehr so gut aussehen und ihre Energie nachlässt. Dann benutzen sie ihren Reichtum dazu, sich ein reizendes junges Ding zu kaufen, das ihrem Ego guttut und sich in ihren letzten Jahren um sie kümmert.«

»Wie zynisch!«, schalt Bianca und versuchte, den schmerzhaften Klumpen in ihrer Kehle zu ignorieren. Helenes bittere Beschreibung hatte den Nagel auf den Kopf getroffen.

»Und was ist mit Kategorie A?«, fragte sie.

»Der Mann, den ich geheiratet habe. Dein Vater. Der rastlose Serienehemann, immer auf der Suche nach der nächsten Trophäe, der jüngeren und hübscheren Ehefrau.«

Die Alarmglocken läuteten, als Bianca den vertrauten bitteren Ton hörte. Sanft sagte sie: »Das war vor langer Zeit. Du musst versuchen, das hinter dir zu lassen. Darüber nachzugrübeln macht dich nur unglücklich.«

Helene biss die Lippen zusammen. »Leicht gesagt, wenn man nicht weiß, wovon man spricht. Wenn du dich jemals wirklich verliebst, dann wirst du begreifen, dass Vergessen nicht so einfach ist.«

Die Ankunft von Professor Vaccari gab Bianca die Gelegenheit, aufzuspringen. Sie wusste, wie schwierig Vergessen sein konnte!

»Meine Liebe, lassen Sie sich von mir bitte nicht vertreiben!« Er schenkte den beiden Frauen ein offenes Lächeln und setzte sich auf einen der freien Stühle. Bianca ließ sich jedoch nicht beirren und erklärte: »Ich will mir einen ruhigen Platz zum Schwimmen suchen – ich muss doch die Möglichkeiten der Insel nutzen, solange ich hier bin.«

»Ja, natürlich. Cesare hat mich übrigens gebeten, mich um die nötigen Arrangements zu kümmern, wenn Sie beschließen abzureisen. Es wäre nett, wenn Sie mir vierundzwanzig Stunden vorher Bescheid sagen.«

»Und nicht zu bald, Liebes«, warf Helene ein. »Die Agentur wird nicht zusammenbrechen, wenn du mal ein paar Wochen nicht da bist. Komm doch heute zum Abendessen herüber! Ich sehe viel zu wenig von dir.«

»Ich mache mir Wachteln, schon vergessen?« Das würde sie nun wirklich nicht durchhalten. Sie schaffte es höchstens eine halbe Stunde lang, entspannt und sorglos zu erscheinen. »Vielleicht morgen.«

Morgen wäre sie möglicherweise schon wieder in der Lage, Cesares Namen zu hören, ohne dass sie sich hundeelend fühlte und ihr die Tränen in die Augen traten.

Bianca umrundete die Villa und ging landeinwärts. Wenigstens hatte sie mit der Neuigkeit, dass sie und Cesare nicht mehr zusammen waren, die Befürchtungen ihrer Mutter zerstreuen können. Schließlich wollte sie ihr keinen Grund zur Beunruhigung geben, während sie am Beginn ihres langen Weges zur Genesung war.

Dafür, dass er Helene diese Möglichkeit verschafft hatte, würde sie Cesare ewig dankbar sein, obwohl der Preis, den er ursprünglich dafür verlangt hatte, extrem hoch gewesen war. Aber er hatte nachgegeben, hatte begriffen, dass das, was er getan hatte, falsch war, und hatte sich entschuldigt.

Das zeigte, dass er Prinzipien hatte, und trug nur dazu bei, dass sie ihn noch mehr liebte. Dabei war ihn zu lieben das Letzte, was sie wollte.

Als der lange heiße Nachmittag zu Ende ging, stand Bianca unter der Dusche und spülte das Salz und den Sand von ihrem müden Körper.

Sie hatte jeden Winkel der Insel erkundet, war in einer abgelegenen Bucht geschwommen und hatte aufs Meer geblickt. Wie konnte ein so wunderschöner Ort ihr wie die Hölle vorkommen? Sie hatte beschlossen, nur noch bis zum Wochenende hierzubleiben. Morgen würde sie Marco bitten, sich um ihre und Jeannes Abreise zu kümmern.

Sie hatte ihre Tante getroffen, als diese gegen Mittag in Richtung Villa stapfte. Bianca war aufgefallen, wie übellaunig ihr rotes verschwitztes Gesicht unter dem verbeulten Sonnenhut aussah. Sie trug ein völlig unpassendes geblümtes Nylonkleid, und ihre geschwollenen Knöchel steckten in schweren Wanderschuhen. »Du siehst aus, als ob du ein großes Glas mit einem kalten Getränk vertragen könntest. Wie geht es dir?«, fragte sie voller Anteilnahme.

»Frag nicht!« Jeanne wedelte mit einem Strauß verwelkter Blumen vor Biancas Nase herum. »Man hat mich weggeschickt, um Wildblumen zu sammeln – wie ein Kind in viktorianischen Zeiten! Ich hatte mich auf diese Ferien gefreut, denn mir war nicht klar, dass es hier nichts zu tun gibt. Keine Läden, keine kleinen Cafés, wo man sitzen und Leute beobachten kann. Helene verbringt verständlicherweise die meiste Zeit mit dem Professor, braucht also meine Gesellschaft nicht, und du benimmst dich wie eine Einsiedlerin! Es wäre nicht so schlimm, wenn ich mich in der Villa nützlich machen könnte, aber davon will Maria nichts wissen. Sie haben eine Armee von Dienern nur für uns drei.« Sie stieß ärgerlich die Luft aus. »Keiner von ihnen spricht mehr als zwei Worte Englisch – außer Maria, die es aber für ungehörig zu halten scheint, sich mit den Gästen zu unterhalten, und Ugo, der deinen Signor Andriotti im Hubschrauber nach Palermo geflogen hat. Und Ugo interessiert sich ausschließlich dafür, mit den Dienstmädchen zu flirten. Er müsste eigentlich bald wieder hier sein, schätze ich. Dann wird er wieder seine weißen Zähne zeigen und für all diese kichernden Mädchen posieren!«

Bianca unterdrückte ein Lächeln. Jeanne langweilte sich offenbar zu Tode und missbilligte den abwesenden Ugo zutiefst.

Einem Impuls folgend, hatte sie erklärt: »Ich werde Ende der Woche nach London fliegen. Möchtest du mitkommen?«

Sie hätte mehr Zeit mit ihrer Tante verbringen sollen, überlegte Bianca schuldbewusst, anstatt sich abzukapseln und ihre Wunden zu lecken. Es wurde Zeit, dass sie ihr Leben weiterlebte und nicht länger einer verlorenen Liebe nachtrauerte. Sie wollte nicht in Helenes Fußstapfen treten.

Während sie sich abtrocknete, beschloss sie, jetzt gleich zur Villa hinüberzugehen und Marco wegen des Abreisetermins Bescheid zu sagen.

Helene wäre sicher enttäuscht. Aber Bianca wusste, dass ihre Mutter lernen musste, auf eigenen Füßen zu stehen und die Verantwortung für ihr Leben zu übernehmen, wenn sie Fortschritte machen wollte.

Sie wählte ein luftiges ärmelloses Seidenkleid in Creme- und Bernsteintönen und ein Paar flache Sandalen. Das dürfte passen für einen Besuch am frühen Abend.

Sie würde nicht lange bleiben, nur kurz ihr Anliegen vortragen und dann zurückkommen und entscheiden, ob sie sich die Mühe machen wollte, die Wachteln zuzubereiten.

Als sie aus dem Haus trat, hörte sie das unverkennbare Geräusch des Helikopters, und ihr Herz machte unwillkürlich einen Sprung und klopfte dann unregelmäßig weiter.

Das war natürlich der unsägliche Ugo, der aus Sizilien zurückgekehrt war. Wie hatte sie auch nur einen Moment lang hoffen können, dass es Cesare wäre? Er hatte doch eindeutig klargemacht, dass sie sich nicht wiedersehen würden.

Sie brauchte einen Moment, bis sie sich wieder beruhigt hatte, und schalt sich selbst für diesen kurzen Moment der Hoffnung. Sie hatte einen sauberen Schnitt gewollt und hatte ihn endlich bekommen, wieso also wollte sie ihn noch einmal sehen?

Bianca riss sich zusammen und setzte ihren Weg fort. Sie stieg die Stufen zur Terrasse hinauf. Dort war der Tisch schon für drei Personen gedeckt mit Kerzen, feinem Leinen und edlem Silber.

Und der gut aussehende junge Mann in den eng anliegenden Hosen musste Ugo sein. Er schien ein hübsches Hausmädchen zu beaufsichtigen, das gerade einen Kristallkrug mit Eiswasser auf den Tisch stellte – das einzige Getränk, das zum Essen serviert wurde.

»Ah, die Signorina, die man nie zu sehen bekommt!« Ugo kam sofort auf sie zu, als er sie bemerkt hatte. Er hob ihre Hand an die Lippen und küsste die Rückseite ihrer Finger. Mit starkem Akzent sagte er auf Englisch: »Wie kann ich Ihnen helfen? Wollen Sie mit Ihrer Familie zu Abend essen? Das hoffe ich; eine so schöne Frau sollte sich nicht verstecken.«

Bianca konnte sich nur mit Mühe das Lachen verkneifen. »Ich bleibe nicht. Ich möchte nur kurz mit dem Professor sprechen.«

Kein Wunder, dass ihre spießige Tante ihn nicht mochte. Für Biancas Geschmack war er zu gut aussehend und zu selbstgefällig – eine Witzfigur.

Sie versuchte, ihre Hand aus seinem Griff zu befreien, woraufhin sich seine Finger nur noch fester um die ihren schlossen und er heiser wisperte: »Wenn Sie meine Freundin wären, würde ich Sie auch verstecken, aber ich würde Sie nicht verlassen!«

Das ging jetzt aber wirklich zu weit! Sie öffnete den Mund, um ihm die Meinung zu sagen, aber kein Wort kam heraus.

Cesare, gefolgt vom Professor, war auf die Terrasse getreten. Er sah fantastisch aus in seinem legeren cremefarbenen Anzug und dem dunklen Hemd mit geöffnetem Kragen. Eine Hitzewelle strömte durch ihren Körper, und der Schock, ihn so unerwartet wiederzusehen, nahm ihr den Atem.

Anspannung hatte seine bronzefarbenen Züge verhärtet, und seine Augen waren schwarz vor Zorn, als er sich in einem italienischen Wortschwall Luft machte. Ugo verkrampfte sich, ließ Biancas Hand los und murmelte etwas, was sehr nach einer Rechtfertigung klang, bevor er schleunigst verschwand.

Er musste mit Ugo zurückgekommen sein. Der Grund dafür war mit Sicherheit nicht, dass er ihre Gesellschaft suchte. Aber das ging sie überhaupt nichts an. Es war schließlich seine Insel, seine Villa; sie war hier der Eindringling.

Bianca riss den Blick von ihm los und schaute zum Professor. Überrascht bemerkte sie, dass er versuchte, ein Grinsen zu verbergen. Sie räusperte sich: »Meine Tante und ich möchten abreisen …«

Weiter kam sie nicht, denn Marco Vaccari unterbrach sie: »Jeanne hat mir Ihre Pläne schon mitgeteilt, und ich habe alles veranlasst. Leider habe ich erst am Montag einen Flug bekommen. Ich hoffe, das macht Ihnen keine Umstände?«

Zum Teufel! Noch fünf Tage auf der Insel, nicht zwei, wie sie geplant hatte. Sie biss die Zähne zusammen vor Ungeduld, wieder zur Normalität zurückzukehren. Es gelang ihr, einigermaßen charmant zu erwidern: »Nein, natürlich nicht. Sie werden die Daten meiner Kreditkarte brauchen.«

»Das ist schon alles geregelt.«

Frustriert ballte Bianca die Fäuste. Sie geriet immer tiefer in die Schuld ihres ehemaligen Geliebten und verabscheute das Gefühl, ausgehalten zu werden! Noch gelang es ihr, Cesares durchdringende Blicke zu meiden. Stattdessen beobachtete sie den Professor, der zum Esstisch hinüberging. Sie fragte sich, warum er die ganze Situation so überaus amüsant zu finden schien.

»Essen Sie mit uns zu Abend?« Er zwinkerte ihr zu. »Ihre Mutter und Tante werden jeden Moment herunterkommen. Wir alle würden uns sehr über Ihre Gesellschaft freuen.«

»Tut mir leid, ich habe eine Verabredung mit ein paar Wachteln«, erwiderte sie mit einem schwachen Lächeln, drehte sich um und ging in die Richtung, aus der sie gekommen war. Es fiel ihr schwer, nicht zu rennen.

Sie benahm sich wirklich kindisch. Cesare nicht einmal mit einem »Hallo« zu begrüßen, war außerdem unhöflich. Sie hätte souveräner mit dieser Situation umgehen müssen.

Ihr Atem ging immer noch stoßweise nach dieser unerwarteten Begegnung. Bianca war völlig durcheinander, besonders weil sie in den letzten drei Tagen ununterbrochen an ihn gedacht hatte.

Als ein Arm um ihre Schulter gelegt wurde, stolperte sie vor Schreck, und ihr Herz klopfte bis zum Hals. »Warte auf mich«, sagte Cesare, dann schob er sie mit sanftem Druck vorwärts. »Ich möchte dich warnen, geh dem jungen Ugo lieber aus dem Weg, er ist ein eingefleischter Schürzenjäger.«

»Das erkennt der, der selbst einer ist!« Die bissigen Worte waren heraus, bevor sie sie hinunterschlucken konnte. Bianca blieb stehen und errötete vor Scham. »Es tut mir leid, das war wirklich unpassend.«

Beleidigungen brachten sie auch nicht weiter und würden nur das, was sie einmal gehabt hatten, kaputt machen. Sie schüttelte seinen Arm ab und warf ihm einen verstohlenen Blick zu.

Er lächelte, der Schuft! Dass er hier war, so nah bei ihr, half ihr kein bisschen, über ihn hinwegzukommen. Im Gegenteil. Aber er war ja nicht absichtlich so grausam. Er wusste ja nicht, wie sehr sie ihn liebte. Er hatte es nie gewusst und würde es auch nie erfahren.

Beim Weitergehen fragte sie ihn: »Warum bist du wieder hier?«

»Ich habe etwas vergessen.«

»Ach so«, erwiderte sie schroff, obwohl sie sich nicht vorstellen konnte, was er vergessen haben konnte – sie hatte jedenfalls nichts herumliegen sehen.

»Und dann habe ich noch etwas Wichtiges mit dir zu besprechen.«

Sie waren inzwischen bei dem kleinen Haus angekommen, und Bianca sagte: »Ich bin froh darüber. Ich wollte auch mit dir sprechen, über den Mietvertrag des Hauses in Hampstead. Ich möchte nicht, dass du diesbezüglich etwas unternimmst. Unser Handel gilt nicht mehr. Du tust schon eine Menge für Helene, und dafür werde ich dir immer dankbar sein, aber mehr brauchst du wirklich nicht zu tun.«

»Ah«, sagte er leise, und die Art, wie er sie ansah, machte sie ganz nervös – er sah sie so an, als hätte er ein Geheimnis, das ihn sehr erfreute.

Wie er sie vermisst hatte! Cesare ließ seine Blicke von ihren seidig fallenden Haaren zu diesen schönen, ängstlichen Augen, ihrem sinnlichen Mund und über ihren Körper unter der weichen Seide schweifen.

Alles meins, dachte er besitzergreifend und unterdrückte das dringende Bedürfnis, zu ihr zu gehen und diesen verführerischen Körper an seinen zu pressen, über ihren Mund herzufallen und sich ganz in ihrer Leidenschaft zu verlieren.

Aber er musste warten, durfte nichts übereilen, denn sonst würde er nicht das bekommen, was er wollte.

Er öffnete die Tür für sie. »Das mit dem Mietvertrag ist schon geregelt. Das Haus in Hampstead steht Helene so lange zur Verfügung, wie sie will.«

»Nein«, keuchte Bianca, und ihre Augen glänzten vor Zornestränen. »Das kannst du nicht tun!«

»Es ist schon getan. Heute Morgen wurden die entsprechenden Papiere unterzeichnet.«

Bianca biss die Lippen fest zusammen, um nicht laut loszuschreien. Als sie sich wieder unter Kontrolle hatte, fauchte sie: »Dann werde ich dir jeden Pfennig zurückzahlen. Ich mag ja deine Geliebte gewesen sein, aber ich lasse mich nicht auszahlen! Wenn es das ist, worüber du mit mir reden wolltest, kannst du gleich wieder verschwinden! Zu dem Thema habe ich alles gesagt, was ich dazu zu sagen habe. Ich werde alles zurückzahlen, und wenn es mein ganzes Leben dauert!«

»*Cara*«, sagte er besänftigend und trat etwas näher zu ihr. »Was ich getan habe, hat absolut nichts mit so etwas Geschmacklosem wie einer Bezahlung für erbrachte Leistungen zu tun. So etwas darfst du nicht denken. Ich möchte helfen. Ich …« Er schluckte die Worte hinunter, die ihm fast herausgerutscht wären.

Sie würde nicht mit dem Geständnis seiner Liebe belastet werden wollen. Bianca Jay legte keinen Wert auf diese Art von emotionalem Engagement. Die Erfahrungen ihrer Mutter waren schuld daran. Cesare zwang sich zu einem Lächeln und fügte hinzu: »Über den Mietvertrag zu reden, stand nicht auf meinem Programm.«

»Was denn dann?«, schleuderte sie ihm entgegen. Sie war zutiefst verletzt, weil sie meinte, eine Spur von Erheiterung aus seiner Stimme herauszuhören.

Cesare wäre es lieber gewesen, wenn sie nicht gefragt hätte. Er schaltete das Licht an, und während er zur Treppe ging, meinte er: »Das wirst du später schon noch herausfinden. Nachdem ich geduscht habe. Du hattest doch Wachteln erwähnt. Darauf freue ich mich schon. Sei ein liebes Mädchen und mach schon mal den Wein auf, ja?«

Langsam, langsam, ermahnte er sich selbst, als er die Treppe hinaufstieg. Wenn er erreichen wollte, dass sie mit dem einverstanden war, was er mehr als alles in der Welt wollte, dann musste er sie mit vernünftigen Argumenten überzeugen.

Ich werde es schaffen, dachte er triumphierend. Am Verhandlungstisch konnte ihm so leicht niemand das Wasser reichen!

8. Kapitel

Kochend vor Wut, ihre Gefühle in Aufruhr, beobachtete Bianca, wie Cesare die Treppe hinaufging und ins Bad verschwand.

Mach den Wein auf wie ein liebes Mädchen – jawohl, Sir! Alles, was Sie sagen, Sir! Richte das Essen an – von wegen!

Ernsthaft verärgert holte Bianca den Teller mit den zwei Wachteln aus dem Kühlschrank und knallte ihn auf den Tisch. Wenn Cesare etwas essen wollte, dann sollte er sie gefälligst selbst kochen. Sie hatte sowieso keinen Appetit mehr.

Sie stampfte zu der noch offen stehenden Tür hinüber, lehnte sich an den Rahmen und atmete tief durch. Sie konnte das Meer riechen und den aromatischen Duft von Rosmarin.

Bianca konnte sich beim besten Willen nicht vorstellen, warum er zurückgekommen war. Jedenfalls nicht, um etwas zu holen, das er vergessen hatte, denn da war nichts. Also ging es wohl doch um den Mietvertrag.

Der Gedanke daran, wie viel er dafür ausgegeben haben musste, trieb ihren Blutdruck gefährlich in die Höhe. Aber er hatte gesagt, dass es nicht um dieses Thema ging.

Wenigstens lenkte der Versuch, die Motive für seine Anwesenheit herauszufinden, sie von einem anderen Aspekt seines Hierseins ab. Von der bittersüßen Freude, ihn wiederzusehen, in seiner Nähe zu sein, dem Zittern der sinnlichen Erregung, das ihre Willenskraft lahmlegte, wenn er sie nur ansah. Und auch davon, dass sie ihn liebte, ihn immer lieben würde – was von nun an ihr wenig beneidenswertes Schicksal sein würde.

»Gehorsamsverweigerung steht dir gut.«

Sie hatte nicht gehört, dass er hinter sie getreten war.

»Ich würde auch nicht springen, wenn du es befiehlst«, bemerkte er leichthin. Dabei wusste er, dass er genau das tun würde.

Cesare legte ihr sanft, ohne erotische Absicht, die Hände auf die Schultern und konnte spüren, wie verspannt sie war. Er drehte sie zu sich um und ließ sofort die Hände wieder sinken, um nicht in Versuchung zu kommen, die Berührung zu intensivieren. Das würde seinen gesunden Menschenverstand außer Kraft setzen. Überzeugung durch Vernunft war der Weg, den er jetzt einschlagen musste.

»Wollen wir das Kochen gemeinsam in Angriff nehmen?«, fragte er.

Sie folgte ihm zurück in das geräumige Wohnzimmer mit Küche. Wenn er jetzt Familie spielen wollte, war es wohl besser, ihm nachzugeben. Ihn jetzt zu fragen, warum er hier war, wäre zu riskant in diesem Zustand, in den seine Gegenwart sie versetzte – gleichermaßen beglückt und zornig.

»Was machen wir damit?« Bianca zeigte auf die Wachteln und versuchte, genauso beiläufig zu klingen wie er. »Braten wir sie genauso wie Hühnchen?«

»Wenn mir irgendwo Wachteln serviert wurden, waren sie immer in Speck eingewickelt. Haben wir welchen?«

»Ich sehe nach.« Ihr Versuch, kühl und uninteressiert zu klingen, misslang kläglich. Was er eben gesagt hatte, hatte sich angehört, als wären sie ein Paar.

Im Kühlschrank herumzukramen, gab ihr die Gelegenheit, sich von Cesare zu entfernen und sich zu beruhigen. Sie tat so, als ob sie lange suchen musste, und als sie mit dem Speck zurückkam, hatte er schon den Ofen zum Vorheizen eingeschaltet.

»Soweit ich mich erinnere, waren sie mit Kräutern gefüllt. Kannst du ein paar Kräuter pflücken, während ich als Gentleman das Zwiebelhacken übernehme?« Nach einer Pause meinte er: »Sind wir jetzt Freunde, Bee?«

Bei seinem entwaffnenden Lächeln schmolz sie dahin. Wenn sie es bloß schaffen könnte, ihn nur noch als Freund anzusehen – und nicht als Geliebten. Das müsste doch für ein paar Stunden möglich sein …

Also gut, Freunde, für die Dauer dieses Abends, sagte sie sich. Nachdem sie diese Entscheidung getroffen hatte, war es relativ einfach, sich daran zu halten. Während die Wachteln im Ofen brutzelten, bereiteten sie gemeinsam einen riesigen Salat vor.

Cesare öffnete den Wein, holte einen Klapptisch und zwei Stühle aus einem Schuppen und stellte Tisch und Stühle am Ufer des kleinen Baches auf. Darauf platzierte er eine dekorative Öllampe, denn es begann schon dunkel zu werden.

Lächelnd forderte er Bianca auf, sich zu ihm zu setzen, und schenkte den Wein ein. »Das habe ich noch nie gemacht – im Freien mitten zwischen Farnen zu Abend zu essen, eine Mahlzeit, die zwei wohlmeinende Amateure zusammengebastelt haben, und dabei an einem Tisch zu sitzen, der aussieht, als ob er jeden Moment zusammenbrechen könnte.« Er hob sein Glas. »Auf das einfache Leben.«

»Darauf trinke ich auch.«

Ihre Erwiderung auf den Trinkspruch klang irgendwie unecht, was er hoffentlich nicht bemerkte. Das, was sie im Moment fühlte, war überhaupt nicht einfach.

Nach dem, wie sie auseinandergegangen waren, hatte sie keine Ahnung, warum er zurückgekommen war, warum seine Stimmung so anders war. Er machte alles nur noch komplizierter! Ihn zu sehen, verstärkte ihr Gefühl des Verlustes, der Verzweiflung und der Trostlosigkeit.

Das Essen war ausgezeichnet. Sie gratulierten sich gegenseitig, und Bianca schaffte es, den größten Teil ihrer Portion zu essen, bevor ihre Kehle vor Nervosität wie zugeschnürt war.

Wenn sie ihn jetzt fragte, warum er hier war, würde er wahrscheinlich wieder nur ausweichend antworten. Und hatte er die Absicht, über Nacht hierzubleiben, oder würde er in die Villa zurückkehren?

Letzteres hoffte sie inständig. Sie waren schließlich übereingekommen, dass ihre Affäre aus war. Er konnte doch nicht erwarten, dass sie um der guten alten Zeiten willen eine letzte Nacht zusammen verbringen würden? Und falls doch, würde sie stark genug sein, ihm zu widerstehen?

Beim bloßen Gedanken daran, was passieren könnte, spürte sie tief in ihrem Inneren ein erregtes Kribbeln. Eins war klar: Ihre Widerstandskraft ihm gegenüber war gleich null!

Bianca wurde so unruhig, dass sie kaum still sitzen konnte. »Ich denke, ich sollte schlafen gehen; es sind heute Nacht ziemlich viele Mücken unterwegs.«

»Da hast du vollkommen recht«, erwiderte er lächelnd.

Er erhob sich zur selben Zeit wie sie, und ein Schauer lief ihr den Rücken hinunter. Cesare sah so umwerfend gut aus, er war es, den sie wollte. Und den sie nicht haben konnte.

Schnell bückte sie sich und inspizierte eine juckende Stelle an ihrem Knöchel. Sie hoffte, dass er sich verabschieden und gehen würde. Noch eine Minute länger, und sie würde sich zum Narren machen und in Tränen ausbrechen.

»Nicht kratzen!«, schalt Cesare sie freundlich. »Im Küchenschrank liegt eine Salbe gegen Juckreiz, damit solltest du dich nach dem Duschen einreiben.«

Bianca brachte ein ersticktes »Danke« heraus, dann floh sie in Richtung Haus. Nach ein paar Schritten blieb sie stehen und drehte sich um. Sie konnte nicht einfach so davonstürmen, er hatte ein Recht darauf, freundlich behandelt zu werden.

Sie versuchte, einen heiteren Ton anzuschlagen: »Danke für deine Hilfe. Es hat Spaß gemacht, zusammen zu kochen. Gute Nacht, Cesare.«

Nach einem kurzen Schweigen erwiderte er: »Gute Nacht, Bee.« Sonst nichts. Bianca zwang sich, in normalem Tempo zum Haus zurückzugehen. Drinnen angelangt, eilte sie die Treppe hinauf, denn sie wollte ihm nicht noch einmal über den Weg laufen.

Als sie unter der Dusche stand, wurde ihr klar, warum er den Abend mit ihr verbracht hatte und worüber er hatte sprechen wollen. Cesare war im Grunde ein höflicher Mensch. Er wollte nicht, dass eine ehemalige Geliebte im Bösen von ihm ging. »Sind wir jetzt Freunde, Bee?«, hatte er gefragt, und aus Selbstschutz hatte sie mitgespielt.

Da sie ursprünglich die Affäre beendet hatte, hatte er natürlich keine Ahnung von ihren wahren Gefühlen. Woher sollte er wissen, dass es für sie ungeheuer quälend war, mit ihm zusammen zu sein und schauspielern zu müssen.

Eine Flut von Tränen vermischte sich mit dem Wasser der Dusche.

Nachdenklich begann Cesare die Sachen zusammenzuräumen, löschte die Öllampe und brachte alles ins Haus. Es hatte ein paar heikle Momente gegeben – zum Beispiel, als sie sich über die Sache mit dem Mietvertrag aufgeregt hatte –, aber im Großen und Ganzen war der Abend planmäßig verlaufen.

Plan eins für den Anfang. Eine oberflächliche Freundlichkeit an den Tag zu legen. Sie wusste nicht, wie sehr es ihn danach verlangte, sie in die Arme zu nehmen, sie zu lieben und ihr zu sagen, dass ihn in London die Selbsterkenntnis wie ein Blitzschlag getroffen hatte.

Er nahm die Insektensalbe aus dem Medizinschränkchen, machte das Licht aus und stieg die Treppe hinauf.

Ein Lichtstreifen schimmerte unter ihrer Tür hervor. Die Luft in seinen Lungen fühlte sich dick und schwer an, als er an ihre Tür pochte und sie dann aufstieß. Er stand auf der Türschwelle, sein Herz klopfte bis zum Hals und er kämpfte mit sich, damit seine Entschlossenheit, keine sexuellen Annäherungsversuche zu machen, nicht ins Wanken kam.

Bianca saß auf der Kante des einen Bettes, nackt. Ihr Körper war perfekt, und er kannte ihn so gut. Die schönen Brüste, die Rundung ihrer schlanken Arme, die Einbuchtung ihrer schmalen Taille, ihr außerordentlicher Zauber …

Wenn er sie berühren würde, würde sie ihn heute Nacht an diesem Zauber teilhaben lassen. Das wusste er. Sie hatten einander nie widerstehen können, schon eine Berührung würde ausreichen.

Aber es ging jetzt nicht um Sex. Es ging um etwas ganz anderes.

Ihre Augen verdunkelten sich, als er sie so betrachtete, und sie sprang zu dem Badetuch, das sie auf den Boden geworfen hatte, und hielt es schamhaft vor sich.

Er brauchte sein ganzes Schauspieltalent, um ein kleines Lächeln und ein zerknirschtes »Tut mir leid. Ich wollte dich nicht erschrecken« herauszubringen. Er warf die Tube mit der Insektensalbe auf die geblümte Tagesdecke ihres Bettes und zog das Bettzeug von dem anderen Bett herunter.

»Was tust du denn da?«

»Ich mache mir ein Bett im anderen Zimmer«, antwortete er und ging schnell zur Tür, bevor die Versuchung zu bleiben ihn überwältigte.

»Dann bis morgen früh«, raunte er und stolperte schließlich ungeschickt ins andere Zimmer.

Der erfolgreiche Start von Plan zwei. Obwohl ihn das in diesem Moment nicht wirklich trösten konnte.

Er warf die Decke auf das Bett, ging zum Fenster und starrte hinaus in den nächtlichen Sternenhimmel. Enthaltsamkeit war ein kleiner Preis, wenn er am Ende das bekam, was er wollte.

Dass Bianca Jay seine Frau wurde.

Und er kriegte doch immer, was er wollte, oder?

Ihm blieben fünf Tage, um ihr zu beweisen, dass ihr Zusammensein auch ohne Sex schön sein konnte. Dass sie gute Freunde sein und harmonisch zusammenleben konnten, rücksichtsvoll und mit gegenseitigem Respekt.

Fünf Tage.

Sobald ihm klar geworden war, dass er sie für immer in seinem Leben haben wollte, hatte er Marco angerufen und ihm gesagt, dass der Firmenjet nicht wie ursprünglich geplant in Palermo auf Bianca warten würde, wenn sie nach London zurückkehren wollte. Er bat seinen alten Freund, ihr einen Linienflug zu buchen und sie nicht auf die Warteliste setzen zu lassen. Das würde zu dieser Jahreszeit auf jeden Fall ein paar Tage Aufschub bedeuten.

Einer Liebeserklärung von ihm würde Bianca keinen Glauben schenken. Das wäre das Letzte, was sie hören wollte. Seit frühester Kindheit war sie darauf getrimmt worden, Männern wie ihm zu misstrauen. Männern, die genug Geld hatten, sich was und auch wen sie wollten zu kaufen.

Er musste ihr beibringen, dass sie ihm vertrauen konnte, und wenn er das geschafft hatte, konnten sie auch wieder Liebende sein, nicht nur beste Freunde. Dann konnten sie den Rest ihres Lebens als Mann und Frau zusammen verbringen.

Sie brauchte nie zu erfahren, dass er, ohne es selbst zu merken, im Laufe ihrer Affäre begonnen hatte, sich in sie zu verlieben.

Das musste er für sich behalten, aber hoffentlich nicht während ihres gesamten gemeinsamen Lebens. Nach ein paar Jahren würde sie vielleicht auch lernen, ihn zu lieben. Darauf hoffte er.

Cesare wandte sich vom Fenster ab und begann, sein Bett zu machen. Er musste sie nur überzeugen, dass sie ein gutes Leben zusammen haben würden. Eine tiefe Freundschaft, jede Menge Spaß, fantastischen Sex.

Das sollte doch für den Anfang reichen, oder etwa nicht?

9. Kapitel

Am nächsten Morgen um kurz vor sieben hielt es Bianca nicht mehr länger im Bett. Sie hatte die ganze Nacht wach gelegen und versucht, die Schmetterlinge, die in ihrem Bauch herumzuflattern schienen, unter Kontrolle zu bringen.

Sie fühlte sich völlig erledigt, und ein kurzer Blick in den Spiegel zeigte ihr, dass sie auch so aussah.

Ihre Augen waren vom vielen Weinen geschwollen, ihre Mundwinkel hingen nach unten.

Wütend nahm sie ein Paar zitronengelbe Shorts und eine passende ärmellose Bluse und ging damit ins Bad. Es war einfach unglaublich, wie sehr sie wegen dieses Mannes litt.

Der beschlagene Spiegel und ein Hauch von seinem Aftershave sagten ihr, dass er bereits vor ihr aufgestanden war. Die Tränen wollten schon wieder fließen. Reiß dich zusammen, ermahnte sie sich. Sie selbst hatte sich in diesen gefühlsmäßigen Schlamassel gebracht, als sie sich in ihn verliebt hatte. Er hatte ihr von Anfang an gesagt, dass er kein Mann zum Heiraten war.

Und selbst wenn er das wäre und wenn sie seinen spontanen Heiratsantrag angenommen hätte, wäre sie doch nie in der Lage gewesen, ihm zu vertrauen. Sie hätte immer damit gerechnet, dass er sie so behandeln würde, wie ihr Vater es mit ihrer Mutter gemacht hatte.

Irgendwann würde es ihr nichts mehr ausmachen, an ihn zu denken. Und dieses Irgendwann fing jetzt an! beschloss sie trotzig.

Eine halbe Stunde später stieg sie etwas frischer die Treppe hinunter. Ihr glänzendes schwarzes Haar hatte sie mit einem gelben Chiffonschal aus dem Gesicht gebunden.

Von Cesare war weit und breit nichts zu sehen. Bianca wusste nicht, ob sie enttäuscht oder erleichtert sein sollte. Erleichtert sollte sie natürlich sein. Ihn zu sehen, mit ihm zusammen zu sein, bekam ihr gar nicht gut. Wenn sie Glück hatte, war er zur Villa hinübergegangen, um mit dem Professor Helenes Fortschritte zu besprechen.

Sie begann, Kaffee zu machen. Die Haustür stand weit offen, und es versprach wieder ein wundervoller sonniger Tag zu werden. Die leichte Brise trug dazu bei, dass es nicht zu heiß wurde.

»Hm, es duftet nach Kaffee. Genau das, was ich brauche.«

Die vertraute Stimme überraschte sie, als sie gerade einen Becher aus dem Schrank nehmen wollte. Mechanisch nahm sie noch einen zweiten Becher und stellte beide auf die Arbeitsplatte.

»Ich ... Ich dachte, du wärst zum Frühstück in die Villa gegangen«, stammelte sie.

Er war einfach umwerfend, es gab kein anderes Wort dafür. Und sie liebte ihn – und konnte nichts dagegen tun.

»Nein. Ich bin früh aufgewacht und bin spazieren gegangen.« Um mich von den Versuchungen fernzuhalten, dachte er zynisch.

In den frühen Morgenstunden hatte er einen heroischen Kampf mit sich selbst ausgefochten, hatte verzweifelt gegen das Verlangen, zu ihr zu gehen, angekämpft.

Als es so aussah, als ob der vernünftige Teil seines Hirns, der Teil, der ihm riet, sich an seinen ursprünglichen Plan zu halten, unterliegen würde, war er schnell aus dem Bett gesprungen und hatte eiskalt geduscht. Dann hatte er sich angezogen und war wie ein Besessener auf der Insel umhergelaufen, bis er sich wieder unter Kontrolle hatte.

Danach war er zurückgekommen, hatte wieder geduscht – diesmal heiß –, sich rasiert und war dann hinausgegangen, um auf sie zu warten.

Und es hatte sich gelohnt. In der gelben Sommerkleidung sah sie wunderhübsch aus. Ihre herrlichen Rundungen zeichneten sich verführerisch unter dem dünnen Stoff ab ... wie gerne hätte er sie jetzt berührt.

Cesare holte schließlich tief Luft, vertrieb die lustvollen Gedanken aus seinem Kopf und goss ihnen beiden vorsichtig Kaffee ein. »Hast du denn gut geschlafen?«

»Ganz gut.« Das war nun wirklich schwer übertrieben.

Er runzelte die Stirn. »Du siehst aber sehr blass aus.«

Bianca zuckte mit den Schultern. Eine quälende schlaflose Nacht verhalf nun mal nicht zu strahlendem Aussehen am nächsten Morgen. Aber das konnte sie ihm wohl kaum sagen.

Betont munter fuhr er fort: »Ich mache uns Toast. Möchtest du ein Ei dazu?«

»Ich möchte nichts, danke.«

Wieder ein leichtes Stirnrunzeln. Er wollte offenbar etwas sagen, überlegte es sich dann aber anders. Bianca nahm ihren Kaffee und setzte sich damit draußen auf die Bank.

Cesare hatte Tisch und Stühle von gestern Abend weggetragen, und in der Küche sah man nichts mehr von schmutzigen Tellern und Töpfen – er hatte alles abgewaschen und weggeräumt; man konnte ihm wirklich nichts vorwerfen.

Er hatte auch nicht versucht, in ihr Bett zu kommen und die alten Zeiten für eine Nacht noch einmal aufleben zu lassen, und Bianca bemühte sich sehr, ihm auch dafür keine Vorwürfe zu machen. Aber die traurige Wahrheit war, dass sie ihn begehrte, auch wenn sie sich selbst dafür verachtete.

Als Cesare sich zu ihr auf die Bank setzte, schlug ihr Magen Purzelbäume. Diese erbärmlichen Schmetterlinge in ihrem Bauch machten es ihr unmöglich, etwas zu essen.

Sie schluckte. »Warum bist du hier? Sag es mir.«

»Warum nicht?«, entgegnete Cesare beiläufig und biss in seinen Toast. »Ich habe festgestellt, dass ich auf die Insel zurückkehren musste, und du sitzt hier noch ein paar Tage fest, also können wir uns doch gegenseitig Gesellschaft leisten.«

Einfach so! Und seine »paar Tage« waren definitiv zu viele Tage.

Cesare fuhr fort: »Ich dachte, wir könnten heute mit dem Boot hinausfahren, ein oder zwei der anderen Inseln besuchen. Ich habe schon in der Villa angerufen und Maria gebeten, jemanden mit einem Picknickkorb zur *Bella Allegra* zu schicken.«

Bianca wollte schon ablehnen, überlegte es sich dann aber anders und hielt den Mund. Wenn sie nicht mitginge, würde er wahrscheinlich auch hierbleiben. So ein Ausflug würde sie wenigstens ablenken. Sie müsste sich einfach nur auf das konzentrieren, was sie sahen, und versuchen zu vergessen, dass er bei ihr war.

Schnell packte sie ein paar Sachen zusammen, und schon machten sie sich auf den Weg zum Anlegeplatz. Cesare erklärte ihr ausführlich, zu welchen Inseln er fahren wollte, aber Bianca war zu aufgewühlt, um irgendetwas davon aufzunehmen. Ugo riss sie aus ihren fruchtlosen Überlegungen, als er mit einer riesigen Kühltasche und einem lauten »*Buongiorno* Signor, Signorina« zu ihnen stieß.

Sie rang sich ein Lächeln ab und begrüßte ihn.

Ugo blieb vor ihnen stehen und ließ mit einem anerkennenden Lächeln seinen Blick an Biancas Beinen hinunterwandern. Dieses Lächeln verschwand jedoch, als Cesare ihn auf Italienisch anfuhr. Schnell stellte Ugo die Kühltasche ab und nahm mit gesenktem Kopf die Anordnungen seines Arbeitgebers entgegen.

Als er davontrottete, fragte Bianca sich, warum Cesare so scharf reagiert hatte – genau wie am Abend zuvor, als er sie im Gespräch mit dem jungen Italiener angetroffen hatte. Konnte es sein, dass er eifersüchtig war?

»Komm mit«, wies Cesare sie an. »Und achte darauf, wo du hintrittst.« Er ging mit der Kühltasche voran über die Felsterrasse, die dem Boot als Anlegestelle diente. Um an Bord zu gelangen, musste sie seine hilfreich ausgestreckte Hand ergreifen, was sofort wieder unerwünschte Gefühle in ihr auslöste.

Nachdem er die Kühltasche verstaut hatte, machte Cesare die Leinen los und setzte den Motor in Gang. Als die *Bella Allegra* die Bucht verließ, ging Bianca zum Heck und setzte sich auf eine Bank. Sie schob alle anderen Gedanken weg und konzentrierte sich nur auf den Wind, die Sonne auf ihrem Gesicht und die grünen Tiefen des Wassers.

»Das sieht perfekt aus«, meinte Cesare. »Findest du nicht auch, Bee?«

Bianca, die ihren Strohhut abgenommen hatte, fächelte sich damit ihr erhitztes Gesicht und musste lächelnd zustimmen. »Perfekt. Ich sterbe vor Hunger!«

Sie hatten das Boot in dem kleinen Hafen der Nachbarinsel festgemacht und waren zunächst durch den kleinen Fischerort gestreift. Dann waren sie einer ungeteerten, steilen und kurvenreichen Straße gefolgt, bis sie diese abgeschiedene kleine Bucht gefunden hatten. Ein halbmondförmiger weißer Strand vor dem Hintergrund eines längst erloschenen Vulkans.

Hier war es traumhaft schön, und plötzlich war sie heilfroh, dass sie ihre Bedenken in den Wind geschlagen hatte und mitgefahren war.

Den ganzen Vormittag über war er ein perfekter Begleiter gewesen, während sie mit dem Boot langsam an alten vulkanischen Felsformationen, stillen Grotten, in denen das Wasser eine dunkle und geheimnisvolle Farbe hatte, und an grünen Abhängen mit grasenden Schafen vorbeigekommen waren. Er war ganz Gentleman, charmant und unterhaltsam.

Jetzt streckte er seine schmale gebräunte Hand nach ihr aus und sagte: »Gleich haben wir es geschafft, *cara.*«

Bianca ergriff seine Hand, als sie den steilen Pfad zu dem tief gelegenen Strand hinunterkletterten. Unten angekommen suchten sie sich ein schattiges Plätzchen.

Cesare bückte sich, um die Kühltasche zu öffnen. Bianca beobachtete ihn und wurde von ihren Gefühlen überwältigt. Sie ließ sich im Sand nieder und nahm jede seiner Bewegungen, jeden Zentimeter seines Körpers in sich auf, als wenn sie ihn das letzte Mal sehen würde.

Er hatte einen Teller für sie gefüllt und reichte ihn ihr. Das Lächeln, das er ihr dabei schenkte, war ihr Ruin.

»Danke«, brachte sie mit Anstrengung heraus. Ihre Kehle hatte sich zusammengezogen, und ihre Augen wurden feucht. Sie wollte ihn anflehen, sie so leidenschaftlich zu lieben, wie sie ihn liebte. Aber das wäre reine Zeitverschwendung, weil er nicht lieben konnte. Warum sollte er sich lebenslänglich binden?

Als Cesare sich neben sie setzte, straffte sich ihr Körper. Sie war doch ein Dummkopf. So schwach, dass sie ihn bitten wollte, sie wieder zurückzunehmen und sie so lange an seinem Leben teilhaben zu lassen, wie es ihm passte.

Es sah ganz so aus, als wollte sie in Helenes Fußstapfen treten und sich immer und ewig nach dem Mann sehnen, den sie nicht haben konnte. Bianca starrte auf ihren Teller, ohne ihn wahrzunehmen. Der Appetit war ihr vergangen.

Cesare hielt ihr ein Glas mit kühlem Weißwein hin, und sie nahm es mit zittrigen Fingern. Wenn sie viel trank, würde das vielleicht ihren Seelenschmerz etwas lindern. Sie leerte ihr Glas in zwei langen gierigen Zügen.

Er nahm ihr das Glas aus der Hand und stellte es in den Sand. Als ihre Augen sich trafen, entdeckte sie etwas wie Kummer in den dunklen Tiefen.

»Bee, wir müssen reden. Ich kann so nicht länger weitermachen. Ich muss dir etwas sagen.«

10. Kapitel

So hatte er das nicht geplant! Eigentlich war für heute und morgen nur Kameradschaft vorgesehen gewesen, geteilte Freude an allem, was sie sahen und taten, eine Rückkehr zu der Nähe, die sie immer verbunden hatte. Ohne miteinander zu schlafen. Und nicht die geringste Andeutung dessen, was er wirklich vorhatte, nämlich, sie davon zu überzeugen, ihn zu heiraten. Denn er wusste, dass eine Heirat das Letzte war, was sie wollte.

Aber er konnte das nicht durchhalten, er brannte darauf, ihr zu sagen, was er wirklich fühlte und was er von ihr wollte. Hoffentlich hatte er nicht alles kaputt gemacht, indem er jetzt vorzeitig das Thema angeschnitten hatte, ohne sie allmählich dahin zu bringen, wo er sie haben wollte. Jedenfalls konnte er jetzt keinen Rückzieher mehr machen. Aber er musste aufpassen, was er sagte.

Mit seiner Gabel spießte er ein Stückchen Huhn von ihrem Teller auf und hielt den Bissen an ihre Lippen.

»Erst essen, dann reden«, forderte er sie freundlich auf. »Ich möchte nicht, dass du mir in Ohnmacht fällst. Du hast auch nichts zum Frühstück gegessen, wie du dich vielleicht erinnerst.«

Er sah sie herausfordernd an. Heute Morgen war sie für ein paar Stunden ganz die Alte gewesen – warmherzig, sorglos, vital. Jetzt war das Misstrauen wieder da, das sie ihm seit seiner Rückkehr auf die Insel gezeigt hatte.

Bianca warf ihm einen schwer zu deutenden Blick zu und kostete dann etwas von dem Hühnchen. Vorsichtig drückte Cesare ihr die Gabel in die Hand und nahm seinen eigenen Teller. Aber das, was er vorhatte, war ihm auf den Magen geschlagen, und nach einem Blick auf das Essen setzte er den Teller wieder ab.

Sie war eine hochintelligente Frau und würde einsehen, wie überaus vernünftig das war, was er vorschlagen wollte. Oder?

Er räusperte sich und fühlte sich wie ein linkischer, unerfahrener Teenager, eine ganz neue Erfahrung für ihn, die ihn verunsicherte.

»Bianca …« Glücklicherweise versagte seine Stimme nicht, und er quiekte nicht in den höchsten Tönen, wie er befürchtet hatte! »Ich möchte, dass du mich heiratest.«

Ihre Augen weiteten sich vor Schreck. Stammelnd versuchte sie etwas zu sagen. Aber Cesare hob schnell die Hand, um sie am Sprechen zu hindern.

»Antworte noch nicht. Aber versprichst du mir, darüber nachzudenken?« Sie hatte ihren Teller abgestellt, die Beine angezogen und die Arme darumgeschlungen – wenn das keine Abwehrhaltung war!

Sie sah ihn nicht an, sondern starrte aufs Meer hinaus.

Er sprach weiter: »Ich mache das nicht sehr gut, nicht wahr? Ich habe das noch nie gemacht, hätte auch nie gedacht, dass ich das einmal wollte. Als ich dir das erste Mal einen Antrag gemacht habe, war ich selbst ganz überrascht. Ich wusste auch nicht, wie ich dazu gekommen war, und du tatest recht daran, mich zu ignorieren. Aber ignoriere mich jetzt bitte nicht. Sieh mich an, Bee.«

Einen kurzen Moment lang dachte er, sie würde seine Bitte überhören. Erleichtert seufzte er auf, als sie ihm den Kopf zuwandte.

»Ich weiß, du hältst nicht viel von der Institution der Ehe, und ich tat das bis vor Kurzem auch nicht. Aber als ich wieder in London war, wurde mir plötzlich klar, warum ich damals um deine Hand angehalten habe. Das war purer Instinkt. Ich wünsche mir, dass du immer bei mir bleibst, und Heirat ist die beste Methode, um dieses Ziel zu erreichen.«

Sie hatte die Lippen fest zusammengepresst, so als ob sie eine Flut von bissigen Bemerkungen zurückhalten wollte.

Cesare fuhr fort: »Abgesehen von unserem fantastischen Sex passen wir einfach gut zusammen. Viele Paare machen den Fehler, aufgrund ihrer sexuellen Anziehung zu heiraten. Die Leidenschaft macht sie blind. Wenn die nachlässt, wird es heikel, denn dann bleibt nichts, was sie verbindet. Sie stellen fest, dass sie sich nicht mögen und enden schließlich vor dem Scheidungsrichter.«

Drang er zu ihr durch? Er hatte nicht den Eindruck.

»Uns beide verbindet mehr als nur körperliche Anziehungskraft, und ich finde, es lohnt sich, an dieser Beziehung festzuhalten. Ich weiß, dass wir es schaffen können.«

Bianca sah schnell zur Seite, bevor er die verräterischen Tränen in ihren Augen sehen konnte. Sein Antrag war verlockender, als er ahnen konnte. Aber bis jetzt hatte er noch immer nicht gesagt, dass er sie liebte.

Sie wandte sich ihm wieder zu und schaute ihm in die Augen. Er sah so aufrichtig aus, als ob er wirklich und wahrhaftig wollte, dass sie seine Frau würde. Beim bloßen Gedanken daran, auf seinen Vorschlag einzugehen, wurde ihr ganz schwindelig.

Sie wusste, dass sie jetzt Ruhe bewahren musste und sich nicht dazu verleiten lassen durfte, ihm zu sagen, was er hören wollte. Mit ausdrucksloser Stimme entgegnete sie: »Was du da vorschlägst – eine Heirat, weil wir uns gut verstehen –, ist ziemlich unvernünftig.«

»Sind zwischenmenschliche Beziehungen denn jemals völlig vernünftig? Meiner Meinung nach ist unsere Beziehung es wert, weiterzubestehen. Hör mir bitte zu, *cara*«, forderte er Bianca auf, die sich wieder in die Betrachtung des Horizonts vertieft hatte.

»Da ich hier mit dir von der restlichen Welt abgeschnitten bin, bleibt mir kaum etwas anderes übrig«, brummelte sie.

»Ich weiß jetzt, dass ich Fehler gemacht habe. Ich hätte dich niemals gegen deinen Willen zwingen dürfen, bei mir zu bleiben.«

Bianca ließ ihre Schultern hängen, als könnte sie nicht mehr ertragen, aber er musste weitersprechen, das war notwendig. »Bevor du weggelaufen bist, wollte ich dir anbieten, die Insel zu verlassen. Aber dann haben sich die Ereignisse überschlagen. Ich habe mir solche Sorgen gemacht. Und als ich dich schließlich in jener Nacht gefunden habe, haben wir uns geliebt, weil wir nicht anders konnten. Danach wusste ich, dass ich weg von hier musste, wenn ich dich nicht dazu treiben wollte, deine Seite der Abmachung einzuhalten.«

»Da hatte ich schon aufgehört, gegen dich zu kämpfen«, gab Bianca zu. Sie hatte festgestellt, dass sie ihn von Tag zu Tag mehr liebte. Das hatte sie zwar nicht gewollt, aber es war zwecklos, dagegen anzukämpfen.

»Ich weiß, *cara*, ich weiß. Die Art, wie wir uns in dieser Nacht geliebt haben, hat mir das klargemacht. Aber ich wollte das nicht ausnutzen. Deshalb bin ich abgereist. Aber kaum war ich wieder in England, da habe ich bemerkt, dass ich etwas Wichtiges zurückgelassen hatte. Dich. Ich bin kein grausamer Mensch. Dieser verteufelte

Handel, zu dem ich dich gezwungen habe, ist aus dem gleichen Gefühl entsprungen wie mein erster Antrag. Es tut mir so leid, aber ich hätte alles getan, um dich für immer an mich zu binden.« Er schluckte. »Und jetzt bin ich zurückgekommen, um dich zu holen.«

»Wie lange ist bei dir ›für immer‹?«, fragte sie leise. Die Warnungen ihrer Mutter klangen ihr im Ohr. Sie wollte nicht darauf hören, konnte sie aber nicht ausschalten.

»Ich bin nicht dein Vater, Bee. Versuch doch, mir zu vertrauen.« Er griff nach ihrer Hand und hielt den Atem an, bis er spürte, dass ihre Finger die seinen umfassten. »Im Leben gibt es leider keine hundertprozentigen Garantien. Aber manchmal lohnt es sich, ein Risiko einzugehen.«

Biancas Lippen zitterten, als der intensive Blick seiner dunklen Augen sie traf. Cesare war so bildschön. Alles an ihm. Sein geschmeidiger, kraftvoller Körperbau, seine stolze Kopfhaltung und die markanten Linien seines Kinns. Und seine kräftigen Finger, die ihre umschlungen hielten, sandten die üblichen Schockwellen durch ihren Körper.

Sie liebte ihn so sehr, sie wollte ihm vertrauen. Sie wollte ihm glauben, dass er zu ihr halten würde, obwohl er sie nicht liebte. Es war ihm schwergefallen, aber er war zu dem Schluss gelangt, dass er sie heiraten wollte. Und das war ein riesiges Zugeständnis für einen Mann, der behauptet hatte, dass es keinen Grund für ihn gab, seine Junggesellenfreiheit aufzugeben.

Als Gegenleistung dafür konnte sie ihm doch sicherlich vertrauen? Sie wollte es so gerne!

Tränen schossen ihr in die Augen und liefen ihr die Wangen hinunter. Cesare zerriss es das Herz. Er schloss sie in die Arme und flüsterte Koseworte in ihr Ohr.

Den Kopf an seine harte, muskulöse Brust geschmiegt, schmolz Bianca dahin und schlang die Arme um seinen Hals. Mit den Fingerspitzen fuhr sie fieberhaft durch die kurzen Haare in seinem Nacken.

Cesare zog sie fester an sich, er strich mit den Händen von ihren Schultern zu ihrer Taille hinunter, streifte dabei die Seiten ihrer vollen Brüste. »Bitte weine nicht, *cara mia*«, wisperte er heiser. »Das kann ich nicht ertragen.«

»Ich weine ja gar nicht«, log Bianca. »Ich bin nur total durcheinander.«

»Das musst du nicht«, ermahnte er. »Denk einfach über das nach, was ich gesagt habe. Mehr verlange ich nicht von dir. Dafür hast du noch vier Tage Zeit.«

Sie schloss die Augen. Die Berührung seiner Hände setzte sie unter Strom, versprach ihr das Paradies. Aber immer noch kein Wort von Liebe.

Wenn er ihr sagen würde, dass er sie liebte, dann würde sie das Risiko eingehen. Aber so – wenn er sich irgendwann dann doch einmal richtig verlieben würde, in eine andere, dann hätte ihr Leben praktisch keinen Wert mehr.

Genau wie bei ihrer Mutter.

Plötzlich spürte sie, wie Cesares Lippen federleicht ihre geschlossenen Augenlider berührten, und hörte sein verführerisches Flüstern.

»So traurig! Ich biete dir die Ehe an, nicht die Wahl der Methode für deine eigene Hinrichtung!«

Er musste annehmen, dass sie in lächerlicher Weise überreagierte. Er hatte ja nicht die geringste Ahnung, wie sehr sie ihn liebte! Ihre weichen Lippen bebten, als er sich zu ihr herunterbeugte und sie küsste. Nichts anderes schien mehr wichtig zu sein. Rasend schnell öffnete er die Knöpfe ihrer Bluse. Sein Herzschlag ging im Gleichtakt mit dem wilden Pochen ihres Herzens, als er begann, ihre vollen Brüste zu liebkosen, und Bianca mit den Fingern unter sein T-Shirt glitt und seine glühende Haut berührte.

Voller Hingabe stöhnte sie auf, ihre Haut an seiner, erregend, die Art, wie ihre Kleidung wie durch Zauberhand verschwand, wie seine gleitenden, empfindsamen Hände die weichen Rundungen ihrer Hüften fanden und sie unter seinen harten Unterleib zogen, wie sie eins wurden …

11. Kapitel

Bianca wachte langsam auf und rekelte sich träge, ein verträumtes Lächeln auf ihren Lippen.

Die Schlafzimmerfenster waren geöffnet, die leichten Vorhänge bewegten sich in der hereinwehenden Brise. In der Ferne hörte sie das Meer rauschen.

Cesare war schon früh aufgestanden, vermutlich weil er genug davon hatte, ständig aus dem Bett zu fallen. Die beiden Einzelbetten, die sie zusammengeschoben hatten, waren im Lauf der Nacht zwei Mal auseinandergerutscht, und Cesare und Bianca waren samt Laken und Kissen in die Ritze gerutscht.

»Ich werde sie mit Ketten zusammenbinden«, hatte er geschworen, als er beim zweiten Mal die Betten wieder zusammenrückte. »Vielleicht sollten wir auf dem Boden schlafen. Oder Giovanni bitten, dass er uns mit seinem Eselskarren ein Doppelbett aus der Villa bringt. Ich bin wirklich zu alt für so einen Schreck mitten in der Nacht.«

Aber er hatte gelacht dabei, und sie auch. Und in diesem Moment hatte sie gewusst, dass sie einwilligen würde, ihn zu heiraten.

Nachdem sie sich am Strand geliebt hatten, hatte er das Thema Ehe nicht mehr angesprochen. Wie er es versprochen hatte, gab er ihr Zeit.

Erst bei Dunkelheit waren sie ins Haus zurückgekehrt. Sie hatten den Inhalt der Kühlbox restlos aufgegessen, und Cesare sagte: »Giovanni kann die Tasche morgen früh abholen. Ich möchte nicht, dass Ugo in deine Nähe kommt. Als ich sah, wie er dich beäugt hat, hätte ich ihn am liebsten zu Brei geschlagen.«

Er gab tatsächlich zu, eifersüchtig zu sein!

Einen verrückten Moment lang dachte Bianca, dass er sie wirklich liebte. Aber nein, Cesare war absolut direkt, er würde seine Gefühle nicht verstecken.

Wenn er sie liebte, dann hätte er das auch gesagt.

Als sie sich jetzt wieder in die Kissen fallen ließ, tröstete es sie, dass Liebe auch allmählich wachsen könnte. Sie würde ihm eine gute

Ehefrau sein – die beste – und dafür sorgen, dass er nicht fremdging.

In diesem Moment betrat Cesare das Schlafzimmer. »Kaffee«, sagte er lächelnd und stellte einen Becher auf dem Nachttisch für sie ab. Er setzte sich aufs Bett. »Ich habe nachgedacht und hatte eine geniale Idee. Ich brauche nur die Rollen an den Betten abzumontieren, dann können sie nicht mehr auseinanderrutschen. Aber zuerst werde ich Frühstück machen. Wirst du etwas essen können?«

»Natürlich.« Sie lächelte, weil er plötzlich so ein ernstes Gesicht machte. »Ich genieße es, bedient zu werden. Außerdem sterbe ich vor Hunger.«

»Gestern Morgen warst du so blass. Du konntest nicht einmal ein Eckchen Toast essen«, erinnerte er sie.

»Na und?« Das war gestern, da war sie total aufgewühlt gewesen. Heute sah alles ganz anders aus.

»Vielleicht bist du schwanger«, antwortete er bedächtig. »Hast du daran schon gedacht? Neulich Nacht auf dem Hügel habe ich nicht verhütet. Das war mein Fehler. Ich war nicht darauf vorbereitet, und dann haben mich die Gefühle übermannt.«

Bianca setzte sich auf und sah ihn an. Das war natürlich möglich. »Würde es dir etwas ausmachen?«, fragte sie.

»Ganz im Gegenteil. Wenn du glücklich darüber wärst, dann wäre ich entzückt.« Er führte ihre Hände an die Lippen und küsste sie zart. »Das ist noch etwas, was ich in den letzten Tagen über mich gelernt habe. Ich wünsche mir eine Familie. Früher dachte ich, ich wollte diese Verpflichtung nicht eingehen. Ich habe mich geirrt. Ich will eine Familie«, betonte er mit fester Stimme. Plötzlich spürte er ein glühendes Hochgefühl in sich aufsteigen. »Falls du schon mein Kind in dir trägst, dann wirst du mich auch heiraten.«

Der unverkennbare Klang von Triumph in seiner Stimme war ein Fehler gewesen, wie Cesare sofort klar wurde, als Bianca ihm ihre Hände entzog und nach dem Kaffeebecher griff.

Jetzt war schnelle Schadensbegrenzung gefragt. »Du bist vernünftig genug, um zu wissen, dass eine Ehe das Beste für dich und unser Kind wäre – falls eins unterwegs ist. Das meinte ich. Wir würden eine Familie sein, und das ist wichtig. Du könntest natürlich trotzdem weiterarbeiten«, versicherte er ihr. »Du bist hervorragend in deinem Job, und ich weiß, wie viel er dir bedeutet. Wir könnten ein Kindermädchen einstellen, und ich verspreche dir, dass ich nicht mehr so viel arbeiten würde.«

Ihr Gesichtsausdruck war nicht milder geworden. Im Gegenteil, ihre goldenen Augen glitzerten gefährlich. Er fluchte innerlich. Er hatte genau das Falsche gesagt!

Dabei hatte er ihr doch nur klarmachen wollen, dass eine unerwartete Schwangerschaft nicht bedeuten würde, dass sie alles aufgeben müsste.

»Es ist bei Weitem zu früh, um über eine Schwangerschaft und eine gemeinsame Zukunft zu sprechen. Wenn du mich jetzt bitte allein lassen würdest – ich möchte duschen und mich anziehen.«

Wortlos stand Cesare auf und ging aus dem Zimmer.

Bianca stellte den Kaffee ab und stand auf. War ihm in London die Idee gekommen, dass sie schwanger sein könnte? War er deswegen zurückgekommen und hatte ihr einen Antrag gemacht?

Nicht weil er sie nicht verlieren wollte, sondern weil er das Kind haben wollte? Dann wäre sie nur ein notwendiges Anhängsel!

Er liebte sie nicht, würde aber ihr Kind lieben und vermutlich vor Stolz platzen, wenn er es das erste Mal auf dem Arm hielt.

Anscheinend hatte er schon alles geplant. Er würde weniger arbeiten und viel Zeit mit dem Kind verbringen, während sie zur Arbeit gehen durfte und sich weitgehend aus allem heraushalten sollte. Nur nachts würde er sein Bestes tun, ein weiteres Kind zu zeugen.

Sie sah ihr zorngerötetes Gesicht im Spiegel und versuchte, sich zu beruhigen. Reagierte sie vielleicht etwas übertrieben?

Trotzdem enthielten ihre Gedanken mit Sicherheit ein Körnchen Wahrheit. Aber wenn sie an die Aufrichtigkeit dachte, mit der er am Vortag gesprochen hatte, konnte sie dann wirklich glauben, dass sie völlig unwichtig für ihn war und er sie nur als mögliche Mutter seines Kindes brauchte?

Ihn zu heiraten, weil er großen Wert auf ihre Beziehung legte, war eine Sache. Damit konnte sie leben, in der Hoffnung, dass er lernen würde, sie zu lieben.

Ihn zu heiraten, weil er nur so die absolute Kontrolle über ihr Baby bekommen könnte, käme für sie auf keinen Fall infrage.

Was tat sie hier eigentlich? Sie unterstellte ihm unaufrichtige Motive, aber ohne ihn direkt zu fragen, konnte sie gar nicht beurteilen, ob ihr Gedankengang richtig war.

»Möchtest du noch Kaffee?«, fragte Cesare mit eiskalter Stimme.

Bianca schüttelte den Kopf. Sie fühlte sich wie betäubt. Sie hatte seinen Stolz verletzt und hasste es, uneins mit ihm zu sein. Die Nähe und die Wärme waren das, was sie am meisten an ihrer Beziehung geschätzt hatte.

Er hatte Rühreier zum Frühstück gemacht, und sie hatten schweigend gegessen. Es war undenkbar, dass sie den ganzen Tag vorsichtig umeinander herumschleichen würden. Wenn sie nicht bald zu reden anfingen, würde sie explodieren.

Jetzt war es an der Zeit herauszufinden, was die wahren Motive für seinen Antrag waren. Sie müsste einen leichten Ton anschlagen, ihn nicht angreifen. »Cesare, darf ich dich etwas fragen?«

»Aber natürlich, alles.« Sein Herz machte einen Sprung. Der kalte Blick in ihren Augen, den er durch seinen Schnitzer verursacht hatte, war verschwunden. Jetzt musste er versuchen, ihr zu erklären, dass er nur an ihr Wohl gedacht hatte, weil sie das einzig Wichtige in seinem Leben war.

Erleichtert lächelte er sie an und fragte sich, ob sie die Liebe in seinen Augen sehen konnte. »Frag nur.«

Sie blickte ihn offen und direkt an. Er griff über den Tisch nach ihrer Hand, und gerade als ihre Finger sich berührten, fing sein Handy zu klingeln an.

Er runzelte irritiert die Stirn.

»Es liegt auf der Kommode«, sagte Bianca ihm, als sein Blick sich verfinsterte und er sich suchend nach der Quelle der störenden Unterbrechung umsah.

Nur sehr wenige Leute hatten seine private Nummer. Seine Eltern, seine Schwester und seine Sekretärin. Das sollte lieber etwas sehr Wichtiges sein, sonst wäre der Angriff auf seine Privatsphäre in einem solchen Moment unentschuldbar.

Es war wichtig. Er hörte eine Weile schweigend zu, sagte kurz etwas und legte dann auf. Dann fluchte er laut auf Italienisch, jedenfalls klang es für Bianca so.

»Probleme?«, fragte sie.

»Probleme, auf die ich verzichten könnte – besonders jetzt, *cara*.« Er nahm ihre Hand und zog sie auf die Füße. »Mein Hauptbuchhalter ist mit den Fingern in der Kasse erwischt worden. Die Polizei ist schon eingeschaltet. Ich muss nach Rom fliegen. Jetzt gleich.«

Cesare blickte sie liebevoll an und strich ihr über die Wange. »Ich werde ein paar Tage fort sein, höchstens eine Woche. Versprichst du mir, so lange zu warten? Stornierst du deinen Flug? Ugo wird Jeanne sicher zum Flugzeug bringen. Bitte warte hier auf mich!«

Bianca zögerte. Sie wusste immer noch nicht, was die wahren Gründe für seinen Heiratsantrag waren. Wenn sie hierbliebe, würde das wie ein Ja wirken.

Und als ob er ihre Gedanken lesen könnte, fügte er hinzu: »Wenn du bei meiner Rückkehr nicht mehr hier bist, dann weiß ich, dass du meinen Antrag ablehnst. In dem Fall beanspruche ich trotzdem meinen Teil des Sorgerechts, falls du schwanger sein solltest. Aber ich bitte dich, warte auf mich.« Er küsste sie auf den Mund, bevor er sie abrupt losließ und nach oben ging, um sich umzuziehen.

Bianca sah ihm nach, völlig konfus, mit all den ungefragten Fragen im Kopf.

12. Kapitel

Seit zwei Tagen fühlte sich Bianca ganz verloren und niedergeschlagen. Daran konnten auch der strahlende Sonnenschein, das glitzernde Meer und die friedliche Atmosphäre der Insel nichts ändern.

Sie hatte sich wieder und wieder dieselben Fragen gestellt und war der Antwort keinen Schritt nähergekommen.

Wenn doch dieser Anruf nur eine Viertelstunde später gekommen wäre, dann würde sie jetzt genau wissen, wo sie stand.

Wenn sie die Zeit gehabt hätte, ihn zu fragen, hätte er ihr dann die Wahrheit gesagt?

Natürlich hätte er das, er log nicht. Er hatte beängstigend deutlich ausgesprochen, was geschehen würde, wenn sie schwanger wäre und ihn zurückwies.

Gleiche Rechte für ihn. Oder vielleicht sogar alleiniges Sorgerecht? Schon der Gedanke daran ließ sie erstarren.

Unbewusst legte sie die Hand auf ihren flachen Bauch. Diese Spekulationen waren reichlich verfrüht, noch stand überhaupt nichts fest, erst wenn ihre nächste Periode ausblieb, konnte sie einen Test machen …

Bei dem Gedanken, dass sie wahrscheinlich gar nicht schwanger war, bekam sie weiche Knie.

Sie *wollte* ein Baby von Cesare!

Hieß das, dass sie ihn auf jeden Fall heiraten würde? Dass sie auf ihr zukünftiges Glück vertraute, ihm sagte, dass sie kein Kindermädchen brauchte, weil sie eine Vollzeitmutter sein wollte? Und dass er natürlich auch ein Mitspracherecht hätte …

Jetzt fing sie wohl langsam an durchzudrehen! Bianca beschloss, zur Villa hinüberzugehen und sich selbst zum Mittagessen einzuladen. Seit Cesare wieder aufgetaucht war, hatte sie ihre Mutter nicht besucht und hatte deshalb starke Schuldgefühle. Sie würde ein wenig Zeit mit Helene verbringen und Jeanne informieren, dass sie nun doch nicht mit ihr zusammen nach England zurückfliegen würde.

Das Mittagessen war schon im Gange, wie üblich auf der Terrasse. Marco bot ihr einen Stuhl an, während Maria davoneilte, um ein weiteres Gedeck aufzulegen.

»Was für eine Überraschung!« Helenes Begrüßung war vorwurfsvoll. »Wo hast du gesteckt? Signor Andriotti ist doch schon vor zwei Tagen abgeflogen?« Ihr Mund verzog sich verdrießlich, als sie hinzufügte: »Ich würde es nicht wagen, deine Zeit zu beanspruchen, wenn du interessantere Gesellschaft hast. Aber seit du hier allein zurückgeblieben bist, hättest du doch wohl mal ein halbes Stündchen für mich erübrigen können, nicht wahr?«

»Tut mir leid.«

Bianca lächelte entschuldigend, und der Professor warf freundlich ein: »Unsere Kinder werden erwachsen, Helene, sie haben ihr eigenes Leben. Aber sie entfernen sich nicht von uns, es sei denn, wir stoßen sie weg.«

Er reichte Bianca einen Teller Nudeln mit sahniger Pilzsoße und fuhr fort: »Ich habe vor vielen Jahren meine Frau verloren, und manchmal sehe ich meine Söhne monatelang nicht. Sie haben viel zu tun, aber ich weiß, wenn ich sie brauchte, würden sie sofort alles stehen und liegen lassen und zu mir kommen.«

Bianca nahm sich etwas von dem frischen Salat und beobachtete Helene, deren Mundwinkel noch immer beleidigt nach unten hingen.

Jeanne fragte jetzt: »Hast du schon gepackt, Bianca?«

»Nein.« Sie kostete etwas von der hausgemachten Pasta. Das war jetzt zwar nicht der günstigste Augenblick, aber sie musste es ihnen ja mitteilen.

Mit fester Stimme sagte sie: »Ich komme doch nicht mit. Ich bin hergekommen, um euch das zu sagen. Ich habe meine Pläne geändert. Ich bleibe hier, bis Cesare aus Rom zurückkommt und wahrscheinlich noch etwas länger.«

Sie wartete auf Helenes Reaktion.

Die ließ nicht auf sich warten. Ihre Mutter warf die Gabel auf den Tisch, und ihr Gesicht lief rot an. »Du kannst nicht hierbleiben.« Ihre Stimme klang dünn und schrill. »Es ist alles gebucht, du kannst nicht einfach stornieren! Du hast mir gesagt, dass die Affäre vorbei ist, warum wartest du jetzt hier auf ihn? Er wird dich verletzen, wenn du es zulässt. Er hat dir doch offensichtlich den Laufpass gegeben! Außerdem ...«, spielte sie ihre Trumpfkarte aus, »... habe ich sofort Stazia Lynley angerufen, als dein Flug gebucht war, und ihr mitgeteilt, dass du nächste Woche wieder zur Arbeit kommst. Sie war sehr erleichtert; du darfst sie nicht hängen lassen. Willst du deinen Job verlieren, weil ein Mann dich zappeln lässt?« Ihre Stimme war hysterisch in die Höhe gegangen, ihre Hände zitterten.

Bianca langte über den Tisch und berührte Helenes Hand. »Cesare würde mich nicht absichtlich verletzen«, versuchte sie sie zu beruhigen. »So ein Mensch ist er nicht.«

Davon war sie vollkommen überzeugt. Er wollte sie zwar nicht aus Liebe heiraten, aber selbst falls es ihm nur darum gehen sollte, dass er – wenn sie schwanger wäre – sein Kind haben wollte, so würde er doch nie versuchen, sie zu verletzen. Er war kein grausamer Mensch.

Er hatte es zwar versucht, aber seine Moral hatte ihn am Ende davon abgehalten.

»Glaub mir, ich würde nicht hierbleiben, wenn er mir den Laufpass gegeben hätte!« Mit diesen Worten hatte sie ihre Mutter trösten und die angespannte Stimmung etwas auflockern wollen. Aber Helene sprang auf und warf ihren Stuhl um, als sie eilig ins Haus floh.

»Nicht – lassen Sie sie gehen. Das ist besser für sie.« Marco hielt Bianca zurück, als sie hinterherlaufen wollte. »Zu den Dingen, die Helene lernen muss, gehört auch, dass Sie nicht immer da sein werden, um ihre Tränen zu trocknen und alles für sie zu regeln.«

Jeanne zuckte die Achseln: »Und ich dachte, sie hat Fortschritte gemacht! Sie isst vernünftig, hat etwas zugenommen und steigt nicht die Wände hoch, weil sie keinen Alkohol hat.«

Marco lächelte und lehnte sich in seinem Stuhl zurück. »Ihre Schwester ist keine Alkoholikerin. Sie hat den Alkohol als Krücke benutzt. Wenn sie kein Hilfsmittel mehr braucht, wird sie hin und wieder in Gesellschaft gefahrlos etwas trinken können.« Er sah Bianca mit seinen freundlichen Augen an. »Sie hatte heute die erste wirklich harte Therapiesitzung, deshalb dürfen Sie ihr den Wutanfall nicht übel nehmen. Sie hat Fortschritte gemacht, und sie wird noch erheblich weiterkommen. Aber das dauert natürlich seine Zeit.«

Das ist immerhin ein Trost, dachte Bianca, als sie vom Tisch aufstanden. Aber wie viel Zeit plante Marco denn ein? Würde die Neuigkeit, dass ihre Tochter eingewilligt hatte, Cesare Andriotti zu heiraten, sich als unüberwindliches Hindernis für Helenes Genesung erweisen? Sorgenvoll ging sie zu ihrem Haus zurück.

Ihr war jetzt klar geworden, dass sie ihn heiraten würde. Ganz gleich, was seine Beweggründe waren. Was zählte, war, dass sie sich aus den richtigen Gründen dafür entschieden hatte. Sie liebte ihn, und ein Leben ohne ihn wäre leer und sinnlos.

Erleichtert, endlich eine Entscheidung getroffen zu haben, nahm sie ein Buch und suchte sich damit ein schattiges Plätzchen zwischen den Farnen am Bachrand. Das lange Warten auf seine Rückkehr hatte begonnen.

»Du bist hier – Gott sei Dank!« Jeanne stapfte durch die offene Tür, als Bianca gerade Eier für ihr Omelett zum Mittagessen verquirlte. »Da du heute Vormittag nicht zum Kaffeetrinken vorbeigekommen bist, musste ich dich finden, selbst wenn ich die ganze Insel hätte absuchen müssen!«

Bianca bot ihrer sichtlich erschöpften Tante einen Platz an und goss ihr ein Glas eisgekühlten Orangensaft ein. »Ich bin heute Morgen nicht hinübergekommen, weil ich nicht wusste, ob das gut wäre. Ich hätte den Professor angerufen, um ihn um Rat zu fragen, aber ich habe seine Nummer nicht.«

Sie hatte bereits Stazia Lynley kontaktiert und ihr erklärt, dass ihre Rückkehr sich noch etwas verzögern würde. Diese Neuigkeiten waren gar nicht gut angekommen, was sie auch nicht erwartet hatte. Aber jetzt hatte das Warten auf Cesare absoluten Vorrang. »Könntest du für mich mit ihm sprechen, wenn du ihn mal allein abpassen kannst?«, bat sie Jeanne. »Ich gebe dir meine Mobilnummer mit. Ich möchte nichts falsch machen und Helene noch mehr aufregen, als ich es gestern getan habe.«

»Noch mehr kannst du sie gar nicht aufregen. Also ich weiß ja nicht, ob diese Therapie so gut für sie ist. Sie hätte in eine richtige Klinik gehen sollen, das ist meine Meinung. Und sie sollte sich zusammenreißen. Ich billige dein Liebesabenteuer mit dem jungen Mann auch nicht, aber deswegen muss man doch nicht gleich verrücktspielen!«

»Was ist passiert?«

»Deswegen bin ich ja hergekommen. Marco sagte, er könnte mit der Situation fertigwerden, und du müsstest deine eigenen Entscheidungen treffen. Ich glaube, er musste ihr gestern Abend ein Beruhigungsmittel geben. Ich bin der Meinung, dass du das wissen solltest.«

Bianca drehte sich der Magen um. »Was sollte ich wissen?«, hakte sie nach.

»Wenn du morgen nicht mit mir abreist, besteht deine Mutter darauf, die Insel zu verlassen. Niemand außer dir kann sie jetzt noch davon abhalten.«

13. Kapitel

Cesare schritt ungeduldig auf der Felsterrasse auf und ab, starrte aufs Meer hinaus und erwartete die Rückkehr der *Bella Allegra*. Er hatte keine Ahnung, wie lange er schon dort stand.

Er hatte alles verloren.

Bianca hatte nicht gewartet.

Die Frau, die er aus tiefem Herzen zu lieben gelernt hatte, war aus seinem Leben verschwunden. Sie ließ ihn in den Fesseln einer unerwiderten Liebe zurück.

Als er früher als erwartet zurückgekommen war, war er sich ganz sicher gewesen – hatte gewusst –, dass sie da sein würde, dass sie ihren Flug abgesagt hatte. Seine schöne Bianca würde auf ihn warten, weil das, was sie beide verband, so kostbar war. Das wusste er, und sie musste es doch inzwischen auch wissen!

Und wenn sie immer noch unentschlossen sein sollte und nicht wusste, ob sie sich für immer an ihn binden wollte, dann würde er alles in seiner Macht Stehende tun, um sie zu überzeugen!

Doch als er aus dem Hubschrauber gestiegen und voller Vorfreude den Pfad entlanggeeilt war, war ihm oben auf dem Hügel sein Freund Marco entgegengekommen. Er hatte wohl den Lärm des Hubschraubers gehört und war herausgekommen, um ihn zu begrüßen.

Nur aus Höflichkeit war Cesare stehen geblieben und hatte ein paar Worte mit dem Professor gewechselt. »Wie läuft es hier?«, fragte er.

»Alles wieder ruhig.«

Was sollte denn diese Antwort? Irgendetwas musste in seiner Abwesenheit vorgefallen sein. Egal, das konnte warten. Sein Wiedersehen mit Bianca nicht.

»Ist Jeannes Abreise planmäßig verlaufen?«, erkundigte er sich höflich.

»Ja, sie und Bianca sind gut weggekommen.«

Einen fassungslosen Moment lang hatte er es nicht glauben können. Und als der Schreck nachließ, hatte der Schmerz begonnen.

»Ugo hat die beiden in dem Boot sehr zeitig hinübergebracht, sodass sie noch reichlich Zeit hatten, den Flug nach London zu erreichen …«

Er hatte noch mehr gesagt, aber Cesare hatte nur Bruchstücke davon aufgeschnappt, sein Gehirn konnte nichts aufnehmen und kämpfte damit, sich mit dem Unvorstellbaren abzufinden.

Sie war weg. Sie hatte nicht gewartet. Die Botschaft war klar, aber er war nicht in der Lage, das zu ertragen.

Marco sprach noch immer, über Dinge, die ihn nicht interessierten … »Wutanfälle und häufiger Stimmungsumschwung« … »bedauerlich« … »gute Prognose.«

Cesare konnte sich nicht mehr daran erinnern, wie er sich endlich verabschiedet hatte; er erinnerte sich nur daran, wie er hier heruntergekommen war, um auf die *Bella Allegra* zu warten.

Vielleicht hatte sie ja Ugo eine Nachricht für ihn mitgegeben. Diese Hoffnung flammte kurzfristig in ihm auf, erstarb aber genauso schnell wieder. Ihre Abreise war die Nachricht.

Er wartete trotzdem. Eine Mitteilung für ihn würde es nicht geben, aber Ugo konnte ihn mit dem Hubschrauber nach Palermo zurückbringen. Er konnte in diesem Zustand nicht selbst fliegen. Hier wollte er nicht bleiben. Er wollte diese elende Insel nie wiedersehen.

Er würde in seine Villa nach Rom fahren. Sich dort verkriechen, sich eine Woche lang betrinken, um den Schmerz zu betäuben, der ihn zerriss. Versuchen zu vergessen …

Bianca saß im Bug des Bootes und wünschte sich, dass sie noch schneller fahren würden. Immerhin kam die Insel jetzt schon in Sicht. Sie konnte es kaum erwarten, dorthin zurückzukehren, den Brief zu zerreißen und auf Cesare zu warten.

Ugo versuchte immer noch, sich mit ihr zu unterhalten, aber mehr als hin und wieder zu nicken oder zu lächeln hatte sie nicht dazu beigetragen.

Er hielt sie vermutlich für verrückt.

In der Warteschlange für den Check-in hatte Jeanne gesagt: »Vielleicht hast du das Richtige getan, vielleicht auch nicht. Jedenfalls hat sie sich wieder beruhigt. Beim Frühstück heute Morgen war sie bestens aufgelegt. Sie hat ja auch allen Grund dazu, sie hat ihren Willen durchgesetzt.«

Jeanne schlurfte vorwärts, als die Schlange sich voranbewegte. Ugo schob ihren Kofferkuli weiter. Bianca wurde ganz still.

Sie berührte ihre Tante an der Schulter: »Ich fahre zurück.«

Entschlossen drehte sie sich um und begann, ihr Gepäck aus dem Wagen zu nehmen, ohne sich um Ugos verblüfften Gesichtsausdruck zu kümmern.

Jeanne fragte: »Was ist mit Helene?«

»Was soll sein? Versteh mich nicht falsch, sie ist mir wichtig, aber Cesare ist mir noch wichtiger. Er hat mich gebeten, ihn zu heiraten. Ich sollte auf der Insel auf ihn warten. Das ist mein Leben, Jeanne, ich werde nicht alles kaputt machen, nur weil Helene durch und durch neurotisch ist. Ich war immer für sie da und werde auch in Zukunft für sie da sein. Ich würde alles für sie tun, außer mich von dem Mann abzuwenden, den ich liebe.«

Auch wenn er sie nicht liebte?

Das war jetzt egal. Er wollte sie bei sich haben, und das war ihr genug; denn mehr als alles in der Welt wollte sie bei ihm sein.

»Sie wird außer sich sein!«, warnte Jeanne.

»Wahrscheinlich. Aber Marco wird sich um sie kümmern. Dafür wird er von Cesare bezahlt, und ich habe volles Vertrauen in die Fähigkeiten des Professors!«

Bianca hatte sich ganz schwindelig gefühlt, so als ob ihr eine schwere Last abgenommen worden wäre. So fühlte sie sich noch immer. Jetzt begann die Insel langsam Form anzunehmen.

In ihrem Bauch kribbelte es vor Aufregung. Als Erstes würde sie den Brief zerreißen, den sie gut sichtbar für ihn auf den Tisch gelegt hatte. Darin hatte sie erklärt, dass Helene auf die Tatsache, dass ihre Affäre noch nicht beendet war, so heftig reagiert hatte, dass möglicherweise ihre bisherigen Therapieerfolge zunichtegemacht worden waren. Der Heiratsantrag sei bisher noch gar nicht angesprochen worden, und sie bat ihn, ihn auch nicht zu erwähnen. Es wäre wohl besser, wenn sie sich eine Weile nicht sehen würden.

Sie stieß einen Seufzer der Erleichterung aus. Dem Himmel sei Dank, dass sie noch rechtzeitig zur Vernunft gekommen war.

Plötzlich entdeckte sie eine einsame Gestalt auf der Felsterrasse, die als Anlegestelle fungierte.

Cesare! Er war schon zurück! Als die *Bella Allegra* sich langsam der Insel näherte, fiel ihr das Atmen immer schwerer, und ihr Herzschlag beschleunigte sich. Er hatte wohl ihren Brief schon gelesen. Wie würde er sich fühlen?

Warum wartete er dort und starrte wie gebannt auf das Boot?

Als die *Bella Allegra* anlegte, zog sie den engen Rock ihres Kostüms hoch, kletterte aus dem Boot und rannte auf ihn zu. Sein Gesichtsausdruck war wie versteinert.

Das würde sich gleich ändern! Und sie hatte recht. Als sie mit ausgebreiteten Armen auf ihn zurannte, sah sie, wie sein Gesicht zu strahlen begann.

»*Cara mia.*« Cesare küsste sie fieberhaft. »Man hat mir gesagt, dass du auf dem Weg nach England seiest!«

Plötzlich wurden seine Augen dunkel. »Du wirst mich heiraten.« Das war keine Frage, sondern eine Feststellung, und Bianca strich mit den Fingern über seine Wange und antwortete sofort und unmissverständlich mit einem Ja.

Lachend wollte er sie wieder küssen, als er sie plötzlich ein wenig von sich schob und ironisch bemerkte: »Ich habe vergessen, dass wir Publikum haben!«

Ugo grinste von einem Ohr zum anderen, und Cesare wies ihn an, ihr Gepäck in das kleine Haus bringen zu lassen.

Langsam machten auch sie sich auf den Weg. Cesare legte ihr den Arm um die Taille und gestand: »Ich bin fast verrückt geworden, weil ich annahm, dass du mich verlassen hast. Aber du hast wohl nur deine Tante zum Flughafen gebracht?«

Bianca zögerte. Wenn ihre Beziehung Erfolg haben sollte, musste sie vollkommen ehrlich sein. »Nein, Cesare. Ich wollte tatsächlich abreisen. Als ich Helene gesagt habe, dass ich hierbleibe und auf dich warte, ist sie völlig durchgedreht. Der ganze bisherige Therapieerfolg war wie weggewischt, und sie drohte damit, alles abzubrechen, wenn ich hierbliebe.«

Sie zuckte mit den Schultern. »Was hätte ich denn machen sollen? Ich wollte ihr schließlich nicht diese Chance nehmen, endlich mit sich ins Reine zu kommen.«

»Aber du bist zurückgekommen«, sagte er leise. Das musste doch etwas zu bedeuten haben. Dass ihr wirklich etwas an ihm lag, ja vielleicht sogar, dass sie begann, ihn zu lieben?

Die Zeit würde es zeigen. Sie hatte eingewilligt, ihn zu heiraten, das war mehr als genug Grund zur Freude. Als sie den Hügel erklommen hatten, forderte er sie heraus: »Machen wir einen Wettlauf zum Haus hinunter – der Verlierer darf den Gewinner verführen!« Sofort rannte er los.

Auf halbem Weg sah er sich um. Bianca lief im Schneckentempo weiter und lachte ihn an: »Lauf nur weiter – ich freue mich darauf, zu verlieren und die Strafe zu zahlen!«

Cesare ging ihr wieder ein Stück entgegen, zog sie an sich und erwiderte rau: »Ich kann es kaum erwarten!«

Am Haus angekommen, trug er sie über die Schwelle und setzte sie dann vorsichtig ab. »Wir werden so schnell wie möglich heiraten. Und morgen gehe ich zu Helene und überzeuge sie davon, dass ich nicht wie dein Vater bin und dass ich nie etwas tun werde, was dich verletzen könnte.«

»Danke«, flüsterte sie.

In diesem Moment entdeckte er den Brief auf dem Tisch und streckte eine Hand danach aus. »Für mich? Um mir zu erklären, warum du abgefahren bist?« Bianca nickte.

Er zerriss den ungeöffneten Brief. »Der hat sich erledigt. Ich habe ja dich, ich habe dein Versprechen. Mehr brauche ich nicht.«

Cesare ging zum Papierkorb hinüber und warf die Schnipsel hinein. Bianca sagte zögernd: »Ich wollte dich gerade etwas fragen, als dieser Anruf kam, erinnerst du dich?« Sie würde ihm diese Frage jetzt stellen, denn sie musste Klarheit gewinnen. Auch wenn seine Antwort letztlich nichts ändern würde.

»Klar, ich erinnere mich.« Er grinste ihr über die Schulter zu. »Und ich erinnere mich auch daran, dass mich diese Unterbrechung sehr wütend gemacht hat. Also frag mich, *amore*.«

»Hast du mir den Heiratsantrag gemacht, weil du dachtest, ich wäre schwanger?«

Er war sichtlich erstaunt. Dann lächelte er, nahm ihre Hände und bedeckte sie mit Küssen. »Das erste Mal habe ich in London um deine Hand angehalten, als von einer Schwangerschaft noch keine Rede sein konnte. Das zweite Mal, nachdem ich dich verlassen hatte. Da war mir klar geworden, dass ich dich liebe und dich für den Rest meines Lebens bei mir haben will. An eine Schwangerschaft habe ich überhaupt nicht gedacht, bis du an jenem Morgen so blass aussahst und nichts essen konntest. Ich gebe zu, dass ich diese Möglichkeit als Druckmittel eingesetzt habe.«

Biancas Mund stand offen, ihr Gesicht wurde vor Aufregung ganz rot. »Sag das noch einmal«, schaffte sie – trotz Kloß im Hals – zu sagen. »Du hast gerade gesagt, du – du liebst mich?«

Cesare blickte zu Boden und wirkte plötzlich zerknirscht. »Das ist mir so rausgerutscht, *cara*. Ich habe einfach gehofft, dass ich dich im Lauf der Zeit lehren kann, mich zu lieben.« Dann hob er seinen Kopf und knurrte leise: »Natürlich liebe ich dich – was glaubst du, worum es hier sonst geht?«

»Oh Cesare!« Sie warf ihm die Arme um den Hals und schmiegte ihren Kopf an seine Brust. »Das hättest du mir sagen sollen! Warum habe ich wohl mit dir Schluss gemacht? Weil ich mich wahnsinnig in dich verliebt hatte und mich retten wollte, bevor es zu spät war. Du wolltest keine Liebe, keine Bindung ...«

Er hinderte sie mit einem innigen Kuss am Weitersprechen und erwiderte erst einige Minuten später mit heiserer Stimme: »Aber jetzt ist es alles, was ich will. Dass wir uns für immer lieben.« Er strich ihr das Haar aus dem Gesicht und fand die empfindsame Stelle hinter ihrem Ohr. »Ich glaube, jetzt ist es an der Zeit, unsere Wettschulden einzulösen, meinst du nicht?«

Bianca konnte nur nicken, sie bebte, als sie ineinander verschlungen auf die Treppe zugingen. Als er stehen blieb und sein Handy aus der Hosentasche zog, brachte sie krächzend heraus: »Was tust du da?«

Er tippte die Nummer ein und antwortete ihr mit seinem umwerfenden Lächeln: »Ich will Maria bitten, jemanden mit Champagner herüberzuschicken. Wir haben einiges zu feiern.« Mit seiner freien Hand begann er, äußerst geschickt ihre Kostümjacke aufzuknöpfen. »Wollen wir anfangen?«

Sprachlos, atemlos nickte Bianca, und das Leuchten in ihren Augen sagte ihm, dass sie glücklich war.

Epilog

Elf Monate später ...

Schalen mit goldgelben Osterglocken schmückten den großen luftigen Raum, und hinter den hohen Fenstern erstreckte sich die endlose Waldlandschaft.

Bianca würde es nie bereuen, dass sie sich entschlossen hatten, sich in England auf dem Land niederzulassen. Sie seufzte glücklich, als das winzige Baby sich in ihren Armen bewegte. Flavia Allegra Andriotti war gerade zwei Monate alt und sah in ihrem Taufkleidchen bezaubernd aus. Sie hatte einen dunklen Haarschopf und die schiefergrauen Augen ihres Vaters, unglaublich lange Wimpern und die niedlichsten kleinen Zehen, die man sich vorstellen konnte.

Biancas Glücksgefühl wurde noch stärker, als Cesare hinter sie trat und seine Arme um ihre Taille schlang.

»Mrs. Hammond hat gerade die letzten Gäste hinausbegleitet.«

Er hatte darauf bestanden, dass sie eine Haushälterin einstellten, und die hatte sich als Perle erwiesen.

Geschickt ließ er seine Hände unter den Saum ihrer eleganten rostroten Kostümjacke gleiten und massierte sie sanft. Sie drehte sich um und küsste ihn liebevoll.

Widerstrebend ließ Cesare sie wieder los. Er nahm ihr das Baby ab und sagte: »Du könntest Helene und Marco einladen, noch zum Abendessen hierzubleiben. Aber ich warne dich, meine Liebste, ermutige sie bitte nicht, danach noch länger zu bleiben. Ich habe vor, heute früh ins Bett zu gehen«, meinte er mit anzüglichem Zwinkern.

Sie strahlte ihn an. Sie war seine Liebste, und er war ihr Liebster. Sie sah sich um, wo am anderen Ende des Raums ihre Mutter und Marco Vaccari gemütlich am Kaminfeuer saßen.

Helene war eine andere Frau. Sie hatte etwas zugenommen, trug ihre natürliche honigbraune Haarfarbe und ein dezentes Make-up. Aber vor allem hatte sie Gelassenheit gefunden.

»Irgendetwas sagt mir, dass diese beiden Neuigkeiten für uns haben«, sagte Cesare leise. »Marco strahlt wie ein Honigkuchenpferd, und Helene läuft mit einem riesigen Diamanten an ihrem Ringfinger herum. Ich wundere mich, dass dir das nicht aufgefallen ist.«

Bianca hakte ihn unter. »Wie sollte ich das entdecken, ich habe doch nur Augen für dich?«, neckte sie ihn. Zusammen gingen sie zu den Frischverliebten, die so miteinander beschäftigt waren, dass sie die beiden nicht kommen sahen und auch Bianca nicht flüstern hörten: »Vielleicht würden sie den Abend lieber ohne uns verbringen«, überlegte sie. »Da gibt es doch dieses entzückende Restaurant auf dem Weg ins nächste Dorf …«

»So gefällst du mir!« Cesare legte die Hand auf ihre Hüfte. »Ich bin sicher, sie haben Verständnis, wenn wir ihnen sagen, dass unser Schlafzimmer sehnsüchtig unsere Ankunft erwartet!«

– ENDE –